强不执弱

众不劫寡 富不侮贫

贵不敖贱 诈不欺愚

天下之人皆相爱

凡天下祸篡怨恨

可使毋起者

近墨者

沉舟卷

某一 著

廣東旅游出版社
GUANGDONG TRAVEL & TOURISM PRESS
悦读书·悦旅行·悦享人生
中国·广州

图书在版编目(CIP)数据

近墨者. 沉舟卷 / 某一著. —广州：广东旅游出版社，2021.1
ISBN 978-7-5570-2310-2

Ⅰ. ①近… Ⅱ. ①某… Ⅲ. ①幻想小说–中国–当代 Ⅳ. ①I247.5

中国版本图书馆CIP数据核字(2020)第158811号

出 版 人：刘志松
责任编辑：方银萍 吴 娟
装帧设计：谭敏仪
插画绘制：棍 记
责任技编：冼志良
责任校对：李瑞苑

近墨者. 沉舟卷
JINMOZHE. CHENZHOUJUAN

广东旅游出版社出版发行
地址：广州市荔湾区沙面北街71号首、二层
邮编：510130
邮购电话：020-87348243
深圳市希望印务有限公司印刷
（深圳市坂田吉华路505号大丹工业园二楼）
开本：889毫米×1194毫米 1/32
印张：17印张
字数：490千字
版次：2021年1月第1版第1次印刷
定价：48.00元

目录

近墨者

沉舟卷

序章
末日或开端

1999年，千禧年来临后的第一个暗夜，破晓时分。

沙滩上，彻夜狂欢的年轻人此时都已沉寂下来，围坐在微弱的篝火前倾谈，翘首以待新千年的第一次日出。

更远处，黑暗漫无边际。

天，地，海，浑如亘古。

无人察觉到海岬一侧的悬崖峭壁上，有微弱的人影晃动，一个身形清瘦的男子，正在费力攀上乱石簇拥着的山岬。

事实上也甚少有人知晓，在山岬最高处的巨石上，有一个荒废已久的观星台遗迹。

流云并未完全遮挡住天空，点点星光，夜色苍茫。

这个时候，天龙座流星正在成为天空舞台的主角。

男子喘着气，抬头望见，暗夜中有流星划过。

对于星图，他是再熟悉不过了。

从前，这个流星群也被叫作“象限仪座流星雨”，那是一个并不知名的星座，以一种古代测量星体位置的仪器命名。21世纪20年代，国际天文联合会在重新制订88个星座时，将象限仪座的大部分区域并入了牧夫座，这个星座也就此随着这种早已被遗忘的古代观星仪器成为了历史。

疆域的定义，版图的划分，离不开文明的演进和权力的博弈，连天空的疆域也是如此。

所谓的历史，不正是如此？

青史所记载的并不是全部，甚至不是真实，只不过是胜利者所书写的定义而已。

但其实，那些被隐匿遗忘在黑暗中的记忆，远比汗青之上的文字记录更为波澜壮阔和触目惊心。

意识到自己的走神，男子强打起精神，继续向着礁石攀爬。此刻，他腹部伤口的疼痛已稍为钝化。那不时袭来的强烈痛感，倒是能暂时压抑住内心的焦虑和疲惫。

疲于奔命的长途跋涉，加上伤口的失血过多，困顿时时啮咬着意志，在彻底昏迷前还能坚持多久，他自己其实也没有多少把握。

剩下的时间已经不多了，他必须尽最大的努力，保证一切能如愿，不出任何差错。因为，那个苦苦寻求的问题最终的答案，此刻已经近在咫尺，就在这悬崖顶上。

那个关于历史的终极追问。

像是下定了决心般，男子强撑起精神，忍住伤痛蹬着礁石勉力攀上了崖顶。他因为疼痛而有些扭曲的身形匍匐在礁石上。大幅度的动作撕裂了伤口，让他几乎昏厥过去，大口喘着粗气，好让冷冽的空气勉力维持住神志的清醒。

天际仍然漆黑一片，日出的时间要到凌晨六点四十分。再过几分钟，人类文明就将迎来一个新的千年。

不过他所等待的，并不是新千年第一缕曙光。

相较而言，那个他不惜赌上性命所等待的时刻，对于整个人类历史，或许有着更为深远的意义。

即便人类这个物种在地球上已经繁衍生息了几百万年，可与浩瀚宇宙相比，哪怕在微茫的星光面前，人类社会所缔造的一切都那么短暂而脆弱。长期缓慢进化积累下的文明成就，在灾难面前从来不堪一击。

人们忧心忡忡末日到来，并非毫无缘由。

新千年固然带来了新的希望，信息技术的发展甚至将从根本上改变人类社会的组织结构，缔造了全新的文明高度，但归根究底，也只是过去历史的延续而已。悲观点说，灾难甚至将比以往的任何时候都更为严峻也未可知。

更何况，过去2500年中所发生的一切足以说明，那个人类文明历史终结的噩梦，并不只是存在于传说和宗教中，其实一直隐藏在繁华和进步背后，如影随形，从未真正远去。

即便如此，也总有一些人在努力地探寻着那微茫的可能性，和人类文明存续的希望之光。

每一个时代，那一些前赴后继的先驱者闯入未知的新领域，为历史开拓新的航线，为文明竖起新的里程碑，而后又如尘埃一般，湮没在时间长河中。

而现在，我终于也将汇入这个队伍了。想着即将完成的使命，男子凄然一笑。

他知道自己的生命已经所剩无几了。具体到每个个体的存在，生命本就是这么转瞬即逝的事物。与社会、文明的宏大坚韧相比，每一个生命个体的存在，实在太过脆弱。

崖顶上，黑暗主宰了一切，伸手不见五指。

没有时间了。

男子挣扎着起身，用手在巨石上摸索。而后，他在一个地方停了下来，从背囊中拿出了一个投影仪般大小有如古董的圆形金属装置，小心地放置在巨石上，旋开支架，依照天空中的星图调整好方位和角度，而后按下装置表面金属凹槽的一个机括。

装置中央的圆形凹槽上，一道淡青色光束在地面上投射出一个依稀可辨、布满复杂符号的环形图案，簇拥着另一束亮一点的光束从环形图案的中心注入岩石中。而后，男子把一个魔方大小的矩形晶体块嵌入到金属装置中。金属装置里的某个部分被启动，缓慢地开始旋转，如同灯塔一般带动着那束光缓慢地切割周遭的空间。

交错的光线在半空中形成了一个复杂的网络，如同打开了某个空间。

时间仿佛凝固在了这一瞬。

深沉如墨的海天尽处风平浪静，毫无异常。

男子屏住呼吸盯着光束构成的区域，耳际只有轻微的噪声，在规则的涛声中远近飘忽，如真似幻。

黎明前的黑暗中，海风已有所减弱，渗入身心的寒意更是逼人。

远方，伴着引擎和刹车的声音，零乱晃动的光束开始向礁石顶端迅速围拢靠近。

狩猎者已经到来，这是最后一次尝试的机会了。

但此刻能做的，却只有耐心等待。

将近一分钟过去后，光束的纹路在岩石上慢慢浮现出来，与此同时，在观星台的周遭，岩石上浮现了一些淡青色的标记，原先隐藏的刻痕像是被某种力量激发了一般，纷纷发出微光，呈现出复杂的形状。

在中心位置，光线切割出了一个光域。乍看起来，在那光域里却并无任何异状，如同空无一物，光线既未发生反射或者折射，也未出现弯曲或者衍射。男子眉头紧锁，测算的地点没有错误，所有的线索都指向了这里。为何仍然一无所获？

长时间剑拔弩张的疲劳和紧张早已充斥了内心，但此刻等待的焦灼仍然还是让精神状态到了极限。这是一次押上全部的赌博。如果失败，就意味着，所有的牺牲将没有任何价值。

究竟是哪个环节的计算出了差错？还是这个古老的探测装置在沿途逃亡中已经损坏？

围猎的灯光包围了悬崖，正在快速地逼近，远处空中直升机螺旋桨的声音也越来越清晰。

已经来不及猜测原因了，如果这一次的冒险落空，他知道自己已经没有再试一次的时间和机会了。

犹豫了一下，男子绝望地按下了那个装置上的机括。他必须取舍，在所有希望落空之后，哪怕玉石俱焚也必须确保不让那个流传数千年的秘密外泄。

这是他牺牲之前最后一件必须完成的任务。

光束消失于无形，犹如从来不曾存在过。周遭迅速又回到了黑暗中。此刻，男子甚至觉得充斥内心的绝望感比死更加可怕，哪怕他早就下定决心了断残生，这一刻也让人难以忍受。

但就在这时，刚刚光线所切割出的那个区域中，穿透的空气柱里开始如同涟漪一般浮现出一圈圈的复杂纹路，某种符号纵横交错，泛着幽光。在那些符号的中心区域，出现了一个隔空飘浮着发出淡淡微光的立方体。

奇迹骤然出现。

男子几乎不敢相信自己的眼睛。他闭上眼睛又迅速睁开，那不是视觉暂留现象，也不是幻觉！

在他面前的光立方体，更确切地说是一个完全透明的空气块，与先前放入装置中的晶体块一般大小，如同幽灵一般停留着，既不运动，也不旋转。

就是它！

终于等到了这一刻，那不仅是存在于传说和猜想中，也真真切切存在于现实世界里！

新千年曙光来临前的这样一个时刻，南方沿海某个人烟稀少的海滩上，这一刻，历史仿佛就此定格。先前无数人所付出的牺牲，也因此有了意义。

幽暗之中，男子的双眸中闪动着如同繁星一般的光彩，激动的心情难以自抑。这一刻，一个神奇而又人迹罕至的新领域已经被打开了，这个小小的光立方所承担的意义，说是超越古今也不为过。

意识到这一点，男子捂住伤口，不由自主地跪在了礁石上。

一切都已指向了一条不同的道路。这条路人迹罕至，但也许会带来一种崭新的可能性，一个属于未来世纪的新开始。

天地玄黄，宇宙洪荒。

光在慢慢变淡，即便在暗夜中依然可以看到维持这样一种状态并不稳定。随着能量的消耗，光立方正在逐渐接近透明，很快就会重新隐没在黑夜中。

凌乱的灯光如追踪的猎犬发现了目标一般，迅速合围靠近。子弹划破空气，而后是岩石碎裂的声音。

不远处，围猎的灯光正在快速缩小范围。他知道，留给自己的时间不多了。

但在彻底失去意识之前，还有一件事情必须要完成。

男子按下了装置上的另一个机括，周围的光域开始发生变化，渐渐坍缩。而存在其中的光立方也如同被无形的力量牵引一般，随着光域的缩小渐渐被纳入到装置之中。而后，那装置发出了一阵幽幽的光。那是一个古旧的匣子，看起来似乎是用某种金属铸造，颜色如墨，表面古朴的雕刻图案只能辨认出一些奇怪的点和线。

先前嵌入到装置中的晶体块此时如同注满了能量一般，发出一阵幽光。

流光顿时散尽。男子勉强立起身，把金属匣子装到背囊里。狩猎者的身影已经近在咫尺。

此刻，仰望苍穹，繁星浩瀚。

这是末日，还是开端?

他不知道。他只知道，再没有什么比此刻面对这浩瀚宇宙和内心更让人震撼的了。

“世界上有两件东西能够深深地震撼人们的心灵，一件是我们心中崇高的道德准则，另一件则是我们头顶上灿烂的星空。”康德的名言，在此情此景，竟然不可思议地浮现心头。

流弹命中了肩膀，一阵钻心的刺痛。男子用剩下的最后力气把背囊抛向了鱼肚白的方向，一道抛物线划过乱石，隐没在黑暗的潮水中。按照事先的计划，那里会有人能继承他的遗志，完成他未竟之事。

剩下的，就拜托了。

带着消音器的低沉枪声，男子如同断线的风筝，坠下悬崖。

破晓前的星空，深邃仍如千百年以前。

然而一个全新的时代已经到来。

第一章
时间胶囊

20年后，2019年，南方一个海边小镇。

一座行将被拆迁的古旧传统建筑前，荒废已久杂草丛生的庭院。

日暮时分，周遭安静得只有风声，和不远处那扇半掩着锈迹斑斑的铁门轻微颤抖发出的杂音。

“都过了这么长时间，估计早就不在了吧？”

老程将信将疑地跟在我后面，看着我一边默念小时候背了一遍又一遍的口诀，一边来回踱步，对着祖屋前的几棵大树和残存的油麻石地砖仔细丈量定位。

“如果没记错的话，应该就是这里了。”

我在两棵早已被拦腰锯断的大树残骸间，对着日落的方向，用树枝在一块地砖上做了个记号。

老程大名程北川，是我的发小。

好兄弟通常都是两肋插刀，老程更绝，小时候我被小混混堵在路上围殴，老程二话没说从书包里掏出一把自己打的小刀就冲了上来准备插人两刀，愣是一个人吓跑了十来个高年级孩子。

说起来，老程家是镇上有名的祖传制刀世家。据说祖上的传承可以追溯到宋末。在从前的冷兵器时代，程家“藏锋”宝刀的名号也曾威震江湖。只不过世易时移，如今已是江河日下，虽说是老字号，却衰败得只剩一个门面不大的店铺而已。高中毕业后，老程作为家里唯一的男丁，顺理成章地继承了“藏锋”这个家族作坊。别看老程长得五大三粗，却颇有些经商的天赋，这几年时间倒也峰回路转，风生水起。

我与老程虽为小时候的铁哥们，却也差不多七年没见面了。

自从家里发生了那场变故后，我就离开了这座小镇，在另一个城市生活，与大伯一家住在一起，直到考上大学。

从小时我就习惯了沉默寡言和孤身一人，身边的朋友其实屈指可数。

我三岁时，父亲便下落不明。十六岁那年，又飞来横祸，母亲从此撒手人寰。那时我一度很抑郁，觉得是自己的命格太硬害死了父母。一方面我很害怕和别人建立亲密关系，另一方面大概也是害怕会因为自己的缘故而伤害到别人。

我近乎自虐地离群索居，尽量不与任何人产生交集。但老程是个例外。他对我的命格说法不以为然嗤之以鼻。

“兵者凶器也。你觉得我祖上打造凶器的命能不硬嘛，要说命硬的话你也没法和我比。”小学三年级时，老程对我炫耀他的祖传护身符。

然后我们就这样成了莫逆之交。

七年后，趁着大学毕业之前最后一个暑假的空当，我才又回到了阔别已久的故土，一个南方海边的小城镇。虽然事隔多年，大大小小的变化多少有一些，但总体印象与幼时相去无几。

而且有些人和事就算隔了多年，也不会变化。比如老程，见到我时仍然如从前一般意气相投，仿佛我从未离开过，这让我回来的感受多少好了一些。

其实镇上已经没有多少相识，我这一次回来，也不过是想寻回当时父亲母亲留下的一件遗物。

老程知道后，便自告奋勇地扛着铁锹跟着我来帮忙。

“都过了这么多年了，没想到你还惦记着。”不过说起这事，老程还是一副不解的样子。

我也搞不清自己为何会如此执念于那个约定。

直到听说祖屋因为附近要修路将被拆迁的消息，我才猛然记起那个约定。

那个埋在祠堂门前庭院下的时间胶囊，再不取出来，也许就将被深埋在新建高速公路的路基里，或者混在挖出的废土中被抛弃在世界的某个角落。

连同埋藏在时间胶囊中的那个秘密。

已经到了二十年之期，终于到了约定打开它的时候，虽然对我而言，这个约定可能已经毫无意义。

“无论如何，终归是和父母的约定。”我握了握手中的铲子，虽然不假思索就千里迢迢回到这个小镇，但真到了这个时候，其实内心还是有些踌躇。

“你小子还是一副优柔寡断的老样子，管那么多干吗，动手吧。”老程大概是看我神色有些凝重，叹了口气，拍了拍我肩膀，不再说什么，一边也抓起铁锹。

我终于下定决心，把铲子扎进土里。

故事从这里开始。

那时我浑然不知，这一铲子下去后，我平淡无奇的人生将会遭遇怎样的改变。

这年夏天，我回到了睽违多年的故乡，只为履行一个与父母亲在二十年前订下的约定。

二十年前，那个繁星璀璨的夏夜，刚刚开始记事的我和父亲母亲一起，把一个时间胶囊埋在了祖屋门前的庭院。

连同许多往事。

此后，时间又过了十三年。

至今我仍然记得，七年前那夜离开这里时的情景。

我在当时的家里被突如其来的火海包围，恍惚中看见母亲带着眼泪对我微笑，她好像在对我说什么，要我记得那个约定，她又一遍遍地念着那个口诀，要我背下来。而后，我在恐惧和浓烟中昏迷过去……

从鬼门关走了一遭后回来，已经是十来天后。醒来时，我才发现自己被带到了另一个城市。此后，我便被大伯一家收养，再也没回来过。

二十年以后，只剩下我独自一人，来打开这些被尘封的记忆。

“玄羽，二十年以后，希望你还记得这个约定，男子汉要说到做到。”记忆中，父亲这么说着的时候，仿佛心事重重，神色忧虑。

“嗯，知道！”三岁的我不假思索地应道。

模糊的印象中，父亲的脸黝黑瘦削，胡子拉碴。厚厚的镜片与凌乱的头发，一副弱不禁风的书生样。那天去祖屋前，他和我似乎说了很多话，我却已经记不起他都说了些什么。

甚至记不清后来父亲有没有答应过我，二十年以后要和我一起来挖出这个时间胶囊。

一切都来不及追问，父亲就这样从我的生活中消失了。

作为考古和历史学界令人瞩目的新锐，父亲的失踪在当时虽然激起了一些涟漪，之后却像融入了历史迷雾一般，不久就被新的事件淹没，而后被人淡忘。

“玄羽，要记住，这是爸爸妈妈和你订下的约定。”记忆之中，置身火宅之中的母亲摸着我的头，似乎言有所指。我却不确信，这是记忆还是想象。

我不愿再多想，只是一铲一铲地机械重复挖土的动作，不知不觉间，已挖了约有三尺深。

一块青灰色的石板露出一角。我放下铲子，扒开周围的碎土。

“说不定，你老爸老妈给你留下了一笔巨款，嘿嘿。”见我神色似乎很差，一直闷着不说话，老程故意调侃。

“没准是一本盖世武功的秘籍。”我自然也不愿让自己看起来太弱鸡，也只好故作轻松地说。

“嘿，要真是武功秘籍，看在多年兄弟的分上可得借给我练练。”老程倒是打小就喜欢耍刀弄枪，小时候整天梦想着当个大侠行走江湖除暴安良，那样就可以不去学校上课了。

“是兄弟的话就赶紧过来帮手……”我试图搬动那块长条形的石板，却纹丝不动，憋红着脸不愿多费口舌。

“得，就你这气力，还是放着我来吧。”老程俯下身，略一调息运气，双手暗中加劲，石板居然硬生生被挪开到了一边。

“你小子好身手啊。”我不由叹服。

“从小被老爹逼着苦练，这点功夫算是小菜一碟。”老程边说着边把石板周遭的碎土清理干净。青石板下，一个青黑色的铁盒露出一角。我换了个小铲子，小心地往下挖掘，铁盒看来做过一些防锈处理，不过在潮湿的地下仍然腐蚀得厉害。

“就是这个了吧？”老程使劲把那铁盒从土块中扯出，挪到了土坑外。

“应该是了。”铁盒颇有些分量，不是普通的包装盒，而是那种考古时用来存放物品的厚重盒子。老程和我费了些力气，小心地把它取了出来。

这就是当时父亲母亲和我一起埋下的“时间胶囊”了，这里面保存着我与父母在二十年前的记忆凭据，如今却成了他们留给我的最后纪念。

盒子封得很是严实。然而那时究竟放进去了什么东西，现在却完全记不起来。

记忆总是有选择性。

无论如何，我只是信守了约定，挖出这个时间胶囊而已。

“喂，先打开看看是什么东西再发呆吧。”老程催促道。我才回过神来，用带来的工具小心地撬开盒子的封盖。

费了一番功夫，总算是撬开了，里面却还有一个似乎是用某种塑料制成的罐子，封口裹了厚厚的一层蜡防水，看起来封口倒是完好如初。我再接再厉，把罐子的封蜡铲掉后，用力拧开了盖子。

塑料罐子里，是一个黑色的防潮袋包裹着的一块砖头大小的东西。

老程神色疑惑地看了看我：“你老爸真给你留了一沓钞票？”

真是一沓钞票也没关系吧，我掂着这包东西苦笑，分量倒是不轻。

哪怕是一本武功秘籍也没关系。

我不及多想，稍为弄掉表面的尘土，就打开防潮袋。

虽然设想了各种可能，防潮袋中的物品还是出乎了我的意料。

眼前，只有一个墨黑色的金属匣子，上面还刻有一些状如蝌蚪的纹路，如同鬼画符一般不知所云。除此以外，便再无他物，也没有只言片语留下。

仔细端详一番后，我找到了那个金属匣子上的机括，打开之后匣子里面却空空如也。

这太不合常理了，慎重起见，我还是把匣子翻过来倒过去地再三检查，确信匣子里并没有暗格或其他机关。

难道当时他们忘了往时间胶囊里放东西？

还是说后来不知道什么人偷偷把时间胶囊挖出来把里面的东西偷走了？

但时间胶囊的封口看起来很完整，毫无被破坏过的痕迹。除非当时埋在地里的时间胶囊被整个偷梁换柱过，不然父亲母亲当时煞费苦心想要留给我的东西，应该就是手中这个金属匣子了。

在打开时间胶囊之前，对于时间胶囊中保存的物品，我其实还是有过一些想象的。比如说，他们留给我的遗书，为人处世的规训之类，或对我寄予的希望，煽情一点，也说不定会是他们年轻时候的情史，甚至我其实是捡来的这种真实身世之谜也不无可能。不过我万万没有想到，他们竟然把一个金属匣子这么非主流的东西埋到了地下，留给了二十年以后的我。

这让我很是诧异，这物件为何不直截了当地交给我，非要埋到地下放二十年？

难不成，我父亲母亲是选了个二十年后的黄道吉日让我继承他们的学术衣钵，搞考古研究？

我满腹疑团地摆弄着手中这个玩意儿。与其说像出土文物，倒不如说更像个飞机失事后被找到的黑匣子。

只是，无论父亲母亲当年为何要如此煞费苦心地把这个刻着奇怪符号的黑色金属匣子埋在地下，等到二十年以后才给我，这个问题的答案我已经没有可能跟他们当面求证了。我信守了与父亲母亲的承诺，但现在谜底却只能由我自己去揭开。

也许，这个黑色铁盒，也会如同失事飞机的黑匣子一般，在二十年之后告诉我当年他们遭遇了什么事。

第二章
玄铁匣

“里面真的什么东西都没有？”

老程按捺不住好奇凑了过来。我把金属匣子递给他，示意他仔细看看。

“诶？这材料……看起来像是上古玄铁啊……”老程从我手中接过那个砖头大小的矩形金属匣子，反过来倒过去端详一番后，不由得啧啧称奇。

刚才我只是把注意力放在匣子有没有藏什么东西上了，经老程这一提醒，我才觉得，这个匣子本身就透着一种不合常理的意味。

首先便是匣子的材质。如老程所说，这是个用上古玄铁打造的匣子。所谓上古玄铁，其实就是经过某种特殊工艺冶炼后的陨铁。人类最早使用的铁的来源，其实是来自于宇宙，通常称为陨铁或者铁陨石。不过在古代，陨铁因为比较稀有珍贵，而且具有比较好的合金性能，通常都会用来打造兵器。用玄铁来打造匣子这种器物，我还是头一次见。其次便是这个匣子的设计，六面皆有蝌蚪纹饰，顶盖有个机括可以打开，内部则无任何装饰。

“而且，这玄铁匣上面的纹饰也很奇怪。看这雕刻技法非常古朴，比较像是古物。不过拿蝌蚪做纹饰的，据我所知，也就战国到汉代有些玉璜玉璧之类。通常是整齐排列的蝌蚪状纹饰，看起来像谷牙一样的谷纹。但这玄铁匣子上的蝌蚪纹饰却是形状不一，看不出来年代。搞不好，你爹妈给你留了件大有来头的古董也不一定。”老程翻来覆去把玩着那个铁匣，接着话头补充道。

他虽然一副五大三粗的样子，但生在制刀世家，自幼耳濡目染也接触过不少传统纹饰图案的相关知识，也略懂一些古董的门道。连他都觉得古怪的话，一定非同寻常。

我趁着落日的余晖翻转摩挲着玄铁匣上面那些略带凹凸感的像是蝌蚪般歪歪扭扭的点与线，这些特殊的符号大小相仿，只有一个个头大尾细歪歪扭扭的纠结曲线，与从古墓出土的帛书上常见的星图或河图洛书不同，更不是常见的水纹或者云雷纹，甚至与甲骨文、金文、篆书等古文字也完全是两个不同的体系。

心中有种隐隐浮现的焦虑感，那些符号似曾相识一般呼之欲出，一时却又想不起来在哪儿见过。

记忆在这时电光火石般闪回出了童年时代的一些片断。

"不对，这不是纹饰……这是一种文字……"我竭力想要抓住记忆中那一晃而过如同涟漪扩散开的痕迹。

那是我在童年时代印记在脑海中的画面。房间里，父亲分明对着一幅挂在墙上的石碑拓片紧皱着眉头陷入苦思，那上面，也是这样的一些歪歪扭扭的点与线。

"你是说蝌蚪文？"经我这一说，老程也深以为然。"这样说来，没准你爹妈是想要你搞清楚这盒子上的蝌蚪文，继续他们未竟的事业。可能考虑到你那会年幼不懂事，就先给你埋到了地下寄存。"

不，不止如此。

如果他们这样煞费周章给我留下这样一个谜题的话，重要的一定不是这个玄铁匣子本身的文物价值，而更有可能是隐藏在这个匣子上的铭文中的一些什么信息。而且二十年来的经历和现在的直觉都在告诉我，那个蝌蚪文中隐藏的秘密，很有可能与我父母的死有关。

听我这么一说完，老程也忍不住吐槽："你爹妈还真是给你留了部天书，不过有字的天书也不好读。作为革命的接班人，你懂翻译蝌蚪文不？"

我苦笑，就我所知，蝌蚪文也叫"蝌蚪书"和"蝌蚪篆"，是一种先秦时期的古文字，到了汉代以后就已经无人能够破译其中的意义，索性把这种头粗尾细形似蝌蚪的古文字叫作了蝌蚪文。古代传说里，甚至把蝌蚪文当成是神仙使用的文字。父亲当年可能有系统钻研过蝌蚪文的破译，不过这方面我可完全没得到过真传，可以说是一窍不通。

这其中的玄机一时半会也不会水落石出，左思右想只是徒增烦恼，只好暂且作罢。

“反正东西拿出来了，以后有机会碰到这方面的专家再看看是不是能搞明白吧。”我把玄铁匣收入到背包中。“没准拍个照发到网上也有高手能解读出来。”

“依我看，你爹妈既然在出事前还用这么曲折的方式交代了这东西给你，应该有他们的想法。而且这东西说是价值连城的古董也不为过，在搞清楚背后的玄机之前，尽量还是不要公之于众为好。”老程想了想，替我分析道。

老程的顾忌也不是全无道理，至少如果这个东西公之于世，文物部门一定会介入调查，到时想要自己拿到手上研究，恐怕就没那么容易了。

趁着天还没完全黑下来，我与老程把挖出来的石砖又填回去恢复原样。那天晚些时候老程还要赶着回店里去处理一些事情，就约定好第二天见面再详聊。

当晚我就在祖屋祠堂边上的厢房里住下。虽然已经是行将拆迁的旧宅，但保存得还算齐整，之前也已经问大伯拿了钥匙，就是得费点时间稍微打扫。

完成了一桩心事，此时我也乐得什么都不想，专注于埋头打扫卫生，出一身汗。

但夜里静下来的时候，这个奇怪的谜题，却还是忍不住又萦绕上了心头。

二十年以后，我从祖屋祠堂前的空地里挖出幼年时与父亲母亲一起埋下的时间胶囊，却发现时间胶囊里只有一只古怪的金属匣子。

虽然顺利找到了当时的那个时间胶囊，心中一块长久以来悬着的沉重石头终于落了地，但与此同时，那些长久以来压抑在我心里的疑惑，非但没有得到解答，反而因为这腾出来的空间而被迅速释放了出来。

令我不解的是，二十年前那一个夜晚，父亲母亲郑重其事地和我一起埋下了这个时间胶囊时，让我反复背诵记熟定位口诀，叮嘱我必须等到二十年后的约定之期才能打开。从当年我的父母对这件事情的重视程度上看，这个时间胶囊里一定保存了某个重要的秘密。

但，那究竟是什么？

儿时的记忆，也随着手中传来的冰冷触感而渐渐鲜活起来。

记忆之中，父亲虽然在学术界是崭露头角颇有建树的青年学者，日常生活中却是一个脾气平和不乏幽默的人。幼年时与他一起玩乐的情景仍然历历在目。细说起来，在成为孤儿之前，我并未感觉自己的成长环境有任何异于常人之处。我的童年生活平淡无奇，家庭和睦，父母亲虽然常年忙于研究所的工作，在出事以前对我也没有疏于照料。

关于父亲在二十年前参与的那个科考项目我只有很模糊的概念，出事的地点也只是知道在东南亚地区爪哇海域。

1999年，父亲所在的研究所参与了一次规模不大的东南亚海上考古活动，当时似乎是一个叫“勿里洞海域古代沉船”的跨国合作考古项目。父亲当时是作为中方的学术顾问远赴东南亚。未承想出发三个月之后便传来了噩耗，据说父亲是遭遇了一次海上作业事故，从此下落不明。

现在回想起来，海上考古并非是父亲的专业领域。当时父亲之所以会参与这个项目，想必是出于某种特殊的原因和考虑。我不知道对他而言，这次行动是不是有着迫不得已的理由。

二十年以后，我竭力搜索记忆中关于那天的许多细节，发现那团疑云不仅从未消散，反而更为浓重。

那是一个天色晴朗的夜晚，就在科考队集合准备出发前不久，父亲母亲带着我去祖屋祠堂祭拜，然后我们一同在屋前的庭院埋下了一个时间胶囊。那时父亲郑重其事地要我背诵下口诀，直到我能倒背如流为止，中途我不耐烦的时候甚至还有些一反常态地呵斥我，母亲则一直神色忧郁地看着我沉默不语。

那天的后半夜，天未破晓我就被母亲悄悄叫醒，父亲抱了抱我和我告别，不久之后一阵急促的敲门声就把父亲带走，从此消失在茫茫大海。

如今细想之下，整件事从头到尾都很反常。在出发之前，父亲母亲显然应该已经预见到了后来发生的一些事情，但却似乎有不得不冒着危险前去的理由。许多的细节他们当时都没向我透露，或者来不及做出更为周详的计划和安排。此后随之而来的诸多变故，让我把这些疑惑都深埋在了心底。在离开这个地方后也失去了寻出答案的契机。

我久久凝视着摆在桌上的那个黝黑的玄铁匣，在橘黄色的灯光下浮现出的沟壑光影，百思不得其解。我甚至从未承想象过，一介书生如父亲者，温柔文静如母亲者，会被卷入什么危及自身的阴谋之中。

究竟那次海上考古前发生了什么事，才让他们不得不用这种方式，试图向我传递一些什么信息？

而我该如何解开这个谜团？

在昏昏沉沉中，我似乎又回到了那天晚上。

走出天井，院落里空无一人，只有满天繁星，如同那夜一般。夜里有些凉，一阵寒意透心。

这时，那阵急促的敲门声，再度响起。

心脏中的血液，仿佛又再凝固。

我站在门口很久，迟迟未能抬起手来开门。

敲门声仍然在不断催促，但我的躯体竟然在这时候不听使唤。我清晰地感受到了站在屋外的是某种危险或恐怖，但也同样清晰地察觉到，我必须打开门去确认，站在门外的，究竟是什么。

好不容易，我打开了那个旧式木门上的门闩，手有些微微发抖。

我一拉，略有些沉的木门吱呀一声，渐渐开了。

门口，站着一个黑影，低着头，面目模糊。

第三章
三足乌

见我打开了门，那个黑影便转身往回走，隐没入黑暗中。

我壮着胆子跟了上去，想要开口质问，却惊觉自己发不出声音。

那人走得很快，我只好迈开步子尽力追上前去，双腿如灌了铅般沉重无比。

就要抓住那个人时，他却突然停下步子回过头来。看到他的脸时，我顿时汗毛倒竖，旋即意识到一些有悖常理或者不应该看到的东西。

那“人”的五官，或者应该说本应该是五官的地方，充斥着“暗”，一无所有的黑暗。

那对空无一物却充斥着浓稠黑暗的瞳仁注视着我，那些暗迅速弥漫开来，仿佛被我吸附了一般围拢过来。

我动弹不得，越来越浓厚的暗让我呼吸困难，几乎窒息。我如同溺水般徒劳挣扎着，惊惧引发了心脏的强烈跳动急速消耗着肺叶中残存的氧气……

我用尽全力地挣扎，却徒劳无功，仿佛只是困兽濒死之前的挣扎抽搐……

在意识就要完全被恐惧淹没的一刻，我几乎是用尽了全力才从嗓子眼中挤出了一声干涩的叫喊。

自己失真的声响在耳边响起。

我才终于醒转过来，意识到刚才是被魇住了。

睁开眼，刚才那些浓厚的黑暗仿佛还在周遭，那种难受的窒息感仍未消失，心也还在狂跳。

或许是这一天太过劳顿，加之挖出了时间胶囊后心有郁结，难免会有些胡思乱想，睡得不踏实，所以做了噩梦。

恍惚之中，那个在噩梦里出现的黑影此刻就站在窗边暗处。

我心中一惊，顿时大喊一声从床上滚下，伸手就去摸电灯开关。

屋子里唯一的照明是一盏钨丝灯泡，不过闪了一下后，灯就灭了。我又来回摁了几下开关，还是没有亮，不知是停电还是线路故障。

眼前一片漆黑。

旧屋的采光并不好，加之今夜月光暗淡，周遭又没有什么灯火霓虹，屋子里的视野很受限制。但我十分肯定，刚才灯光一闪而过的瞬间，眼前分明站着一个黑色的影子，而且看样子是一个人的形状。

与其疑神疑鬼，我宁愿相信那是个活物。

我有些手抖地掏出手机，借着屏幕的灯光观察了下四周。屋子本就不大，放置的家私陈设也简单得很。虽然手机屏幕的微光有些影影绰绰，但屋子里一目了然，照了一圈却没有发现什么。刚才那个影子不见了。屋子里空荡荡的，除了床底下再没有可以藏人的地方。我猛吸了一口气后，抄过打扫用的扫把握紧在手，捅了几下床底。

意外的是，手上的触感不像是有碰到什么物体的样子。我还是不放心，壮着胆趴到床边，打开手机的手电筒扫了扫，床底下果然是空无一物。

这么一瞬间，一个会动的活人竟然就能化为无形？难道我还是继续在做噩梦，并且是一个噩梦嵌套又一个噩梦？

但我一向睡得浅，如果是有人或者什么活物从屋外进来的话，没有理由会察觉不到。这间房是祠堂客厅一侧的厢房，要进到屋子里，必须要经过天井和厅堂，哪怕是老鼠，也肯定会有动静。窗户刚才我已经关好，还插了插销，要从外面打开，也总会发出一些声响。

转念一想，没准不是活物反而还好些。这里好歹也是祖屋，要真是有鬼魂作祟的话，想必祖宗们也不会太过为难我这个晚辈。

这么一想，虽然感觉仍然很惊悚，但心里的恐惧感倒是消退了不少。

对了，刚才光注意提防床底下，一时没顾上其他。要说这屋子里有什么招鬼或者招贼的话，也就只有那个摆在书桌上的玄铁匣了。

我下意识地望了望桌子，玄铁匣仍然好端端地摆在那里。但这样扫过一眼后，总觉得不看还好，一看恐惧感骤然袭来，脊背一阵发凉。

意识到哪里出现异样时，冷汗顿时就下来了。

不知是刚才手机灯光照过产生了什么化学反应或物理作用，还是有什么其他难以解释的原因，总之，那个漆黑如墨的玄铁匣竟散发着幽幽的磷光，看起来就像是略微飘浮在半空中一般。

眼前这个玄铁匣，如同潘多拉魔盒般充满鬼魅之感。

我用力地掐了下自己的左手虎口，能感觉到疼痛感，证明现在看到的不是幻觉。

必须弄清是什么才行。

我只好一步一挪地靠近桌子，一边提心吊胆地留意背后是不是突然站着一个什么不明物体。

到近前，我才发现，那些飘浮在玄铁匣上的幽光是从内部散发出来的。在一片漆黑的情况下从远处看容易让人产生飘浮在半空的错觉。我摁灭掉手机的光亮，青色荧光顿时流泻出来，在屋子里衍散。

刚才我把玄铁匣打开后没有合上，玄铁匣内的底部，此时浮现出一个由淡青色光构成的图案，看起来像是一只鸟伸展开双翼的样子，却有三只脚。

这是……三足乌？

我心念一动，这个玄铁匣子果然暗藏玄机。

三足乌是中国古代神话中驾驭日车的神鸟，也称金乌，居于日中，有三足。传说三足乌共有十只，居于东方大海扶桑树上，后来被后羿用神箭射下九只，只剩下一只。

白天从时间胶囊里取出玄铁匣时，并没有见到这个纹饰，刚才在灯下仔细端详时也没有察觉。仔细想想，应该是这个图案做了一些特殊的设计，只有在黑暗中才会浮现出来，或者也有可能是我刚才无意中触动了什么机括。

我打算拿起玄铁匣子再查看，可手触到冰冷的金属时，那些光却顿时消失于无形，连同那个神秘图案也了无痕迹。我诧异地把玄铁匣拿起来又放回桌上，却也没有再发出幽光。

屋子里仍是一片漆黑，而且寂静得掉根针都能听见。我留心分辨，确实没有其他声响。屏住呼吸摸索着到了门口，回过身打量，屋子里确实再无他人。床的位置离门口较远，刚才的黑影看得不甚分明，也分辨不清是真是假，是鬼还是幻觉。

我心神稍定，莫非刚才的黑影是这些青色荧光造成的幻象？不知道这个玄铁匣是否带有某种辐射或不明物质，还是说刚才诡异的幽光能影响到人的精神状态，以至于出现幻觉。

这时，祖屋祠堂的大门吱呀一声响了。我循声望去，门是开着的。但刚才上床睡觉的时候，我分明已经把门关好了的。

没等缓过神来，我突然觉察到屋外有光亮闪烁，旋即便闻到了一股焦糊的味道。

着火了？

为什么又是火？

记忆与眼前的景象重叠，我仿佛骤然灵魂出窍一般，飘浮在半空看着童年时代的我，独自一个人站在从前家中，周遭是乱窜的浓烟火舌，无助地哭着。那时，我早已经知道父亲不会再回来了。我努力让自己坚强，想要让自己像个男子汉般保护妈妈。但那场大火，还是摧毁了我所有的心理防线，我只能是一个被火海包围的十六岁少年，惊慌失措，失声大哭，甚至忘了恐惧和逃跑，眼睁睁看着那场大火夺走了我母亲的生命。

一种渗入骨髓的恐惧感，仿佛在记忆深处又慢慢醒转过来，试图摄住我的心魄。

巧合？诅咒？还是警告？

但时隔七年之后，我已不再是那个只会惊慌失措的家伙。那样的情景，不会再度重演。我不断在心中暗示自己，用力握了握双拳，甚至狠狠扇了自己一巴掌，才终于强迫自己冷静了下来。

当务之急得先判断火情和尝试救火，我在慌乱中随手抓过一条毛巾就冲了出去。

果然，屋外已经一片火光。起火点是另一侧的厢房。

起火的那间房子久无人住，用来堆放一些杂物，此时不知屋里有什么东西燃烧了起来，火苗已经抢到窗口，浓烟滚滚地往外冒。好在看情况火势还没有蔓延到杂物堆和建筑结构。我略一踌躇，判断火势还不算太大，自己不至于会被困住，而且院子里有井水可以取用，便把毛巾淋湿捂上口鼻，提了水桶冲到天井打水救火。

来回跑了十几趟之后，火终于被扑灭了，不过我也被腾起的浓烟熏得够呛，眼睛火辣辣的直流眼泪，只好退到天井。

我杵在原地，长吁一口气，大脑暂时一片空白。七年以后，悲剧没有继续重演。

这一次，总算没有把一切又烧个一干二净。

开窗让烟雾散了有一会，才进得了屋子。我缓了过来，然而却不由得心下一沉。

这栋旧屋是宗族的祖荫大宅，以前一大家族的人都曾在这里住过。后来父亲下落不明，大伯和几个叔父也在别处购置产业，这“四马拖车”格局的大宅也就一直闲置下来，只有逢年过节祭祀之时才有亲戚过来打扫，平素人迹罕至，清静得很。而且祖屋本就位于镇上的旧城区，周遭全是这种传统风格的民居建筑，夜深之后，更显荒凉。

这样看来，刚才那个黑影绝不是幻觉，而且这突如其来的火灾也未免太过巧合。

第四章

老照片

刚才顾着救火，没留意观察屋里是否有异常。现在一片凌乱，又没有灯光，我只好在黑暗中继续用手机当照明，在失火的那间厢房里摸索看看是否有更多线索。

门锁没有明显的破损，窗户也没有被打开过。起火点在房间靠里的位置，地上还有一些零星的灰烬，和一个烟头。

查看了电闸，果然不是线路故障，而且电线看起来是被剪断的。这间屋子久未有人住过，如果是电线短路引发的火灾，起火点不会在一个没有电线的位置。显然，有人刚刚就在这里，而且隔的时间不会太久。刚才顾着救火，现场已经被破坏了不少，有用的线索并不多。

我找到一截废弃的铁管防身，带上门沿着祖屋周遭巡了一圈。如果刚才那个黑影是贼的话，说不定在附近还会能找到一些踪迹。

但走了一圈后，我不由得倒吸一口冷气。祖屋的周遭一片黑暗，连唯一的一盏路灯看起来都已坏了很久。挨着祖屋的都是相仿的古旧建筑，而且不知为何，看起来周围的房子都已荒废许久，完全没有住人的痕迹。细想之下，刚才若不是我被突然吓醒，火势再大一些的话恐怕就会被困死在屋里了。而且就算被烧死在屋子里，附近也没有人能及时赶到救火。

有人故意断电和纵火。但对方究竟是什么人？加害于我的动机又是什么？我却不得而知。

之前我还觉得是杯弓蛇影自己吓自己，但现在眼前一系列应接不暇的事情，显然并非偶然。我疑窦丛生，这一连串的事情，究竟是怎么回事？

玄铁匣，火灾，鬼影，三足乌，这之间到底有什么关联？

我守在天井，确保着火点没有死灰复燃后，才借着手机照明回到了原先的屋子里。

刚才救火的时候泼了很多水，也弄湿了电线，摸黑接上估计也会短路，只好先等天亮后再收拾。

不过进到屋子里我才发现，桌子上的玄铁匣被移了位置，跟先前稍有异样。而且，在玄铁匣的下方，多了一个薄如纸张、微微泛白的物件。

我拿起来一看，居然是一张黑白照片？

我壮着胆吼了一声，是谁？

周遭静寂无声，连掉一根针都可以听见。留下这张照片的人不论是谁，此时都已经走远了。

手机灯光太过暗淡，我打开手机的手电筒，把照片拿起来，凑到近前。

这是一张显然有些年代的黑白照片。拍摄的画面，是一个不知道什么地方的老宅子，有一种说不出的违和感。

这种违和感，首先来自这张照片的拍摄环境。

在使用黑白胶卷的年代，拍照不是一件很普及和方便的事情。通常如果是这种用于记录用途的景物拍摄，会尽量做好构图光线的准备，挑合适的角度和时机。

从这张照片上看起来，显然拍摄者做了一些准备，比如对焦准确，构图也完整，在这么暗弱的光线环境下应该还用上了脚架，但手中的这张照片却显得很灰暗，甚至只能勉强辨认出拍摄的主体。拍摄者为何要故意挑一个光线不好的时候按下快门呢？或者这根本就只是一张曝光不足的废片？

一张曝光不足的废片，是什么意思？

但我马上意识到这个可能性几乎可以忽略不计。仔细辨认的话，可以发现，照片上拍摄的，是一间略有些残旧的传统建筑。而充斥整个画面的只是这个建筑的某个局部特写。显然，不论拍摄的人是谁，他一定是故意选择在夜里而且不使用闪光灯来拍摄这张照片的，但这样做的缘由是什么？

细看之下，照片中的建筑样式比照片的拍摄状况更有违常理。显然，这绝不是恶作剧。

虽然大学选了与历史考古毫无关联的专业，不过也许是小时候受父母影响的缘故，我对耳濡目染的一些冷僻知识点却是过目不忘。也正是因为有这方面的知识积累，我才会马上察觉到这张照片拍摄的建筑存在的怪异之处。

画面构图的中心，是一个旧式建筑的照壁。

所谓照壁，是中国传统建筑的一种独具特色的建筑形式，又称为“影壁”或“屏风墙”。一般来说，就是在大门内形成屏蔽的一堵孤立的墙。这面墙不仅能体现屋主的身份、地位，也能表达审美品味和志向追求。而照片上的这面照壁，用青石砖砌成，没有过多装饰，只在正中镶嵌了一个雕刻图案，朴素得近乎简陋。

但那个图案所传达出的信息，却让我顿时感到，这张照片出现在我面前，一定有其理由。

那个青石砖上，也刻着一只展翅的三足乌，与刚才玄铁匣上浮现出来的图案如出一辙。

题字的内容也有些不按常理。通常照壁上的题字内容多为单字或者四字。而这张照片上，在那个鸟形雕刻下方的方形石碑上，却刻了好几行字，或者从观感上看应该是一句话，因为那些文字都是那种奇怪的蝌蚪文。

除此之外，再没有任何环境参照物或附带文字说明，很难从中推测出照片的拍摄年代和地点。

本来通过建筑的样式和环境细节，或多或少都能判断出拍摄地的大致地域文化特征。无奈这张照片透露的唯一线索只有照壁上的那个刻字的矩形蝌蚪文石碑和三足乌图案，这样的刻字石碑虽然不多见，但单凭一张照片去找一个地方的做法，仍然无异于大海捞针。

眼下这个情形，自然是睡意全无。

不过经过这一顿折腾，惊惧激发的肾上腺素也已渐渐耗尽，反倒让我内心的起伏平复了下来。

只是我一刻也不想再在房间里待着了。

也许是心理作用，待在屋子里总有种被人窥视着的感觉，浑身不自在，我索性搬了张椅子到天井坐下。

越来越多的谜团，随着二十年前埋下的那个时间胶囊浮出水面。

可以肯定的是，玄铁匣上的蝌蚪文和浮现出来的三足乌纹饰，隐藏着与这一系列诡异事件相关的线索。然而对方应该不是冲着玄铁匣而来，否则刚才我被引开去救火的时候，玄铁匣应该已经被收入囊中不翼而飞了。

没有取走玄铁匣，反而给了我一张老照片，看起来更像是在诱惑我追踪这个线索查下去。

欲擒故纵吗……

虽然不知道对方的意图是什么，但至少可以肯定的是，父亲当年参与的科考，那场夺走母亲的大火，显然都有着更为隐晦复杂的背景。

而且从现在的情形看起来，隐在幕后的一切并未结束。我挖开时间胶囊这一行为，无意中似乎触发了一个二十年前就设定好的连锁反应。不然何以解释，二十年后当我回到这里挖出父亲托付给我的玄铁匣时，还有人在我面前故弄玄虚，留下一张似乎是线索的照片？

这一切究竟跟我有什么关系？为何这张照片会突然出现在我面前？

这种被蒙在鼓里任人愚弄的感觉，让我十分不爽。

不过眼下我却无计可施，只有先破解开对方提供给我的这一线索，搞清对方的意图，才能采取下一步的行动。

入夜后起了风，更觉得清凉。夜色浓重，繁星点点，天井围住的一块方形天空浑然如一方砚石。久在城市生活，已难得看到如此清朗的星夜，我独自一人躺在太师椅上，回想起童年时代有父母陪着在夏夜乘凉看见银河的情景，莫名感伤。

二十年前的这个时间胶囊，果然埋藏了过去的许多秘密。

父亲失踪以后，甚至母亲出事以后，我都曾固执地认为他们一定还活着，只是因为某些不得已的苦衷才躲在了世界上的某个角落无法回来或和我联系。这种执念一直持续到我上了高中，甚至在成年之后才渐渐淡去。我才终于能像通常意义上的孤儿一般，接受双亲已经离我而去的事实。

但现在回到这个充满了过去的地方，不知为何，我却再度难以自拔地从心里生发出双亲仍然在世的幻想，虽然理智上我早已接受了他们离开的事实。

记不得自己是什么时候睡着的。我睡得很浅，浑浑噩噩中似乎又做了很多梦，却又抓不住任何鲜明的线索。直到远处传来鸡鸣醒转过来时，已经是清晨。

我从井里打了冷水洗了洗脸。虽然只是迷迷糊糊地小睡了一会，但多少恢复了些精神，头脑也不再那么昏沉。加之晨光驱散了夜色，那种处身黑暗中的窒息感和恐惧感也大为减退。

看起来这栋旧屋已经处于某种程度的监视之中。我自然不想继续在这里坐以待毙。

简单清理了一下被火烧焦的痕迹，又到两间房子里仔细转悠了一圈，依然没有什么有用的发现，我便收拾了自己的随身行李，把玄铁匣和那张黑白照片都收进了背包，锁上了房门离开，直接前去老程店里。

第五章

跟踪者

我径自向着老街上的“藏锋宝刀”档口走了过去。

这条老街从前是镇上的商业中心，曾经也有过商铺林立、游人如织的时候，如今显然萧条了不少，街道两侧的骑楼依稀还能辨认出往昔的繁华气象。

不过我却无心浏览眼前的街景，在这样的状况之下，哪怕是走在大街上，也不得不多留一个心眼。经历过昨晚的遭遇，神经自然绷紧了不少。

实际上，从早上出门到现在，隐约中我一直感觉有人在暗处窥伺着我的一举一动。这种感觉与其说是心理反应，不如说是让我开始注意到一些异常的细节。

我拨通了老程的电话。

老程隔着电话抱怨我一大清早扰了他的春梦，不过听我说了昨晚上发生的一系列怪事，倒还算仗义地立马要我注意安全，先去到他店里见面再详谈。

老程家的店面在街区另一端，小城反正也不大，走路总能到。趁着还早，我便慢慢地走了过去，一边走路一边整理思绪，好歹让自己稍微冷静了下来。七年没回来过，走在既熟悉又陌生的大街小巷，少不了有许多零零碎碎的回忆和想法。只是怪异的事情接踵而来，以至于我根本无暇缅怀过去。

昨晚敌在暗我在明，又是一个相对封闭的环境里，我的一举一动对方看来都了如指掌。但在光天化日之下，我的主动权就比较大了，如果有人在背后偷偷跟踪我或者监视着我，不可能不露一点痕迹。只需集中精神悄悄留意周遭，便可知晓是否有异。

我在街角一家卖文房四宝的店铺前停了下来，随手拿了个端砚假装看货，尽量自然地用眼角余光扫过来时的路口，未发现什么异常。看来得想个法子逼对方现身。

我放缓了脚步，在一家卖二手书的店铺前停了下来，随即迅速迈步进了店铺里，找了个相对隐蔽的角落给老程发了短信。

“老办法，10分钟，小巷里会合。”

我不知道什么人在监视我，也不知道这种监视已经到什么程度，只好出此下策。

我其实在赌一件事。如果对方是从昨天我和老程挖出时间胶囊的时候就已经在暗中窥伺，甚至是从我一回到这里就已开始在监视我的话，对方自然也认得老程。那我们这种螳螂捕蝉的游戏，就显得相当可笑。

不过如果对方是在玄铁匣重见天日之后才因为某种缘由而盯上我，那么未必会注意到老程的存在。这两种情况自然有区别的，虽然我不知道这个区别是否有决定性的影响，但至少可以让我缩小调查的范围。

很快，老程就回了简单的一个“欧”字，想必已经心领神会，布置妥当。

我尽量若无其事地故意拐错了一个路口，进到了一个人流稀疏的巷子里。

旧城一带都是传统建筑，巷弄错综复杂，七拐八弯，这么多年过去却未有什么变化。而我的童年时代都在这地方玩耍，大致的路线多少还认得。在这些巷子里绕，对方如果不是跟得很紧就很容易被我甩掉，而如果跟紧的话，在小巷里就很容易暴露。而且，比起我来，老程对周围的环境更是熟悉不过，不是寻常在这附近出没的人应该很容易能分辨得出来。

我一边按照记忆兜着路，一边留神身后的动静。估摸了大概的时间后穿过几个路口，拐进一条车进不了的小巷，在巷子中间一个略有些陈旧的木门前停了下来。这是“藏锋宝刀”店铺的后门，有一道楼梯通到二层的骑楼。四顾无人，我推开了门闪身进去，而后迅速踩着楼梯上了骑楼。骑楼上的视野较为开阔，能够看到巷口。如果刚才有人进了小巷，后面又有老程包抄，想从我们两个人的眼皮底下隐身跑掉绝不是一件易事。

在我冲到窗边的那一刹，我瞥见了巷口有个人影闪过。虽然看得不甚分明，但至少可以肯定，那人个子不高但身材壮硕，却并不是我存有深刻印象的人物。我刚想冲下楼，老程就上来了，示意我不用追。

看起来，今天跟踪我的那个人似乎并不认识老程。他刚才躲开了我，却与老程打了个照面。听老程描述，那人看起来约莫五十多岁，理了一个能看见头皮的短寸头，戴着墨镜，穿着一件黑色的T恤和一条卡其色的户外长裤，脚上是一双登山靴。我一头雾水，毫无印象在哪里接触过这样的人。想了想，我还特意问了老程那人身上有没有三足乌的标志，老程却很确定地说没有。

既然已经把老程拉下水，我便把这一系列充满疑点的事情都跟他从头理了一遍。从意外出事的那次海上科考，到昨天晚上人为的火灾和突然出现的旧照片。老程面色凝重地听我讲完，不发一语沉吟了半晌。

“话说回来，对方现在虽然是在暗处，但既然你能拿到玄铁匣，而且对方还故意把那张老照片送到你面前，说明在这整个局里，你才是最为关键的一环，只要你破解开这些线索，不愁他们不现身。”老程想了想说。

“这也说明了一点，这件事强迫你去做是没有用的，但他们故意让你意识到他们的存在，大概是为了给你施加压力，在暗中推动着你主动去解开这个谜题。”

在我纠结于从何下手的时候，老程这一句话让我豁然开朗。

“我明白你的意思了。”顺着老程的假设往下推理，我很快发现了问题的所在。

显然，我忽略了一些看似简单的疑问。比如，既然对方已经在暗中监视着我，昨晚为何不直接将我绑走严刑伺候？虽然目前还不能确定原因，不过看起来玄铁匣和老照片中的秘密肯定有所关联，而且我自己很可能掌握着他们并不知道的关键线索。只不过这些线索我现在也未必能意识到，所以就算把我抓回去也没有用。

“说不定，应该反过来看，对方即使拿到了玄铁匣，恐怕也毫无用处。能否破解玄铁匣之中隐藏的秘密，其实才是他们关注的焦点。而你很有可能就是解开秘密的关键。如果这个假设成立，那么……”老程脸色一沉，说道，“……这是螳螂捕蝉，黄雀在后。”

老程总算是意识到了我现在的处境和感受。

“或者更确切地说，是催促。他们希望借你之手继续你父亲母亲当年某一件未完成的事，所以需要你去破解这个谜题。”

这就不难解释昨晚的火灾了，显然，这是一种警告。

如果说当年我父母是因为同样的原因被卷入了这个局中的话，现在，我就成了他们的继承人。

但同时，我的父亲母亲应该是掌握了这个秘密的人，而他们托付给我的，是这个秘密，也是某种责任，洞察和守护这个秘密的责任。

说出这个结论的时候，我突然明白当年那个夜晚，父亲为何要如此郑重其事地将打开时间胶囊这件事托付于我。

想明白这一层，我反而觉得释然。

我一直以为自己被抛弃在了大人们的秘密之外，没想到突然间，我却成了谜团的中心。

“如果是你的话，接下来你会怎么做？”我问老程。

“我这人做事比较直接，要么不干，要干就一定会直捣黄龙。我想首先是要弄清楚当年发生了些什么。既然当年的海上考古是公开的活动，总会有些档案记录的。虽然隔了二十年不太好查，但总还能找到一些蛛丝马迹，如果能顺藤摸瓜找出组织那次探险的幕后人物，就有办法弄个水落石出，搞清楚背后是谁在捣鬼了。”

老程说得没错。追查那次海上探险，至少有迹可循。比如参与那次行动的其他成员，这个项目背后的资金来源，参与项目人员的后续行踪，等等，只要追查到那次所谓的事故中真正发生了什么，或许就能知道这些谜团的前因后果，不过，这事显然不会一帆风顺，而且二十年前那次科考与我现在手上的线索究竟如何联系，恐怕也不是轻易能解开的疑团。

我开始在心里盘算下一步的计划。

“不过，当务之急我觉得还是要先去探明那张照片上的建筑有什么来头，如果能找到当年拍照的这个地方，多少会有所发现。”老程说。

如老程所言，我也隐隐觉得这是目前最为可靠的线索，而且很可能是整个事件的源头。那次海上科考既然有突然的变故和不为人知的内情，当时的档案想必也已经过篡改，正面调查未必是最好的选择。

“我说老程，这事你知道就行了，还是我自己去吧。”犹豫了一下，我还是说了出来，虽然我一直把老程当兄弟，但这事毕竟与他毫无关系，而且一旦牵涉进去说不定可能攸关性命。

“我说你小子太不够意思了，这么刺激的事你敢不预我一份。”老程没让我把话说完就一口拒绝了我。

我愣了一下，一时间不知该从何说起。见老程这两肋插刀的架势，也只好接受下这份好意。他这人一旦决心要做的事，我阻止也没用，何况我的确也需要他的帮助。

第六章
庚叔

眼下，要从哪里着手打探老照片的事情？

童年时代，老照片，与父亲有关的人。

我的脑海中浮现出了一个只在童年时代出现过的身影。二十年前父亲的一位莫逆之交，齐庚年，我叫他庚叔。

之所以会想到庚叔这个长辈，是因为这张照片的出现骤然唤醒了一些从前被我所忽略的记忆细节。为数不多的童年印记中，庚叔和他的照相馆是至今记忆犹新的存在。虽然不确定这张照片与他是否有关联，但他也许会给予我一些帮助。

只是自从离开了这座小镇之后，我与庚叔便断了联系。虽然不知道事隔多年以后他是否还住在镇上，但既然有了这么一个线索，我决定先去试试。

镇上的不少建筑都已经变了样，凭着大致的方向不难找出记忆中的场景。我在旧城的街区中穿行，七拐八弯绕过了几条小巷子后来到了沿河的另一侧，过了那座石桥之后不久应该就有一栋老式的砖木结构建筑，如果还在那里的话。

幸运的是那栋建筑还在，门上的招牌和一侧的广告虽然更破旧了，但还没拆。

“光明照相馆”，我要找的地方便是这里。

这家店的老板便是庚叔。说起来，庚叔与我们家的关系还颇有渊源。

民国年间，我的曾祖父是船行的管账，庚叔的父亲齐老爷子则以打鱼为生。渔船是要问船行租的，有几次年景不好的时候，我的曾祖父曾经帮过齐老爷子，接济他们一家渡过难关，所以齐老爷子一直感恩在心，也和我祖父成了好友。

后来祖父一家落难关牛棚的时候，反倒是多亏了齐老爷子暗中照顾。“文革”结束后一家人得以回到小镇，父亲那时转学过来，与庚叔便成了镇上唯一的一所高级中学里的同窗。

作为一个比大多数同学年纪都小的回城子女，又是成绩拔尖的插班生，父亲自然而然地被为数不少的同学和老师孤立，甚至免不了处处被排挤欺负。而庚叔那时非但没有为难我父亲，甚至有好几次还帮我父亲出头。除了两家人的渊源之外，庚叔与父亲大概也算是意气相投，很快就成了好友。

那还是80年代初，整个社会都洋溢着理想主义和无私无我的热情。这两个刚刚经历过“文革”的年轻人也不例外，迫不及待地想走到时代的前沿一展才华抱负。父亲沉迷于历史国故的研究，一心要在百废俱兴的考古领域有所建树。而庚叔则热衷于鼓捣器械，立志要当一名攻克前沿难题让老外刮目相看的工程师，为实现四化贡献智慧。

只可惜造物弄人，人生事常不如人意。

那年高考父亲因为家庭成分的原因差点落榜，幸亏有熟人举荐，加之父亲的恩师白教授爱才心切，亲自跑了几趟招生办极力保荐，几经周折后才被录取。

而庚叔更是命途多舛。那年齐老爷子突然一病不起，折腾了大半年后撒手人寰，一家人的生计和弟弟妹妹继续读书的重担顿时落到了庚叔的肩上，虽然他那时仍在竭力争取，白天拼命做工赚钱，晚上坚持熬夜补习，无奈高考前终因体力不支累倒，终于含恨落榜。

之后为了把读书深造的机会让给弟弟妹妹，庚叔忍痛放弃了学业。趁着改革开放的东风，他自学了摄影，变卖了家里的小舢板买回个二手“海鸥205”相机帮人拍照。起初虽然没少被工商以投机倒把的罪名扣过相机，后来市场经济慢慢发展起来，倒是也逐渐攒下了点钱，租了个地方开始定点经营。到90年代初，又买了铺面，搬到了现在所在的这栋旧宅子，开了这家光明照相馆。

那个年代的不少故事，我都是小时候在长辈们的闲聊中听来的。那时我并未上心，仅仅是把这些作为怀想或者说想象父亲母亲所属那个时代的素材。但如今我却有了全然不同的观感，这些片断也许都是我解开疑团的钥匙。

记忆之中，那时庚叔与我们一家常有来往。但自从那次火灾事故之后，我就再没见过庚叔上门了。昨晚，端详着照片竭力搜寻二十年前的记忆碎片时，我突然想到，父亲出发前往那次海上考古之前的几天，庚叔曾在我们家与父亲谈到深夜。手上的这张老照片说不定那时也曾在家里出现过。而且从照片拍摄的年代看，应该也是父亲一辈年轻时候的事，甚至可能更早。

说不定能从庚叔那里得到一些线索。

照相馆大体上仍维持了原先的样貌，只是愈加破败了一些而已。听大伯说，前些年庚叔似乎投资什么生意失败，并且又离了婚，此后便一蹶不振，也无多少心思打理整顿业务。而且，现在数码摄影越来越普及，小城镇人口又不断外流，平日里会到照相馆拍照的人越来越少，眼下也只能是勉强维持生计而已。

时候尚早，门面都还关着，木制的挡板一侧倒是有个油腻腻的门铃。我心下忐忑，犹豫了一下还是按了按。虽然已经七年没见，看在父亲的面子上，庚叔应该不会把我拒之门外吧。

连按了几次门铃之后，一个脸色憔悴不修边幅的中年男人出来开了门，诧异地望着我。

时隔七年，庚叔自然也发福了不少，不过从他的面目轮廓依稀还能分辨出昔年爽朗健谈的样子。只是岁月不饶人，往日里眉宇之间的那股奕奕神色如今已经了无踪迹，整个人看起来苍老了许多。

我说明了身份，似乎也唤醒了庚叔的昔日记忆，他的表情顿时舒展开来，就像从前见到我父亲一般拍了拍我肩膀，把我扯进他的店里。

“没想到啊，致远家的后生仔现在都这么大了。”庚叔有些激动和感慨，“乍一看，差点还以为是你爸终于回来了，呵呵。你跟致远年轻时候可真像，一个模子印出来的。”

经他这么一说，我不禁也有些怅然。说起来，我的样子的确与父亲比较像，就是性格比较文弱，像我母亲。

我跟着庚叔上了阁楼。照相馆由一栋旧式全木制的建筑改建而成，所以自然没有现代的设计那么光线通透，不过古色古香的木结构建筑衬托上四周的墙上贴满的各种照片，看起来虽然有些残旧，倒也别有一番格调。

店内有点逼仄，光线昏暗，我扶着墙走了一段眼睛才适应过来。环顾四周，外间是拍摄证件照的地方，摆了一台佳能EOS系列的相机和两个闪光灯。里间以前应该是洗照片的暗房，现在看起来成了庚叔的住所，看来离婚之后他就一直是自己一个人过了。

庚叔忙活着给我端茶倒水，让我心头不由得一热。自从父母相继离开我后，虽然大伯一家对我视如已出，但出了家门或多或少总会遇到外人的异样眼光。这么多年来，虽然我对这一切早已习以为常，却未曾预期过除了血亲之外还会有萍水相逢的人能如此亲切，甚至把我当作自己家人看待。

久未见面，自然免不了一番寒暄。看起来庚叔似乎也是很久没有打开过话匣子了。我找了张凳子坐下后，他一边冲着工夫茶，一边一茬接一茬地问了不少我现在的情况。

“哎，真得替你爸高兴啊，都这么大个儿子了，要不是……”庚叔看起来有些激动，一时自觉失言，倒是很照顾我情绪，把后面的话硬生生憋了回去，讪讪地笑笑，“你看我这人不太会说话，别太在意啊。”

其实这么多年过去，我倒是不太介意提起这件事，何况眼下我正试图解开二十年前留下的重重谜团，见他这么说，便顺势接过话头说明我此行的来意，询问当时的一些事情。

没想到庚叔听我这么一问，手中的动作却为之一滞，抬起头神色复杂地望了望我，随即便沉默不语，神色凝重。

“我这个当长辈的说句不中听的话，当年你爸的这事……都隔了这么多年，现在再去追查恐怕也是徒劳无功，白费心思。”

我没有接话，略一思忖还是决定单刀直入，便从口袋里拿出了那张诡异的照片摆到桌面上。

庚叔一看到这张照片，神色顿时变得十分冷峻。

“这张照片……是怎么到你手上的？”

我把昨晚的经历简明扼要地说了一遍。

庚叔听完我的叙述没有说什么，只是走到窗边摸索着衣袋，抽出根烟点上，猛吸了两口。

“这张照片……我没见过。”庚叔只是这么说。

我见庚叔这样的反应，料想他应该有些什么事情瞒着不肯对我说。但我主意已定，今天无论如何也要从他这里套出一些线索。我便再三恳求，希望能看在父亲的分上帮我一把，告诉我其中的来龙去脉。

但庚叔却像是在思考些什么，一副欲言又止的样子，踱步几个来回之后，才终于像是下定了决心。

隔了好一会，他才开口：“你这脾气也跟你老爹一样，倔得很。不过这里面的事你还是不要知道的好。毕竟……致远现在只剩下你这么一个儿子，不应该再被卷进来了。”

第七章

隐情

庚叔的这一番话顿时在我内心激荡起了许多疑问。看起来他的确是知道一些什么，只是不肯向我透露。事隔二十年之后，我才终于窥见一点蛛丝马迹，自然不会善罢甘休。

"庚叔，你跟我直说吧……二十年前到底发生了什么事……我记得那时候您常来我家，应该见过这张照片对吧？"我憋着一股劲儿地问道。

庚叔一愣，而后缓慢地摇了摇头，既没有肯定，也没有否定。

在我的再三请求下，庚伯伯还是不肯透露半句。

我顿时有些急了："庚叔，这里面有什么隐情你就告诉我吧。既然现在有人把这张照片给到我手上，就算我什么不干，对方恐怕也不会善罢甘休。"

本来我只是抱着碰碰运气的想法找庚叔打听一下这张照片的一些特征而已，却没想到歪打正着。这一切竟然在很早以前就有着千丝万缕的因果联系。

只是从来没有人跟我证实过什么，解释过什么。

在那场意外之后，我就被带离这座小镇。这二十年来，无论是祖父或大伯他们，都从不曾当着我的面谈论父亲参与的那次海上考古行动或与此有关的话题。有意无意地，关于这一切似乎都被刻意地忽略掉，只剩下一个模糊的轮廓。

"实际上，昨晚给我照片的人，差点就放火烧死了我。"我再也无法忍受自己被蒙在鼓里的感觉了。我把回到镇上之后的经历和盘托出。

庚叔眉头紧锁，一口接一口地抽着烟，听我说完这一系列奇怪的事。

“其实，忘了这回事，把玄铁匣埋回去后离开这里，你仍然可以继续维持现在的生活。但一旦你开始追查下去，不仅会让自己置身险境，你的生活也会发生重大的变化，甚至再也回不去。即便如此，你也要继续追查下去吗？”庚叔在沉默良久之后终于开口，看起来很是严肃地问了我这一句话。

这句话有些费解，我愣了一下。

难道说，我现在所拥有的生活，也已经是在二十年前就算计好了的?

那所谓的危险，究竟又是什么?

而且，更让我意外的是，庚叔在二十年前居然也是知情者之一。

不，更进一步想，或许，这二十年来，周遭所有的人或许都知道其中的隐情，只有我被蒙在鼓里。

这一切对我而言，实在是太过震撼了。

“就算你继续追查下去，你的父母也不会再回来了。知道了真相，又有什么用呢？”

“我当然知道他们已经不会再回来了。可是从某一天开始，我就这么不明不白地成了孤儿，也只能这么不明不白地接受现实，假装父母的过世只是一次接一次偶然的意外。而现在，我拿到了父亲在二十年前留给我的东西，在我眼前突然出现了这么一线希望，哪怕真相再残酷也好，代价再大也好，有人设局也好，我也想弄明白一切到底是怎么回事。”我认真说出了自己的想法，一句一句，仿佛掷地有声。

庚叔仍然缄口不语，抽着闷烟。屋内已经烟雾缭绕。

“您是要我继续像原来一样，明明有很多疑惑，却只能假装我父母只是遇到意外吗？”虽然有很多的疑问，但此刻脱口而出的，却只是积郁在内心的委屈。

庚叔似乎没有想到我会有这么大的情绪反应，一时之间，气氛有些尴尬。但我的心情已经糟糕透顶，也就无暇顾及他的感受了。

这种感觉就好比你来到一扇门前，你明明知道门那边正在发生什么与你切身相关的事，但那扇门却关着，完全无计可施。而你被困在门的这边，没有其他出口，要出去就只有打开那扇门，那么究竟是破门而入还是寻得钥匙，就变得不是那么重要了。

“二十年前究竟发生过什么事情，对我而言很重要。而且，父亲母亲既然留了一个线索给我，想必也是希望我追查下去。所以无论幕后会有什么，我也会义无反顾地一步步追查下去，亲手把真相一点点地挖出来，哪怕赌上性命也没关系。”稍微冷静了下来后，我整理了下自己的想法和态度说道。

我的倔气上来，要杀要剐就来好了。但无论是敌是友，除非出现在我面前把一切说清楚，否则我绝不会言听计从，就此任人摆布。虽然不知道继续追查真相对我而言会带来什么影响，但我很清楚这一切对我而言意味着什么。

我把话说完后，见庚叔也没有想要开口的意思，便也不再作声打算告辞。我其实只想倒出心里的想法，至于能不能从庚叔的口中撬出一两句话来，我也没把握。

也许是我的神情有些异样，庚叔叹了口气，把手里的烟头摁灭。看起来，我的一番话对他有很大触动。

令我意外的是，庚叔没有再劝阻我，只是淡淡地说道：“如果你真的已经下定决心想追问下去，我这里也有一件东西要交回给你，是你父亲留下的。”

我心中一震，除了时间胶囊之外，父母亲还给我留下了其他的线索？！

许多的疑问涌上心头，堵在一起，一时竟不知该先问什么。

庚叔默默起身走到角落的书桌旁，拉出了一个抽屉。我看着他把里边杂七杂八的东西都清空出来，而后把整个抽屉都取了下来，拿了一把裁纸用的美工刀小心把抽屉的底板卸出来。抽屉底板看起来像是有个夹层，沿着一个几乎看不见的缝隙用力撬了撬后，顿时出现一个不大的暗格。暗格的设计很是巧妙，从外面几乎看不出来。

暗格里只有一个用文件袋包好的旧信封，还是当年那种红白蓝相间花边的航空信封。

这种信封主要是通过航运来送信，通常是国际信函。看起来，这似乎是一封从国外寄来的信?

“本来，我不想再让陈家的后人牵涉进来，一切到此为止。只是没想到……你终究还是被人引到了我这里。看来有些事情……还没有完结。”庚叔终于开口说出了一些我所不知道的事。

“您说的有些事情还没完结，是指什么？”想了想，我决定先问一个迫切需要解答的问题。

庚叔却没有理会我的疑问，只是轻描淡写却又意味深长地说道：“这里面牵涉的事情很多，一旦你开始追查二十年前的事，幕后的一切自然会一一浮出水面。不过，这里面有些事甚至远远超出你的想象。而且从长辈的角度，我也还是劝你最好不要牵涉进来。知道的越多，意味着责任也越大，如果不断追问下去，终有一天，这一切会超出你所能承受的范围。”

这话说得云里雾里，把我绕得不知远近。但我一直都是个比较偏执的人，认准的事我会咬住不放。庚叔这是危言耸听也好，语重心长也罢，对我来说都不能让我就此罢休，把疑问烂在肚子里。

“庚叔，如今我也已经二十三岁了，我能为自己的所作所为负责。我父母当年之所以会选择在二十年前埋一个时间盒子给我，要求我在二十年后才打开，想必也有这方面的考虑。现在您也大可不必担心我的承受能力。”我摆出一副不到黄河心不死的样子。既然有一线希望获知真相，我当然不会轻易放弃。再说了，我这种人的行为逻辑是不管死不死心，总之先到了黄河再说。

庚叔把那封信递到了我手中。

信封在时隔多年以后已经有些微微发黄，不过上面的墨水字迹还很清楚，正面是用英文书写的地址，看邮戳这竟然是一封从美国旧金山唐人街寄来的信？时间是1990年12月，收信人是父亲陈致远，信寄到了父亲当年工作的研究所，不过寄信人一栏却没有写地址，只有两个缩写字母“F.M”。

这个F.M又是谁？

印象中父亲母亲从未提起过我们家有海外关系。不过也说不定是学术交流之类的书信往来。

信封已经被拆开过，一边有裁纸刀划出的痕迹。信封里，只有一张照片。

我顿时有种不太好的预感。又是老照片……

果不其然，那张照片上的画面，与我昨晚收到的那张黑白照片几乎如出一辙。画面上都是很暗的环境下拍摄的一个古建筑的照壁部分，仔细看的话，这一张照片角度稍微有些不同，似乎是同期拍摄的另外一张。

这究竟是怎么回事？为何会有两张莫名其妙的旧照片？

庚叔示意我翻到背面。

与我先前拿到的那张照片不同，信封里这一张老照片，背面右下角的位置，有两行用蓝色墨水笔写的小字，字迹清秀，笔画工整。第一行字是一句古文：“天下之百姓皆上同于天子，而不上同于天，则灾犹未去也。”

一句古文，只是不知摘抄在这照片背后有何用意。

而第二行字看起来应该是一个地址。

“这个地址是……？”我问。

“当年你父亲做田野调查时发现的一个古村落，在四川西南部。”

一个关键的信息。照片的右下角有一个日期。“90.08.15”

这是发生在我出生以前的事了，而且从我记事以来的印象中，似乎也没有听谁提起过这样一个地方，或我父亲母亲年轻时候去那里做过田野调查。

又是一个在我面前保持缄默的秘密。

第八章

玉佩

从庚叔那里终于获得了一些新的线索。不过关于那封奇怪的信和其中的照片，庚叔却是一问三不知。正当我想继续追问下去时，他却接了个电话，而后便下了逐客令，说是有些急事要出去一趟。我自然也没有继续赖在那里的理由，只好悻悻出门，一边寻思再找时间过来磨他告诉我多一些情况。

从光明照相馆出来，走在路上，我忍不住想，如果这一切都是事先设计好的，而且这个局早在二十年前就已经开始启动了的话，恐怕我早已经身在局中，甚至不能排除有一些故布疑云的线索在故意把我引向错误方向。而且更为关键的问题是，我竟然同样无法确认现在所面对的这个局面究竟是如我父母当年所预计的那样在进行着，还是已经被隐藏在幕后的操纵者暗中篡改过了。甚至于我其实也无从辨别，庚叔刚才跟我说的这番话到底是真是假。

但我别无选择，只好姑妄信之，一步步顺藤摸瓜追查下去，再见机行事。

还好眼下有一个比较能确定不会与二十年前那个局有关的人可以协助我。我打了电话给老程。在我来光明照相馆的时候，老程则在暗中调查那个跟踪我的人是什么来路。电话那头他没有多说，但想必也已经有些收获。

我大致说了下我在庚叔这边获得的情报，提到了新拿到的那张美国寄来的照片。但照片上的地址对我和老程来说都是一个完全陌生的地方。那个古村落从位置上判断应该位于四川南部的深山老林中，搞不好现在都还有可能不通车路，需要徒步进山。我们人生地不熟贸然出发恐有危险，最好还是先做好充分的准备。我和老程商量了一下决定先分头行动，老程先去采买一些物资，我则设法拿到当年那次海上科考的档案资料。旧屋那边我是不打算继续住了，今晚搬到老程店里凑合几天，等准备妥当就出发去四川。

此时老街上行人稀落，除了起早晨练的老人，便只有打扫街道的清洁工。若是有人盯梢跟踪倒不难发现。但就在我拐过一条古巷转角青黑色的院墙时，一个女生和我擦身而过，我忍不住盯着她多看了几眼。那当然不是因为她长得有什么问题，相反，那女生的身材相当标致，模样也很好看，晒成小麦色的肤色衬着染成亚麻色、略带自然卷的短发，紧身铅笔裤加宽松的藏青色麻质衬衫，她看起来应该和我年纪相仿，不知为何却有种成熟妩媚的气质。

但真正吸引我视线的，是她胸前那个玉佩。

我由着惯性继续往前走了几步，才停了下来。犹豫了一下，又转身往回追上她。

那个玉佩雕刻出的形状是展翅的三足乌。

如果说之前我还觉得有可能是巧合的话。现在打死我也不信世上会有这么巧的事了。虽然刚才她经过与我对视的时候，纯粹是陌生人在窄路上碰见的自然反应，但我还是觉得有必要去问问。

那女生却似乎没有要停下来的意思。我加紧两步追了上去她跟前，连忙问："不好意思，我想请教你一下，关于这玉佩的一些事情。"

她愣了一下，突然扑哧一笑，说道："小鲜肉不错嘛，年纪轻轻就有勇气来搭讪姐姐了。"

我当场傻住，不会吧……我这么严肃的样子居然还被当成了搭讪。刚想开口解释，那女生已经接着说了："不过这个开场白还真是太烂了。你追女孩子的技术是跟幼儿园老师学的吗？"

说完之后，她便甩开步子便继续往前走。

"不是……我只是……想知道这个玉佩的事。"情急之下，说出话来都有些支支吾吾。

“叫姐姐，不然我不告诉你。”女生坏笑一下，竟然还顺手把玉佩收到了衬衣里贴肉的位置。

我目瞪口呆，一时不知该做何反应。

“喂，你在盯着哪看呢。”大概是见我的眼光还停留着，女生故意沉下脸。

“哦，不好意思。”我顿时大窘，连忙移开视线，这下更说不清了。

“一大清早居然有个小鲜肉送上门来被本姑娘调戏，看来今天运气不错啊，这边的寺庙求桃花果然灵验啊，嘿嘿。”那女生不怀好意地故意靠上前来，瞅着我说。

“我真不是想搭讪你，就是想知道这个三足乌的来历。”我连忙分辩。

“哦，你还知道这是三足乌，不错嘛，不过还是要先叫姐姐，不然免谈。”那女生不依不饶。

我实在无语，转身就往回走。

“诶，怎么这么快就放弃了？”她似乎还没玩够……

“姐姐你行行好放过我吧，我还有事忙就先走了。”我哭笑不得。

“你这不是就叫了嘛……”

我无语，继续默默走路。

“好好好，看在你认我做姐姐的分上，本姑娘就告诉你吧。算你识货，这玉佩可是我祖传之物。小鲜肉这么好眼力，看来很有当设计师的天赋嘛，要不要来我店里打打工？”

我一听到祖传之物四个字，一时没顾上她后面说什么。如果她戴着的这个三足乌吊坠有史可查的话，应该与我手上的线索有关。

“那你可不可以告诉我，关于这个玉佩的事情。”

“我要说可以的话，你是准备请我喝咖啡还是看电影？”这姑娘还是专心致志地拿我打趣。

也只能先找个地方坐下详谈了，我无奈只好先答应下来，将计就计找了个可以坐下说话的地方，没准还能弄清楚一下三足乌的来龙去脉。

一路上的闲聊之中，那女生告诉我她叫唐娅，成都人，职业是首饰设计师，自己在宽窄巷子附近开了一家定制首饰店。最近她是因为失恋了想找个地方散心，又不想太累或去太多人的地方，才会来到这个南方小镇，在这儿小住几天。我看她嘻嘻哈哈没心没肺又一副女色狼的样子，顿时觉得她完全应该是找个借口出来偷懒的。问她年龄，她不肯告诉我，说反正算辈分的话我就得叫她姐。

有道是秀才遇到兵，好男遇到女。反正我认个姐姐也不吃亏，只好由着她去了。

附近没有茶室或咖啡店，想了想还是带着她去那家印象中的老字号小吃店，居然还真让我找到了。不过明显店里的生意是大不如昔了，萧条得很。我倒也乐得清静，正好说话。

“这地方虽然情调一般，不过算你有心啦，话说你是怎么猜到本姑娘我没吃午餐的？”

我看唐娅根本完全没有心思搭理我，只好先点了吃的。好不容易看着她风卷残云般扫掉了一大碗甜汤后，才说起来这块玉佩的事。

原来唐娅戴着的这块玉佩是她祖母传给她的。据说再往上追溯不知还有几代人，连她也说不清楚。算起来的话，应该是明朝时候的事了。传到唐娅这辈，只有她一个女孩，就给了她从小随身戴着。至于为什么是三足乌的形状她也说不出个所以然来。聊开以后，唐娅见我感兴趣，就和我说了许多小时候的事情。毕竟是陌路相逢，我多少存了个心眼，没有和她说起玄铁匣和旧照片的事，只是推说觉得这个玉佩样式很特别所以感兴趣。不过这样一来就更坐实了想和她搭讪的“美名”，她更是趁机促狭我，搞得我很是尴尬。

“这块玉佩是奶奶给我的，从小戴到大，所以好奇之下就查了很多相关的资料。”

唐娅告诉我，之前自己因为好奇也做了不少功课，关于三足乌的传说，在东亚各地其实都可见到，大概是受中华文化的影响。高句丽人崇拜三足乌，除了将其视为日神，也看作是力量和最高权力的象征。日本的神话中也有三足乌的影子，比如神武东征之际，受天照大神之命从熊野到大和为神武天皇引路的神鸟就是三足乌。

但要追溯到三足乌的起源，最早则应该是作为东夷民族的图腾之一。所谓东夷其实是泛指黄河流域下游非炎黄二帝后裔的古代部落的统称，按说三足乌这样一个东夷文化的符号，在整个以炎黄为正统的文化体系里应该处于相对弱势的地位，至于后来为什么会得到这么高的推崇就不得而知了。

“关于三足乌的最早文字记载是在《山海经》中，而且和上古十大正神的神话是相联系的。本来《山海经》是有图的，叫《山海图经》，不过魏晋以后已失传，不然倒可以比对下这个玉佩上的三足乌形象与《山海经》里的是不是一个样式。”

虽然不知道源自《山海经》的三足乌有何玄机，不过经唐娅这一说倒是提醒了我一件事。《山海经》是先秦时期的古籍，里面讲的是古代神话、地理、动植物和巫术、宗教、古史、医药等方面的内容，还以流水账的方式记载了一些奇怪的事件。而那张照片里的建筑照壁上，除了三足乌的雕刻还有一行先秦时期的蝌蚪文。照片的背面那一句古文出自《墨子》，同样诞生在先秦时期。

这些或明或暗的线索，似乎都指向了一个方向。虽然还不知道其中有什么联系，但这样一来我倒是多少有了一个大致的概念。只是我心中总有些不安，眼前这个叫唐娅的女生真的是如她所声称那样是来这里旅游的吗？还是又一个盯梢我的棋子？

第九章
意外

唐娅本来还想拉着我给她当免费导游，我却全然没有陪她闲逛的心思，走了两个地方之后，这时恰巧接到了老程的电话。电话那头，老程神色冷峻地低声说："你最好过来你家祖屋看看。这边出现了一些情况，电话里说不清楚。"

说完，老程就匆匆挂了电话。

我对发生了什么事情全然没有头绪，不过老程甚少用这么严肃的语气和我说话，想必事情一定非同小可。想到那个黑影，一种透心凉的恐惧感骤然袭来。看起来，在我离开之后，祖屋那边一定又发生了什么变故。

我只好跟唐娅推说有事需要先走，想到玉佩的事情，又厚着脸皮问她拿了联系电话，约定有空再去找她。

当我赶到祖屋和老程会合的时候，我才意识到事情的严重性远远超出了我的想象。

在我离开之后的半天时间里，祖屋竟然彻底变成了一片废墟。

我愣愣地站在已经只剩下残垣断壁的祖屋前，感觉整个世界都变得很魔幻。

这一切究竟是怎么回事？！

老程拍了拍我肩膀，示意我跟他走。他带着我爬到了乱石堆上，指着一处地方低声说："你走的时候，有注意到吗？"

那是祖屋里的一根梁木，漆成朱红。

我走近前去，循着老程指引的方向，注意到了梁木上有些红漆似乎熔化了，正往下淌出一条红线，渗入瓦砾之中。

不，等等，那不是红漆。

我顿时意识到了那是什么。

“没错，是血。”老程拧着眉头，满腹狐疑地望着我，希望我多少能告诉他这到底是怎么回事。

“不……我不知道……”我缓缓摇了摇头，还没从眼前这一片骇人的景象中回过神来。

“挖开看看，说不定下面有人。”我示意老程，自己也动手搬开血迹附近的砖石碎块。

但两个人忙活了半天，却没有发现废墟底下埋着什么人或动物。这血迹到底怎么来的？

“要不……先报警？”我问老程，其实我心里知道，这事荒谬至极，就连应该怎么跟警察报案解释这两天发生的事我都全然没底。

跟警察说有人不知道出于什么目的拆了我家祖屋？还留下了一大摊血迹？

警察大概会觉得我有问题。

而且，报警之后，警察马上就会注意到那些血迹，在那些乱石堆中说不定就埋着一具尸体。如果这是一个命案现场，毫无疑问我现在已经成为嫌疑犯了。报警之后且不说是否能找到这一切的罪魁祸首，我和老程首先就很难洗脱自己身上的嫌疑，甚至很有可能会被限制行动自由。这样一来，便无法前往四川去追查那张照片的线索了。

“此地不宜久留，我们还是先走吧。”老程提醒我。

他说得没错，眼下无论如何我们都已经成为了嫌疑犯，如果要保持行动自由，也只有先蒙着这从天而降的不白之冤，尽快搞清楚这一切是怎么回事。

为免别人生疑，我们没有逗留多久就撤了。老程开着店里的小货车过来，我便搭他的顺风车先回老程家收拾好东西。

一路上我们俩都没有说什么，刚才那一幕仍然震撼着我。如果说先前发生的众多巧合让我觉得困惑不解，眼下的这一幕则让我实实在在地感受到某种危险和威胁所带来的恐惧。

原来这一切都有因果，甚至是有意为之的安排。

父亲意外遇难也好，母亲身陷火灾也好，就连那个留下血迹不知生死的人也好，都与二十年前埋下的那个时间胶囊有关……那个古怪的时间胶囊封印埋藏的危险，在二十年之后已经卷土重来……

老程把车开到了店门口，停了车，抽出根烟点上。我也要了根烟，试图让自己冷静一下情绪。

两个人相对无言，默默地抽完手里的烟。

“我说玄羽，你有没有觉得自己摊上大事了，能做到这种程度，背后的势力绝对不简单……”猛吸了两口之后，老程把烟屁股扔到地上踩灭，一边问我。

“就算背后是黑社会帮派或某个地下组织，也不奇怪……”我思绪很乱，整件事情都太过匪夷所思了。

“先别着急，虽然有血迹，但不一定是有人死了。”冷静地回想了刚才的状况，我觉得情况或许还有可能乐观一些。

“如果没事就还好，要是有人杀人放火之后还栽赃给我们，那我无论如何也会奉陪到底，一定将这件事查个水落石出。”老程脸色铁青地说。

“嗯，这几天留意下新闻应该就能确认情况了。”我想了想，也只有走为上计了。

“抓紧时间去四川吧，搞不好我们已经成犯罪嫌疑人了。”沉默了一会，老程说道。

老程似乎是下定决心陪我亡命天涯了，他显然也意识到问题很严重。只是说起来这件事情始终是因我而起，无论如何我也不愿把儿时好友卷入进来。

本来打算先打个电话跟大伯说一下这边发生的事，想来想去又觉得还是先瞒下不说为好。

“对了，信封里是什么？”老程稍微舒缓下来之后，才想起那个从庚叔那里得到的信封。

我从背包中取出信封，连同先前在旧屋中得到的那张旧照片一并递给了他。他默不作声地翻了翻，看着上面的内容，眉头渐渐拧成一团：“照片上这个地方到底是什么？”

“我也想知道。”我不由得苦笑。唯一知道的只是，重重迷雾已经弥漫开来。

“别想这么多了，先休整收拾一下，明天就去探个究竟。”

在我撞见唐娅然后被抓着到处瞎逛的时候，老程已经轻车熟路地买齐了装备。指南针、瑞士军刀、GPS、头灯这些用得上的物件一应俱全。但火车票是明天一早的，只能先在老程店铺里凑合一晚再作打算。

大概是怕我遭到不测，老程坚持要留下来和我一起在店里打地铺。而后他又打了电话跟家里人委婉地表达了要和我一起去四川穷游一趟。挂了电话之后，老程就自己不知道忙活什么去了，剩下我一个，收拾好行李之后便也无事可做，却忍不住开始胡思乱想。

接踵而来的疑问让我应接不暇。我首先考虑的是与当年父母遭遇事故的背后隐情。但更多的疑问也随之浮上心头。当年，父亲是否早就已经洞察到危险的存在？如果说有某个幕后主使的话，这个时间胶囊会不会也是设局的一部分？

我无从知晓……

这夜我睡得很浅，浑浑噩噩中似乎做了很多梦，却又抓不住任何鲜明的线索。

醒来后，我们胡乱吃了点东西就出门，选了一条比较少人走的路前往车站。

“我说老程，这事你就别牵扯进来了。”到了车站之后，犹豫了一下，我还是说了出来。

老程脚步并未迟滞，回过头骂骂咧咧地敲了我脑袋一下：“操，你小子太不够意思了，这么刺激的事你敢不预我一份。”

“我是怕……”老程没让我把话说完，就扔了个包在绸布里的东西给我。

“这是什么？”我一愣，才发现绸布里包着的是一把玄黑色的短刃匕首，花梨木打造的刀柄，刀鞘纹理流畅，质地细腻。

“可以带上火车的工艺刀具。藏锋宝刀第三十七代掌门人手制，真材实料打造，虽然真遇到危险也没什么用，不过好歹可以防身。”老程煞有介事地向我推介。

打开一看，刀身有天然锻造的花纹。

“这可是我的得意之作，名为‘非攻’，纯用镔铁打造。”

所谓镔铁乃是古代的一种将高碳钢和熟铁叠打而成的钢铁，原产波斯、印度等地，约在南北朝时传入中国。制炼镔铁“以诸铁和合”，再把金属表面磨光，用金丝矾作腐蚀剂处理，纹路细腻华美，主要用来制作刀剑。镔铁剑极其锋利，甚至能“吹毛透风”。

老程打造这一把匕首，想必花费了不少功夫。

我愣了一下，一时间不知该从何说起。看起来老程是决心要掺和了，他这人一旦决心要做的事，我阻止也没用。

所以，我只好顾左右而言他：“……我说你这第三十七代掌门人也太不够意思了吧，好歹给我弄把长点的啊。”

“切，长点的你会用么？再说舞刀弄剑这事又不是切水果，能否克敌制胜关键还是在于个人的修为和体魄。就你这手无缚鸡之力的样子，估计给你整个AK47都没用。”老程狠狠地鄙视了我一把。

“好吧，真有什么事的时候，你罩着点。”我只好半开玩笑半认真地说。

“这个自然。”老程也咧嘴一笑。

老程这种古道热肠的侠义性格，大概从小至今从未改变过，或许也正是因为这一点，我才会把他视如兄弟，哪怕时隔多年也不会有任何改变，一如孩提时代那样。

第十章
狭路相逢

没走出多久，老程就向我使了个眼色。

车站的出入口处，停着一辆黑色的奔驰商务车，外地车牌。车旁边站了一个陌生人，一边在打电话一边看着我们。

这辆车很是古怪。

小镇上跑的外地车并不多，高级商务车更是少见。昨天半夜里我就已经留意到有辆黑色的商务车停在路边，当时没太在意，但现在这辆莫名其妙的车停在这里不走，显然不是个好兆头。

是福不是祸，是祸躲不过。

再说光天化日在大庭广众之下，应该不至于怎么样。我稍为定了定神，两人假装不经意地四处张望，趁机扫视了一下车里的情况。黑色奔驰商务车里似乎还有其他人，不过车窗玻璃都贴着防窥膜，看不分明。那个站在车旁的男人看起来显然不是善茬，络腮胡子，头发剃得很短，看得见油光铿亮的青色头皮。黑色紧身T恤，虽然有些肚腩，黝黑的肤色下却是肌肉虬结，大花臂和粗大的金项链很显眼。

不知道与昨天的跟踪者是不是同一伙人。

老程停下了脚步，从裤兜里摸出一根烟，慢慢悠悠地点上，吸了一口望着那男人对我说：“来者不善，对方看来完全不在乎掩饰身份。”

我点点头，看来必须先摆脱他们。

穿过了几个路口之后，我和老程先后拐进了一条车进不了的小巷。

我们迅速加快脚步小跑起来。老程有个小货车停在附近的露天停车场，我和老程决定分头行事，在那个停车场会合。

老程回过头示意我他绕到后面去，就闪进了另一条巷子。

那男人见我们两个分开，犹豫了一下便上了车，发动引擎慢慢跟了过来，没有理会跑开的老程。我骤然有种汗毛倒竖的紧张感。

车在巷口停了下来，那个男人却没有下车追上来的意思，只是盯着我的一举一动。而且如老程所说，对方似乎完全不介意暴露行迹。

他们跟着我的目的是什么？我不由纳闷。

我绕到另一个巷口，打算回到约定的地方跟老程会合，这时却发现大事不妙，迎面又有两个穿着迷彩服的壮汉，向着我走了过来。

来者不善。

除了那辆黑色奔驰商务车，还有其他的人在追踪我们。

我迅速拔腿就跑，趁着被包围之前，应该还有机会跑进巷子里逃脱。

这次盯梢我的那两个人虽然也是留着短得见到头皮的平头，但从身形来看却明显不一样，透着一种训练有素的精干。他们见到我后对视了一眼，隔着墨镜我虽然看不清他们的神色，但显然不会是善意的微笑。

其中一个迅速朝着我跑来。我倒吸一口气，双腿的肌肉紧张僵硬几乎抽搐，只有凭着本能往巷子里飞快地奔跑，冷汗很快就下来了。我只觉得心跳剧烈得几乎窒息。

好在巷子里有不少人家，那两个人有所顾忌也不敢闹出太大动静。但运动能力的差距很快就显示出来，他们不动声色就已经包抄了我，我完全是被围捕的猎物一般等待束手就擒的一刻。

千钧一发之际，我望见小巷一侧，两间房子中间有一条仅能容身摆满杂物的狭长过道，侧身闪了进去。追着的那两人没法同时通过，差点撞在一起，只好减慢速度，利用这一让的一点时间差，我迅速通过了过道，翻进了一户人家的庭院。虽然是擅闯民宅，但形势危急也顾不得许多了。

当我穿过庭院，正打算从侧门逃跑，突然察觉到背后一凉。

一只大手扼住我的咽喉，与此同时我的双手也被按到了后背。我心中大骇，奋力挣扎，手却完全使不上力道。我倔脾气上来，顾不得手被反拧着的疼痛，使劲往后用力一顶，趁势扭头回望。

是那个穿着黑色T恤的男人。

他不知何时已经埋伏在了这里，一副老鹰捉小鸡的神情看着我。

我又惊又急，正想拼个鱼死网破，无奈咽喉被卡住竟然也叫不出声。

“别出声。”中年男子忽然开口，声音沙哑低沉，就像把锉子。

而后我听到了一阵脚步声在围墙后经过。是刚才穿迷彩服那两个人。

我一愣，这几个人还不是一伙的？我怎么突然之间就成了人民群众围追堵截的对象？

“出去再说。”察觉到我的疑虑，中年男子继续说。

“放……开……我。”我艰难地发出声音。

那人略一犹豫，松开了手上的力道，似乎是在释放诚意。

我缓过气来，右边手臂似乎在刚才挣扎的时候用力过猛扭伤了，此时开始疼得厉害。

中年男子没给我时间发问，推开了侧门示意我跟着他出去。

跟？还是不跟？

我想了想，其实别无选择。不要说我现在扭伤了右手，就是正常情况下，我也完全不是对手。对方不仅力道大得惊人，而且显然有丰富的实战经验。

我咬着牙动了动胳膊，确认没什么大碍，便跟着那人出了庭院。中年男子竟然像是对地形了如指掌一般，飞也似的穿行在小巷中，绕过几个弯后，拐回到那辆停着的黑色奔驰商务车前。

他究竟是什么人？

“上车。”中年男子头也不回地下指令。

“慢着，你到底是谁？我朋友他怎么样了。”刚才几乎是被秒杀一样的制服让我相当不爽。眼下既然逃不了，索性要赖问个明白，哪怕他把我打晕再抬上车。

而且，我也有点担心老程，虽然这小子平日里以学武之人自居，但面对这种狠角色他应该没多少胜算。刚才老程绕到后面包抄，估计也是凶多吉少。

“车上，你自己问他。”那人还是一副漠然的表情，却也没有再动手，只是甩了一句话。

我只好拉开后排的车门。看到车内坐着的人时，我不由得愣住。

车上，老程倒是没有被绑住手脚或者封住嘴，只是一言不发地抱着双手坐在中间一排的靠左一侧。我一脸疑惑地望向坐在后排的那个人。

“大伯，您怎么会在这儿？”我的第一反应与其说是意外，不如说是诧异。

坐在车里的不是别人，正是我父亲的大哥陈明志。

“铁军，先开车。”大伯没有理会我，只是吩咐那个黑衣中年男子发动引擎。

我和老程面面相觑，只好跟着上了车，关上车门。

说起来，无论是在个性和人生选择上，大伯与我父亲都是截然不同的两个人，简直不像亲兄弟。

打小我就很怕我大伯。童年时代的印象里，大伯简直就是可怕的代名词。我们一辈的小孩子在他面前总是大气不敢出，生怕招惹他。这种严肃的气质大概拜他的军旅生涯所赐。祖父平反以后，大伯作为军转干部在供销社干了一段时间，改革开放后又顺应时代潮流下海经商，很快积累起第一桶金。如今虽然未算得是富甲一方，也堪称家产殷实。

家里出事以后，我便住到了大伯家，然而当时我正处于叛逆期，大伯对我管教却相当严厉，这让我始终难以真正接受和融入这个新家，似乎无形之中始终有一层隔膜。

关于时间胶囊的事，我从未向大伯提起。这次回到老家的缘由我也只是含糊其词，并未明说。

大伯一言不发，铁青着脸。我和老程一时也不知道该说什么才好。一路上，我们都没再说什么，看样子，车没停下来之前，我的疑问是不会有任何回应的了。

那个叫铁军的男人娴熟地开着车。这时我才注意到，有辆吉普车跟在我们后头，车挂的是一个边境省份的外地车牌，不知道是不是套牌车。

铁军没有啰嗦，踩下油门拐到大路，开上高架桥，下了桥后又转进一条人来人往的国道，这时刚才那辆吉普才跟了上来，但很快就被甩在了后面的车流中。铁军看起来开车技术非常了得，对方似乎也只好作罢，没有再追。我们的车却未停下，而是再度折返，上了高速。

在四五个小时车程之后，车才下了高速，绕来绕去又拐进了一条盘山公路。接着穿越一片森林之后，才在半山腰的一座有些年头的破旧别墅前停了下来。

“辛苦你了，铁军。”车停定后，大伯没理会我，而是向开车的中年男子说道。

“没啥。”铁军冷冷说道。看起来，他对谁说话都这样，没有多余的神色。

大伯一声不吭地下了车，径自走进了内屋。铁军没下车，熄了火之后倒是抽了一根烟出来，自己点上。

“现在都到这荒山野岭了，有啥事您直说，别再瞒着我们了。”我有些没好气地嘟哝了一句。

“你们俩后生仔，勿乱来，这帮人不是好惹的。”大伯终于开口。这句话至少说明，这些陌生人的出现显然与当年的事件有关，而且大伯一定也知道些什么。

第十一章
两个合作项目

“大伯，您所说的这帮人到底是谁，刚才跟踪我们的，究竟是些什么人？”虽然我全然不知道经商多年的大伯怎么又会跟这件事扯上关系，但话到嘴边，我决定还是先问了一个迫在眉睫的问题，我究竟招谁惹谁了。

老程也在一边帮腔：“陈伯伯，这些人既然咬着我们不放，肯定是不好惹。但您起码得跟我们说明白他们怎么不好惹对吧。”

在我有限的认知之中，大伯是个不苟言笑行事严谨的人。若是他有意继续猫捉老鼠的游戏，大可以继续隐藏在幕后。但既然他现在出现在这里，想必多少已经是下定了决心要对我透露一些隐情。想到这一层，我多少冷静了一些。

“楼上再说。”大伯走在前头，带着我们爬上了二楼。

这栋别墅是20世纪80~90年代的装修风格。虽然破旧，却不像是荒废多年的样子，而且近期想必有人打扫过，大体算得上干净。我先前从未来过这里，也从未听大伯提起过有这样一个物业。我很是纳闷，究竟这个世界还有多少事情是与我有关我却从未知晓的。

我不由得想起那部老电影，《楚门的世界》，一个用谎言刻意构筑的平凡世界……

得，事情已经够复杂了，我决定还是先收敛自己的胡思乱想，想方设法从大伯这里套多些话再说。

二楼是一间会客厅。除了一套红木家具，室内并未有什么装饰陈设，也没有摆放盆栽绿植。若说是会客室，未免给人一种简陋到有失礼节的印象。此时虽然已经是正午，但屋内的采光并不好，会客厅这边只有一侧有窗户，却也是八九十年代风格的铝合金窗框加茶色玻璃，多少显得有些昏暗。从窗口望出去，可以看到楼下庭院，铁军抽完烟就上了车，也没有跟着我们上楼的意思，看不到他在车里做什么。

大伯径自走到一张椅子前坐下，望着我和老程两个人，轻描淡写地说了一句："老齐出事了。"

听到大伯说出这句话，我先是一愣，随即想到了废墟中的那摊血迹。所谓的出事了是指什么，我不愿多想，只是觉得心里似乎有什么东西卡住一般难受得很。不知道是不是因为我的贸然造访，让庚叔遭遇了飞来横祸。

"勉强保住了性命。赶到的时候已经晚了。"大伯面有懊悔的神色。

"庚叔现在人在哪里？"我问。

"一个安全的地方，暂时昏迷不醒。"大伯没有明说。我还想再问，大伯却摆摆手按住了我的疑问，"你的问题我随后再回答。有个问题要先问你。"

我一愣，难道还有什么事情是我知道而其他人不知道的？不是所有人都知道得比我多吗？

"挖出来的东西现在在哪里？"大伯没有理会我的嘟哝，劈头盖脸问道。

我从随身背包中取出那个玄铁匣，老老实实递给了大伯。我本来还对自己保留这个玄铁匣已经不抱希望了，没想到大伯拿在手上端详了一番之后竟然还给了我。

"这件事，你还有没有跟谁说过？"大伯叹了口气，接着问我。

我摇摇头。事实上，在挖出时间胶囊之前，我根本听都没有听说这个玄铁匣的任何事情，也根本没有想到父母留给我的时间胶囊里会埋着这么一个古怪的东西。

"我也是想起来当年和我爸妈一起埋了个时间胶囊在老家，想着既然是父母留给我的遗物，便特意回来一趟。本来也没想瞒着您，就是觉得这是自己的私事，除了老程之外也没第二个人知道了。”听我说完，大伯点了点头。

而后，大伯用很是严肃的语气对我和老程叮嘱道：“这个东西事关重大，你们俩要仔细保管。”

“这个玄铁匣究竟是什么古董？追踪玄羽的人是冲着这个东西来的吗？”老程忍不住插嘴。

“这个东西被称之为‘矩’。每次重现于世，都会带来一场腥风血雨。”大伯示意我和老程坐下。

“致远他……当年出事，也的确与这个东西有关。”虽然不难猜测到结论，但亲耳从大伯口中确认父亲的死另有隐情，我还是觉得心中一滞。

接下来大伯所说的一番话，透露的信息量之大，可以说在某种程度上颠覆了我过往二十三年对这个世界的认知。那天大伯其实说了不少，但许多的信息在当时我只是囫囵吞枣听个懵懵懂懂，并未真切理解其中隐含的意义。另外有些事情，则是要在后来的经历中加以印证之后，我才真正懂得其中的惊心动魄。

一切事情的缘起，要从当年父亲所参与的学术研究项目说起。

1990年，父亲跟随着他的恩师白夜教授参与了一个中美合作项目，在川西南地区进行考古勘察和发掘。项目动议实际上开始于八十年代末，一度差点夭折。一直到1990年在一位大人物的亲自过问下，美方当时一位著名的考古学泰斗应邀来访，才正式签订了合作备忘录，确认双方共同组织考古发掘队，在川西南地区开展联合考古勘察和发掘。当时的合作课题只是含糊地定位为“先秦文化遗址的调查和发掘”，合作期限为1990—1999年十年。按照双方协议中的约定，在中国调查发掘所需的费用原则上由中美双方分摊。实际上考虑到当时的实际条件，其实主要是由美方承担。后来因为一些变故，从1995年起项目经费就已经告罄，这年秋季的发掘工作也就暂停了。

然而当时的这一个联合考古项目却并非一无所获。具体的考古发现大伯虽然语焉不详或不甚明了，但从当时白夜老先生和父亲的重视程度来看，想必非同小可。联想到从庚叔那获得的那封信，以及老照片上那个奇怪的建筑，在那个川西南的古村落里一定存在着什么足以震惊世人的重大发现。所以在那之后的几年时间里，父亲都沉入其中潜心钻研。

事情一直到1999年，那一次则是一家美国公司主动找上研究所，邀请白夜老先生和父亲参与一个印尼勿里洞海域的联合考古发掘项目，并提供了一笔数额可观的赞助经费。当时国内考古界已经开始接受一些市场化的合作项目，加之考古发掘地点又在国境之外，并不涉及文物流失的问题，相反还有可能抢救发掘回一批海上丝路沉船文物，项目立项之后没过多久就被批准了。只不过当时白夜先生年事已高卧病在床，父亲便挑起了大梁，担任了项目的主要负责人。

实际上在项目启动的前一年，德国打捞公司已经在印尼勿里洞岛海域一块黑色大礁岩附近发现了一艘唐朝时期的沉船，那便是曾经轰动一时的“黑石”号。

“黑石”号沉船是一艘缝合结构的阿拉伯帆船，于1998年由一位渔民发现于加斯帕尔海峡16米深的海底，因为发现地靠近一块黑色大礁岩而得名“Batu Hitam”，中文译为“黑石”号。此后开展发掘的许可被授予了印尼当地的一家公司，然而真正开展发掘工作的却是德国人蒂尔曼·沃特方及“海底探索”公司的队伍，周边的安保工作则由印尼海军提供。发掘共实施了两次，打捞始于1998年9月，到1999年6月才基本完成。这期间，“海底探索”公司为打捞行动提供了船只以及支付了印尼海军提供安保服务的费用。

“黑石”号沉船装载着经由东南亚运往西亚、北非的中国货物，仅中国瓷器就达到67000多件。出水的文物还包括长沙窑、越窑、邢窑、巩县窑瓷器，以及大量金银器和铜镜。其中3件完好无损的唐代青花瓷盘尤为引人注目。当时，美国人大概也是嗅到了其中的商机，便通过关系找到了父亲所在的研究所，而后便有了这一合作项目。

“实际上，这两个合作项目之间，是有联系的。”大伯似乎不太愿意提及这件事，沉默了一会还是决定开诚布公，“当时之所以会找上你爸，是因为那家公司的创办人布莱克曾经参与过先前的那次川西南考古项目。而且，当时布莱克应该是已经知道了川西南那次考古发掘行动的内情。”

大伯没有细说，但至少已经提供了一条可以深究的线索。

“虽然当时在海上到底发生了什么事情虽然至今仍然不清楚，但后来我调查过，你爸的意外很是蹊跷。”看起来，不只是我一个人怀疑父亲的遇难有可能是人为。那么，母亲的死也与此有关吗？想到这一层，我有些脊背发凉。

而那些追踪我们的人又是谁呢？难道他们也是受雇于布莱克？这似乎不太解释得通，一家美国企业何以有这么大的能量，他们想要得到的又是什么？

第十二章
不速之客

大伯接着又讲了一些与“黑石”号有关的事情。我虽然听得懵懵懂懂，多少也知道了其中的非同寻常之处。“黑石”号的发掘工作虽然和之后发生的事情关系不大，但要了解整件事情的来龙去脉，“黑石”号却是其中一块不可或缺的拼图。

一千多年前，一艘阿拉伯商船满载物美价廉的中国瓷器，和其他商船一样准备漂洋过海前往阿拉伯地区从事商贸活动，不料却在东南亚爪哇海域遭遇意外。当时很可能是遭遇了台风或是在大风大雨中偏航触礁，而后就此沉入海底长达千年。

但“黑石”号并不只是一艘普通的阿拉伯商船。打捞上来的物品中，有一批白釉绿彩瓷器，其中的两件碗盘在底足中央分别刻有“盈”字和“进奉”字样，足以说明这艘商船非同寻常。事实上，“黑石”号很有可能载有外交使节或是兼有外交使命，所以才会在返航途中携带了作为回赠国礼的皇家大盈库所拨出的器物。

当时这件事并未引起多大反响。一直要到四年以后，2002年在上海召开的一次古陶瓷研究会上，一名曾参与水下考古的中国台湾女士将“黑石”号上的发现公之于众，此事才引起了有关方面的高度关注。发掘者原本有意让“黑石”号上的宝藏回归中国，却始终未能如愿。此后一名新加坡富商的后人捐出巨资，“黑石”号大部分宝物此后便永久落户于狮城。一直到2017年时，包括162件瓷器在内的最后一批“黑石”号文物才从基督城借道广州，回归到长沙铜官窑遗址，这是后话。

“当年你爸出事之后我就有所怀疑。后来找人调查，才知道布莱克那伙人当时之所以会找上你爸开展那个考古项目，并非只是纯粹的学术研究。事实上，他是冲着当时‘黑石’号沉船上某件还没有被打捞上来的东西而去的。”大伯欲言又止，但好歹还是给了一个说法。

“‘黑石’号上的文物已经不少，据说有六万多件唐代的古董陶瓷。就连特别一点的金器也捞上来了十多件，银器铜器之类的就更不用说了。没想到竟然还有漏网之鱼？”刚才一直安静听着的老程对此大感兴趣。

“事实上，这些古董加在一起都无法与那件东西相提并论。甚至应该说，那件东西的价值无法估量。”大伯简明扼要的一句话足以让我们俩目瞪口呆。

能够比六万多件唐代古董加在一起还值钱的，究竟是什么稀世珍宝？

“那件东西……据说是从骊山陵墓中偷盗出来的。”

与秦始皇有关。这是一个我和老程都始料未及的答案。

如果说真的有某件能证明与秦始皇有关的物品公之于世，那倒的确可以称得上是无价之宝。

这就可以解释得通为何有这么多人对那片海域趋之若鹜了，甚至也多少解释了为何在事隔多年以后，还有人继续在暗中窥视我的一举一动，想要找到一些什么线索。

“关于那件东西的具体情况我也不是很清楚。我所知道的只是那件东西从楚汉争霸的时代一直流传下来，但在唐代宝历二年却因为某种原因，被带到了海外。”大伯继续说。

“但这一切与我爸有什么关系呢？”我不解。

“刚才我也说了，这两个考古项目是有内在联系的。当年你爸跟着白教授深入西南，应该是发现了与那件东西有关的关键线索，所以才有了后面的这一次行动。而且从后来的事态发展来看，你爸当时应该已经破解开了其中的谜团，只是他大概是出于某些顾虑才暗中将解开谜题的关键交到了你手中。”

解开谜题的关键，是那个玄铁匣？我反应过来。

“后来美国人应该是找到了那件东西，并把它偷偷打捞上来了对吧？还人为制造了一起事故杀人灭口？”老程说出了自己的猜测。

“还是说，他们并没有找到那件东西，但却发现自己被骗，所以恼羞成怒出手杀人？”

如果真是如此，无论是哪种情况，那个名叫布莱克的美国人都是杀害了我父亲的罪魁祸首，我一定不会善罢甘休。

“他们并没有找到那件东西。后来的调查也证实了这点。”大伯点了点头，又对我说道，“那伙人的资金来源并不单纯，印尼海上考古项目的经费甚至直接来自某个家族基金，那是一个与美国黑帮有着深厚联系的家族。现在看来，当年你爸是为了保护国宝不外流到地下文物市场，不惜牺牲了自己……”

大伯的一番话很有说服力，也提供了一些重要的线索。但不知为何，大概是一种出于直觉的本能反应，我仍然觉得，这其中还有某些关键之处被刻意忽略和隐瞒了。不然何以解释，当年的纵火案件以及母亲不明不白地葬身火海？若说是出于报复，为何要在十三年后才进行报复行动？还有一点，若说这伙人的目的只是求财，为何会为了一个渺茫的希望穷追不舍这么多年？这势必需要巨大的投入，和远非投机者所能具备的信念。

还有一点，若说当年父亲是为了保护国宝文物不外流，大可拒绝这个项目合作。即便出于某些不得已的理由被胁迫前往，合适的做法也是提前将关键信息托付给了解这一项目或者起码具备一定专业素养的专家学者，实在不行还可以上报国家。

故意隐匿关键信息并交给自己的儿子，看起来无论如何都与他的学者风范相去甚远，也算不上是高风亮节和光明磊落。只是在我印象之中，父亲无论如何不像是会有私心邪念故意截留文物之人。我也断然不愿怀疑父亲的职业素养和操守。

这一切，一定有着更为深层的理由。

在我出神的当口，楼下突然有一阵轻微的响动。大伯眉头一皱，起身走到窗边望了望楼下。原本应该在车里望风的铁军此时不见踪影。

看来刚才在我们交谈的时候，楼下也发生了某些变故。

“有一位客人，不请自来。”他低声对我们俩说。

话音未落，就响起了一阵皮鞋踏着梯级往上走的脚步声。老程快步闪到了门边，顺手拎过一把椅子，我也下意识地握住老程特意给我打造的那把镔铁匕首“非攻”。先前在小巷里被老鹰捉小鸡一样迅速制服，甚至都没机会亮出家伙搏斗一番，让我多少有些不忿之气。这一次无论来者何人，我绝不会轻易就范。

脚步声已经到了楼梯转角。未见人影，却先响起了一把洪亮的声音：“老战友，好久不见了啊！”

一个年纪约莫有五十来岁、中等身高、身体壮硕的男人走了上来。来人一脸隆起的肥肉，几道皱纹加上一双眯成缝的小眼睛，活像面团上开了几道口子。蒜头鼻子短而粗，两只招风耳附在如同毛刷一样的花白短发两侧。黑色T恤衫上挂着一条粗大银链，勉强箍住肚腩的棕色皮带下，则是肥大的迷彩裤子和军用马靴。他走到门口，咧嘴一笑，顿时显出两个有些违和的酒窝。

“蛮子……怎么是你？”大伯有些错愕地望着站在门口的中年男人。

“这俩伢子搞么子（什么）？”那个人扫了一眼我和门后，对大伯说道，“玩躲掐莫（躲猫猫）啊？，还是列队欢迎我？”（注：此为湖南方言译音，后同）

我大学室友里有个湖南人，所以多少能听明白一点。我朝老程使了个眼色。既然被发现，只好走了出来。

“这位是？”我低声问大伯。

“向东，绰号向蛮子，以前参军时的老战友。”大伯脸色一沉，看起来对眼前这位老战友并无多少好感的样子。

“老陈啊，冒（没）事喊我的名字搞么子。”没等我们开口，向蛮子就先声夺人。

“铁军他怎么样了？”大伯连忙问道。

“么啥子，就是让他睡一会。”我和老程对视了一眼，暗暗心惊。来者不善，而且想必武艺高强。刚才铁军竟然没有机会发出任何警报。

“你的兵缺乏锻炼呐。”向蛮子一副嬉皮笑脸的神色，继续说。

“你特意跑来，就是为了和我说这些？”大伯的语气中罕见地浮现出一种愠怒神色，似有所指地说道，“我可有言在先，我们家的事犯不着你来说三道四。”

“老陈啊，这么说可就不厚道了。我只不过是作为长辈来讲讲故事。你说一些又不说一些的，这两伢子哪里听得明白。当年这事可没这么简单哇。”向蛮子大咧咧地走了进来，拉过一张凳子一屁股坐下，特意用普通话说给我和老程听。

“那件与秦始皇有关的东西，可不是什么稀世珍宝。”向蛮子盯着大伯，似笑非笑地继续说道，“那是一块石头，一块有很多说法的石头，不过那块石头的名字世人都知道，叫‘和氏璧’！”

我看见老程一副见到鬼的表情，估计我自己的表情也好不到哪里去。

玄铁匣、老照片、三足乌、照壁，而后是沉船，现在竟然又扯到了和氏璧？

但向蛮子的这句话一出口，大伯的反应却甚是出乎我的意料。只见他一向不苟言笑的脸上竟然涌现出一股悲戚莫名的神色，他闭上眼叹了一口气，内心里似乎正在经历极度的挣扎。

“我说蛮子，上一代人的恩恩怨怨，就到此为止吧。玄羽这孩子应该有选择自己人生道路的权利。”

我有些恍惚。大伯方才说的这句话是什么意思？我不得而知，但一字一句，都如同钢针一样，扎在了我心头。

第十三章
命运

当大伯说出这句话的时候，我下意识的第一反应，竟然是觉得意外。难道我的人生道路难道还有别的选项？还有再选择一次的可能？只是我如此乏善可陈的人生道路又能有什么不同的选择呢？我不解。所谓上一代人的恩恩怨怨究竟是什么，我也未及细想。

“我说老战友，你这么说就见外了。你侄子的人生我绝不会横加干涉。在我的立场，我只不过是提供一些可供参考的信息罢了。路要怎么走，这伢子自己会挑。”向蛮子的语气很坚决。

“你们在说什么，我听不懂。”作为当事人，我终于忍不住打断他们云里雾里的对话，“到底当年发生了什么事？能不能请两位长辈说清楚一些？”

我觉得很难受，被蒙在鼓里的感觉很难受。

大伯望了我一眼，表情复杂，话到嘴边却只是说了一句：“有些事情牵涉面太广，现在一时半会也说不清楚，以后你自然会懂的。”

我的表情想必难看至极，老程拍了拍我的肩膀。

“老战友，这是最后的机会了。既然二十年前致远布下了这么一个局，现在墨钜重现于世，我们几个老家伙看来势必也要完成当年未曾了断的那件事才行。无论如何，我会再和布莱克合作一次。”向蛮子和大伯自顾继续着两人间的对话，并未理会我的情绪。

但他提到了我父亲的名字。这么说，现在发生的一切，都在二十年前父亲的计划之中？

这时，耳边突然传来一阵玻璃破碎的声音，一个小玩意儿被扔了进来在地上打滚。这是……催泪弹？浓烟骤然迸发，迅速占据了屋内的空间。外面的静默之中却有响动迅速在逼近。向蛮子骤然脸色一变，突然飞扑过来推着我卧倒在地。在我还没反应过来的时候，一把大砍刀已经擦着我的头发在墙上钉出一道白印。

说时迟那时快，向蛮子就势一个鲤鱼打挺，顺手竟然从迷彩裤子的袋子里摸出了一把军刀迎了上去，动作娴熟地缴了那个人手中的刀，把他放倒。

浓雾之中出现的身影显然不止一个，此刻我们想必已经是被重重包围了。我惊出了一身冷汗，这周围并未有建筑，这帮人竟然能不动声色摸到近前，可见身手不凡。

这一次的短兵相接，对方没有留任何余地，看来是要置我于死地，但他们到底是谁？

大伯这时候还在外间，他在呛人的浓雾中冲到了里间的木门边，一脚踹开了那扇门。“快进去！”大伯低声吼了一句。老程也反应过来，拽着我飞扑进了里间。我脚下一软失去了重心，一把摔倒在地上。好在里间铺了木质地板，倒也没有大碍。

大伯伸手在墙上摸了一下，里间的地板竟然出现了一个大概三米见方的凹陷。凹陷在迅速变大，露出了里侧的一个孔洞，看似是一条可以容人进入的通道。

原来这间屋子的设计果然有些古怪，里间的地板下陷后到达了一楼，而那个通道里竟然还有阶梯直达地下，不知道通往哪里。我和老程此时顾不得许多，不由分说就跳入那个凹陷的坑中，爬进了孔洞里。

大伯没有跟着进来，只是站在门口瞥了我一眼，淡淡说了一句：“快走！”木门再度掩上以前，我只看见大伯抬手操起手边的椅子，对着远处闪现的身影摔了过去……

里间没有窗户，地板也在快速合上，我顿时陷入黑暗之中。

大伯显然没有和我们一起逃走的意思。

没有时间犹豫。头顶上传来断续的撞击声，大概是向蛮子和躲在暗处的神秘人在搏斗。

“先走吧。出去再说。”老程见我愣在原地，劝我道。我下意识点点头，迈开腿跟着老程的步伐，在手机灯光照明下继续往下走。

这似乎是一条专门修筑的紧急逃生通道，看起来就连这紧急通道似乎也都是早有安排、事先准备好的一般。

这就是所谓的命运吗？我不禁想，而后默然。冥冥之中，主宰这一切的，到底是什么？

向下倾斜的楼梯延伸了20米左右，而后便接着一段平缓的隧道。

隧道高有两米，半圆拱形的四壁与刚才楼梯的梯级都用同一种黑色板岩石砖砌成。没有风，但还算干燥，并不难走。

从刚才房屋的朝向判断，我们大概正在往山体里走。这座蹊跷的建筑，与其说是修建在半山腰的陈旧别墅，倒不如说是这条山中通道入口的外部掩护。

我们小心翼翼地往下迈步，一边留神周遭变化以及后面是否有追兵赶到。暂时来看，大伯和向蛮子殿后掩护多少起了些效果，没有人跟过来，但也不见他们两个的踪影。

我们无计可施，只好继续向前走。

然而奇怪的是，在通道里大概走了有30分钟，仍然没有看到出口或是尽头。通道的尽处又有什么在等着我们？我边留意周遭，边胡思乱想。

方才那阵响声过后，便再无声息。此时走在通道之中，只有我们两人的脚步声交错回响，还有我自己的呼吸和心跳声，以及一种处在极端安静的环境下才能听得见的宛如白噪音的细弱耳鸣。

除了眼前手机的光亮，周遭只有浓厚的黑暗。

此刻缓下来之后，那些萦绕心头的问题又再度浮现脑海之中。

从小到大我都不是一个很有理想追求的人，甚至可以说，比起去争取一些什么，我更习惯于随遇而安得过且过。

这种性格的形成，大概也与童年时的经历有关。十六岁之后，我便不再相信命运。我从未主动去想过，究竟是谁或者什么存在主宰着我的人生；我也从未想过，应该如何去左右自己的人生，选择自己的人生道路。我甚至从未真正意识到，自己拥有做选择的权利。

在很长的一段时间里，我都觉得，大概这个世界上所有的东西都会有失去的一天。或许也正因为如此，费劲千辛万苦得到的什么，也许转眼间就化为乌有。那样的话，追求或者争取什么又有什么实质性的意义呢？从小到大，第二课堂兴趣班也好，高考填报志愿也好，与我有关的大小事情，我其实都习惯了听从别人安排，不去思索。

其实我是因为害怕失去，所以便害怕拥有，甚至放弃了选择拥有的权利。如今想来，大概也只有独自跑回老家挖出时间胶囊这件事，是真正遵从自己意志的任性妄为。

“诶，你说到底是什么人在这座不知名的山中修建这么一条隧道？”老程不知是觉得安静得慌，还是看到我神色有些异常，便主动提起了话头。

“我唯一知道的，就是我什么都不知道。苏格拉底说的。”我下意识地说出了苏格拉底的这句名言，在这个静谧幽暗的隧道里，人很容易怀疑自己的理性是否还存在。

“得，我书读得少，不知道什么底，我现在就是想知道这条路什么时候可以走到底。”老程继续他一如既往的冷风机运作。我也只好勉强笑笑，继续往前走。

隧道中没有什么可供辨识的特征，黑色板岩石砖上也没有任何纹饰图案，甚至也没有留下什么人为的痕迹。从建筑的细节状况只能大致判断出这个隧道的建造时间不会太过久远，石砖并未有什么磨损残破。而且这个隧道不像是荒废很久的样子，也没有太多灰尘和苔藓。但尽管我十分留心，也未发现有之前走过这个隧道的人留下什么痕迹，没有脚印，没有血迹和弹孔，也没有故意留下的记号。奇怪得很。

“老程，你觉不觉得，这个通道似乎不是用来逃生的。”我嘀咕道。“嗯，刚才就有这种感觉了。如果是逃生通道，肯定是尽可能快地在摆脱敌人后往地面上跑离开这里，而不是往山里钻。这么邪门的设计，倒像是盗墓贼干的事，这山里说不定是一座古墓，特意修这条通道就是专门往外搬东西的。”老程倒是想象力丰富，还煞有介事地得出结论。

“你小子是盗墓小说看多了吧。这么说来难不成我大伯还是靠盗墓发家的。”我不以为然。虽然嘴上这么说，但我却也真没有什么实质证据来反驳。短短几天，怪事接踵而来。眼下就算大伯真的是盗墓贼，也只能说是见怪不怪。

“你大伯是不是靠盗墓发家我就不好说了，不过这条隧道恐怕不是一个或几个人能干的。”老程边走边用手机自带的手电筒功能去照隧道四壁。

经老程这一提醒，我也才注意到这些石材看起来并非这座山所产出。修筑这条隧道，要从别的地方运输大量黑色板岩过来。但如果是为了盗墓的话，其实根本不必这么劳师动众。即便真的出于工程需要考虑，也应该是就地取材，尽量不引起注意才是。放着这附近随手可得的花岗石不用而舍近求远，千里迢迢搬运黑色板岩来修筑这条通道，实在说不过去。

“会不会有这么一种情况，这条通道从前是为了其他用途修筑的，后来不知道因为什么缘故被废弃。然后你大伯或者谁发现了这里，出于某种隐秘的目的重新启用了这条隧道，才又建了那么一座房子掩人耳目。”这当然也是一种可能。只是眼下却还没有求证的机会。

已经过去了大半个小时，不知道外面情况如何。那些人虽说是冲着我而来，但既然连非法枪械都动用上了，想必不是善男信女。我也只好在内心里安慰自己，大伯当年当过兵，向蛮子看来也是身手了得，而且看起来他们对发生的这一切都早已有所准备，我在这里瞎操心未免多余。

第十四章
地下溶洞

隧道尽处是一扇密闭的铁门，上下有导轨，没有上锁。老程和我对视一眼，一人一边抓住门把手用力一扯，门应声而开。看起来这扇门不时有人使用或维护，没有锈住。

门打开之后，映入眼前的景象让我和老程都不由得停下了脚步。

铁门后面是一个巨大的天然坑洞，高度约有数十米，宽也有百米左右，深不见底，隐隐能听见深处有细微的滴水声。

我和老程又往前走了大概十多分钟，开始感觉到了有微风拂面，看起来这个隧道的确是与什么地方相连。我突然想起背包里还有之前购置的狼眼手电筒等探险装备，刚才顾着逃跑一时间竟然给忘了。拧开狼眼手电筒，眼前的可视范围果然开阔了很多。老程加快了脚步，拿着手电筒在前面开路。为防万一，我也拔出了自己随身带着的匕首，时时留意身后的动静。

老程把手电筒亮度调到最大，然而标称射程385米的手电筒依然照不透洞穴深处的黑暗。

“怎么这里面是个……溶洞？”老程端着狼眼手电筒扫视了一圈后，端详着山洞顶上千姿百态的钟乳石和石笋，问我。

即便以我有限的地理知识，也不难判断出眼前的景观属于喀斯特地貌，是由石灰岩地区被地下水长期溶蚀后产生的自然景观。溶有碳酸氢钙的水从溶洞顶滴到洞底时析出碳酸钙沉淀，经过千百万年的积聚渐渐形成了钟乳石、石笋等，洞顶钟乳石与地面的石笋不断生长，终于连接起来就形成了奇特的石柱。

没想到隧道尽头竟然“别有洞天”。我和老程望着头顶的沟壑丛林，钟乳石兀突森郁如剑如刀。洞中的石钟乳、石笋、石柱、石花、石幔、石珍珠、石珊瑚等洞穴景观应有尽有、遍布其中，仿佛一座地下的“魔鬼宫殿”，令人叹为观止。只是看起来，这个溶洞地处岭南深山僻壤，看起来已经荒弃多年，也并非是对公众开放的旅游风景区，既没有五彩缤纷的灯光，也没有任何人工添置的旅游设施。

“你大伯是打算投资旅游业了？”老程啧啧称奇。

“我从来没听他说过。”我无可奈何地摇摇头，继续往前走。

“你说咱们现在是在哪里来着？之前没听说过附近有地下溶洞啊。”老程纳闷。

“不奇怪。本来地下形成的洞穴、天坑、地缝就数量庞大，南方地区喀斯特地貌更是不少。目前开发出来成为景区的只是凤毛麟角。”

“这个地方岔路比较多，也不知道原先这里有些什么，咱们还是先找找看哪条路可以通到外面吧。”老程保持警惕地用狼眼手电筒扫了扫来路，隧道中并无可藏身之地，暂时未见有人追上来。

反倒是我有些犹豫。方才大伯情急之下打开了这个秘密隧道，未必是想让我们跑到这地下溶洞里来找出口。会不会原路返回，等待时机回到那间屋子才是妥善之计？我把自己的想法跟老程说了，老程听完却觉得不妥。

“刚才那个狙击手是想杀你。而且现在看来，追踪你的人并不止一个，甚至可以说是一整个实力雄厚的组织。”老程想了想说，“要是他们已经发现了这个密道，只要派人两头围堵，我们就被包饺子了。但从下来隧道到现在，我们走了将近四十五分钟，你大伯和那个胖大叔都没有下来，也没有追兵赶上我们。比较合理的解释只能是，要么上面的战斗陷入胶着，双方都没法轻易脱身；要么则是发生了什么变故，以至于双方都没有办法分身来找咱们。无论是哪种情况，现在贸然回去的话，总的来说都是凶多吉少。”

老程的说法也有一定道理。我虽然惦念着大伯的安危，却也只好作罢。只是我们匆忙下来，没有维持生存的必要物资。此地不宜久留，如果不是原路返回，就只能在这些岔路丛生的地下溶洞里找到出去的路了。

“溶洞里通常都会有地下河，我们先找到地下河，顺着河水的走向或许就可以找到出路了。”老程提议。

眼下没有更好的办法，看来也只好如此了。

我和老程取出了背包里的安全绳，扣住铁门把手，而后便踩着石头往下速降。刚刚下到溶洞的底部，我们就发现情况有点不大妙，地面的泥土太湿软了，踩上去又湿又滑。地面一侧较低的地方还有一条水流冲洗过的水痕，大概是这溶洞底下经常会被水浸泡，而且水流还比较大。

溶洞里结构复杂，岔路很多，完全无法猜想下一刻的地形地貌是什么样子的，非常容易迷失方向。手机在这山体内部也根本派不上用场，完全没有信号。气温显然低了很多，透着一股凉意。我们两个步履维艰，手脚并用小心翼翼地往前探路。每到一处分岔处，老程就用短刀在岩壁上划刻记号，以免迷路。

待到完全进入溶洞的黑暗处，我突然觉得有些异样。在我纳闷的时候，突然有什么东西扑棱着从耳边一掠而过，我心下一惊，差点保持不了平衡。老程反应很快，手电筒的强光扫过，才发现是面目狰狞的蝙蝠。溶洞里的蝙蝠太多了，灯光照射下可以看到成群结队地在洞顶上倒挂着，地面上也有无数灰白色的蝙蝠粪。好在此时还没到晚上，这种昼伏夜出的动物大多还在睡眠之中，灯光也没有惊扰到它们。我们小心翼翼地绕过蝙蝠的巢穴，继续往深处走去。沿途还看到了某些形状怪异、贴着岩壁和水面的昆虫，或者是躲在石块和深沟后的洞穴动物，我们都尽量不去打扰。不久之后，我们来到了一处分岔口。

地面长了不少石笋，并且十分湿滑，不时还可以听到有水滴掉落的“滴答”声。循声找过去，可以看到有细细的地下泉水沿着一处裂开的岩壁流淌而下。依然有些蝙蝠飞过，空气中也没有缺氧的感觉。我累得不行，两人便坐在湿滑的岩石上休息了一会。

面前有三条岔路。

“现在走哪条？”我问老程。老程拿着手电扫了扫，也没什么主意，只好做了记号后逐个试试。

左边的一条岔路比较宽敞，我们便先选了左边。然而前行了将近十米之后洞口却突然变小，再前行五六十米之后便是绝壁，无路可走，只好折返。

中间是一个狭长的小洞，地面也很湿滑，通过小洞之后便见到正上方有一块巨大的岩石。石体厚实，泛着青光。岩石中间有一个孔洞，像是一只张开血盆大口的巨兽。我们从洞口辛辛苦苦地爬了一段路，穿过数十米的蝙蝠洞，不想却发现绕了一圈之后又回到了那块大岩石的前头。

我们只好再退回到岔路口，选择从右边的那条岔路走。

右边唯一可以继续前行的通道是一个只能勉强容一人爬过的洞口。我们只能趴在地上摸索着往前爬。继续爬了大概十几分钟后，就听到有细微的水流声。打起精神继续往里走，不久就豁然开朗，见到了斜切到河谷的岩壁。

老程此时不敢大意，用嘴咬着手电筒，手脚并用在岩壁上攀爬，我也只好调整气息，不去想底下有多深，尽量稳当地往谷底摸索。快到谷底时，灯光才第一次照亮了洞穴中的地下河。地下河里的水很清澈，还有某种不知是鱼还是什么的动物，通体透明，在灯光照射下反射出白光，状如大蝌蚪。

我这时候不小心分了神，脚底一滑，小腿胫骨顿时撞上了边上一块石头。钻心的疼痛感迅速传了过来。老程见状，只好又折返回来把我拖到平稳的地方，拆开裤管一看，已是血流如注。

“幸好没有伤到筋骨，不然在这地方就麻烦了。”老程检查了我的伤势后，打开自己的背包，取出随身带着的药，给我止血和包扎伤口。

当时我坐在地下暗河边上的一块青灰色的巨大岩石上，老程给我包扎的时候，手电筒的光随着他的动作晃动，不时扫过对岸的岩壁。我突然发现岩壁上也趴着一些白色的蝌蚪，心下诧异，怎么这洞穴里的蝌蚪还能攀岩？

冥冥之中或许真的有些事情是早已注定的，就像是有一台精密的机器在算计一般。如果不是我磕到腿的话，我们或许便不会在那地下河边停留，也就不会看到那些刻在岩壁上的符号了。

老程调高手电筒的亮度到五档。之前为了节约电源，只开了三档。顺着我指的方向，灯光下对岸岩壁上那些白色的蝌蚪顿时清晰了起来。显而易见的是，这些蝌蚪并不会动。

“见鬼了，又是蝌蚪文……”老程也一屁股瘫坐到岩石上，对着我苦笑。不论这些文字是谁留下的，都是有意为之，有其意义。

“等一下，你看这些蝌蚪文排成的形状像什么？”我叫住老程，将手电筒的光再次对准那面岩壁。果不其然，这些蝌蚪组成的符号与玄铁匣浮现出来的形状如出一辙。

三足乌。

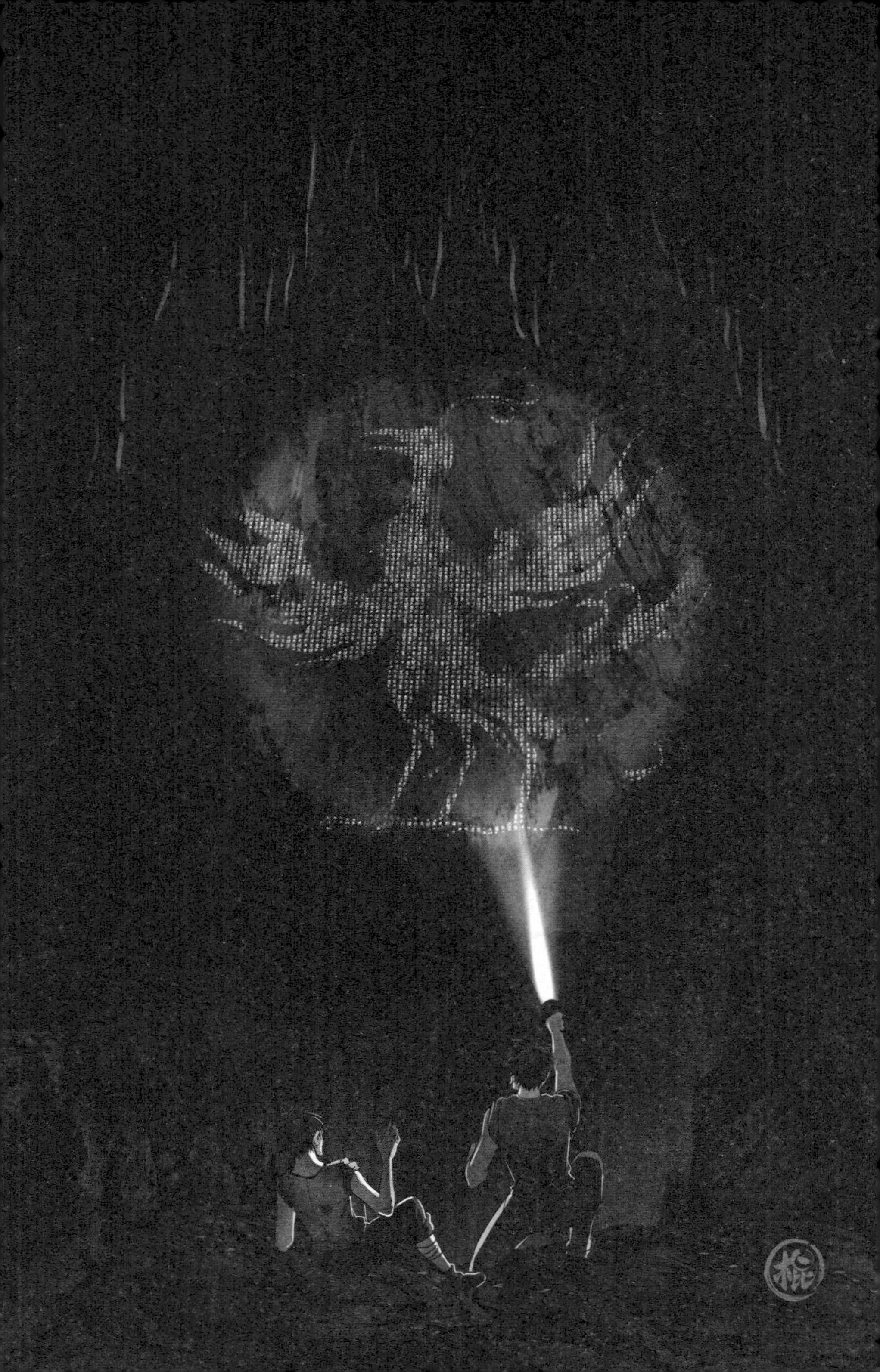

第十五章
出口

我们花了一些时间才把那些岩壁上的蝌蚪文字用手机拍了下来。

“玄羽，你爸当年摊上的这事儿要是公之于世，准能震惊世界。又是和氏璧，又是蝌蚪文的，随便一点边角料都够别人琢磨一辈子了。”老程拍完照，又忍不住盯着那面岩壁看了一会，一边感叹。

“然而奇怪的是，我看过我爸当年发表的研究论文，竟然完全没有涉及这些史料。就像……刻意隐瞒一样……”我望着那些形状怪异犹如天书一样的文字，歪歪扭扭的符号大致上呈纵向排列，比起汉字来倒更像是图案。一笔一划是用某种尖锐的器物雕刻出来的，有点像古巴比伦的楔形文字，然而头粗尾细，更为活泼生动一些，似乎是某种更为古朴稚拙的远古文字系统。古人通常只有重大的事情才会形诸文字，这面岩壁藏于远离中原文化的岭南山中溶洞，里面究竟又隐藏着什么秘密？

眼下我和老程还困在这山中溶洞里，只有先设法出去之后再看看能否从中发现一些线索了。

我们收拾好东西之后便继续沿着地下河往外走。从发现蝌蚪文的岩壁再往前，地形都是平缓的石坡，虽然湿滑却不算难走。我心下焦急，不知不觉便加快了脚步。

不久之后，我们发现了前方开始有微微的光，视线开始变得开阔起来。地下河汇聚的水流越来越多，速度也加快了不少，开始出现哗哗的水声。不久之后就只能涉着水前行了。

水流不断汇聚而下，形成了一个深潭。潭水青碧，顶上石壁有洞口高耸，如同天界之门。此时尚有橘色的阳光从洞口射下来，照亮这一汪潭水。细看之下，洞口外有铁栅栏盖住。我和老程精神一振，取出随身携带的登山绳和笊篱，试了好几次才成功锚定顶上的铁栅栏。老程又用力拉了拉，确认安全之后先爬上去。我在底下看着老程费了些力气爬到洞口，而后又攀住岩壁，才缓了缓气，回过头对我说："出口位置的铁栅栏用粗壮的钢筋做成的，似乎是为了避免有人掉到洞里发生危险，好在并没有锁死。"

他暗中运劲，试了两次才弄开栓子，接着一手抓着洞口的岩石，一手将铁栅栏顶开爬了上去。平素练就的好身手，此时派上了用场。

爬上去之后，老程突然愣了一下，似乎是看到了什么。

"怎么了？"我觉出异状，连忙问道。

"没什么。你先上来再说。"老程又抬头观察了一下四周，确认安全之后转过身将整个铁栅栏推开，示意我往上爬。

幸得有老程在，否则要独自一人挪动这起码有一百多斤的铁栅栏对我而言绝非易事。

我将随身的包裹绑在绳子上让老程先吊上去，而后才抓着绳子往上攀爬。费了不少力气之后，我才勉强够到了洞口，而后老程伸出手，拽住我往上一提。

爬出来之后，我才知道刚才老程为啥会一愣。

这个出口竟然是一个水井。

确切地说，此时我们刚从一个废弃的水井中爬了出来，置身某户人家的庭院里。

从地下河的流向和行走的距离时间大概判断，我们已经在山中绕到了这座无名山丘的南侧，此时正在山脚下的一处地势低洼的谷地。

"我说，你大伯该不会是潜伏的间谍吧，这密道可绝对是专业级的啊。"老程缓过来之后，又恢复了他一以贯之的制冷机属性。

我瘫坐在铺着石砖的地上喘着气，没有心思理会他的玩笑。不过话说回来，为何这个山中溶洞的出入口处都修有建筑？难道是为了暗中研究那些岩壁上的蝌蚪文？这两个地方又有什么联系？

我试着拨通大伯的电话号码，不想这荒山野岭的信号很不稳定，好不容易拨通，却只有语音提示对方已经关机。从我们逃进地下通道时起，时间已经过去了将近五个小时。这期间，大伯和向蛮子究竟发生了什么事情？为何迟迟不与我们联系？

“我说，你也别太担心。你大伯他们都是在战场摸爬滚打过来的人，实战经验丰富。倒是我们现在可得自求多福了。”经老程一提醒，我才意识到，也许刚才的一通电话已经暴露了我们的坐标，那伙追踪我的人此时说不定正往这边赶过来。

我叹了口气，给大伯发了一条报平安的短信，而后便关掉了手机，拔出电话卡。

“既来之，则安之。咱们先逛逛。”老程休息停当，便开始打起这旧宅的主意。眼下我们置身于这荒山野岭里，即便敌人追踪着定位信号过来，我们也可以隐蔽藏身，见机行事。

在我们的面前是一栋风格古朴的小洋楼，大概是一个已经被荒废的旧宅。从建筑的式样上看，要比我们刚才进来的入口处的那栋乡村田园风别墅要老旧上许多，格调也高雅不少。绿树成荫的庭院一侧，藏着一栋钢筋混凝土结构的二层小洋楼，占地面积大概有五六百平方米。从建筑样式和简洁明快的建筑风格判断，是建于民国时期、中西合璧的园林别墅。外廊立有罗马柱，楼面有精美雕刻，整体上是巴洛克风格装饰，却也用上了中式建筑的贝灰墙壁、木门浮雕和门顶嵌瓷工艺。

落日时分，我们走到了那栋民国时期老宅的门前。

而后，我抬头看见门顶上有一组图案纹饰，虽然经过时间风霜的侵蚀，仍然不难辨认出大致的形状轮廓。那组图案纹饰自上而下由分规、曲尺和法典组成。而图案之上，悬挂匾额的位置，还有三个灰塑大字：“美生会”。

“美生会？美好生活会？”老程一时没反应过来。

一看到那组图案，我就想起来这三个字的含义。但这个事情的荒谬之处在于，这三个字原本绝无可能出现在这里。

“换成‘共济会’三个字你就马上明白了。”老程有所不知的是，美生实际上就是“Mason”的音译，中文“共济会”一词是取其组织性质的意译。

听我这么一说，老程也惊讶不已：“这荒山野岭的怎么还有共济会的物业？”

眼前的图案纹饰的确是共济会最基本的代表性纹章，共济会的英文名称Freemasonry字面之意便是“自由石匠工会”，起源于以色列所罗门王建筑圣庙时那些拥有高超技艺的工匠们。分规和曲尺都是石匠测绘使用的工具，在共济会思想中它们代表着会员完善自身所使用的“道具”。而法典则象征着通往智慧的“规则”。其象征符号分规、曲尺和法典，在共济会中也被看作是会员完成个人实践、突破三重黑暗、重见理性光明的过程中必不可少的工具，被称为“三重伟大之光”。

传说共济会起源于公元前4000年，这一年被称为“光明之年”。而现代共济会起源于1717年，世界上众多著名人士和政治家都是共济会成员，但从诞生至今质疑和反对的声音都不绝于耳。

一直以来，共济会的行事都相当神秘，早期甚至属于秘密结社，虽然允许持有各种宗教信仰的没有残疾的成年男子加入，对入会申请者的宗教信仰或宗教背景并没有要求，但申请者必须是有神论者，相信存在着一位人类之上的主宰。然而事实上共济会却并非是一个宗教组织，他们所认同的神其实更接近柏拉图在《理想国》中所阐述的造物主——一位理性的工匠，而宇宙则是神创作的手工品，宇宙的秩序也来自神赋予的理性。

因此缘故，共济会在历史上反而与各大宗教水火不容。罗马教皇曾经高举反共济会的旗帜两百多年，直到今天。而一直以来在普罗大众的认知中，共济会也经常是各种阴谋论的罪魁祸首。法国大革命期间，就有人怀疑共济会支持了推翻君主制的运动。之后的许多重大历史事件和重要历史人物也被认为与共济会有关，甚至将其称作是统治世界的幕后势力。

我之所以会对共济会略有了解，也是拜某个电脑游戏所赐。当时沉迷于那款游戏中，所以不知不觉便浸淫了不少历史典故。然而在现实的世界里真正接触到与共济会相关的历史遗迹时，不得不说我还是油然感到了一种难以言喻的战栗感。

眼前这栋耸立在夕阳中的老旧宅子在门口悬挂了共济会的标志和名号牌匾，想必这里曾经是一座共济会员公开活动的会所。我不知道这仅仅只是一种偶然的巧合，还是说这一连串的事件真的与那个隐秘的社团组织存在着某种联系？

一下子我胡思乱想的毛病又开始犯了，甚至忍不住猜测那个多年以来隐藏在暗处活动的势力是否就是传说之中的共济会？如果这一切真的是所谓的“共济会阴谋”那简直太狗血了。就像某天早晨醒来突然发现隔壁的抠脚大叔其实就是麦当劳叔叔一样荒谬。

第十六章
档案

此时已是落日时分，即将到来的黑夜让这山中废弃的旧屋平添了一份诡异的气氛。我们把那个出口重新封死，又找了几块大石头压上去，而后趁着落日最后的余晖绕着那栋建筑走了一圈，调查下周边的情况。

“这栋楼少说也有百年历史了。”老程打量了一下周遭，啧啧称奇。我却是满腹疑团，全然没有欣赏的心思。

奇怪的是，不知为何这栋旧宅周边竟然全然没有别的建筑，甚至连农田和供路人停驻的雨亭都没有，给人的感觉就像是被刻意隔离开似的。不知是当年建成时便特意如此设计，还是后来遭遇了什么事情之后自然而然形成了现在这种情况。

另外一个令人觉得奇怪的地方，则是这栋楼和共济会的关系。若说这里曾经是共济会当年在中国的某一个活动会所，却似乎从未出现在正式的历史文献记载之中，至于当时特意跑到这荒山野岭来建个活动会所的缘故更是无从知晓。

此外还有一个显而易见的事情，也让我如堕云雾——这栋别墅虽然老旧，但显然不久之前还曾经有人在此活动。虽然建筑的框架结构没有改动，门窗也未进行修缮，但看起来却全然不像是荒废多年的房子。这里不仅没有太多蛇虫鼠蚁出没的痕迹，就连门前的庭院也没有多少杂草。

又是这样一种说不出缘由的违和感。我一边走一边琢磨，试图找出自己会有这种怪异感觉的原因。

骤然之间，我想到了祖屋祠堂，顿时明白了这种违和感从何而来。

非常隐蔽却有意为之的隔离状况，门前空旷的庭院，埋在地下的秘密，以及某种被刻意抹去的痕迹，祖屋的情况与这里如出一辙。

如果真是这样，那个神秘的黑影此时是否同样也监视着我在这里的一举一动？我顿时觉得有点发毛，那个不知道是人是鬼的存在，我当然不想再招惹一次。

想到这里，我突然想明白一点。在我到达后不久，祖屋祠堂就被彻底夷为了平地。这是否意味着，这里面存在某些线索不能轻易让我接触到，否则我便可以从中发现端倪，所以他们只好先下手为强，将之破坏？那么现在眼前的这栋旧楼是否也存在同样的情况？

我突然有种预感，或许不久之后这栋老房子里的秘密同样也将连同建筑一道化为废墟，隐于丛林之中。

“我说玄羽，接下来你打算怎么办？”老程和我绕了一圈又回到了那栋别墅门前的庭院时，意有所指地问我。比起今晚是否在这里凑合一夜，更为重要的问题是接下来我们该如何行动？哪些人我们可以信任和依靠？

摆在我们面前的情况是，似乎不止一帮人在打我的主意。有人希望杀掉我；有人希望推动我去解开谜题，找出那块传说中的和氏璧；还有人则在暗中保护我，或者试图掩盖某些秘密。局面相当复杂，但我却对这其中的任何一方都一无所知。

“先不管三七二十一，撑过今晚再说吧。”我有些丧气地说，此时我真的没有心力去想这么多了。老程点点头，没有再说什么。

我们没费多大劲，就撬开一扇窗户，进入到了那栋废弃的别墅里。

一楼的状况基本上维持了原本被荒废的样子，拼花木质地板已经破烂不堪，原本灰白的墙面已经风化剥落，露出泛黄的土砖和霉菌腐蚀后的灰黑色印迹。但从旋转楼梯上到二楼，尽管同样老旧，但却明显已经有人进行了一定程度的修缮整理。而且最里侧的一间房中，一排古色古香的档案柜赫然于眼前。

我本来已经预计是人去楼空的局面，但眼前的状况却甚是出乎我的意料之外。

此刻我和老程站在杂乱无章的故纸堆中，如同目击了一个情报机构被捣毁的现场。显然不久之前还在这里的人遭遇了某些变故匆匆离去，然而却留下了大量的档案卷宗和考古资料。从现场一片狼藉的样子来看，这些文件与其说是被丢弃不要，毋宁说是根本来不及带走。

天色已经完全暗了下来。为了不暴露自己，我们没有点燃篝火，甚至也没有旋亮手电筒，只维持了最低程度的照明。我和老程仔细查看了每间房，没有发现尸体，也没有任何血迹，但到处都是匆匆撤离的痕迹，资料散落一地，没有吃完的压缩饼干，甚至还有一只来不及穿上的靴子。

“这是军品啊。”老程拎起靴子，用手电筒凑近仔细看了看。一侧还有个掉在地上的军用水壶。

“不过这也不能证明什么。说不定这些人是军迷。”老程咧嘴一笑，故作轻松地调侃道。但一想到那些山中的密道，这个假设多少欠缺了一些说服力。

“这些是……什么资料？”我抽出一个档案袋，吹掉上面的灰尘，是一份90年代初在内蒙古萨拉乌苏地区进行田野调查的手写报告，作者没有具名。

“需要这么偷偷摸摸进行的研究，肯定不简单。”老程抽出另一份材料翻着，那是一栋岭南古建筑结构的勘测分析论文。

“既然先前在这里的人走得这么匆忙，说不定有些线索留了下来，我们分头找找吧。”我和老程顾不得肚子打鼓，开始翻箱倒柜，一头扎进那一摞摞布满灰尘的卷宗里。这间房大概是被临时用作档案室，甚为杂乱地堆满了各种资料，有各种考古项目发掘过程中形成的文字记录、绘图、照片、拓片等，还有各种杂七杂八的简报、新闻甚至看起来完全没有任何关系的统计数据报表等等，要在这些杂乱摆放的资料堆里找出头绪并非易事。我们两人花了两个多小时，才勉强翻了一遍整个档案柜里的卷宗。这些资料中有先秦墓地、商代遗址，甚至某个石器时代的考古发掘记录，却没有发现那两次跨国合作项目的相关记录。

“从这些资料看，应该都是父亲当年所在的研究所曾经开展过的考古项目。唯独找不到川西南和南洋的那两次行动的记录。”我的沮丧之情无以言表。

“说不定那些有关的档案已经被筛选出来带走了。”老程一屁股坐在一张铁椅上，有些泄气地叹道。

但我还是不死心。从这里的情况不难判断，当时绝非从容撤退，而很可能是遭遇变故根本来不及收拾。

如果是机密档案，应该会有更为严密的集中管理吧？我突然想到。

这时我才注意到这间房子的不同寻常之处。我们刚才顾着翻档案，没有发现这个房间实际上暗藏乾坤，比对楼上楼下的走廊长度后顿时察觉出了端倪。

难道说，这里还有一间暗房？

经我这么一说，老程便开始仔细查看走廊尽头的墙壁。二楼的走廊尽处挂着一面锈迹斑斑的穿衣镜。老程走到跟前，取下镜子，后面是裸露的土砖。他稍微往后退了一步，抬腿猛地一踹，墙壁竟然应声而倒。弥漫的灰尘散去后，墙上出现了一个与穿衣镜差不多大小的孔洞。

老程用手擦了擦沾在头发上的灰尘，突然眼睛一亮，指给我看：“这里。”

墙洞中，是一个嵌入到墙上的铁皮保险柜。老程二话不说，操起工具就砸。然而乒乒乓乓砸了一会之后，保险柜依然纹丝不动。

“等一下。”刚才老程在砸柜子的时候，我却注意到了一件事情。或者说，那只是一个模糊的想法。如果是一个坚不可摧的保险柜，一定有打开的密码。若这一切都与我有关，当年我的父母一定会想方设法把密码告诉我。

尽管这是一个神经质的突发奇想，我却按捺不住试一试的想法。我按住老程，走到了保险柜前仔细摸索是否有暗格。果然，靠近顶部的边缘处有一个略微凹陷的地方。

我的呼吸开始变得急促。

这可能吗？这一切真的可能吗？

如果可能的话，他们又如何能够在二十年前就让我可以记得住这个密码，并且确保我在二十年后依然记得？

但我内心里似乎有个声音在隐隐告诉我，那个密码我早已记得……

我当时想到了那种可能，只是不敢肯定。

如果真是那样的话……

保险柜上的密码盘并非数字，而是无数细微凸起的点。我默念早已熟记于心的口诀，用手指在铁板的点阵上画着线。

而后，一股淡青色的幽光闪过，保险柜的门悄然打开。

我从未想到，当时父亲要我熟记的口诀竟然包含着这样的苦心。这一刻，我只觉得有些恍惚，眼前一霎便已雾气蒸腾。

老程一副难以置信的样子看着我，随即也想到了这一点，叹了口气。

“没想到你父母当年付出了如此大的牺牲，连这一步都替你想好了……”

我用手背抹了下眼泪，用力拉开了那个保险柜的铁门，洒落的尘土呛得我咳嗽不已。

在我眼前，是保险柜中整齐摆放着的一整排贴着绝密封条的档案袋。

第十七章
第三张老照片

我从未想到过，当年父母煞费苦心让我一遍又一遍记诵的歌谣，除了能够让我找到那个二十年前埋下的时间胶囊之外，竟然还能打开某个荒山野岭中的民国旧宅里一个藏在砖墙后面的保险柜机关。而那个保险柜里封锁着的，却只是一个个贴满了绝密封条的档案袋。

一时之间，内心里涌起一股不可名状的滋味、困惑、感动、悲伤、愤怒……

我不知道这一切的起因是什么，我只知道，因为这些尘封在荒山野岭的秘密，我已经失去了至亲。想到这点，我内心里便有一个不可遏制的冲动念头，想要把这些文件付诸一炬烧个精光，不再为害人间。

但我知道我做不到。父母当年苦心孤诣地给了我一把钥匙，我无论如何也无法视而不见，将之埋入尘土……

“兄弟，先别多愁善感了，还是逐个文件打开看看吧。”老程见我站在保险柜前发愣，走过来催促我道。

我回过神，环顾保险柜里，文件大致上是按年代排序的。我和老程对望了一眼，不假思索地从最边角的若干份盖有“绝密”字样的档案袋开始查阅。起初是一些蝌蚪文的拓片以及若干放大的照片，照片上也都是各种材质上的蝌蚪文，有的如溶洞中一般刻在岩壁，有的则是铸刻在某种金属器皿上，还有一些残缺不全，看起来大概是书写在竹简或是绢帛上的出土文物。这其中也有几篇释读某个残卷中若干句文辞的论文，作者则是父亲的导师白夜老先生。我还没来得及细看，就听到老程一声惊呼。

“玄羽，你快看看这个。”他把手中的一个牛皮纸档案袋递给我。

档案袋外的一栏上标记着，日期是1999年7月15日，标注的是项目的发掘年度。项目的名称是“南洋勿里洞海域古沉船GD04NH199907/WLD1，分类号01ZH.10”。

“这个应该是项目代码与地州编码组合的分类号。”我推测了一下这串代码的意思，跟当年的时间地点都吻合。手中这份档案，应该就是当年那个海上考古项目的综合卷宗。生在考古学家组成的家庭里，我对这些规范还是大致了解的。

“真是踏破铁鞋无觅处，得来全不费工夫。快打开看看吧。”老程把手电筒旋亮，光柱打到了我手中的档案袋上。

“通常情况下，发掘和整理出来的文物资料会单独归档，剩下的如考古发掘申请、证照批复、各类文件、结项报告、发掘简报或考古报告定稿都会收在综合资料袋里面，有时候还会有发掘总日志、总分布图、出土文物登记表、各种采样表等。”我对老程解释。

但在我打开档案袋之后，却有种不太合情理甚至可以说有违常理的感觉。

我之所以会有这种感觉绝非捕风捉影。直观可感的可疑之处，是这里面的资料太整齐了。

大多数的考古档案，因为各种客观条件的制约，多多少少总会出现一些墨迹深浅不一、誊写笔迹前后不同，甚至个别资料出现污渍或轻微损毁等情况，即便是事后补充，也不太可能做到严丝合缝，毫无错漏。而手中的这个南洋沉船项目却完整地收录了各种必要的材料，连调查报告都誊写得十分工整，这反而显得十分可疑。

但从纸张老化程度和字迹模糊的情况来看，却也不像是故意伪造的报告。若要说是伪造的话，最大的可能也应该是当年完成调查后不久的事。看起来，这份调查报告应该是在当年事故发生后不久就被重新誊写过，至于其中是否有所删改就不得而知了。

调查报告中最后的一页写着：“项目在计划期限内未有值得作更进一步调查的发现，并出现了两名成员意外罹难的重大事故，经上级研究后决定正式终止此项目。”

我留意了一下，报告的末尾没有署名。

在这份报告底下，还有一封信吸引了我的注意。那是一个以前常见的文件袋，同样贴着“机密”封条，文件袋里又是一个信封，左上角用墨水写着两个缩写字母F.M。我立刻想起了从庚叔那拿到的从海外寄来的那封信，和含在信封里的那张老照片。

只是这封信似乎是在放进档案袋之前就已经因为保存不善被弄湿过，字迹一片模糊，除了邮戳上的日期90.09.12外，其他的字迹完全无法辨认。我小心拆开信封，一张同样尺寸大小的照片掉了出来。

第三张老照片。我倒吸了一口凉气，心跳骤然加速。

这一张照片上的画面依然还是相当黑暗，只有一个人模糊的背影。奇怪的是，那人一身古代装束，上身穿绯衣，右衽立领，广袖，衣长至膝下，下身着朱裳，垂至脚背，身后佩有锦绶。拍摄照片之时，那人不知为何站在风雨交加的荒野之中。照片的右下角还有一道白色的痕迹，看不出是胶片曝光问题还是其他的什么。仔细地看那个模糊的影子，似乎能看出来，那人手中握着什么东西，一个矩形物体。

电光火石之间，我骤然意识到了那是什么。

照片中那个物体，玄铁匣，大伯和向蛮子口中所说的“墨矩”。

这个想法让我很不安。

我只觉得脚下发虚，放下手中的档案袋扶着椅子坐了下来，把那张费解的照片递给了老程。老程看着这张诡异费解的照片，也不由得皱了眉头：“这是什么？三十年前的Cosplay照片？”

“哟，打扮还挺到位。你看这人在衣服里穿着铠甲。这种身着铠甲后在外面罩上战袍的装束，是南宋时武人的‘衷甲’服制，以示恭谦之意。”老程不愧是古代武器专家，对古代武人的装束打扮也如数家珍，信手拈来。这个照片中人身上的装束，是南宋的高级将领独有的打扮。

铠甲是“武”的符号，而铠甲外所穿之衣则是“文”的象征，“衷甲”所彰显的是着装者的“文武双全”。这种特殊的装扮是由当时“以文制武”策略所决定的特殊服制，所谓“武随文服”是指武官穿着类似文臣儒士般的宽大长袍以示对文官的尊重。

老程马上也注意到了那个玄铁匣，一副难以置信的眼神望着我，我也不知道说什么好，只是直勾勾地望着他，一时间两人相对无言。实在无话可说。

“这个古怪的物件，到底是何方妖孽？”老程示意我取出那个玄铁匣，端在手中比对，比例大小都合适，的确是这物事无疑。

“这个拿着玄铁匣的人，为什么一副古人的打扮？难不成这是在进行某种宗教仪式？”老程突然抛出了一个天马行空的猜测。话说回来，90年代初倒也有一些气功大师招摇过市。没准这个照片中装神弄鬼的人也是某个欺世盗名之徒，这样一想倒也不足为奇。

心神稍定之后，我继续查阅其他的档案文件。

果不其然，这些不同的卷宗里都是不同时间进行的考古行动，整个考古行动的跨度从60年代开始一直持续到了千禧年。而在空间分布上，则从南到北几乎横跨了整个国境。这里面年代最为久远的资料是一张用墨线勾勒的图纸，似是描摹自某个古建筑。从纸张的陈旧程度和样式看大致可以判断出是清末到民国年间所制。只是这一张图纸单独装在一个没有任何标注说明的牛皮纸袋里，作为一份考古档案未免显得太过简陋。

这些内容各异的材料，为何会被汇聚在这一处，并且要严加看管呢？

难道说，这里的所有考古项目其实都有某种内在的关联？

另外，这些档案是谁记录的，目的又是什么？

其实我倒宁愿相信这一切的背后有某种超越认知的力量在主宰，或仅仅是出于某种非理性的狂热情绪作祟。但理性却始终在告诉我，这些看似诡异的行为背后一定有其逻辑和动机，只不过现在我还未能知晓罢了。

我和老程花了五六个小时翻阅了保险柜里的所有档案，直看到眼睛模糊，腰酸背痛。虽然我恨不得把整个保险柜里的资料都搬回去细细研究，但显然眼下这种状况留给我们的时间并不多。而且虽然我们暂时安全，但大伯那边仍然未知凶吉，我也想着尽快和他会合，之后再作打算。

想来想去，除了那份勿里洞海域的卷宗我收入了随身的背囊之外，其他的资料我们只好又放了回去，而后又把保险柜沉重的门重新合上锁好。折腾完这一晚上，我们两个都已经饥困交迫。老程取出随身带着的干粮和水，两人胡乱吃了点果腹。

我忧心大伯他们的安危，打算天明之后就离开这座老宅子，返回密道入口处查探个究竟。但老程却觉得一动不如一静，此时外面一定在大肆搜捕我们的行踪。我执意前行，搬出了最危险的地方反而最安全的说辞。但老程也不肯让步，坚持说螳螂捕蝉黄雀在后。正在我们两个相持不下的时候，汽车引擎低沉的轰鸣打破了破晓之前的宁谧。车声由远及近，听起来似乎只有一辆。老程示意我就地隐蔽，自己隐在窗边窥探，而后伸出一根手指向我示意。

车在别墅前的庭院里停了下来，我虽然离窗边较远看不到车辆的情况，但随即脚步声便缓缓响了起来。有一个人下了车，并未躲藏，而是缓缓踱着步，大大咧咧地走进了这栋别墅里。

第十八章
短兵相接

来人显然对这栋建筑的内部结构烂熟于心，进门后直奔二楼走廊尽头的这间档案室而来。

咚，咚，咚，爬楼梯的脚步声。听声音，似乎是穿着军靴之类，不知和之前追杀我的那帮人是不是一伙的。

怎么办，打还是逃？老程扬手比画着问我。

但实际上我们并无去路可逃。

若是破窗而出，且不说这里是二楼，黑灯瞎火中即便安稳落地，跑入丛林也绝非一个好选项。来人如果带枪的话，我们就是两个移动靶。

老程大概是欺对方只有孤身一人，没等来人走进房间已经深吸一口气一个箭步冲了出去，扬手朝对方面门就是一拳。这一拳虽然拳锋刚劲，但却还是不够迅猛。那人只是身影稍移，避过眉眼。老程就势准心一偏，这一拳虽然拐了个弯，还是打到了那人的脸颊上，然而却似泥牛入海一般。

趁着这个当口，我早已将手电筒对准来人的脑袋，一束强光破空照射在他的脸上。那人猝不及防，本能的反应还是让他双眼一眯，抬起了手。老程抓住这一刹那间隙闪到他身后，抬手就用手臂扼住他的脖子。

这时我才看清，那人一身军靴迷彩裤黑衬衫的着装，身高体形都与老程相仿，但肌肉虬结，明显在力量上更占优势。他抓住老程的手，就势一个过肩摔，老程顿时被结结实实地砸到地板上，只听见砰的一声，着实摔得不轻。

那人动作并未因此稍有停滞，而是蹲身一弓，便如同离弦之箭直冲我来。我见老程被摔得这么惨，不由得也心下发狠，抄起手电筒抬手就砸了过去。与此同时，我脚下加劲，猛地飞起一腿踹过去。老程与我从前一起打了那么多架，自然配合默契，迅速在地上伸手拽住对方的脚。走廊中一时光影凌乱，拳脚并至。

但那人以一敌二却完全不落下风。只见他头一偏闪过手电筒，抬手便接住我的一记飞踹，说时迟那时快，另一只手已经招呼到了老程手臂上。老程吃疼，手顿时一松。那人马上两步并作一步欺身近前，冲着我下巴就是一拳。我整个人重心不稳，顿时就飞了出去，摔到走廊上。

实践证明，真正的搏击完全不像青少年打群架那种花哨架势，而是十分效率至上，务求最短时间内解决战斗。那个人显然在这方面拥有丰富的积累，经验和气势上都占了上风。

我只挨了这一拳，就已经眼冒金星，基本失去了战斗力。老程此时虽然迸发出了强大的斗志，但刚结实挨了一摔和一拳，多少有些力不从心。他没有硬碰，而是趁着那人集中精力在对付我，横腿一扫攻其下盘。

只是双方的实力还是太过悬殊，那人凌空一跃飞扑到老程身上将他按住，一把按住老程的右手反剪身后，老程顿时一声惨叫，估计肩膀已经脱臼。

而后那人从身后抬腿一扫，老程应声倒地，昏了过去。

他便转过身，向我走来。

已经到此为止了吗……我不知道。所谓死到临头，大概就是这么一种感觉，那一刻充斥我内心的，与其说是恐惧，不如说是不甘。就这么不明不白地死去，实在是于心不甘。

我暴吼一声，抓过刚才特意放在一边的匕首，打算拼个鱼死网破。

那人却没有给我任何面子，飞起一脚就踢飞了我的匕首，而后又是一拳招呼过来。咔嚓一声，剧痛从胸口传来。我顿时觉得口中一阵腥甜。而后，他抓住了我的脖子，往上一提。我两眼一黑，彻底晕了过去。

我不知道在浑浑噩噩中过了多长时间。意识中只有一片混沌，仿佛听到一些声音，又仿佛十分静寂，什么都没有。

如同神游太虚般，记忆中的画面走马灯似的回放。我似乎又回到了那个和父亲母亲一起埋下时间胶囊的夜晚。祖屋祠堂前，我再次见到了父亲，定格在记忆中二十年前的样子。母亲也在身边，那时候的她好年轻。

我仿佛一人分出两个分身，一个视角是在空中俯瞰着空地上正费力地挖土埋藏时间胶囊的一家子，另一个视角则是当时只有三岁的我，懵懵懂懂又有些好奇地看着父亲哀伤的面容。

那夜对他而言是生离死别，而他其实早已知晓。

"致远，你……一定非你不可吗？"母亲当时流着泪，依偎在父亲的肩膀，喃喃问道。

"衷灵，剩下的事……就拜托你了。"父亲叫着母亲的名字，柔声嘱咐。

"玄羽还这么小，你让我们怎么办……"母亲的声音开始变成断续的呜咽。

"爸爸坏，不许欺负妈妈！"三岁的我，奶声奶气地说。

父亲于是便蹲下来，抱着我。

"玄羽啊，答应爸爸，爸爸不在的时候，你要好好照顾妈妈，可以吗？"父亲当时也在流泪。奇怪的是，时隔这么多年之后，我才回想起来，当时他的神色竟然如此哀戚。他早就知道这是一条不归路。

"嗯，拉钩！"三岁的我伸出了小手。

"拉钩，这是男子汉之间的约定。"父亲握住了我的手，拉钩。

然而我却没能做到曾经答应父亲的承诺。

催促的敲门声，一片黑暗，我又回到了十六岁的那个火海。

我满心恐惧地站在客厅，看着熊熊烈火包围了整个房间。起火点不是在厨房，而是父亲母亲的房间。火已经蔓延到了天花板和门框。

母亲当时在哪里？我哭喊着，在火海中不知所措。浓烟，灰黑色的浓烟呛得我直咳嗽，眼泪不断涌出，视线一片模糊。

母亲在哪里？

我艰难地挪动脚步。房间的门是打开的，火舌在舔着眼前的什么，对了，是书桌。

母亲在哪里？

我当时光着脚，脚板踩到了一摊温热的水。不，不是水。浓稠的烟迅速掩盖了当时的记忆。

我不想回忆起来。我不想回到那个可怕的夜晚。

但我困在了着火的客厅里，出不去。

我艰难地回过头，看到了母亲睡着了。她在沙发上睡着了。

我惊恐地尖叫，却听不到自己所发出的任何声音。为什么？一切都如此不真实。

"玄羽……快走……"母亲微微睁开了眼睛，口唇翕动，当时对我还说了什么。只是当时的我太过慌张，那句话没有进入到意识里。

我终于拉住母亲的手，却根本使不上力气。脑袋里昏昏沉沉的，大概是吸入了太多有毒的气体。

我必须求救，得找人来救母亲。

我踉跄着，摔倒，往外爬。大门也是开着的。当时为什么大门是开着的？

门口，有人踩着楼梯往上走，脚步声咚咚咚。记忆开始变得模糊，就像充满干扰信号的电视画面。雪花般的噪点渐次增强，慢慢盖过意识。

是那个人救了我吗？当时他应该也看到了沙发上的母亲才对，为什么母亲没有获救？

我竭尽全力想要看清那人是谁，然而无济于事。白色的噪点模糊了我的视线。

一片白茫茫中，痛感突然如同一根尖锐的毛刺划过意识。身体的信号似乎终于接通，不断有痛感传来，层出不穷。

我怎么了？哦对了，我在一栋荒山野岭的废弃旧别墅里，被一个狠角色揍得昏了过去。

现在是死了吗？不对，死了怎么还会有意识？若是死前的回光返照，这种痛感也未免太过清晰。据说临死之人是不会感觉到疼的，因为疼痛的阀门会被意识关闭，这时候的疼痛信号对个体生命的存续而言已经没有意义了。

老程怎么样了？我又想到，他可完全跟这件事没关系，莫名其妙的就因为我而赔了性命，实在是太冤了……

我拼命想要睁开眼睛，或者挪动一下手指，然而无济于事，我根本无法动弹。

意识开始变得模糊，就像原本清晰的画面开始出现白色噪点，眼前的一切再度变得影影绰绰，就连思维也一片模糊。

我大概是又晕了过去。

等到断片的意识再度接续时，一股汹涌强烈的痛感排山倒海般袭来，但与此同时，我就像是终于拿回了自己身体的控制权般，终于可以感觉到眼皮外的光线，和身上绷带传来的粗糙触感。

我还在呼吸。味道很刺鼻，是消毒水的味道。我的脖子无法转动，不知道是断了还是被什么固定住了。边上有某种仪器运转的低沉噪声，和不时的蜂鸣声。除此之外，周遭很安静，远处隐约有脚步声，和谈话声。

闭着眼睛依然可以感觉到光线，是灯光还是自然光？从我晕过去之后，时间已经过去了多久呢？

我勉强抬起眼皮，看到了白色的格栅天花板，和镶嵌在天花板里的LED灯箱。有点重影，但好歹还能看得见。

手指上的触感也清晰传来。我被固定在一张床上，插着针管。

这么说，我再次获救了。是谁救了我？

房间里，只有我孤身一人，老程下落不明。我不知道接下来等待我的会是什么。

脑袋里依然昏昏沉沉，甚至还是分不清这是现实，回忆，还是又一个意识中的梦境。

第十九章
醒来以后

在那之后的短暂一段时间内，我的意识逐渐变得清晰，而后也开始察觉到周遭的气氛骤然变得紧张起来。先是一个人在跑的脚步声，接着是一群人，在走廊上正往这边快步小跑过来。似乎已经有人察觉到我醒转过来了。似乎麻药的影响刚开始消除，身体完全无法动弹。

看起来这里似乎有监控装置注视着我的一举一动，想要继续装死估计也不太可能。

我能感受到光亮。是灯光，亮如白昼，但视线所及范围内似乎没有窗户，分不清现在到底是白天还是黑夜。

脚步声在门口停住，开门声，有人推着门走了进来。高跟鞋的声音，走进来的是个女人？

我的脖子无法转动，只能从眼角的余光看到一个模糊的白色身影。

“你醒了？能听得到我说话吗？如果可以的话眨一眨眼睛。”一个女人的声音，她是医生吗？

对了，这么说，这里是医院？难道在我被打晕过去后，有人救下了我，又把我送到了医院？

女医生见我没有反应，又把问题重复一遍，一边走近我身边，伸出纤细的手指按住我的眼睑，用手电筒对准两眼中间照射，再将光源分别移向双侧瞳孔中央。这时我才看清她的容貌，年纪在三十岁左右，皮肤在灯光下很白皙，穿着白大褂，戴着淡蓝色口罩，只露出一双好看的眼睛，睫毛很长，微卷的头发在脑后绾成一束。

我急于想知道许多问题的答案，但试着吞咽口水，喉咙很干涩，开口还是发不出声音。

“不要勉强说话，你昏迷了差不多有三天了，送来这里的时候呼吸和心跳都很微弱，脖子差点被扭断，肋骨断了好几条，能醒过来已经不容易了。剩下的需要些时间慢慢恢复。”女医生继续说道。她的话多少有些作用，让我稍为镇定了下来。的确，现在这个样子什么都做不了。

“还记得自己是谁吗？记得就眨眨眼睛。”这次我选择了合作，依照她的指示眨了眨眼。

这时，后面的脚步声也来到了我身前。我看不见是谁，只能从脚步声大致分辨出有三个人，其中还有一个是拄着拐杖的老人。

在我还在内心里揣测来人是谁的时候，一个粗糙得像砂纸的声音在耳边响了起来。

“别乱动，先养好伤。”我听过这个声音。

说话的人走入了我视线，见到是他，我的惊愕之情溢于言表。虽然只是一面之缘，我还是认出了他是给大伯开车的那个司机，名叫铁军的黑衣中年男子。

大伯现在怎么样了？我开不了口，但铁军却似乎也不想主动回应我的疑问。

跟着走进房间里的是一个金发碧眼的老人，衣着打扮和长相反差很大，穿着中式绸布衬衫，戴着一副金丝圆框眼镜，拄着一根雕着龙头的紫檀木拐杖，另一只手上则端着一个海柳烟斗。跟在老人身后的，则是一个年龄在十五六岁上下的少年，只能看出是亚裔血统，黑发黄肤，面容算得上俊俏，却穿着与这个年龄不甚相称的一袭黑色西服和灰色衬衫，领口还打着黑色领结，领扣上别着一个金色六芒星。那少年搀扶着老人，一并走了过来。

“这里很安全，暂时可以放心。”老人开口说道，竟然是一口标准的普通话。

“你就是致远和衷灵的儿子吧，名字是玄羽？”老人冲我点了点头致意，而后自顾自地继续说下去：“说起来，鄙人算是令尊令堂的故友知交，我的名字叫布莱克。”

布莱克，当年那次海上考古行动的始作俑者。

听到布莱克这个名字，我总算知道自己目前是什么处境了。

只是没想到，会在这样的情况之下与他会面。此外还有一点令我很介意，大伯身边的司机和保镖铁军竟然也出现在了这里。显然，他很有可能是和布莱克串通好了。如果是他出卖了大伯，那大伯他们现在的状况恐怕也是凶多吉少。

“你放心，我不是要杀你的人。事实上，我还救了你一命。”自称是布莱克的老人饶有趣味地端详着躺在床上动弹不得的我，“你长得很像致远年轻的时候。”

“时间过得真是快啊。中文里有个词语形容得很形象，白驹过隙，就像日影越过沟壑一样飞快。”布莱克的脸上流露出一种沉浸在过去回忆里的惆怅神情。

沉默了一会，他才朝铁军点了点头，示意他拿什么东西过来。

我急于知道伙伴的安危，但我几乎使出了仅有的力气，才勉强调动到口腔和舌头的肌肉，十分费劲地发出了两个干涩的音节：“老……程……”

“你说的是那个和你一起的年轻人？哦……放心，他也还活着。”布莱克的话稍微减轻了一些我内心的愧疚感，若是我的好友因为我自己的缘故白白断送了性命，我一定不会原谅我自己。但他显然是个老谋深算的家伙，没有跟我透露关于老程的更多情况。

“我的人赶到的时候还是晚了一步，不然你现在就不用在这里躺着了。”布莱克不无遗憾地说道，“这让我的整个项目计划需要延后至少两个月。”

“董事长，您已经等了二十年，虽然现在还需要再多等两个月，但这未尝不是好事，至少给了我们额外的两个月研究时间。”跟在布莱克身边的少年开口。

“说得也是。比起二十年的计划泡汤，这已经是不幸中的万幸了。接下来矩阵的事，就拜托你了，天一。”不知为何，布莱克竟然用十分谦卑的语气对那名叫天一的少年说道。看起来那少年来头不小。布莱克口中所谓二十年的计划，又是什么？

但我此刻完全没有精力继续想，脑袋还在嗡嗡作响。

“你现在需要做的事是好好休息，不必急于询问和思考。等你恢复过来，老夫自然会找一个合适的时机，将你所关心的事情都告诉你。”布莱克似乎看透了我的心理活动，不动声色地淡然说道。

脚步声。门再度被推开。铁军走了过来，手中捧着一本颇有些厚度的黑色硬皮笔记本。

布莱克从铁军手中接过笔记本，翻了翻，放到了我的床头。

“一直想找机会把这东西交到你手中。这是你父亲留下的遗物，他毕生的研究心血。”我仰面躺着，虽然很想知道那上面都写了些什么，但是却无可奈何。布莱克似乎是有意在刺激我，劝诱我和他合作。

“现在你父亲的遗志交到了你手中，剩下的就看你的选择了。我没有别的意思，只是想让你知道，我是一位可以信赖的老朋友，对你没有恶意。”布莱克若有所指。

“好了，你刚醒过来，需要充分休息。我是你的主治医生顾沐蓝，有什么事情可以随时叫我。”说罢，她把床头的一个紧急呼叫按钮放到了我手中，而后又检查了在我床头放着的医疗仪器上的读数。接着几个人都走了出去后，门又被关上。

我躺在病床上，一时无计可施。身上的疼痛逐渐变得清晰，晕眩的感觉再度袭来，我只好闭上眼睛，断断续续又睡了几个囫囵觉。

在那之后的一段时间里，无论是布莱克还是铁军，还有那个叫天一的少年，都没有再在我的面前出现过。显然，在我恢复到能下床活动之前，也没有派人盯梢禁锢我的必要。只有那天的女医生顾沐蓝每日里会过来检查我的恢复情况，除此之外，便是一名叫作阿珊的护工负责我的护理工作和饮食起居。阿珊是个身强力壮，不苟言笑的人。在我逐渐恢复说话能力之后，我也试探着问了她一些不算敏感的问题，然而她通常都是一问三不知，不知道是布莱克或是谁有意交代过，还是她的性格便是如此。

顾沐蓝医生倒是对我比较友好。对于诸如今天是几号现在是白天还是黑夜这样的问题通常不假思索就爽快回答。但在第三天我问她是否知道老程的情况时，她就只是笑笑敷衍过去。显然，我也不太可能在她这里套出话来。

但我必须确认老程和大伯他们的安危。在我的绝食抗议之下，顾医生才转达了我的意思。随后的第二天，我被获准看了一段视频。视频由顾医生在平板电脑上播放给我看，是一段新闻剪辑。

新闻的内容是某地的警方近日围剿并捣毁了一处藏在山中别墅里的制毒藏毒窝点，抓获了该犯罪团伙的头目。在我倍感诧异的时候，接下来的镜头却让我感到一股彻骨的寒意。画面上那个被警察抓住的犯罪头目虽然套着黑色头套，但无论是着装还是身形，都是大伯无疑。我绝不相信大伯会牵涉到犯罪活动，显然那天大伯必定落入了某个圈套。未承想大伯一辈子光明磊落，竟然会蒙受此等不白之冤。

电视画面上没有见到大伯的那个老战友向蛮子，不知他的下落如何。不过既然连跟随了大伯多年的铁军都背叛了大伯，向蛮子是敌是友也未可知。

另一段视频则是透过摄像头拍摄的监控视频，画面中，老程的情况似乎恢复得比我快一些。然而我也注意到老程被绑在了床上。显然，我们被分开禁锢了。

第二十章
与世隔绝

在我醒来之后不久，我就发现自己之前随身带着的玄铁匣、勿里洞海域考古项目的档案袋、老程送给我的匕首“非攻”和我自己的手机等物品都不翼而飞，就连自己原来的衣物也全部都被换掉了。

手指开始能自由活动之后，我便要了一个架子，把父亲的那本研究笔记放到了胸前，开始阅读其中的内容。最初的几天我读得甚为吃力，加之身上各处的伤口疼痛感觉剧烈，很难集中精神。好在伤势日渐恢复，十来天以后已经可以半躺在床上自己动手翻页了，也开始能够思考一些问题。

每日里，除了休息便无事可做，我便将精力都放在了研读父亲的研究笔记上。这本90年代十六开大小的笔记本大体上可以分为两部分：其一是对不同出处的蝌蚪文加以描摹和释读疏证；其二则是一些田野调查和考古发掘的记录。大概是在书写的过程中不时加以订正的缘故，密密麻麻地添加了大量的旁注和草图，笔迹颜色也不尽相同。而且显而易见的是，这本笔记起初的意图大概仅仅只是作为自己的研究备忘所用，所以许多地方都是字迹潦草，语焉不详。对于没有多少古文字学术根基的我而言，不啻于研读天书。即便我绞尽脑汁，也仍然只是雾里看花，囫囵吞枣，完全摸不到门道。

当我回想起当年的情景之后，还有一件事情无论如何想不通。当年既然父亲早已意识到自己前途未卜，甚至可以说是慷慨赴死，那他为何还要将毕生的研究心血带在身上，任其落入布莱克之手而不是留给同样从事学术研究的母亲，或者一并埋入时间胶囊之中？

虽然我不知道布莱克所谓的计划是什么，但看起来他的计划与这本研究笔记中试图破译的蝌蚪文有关，而且现在他似乎打算押宝在我身上。既然布莱克在二十年前已经得到了父亲的研究笔记，加之他本人就是这方面的研究专家，这二十年来，笔记上的所有内容想必他都已经烂熟于心，何以还需要借助我的力量？或者换个说法，我对他来说，有什么特别的利用价值？

一种可能的解释是，布莱克即便熟读了这本研究笔记，也仍然未能参透某个他倾注了毕生心血的关键问题。而父亲或许早已经破解了这个秘密，然而因为某个不得已的缘由，父亲选择了保存这个秘密甚至不惜牺牲了自己。但布莱克显然也意识到，若是这个秘密如此事关重大，父亲不一定会选择带着这个秘密葬身大海，那他势必需要采取某种方式将这个秘密托付给可以信赖的人。而当时的情况下，父亲可以做的事情可谓有限之极。布莱克或许认为，父亲会将某些信息隐藏在这本笔记之中，所以才采取欲擒故纵的策略，让我尽可能多地接触到当年的资料档案。

那个布莱克追逐了二十年的秘密到底是什么，我仍然没有多少头绪。

那天大伯提到了川西南考古发掘行动，以及勿里洞海域的“黑石”号沉船，还有向蛮子口中说到的和氏璧，连同那张旧照片上装扮古怪的背影，这一切八竿子打不着的事物之间如何产生联系，更是让我如堕云雾，全然不知道该从何处着手。

但显而易见的是，一切都与时间胶囊中留给我的东西有关。

在二十年之后，布莱克得知父亲将玄铁匣埋在了时间胶囊中交到了我手上，便迅速采取了行动。布莱克他们既然已经拿走了那个被称为“墨矩”的玄铁匣，想必已经详加研究，只是不知道这件父母亲牺牲了性命也要保护的东西，究竟有何玄机。除了抢夺墨矩之外，显然他也意识到，父亲可能将某些关键信息托付给了我。而保存秘密的最好方式，就是保存的人不知道如何破解。

我一再回想着那天大伯所说的那句话：“这个东西被称之为

‘矩’。每次重现于世，都会带来一场腥风血雨。”

也许，此刻我已经置身于又一场腥风血雨之中。

在稍微恢复行动能力之后，我就意识到，自己所在的这个地方大概是一个几乎与世隔绝的疗养院或者医学实验室，而非通常意义上的医院。

事实上，在我恢复到可以走出房间到户外活动之后，我便进一步确认了这一点。这是一栋盖在某一个无人荒岛上的建筑。除了顾医生和护工阿珊之外，我再没有见到任何人。就连顾医生也是每天乘坐直升机到达，在完成日常工作之后又乘坐直升机离开。阿珊倒是住在岛上，然而她除了职责所需的必要对话之外，全然没有和我沟通的兴趣。每日里做完自己手头的事情，就关在房间里不知道捣鼓些什么。

这个岛并不大，大概只能算是一个大点的珊瑚礁。除了这栋建筑之外，只有一个可供直升机起降的停机坪，和一座兼备风能、太阳能和潮汐能发电的小型综合发电站，此外再无他物，连可供船舶停靠的码头也没有。岛上所需的生活物资包括食物和淡水一概都是由直升机输送，垃圾在处理后同样也是由直升机运走。起降的直升机只能看出是一架舰载载人运输直升机，机身的涂装是黑色，没有任何标识，没有网络搜索引擎可用的情况下也看不出来是什么款式型号。

电力由那座小型综合发电站提供，是否有通信网络则不得而知，但从建筑内到处可见的摄像头来看，想必是有一定程度的网络覆盖。即便我恢复活动能力之后试图逃跑，没有定位导航估计很大概率也只能淹死在茫茫大海之中。我甚至连自己现在究竟置身那一片海域都不得而知。

毫无疑问这间病房中的医疗设施堪称豪华，算得上是私人医院的水平。而且这里的配套设施也是一应俱全。除了那间看护病房之外，还有康复理疗室、活动室、分析实验室等。从这栋建筑的一些细节线索判断，老程大概并不是被软禁在这个岛上。

醒来之后，我处在一个完全与世隔绝的境地。

这期间，我每天都在咬牙坚持做康复训练，为的是早日能够离开这里。我知道在我能独立行走之后，布莱克一定会再度在我面前出现，我也在仔细思考对策，并等待着这样一个机会。

在我的一再坚持之下，顾医生也向我稍微透露了老程的情况，他伤得没有我重，但却断了一只手和一条腿。在我被掐得快断气的时候，老程奋不顾身地冲了过来，被那个人抓住扔下楼。听到这一点，我心里一热，却觉得万分愧疚。

整个事情所牵涉到的所有人之中，老程是最无辜的。事实上，像他这样子会为朋友两肋插刀甚至赴汤蹈火在所不辞的人，在这个时代已经是凤毛麟角，如同快要绝迹的动物。

虽然不知道是否能奏效，我还是拜托顾医生帮我给老程带个话，报个平安。顾医生倒是很善解人意，笑笑对我说："他也很惦记你的安危，整天吵嚷着要见你。难得有你们这样肝胆相照的朋友。"

不过再怎么说，顾医生也是与布莱克有关的人，不知道她的这种和风细雨的温柔态度是否也只不过是某种怀柔策略，无论如何我多少还是心有芥蒂，留着一份小心。

每一天，我都要顾医生带话给布莱克，除非见到老程，否则我拒绝任何合作。但布莱克在让我确认了老程还活着之后，便不再回应我的任何要求。即便我让顾医生每天带话，也都像是石沉大海。

从顾医生的口中能够了解到的有用信息也不多。我只是知道了布莱克现在已经是一个大型跨国私企"矽统公司"的董事长。这个私人企业广泛涉及人工智能、物联网、生命科学和医疗等领域，拥有雄厚的资金实力，就连这座荒岛也是矽统公司的物业。难怪布莱克可以调动这么多人为他服务。

只是既然他已经富可敌国，还有什么稀世珍宝值得他穷其一生去追寻，甚至不惜使用暴力胁迫的手段呢?

日子一天天过去，在荒岛上醒来之后的第五十九天。清早时分，那架黑色的直升机如常降落在了用白漆画着"H"的停机坪上，而后一个熟悉的身影出现在了我眼前。老程手上戴着电子锁，看起来消瘦了一圈，胡子拉碴的样子显得有些憔悴，身上有几处明显的瘀伤，绷带也没完全拆掉，看起来他的待遇比我要差多了。

见到我，他冲我咧嘴一笑。"好久不见啊。"

“没事就好。”我也只能勉强报以一笑，一如既往地和他对击了一掌。

“他们肯让我来见你，看来是打算让你出山了啊。”老程言有所指地说道。

“这是我的合作条件，他们必须做到。”虽然我语气平淡，但这句话却绝非虚张声势，我知道，从我醒来的那一刻开始，我就得有不惜舍命的觉悟。从今往后，我绝不再让任何人左右我自己的命运。

第二十一章
考古船

在见到老程之后不久，顾医生从直升机上下来，要求我和老程跟着她乘坐那架直升机离开这个岛。我知道，我也许不会再回到这个地方了。

我提出要拿回父亲的研究笔记，顾医生略一思忖之后同意了。我径自回到了病房之中。环顾房间，除了医疗设备之外便空无一物。但在我拿起那本研究笔记时，突然发现有些异样。我走出了房间来到屋外的空旷处，找到一张折了几折夹在那本研究笔记中间的泛黄纸条。这些天里，在这个地方出没的总共也只有三个人，除了我自己，就是顾医生和护工阿珊。这究竟是哪个人留给我的?

但眼下这座岛上到处都是监控设备，虽然我急于想知道纸条上写了什么，也只能先若无其事地离开这里再说。返回到直升机的停机坪时，老程和顾医生都已经上了飞机。机舱门开着，我默默爬上了直升机，并没有多问去哪里。这种人为刀俎我为鱼肉的情况下，通常问问题也是白费力气。顾医生倒是主动向我和老程解释，我们正在返航途中，大概飞半个小时之后，就能到达目的地。大概是这些天相处下来，让她觉得相对无言有些尴尬。

机舱内倒是视野开阔，从空中俯瞰，此时那座小岛已经泯然于茫茫大海之中。这次是一个戴着墨镜肤色黝黑发亮的小伙子驾驶直升机，头发很短，同样是沉默寡言的类型，看不出是哪里人。

我接过顾医生递过来的耳机戴上，即便关上舱门之后，飞行的噪声也很大。天气很好，风和日丽，碧海蓝天，但我的心情却无论如何轻松不起来。虽然逃离了这个禁闭了我将近两个月的孤岛，也不过是进入到另一个更大的无形囚牢。飞机飞得很稳，刚才的大风吹乱我的头发，打在脸上有些疼痛，告诉我这一切不是梦幻，而是现实。这一刻，我多少能体谅当年父亲和我告别时的心情。

我和老程相对无语。虽然有很多话想和老程聊，但我们现在时刻处于布莱克的监视之中，很多思考和猜想，我并不想让布莱克知道。想必老程在这被禁锢的两个月中也是如此。接下来也只能见机行事。

我把那本父亲留下的研究笔记递给了老程，示意他也看看。老程便翻开了那本天书，皱着眉头开始啃。他在传统文化方面的造诣比我好，说不定能另辟蹊径有所发现。

顾医生上了飞机之后就没有再说话，坐在一旁安静地闭目养神。我不是没有考虑过劫机逃走，但一来我和老程刚从鬼门关走了一遭，还没完全康复，顾医生是否擅长近身搏击我可完全没有底，而那个飞机师很明显训练有素。即便侥幸抢过飞机，我们也不会开，能否逼迫他听从我们的指令我也完全没有把握。二来在这两个月的时间里，我也只能大概判断出这座岛是在南中国海的外围岛礁，具体方位并不清楚，就连这里离可供补给的大陆或岛屿有多远距离也全然没有概念，只好作罢。

我们的目的地是一艘漂泊在海上的大型水下考古船。

半个小时之后，视线里出现了一艘大船，白色的船身在阳光下闪闪发光。看起来，这艘船经过了特别的改装设计，专门定制用于水下考古作业。甲板在船后部，比一般船只更开阔，还设立了折臂吊架，目测吊架还可伸出船外五六米。甲板两侧有可以放下的舷梯，船舷左侧悬挂着工作艇和救生艇，右侧还有减压舱。

直升机直接降落在甲板上的停机坪。稍微出乎我意料的是，布莱克竟然站在甲板上等飞机降落。站在他身旁的不是上次的少年，而是一位年龄与我相仿的女生，不知为何第一印象觉得有种似曾相识的感觉。

“欢迎加入我的团队，年轻人。”这是一艘隶属于矽统公司的水下专用考古船，布莱克若无其事地向我伸出手。我心生厌恶，没有理会，径自向船舱走去。老程跟在我身后，瞪了布莱克一眼，倒是拉住布莱克的手。而后我便看到了布莱克脸色的肌肉不自然地扭曲了一下，老程松开手后，布莱克皱巴巴的手背上顿时多了几道红印。“谢谢您这两个月来的款待，布莱克先生。”老程一副彬彬有礼的样子，让人忍俊不禁。

倒是顾医生出来打圆场：“布莱克先生一大早就在这里等你们了。甲板上风大，我们还是进去船舱再说吧。”

这时，一位穿着白色船长服、戴着墨镜的中年白种人从船舱里走了出来，一边冲我和老程摆了摆手，用还算流利然而口音有些奇怪的汉语说道：“欢迎来到‘大鲲’号。我是这艘船的船长肯特·克拉克。”

船长肯特大概是看到董事长主动和我们两个年轻人握手，以为我们是什么大人物，所以十分热情地向我们介绍这艘船的情况：“这艘船采用全电力推进动力的方案，排水量为930吨，全长58米，航速12节，能搭载20余名考古工作人员，抗8级风浪，连续航行时长为30天……”

听到这里，我大概也明白了我们此行的目的地在哪里了。布莱克显然已经迫不及待地要再度前往勿里洞海域，也就是从前的爪哇岛附近，继续二十年前未完成的那次行动。现在，无论愿意与否，我们都成了同一条船上的人。

加上主甲板下的两层，这艘船共有五层。船舱里功能繁多，从甲板进入船舱，两边是食品储藏间、维修间等，还设有11间供考古工作者、船员住宿的起居室，里面书桌、独立卫生间、网线接口、电话等可谓一应俱全。此外还有潜水工作室、考古仪器设备间等专业工作间。

“水下考古对技术和设备有很高要求。为了探测水下遗址和沉船等文物，‘大鲲’号上配备了水下考古动力船舱、出水文物保护实验室、潜水工作室等。还有门字吊、救助艇、减压舱、柴油发电机、小型冷藏集装箱……”布莱克身边的女孩子在我们前面，边走边介绍说，“哦，对了，很高兴认识两位，我是布莱克先生的研究助理白若汐。”

名叫白若汐的女生看来对这艘船已经十分熟悉，比起顾医生也活泼一些。此刻她就像一位尽职尽责的导游般忙着给我们介绍这艘船的内部构造和设施，让尴尬僵冷的气氛多少和缓了一些。

“考古船配有减压舱和减摇舱。水下考古作业时，每次下水停留的时间都不同，需要根据水深、潮汐、设备等情况而定。配置了减压舱就可以潜入更深的水下，延长下水的时间。船身的减摇舱则是为了稳定船体。考古船工作时是停在海面上不动的，减摇舱可以减少摇晃颠簸，保证工作人员的安全。”若汐继续侃侃而谈。

“若汐虽然很年轻，但目前已经是有资质的水下考古人员。全国也就只有几十个人能拿到这个资质。”顾医生在一旁补充说。

老程脸上满是惊讶神色，试探道：“看来，布莱克先生这次是有备而来，打造了一支精英团队呢。”

这种场面还是自小习惯了与不同人打交道的老程更能应付得来。他的用意当然是探清虚实，先打听一下这个考古团队的构成。

“很快你就可以和团队的其他成员见面了，程北川先生。”布莱克意味深长地笑笑，掏出卫星电话拨通一个号码之后，用英文不知道对那边小声说了什么，而后又神色自若地把我们让进了船舱里一个看起来像是会议室的开阔房间。

我和老程以及船长肯特、研究助理白若汐鱼贯而入。会议室里还有三个人在里面等着，看来都是这次考古团队的核心成员。铁军也在其中。吃一堑长一智，我没有说什么，只是默默冲他点了点头。眼下还不是冲动的时候，有什么账也得脱离目前的处境之后再算。

“南海被誉为‘世界第三黄金水道’，在这浩瀚的碧海之下，潜藏着无数从未曾被发掘过的秘密。”布莱克站在舷窗前，似乎心情有些起伏，声色并茂地感叹道。

“可惜这其中最为重要的一颗明珠，却始终没有人能够染指。”

布莱克所说的，大概就是指沉入海中的和氏璧吧。

“当年功败垂成，受限于当时的历史条件，这个项目后来也没有办法继续开展下去，一直搁置到了现在。没想到这一等，就是整整二十年……”

布莱克露出了哀伤的神色：“这二十年来，我从来没有放弃。如今我已经到了所谓的古稀之年，留给我的时间不多了。对我而言，这是一件哪怕赌上身家性命也在所不辞的伟大事业。用一句中国的古话来说，朝闻道，夕死可矣。”

第二十二章
一份合同

说完这一番话后，布莱克才把视线移到我身上：“年轻人，我知道你有很多问题想问我，恰好我也有一些问题想要问你。不过……在开启我们之间的对话前，还有一些必要的手续要办。”

话音刚落，就有一个梳着背头细眉细眼的家伙走了进来，他身上西装笔挺，戴着黑框茶色眼镜，手上戴着一副白色手套，拿着两个印有矽统公司标志的文件夹。那人没有开口说话，只是事务性地把文件夹放到会议桌上，打开之后推到我和老程面前，而后便退到了布莱克身后站立。

“我这里有一份合作协议，邀请你和你的好友程北川先生加入到矽统公司的勿里洞海域水下考古研究项目。”布莱克走到了会议桌前坐下，手指叩了叩那个文件夹，意有所指地说道：“此次行动事关重大，也涉及很多绝密级别的资料。不得已而为之的一些做法，还请多多包涵。”

大概非法禁锢、蓄意陷害甚至杀人灭口都是布莱克所谓的“不得已而为之的一些做法”吧。

“我可以拒绝吗？”我没好气地说。虽然我知道，现在已经是名副其实地“上了贼船”。至于协议上的具体条款是什么，显而易见不会是什么天上掉馅饼的好事。

“这个问题，令尊在二十年前也曾经问过我。”布莱克语气稍有停顿，径自接过那个白手套递过来的签字钢笔，才接着用一种缅怀过去的语气说，“他是个十分聪明的人，也是位品格高尚的学者。要不是那场意外的话，我大概会和他成为莫逆之交。”

这番话似答非答，听起来倒更像是一种威胁。

“这个项目对我而言意义很大，所以我也愿意开出最优厚的条件来招募合适的项目成员。你知道，我在中国还是有一些朋友的，眼下你大伯的事情我也可以帮得上忙。”布莱克继续说，言辞之中已露峥嵘。

我其实别无选择。

“我大伯是无辜的，先放了他，我再签字。”我试图讨价还价。

“你已经提过要求了，我也遵从你的要求先放了你的朋友，是吧程北川先生。”布莱克看了看老程，脸上带着一种礼节性的微笑。那笑意大概只持续了两秒。

“现在该到你显示合作的诚意了，陈玄羽先生。”布莱克仿佛变了张脸，声音也阴沉了下来。

在岛上的将近两个月里，我几乎每天都在琢磨一个问题。

可以和布莱克讨价还价的条件是什么。

“我想我也已经显示了诚意，布莱克先生，从时间胶囊中取出的东西，现在想必已经到您手中了吧？我是说那个名为‘矩’的玄铁匣。”我盯着眼前的对手，反将一军，“不过您大概还没解开其中的奥秘吧。”

当我提到了“矩”这个词时，布莱克的眼神中闪过了一丝异样，虽然稍纵即逝，但还是让我看了出来他的弱点在哪里。

所谓“矩”中的秘密必然十分难以破解，不然布莱克大可直接抢走玄铁匣就是。二十年前，父亲把玄铁匣埋进时间胶囊中的时候，必然已经想到了这点。他留下的其实是一把锁和一把钥匙。那把锁是一个古怪的玄铁匣，而钥匙其实就是我自己。

从二十年前开始，父亲母亲有意传授给我的东西，留给我的记忆，让我成为了那把开锁的钥匙。直到在鬼门关走了一遭之后，我才真正理解了父亲母亲当年的良苦用心。

二十年后，在挖出时间胶囊以前，我的人生其实有两种选择。

第一种是我忘记或者背弃了当年的承诺，放弃追索真相的权利，就此泯然众人，继续日复一日的生活，过一段再平凡不过的人生——大学毕业找份工作，而后或许娶妻生子，或许孤家寡人。生老病死，如此而已。

第二种是我信守承诺，追索当年的一切，踏着父亲的未竟之路继续往前走。而后我可能会面临重重危机，成为众矢之的，甚至因为这个玄铁匣中的秘密，我将与整个世界为敌。

聪明如我父母亲，当年自然也想到了这一点。如何才能在自己为此前仆后继而牺牲之后，还能继续保护我的安全，至少让那些隐在幕后虎视眈眈的各派势力投鼠忌器？

那就是让我成为打开这把锁的唯一一把钥匙。

而为了让我还有继续选择的余地，他们甚至连真相都没有告诉我。因为只有我彻底处于无知蒙昧的状态，才不至于会在落入虎口被严刑逼供的时候吐露出打开那把锁的秘密、失去价值后被杀死，他们费尽苦心地把开锁的密码藏在了我的人生记忆中，直到母亲遇难那一刻。

岛上那个夜晚，当我想清楚这一点时，眼泪夺眶而出。我躺在草坪上望着满天繁星泪流满面。可怜天下父母心。

而此刻，我自己便是和布莱克讨价还价的条件。

“布莱克先生，想必您也一定猜到了，当年我父母亲留给我的除了那个玄铁匣，还有打开的密码。只不过不到那个时候，就算怎么威胁我，我也是根本不知道如何破解的。”

我试着再往前推进一步。

“而如果我大伯有任何问题，您总不能阻止我轻生吧。”我抛出了杀手锏，这是离开那座岛前我就已经在内心做出的决定。

向死而生。

“的确您现在可以限制我的人身自由，阻止我自杀。但既然那个东西在海底，而我又是解开这个秘密的关键，总不能不让我下海吧，我总有机会杀了自己的。只要设法拔掉氧气管就行了。”我继续单刀直入，要诈我肯定比不上眼前的老狐狸，所以干脆把自己的策略和盘托出，让对方去将信将疑举棋不定。

“我应该把这理解为威胁？”布莱克神色安然若素，似乎我的话完全没有起到什么效果。

我点了点头，继续说：“布莱克先生，您真正要在勿里洞海域寻找的东西，可是所谓的‘和氏璧’？”

我抛出这句话是想故布疑阵试探下布莱克。这个信息我是先前从向蛮子那听到的，但也只是一知半解。然而眼下布莱克并不知道我掌握了多少情况，我必须尽可能让他觉得我有用，威胁才有效果。

当我说出和氏璧三个字的时候，布莱克愣了一下，而后突然仰天哈哈大笑。

“没错。看来我的一位老朋友已经提前跟你透露了一些情况。”布莱克点了点头后说道，一边打开手中的签字钢笔，拿过两份协议签了名，又转回到我面前，“到你了。”

我大致浏览了一下合同上条款，基本上是关于保密和考古发现所有权归属等内容，以及违约所需要承担的责任等事务性条款。唯一比较奇怪的一条只是，若我在合作协议期间死亡，一个设立在百慕大的机构将自动获得我的授权，公开一份以我名字命名的绝密档案。

我心下生疑，这个机构我从未听说过，遑论那份以我名字命名的绝密档案。

再说，布莱克禁锢了我和老程两个月，大可继续用暴力逼迫我合作便是，为何还要故弄玄虚地签一份不知道是什么合同？搞不清楚他葫芦里卖的是什么药。

布莱克饶有兴致地解释道：“我很欣赏老子的一句话：‘上善若水’。这当然是个可有可无的手续，但我还是希望尽量按照规则来办事。”

我叹一口气，签了字之后把文件夹摔了回去。那个看似是布莱克秘书的大背头将文件夹收好，重新站到了布莱克身后。

“现在我们可以继续谈条件了。放了我大伯，我帮你找到和氏璧。”我开出价码。

“陈明志也是我的老朋友，我本来就没有为难他。这次的事情中间有点误会。”布莱克解释。

“我相信再过不久他应该就可以洗脱嫌疑，获得自由了。”

我却将信将疑，毕竟还没有跟大伯联系上。

“你放心，从你签完字的那一刻开始，你已经获得了充分的自由和保障。你可以打电话或是通过网络确认，也可以自由活动。当然，我必须提醒你的是有一批人在等着杀你，只不过你暂时还在我的保护范围内，他们不敢轻举妄动而已。”布莱克拿出了一副老板的做派，恩威并施。

“您的好意，我心领了。”我转念一想，仍有些不放心，“还有一点，老程跟这件事情无关，就算不签什么劳什子协议他的人身安全和行动自由也必须受到充分保障。”

“你的朋友当然受到了我们的充分保障。”布莱克打了个太极。

“不过话说回来，从踏上这艘船的那一刻开始，程北川先生就已经不是局外人了。”

老程微微点了点头，示意我不必再多说。而后他也依样画葫芦，接过了笔把协议签好摔回去。

“欢迎两位加入。”一旁的顾医生象征性地鼓了鼓掌，微微一笑，“这次我也会和大家一起前往，负责团队所有人的医疗工作。”

这时布莱克看了看腕表，抬头望着舷窗外：“时间差不多，其他的几位团队成员也该到了。”

远方的海面上出现了一个白点。白点在迅速靠近，一艘快艇急速飞驰而来。

快艇上坐着三个人，前排开船的是一个中性打扮的小个子，另一个大概是当地向导，肤色黝黑的印尼人。后排还有一个身影壮硕的中年人，戴着墨镜。

等到近前，我才发现他是谁。

向蛮子。

第二十三章
来人

“弗兰索瓦，二十年后又见到你的老朋友向，有何感想？”布莱克转过头，吸了一口烟，打量着站在一旁默不吭声的大背头问。原来那个大背头的名字是弗兰索瓦。

“我还是想亲手杀了他。”大背头整理着手套，若无其事地甩出来一句话，眼神中却平静如水，让人觉察不到他内心的波澜起伏，分不清他所说的到底是真话还是开玩笑。

“那当然是你的权利，不过得等完成任务之后。”布莱克似乎早有所料，吐出烟雾后哈哈大笑。

这时，那个中性打扮的小个子已经把快艇开到了一侧船舷，与我们所在的考古船“大鲲”号并驾齐驱。那人突然站起身，踩着快艇的船头纵身一跃，伸手抓住了“大鲲”号甲板一侧的围栏，就势一个鲤鱼翻身，稳稳当当落在了“大鲲”号的甲板上。

老程见到那个人，脸色顿时变得十分难看，对我小声说道：“这家伙……我之前碰到过。”

“原来你们认识？该不会是程先生擅自离开医院的时候在路上遇到的吧？”布莱克不怀好意地揶揄道。

老程瞪了布莱克一眼，捏着拳头怒目相向。以老程的性格，绝不会甘心坐困囚城，看来这两个月里他大概也曾经想办法逃走过，从老程的反应来看多半栽在了这个小个子手里。难怪当时在监控视频中看到老程时他脸上和身上有不少瘀伤。

那位叫伊利斯的小个子打开门，走进了布莱克的会议室，没有吭声。

“两年前，绰号‘尖刀巴特’的海豹突击队精锐神秘失踪，无人知晓其下落。不过现在我需要习惯你的新身份和新名字了，对吧，伊利斯。”伊利斯的眉头微皱，他似乎不太乐意布莱克提起“尖刀巴特”这个过去的名号。

虽然我对布莱克的神通广大多少已有些直观的感受和概念，然而从他口中听到“海豹突击队”这个词还是暗吃一惊。海豹突击队是美国的精锐三栖作战部队，“海豹（SEAL）”取海（Sea）、空（Air）、陆（Land）之意，是美国实施局部战争、应付突发事件的杀手锏。

进入海豹突击队要通过被认为是世界上最艰苦最严格的特别军事训练，甚至就连训练也完全是真枪交火，学员们需要在超常的困境中培养锻炼毅力和团队作战能力，高达70%的淘汰率保证了整个队伍的超强战斗力。因此缘故，能成为海豹突击队的战士是一名美国军人的最高荣誉。而眼前这个貌不惊人的小个子，竟然能被布莱克称为海豹突击队的精锐，足可见伊利斯的实力必定出类拔萃，非同小可。

在我注意观察伊利斯时，那个肤色黝黑、穿长袖巴蒂衫的印尼人从身后取出一截黑色短棍，按下按钮后随即变成了一个三叉攀岩钩爪。只见他扬手一甩，钩爪顿时带着一条纤细的缆绳飞出，钩到船沿。而后他精瘦的身躯随着缆绳快速收缩从快艇一跃而上，在猎猎海风中站立到甲板上，身手异常敏捷。

“卢胡特，很高兴见到你，我的老朋友。”印尼人走了进来后，布莱克起身跟他点头致意。那位名字发音听起来像“路虎”的印尼人咧嘴一笑，用某种我听不懂的语言说了一段话，没想布莱克听完他说的话之后，竟然也用同样的语言跟他交谈了几句。而后那个印尼人转过头打量了一下我和老程，就拉着船长肯特走进驾驶舱。透过船舱玻璃可以看到他们在讨论着什么，只是不知他们说的是英语还是印尼语。

“啊，忘了介绍，卢胡特可是二十年前那次科考行动的向导，是当时整个团队的两位幸存者之一。另外一位，我想就不用我多作介绍了吧。”布莱克说道，视线转到了一侧的快艇上。

向蛮子叉着手稳坐在快艇上，并没有挪动的意思。他看向了驾驶舱，举起双手比了个竖中指的手势。

布莱克微笑着朝驾驶舱打了个响指，考古船身后面的甲板一侧随即打开了一个缺口，收在船舷内的吊艇架迅速伸出舷外，向蛮子将快艇开进吊艇架，将小艇的吊链挂在吊架起重滑车的起重钩上。吊艇机随即启动绞收起重滑车的钢缆，小艇很快便被吊起收入船舱之中。

刚才布莱克有意无意的一句话，却透露了一个我先前从未知晓的情况：当年的事故，牺牲者竟然不止我父亲一个人……按照布莱克的说法，甚至可以说是全军覆没，只有那个充当向导的印尼人和向蛮子活了下来？

“我说老布，你的待客之道可实在不咋样啊，老子又不是杂技演员，还要上蹿下跳的。”向蛮子推门进来后先声夺人，大声抱怨。

话音未落，向蛮子似是不经意般地撇了我和老程一眼：“你们俩伢子不尝点苦头是不知道天高地厚啊。你大伯要我带句话给你们，不用担心他，好自为之。”

两个月不见，这个古怪的家伙留了络腮胡子，肤色也变得黝黑不少。虽然不知道向蛮子出现在这里的缘由是什么，这个大伯的老战友此时是敌是友，但从他口中听到大伯的消息，也只好姑妄信之了。

“人终于到齐，现在我们可以出发了。”布莱克转身向大背头吩咐了几句，他没有说什么，便转身离开不知道干什么去了。

而后布莱克又对顾医生下了逐客令：“顾医生，你也先去休息一下吧。”

“好的董事长，那我先告辞了。”顾医生点头致意后便掩上了房间的门。

偌大的会议室里，此时只剩下我、老程和布莱克、伊利斯、研究助理白若汐、向蛮子以及那位看起来年纪不大的女生。

布莱克轻描淡写地继续说下去：“刚才我已经介绍了伊利斯的履历，在座的各位恐怕加在一起都不够伊利斯打的，所以特意奉劝各位，不要轻举妄动。”

伊利斯点点头，没有说什么。

“好了，现在轮到自由问答时间了。”布莱克用一副志在必得的姿态说道，“礼尚往来，我会先回答你的一个问题，作为相应的义务，你也必须如实回答我一个问题。”

我似乎也没有拒绝的余地。

“好，我的第一个问题。那些想杀我的人，幕后的势力究竟是谁？”我抛出了第一个问题。

这两个月以来，我的疑问简直可以列一个超长清单。但在这种情况下，我既无法求证布莱克给我的答案是真是假，也希望尽可能多地从布莱克这里了解到一些前所未知的信息，并且还不能把他未必知道的事情透露给他，所以我只能谨慎选择一些比较有把握获得真实信息的问题。

首先，我必须先搞清楚我的敌人是谁。

布莱克意味深长地看了我一眼，略一思忖，又掏出他那根海柳烟斗点了烟，才开始回答我的问题。

“年轻人。”布莱克用一种稍为严肃的语气说道，“在回答你这个问题之前，我想先说明一点，我不是你的敌人。”

我没有开口，静等着布莱克的下文。

“那些想杀你的人，是一些高高在上的家伙，他们害怕真相，害怕某些不应该公之于众的事情被揭露出来。”

“他们有很多的身份和头衔，行事也极为隐蔽。但总的来说，至今为止追杀你的人都与某一次绝密行动有关，那次行动的代号是‘404’。”大概是为了显示诚意，布莱克抛出了一个我所未知的信息。但除此之外，并没有提供太多信息。

“老布，你还真是消息灵通人士啊，连‘404行动’，都让你知道了。”向蛮子在一旁插嘴打岔，“你说的这些陈芝麻烂谷子的往事可不算啊。实打实地告诉这两伢子好了，那天放冷枪的是谁，你可别说你不知道。”

布莱克虽然眼露不满的神色，但想来他之所以让向蛮子留下，也许有自己的考量。

“向，你的话痨还是一如既往。”

“叙旧的话咱们一会再说，既然这两伢子到你手里了，总得让人家死个明白才是。对吧？”向蛮子不依不饶，继续逼问。

此时不便发作，布莱克还是接着话头，继续说下去：“两个月前追杀你们的人，是某个香港黑帮的人，名叫乔克。”

我没有想到，自己竟然会有朝一日被一个香港黑帮的人追杀。但从布莱克的语气中，似乎这个人也只不过是一个棋子，而隐藏在其身后的人，竟然在布莱克的眼中都算得上是高高在上。

向蛮子点了点头：“好，这笔账我记下了，回头去香港找他算算。”

“现在到我了。”布莱克没有给我太多思考的余地，便抛出了他的问题。

第二十四章
第二个问题

虽然我对布莱克可能会盘问我的问题有所准备。但没想到他问出口的第一个问题，就出乎我的意料之外，甚至可以说，这一个问题让我始料未及。

“拿到玄铁匣后，有没有在梦中或昏迷状态下见到一位黑衣人？”布莱克竟然问了我这么一个匪夷所思的问题。

没等我承认，他已经从我愕然的表情中猜出端倪。得到自己想要的答案后，布莱克微微点了点头。

我完全没有想到他会问一个这么小儿科的问题。而且更奇怪的是，我的一个没头没脑的梦境，这个金发碧眼的洋人又是如何知道的，难不成他还会所谓的读心术？

老程这时倒是不含糊：“你问这个问题，说明黑衣人的出现并非偶然对吧，也就是说跟玄铁匣的出现有关？”

“既然我选择了和你们合作，必要的信息还是会透露一些的。那个玄铁匣有一个专门的名字，叫作‘墨矩’，是一件从先秦时期流传至今的文物。”布莱克略一沉吟，继续说道，“不过有些问题，你们没必要知道得太多。所以，我只回答你们三个问题。刚才已经问过第一个问题了。”

“好，第二个问题，二十年前的那次海上考古行动，到底和20世纪90年代初的川西南考古项目有什么关系？”既然我们马上就要“重蹈覆辙”，我当然希望尽可能掌握多一些线索。

布莱克吸了一口烟，缓缓从口中呼出，仿佛一声水到渠成的叹息，表情顿时变得凝重。

“之所以会有那一次海上考古行动，是因为我们在川西南发现了一些关键线索……”

我有意望了望向蛮子。还没有机会和他对质，也不知道他葫芦里卖的是什么药，但看起来他似乎和布莱克也不是铁板一块。

布莱克接下来，开始讲述了二十年前发生的事。

“当时我和你父亲深入到川西南地区发掘了一个遗址。虽然项目后来因为一些原因而终断了，但当时我们发现了一份埋在地下两千多年的竹简。”

“你是说，你们当时发掘出了另一个版本的《汲冢竹书》？”老程不由惊呼。

布莱克略带赞许地看了一眼老程。“你提到《汲冢竹书》，还算有点基础。事实上，当时我们挖出的竹简的确可以算得上是另一个版本的《汲冢竹书》，甚至还要更为完整和翔实。比起当时在川西南的发现来，恐怕《竹书纪年》也算不上什么了。”

布莱克的这一番话让那个一直在一旁默默听着我们对话的女生都瞪大了眼睛。

“所谓的汲冢竹书，是在晋武帝年间一名叫不准的盗墓贼挖出来的竹简，当时有数十车之多，用一种古文字书写记载了夏商周年间的历史和众多经典。不过这批竹简的原始文本早就永嘉之乱时就被付之一炬，就连晋人整理的古本《竹书纪年》也在宋末佚失了。一直要到明朝万历年间，当时的藏书家天一阁主人范钦才从藏书阁里找出了一本经过整理编辑的今本《竹书纪年》。”

布莱克侃侃而谈，作为一名外国学者却能将中国的文史细节信手拈来、如数家珍，着实博闻强记，才识过人。却也让我顿感此人是个很难对付的敌人。

而后，布莱克语惊四座：“当时的考古发现之中，尤为重要的发现是两份历史文献，一是记载了‘秦军入川’及古蜀国灭国事件详情的《蜀纪》简牍；二是一份保存完好的帛书，根据推断是当时与蜀王一同抗秦的墨门领袖所留下的《矩子遗书》。”

我和老程多少都算是耳濡目染了一些中国的传统文化和历史，然而布莱克当时这一番话的分量，我们俩也是在后来查证了许多史料之后才有了一个更为清晰的认识。当时我的第一反应只是模模糊糊中好像一些线索终于勾连了起来。从布莱克的口中听到墨门这个词竟然暗合了那张从大洋彼岸寄来的照片背后援引自《墨子》的那句古文。

“天下之百姓皆上同于天子，而不上同于天，则灾犹未去也。”写在照片背后的这句话难不成是在注释照壁上的文字？我想到这一层，却又觉得似乎解释不通，而且照壁上的文字是用蝌蚪文书写，与这份帛书上的文字也完全不同。

“教授，您是说你们发现了战国时代保存至今的《矩子遗书》？”白若汐终于开口，她握着笔的手竟然在微微颤抖，显然是受了极大的震撼。

布莱克点点头：“那份《矩子遗书》之中，记载了和氏璧的真实历史。”这句话有些费解，难道历史记载竟然还有假?

“事实上，很少有人知道和氏璧的真面目。”布莱克补充道。

这时，向蛮子突然开口：“我说老布，俗语有云‘口说无凭’，那份《矩子遗书》现在在什么地方？你倒是给个明白话。”

“那份《矩子遗书》当然在我手上。必要的时候我会给你们看的。这是电子扫描版。”布莱克扬手按了一个按钮，一面墙壁的投影幕布上顿时显示出了一张照片，上面的文字我看不懂，但看起来并非蝌蚪文，而是某种战国时代的文字。

“这份《矩子遗书》是用所谓的‘东土文字’书写的，与秦国的籀文、篆文并不相同。从笔画和书写风格判断，这大概是属于晋系文字的一种。秦始皇统一六国之后‘书同文，车同轨’，原来列国的文字也消亡殆尽，归于一统了。”一看到投影上的文字，白若汐马上就得出了自己的判断，可见她的古文字修为也不可小觑。此外我也留意到了一点，白若汐应该也是初次见到这份《矩子遗书》，不像是在唱双簧。

布莱克点了点头。

一个被秦国人杀死在了蜀地的齐国人，在遗书中记载了一块在楚国发现的石头，这听起来有些匪夷所思。

“这位姑娘说得不错，韩赵魏三家分晋之后，三晋地区的文字却保持了一致。当年和氏璧曾经消失了一段时间，之后却突然在赵国出现，这才有完璧归赵的故事。写这份帛书的人看来应该是知道来龙去脉的某个赵国人。”老程也点头称是。他之前醉心研究古代兵器，倒是也接触了不少铭刻在兵器上的战国文字。

听老程赞同自己的观点，白若汐也冲老程会心一笑。

“当时，正是白夜教授带着陈致远博士释读出了这份帛书上的文字记载。”布莱克似乎有意对白若汐说。

我心中一惊。白若汐，难不成眼前这女生是……白老先生的孙女？这么说来，幼年时我还曾见过当时尚在牙牙学语的白若汐。

“爷爷他当年取得了这么多的成就……可惜……”白若汐的一声叹息印证了我的猜想。或许这正是这个二十岁左右的女生会被牵扯进来的缘由。

父亲出事一年后，白夜老先生也举家移民到了加拿大。

“当时的考古项目因为遇到一些阻力就暂且搁置了。不想命运这种事冥冥之中自有定数。在我退出川西南项目后恰巧有个老朋友邀请，我就前往东南亚在那边待了一段时间。一边度假，一边参与那个项目的咨询工作。而后，命运之神站到了门外，我听到了敲门声。”布莱克不动声色地有意隐瞒了一些关键信息，但我还来不及细究，他又抛出了一颗分量十足的重磅炸弹。

“我当时从一份‘404行动’的绝密文件中破解了墨矩的秘密。”

又是那个神秘兮兮的“404行动”，但布莱克有意语焉不详，并未透露所谓的秘密到底是什么。

“联系到川西南出土的那份《矩子遗书》上的记载，也就不难猜测到和氏璧又是什么，为何从古至今有那么多人趋之若鹜了。”布莱克接着话茬说下去，“综合所有的信息之后，我翻遍了历史记载，才确定了和氏璧的真正下落。”

“您是说在‘黑石’号上？”白若汐顿时便想到。

布莱克点点头：“勿里洞岛海域在南中国海的最南端和爪哇海的北端之间，那里曾经是海上丝绸之路的交通要塞。而且‘黑石’号当时的出航也是事出有因……在那之后我很快就组织了一支队伍，迫不及待地开启了那次考古行动，寻找沉在南中国海底下的和氏璧。”

一直以来传说和氏璧被秦始皇制作成为传国玉玺，历经朝代更迭后在唐代失传。如果布莱克不是走火入魔，并且他的话可以采信的话，这无疑是一个惊世骇俗的发现。

只是一艘宝历二年的阿拉伯商船为何会带着和氏璧葬身茫茫大海的惊涛骇浪中?

这恐怕又是一个重重疑云中的历史谜团了。

“然而，在最后一次下水发掘的时候……却发生了一些变故，几乎全军覆没。我没说错吧，向？”布莱克说完这一番话后，意味深长地看着向蛮子。

第二十五章

鬼魂

向蛮子听到布莱克话中有话，却是微微一笑，接过话茬道："老布，你这轻描淡写的听着不过瘾啊。还是让我来说吧，我们在水下实际上已经找到了和氏璧的确切埋藏点，然而却没有办法将那块石头带回来。"

"为什么？那块石头的保存环境很脆弱，不具备发掘搬动的条件？"白若汐忍不住问。

"不是，是没有办法。"向蛮子再次强调了这一点。他的说法很是奇怪，为什么没有办法？是当时客观条件制约？还是人为的因素干扰？

"这么说吧，我们在水下'见鬼'了……"向蛮子没等我开口，就说出了一个更加奇怪的说法。

在向蛮子说出这句话时，就连喜怒不形于色的布莱克，脸上竟然也拂过一丝不快，仿佛想起了什么令人恐惧的事情。

"是遇到了什么奇怪的现象吗？"白若汐猜测，她大概觉得"见鬼"是一种修辞说法。

"这说法也没错，的确算是一桩怪事。"向蛮子有意望了布莱克一眼，而后声音有些干涩地说，"我们当时见到的……是一个战国时代的'鬼'。"

向蛮子有意强调了"鬼"字。

"您是说……真的见到了……那种……鬼魂？"白若汐吞吞吐吐

地问，似乎完全不敢相信。

“这个世界上怎么会真的有鬼？的确，所谓‘鬼魂’这样的说法，通常我们都会当作是无稽之谈，而且也与我们一直以来所接受的教育相悖。事实上……那天我的第一反应也是觉得向蛮子在故弄玄虚，即便在水底有些无法解释的怪异现象，也只能说是超出认知，至于‘鬼魂’一说，我也从来没有认真相信过。但后面发生的一些事情……改变了我的看法。”布莱克继续说道。

至少看起来，作为当时的亲历者，布莱克和向蛮子都相信了自己所看到的东西。

我下意识地想到布莱克之前提到了在我梦境里出现的鬼影，似乎这一切有着某种诡异联系。

但一个战国的“鬼”？奇怪至极。

“我是个粗人，不懂那么多弯弯道道。那要不是‘鬼’的话……当时我们在水下看到了一个……一个根本不可能存在的人。”向蛮子语气稍微一顿，而后继续说下去，“那个人一身战国时期的打扮，没有背氧气瓶也能在水下走路，而且他就像个影那样，没有身体……奇怪的是，那个人却能杀掉队伍里的大部分人。当时他提着一把长剑，割喉的手法干净利落。”

听到剑字，而且还是战国时期的古剑，老程顿时来了精神，连忙问道：“那剑是什么模样的？是不是青铜长剑的样式？”一边问，还一边比画。

向蛮子点了点头：“就是戏里那种古剑，你晓得。”

“您是说，当时整个考古队都被一个在水下的战国‘鬼魂’给杀了？”当我说出这个结论时，自己都觉得太过荒谬。

向蛮子苦笑着拿过桌上的水杯，咕咚咕咚灌了几口水：“确实如此……不然怎么解释。”

一直默不吭声的布莱克这时候也叹了口气：“向，老实说，其实在很长一段时间里，我一直不相信你的说法。毕竟当时只有你和卢胡特活着回到船上，其他人都已经死无对证。”

布莱克略一沉吟，吸了一口烟之后才继续说下去：“不过后来我目睹了一件事……"

布莱克没有细说那件事是什么。但言下之意，是布莱克竟然也和向蛮子一样，相信这个世界上竟然有"鬼魂"的存在，而且一个战国时代的"鬼魂"竟然可以在水下杀掉八个大活人。要说向蛮子没什么文化容易迷信的话，布莱克可是常春藤院校的博士，绝不至于轻易盲从这样的鬼话。

布莱克的目光游移到了我的脸上，似乎在观察着我对这一个说法的反应一般。

"年轻人，中国古代有一个叫墨家的思想流派，他们的看法很有意思。与儒家思想对鬼神'存而不论'不同，墨家是明确主张'明鬼'的。《墨子》中就有专门的篇章讨论这个问题。'天下用以察知鬼神有无的方法，必定以大众耳目实际闻见的有无作为标准。如果确实有人闻见了，那么必定认为鬼神存在，如果没有闻见，那么必定认为不存在。'也许远在古代，当时的精英阶层或许就已经遇到过类似的现象。"

我心里咯噔了一下。那张照片上的那句话，也是来自《墨子》。这个已经湮没在历史长河里的学派，与如今的这些未解之谜究竟又有何联系？

"当时我们进入到了一个很奇怪的海底建筑中，你爸无意中触发了一个机关，而后就出现了那个'鬼'，我当时炸掉了那个入口，才幸免于难。"向蛮子又补充了一句，算是回应了我刚才的问题。

"好了，现在到我问你了。"布莱克制止了我继续发问的尝试。

"你为什么要挖出陈博士留给你的时间胶囊？"布莱克的第二个问题又把我问住了。我已经完全搞不清他葫芦里卖的是什么药。对于找到和氏璧来说，这个问题完全是无关痛痒。或者说他明知道问我的关键问题我肯定不会如实回答，不如旁敲侧击获取更多信息？

我想了想，觉得这个问题应该没有暗藏什么玄机，还是选择了坦白相告。

"首先，我答应了父亲。承诺的事情，就要做到，这是我父母从小教导我的事情。其次，这事关我父母亲的两条人命，我不想一辈子不明不白地活着，既然我看到了某些线索，我就会追踪下去。”

布莱克听我说完之后，默然点了点头。

“我的最后一个问题，十六岁那年，我们家遭遇的那次火灾，目的也是为了杀掉我吗？”我终于问出了那个郁积在内心很久的问题。虽然我极其不想去面对这个问题，但此刻我必须去面对。

布莱克犹豫了一下，没有轻易启齿。

而后，他才像是下了决心一般，点了点头：“你猜得没错。当时他们意识到了你的威胁，所以决定出手铲除隐患。”

这是个意料之中，却是在情理之外的答案。一直以来，我都在下意识地回避那一件事。

那一天，母亲其实是因为我的缘故，才葬身火海之中。

为了保护我。

为什么，他们要一而再再而三地夺走我所珍爱的一切？我不知道。

我只是一个再普通不过的平常人，扔到街上都认不出来的那种，会对这个神通广大的组织造成什么威胁，我也不得而知。

但从布莱克口中听到这个答案时，我的内心中只有一个越来越清晰的念头。

我所遭遇的一切，我一定会以牙还牙，以眼还眼。不，我所遭遇的一切，我一定会加倍奉还。

“虽然我们各有各的立场，但我的第三个问题，还是希望你能如实回答。”在说出最后一个问题前，布莱克竟然一反常态，十分严肃地强调。

“如果有一天，你掌握了一种足以改变世界的权力，你是否会放弃这项权力？”

这是什么问题？跟我们现在的状况有什么联系吗？

老实说，在布莱克问我这个问题之前，我从来没有考虑过这么形而上的命题。我从未想到过我能主宰什么。甚至连自己的命运，自己家人的安危，我都无能为力。在我沦为了阶下囚将近两个月之后，在抚养我的大伯都受到我的牵连而身陷囹圄之后，在童年时的发小都因为我的缘故而被打得几乎半死之后，竟然还有人跑来问我，我如果主宰了这个世界会怎么样。这不啻为一个巨大的讽刺。

我差点想要爆粗口。只是考虑到眼下的状况，我还是忍住了对布莱克发飙的冲动。以布莱克的性格，他这么问绝不是为了寻开心或玩弄我于股掌，这个问题背后一定有他的理由，虽然我暂时还不知道这个理由是什么。

我冷静下来，努力地集中精神到这个问题上。

首先，这个问题的前提是我掌握了某种足以改变世界的权力，或者说力量。而后，我会如何做？

我会把这种力量完全弃之不用吗？我不知道。但很大可能会。常言说能力越大，责任越大。若是我获得了某种主宰世界的能力，实际上也就意味着我需要担负起整个世界的责任。无论是我还是其他任何人，走到这一步的时候通常都是身不由己。即便为了自己身边的人，也必须投入到战斗之中。

我会将这种力量分给其他人吗？我同样不知道。这是个含混的设定，如果这种力量给予了其他人之后我便失去了相应的权力，我肯定会比较谨慎。但如果分给其他人之后我还可以保留原有的权力，那我说不定会打造一个英雄联盟出来，就像漫画和电影里常有的一样。但……

“老实说，我根本没想过这个问题。所以……现在我的答案是：不。老实说，我不希望任何人拥有这种能力，包括我自己。但我不会放弃这种能力不用，也会努力创造出约束这种能力的方法。”我想了一会，而后决定摊牌。

第二十六章

突袭

在我说完那一番话后，布莱克只是默默点了点头，若有所思。

良久，布莱克才重新将心思聚焦到我身上："你刚才的一番话，让我想起当年你父亲陈博士。你和他很像。"

未及开口，这时，船上的汽笛突然鸣起。

方才我们在会议室里谈话的时候，"大鲲"号一直在行进。此时如无意外，应该已经是在南中国海上的某个无人区，正向勿里洞岛的方向行进。

这会儿不知外面发生了什么变故，我和老程对视了一眼，刚想开口询问，没承想向蛮子倒是快人快语，一边起身往通往甲板的楼梯走去，一边甩下了一句话："我去看看。"

一直在旁默不吭声的伊利斯此时俯下身，在布莱克耳边低语了一句，不知道在说什么。只见布莱克眉头微皱。

"有些紧急的事情，需要去处理一下，失陪。"布莱克阴着脸，起身和伊利斯走出了会议室，向着走廊里侧的一扇紧闭着的门走去。会议室里只剩下我、老程和白若汐。

似乎骤然发生了某件预料之外的事。一时间，我们俩走也不是，不走也不是。只是此时我们正在茫茫太平洋，即便这时候有机会偷一只救生艇逃走，多半也是凶多吉少。而且方才与布莱克一番对话，反而激发了我的倔脾气。布莱克说我和我父亲很像，我不知道是指哪方面。但在孩提时代的记忆之中，关于父亲尤为深刻的印象便是他倔脾气的一面。在这一点上我与他倒的确是很像。再说若是此时逃走，之前的苦就白受了。

“刚才那位胖爷说的战国‘鬼魂’，你怎么看？”老程趁着没有其他人，采取主动和白若汐搭话。

白若汐只是礼节性摇了摇头：“老实说，我不太觉得这是一个科学合理的假设。”不知她是有所防范，还是确实和我们俩一样，在上这艘船之前对此一无所知。但显然，她对这种荒诞不经的说法也并没有信以为真。

“原来你爷爷就是白老先生，他是我父亲的恩师。”刚才有布莱克在旁，没有机会和白若汐细聊这事，此时正好问问，说不定还能旁敲侧击打探到一些信息。

“是的，玄羽，我还记得你的。好久不见。”白若汐冲我微微一笑，依稀是旧日里那个扎着小辫子的女孩儿，一副天真无邪的样子，全然不像一个会牵扯到这种危险事情里的人物。说起来，记忆中那个小女孩只小我一岁。在幼年时代，我和她两个年纪相仿，又住在同一个单位大院，倒是曾经算得上两小无猜，青梅竹马。但在我四岁那年，也就是我父亲出事一年后，白若汐便和父母移居海外，此后再未归来过。这么多年过去，也不知道她经历了哪些变化，还是因为某些不得已的苦衷才会替布莱克工作。

“没想到这么些年之后，竟然会在这样的环境里和你再见面。”白若汐走到我和老程身边，主动伸出手逐个和我们俩握了握。见到她这样心无芥蒂，我倒有些不好意思，觉得自己有点把人想得太坏了。

“本来我只是参与了学校组织的一个学术研讨会，而后得到了布莱克先生和矽统公司的赞助，前往东南亚开展‘海上丝路’的学术研究。没承想在见到布莱克先生之后，他对我寄予了很高期望，给了我许多机会，还邀请我加入这一次勿里洞海上考古项目。两位想必也是因为某些机缘巧合的缘故才加入这个团队的吧？”白若汐解释道。

我和老程只有苦笑，她对我们之所以会上这条贼船的缘故，多半还是一知半解。

“其实我们俩是被绑架来的。”我没好气地说。

“布莱克先生人不坏。可能他有些做法是极端了点，但一定有他不得已的苦衷。”不知为何，白若汐竟然替布莱克说好话。我一时语塞，只好讪讪而笑。

“说起来，甲板上面出了什么事？怎么大家都出去了？”白若汐的话把我们的注意力又拉了回来。我刚想提议一起上甲板去看看，不承想就有一阵强烈的震动从脚下传来，一时间我们几个都脚下不稳，白若汐更是差点就摔倒，还好老程眼疾手快一把搀住。

“出了什么事情？”此时外面没有狂风暴雨，也没有大风大浪，会发生震动的话，要么就是触礁，要么就是被袭击。无论是哪种情况，可都不是好消息。

出到走廊上，走廊里空无一人，仿佛先前所有的船员此时都消失无踪了一般，却没有任何打斗的迹象。我们留心聆听，甲板上也是悄无声息，不知道人去了哪里。仔细观察，“大鲲”号此时仍然保持着航行速度，看起来并不像是触礁。

那就只有一种可能性了，我们被袭击了。

听到这一消息，若汐的脸色顿时刷的一下白了，她战战兢兢地问：“该不会是海盗吧？”

如果是救兵自然好，但如果是遇上了海盗，我们落入海盗手里恐怕只会更加不妙。不过说来奇怪的是，船上的人说起来可都是百里挑一的人，向蛮子就不用说了，伊利斯更是令人闻风丧胆的狠角色，谅几个小蟊贼也不能把这艘船怎么样，即便遇到海盗船，倒霉的估计也是海盗们。想到这一层，我们心下稍定。

是福不是祸，是祸躲不过。我和老程把若汐带回她房间，吩咐她先锁好门别出来，而后我们就近拎了两把救生斧权当武器，就冲上了甲板。

甲板上果然空无一人，但在侧后方不远处，有一条渔船在尾随着我们。此时已经拉开了一些距离，我们没能看清那条船上是什么情况。但十有八九我们碰上海盗了。

在马六甲海域，常年都有巨大的商船航行通过，这也让海盗们有了可乘之机。为了减少海盗的威胁，许多国家甚至会派出军舰为该地区来往的商船护航。

和阿富汗山区的塔利班一样，这些游荡在南中国海上的船只，拿起枪就是海盗，放下枪就是渔民。无论是服装，船型等都没有可以识别为海盗的特征，更不会像电影里那样悬挂起一面黑色骷髅旗来标榜自己是海盗。

而且，与恐怖袭击一样，海盗们常用的战术都是派出小艇伪装成渔船高速靠近，然后伺机登船进行作案。虽然在进行登船时，护航的海军会尽快赶到并进行攻击行动，但是这个时间实在太短，很有可能军舰上的直升机还没赶到，船员们就已经沦为海盗的人质了。

通常为了保险起见，只要是可疑的船只靠近，护航军舰就可以出动小艇和直升机，或者通过发射爆震弹等手段将可疑船只驱离。但有些与常理相悖的地方是，这一次考古行动布莱克竟然没有动用关系或者雇佣印尼等国家的海军护航。而“大鲲”号作为一艘考古船，显然没有配置重型武器。

方才那一下震动不知是被鱼雷击中还是被带有炸药或军火的小艇袭击。显而易见，除了我们三个之外，布莱克召集的众人此时已经杀到了那条尾随的渔船上。我和老程在风和日丽的甲板上无事可做，只好百无聊赖地看着海天一色的碧蓝。约莫有20分钟的光景，便见到一条小艇从那条渔船上往“大鲲”号驶来。起初我们还打起精神，小心警惕地注视着小艇的动向。但很快我们便发现，身后的那条渔船开始下沉，而小艇上自然是向蛮子他们。这个队伍竟然在20分钟内就彻底解决了战斗，将一条海盗船沉到了南中国海里。与其说这是一个考古项目团队，不若说是一个特种兵团更恰切一些。

“海盗们呢？被抓起来了吗？”这时候白若汐也上到了甲板。

“你最好还是不要知道的好……”我叹一口气。

不久之后，向蛮子他们就一身血迹地回到了甲板上。而后各自梳洗了一番，都没再提那条海盗船上的事，仿佛这只是司空见惯的一次例行公事。

随后几天里，布莱克没再露面，白若汐倒是找过我们聊了一些从前的事情，也大致介绍了她现在从事的研究项目。至于向蛮子，从那天回来之后总是有意无意地避开我们。我其实很想和他详聊一番，但看起来似乎时间地点都不太对路。大背头弗兰索瓦大概是负责看着我和老程，每日里只是冷眼盯着我们的一举一动，却也并未加以干涉。我和老程在这四五天里交换了彼此在过去两个月里的情况，也一起探讨了想到的一些事情和疑点。

此外便一路无话。

第二十七章

勿里洞岛

五天以后，我们的船停靠在了勿里洞岛。

这五天时间里，我和老程虽然有了一定的行动自由，活动范围也只是在这艘船上而已。而且船上划出了一个区域，除了布莱克、伊利斯、顾医生以及船长肯特之外，其他人都不被允许进入。布莱克整日里躲在里面，不知道正在鼓捣些什么。

顾医生每天早上会过来探视一下我和老程，聊上几句，话题也只是局限于一些无关痛痒的事情。那天离开岛上的时候，夹在那本研究笔记里的那张奇怪的小纸条也不知是不是她还是那个护工阿珊趁机递给我的，我也一直没有机会求证。

那张字条上只有简单的一串数字——“34，55，89，144”，此外再无任何字迹。究竟是什么人在什么时候写下了这串数字却没有任何线索。我寻思着从纸张的质地和保存情况入手，或许会有些线索，但眼下漂泊在海上，暂时无计可施。我与老程私下里也讨论过这件事，没讨论出个所以然来。除了知道这是斐波那契数列中的数字之外，并不清楚还有何具体含义。

这五天里倒是大致摸清了船上的人员构成。除了我、老程、白若汐、布莱克、伊利斯、向蛮子、船长肯特、顾医生、不苟言笑的大背头弗兰索瓦，以及那个印尼人向导卢胡特之外，还有大副皮特、轮机长卡钦斯基、管轮丹尼斯、两名水手威尔和纳特金，以及大厨李东顺，总共16人。至于那个我们不被允许进入的区域里还有没有其他人，就不得而知了。

在这一大堆未解之谜以外，折磨我的还有晕船。从上船那天晚上开始我就觉得天摇地晃，一直睡不踏实，第二天开始便吐得七荤八素。老程倒还好，一副没事人的样子看我笑话。好在这几天里天气不错，一直都是风和日丽，风浪不算太大。

第五天一大清早，布莱克出现在了船舱的会议室里，通知我们将在勿里洞岛停靠几天，为接下来的水下作业做准备。几天不见，布莱克原本就已经花白的头发凌乱不堪，凹陷的眼窝中双眼布满血丝，看起来苍老了不少。不知是因为这几天里他在苦苦思虑什么问题，还是单纯只是因为水土不服，难以适应海上航行的辛苦。我和老程都搞不懂，以布莱克的地位和财富其实完全没有必要不远万里来到这里受罪。即便是为了那件无价之宝和氏璧，也不至于需要搭上自己的健康和安全。虽说对他素无好感，但也不由得暗自啧啧称奇。

临近中午时分，我们在勿里洞岛西海岸的主要城市丹戎潘丹的港口靠岸。

勿里洞是印度尼西亚的一个岛屿，位于南太平洋和爪哇海交汇处赤道附近，婆罗洲西南、邦加岛以东。这颗赤道上的明珠被厚厚的热带雨林所覆盖，只有环海岸的一小块地方有人居住。

1812年，整座荒岛被苏门答腊巨港的苏丹割让给英国。1824年，英国承认了荷兰对该岛的所有权。1851年，荷兰人在这里发现了锡矿，此外勿里洞岛的矿藏还有高岭土、玻璃沙、铁矿石等。在岛上的无人居住区至今还残存着多年前开采锡矿的废墟。

除了矿藏，这里还有丰富的生态资源。岛屿四周有壮美的珊瑚海，岛上则遍布野生海龟和巨型蜥蜴，景色美不胜收，原始风貌的海滩和渔村比起度假天堂马尔代夫更是有过之而无不及。但这座小岛带给我最深的震撼，却是在这里保存下来的历史遗迹。

靠岸之后，船长和船员们忙着补充食物和淡水等物资，还要修复先前遭遇海盗船时被炸药破坏的地方。我便对布莱克提出要自由活动，并且不受他的人监视。好不容易上了岛，除了想呼吸一下自由的空气，我私下里也想着在这座岛上找机会和大伯联系，或者至少能多获取一些信息。

“你的行动当然是自由的，但我需要提醒你一点，眼下你只是在我和矽统公司力所能及的保护之下，虽然说我使了一些障眼法让那些想杀你的人暂时还不知道你的确切去向，但公开活动显然对你的安全是不利的。”布莱克半是警告，半是劝阻。然而我不为所动，据理力争。

离船前，伊利斯给我和老程都戴上了一个某种合金制作的电子手环。

“这是海豹部队使用的设备，除了有电子栅栏和实时定位功能之外，还可以随时监控身体机能指标。不要试图破坏它，这玩意儿的坚硬程度堪比金刚石，而且一旦感知到暴力拆解就会实时启动警报，拆开的话就会爆炸。虽然这个剂量的炸药通常不会致死，但废掉一只手还是可以的。”弗兰索瓦面无表情地陈述了一个事实。

伊利斯面无表情地用略有些生硬的中文对我和老程说:“当然，如果遇到袭击的时候，你们也可以用这个及时向我们报警。我会确保你们俩在岛上的安全。”

“这是迫不得已的限制措施，还望见谅。除此之外，在岛上你们可以自由活动。”布莱克若无其事地拍了拍我的肩膀。这种感觉就像被条毒蛇舔了一下。虽然我和老程都十分不爽，但显然我们别无选择。

港口有一辆黑色吉普车已经在等着布莱克，一上岸他就带着伊利斯和向蛮子还有那个大背头弗兰索瓦坐上了吉普车，不知去向。我和老程、若汐三个获准可以自由活动。布莱克在记事本上撕下一页纸，写了一个地址后交给若汐。

“晚上我们在这个地方会合。有位客人我想你会有兴趣见一见。”布莱克特意对我强调，而后便驱车扬长而去。

既然偷得浮生半日闲又无事可做、无处可去，三个人合计了一番之后，觉得不要辜负了这里的碧海蓝天、水清沙幼，便沿着沙滩散散步。

虽然眼下还戴着电子镣铐，但好歹再没有人限制我去哪里，也没有人在身后盯梢。在岛上被关了近两个月，此刻才多少寻回了一点久违的自由。而且勿里洞岛的确是一个风景绝美的岛屿，漫步在岛上，这两个月来沉甸甸压在心头的东西好歹松懈了一些。我想老程也是和我一般感受，走在笔直的小路上，看着两边一路排开涂成各种花哨颜色的低矮平瓦房，我们的脚步和话题不觉也变得轻快了一些。

一路上，若汐兴奋不已地跟我和老程介绍勿里洞海域在考古界的地位。勿里洞岛的北边就是南中国海，古代曾位于中国与西亚贸易往来的海上贸易之路上。据说在岛屿周围方圆几十海里的范围内，竟有大小近百艘从唐代至今来自中国的沉船。这其中，最为著名的沉船非“黑石”号莫属。

“你们知道吗，除了公开的信息之外，我之前做田野调查的时候还从当地人那里听到了一件事，虽然说对考古研究没什么帮助，不过是个挺让人印象深刻的故事。”大概是身临其境的缘故，若汐突然想到了一个关于勿里洞海底的传说。

听若汐讲，20世纪90年代中期，印尼苏门答腊一带风传着一个关于海底宝藏的故事：一位当地的渔民在勿里洞岛附近海域捞海参时，从16米深的海底打捞上来一个浑身长满了海藻和珊瑚的陶罐。上岸后他试着把这个陶罐卖给了一个恰好来此地度假的古董商人。让渔民感到意外的是，这个古董商人不仅很痛快地买下他的瓷器，还出大价钱请他做向导继续寻宝。他们很快发现更多宝物，但不久之后那位古董商人却杀害了那位渔夫，并且携带着宝藏匆匆返回了故乡。传说中那位古董商人遭到了渔夫临死前的诅咒，不久之后满门遭到血洗，而那些从海底打捞上来的宝藏也就此消失无踪……

在若汐讲述这个故事的时候，我不禁想到了布莱克。也许现实的世界里，那位古董商人其实并没有遭遇什么诅咒，只不过是返回了大洋彼岸的故国而已。但这也只是我的一种猜测而已，若汐不知为何显然对布莱克甚为尊重，若是贸然说出我的猜测，大概也是会被她当成是我对布莱克的诽谤。

“说起‘黑石’号，这艘船被发现的时候，船体还保存得很完整，与波斯湾瓦西特镇的哈里里在1237年所编的《玛卡梅故事集》里插画中的阿拉伯大三角帆非常相似，但直到今天，那艘沉船却一直都没有被打捞上来。”我心下开小差的时候，若汐和老程正聊到那艘神秘的沉船“黑石”号的事。

“而且最为费解的一点是：按照通常的海上丝绸之路航行路线，那时候的商船都是绕过新加坡，穿越马六甲海峡，但‘黑石’号却向东南方向行驶了600余公里，出现在了远离马六甲海峡的勿里洞岛附近。虽然学术界提出了各种假设，但至今无人知晓当时到底发生了什么事情，是被风浪吹得偏离了航线，还是在风暴中迷失了方向，是计划前往爪哇海的某个港口，还是当时船上发生了一些什么事情。”白若汐继续说着。我发现当她感到困惑全神贯注在思考的时候，会下意识地抿一下嘴唇。

“还有一种解释，这艘船或许本来就是要来这里……”老程当时随口提起的这句话，没想到后来竟然让我无意中拿到了解开谜题的第一把钥匙。

第二十八章
黑色石象

“如果这个说法成立的话，那当时‘黑石’号因为什么原因要远渡重洋来到这个荒岛呢？”我们并排漫步在洁白细腻的沙滩上，阳光和煦，并不算很热。若汐一手挽起裤脚，一手提鞋子，赤足踩着碎落岸边的海浪，就着老程的假设继续推论。

“不知道呢，我也只是提出一个假设。如果联系到我们这次的目标，那个理由说不定跟和氏璧为什么会出现在万里之外的一艘阿拉伯商船上有关。”老程将随手捡起的石子甩到海里，咕咚一声沉入水中。

置身这个宛如仙境的世外岛屿，心情也不知不觉地变得舒畅了不少。不考虑各自的立场和处境的话，此时我们三个人倒更像是结伴穷游的大学生。

勿里洞岛虽然已经开放旅游，但仍然处于非常“原生态”的阶段，岛上没有公交车也没有出租车，更不要说优步滴滴之类的打车平台。交通基本靠走，远一些的就只能自己租车。在老程提议下，我们决定租辆车去当地博物馆亲眼看看“黑石”号的文物，说不定会有所发现。但我们人生地不熟，问了几个当地人都说印尼语，若汐结结巴巴地用她幼儿园水平的印尼语试了试，结果依然难以沟通。

不久之后，若汐终于在一个街边小店找到一位可以用中文交流的华人。此人约莫五十岁出头，是福建籍的客家人，名叫“阿海”。我们不好意思直呼其名，还是按辈分叫他海叔。见我们是华人，海叔便爽快地关了小店，驱车带我们去市区里的勿里洞岛博物馆。

海叔是二代华人，父母先到了苏门答腊岛那边，到他这代才搬到勿里洞在岛上开了家小商店，家里还经营着一个小餐馆。海叔的中文发音已经不太准，沟通起来有些费劲，但一路无事，便也和他攀谈了几句。

据海叔自己说，他的中文只读到小学毕业，然后华文教育就被禁了。如今海叔的后代已经连客家话也不愿意说，只会讲印尼语和英语。海叔其实并非职业导游，只是闲来无事便开车和到岛上的游客们聊聊天。一来可以赚点外快，二来也可以学学汉语。有华人来岛上需要用车的话，附近的酒店通常都会找他充当向导和司机。

到了博物馆，我们当然还是直奔主题。博物馆不大，除了“黑石”号的介绍，展室里还有一些来自勿里洞岛上及近海沉船上的物品，据说都是岛上渔民在近海捞海参时无意中发现的。海叔非常自豪地认为这些物品一定都是来自鼎盛时期的大唐帝国。若汐和老程评头品足地看了一圈，大体上的确都可以判断是唐到宋末中土的出品。

一千多年过去了，沉舟侧畔千帆过尽。昔年先驱者的荣光如今只有打捞出来的“扬州铜镜”和近百艘沉船可为见证。在那以后，历史转向了另一个路口，延绵数千年的中华文明开始走向了固步自封，在禁海抑商的封闭幽暗中日渐蒙尘。一念及此，我们都不禁默然。

另一个展室，则是关于印尼勿里洞岛华工史的记录。印尼锡矿业的兴衰史其实也是印尼华工的血泪史。那时，华工要在深不见底的矿坑中以长约5米、宽不及半米的跳板接成曲折的板梯，深入矿坑往上挑土，担子通常重达数十到一百斤以上。由于劳动强度太大，加之有时雨天板梯湿滑，没有保护设施，伤亡事故频发，轻者折臂断腿，重者当场死亡。在炎热的环境里从事重体力劳动，很多人也得了疟疾、肺气肿和浮肿病，特别严重的是一种被称为“火烧心”的热病，患者往往发病不久便死亡，因而锡矿坑也被称为“没人洞”或“死人洞”。

大概是见我们三个从博物馆出来后面色都有些凝重，海叔主动提议带我们去树屋看看。树屋是印尼这边的特色建筑，的确非常漂亮。

而后，海叔还带我们吃了当地的特色鱼蛋粉和榴莲。心情才总算舒畅了一些。

海岛气候变幻无常。午后时分，天突然一暗。

“我们得找个地方避避雨了。”海叔望了望天色说道。而后他便带我们七拐八弯进了一个私人会所。看起来这是一处华人置办的地产，进入院门迎面有木影壁一座。院内分为前中后三座庭院，左右有跨院，会馆主体建筑均南北向。大门位于会馆中部，五檩硬山顶，檐柱间有雀替，门鼓石上雕石狮，门楣上挂着一块用中文书写的匾额，上面是颜体书写的“尚同会馆”四个墨笔大字，笔力遒劲。

海外华人通常都会抱团，会馆则是华人社团组织活动的场所，其作用不只是用于联络感情、举办团拜、解除危难等，有时还会在会馆里宴请做寿、婚丧嫁娶等，甚至一些重要事项的讨论议定都会在会馆里进行。此处想必便是勿里洞当地华人的一处聚会场所。不过见到这个匾额时，我心里隐隐总觉得有些什么蹊跷之处，只是一时之间还说不出个所以然来。

海叔算得很准，我们刚进入会馆不久大雨就倾盆而下。会馆里除了我们还有一位垂垂老矣的长者，见我们来微微点头致意，便继续坐在一旁的檐廊下抽着水烟，不知是这里的管事还是和我们同样都是避雨的路人。

这是一周以来我们所遇到的最大的一场雨。等了大半个小时，雨势却一点也没有减弱的意思。一时之间也只能留在会馆里，我们索性便逛了逛这座占地面积颇大的庭院建筑。

整个庭院简直像是一座大观园。花厅正对大门，东面出前廊与主厅翼角连为一体，当心间正楼三间游廊通至大门。花厅绘有苏式彩画，东面回廊柱间设有花罩。花厅北侧有北房三间，北房西侧及后面建有配房。中院有南房和北房，南房后有游廊数间，与南部的四座西房连接为整体。西院原为花园的一部分，最西端有罩房十间，其东有南北房各一座，两房之间还有四角攒尖、方宝顶、灰筒瓦的四方亭。

“这是一所修建于民国二十二年（1933年）的旧宅子了，一度曾经作为华文学校，取消华文教育后成了这边华人团体的活动会所。”

海叔跟我们介绍。此时此地早已没有了朗朗书声，但在淅淅沥沥的雨中，依稀还有一种旧日里充作书院时的宁谧氛围和书香气。

“海叔，这个岛上可有什么较特别的石头吗？”听雨闲聊的时候，若汐随口提起。

“或者是有关石头的传说？”老程心领神会，便补充问道。

海叔挠了挠头，一时却也说不上来。我们也只好作罢。

这时，那位在一侧听雨的老人却回过头，冲我们微微一笑，没头没脑地说了一句：“大象。”

我们起初以为他是在说印尼语，连忙转过头望着海叔希望他给我们翻译一下。

但显然海叔也摸不着头脑，不知道是啥意思。

老人依然保持着微笑，点了点头，继续重复了一次：“大象。”

那老人似乎是怕我们听不明白，第三次发出了那个奇怪的音节：“大象。”

大象？我们明明问的是石头，难道说是大象形状的石头？

若汐也是这么想的，连忙提醒海叔，是不是有什么大象形状的石头。

缩小了范围后，这一次海叔终于恍然大悟地哦了一声：“是有这么一块石头。”

海叔介绍说，老者口中的大象指的是一块黑色的石头象。在当地人的传说中，这是从天而降的神明，化身成为了一头黑色石头大象从此以后守护着这里。石象既是守护勿里洞岛的神祇，也是这里的象征。不过这块石头在当地可被视为神象的化身，不可轻易冒犯，所以一时间也没有联系起来。

雨停之后，我们便迫不及待地驱车前往那个黑色石象所在的位置。按照海叔的指引，我们找到了传说中的大象，如果不是当地人坚称那是大象，我可真看不出来那个供奉在神台上的黑色石头跟大象有何相似之处。

在一处空地上，有一个由四根柱子支撑起来的平台建筑，平台上便是那个传说中的神秘黑色石象，体形大概有一辆面包车那么大，形状接近一个巨蛋。到跟前一看，我们顿时意识到，这块传说中从天而降的石头原来是一块巨大的黑色陨石。在雨后阴云密布的天空下，隐隐透出一股神秘气息。

难不成又是一块从天而降的神秘黑色石头？我和老程不约而同都想到了那个用陨石打造的玄铁匣。眼前这里这块巨大的石头中间，是不是也隐藏着什么古怪？或者说那个玄铁匣根本就是用这样的陨石锻造而成的？

第二十九章
尚同会馆

正在这时，我和老程带着的手环突然“嘀嘀嘀”地响了起来。

这……是警报？我和老程面面相觑。

先前伊利斯可是说过，如果感知到暴力拆解警报就会响起。但我们根本没有做任何事情，难不成是设备坏了？而且那家伙还特意说了一句，一旦拆开的话就会爆炸。

“怎么回事？”若汐不明就里，疑惑不解地看着我们俩冷汗直冒，不断摆弄着戴在手上的手环。

“诶，你们俩戴的是同一款式的运动手环？”

我哭笑不得，搞不好就要在这里被炸掉一只手了，哪里还有心情回答她的问题。

金属手环的蜂鸣声越来越急促，不知是什么缘故。

“该死……要不……联系布莱克吧。”虽然我和老程的手机在之前都被收走没还回来，倒是可以用若汐的电话打给布莱克。但若汐掏出电话后竟然发现，手机连一格信号都没有还自动关机了。试了几次都开不了机，根本打不出任何电话。抬头一望，附近连个小商店都没有，也没有什么人可以借电话的。海叔刚才把我们放下在路口之后就停车去了，此时也不见踪影。

这可如何是好？听着那每隔一分钟就加快一点节奏的蜂鸣声，我已经在考虑要不要牺牲自己一只手逃命了。

这时我注意到街角出现一个人影，是尚同会馆里的那位老人。

此时他拄着拐杖，手中提着一个黑色手提箱，慢慢悠悠地走到了我们跟前。

“不要乱动。”他咳嗽了一声，然后伸出犹如枯枝的手抓住了我的手腕在那个金属手环上摸了一下。不知道他使了什么神通，那个金属手环竟然一下子就解开了。老者又颤颤巍巍地走到了老程身边如法炮制，将老程手上的金属手环也弄了下来。

若汐惊讶得合不拢嘴，看着老人把两个手环放进了那个黑色手提箱里：“发生什么事情了？”

“这是两颗微型炸弹，很危险。”老人言简意赅。

“你们三个跟我来。”老人仍然没有多加解释，咳嗽了一声，就提起手提箱转身往回走。

“你是什么人？”老程摆开准备干一场的架势。

“上车再说。”老人说话的语气不知为何感觉很熟悉。

我还想发问，就看见海叔开着车又兜了回来。车停定后，老人默不作声地坐上了副驾驶的位子，抱着那个黑色手提箱，里面装了两个随时可能爆炸的金属手环。

“上车吧。”海叔招呼我们说，眼下看来我们似乎别无选择。三个人坐上车后，海叔便迅速踩油门，把车开入了小巷。

“海叔，这是怎么回事？”我和老程此时都心存警惕。难道说那些之前追杀我们的人动作如此迅速，已经追到了这个岛上来了？没想到随便在路上找一个人都中了圈套。看来布莱克说的也不无道理，这岛上的确危机四伏。

“一会再说。”此时海叔敛神凝志，操纵着车辆在小巷中穿梭，七弯八拐之后我们又回到了尚同会馆，只不过这一次是一个可供车辆通行的侧门，已经自动打开。海叔并未放慢车速，径自开了进去，在车库里停定车辆。

绕了一圈回到尚同会馆，我终于明白了先前的异样感从何而来，这一个华人会馆同样与墨家文化有关。“尚同”一词本就是墨家的核心思想之一。

那位老人下车之后，把那个黑色手提箱递给了海叔，接着依然默不作声地带我们穿堂过室，直接走到了后边庭院西侧的一间房。

“陈兄，我去处理下这个箱子。”站在门口时，海叔对那老人说，而后便拎着箱子转身离开。老人点点头，特意望了我们三个一眼，便推门进去。

海叔称呼这老人为陈兄？

进到屋子里之后那老人背对着我们面壁而立，然而下一秒钟令人骇异的事情发生了。他像是蜕皮一般仔细地扯下了脸上一层极薄的假面，而后又把手上的皱纹像手套般脱了下来。这时候我才发现这个老人家是谁，见到他我不由得悲喜交集。

那个老人竟然是我大伯陈明志。

“大伯，您没事了？”两个月没见，此时大伯出现在这里，想必是已经解决了之前的麻烦事。只是不知道这中间布莱克是否有在暗中运作。不知是否易容伪装的缘故，他看起来憔悴了许多，比之前也苍老了不少。一想到大伯此时还为了救我千里迢迢赶来印尼，我不由得心头一热。

“没事了，不用担心，你大伯我还扛得住。”大伯轻描淡写地说。

“那天……”我刚想开口，就见大伯瞥了若汐一眼。

我猜测大伯私下里是不是有所顾虑，毕竟若汐虽然是白老先生的孙女，但此时受雇于布莱克，立场到底和我们不同。老程看着若汐一副天真无邪的样子，一时也不知该如何是好。

恰好这时海叔也已将黑色手提箱处置停当，返回房间里。

“多谢冯会长出手相助，我代侄儿他们两个晚辈先在此谢过了，改日必当报答。”大伯拱手向海叔致谢，一边正色说道。

“举手之劳而已，不必客气。”海叔连忙回礼。从大伯口中我们才知道，原来其貌不扬的海叔，竟然便是尚同会馆的会长冯长海。

此番为了营救我们，大伯一边发动了不少东南亚的关系。布莱克的船靠岸时大伯就已经得知，并且拜托了岛上的朋友留心我们的行踪。在我们找到海叔后，海叔便设法不动声色地将我们带到了这里。这一天看起来似乎是我们按着自己的想法在自由活动，没承想却也暗中契合了大伯他们的计策。

“陈伯伯，您刚才使的是什么招数，不会是特异功能吧，怎么连美国海豹部队的设备到您手里都变废铁了。”老程按捺不住自己的好奇心，半开玩笑半是认真地发问。

大伯摆了摆手表示这事不值一提。倒是一旁的海叔忍不住道破了天机，原来我们方才见到那个被当地人奉为神物的黑色石象，实际上乃是天降陨铁，带有某种能量辐射。当我们站在那块陨铁下时，金属手环的定位信号受到干扰，因此才会响起警报。不过话虽如此，在那之后大伯竟然能徒手解开那个金属手环，肯定没海叔说的那么简单。

“若汐，我想拜托你一件事可以吗？我想请你先给布莱克教授带句话过去。我陈明志稍晚一点会带着玄羽和北川两个晚辈一道登门拜访，感谢他在这段时间出手相助。他提出的条件，我答应了。我和两个侄儿先在这叙叙旧。”

大伯这一番话说得冠冕堂皇，若汐自然也不好拒绝，便点了点头。只是不知大伯和布莱克达成了什么协议。

若汐把那张写着会合地址的纸条递给海叔，海叔点了点头，对我们说这是岛上的一个私人度假村。不知道布莱克去那里意欲何为，以他的性格总不会是去那里度假。

“这里暂时安全，你们慢慢聊。”海叔便带着若汐先行离开了，剩下大伯和我们两个，在那天日落前，把各自在这两个月来的一些情况都细细说了一遍。

大伯没有料到，自己一直视为兄弟的铁军竟然是潜伏很久的卧底。那天我们中了埋伏，对方下了狠手，先是收买了黑帮找了职业杀手来杀我。还好向蛮子拍马赶到，未承想对方又故布疑阵栽赃大伯制毒贩毒，动用了大批警力围捕。大伯一时间寡不敌众被抓到了牢里。而向蛮子那天通过密道隐入山中后并没有跟随我们，而是躲在了密道后再设法脱身。

“我在布莱克的船上也见到了向蛮子，现在他成了布莱克这个项目团队的成员……”我突然想到大伯可能还不清楚向蛮子的动向，便对大伯说。大伯点了点头，不置可否。

“我听布莱克说，那次追杀我们的人是某个香港黑帮的人，名叫乔克。”

大伯点了点头：“乔克曾经是雇佣兵，职业杀手，如今隶属于香港的一个叫十三幺的社团。”

“那背后的势力又是谁呢？那些布莱克口中高高在上的家伙到底是谁？还有那个‘404行动’又是什么？”我一口气抛出了好几个问题。

“那些人你很快就会有机会遇到的，到时候你就知道了。至于‘404行动’，那是我年轻时候的事了，那时我还在部队当兵，我和向蛮子都是当时的成员。详细的事等这一次安全脱险之后，我再和你说。”难得大伯给了我一个口头承诺。

“你呢小程，那些人没为难你吧？”大伯转身又问老程。

“没事啊，放心。就是被关在岛上的时候试过逃跑，被那个伊利斯打得很惨。”老程有些难为情地摸了摸后脑勺。

“我已经跟你家人交代过了大致情况。一旦安全回去之后，你必须先和家里人道歉。这是性命攸关的事，可不能任性。”大伯又摆出一副教训人的样子。

“知道了……”老程不情愿地应道。

“对了大伯，刚才你说答应了布莱克提出的条件？那是什么条件？”我又问。

大伯略一沉吟，而后才开口说出了那个条件：“我加入这一次的海上行动。”

第三十章
对峙

入夜后，我们三个人准备停当，如同赴鸿门宴一般前往布莱克事先定下的地点。那是一个坐落在一处隐秘海湾的私人度假村，海叔驱车载着我们绕过一段山路，盘山而下后又走过一段幽暗曲折的小路，才来到一处灯火通明的地方。

在一处门扉禁闭的尖顶别墅前下车后，大伯带着我和老程推门而入。

外间的门廊处，向蛮子拿着一碟瓜子站在落地窗边，一边嗑着瓜子一边正和若汐不知在说什么，见到我们进来依旧是一副嬉皮笑脸的神色，冲大伯咧嘴一笑："老战友，我就说你还是得加入进来的吧。"

大伯没有说什么，只是点了点头拱手道谢："蛮子，上次谢谢你救了侄儿。"

若汐冲我和老程挥一挥手，眼神示意我布莱克正在里间等我们。

我们信步走入，里间空旷的大厅里，四个方向各摆放着几把欧式沙发，围拢在中间的圆形茶几上摆放着若干瓶红酒和一整套酒具酒杯、冰桶、鲜花以及几盘瓜果。

布莱克此时占据主位，跷腿坐在朝向门口的沙发上正和一侧的年轻人谈论着什么。年轻人看起来和我年纪相仿，一头卷曲金发，手指细长，手里端着一个红酒杯轻轻摇晃，在布莱克面前丝毫不见有任何拘谨的神色。

站在年轻人身后的是一个穿着迷彩服的肌肉男，我和老程见到那个人时，由衷倒吸了一口凉气。那人正是在密道出口的民国别墅里把我和老程打趴下的那个人。此时光线充足，我终于看清楚这个人的样貌，说起来除了额头比较宽，眼睛较小，有点像蒙古人的样貌之外，并没有什么令人印象深刻的特征。

而年轻人的身边还坐着一位穿着宽袍大袖深色汉服的老人，头顶章甫之冠，形容枯槁。看起来仿佛一个从古代穿越回来的大儒。

与布莱克对坐的人背对着我们穿着一身中山装，看不清面目。

“陈兄，好久不见，别来无恙？”布莱克衔着烟斗微微一笑，和大伯打了声招呼。

“已经很久没人这么称呼我了。布莱克教授，没想到多年以后我们竟然是在这个地方相见。”大伯在另外一侧的沙发上坐下，目光一扫，打量了一下沙发上坐着的人。虽然大伯神色自若，但平素我很少见他这样绷紧着端坐的样子。我和老程见这场面不敢造次，连忙打醒精神站到大伯身后，盯着这房间里的动静。一有风吹草动，说不定就是性命相搏的时候。

坐着的另外三个人抬头看了看大伯，反应各不相同。那年轻人礼节性地举杯致意，而后便过头对站在他身后的那个迷彩服肌肉男耳语了一句。

那汉服大儒倒是主动起身拱手作揖，礼数备至：“曲阜孔维钧，孔府第七十八代传人。”

而那位背对着我们的“中山装”，却似充耳不闻，全然没有反应，自顾缓缓摇着一把折扇。

“这位想必您应该早就认识了吧，袁牧野同志。”布莱克用一种近乎开玩笑的语气对着那位“中山装”说，却又像是说给大伯听。

“没想到这事现在竟然连老江湖都惊动了。布莱克教授，这次你赌得有点大啊。”大伯还是一副谈笑风生的样子，话语之中却隐隐透露出锋芒。

那中等身材的“中山装”抬了抬眼镜，用一副不紧不慢腔调说道：“什么老江湖，现在就是个等死的老头子。”

“您过谦了，这些年来您可一直是隐在幕后总揽全局的人物呢。”大伯笑笑。

难道眼前这个人就是布莱克所说的想要置我于死地的幕后黑手？我一惊。

那“中山装”抬头盯了大伯一眼：“陈明志，我要是总揽全局的话，今天恐怕就没有你说话的份了吧。”语气中的傲慢轻蔑溢于言表。

“您说得是，劳您大驾，到这蛮夷之地来。”大伯没有在言语上正面冲突，选择了隐忍不发，接过布莱克递过来的红酒，随手又放下。

“布莱克教授，您今天请我们几个来恐怕不是为了叙旧吧？”那个自称孔子后人的孔维钧从旁插话道。

“老师对此事想必已经有成熟的构想了吧？”那金发年轻人也开口说道。

“海因里希，少安毋躁，一位远道而来的朋友还没露面。”布莱克伸出手，轻轻拍了拍那叫海因里希的年轻人。

“方才已经到了，只是见你们聊得愉快，不忍叨扰而已。”一个声音飘来。

话音未落，一道黑影便从一侧打开着的落地窗往屋外冲出，我才察觉是一直站在那少年身后的肌肉男。但那肌肉男并未走出屋外多久，便传来一阵拳脚交锋的响动，而后我便看到了那肌肉男自门外飞入，在台阶上打了滚，有些狼狈地爬了起来。

“色勒莫，先退下。”金发少年发号施令，那肌肉男狠狠地捶了一下地面，却只好作罢，起身拍拍尘土重新站到少年身后。

洞开的门口，幽暗处逐渐显现出一个人影轮廓。来人身材魁梧，肤色黝黑，络腮胡子，额头上有一道横贯的长疤痕，一头蜷曲长发随意绾在脑后，穿着一身风格休闲的宽松T恤和麻布裤，背着一个用布包裹的长条状物体，双手交叉在胸前，看样貌年纪大概四十不到，但他的眼神中竟然有一种野兽般的锐利，隐隐便透露着杀机。

“燕昆仑？”大伯脸上竟然也透出骇然的神色，惊呼一声，似乎难以置信眼前这位怪人的骤然出现。

“没想到老布说的神秘人物，竟然是你！”向蛮子这时候也全然收敛了平素的嬉笑模样，面色凝重。看起来，他们应该都是旧识。

“是我。”他走进来后，大厅里的气氛骤然变得有些异样。布莱克饶有趣味地打量着在场诸人的反应，金发少年海因里希则流露出看热闹不嫌事情大的神色，那位傲慢的“中山装”袁牧野却是一脸死灰，方才指点江山的气概此时不见踪影，甚至还下意识地站了起来。

“你……没死？”大伯问。

“没死成。”那怪人咧嘴一笑，露出一口洁白的牙齿，看着却有些瘆人。

“玄羽，二十年前那支队伍还有一位幸存者，燕昆仑。”大伯低声对我说道。

这么说，二十年前，眼前这个大汉曾经和父亲一道深入海底，寻找那传说中的和氏璧？

燕昆仑看到我时怔了一下，大概是联想到了我父亲。虽然我自己并不觉得，但很多人都说我长得跟父亲年轻时候很像。

“致远的儿子？没想到在这里见面。”见我在看他，燕昆仑也向我致意，而后便走到大伯身边在沙发的另一端坐下。

“好了，现在人终于齐了。等这一天不容易，弹指一挥间，就是二十年。”布莱克并未理会这一干人等的私下揣度，自顾说道。

布莱克这一番话，竟然在我心中也激发了波澜。二十年前的当事人，此时想必都已经汇聚到了这间屋子里。而且，亲历了当年那次行动的幸存者竟然还有一个人。也许，这夜我终于可以从他们的口中还原当年父亲遇难的真相。

“想必大家今天会出现在这屋子里，都是因为相同的原因。那块在一千两百年以前沉在此地海中的石头。”

“若汐，你去把玄羽的东西拿过来还给他。”布莱克吩咐道。若汐点点头，便从里侧的楼梯上楼去拿东西了。

“你，就是陈致远的儿子？”袁牧野下意识地抬了抬老花眼镜，仔细地盯着我看了一眼。我没有答话，也眯着眼睛瞪了回去。这老头可是找职业杀手差点杀死我的人，我自然也不必跟他讲长幼尊卑。这两个月的账以后有机会一定还要加倍奉还。

“没礼貌的野小子，跟他死鬼老爸一样。”那老头似乎是故意激怒我，举起一根手指对着我，用一副嘲讽的语气对布莱克说。我握了握拳头，忍住没发作。眼下有更重要的事情要做。

“世无英雄，竖子成名。”那叫孔维钧的老头也对我品头评足。我继续不吭一声，不作理会。

“年轻人，你知不知道自己为什么会出现在这里？”布莱克突然发问。

我摇了摇头。虽然这两个月间，我对这一切的来龙去脉有许多未经证实的猜测，但眼下既然要多获取信息，自然是装傻充愣为好。

“因为你打开了墨矩。”布莱克淡淡地说出了答案。

我点了点头。这并不是个多么令人意外的隐情。父亲用时间胶囊这样迂回的方式将那被称为墨矩的玄铁匣交到我手中，一定是因为非此不可。想来唯一合理的解释，只能是打开盒子的一瞬间，我便获得了某种程度的授权，可以激发墨矩中的某些机关。因此缘故，我才能从墨矩中看到那些飘浮的幽光，和其中的三足乌图案。而且大伯一定早已知晓这一点，所以才会对我说，这东西只有留在我身边才有用。

第三十一章
妥协

没多久，若汐就带着墨矩回到了房间里，将之递到了我手上。

“……你知不知道，墨矩意味着什么？”那位名叫燕昆仑的魁梧汉子轻叹一声，而后转向我，狼一般的眼神也集中到了我身上。

“我本来不想让玄羽卷入这件事里，所以一直没有告诉他。”大伯这时候的语气前所未有的凝重。

“玄羽，这些人一直咬着你不放的原因，是因为只有你才可以打开墨矩。”大伯坐在前面，我看不到他的表情，但他说这话时仿佛是在隐隐叹息，透露出一股无可奈何的情绪。

“二十年前，上一个打开过墨矩的人，是你父亲陈致远博士。”燕昆仑提起了父亲，语气中无意间透露出一种缅怀故人的情绪。这一点我当然不难猜测到，但我方才听得云里雾里，所谓的“打开墨矩”是怎么回事？

事实上，我根本还不知道该如何“打开”这个奇怪的玩意儿，虽然挖出时间胶囊后我或许在无意中触动了什么机关，从而看到了那个三足乌的图案，但如果现在要重现之前情景的话，我根本没有任何把握。

再说这些人不择手段不惜代价想要打开墨矩，原因又是什么？

“当我把这个玄铁匣挖出来时并没有上锁，你们所说的打开又是怎么回事？”我决定先解决这个疑问再说。

“对普通人而言，那只是一个空铁盒子，并没有什么用。但实际上，墨矩是一件上古时代流传下来的神物，其中暗藏的隐秘只有被称为‘矩子’的继承者才能触发。”

“您还是简单明了告诉我，我跟这东西还有海底那块石头有什么关系吧。”我没好气地说。

“我们在找的那块石头被称为和氏璧。其实那只是后人不知为何物，随意取的名字。”燕昆仑补充道。

“名字叫什么并不重要，那只是不同时代、不同文明的人所赋予的符号而已。在过去的时代，有的人也将之称为‘规’，或者‘法规’。”那个一直在旁默默不语的金发年轻人此时微微一笑，启齿说道。他方才和布莱克对话的时候是用英语，而此时倒是一口字正腔圆的中文。

“那所谓的法规和墨矩到底有什么关系？”我对这个问题穷追不舍。

“墨矩与法规都是来自同一个存在的上古神器。而且两件神物之间有一种目前我们至今还无法完全破解的联系。简单一点可以理解为，墨矩与法规是同一个整体的两面。”布莱克这次倒是爽快地透露了这个我一直百思不解的问题。

“还有一点，墨矩和法规都具有某种超出我们现阶段文明的能量。”金发年轻人海因里希似乎知道不少东西。我和老程都有些诧异地看了看他。能与这里几位老者并肩而坐，这年轻人究竟是什么来头？所谓的超文明能量，又是一个第一次听到的说法。

“好吧，既然现在我已经成了所谓的墨矩继承人，与这件事脱不了干系。那你们要我做什么，找到那个所谓的法规或者说和氏璧？”我开门见山，抛出眼下最切身的问题。

“是的，找到那块石头。条件可以谈。”布莱克再度恢复了他狡黠的商人本色。

“我现在是替谁卖命？”我环视了在场坐着的几个人，无疑他们并非一伙，甚至可以说只是暂时达成了某种妥协的协议才会坐下来谈判。被关押在岛上的两个月里我就想明白了一点，若是要摆脱厄运和这些人的控制，我只能寻找不同势力之间的罅隙，从中争取自己的机会。

“你跟矽统公司有合约在身，自然是为我工作，陈玄羽先生。”布莱克有意强调。这话明显是说给另外的三个人听的。

“布莱克，你知道，我完全可以扣下你的船，也可以让你在公海上消失。”袁牧野端起茶杯，轻轻吹了口气，抿了抿，不动声色地说。

那个汉服老者没有开口，看起来唯袁牧野马首是瞻，此时不知他们已经布下了什么手段。

“袁老，这个私人度假村可是花了三年才建好的，要是稍有差池被炸掉就可惜了。”布莱克面带笑容，但一反常态地撂下了狠话。这两方势力似乎都不把这些打打杀杀的事情当成是个事儿。看来两边都是箭在弦上，而我这个猎物竟然还懵懵懂懂全然不知，想到这一天我们在勿里洞岛上晃荡竟然没有出事，不由暗暗庆幸。

“老师，我还以为我们今天是来谈合作协议的。”金发男子海因里希故作惊奇地说道。

而后我便看到了一堆红点照到了我和老程身上。而后窗外远远传来一阵螺旋桨引起的风噪，正在由远及近。

“有句话说得不错，战场上得不到的，谈判桌上当然也得不到。”海因里希抬起了手。

“海因里希，你应该知道，现在杀了这个年轻人的话，你也得不到墨矩中的秘密。”布莱克临危不乱，提醒道。看起来这个叫海因里希的年轻人，代表的又是另一派的势力。

与此同时我也注意到，大伯显然也是有备而来，在这当口他的手有个微小的动作。

“我很欣赏一句话，搁置争议。”布莱克伸出两手示意大家少安毋躁暂且安静，“没错，诸位和我一样，都花了大量时间在这件事上。既然这是我们最后的机会，眼下我们是不是先放下成见，把力量聚焦在能产出结果的事情上。”

众人都没有表态，等着布莱克继续说下去。

“事关重大，而现在的情况是无论是我们之中的哪一方，甚至哪一个人，都不可能在达成目标后全身而退。既然如此，不如我们达成一项合作如何？我最想要的其实只是墨矩和法规背后的那个秘密，而袁老要的是和氏璧，海因里希要的是墨矩，至于陈兄，你要的应该就是这几个年轻人的安全，对吧？我们的利益是一致的，目标也并不冲突，完全可以合作。”布莱克侃侃而谈，向在座的众人抛出了橄榄枝。

“老师果然深谙妥协的艺术。”海因里希点了点头，表示对这个提议感兴趣。而后，那些在我身上的红点，又骤然消失了。

“智者的游戏，从来都是妥协的艺术。”

“布莱克先生，你可是老狐狸了，我凭什么信你。”袁牧野冷哼一声。

“袁老，您背后的大老板会信我的。”这一句话无疑等于宣告，这位傲慢无比的袁牧野也不过是某个人的马前卒。话音一落，袁牧野的气焰果然矮了几分。

“接下来的一段时间，我希望这边的舰队可以给我保驾护航，而不是跟在我屁股后面骚扰我。”布莱克接着说道，提了合作条件。袁牧野缓缓点了点头。

“我先前已经让白若汐带话给你了，我答应你的条件。”大伯此时也表态了。在此之前，他应该已经跟布莱克有所接触。

从现在的态势来看，除了大伯之外，布莱克应该跟其他的两方都已经达成了某种程度的合作意向，否则他们定然不会轻易来赴这个约。

“陈兄，你的经验对这次的行动至关重要，所以也请你务必加入团队。”布莱克说完后，大伯也默然点头，表示应允。

“燕昆仑先生考虑得如何，我想我开出的条件你一定也无法拒绝。”布莱克故意隐晦地说道。但显然他说中了那大汉的要害。只见燕昆仑眼神一黯，默然不语。

“好，既然大家都没意见，先预祝我们合作愉快。”布莱克故意夸张地举起了红酒杯。但显然在场的人都没有喝酒的兴致。除了海因里希微微一笑，举杯致意后抿了一口之外，其他人都各怀心事，按兵不动。

“无论各位如何打算，我这边都会在三天之后下海。”布莱克宣布。

袁牧野和海因里希都微微点了点头。看来，今晚布莱克已经达成了自己的目的。

“既来之，则安之。接下来我还为大家准备了晚宴。”布莱克此时又全然恢复了一副商人的做派，拍了拍手。佣人端着菜从厨房出来，轮流将刚刚做好的精美菜肴送到餐桌。

袁牧野缓缓起身，把手背到身后，不亢不卑地挤出一句话：“时候不早，老夫我也该回去了。备车。”

而后，袁牧野便踱着步，扬长而去。那位穿着汉服的老者孔维钧见状便也起身拱手告辞。

大门打开后，一辆加长版的军用悍马早已在门口准备停当，我瞥了一眼，司机竟然是铁军，方才他一直埋伏在屋外伺机而动。

“老师，那我也先告辞了。欧洲的资源，从这一刻开始可以为你调遣。”海因里希起身拥抱了布莱克，而后看了我一眼便推门而出，消失在夜幕中。片刻之后，螺旋桨旋转的声音传来，又渐渐消失。

“先吃饭，慢慢再聊。”布莱克似乎胃口不错的样子，自己先坐到主位，端起筷子夹了菜吃了起来。

“老陈，把炸弹拆了吧。”三人走后，向蛮子对大伯说。大伯眉头一皱，从腰间解开了一个贴着胶布的小包，递给了向蛮子。向蛮子只是抬眼一看，就从桌上拿了一把餐刀，划开胶布，调出引线剪掉。而后把处理后的炸弹递给了刚进到屋里的伊利斯。伊利斯接过炸弹走了出去。

在处理完炸弹之后，向蛮子走了过来站到燕昆仑近前，神色有些不自在。

“昆仑……当年我……”向蛮子支支吾吾，欲言又止。

“蛮爷，事情都过去了，记着你欠我一条命就好。”燕昆仑用一种冷冰冰的语气回应道。

“昆仑大哥，当年在海底到底发生了什么事？”我终于找到机会发问，向当时在场的人当面了解当年在水下遭遇的事情。

第三十二章
出海

我满心以为燕昆仑多少会向我透露一些情况，没想到他只是睥睨了我一眼，并不理会我的询问。“你先搞清楚墨矩是什么，再来问我。”甩下这句话后，燕昆仑便也走了。

剩下的时间里，向蛮子拉着大伯坐到餐桌前，加上我们三个年轻人，勉勉强强地吃了一餐饭。虽然菜肴都很可口，但在这种环境氛围下却是食之无味。

当晚在大伯的要求下，我和老程被带回了尚同会馆。大伯的合作条件或许也包含了我们几个一定程度的人身自由，布莱克并未阻拦，只约定三天后我们如约到停泊在港口码头的“大鲲”号上会合便是。

从刚才的情形判断，我们三个在这岛上时时刻刻都会有人盯梢，无论如何插翅难飞。在把老程拉下水后，我又连累了大伯，看着身边的亲朋好友舍命相助，我心里觉得十分过意不去。

随后的三天时间里，我都在练习潜水。

这是那天回去之后，大伯对我和老程提出的要求。此行凶险，且不说此行水下的环境复杂生死未卜，即便我们能侥幸从布莱克手中逃脱，还必须要能撑过自然环境的艰难考验才能逃出生天。而且，潜水和浮潜不同，非常依赖设备和经验，在深水区更是考验一个人的心理承受能力和体力。老程之前倒是有在三亚玩过潜水，我却是彻头彻尾的旱鸭子，而留给我们的训练时间只剩下短短三天。

从尚同会馆开车要大半小时才到码头。早晨的码头几乎没有游客，我们换好衣服就上了一条小木船，只有海叔和我们两个。这三天我们都是坐这种木船出海。勿里洞附近海域普遍都比较浅，所以海中间会有一些沙洲，需要坐船出到海上才接近接下来我们要潜入的水下环境。海叔亲自开船送我们到外海面，而后老程带着我下水，充当我的潜水教练。

10月份已经进入印尼的雨季，下午的时候风浪也会比平时大些，好在还不至于影响潜水。而且勿里洞岛这里的天然环境优美，海水清澈见底，沙滩细腻洁白，潜入那一片深蓝中看着鱼群在身边穿梭，多少能暂时缓解那始终压在心头的忧虑。脸上戴着面镜，身上穿着厚重的装备，从船上翻入水中，伴随而来的是一种令人安心的白噪音，仿佛进入了与现实全然不同的另一个世界。那是一种拥抱自然和被自然拥抱的感觉。在辽阔如同宇宙的水底，充斥着种类繁多的珊瑚礁和鱼类，洋溢着引人入胜令人神往的生命力。在水底呼吸的刺激感，无重力状态下的飘浮感，和充斥五官的各种感受，除非亲身体验，否则实在很难形诸文字。

这三日里在老程的协助下，我掌握了水下的交流手势，下潜和上浮以及在水中移动的技巧。下潜时要随深度变化不时捏住鼻子以嘴吸气，然后闭住口鼻出气，“释放”耳孔中的压力，不然耳孔会感觉疼痛；上浮时速度必须缓慢，太快会因水压的变化引发潜水综合征。浮上水面后还要立即在浮力调节器中充入空气保持浮力，换成通气管呼吸；在水中移动时为了减少体力消耗，要有规律地摆动脚蹼平稳地呼吸，同时正确调整浮力，避免同海底相碰。在这有限的三天时间里，我所学到的就是这些非常基础的内容。

这期间，若汐闲着无事的时候也来找我们，一边教我一些水下考古的常识。水下考古不但需要考古学知识，还要掌握潜水、观潮汐等水下专业知识。而且出水文物保护和研究也有其特殊之处，通常要去泥、去沙、去盐等。不过那夜过后，若汐也当然明了这并非是一次寻常意义上的海底考古，我们即将要面对的是全然的未知，甚至无法以常理推测的状况。虽然几个人也讨论了水下情形，提出了各自的假设，但对于所谓鬼魂的说法却始终无法提出一个自圆其说的合理解释。

三天后，我怀着复杂的心情站到了“大鲲”号的甲板上。

除了原来的人马之外，“大鲲”号上又多了三个人——燕昆仑，跟着海因里希的那个蒙古人色勒莫，还有铁军。加上大伯，船上满打满算已经有二十个人。

一声汽笛长鸣，“大鲲”号离开了港口，向着“黑石”号出水的海域开拔。

“接下来的一周时间里，我们将先对水下的沉船遗址展开调查。通过“大鲲”号上配置的设备对水下遗址进行测绘、影像记录、遗址清理、考古发掘和提取等工作。”若汐担任领队的角色，开始介绍我们接下来的行动。

然而在茫茫大海找一块只有一个盘子那么大的石头，这是名副其实的大海捞针。我们唯一可靠的线索却只有父亲的一本研究笔记，和二十年前那次探险的档案记录。

这三天里，结束潜水训练回到尚同会馆之后，我继续翻来覆去地看着父亲的研究笔记，试图从中找出一星半点的线索。岛上的两个月里，虽然我一遍又一遍地琢磨着研究笔记上的每一句话，却始终不得其解。

1999年7月13日，抵达勿里洞，租用当地货船出海。这次行动甚有挑战。

1999年7月16日，开展前期搜寻，发现目的地。沉没地的海床结构为黏土而非岩石，推测船只入水之后激起海底黏土，将船身淹埋，形成保护层。

1999年7月20日，水下初探，整个船体布满珊瑚和浮游生物，凝结成了厚厚一层沉积物。由于先前已经有商业打捞公司进行过打捞发掘，大部分有商业价值文物已经被打捞运走，从遗迹残余推断，船上运载的大部分陶瓷可能储存在广东烧造的大堆中，大堆中装运的物品初步推断是瓷器、香料。

1999年7月23日，项目团队已经多次实地潜水搜寻，并开展水下测绘、摄像等考古记录，明确沉船的泥中沉态和规模尺寸。海床面发现局部暴露的木板等零星遗存，沉船在淤泥下部分的性质及保存情况仍不清楚。

1999年7月25日，开展专项调查，采取水下抽泥方式揭露出泥下部分船体。船体保存基本完整，没有发现铁钉及榫卯，从结构看是一艘印度或阿拉伯造的缝合帆船。接下来需要用水下爆破和手工挖掘的方式打开一个泥下通道，潜水深入到船体内部进行探摸搜索。

1999年7月27日，遭遇风暴，暂停作业。船头被大浪压得几乎沉在海面下，浪高达好几米，直观可以感受到船体倾斜达到30度。巨浪从船头打过来，直接砸在驾驶舱上。风浪大到连舱底的老鼠都受不了，从船舱冲出来跳进大海。

前面的记录大体上都还能看明白，但到后面叙说的内容却越来越混乱，语焉不详且有违常理。

1999年7月29日，沉船点附近，发现入口。尝试挖掘通道进入。

1999年7月31日，打不开入口。

1999年8月2日，入口处发现龙首鱼身的摩羯鱼。《一切经音义》载：摩羯者，梵语也。海中大鱼，吞噬一切。

1999年8月23日，事出有因。与史书对照，当时应是发生一场浩劫。

1999年9月7日，找到进入的方式。

1999年9月13日，证明了那个猜想，水下的鬼魂真的存在，看见历史的终结。

父亲的考古日记写到这里为止，再没有下文。在那之后，还有看起来如同胡言乱语的一页，密密麻麻写满了不成文的单词或汉字。

而后便是空白。断了线一样的空白。留给了二十年后的我。

这些日子风浪很大，我们足足花了两天时间才到达沉船点附近海域。

从当时的情形来看，燕昆仑或许是跟父亲一同进入了那个所谓的入口，而后遭遇了什么危险之后死里逃生。他本来是最知悉当时内情的人。布莱克先前对向蛮子所谓战国鬼魂的说法本来是将信将疑的，想必他一定是在后来发现燕昆仑还活着，设法从他口中获得了与向蛮子如出一辙的证言，才终于对此信以为真。可惜的是燕昆仑不知为何在我面前却对二十年前水下发生的事情讳莫如深。无论我再怎么死皮赖脸磨他，他都只是摆出一副生人莫近的样子。

眼下唯一能突破的也只有向蛮子了。

趁着风浪颠簸的时候，我找了个机会，在甲板上逮住向蛮子。有太多的问题，我需要搞清楚，那天他在会议室中所说的那番话究竟是真是假，有哪些是实情，又有哪些是信口胡诌。

“蛮爷，您可否看在我父亲的分上跟我说说实话，那天您所说的‘鬼魂’该不会是糊弄布莱克的吧？”我不死心，又再厚着脸皮问了一遍。向蛮子却只是苦笑着摇了摇头：“伢子，蛮爷我没糊弄你。”

“那个‘鬼魂’是真实存在的。”向蛮子的眼中闪过一丝心有余悸的神色。

我不禁有些怀疑当时在海上是否出现了集体幻觉，也不知道父亲写下这些话的时候神志是否还清醒。

“向叔叔，当时我爸在海上没有出现啥幻觉吧？”我忍不住问。

向蛮子瞪了我一眼，对我的猜测不以为然。“你伢老子（爹）当时一点毛病没有。”

这句话好歹给了我一颗定心丸。好在当时父亲不是随便写了些胡话，否则就是神仙也无计可施了。

虽然没有任何新的信息，但以我不撞南墙不回头的性格，我肯定也不会就此作罢。所以我决定迂回地问清楚水下的情形。

第三十三章

出事那天

“那天您说到水下存在一个奇怪的建筑？那父亲笔记中所谓的入口指的是那个奇怪建筑的入口？”我突然想到一个突破点，把手中的研究笔记递给了向蛮子。

向蛮子接过笔记，边看边皱眉头：“老子文化水平不高，不过入口两个字还是认得的。当年发现的那个水下建筑根本没有什么入口。”

难不成父亲所说的入口又是一个猜谜的暗号？

“入口……哦对了，倒是有一个，当时在沉船附近发现了一个海底洞穴，炸出一个入口后才见到那一个建筑……”

“那是什么样式的建筑？”

“看起来好像……塔。”向蛮子嘴里吐来一个字，一个我差点以为自己听错的字。

在我重复了一遍求证后，我才终于知道向蛮子为什么说它“奇怪”。但凡建筑，必定是有实际应用的场景和制约条件。塔这种建筑形式本就是为了“登高”，哪里有藏到海底的道理？即便海底偶尔有发现的人类建筑遗迹，通常也是沧海桑田沉入水中的陆地建筑，比如潘家口的水下长城，也是原本建在山上的长城陆沉之后才到了水里。再说但凡建筑物总得有人参与建造才是，但在这远离大陆海岸线的太平洋海底又哪里会有什么人能搞个这样的建筑，难不成还是亚特兰提斯人？

“您是说……真的塔？会不会只是长得像塔而已的天然景观？”我连忙问，确认这一点非常重要。

大自然的神奇造出了许多令人惊叹的奇观，比如说火山石塔，看似是人工垒石堆砌做成的塔状石柱，其实却是火山喷发后经十几亿年的风化而自然形成的地貌现象。

“不可能……那是座木塔。”向蛮子断然否定了我的猜想。虽然当时水下很暗看不清楚什么样子，但建筑材质总不可能搞错。

木塔？海底木塔？若非怪事一桩接着一桩，我大概会觉得这是痴人说梦。但这么多怪事扎堆出现后，现在的我反而淡定了不少。

俗话说事出反常必有妖，只是不知妖在哪。人也罢，妖也罢，真相就在海底，很快我就能亲眼看见了。

“是只么子（什么）来头，我也冇摸得坨清（还搞不清楚）哪。”向蛮子挠挠头叹了一声，下意识地就蹦出了一句长沙话。这件事让他困惑已久，却仍然不得其解。

话说回来，那个木塔竟然是竖立在一个海底洞穴里，可见那洞穴得有多大。在这大洋底下，真不知有多少奇伟瑰怪的景观不曾被人所发现。

把最后一口烟抽完后，向蛮子终于原原本本地说起了二十年前行动最后一天的情形。

当时征用的货船只是经过简单改造，配置的专业设备有限。身处浩瀚幽暗的海底搜索目标不比在陆地上，受环境的制约根本不可能采取地毯式搜索，而只能是有针对性地探点。按向蛮子的说法，捞起来的古董倒是不少，但那个布莱克志在必得的目标却没有丝毫线索。若不是威逼利诱，大概所有的人都会认为跑到太平洋上来捞一块传说中的石头是失心疯般的行为。

没有人知道，布莱克和父亲为何在当时会如此确定可以在这个水域找到目标。在整个队伍中只有他们两个对于整个项目的走向了然于心，但两人之间的意见分歧似乎越来越大。日子一天天过去，一次次地潜入水中依然一无所获。父亲没有多说什么，只是每日里越发沉默寡言、心事重重，皱着眉头不知在想什么。而布莱克那时候仍值壮年，反倒是越来越焦躁狂暴。这一动一静的两个人，都像是走火入魔，整日里要么关在船舱里不知在吵什么，要么就沉到海里直到氧气瓶报警才浮出水面大口喘气。时间已经过了一个半月，食物和淡水接近告罄，水肺也已经报废了好几副，长时间潜水的后遗症让每个人的身体状况都虚弱不堪，巨大的心理压力也压得众人透不过气，终于到了弹尽粮绝的时候。

然而出事前的那天晚上父亲突然一反常态，看起来心情不错，并且主动找到布莱克，告诉他自己已经解开了谜题。父亲便是在那时候把这本笔记递给布莱克，示意他打开。布莱克看完之后不知为何面色却越来越凝重，直至面如死灰。天亮之后布莱克没有下水，而父亲则带着除了向导兼船长卢胡特之外的所有人进行了最后一次全副装备的深潜。

其实，海底并非都是平坦的地形。整个南中国海底，实际上是一个深度较大、较为封闭、地势复杂、四周浅中央深的大海盆，盆地中央平均深度在3000米左右，海盆中还有几处隆起的礁岛。不仅有广阔的大陆架，还有大陆坡、深海盆和深海槽。最深处的南海晋卿岛蓝洞，深5567米，几乎可以填进去一座玉龙雪山。在勿里洞沉船海域附近，虽然水深并不算深，但大量珊瑚礁和起伏不定的海底环境不仅对过往的船只而言无疑是一个雷区，对于潜入其中的考古探险队而言，更是危机四伏。

那天，水下团队下到海底之后仔细地观察了地形走势后沿着海底的岛礁摸索向前，来到了一处平坦的谷地。那是一处诡异的环境，宛如自然生长的岛礁，又像是某个失落文明的废墟。平坦的石板层叠，如同金字塔，石门、石柱、石球和石像等也随处可见，还有深浅不一的沟壑，仿佛沉在海底的街道或阶梯。

所有人在一处父亲事先指定的开阔地停下，而后取出了炸药。炸药在水下的威力可要比陆地上强多了。因为相比于空气，水的密度更大，更不容易被压缩，所以炸药爆炸以后瞬间产生的冲击波可以被水传播到更远的地方，需要的炸药却更少。

不久之后，他们就在一块平坦的石板上炸出了一个宽可通人的洞口。强烈的冲击波震死了不少鱼，甚至差点把人都震晕过去。而当扬起的尘土沉淀下之后，众人发现石板下竟然是一个庞大的海底洞穴。

这最后一次探索的目标，是那个海底洞穴。海中潜水本就有一定的危险性，而洞穴潜水更是其中最为危险的一种。那时父亲没有犹豫就往下沉。在继续往下潜了大概40米后，那座耸立在海底洞穴里的诡异木塔出现在了有限的视野里。

木塔约有十层楼高，黑暗的环境下看不分明，但用潜水刀挖开却可以看到中间的木质结构。可惜当时探险队员们能在水底待的时间有限，而这座海底木塔根本超出了认知范畴，加之大量海底沉积物已经完全将木塔包裹了起来，探险队不得其门而入，只好放弃继续进入塔内探索的计划。

这时，燕昆仑在木塔的底座位置发现了一个长方形物体，看起来就像是一口石棺，上面密密麻麻地刻满了蝌蚪文。父亲当时很激动地指着底下那个石棺示意大家发现目标。

众人精神一振，围绕着石棺转了一圈后，便忙着拍照记录，琢磨着怎么打开石棺。就在这个时候，诡异的一幕发生了，当时燕昆仑离那个石棺最近，他的手刚一碰到那个石棺，便挣扎着摆了摆手掌，这是事先约定好发现异常的手势。父亲当时在燕昆仑的上方不远处，还以为是燕昆仑的潜水装备出了问题，连忙过去查勘。但当父亲的手触碰到石棺时，石棺突然散发出一阵青色幽光，在幽暗的海底洞穴里如同一块巨大的玉石，不知是方才的爆炸还是因为有人碰触的缘故，这个怪异的海底石棺仿佛在瞬间被注入了能量。

父亲有些慌乱地做出了一个危险的手势，紧接着又给出了上浮的信号。向蛮子当时游在最后，离那个炸出来的入口最近，虽然有些纳闷不知道下面发生了什么事，但长期的军旅生涯倒是让他养成了令行禁止的良好素养，没有任何犹豫便开始全速上浮。当他回望底下时，看到一个黑影从那石棺的幽光中出现。那是一个古代将领打扮的暗影，不知何时已经从那石棺的幽光中出来，在这离海面将近四十米的深海底却如履平地。

那个将领的鬼影提着一把青铜剑，一跃而起。那把如同影子般的剑切开了一道又一道的水锋，幽暗的水底甚至听不到哀号声，便见到一个接一个的队员身首异处，支离破碎的肉体连同暗红色的液体，如同水墨画般晕染开。

而父亲和燕昆仑两个人却像是凝固在了原地一般，被那些青色幽光所包围。

向蛮子当时彻底吓懵了，这个时候也顾不得快速上升给身体带来的压力，超现实的死亡恐惧支配了那最后的几秒钟。当最后一道水锋划到向蛮子身前时，他刚刚好擦身而过翻出了那个洞口，而后下意识地把手里所剩无几的炸药扔了下去。

之后，一阵强烈的震动袭来，那个海底洞穴仿佛就此坍塌了一般，将那个炸开的洞口再度填上。而向蛮子那时候已经是奄奄一息的状况，气压差让他感觉肺都要炸了。深潜时，快速上浮是致命的行为，一旦肺泡破裂必死无疑。在晕过去之前，他只在恍惚中看到那个追在身后的鬼影在阳光下渐渐变得透明……

第三十四章
潜入深蓝

在我和向蛮子聊天的当口，船不知道什么时候已经抛锚停下。这也意味着我们终于到达了目的地——“黑石”号沉船的出水点。

东南亚很多国家海域海图并不完善，很多小地方海域甚至没有局域大比例海图，勿里洞海域这边的海图常年不更新，水深资料远远过期，基准面也存在误差。我们走的不是常规航线，存在不少未加标注的珊瑚礁，都是航行时的隐患。在船长肯特的坚持下，“大鲲”号花了几乎翻倍的时间小心翼翼地穿行其中。布莱克即便心急，此时也只能妥协。

抛锚之后，就轮到我们开始忙碌干活了。接下来的几天，整艘船都在忙着为下水调查做准备。好在“大鲲”号上装配了价值三百万的多波束水下声呐探测仪，具有很精确的海底成像技术，极大地提高了工作效率。

若汐介绍说，水下考古的调查工作一般分为物探调查和潜水调查两部分。物探调查使用声呐、浅地层剖面仪等声波类仪器，将附近水域划分为若干更小的区域，之后用船只拖载着仪器对各区块水下情况进行扫描。借助机动船只和仪器可以在比较短的时间内完成较大海域的扫描。扫描过程中声呐或浅地层剖面仪会将不同介质的物质的分布情况记录下来。接着才是派出潜水员潜入水下，对疑点物质进行探摸或采集若干标本返回水面，以便对疑点物质进行研究判断，对遗物进行影像记录，或者利用防水的测量以及绘图设备对遗物进行水下测绘，以取得关于水下遗物的体量等各种数据。

每一次下水，事前都要制定一整套完善的规程，每个人都要严格遵守。比如下水前先探测清楚海水的水深、流急，因为流速影响人的泳速，过快或过慢都有可能使人无法完成发掘工作；还要关注潮汐，等到海水“平潮”时才能下水；而且，受气瓶容量所限通常每次在水下只能停留半小时，时间一到必须马上上水。上水速度按潜水规程要求每分钟不能超过18米，上升至距水面3米时还要再停留数分钟才出水。

到达后，若汐已经查勘了这一带水下的情况，并用GPS标记定位了确切的位置。此时，抽泥机正在轰隆作响，将覆盖的淤泥自上而下清理干净，以便潜到水底的队员在水下采集标本并做出相应的记录。

二十年后，这一支海上探险队伍有了更为先进的设备配置，阵容也更为强大，但布莱克依然十分小心谨慎，大概是依然对那个海底的鬼影有所忌惮。

先遣队包括了伊利斯和若汐，老程和我。水下行动必须两人一组，以便发生危险时有所照应。我们的任务是先下去查勘清楚当年那个水下洞穴的情况。当年向蛮子逃命的时候把那个入口又炸掉了，所以我们还得寻找合适的地方打开入口。

第一批下水的四个人坐到一条小艇上。

伊利斯一声不吭地在检查着鱼枪、潜水刀和水下手电。入水后冒出水面，向“大鲲”号上担任应急潜水员的卢胡特做个表示“一切正常”的手势。

“那根绳子底下是渔网吗？看来今晚可以加餐了。”老程调整了一下面镜的松紧度，嬉笑着和若汐打趣，看起来今天心情不错。

“那是能救你一命的导向绳。”若汐白了老程一眼，她今天换上了贴身的潜水服，虽然比不上顾医生身材曼妙，也算是凹凸有致。

“你可别小看这条绳索，在漆黑冰冷的海底，它就像人行道上的‘盲道’。”若汐强调。水下考古队员必须扶着绳子行动，沿着绳子出水。如果脱离了导向绳，就可能远离沉船陷入危险。

此时我全副武装，穿戴上笨重的潜水服、脚蹼、面镜和呼吸管，背着压缩空气瓶、呼吸器、潜水仪表、压铅，心情却一言难尽。

海水是有压力的，越往深处压强越大，普通人不穿潜水服最深只能下潜到大概17米左右，体力特别好的人可以下潜到20米。再往下就不行了，压力太大。而在海底40米左右处，水压大概在4个大气压左右，相当于有27吨的东西压在身上。要想潜水到40米，必须要经过专业的潜水训练，具备丰富的潜水经验，还要装配专业的潜水装备才行。到了海底100米，几乎就是人类徒手潜水的极限了。在这个深度光照开始减少，再往下就进入到了亘古至今都隐藏于黑暗之中的深海世界。

即便用上最先进的深海潜水艇，人类所能到达的海底深度也只有7000米。在这个深度，水压能轻易地将一枚1元硬币压成一张薄片。而实际上海洋的深度甚至超过1万米，因此海底也是最接近地心的地方。虽然人类已经开始探索太空，但其实对于地球的内部所知依然非常有限。

怀着忐忑的心情翻入水中的那一刻，世界突然安静了。海面上的喧嚣被海水吞没，我只能隐约看到白色的救生艇和不远处的“大鲲”号，影像却越来越恍惚。

很快我便只能听到自己的呼吸声，一下接着一下，在白噪音背景下分外清晰。

虽然是阳光灿烂的白天中午，但下沉没多久，水下的能见度已经变得很低。若汐和伊利斯在水下如同两条人鱼，摆动着双腿迅速往定位的水下遗迹游去，此时只能看出一个大致的身形轮廓。我和老程落在了后面。

虽然在水里泡了三天，但我始终还是对这片浩瀚的海洋心存恐惧。沉入到水下，随着能见度的下降，心里的压力却逐渐上升。

发现自己为了减少恐惧开始胡思乱想后，我又设法将注意力集中到身体的动作和呼吸的节奏上来，尽量保持心情平和。紧张和胡思乱想都会导致氧气的消耗加剧，而在水底氧气剩下多少可是性命攸关的事。

我们进入了另一个世界，海底的世界。

在这个世界里，成群结队的鱼儿穿梭游走在身边，和如同秘境森林一般的珊瑚丛中。一片碧蓝的水底，斑驳的阳光被海水折射后，拉扯成了一片不真实的梦境。海水的温度比海面上凉了一些，在这个深蓝色的世界里，有海龟、鲨鱼等庞然大物，有被称为“杰克风暴”的小鱼群，而且还有无穷无尽、难以计数的神秘和未知。

视线里，在我的右侧前方骤然出现了一道深不见底的海底悬崖，珊瑚形成的峭壁在这里突然消失，只能看到一片深邃如谜的蓝，如同一个致命的诱惑。

这时我突然发现了自己有些异样，在我走神的时候我竟然越游离老程他们越远了，似乎有一股力量正在将我往上拉。我顿时有些心慌，呼吸也有些乱了，耳朵开始出现疼痛和耳鸣，死亡的恐惧感再度袭来。

好在老程离我不远，不时回头观察我的位置，见我在后面有些异样，连忙转过头向我游了过来，一边冲我打手势要我保持冷静一边示意我调整浮力。我才意识到这是被突如其来的温暖洋流从10多米深的海底带回了海面。

由于只是初步查探，没有带上专业设备，此时在水中无法进行对话，信息的传达也只能依靠潜水手势等方式。好在这三天特训时也记下了整套的简单手势。我向老程打了一个多谢的手势。前方的若汐和伊利斯见我们落后了，也稍微停了一下等我们。等我和老程绕过那个海底悬崖靠近他们的时候，若汐却有些紧张地冲我直比画，打着要我小心的手势。

该不会这么快就遇到了那个“鬼影”？我不由得心头一紧，连忙划拉着往边上避开。

好在只是虚惊一场。

在我边上，有一群水母正舒张开透明的身躯在旋转游动。刚才光注意调整姿势了，没留神边上有水母。虽然只是一群水母，依然不好招惹。有些水母的触须上长着含有毒液的刺丝，被水母蜇伤的话轻则是触电般的刺痛、肌肉酸痛或胸闷恶心，重则会心率减慢、血压下降、呼吸困难，个别剧毒的水母甚至可以将人置于死地。在水底难以分辨谁有毒谁没有毒，惹不起还是躲得起比较好。

这时我才发现抬头已经看不到太阳。散射的阳光虽然依然照着水底，却已经将整个海底世界渲染成了朦胧的蓝色宇宙。

当年父亲是否也曾在这样浩瀚深邃的水底出神，我已经没有机会求证了。记忆中那个消瘦黝黑戴着黑框眼镜的男人，早已葬身于这一片深蓝中，化为其中的一部分。

还好吗？若汐关切地打手势问我。我反馈了一个没事的手势。老程指了指前方，示意我看过去。我终于见到了我们的目的地。

一片海底泥沙覆盖的丘陵上，分布着纵横交错的绳子组成的田字格。

那是布置在考古作业场地的划区标志，称之为探方。与田野考古相似的是，水下考古也需要布置探方，在水下横竖拉绳，组成一个个方框置于遗址之上便于定位。这些想必是若汐带着人预先布置好的。

在那些田字格下还能分辨出一艘古船的大致轮廓。那便是传说中的唐朝古船“黑石”号。

二十年后，追随着父亲的足迹，我来到了这里。

第三十五章

水下

“黑石”号当年的发掘者是一个商业团队，自然是以逐利为目的，带走的只是瓷器金银等容易在市场上面变现的物品，船体在打捞过程中并未得到妥善保存，如今又过了二十年，留在海底的船体已经被海水泡烂解体，不少残骸还被厚厚的珊瑚礁石所覆盖。

但布莱克和父亲当年何以认定，和氏璧会在这样一艘稍显简陋的船中？原因何在？当时从川西南发现的“矩子遗书”可是战国时期的东西，跟唐末扯不上关系。还有那个水下“鬼影”又是怎么一回事？按向蛮子的描述，那是一个战国时的“鬼”，但我和老程在那幢民国老宅中发现的第三张照片上拿着墨矩的怪人却是宋朝人打扮。一艘唐朝的船载着一块战国的石头还说得过去，但碰到了一个宋朝的鬼可就实在是太穿越了。难不成还有两个鬼？

第一眼看到“黑石”号的遗骸时，从残留的这堆散木也不难判断出这艘船并非是中土所造。

唐代朝廷十分重视海外贸易，甚至还设置相应的管理职位——广州市舶使，最早反映唐政府管理市舶贸易的史料见于《册府元龟》：“开元二年十二月，右威卫中郎将周庆立为岭南市舶使，与波斯僧广造奇巧，将以进内。监选使、殿中侍御史柳泽上书谏，帝嘉纳之。”

与此同时，唐代的造船技术也取得重大突破。唐玄宗天宝年间泉州所造的安海船就已经可以达到“银银船舷十五格，可贮货物二至四万石之多”。也就是说能够有15个底舱，载重1000吨到2000吨之多。1973年在江苏如皋发现的唐船船身长也有约18米，除了船底部是用整木榫接外，两舷和船隔舱板以及船舱盖板均用铁钉钉成。其中两舷共用七根长木料上下叠合，以铁钉成排钉合而成，这是一种被称为“人字缝”的重叠钉合的方法，可以说是造船技术的一大创造。而且，唐船船舱之间设有水密舱壁，还使用传统的特制艌料来保证古船的水密性能——用桐油、麻丝、石灰调制而成的麻板可以保证船体密封；用桐油和石灰调制而成的腻子封堵钉眼则能有效防止铁钉生锈腐蚀。

而当时的阿拉伯帆船不仅木料比较脆，造船方式也比较简陋。“黑石”号上所用的这种木料叫“缅茄木”，别名“菠萝格”，是一种只有非洲塞内加尔到乌干达一带出产的红木，当时只有阿拉伯人会使用这种木料造船。船身的木料之间没有榫接，也没有使用铁钉，而是用椰子皮等植物纤维所制成的绳索缝合联结，然后再用橄榄树枝叶上的生脂膏熬出糖汁灌塞缝隙防水。因此缘故船体比起唐船要小一些，抗风浪性也差。或许这也间接造成了这艘船在此沉没的悲剧命运。

下到水底，我看了下时间和氧气消耗状况，我们最多还只能待10分钟就得返回到水面。

二十年前，当时发现“黑石”号的团队花了整整一年的时间仔细打捞过，可以说已经是挖地三尺，不会剩下什么有价值的文物留待我们去发现，更不要说是和氏璧这种无价之宝了。就连向蛮子口中所说的那个海底洞穴也不见了踪影。对着眼前的这一个海底废墟，我多少有些一筹莫展的窘迫。

伊利斯端着水枪负责警戒，若汐已经贴近那一堆木头，一边打开水下手电筒探照，一边小心地在取样和记录。

突然，我见到老程指着一处地方向我示意。我游到近前窥看究竟，却不知道老程到底是发现了什么。水底下没法说话，老程一急起来连比带划，我看了半天才明白过来。

一侧的一大堆长满珊瑚的乱石中有一块形状怪异的不起眼长条石

头，乍一看像是一把刀。老程游到了若汐跟前示意她把那块石头挖出来。若汐试了几下，气力不够，便把水下挖掘用的潜水刀递给老程，老程完全没有像若汐这样的专业考古队员该有的谨小慎微和职业操守，直接拿潜水刀就去砸那块石头，没两下就把那块“石头”砸了下来。削掉外面的珊瑚后不难看出来，这是一把精钢打造的潜水刀，想必是二十年前上一批探险队留下来的，在海水里泡了这么长时间还算保存完好。也亏得老程眼尖，才能在一堆石头里看出来。这样一来，基本上可以确定那堆石头附近应该就是当年坍塌的那个海底洞穴入口了。若汐连忙做好定位记号，拍了照片，又掏出铅笔在防水纸做的记录本上大致勾勒了附近的地形情况，绘制俯视线绘图。

我们又待了一会，陆续在这个区域又找到不少上一支考古探险队的遗存。这其中有没有属于父亲的物品就不得而知了。若向蛮子所说的属实，父亲当年便是葬身在这底下的海底洞穴里。打开这个入口，说不定还能找到父亲的遗骨……

这时我突然开始觉得胸闷，喘不过气。

我警觉起来，连忙看了看空气瓶的读数。奇怪的是气瓶分明显示还有足够的存量，我却已经感觉呼吸困难。我顿时就慌了，连忙划拉着手跟其他人报警，不料这时候老程和若汐正在仔细查勘附近的地形地貌，伊利斯刚好也是背对着我。

缺氧的焦灼和呼吸的本能让我下意识就伸手去拉面罩。瞬间大量海水就涌入了面罩里，将面罩内的全部空间占满。应急办法已不适用，扑面而来是无尽海水，慌乱中我顿时就吞了好几口海水。情急之下，残存的一点理性让我马上松开已经没有氧气的呼吸装置，紧闭着嘴憋住仅剩的一口氧气，一手死死地捏着鼻子，一手无助地向前方的背影挥动。

我仰面躺在海底，在一片幽蓝的17米海底深处没有任何供氧装置地徒劳挣扎，那一刻我仿佛真的看到了死亡。不过是短短的十几秒钟，对我而言却像是一个世纪那般漫长。就在这千钧一发之际，我终于看到有个人像海豚般向我疾速游来。伊利斯那张冷漠的脸出现在了我的视线里，他一手稳住胡乱挣扎到处乱抓的我，一手帮我找到呼吸装置并塞回我嘴里。但此时的我已经从心理上不敢再相信潜水装置，我依旧憋着嘴里的那口气不敢吸气，用惊恐的眼神看着伊利斯连忙摆手，用手势告诉他我要上去，我要回到海面。但伊利斯只是示意我从容吸气，吸气，就像压根儿没看到我的手势一样……

我险些"狗急跳墙"强行按下夹克的加气按钮以便浮上海面，拇指已经放在了按钮上，但理智告诉我一旦按下，迅速变化的水压很可能让我直接晕厥或鼻腔爆血，所以在伊利斯准备制止我的同时，我也努力冷静了下来自己将手放下。

伊利斯又拉过我的呼吸装置检查了一番，而后皱着眉头，深呼吸一口气后把自己的呼吸器塞到了我嘴里。我嘴里的氧气已经全部变成了二氧化碳，我必须吸入新的氧气。虽然依旧害怕，我还是试着重新开始使用呼吸器，吸气的时候嘴里还是稍微进了点儿水，但这一口的呼吸，终于有新鲜的氧气注入到肺里了，我贪婪地吸着气，心脏仍然在剧烈跳动。

这时老程和若汐也赶到了我身边，我终于战胜了内心的恐惧，让自己的呼吸平缓下来。

伊利斯一边打着让我"冷静"的手势，一边小幅度地一下下按着潜水夹克上的加气按钮，拖拽着我向着海面慢慢游去……可能是因为之前憋气太久有些缺氧，恍惚中当我朝下望着那个沉船时，不知为何却有一种无法形容的异样感。

就像是在很久以前的梦里见过的什么一般，那种所谓的既视感，我分明从未踏足过这陌生的领域，却对这一时刻呈现在眼前的画面有种似曾相识的感觉。

但那种感觉只是稍纵即逝，眼下我最关切的事情还是尽快回到水面。好在伊利斯经验丰富，即便将呼吸器塞给了我，他憋着一口气在水底竟然也神色如常，不愧是前海豹突击队的精英队员。

接下来的时间里，四个人遵照着5米3分钟停留的规则慢慢地往海面上浮。

出水的一瞬间感觉真的难以形容。就像是从鬼门关走了一遭之后又回来了一般，简直悲喜交集。

“谢谢你救了我一命。”我扒住小艇的船舷，稳住身形后便向伊利斯道谢。伊利斯大口喘着气，摆了摆手，而后才说：“你的命对任务还有价值，别随便丢了。”

一句话就把我的感激之情噎了回去，方才在水底下建立的好感顿时也荡然无存。

“都怪我刚才没注意，你毕竟是潜水菜鸟，是得悠着点。”老程和我一组，对我在水下发生危险很是自责。

“不是他的问题，是有人在气瓶上做了手脚。”伊利斯自顾自脱下潜水服，一边若无其事地说道。

我顿时觉得心头一凉。那些想杀我的人看来是不达目的不会罢休啊。而且那个刚才差点把我弄死的人，就藏在这艘船上。

第三十六章

1200年前

“为什么会有人想要杀你呢？”若汐不解地问道。

“我也想知道为什么。”我叹一口气，将之前发生的事情简略说了一遍。听完我的描述，若汐还是不敢相信，这件事竟然会牵扯到这么多。

12月热带的海面依然温暖，然而一股寒意却浸透了我的全身。

我本就是个胸无大志、人畜无害的平凡人而已，为何会有人几次三番要置我于死地，我不懂。那个让我父母付出生命甚至更多人前赴后继的伟大理想究竟是什么，我也不懂。

“我现在有点明白，爷爷在世的时候为何执意不让我接触他的研究了……”午后灿烂的热带阳光下，若汐望着远方的海天一色，神色却有些落寞。我第一次见到她这样心事重重的样子。

“也许，冥冥之中真的有什么注定的事吧……”我也有些黯然。

只有伊利斯大概见惯了生死，对这一切都无动于衷。

“哎，兄弟……这两三个月时间里，我倒是想明白一件事情，这世界上许多东西都是由不得人的，就像你阴差阳错上了这条贼船，就像我顺理成章就当了藏锋宝刀的继承人……”

我刚想叹气，老程突然话锋一转：“但是！你还是可以选择怼回去嘛，大不了就是求仁得仁而已。”

可以，这很老程。

老程这一句话，让阴郁的气氛消减了不少。

我也不知道这句话是不是故意说给伊利斯听的。

"一会回到船上你别说这件事。我设法找出动手脚的那个人。"老程对我说道。我点了点头，眼下我在明敌在暗，也只能如此了。

回到"大鲲"号上不久，布莱克大概是听伊利斯汇报了水下的情形，神色冷峻地把我叫到了会议室。

"你有没有怀疑是谁动的手脚？"关上门后布莱克劈头就问，想必是对背叛他的人恨不得杀之而后快。除了老程和大伯，这艘船上现在最不希望我出事的人大概就是布莱克了，可以首先排除他的嫌疑。但至于那个隐藏在这艘船上的真凶是谁，我却完全没有头绪。

我只好摇摇头，且不说先前我根本就没有意识到在这艘船上还有人想加害于我，即便有怀疑对象，在这艘敌友难分的船上，眼下我也不会贸然打草惊蛇。

"从现在开始，有注意到什么可疑的线索，立刻向我汇报。"布莱克听我说完水下的情况后说道，语气中有种不容置疑的威严。

我点点头，又转述了老程的想法，希望布莱克对船上有内鬼这件事情暂时先不要声张。

"小不忍则乱大谋。"我提醒。那个二十年来的谋篇布局，此时才刚刚展开而已。

布莱克想了想，勉强点头同意。他猛吸了一口烟，燃烧的烟丝发出灼热的光芒。

眼下的当务之急，是先搞清楚二十年前在水下究竟发生了什么事，并且重新找到并打开那个"入口"，进入到海底洞穴中。

"年轻人，这段时间里你从陈博士的笔记里发现了什么？加上今天在水下看到的情形，你有什么看法？"布莱克吐出烟雾，单刀直入的问。

"我觉得……这艘船很'反常'。"我努力梳理着自己的思路。

在水下实地见到"黑石"号的残骸之后，我终于知道这种反常的感觉从何而来。

"疑点之一，如果说当时这一艘船带有外交使命，为何却这么简陋？当时西方来华的行商普遍都采用唐船，贵为一国的外交使节为何却只挑了这么一艘小型阿拉伯船单独漂洋过海？”

布莱克点了点头，饶有兴趣地看着我，示意我继续说下去。

“这些天里，我查遍了古代关于亚洲水域的史料记载，竟然没有任何关于这艘经东南亚水域准备开往中东阿拔斯王朝的商船记录。甚至在关于亚洲沉船的考古报告中也找不到与“黑石”号有关的任何蛛丝马迹。二十年前，那家公司在打捞的过程中也始终没有发现航海日志、船单和地图。这样一艘满载器物带有外交使命的船，竟然是无名字、无线索、无记载的‘三无黑户’，到底有什么来头？”

“疑点之二，船上竟然有如此多长沙窑。长沙窑造价低廉，成本低产量大，有点像‘温州小商品’，但作为朝贡商船而言却未免太寒碜。而且瓷器上有许多花叶、莲蓬、飞鸟、鱼纹等纹饰图样，都是商贩定制的日用器皿。也就是说，这艘商贩的船很可能只是在归航的时候被临时征用，甚至秘密征用。但这么做的原因是什么？”

“疑点之三，从‘黑石’号上打捞起来的其他零星文物，还有砚、墨、骨灰盅、玻璃瓶、青铜勺、钹、漆盘、秤杆、金银首饰等私人物件与用具，说明船上有来自中华的船员或乘客。船上的华人又是谁？如果是他们把和氏璧带出来的，出现在一艘开往中东地区的阿拉伯商船上的原因又是什么？”

“如果说这条商船是那个带着和氏璧的人为了执行某项秘密使命而临时挟持出逃的，但当时因为某种原因那项使命没有完成却在中途遭遇变故，那么一切的矛盾之处便解释得通了。”

当我说出自己的猜想时，从布莱克的脸上，我第一次看到了某种混杂着赞许和警惕的神情。也许对他而言我这枚棋子的分量变得重要了一些。

“你很敏锐……”

我决定乘胜追击，从布莱克这里获得一些公开渠道无法获得的信息。

布莱克沉默着盯了我一眼，眼神中又恢复了那种毒蛇般的敏锐，让人不寒而栗的压迫感。显然，他内心在犹豫是否向我透露深一层的情报。

也许在不久之前，我还会因此而感到紧张和不自在，不知不觉就被带入到他的气场中。但士别三日当刮目相看。岛上的两个月里，我几乎每天都在脑海中对抗眼前的这个仇敌。我暗暗告诉自己，占据主动的是我，这洋老头不过是在虚张声势。

“但有一件事我想不明白……你如何确定和氏璧在这艘船上？”我针锋相对，先摊牌抛出了我的要求，“既然你要借助我来达成目的，那就必须开诚布公，提供给我足够做出准确判断的信息。”

“不得不说你的猜想已经在正确的方向上了。然而……你觉得我是从什么时候开始盯上‘黑石’号的？并且我为什么要在别人已经整整打捞了一年后，还对此锲而不舍追踪二十年，原因何在？”

布莱克没有直接回答我的问题，而是又抛给了我一个新的问题。

我虽然对此有过猜想，也得出一个模糊的结论，但却不太确定。眼下正是当面求证的好时机。

“大概是从你在‘黑石’号打捞上来的东西里发现了什么线索开始。”我小心翼翼地试探着，先说出一个比较有把握的猜测。

“我早在‘黑石’号完成打捞和初步处理后的第一时间，就看过了所有出水的文物。”布莱克坦承。我猜对了。

“其中有一个瓷碗上有‘宝历二年七月十六日’，也就是公元826年的印记。这让我很快就联想到一件事情。宝历是唐朝第十五任皇帝唐敬宗李湛的年号。宝历二年，你知道发生了什么事情吗？”

布莱克的突然发问把我给问住了。我的历史知识毕竟有限。

“宝历二年，十二月初八，宦官刘克明和击球军将苏佐明、石定宽发动了宫廷政变，杀死了沉迷‘打夜狐’游乐的年轻皇帝。”

“而在此之前的两年里，京城接连发生了两次大规模暴动。”布莱克的这一句话，骤然揭开了一千二百年以前的历史帷幕。

经他这一提，那些隐隐散落的历史事件便在一个虽然模糊却合乎情理的方向攒珠成线。

史书记载，年轻的唐朝皇帝李湛登基的第一年便发生了“染工暴动”。染坊役夫张韶联络数百染工杀入右银台门，差点就攻下了弓箭库。当时敬宗正在清思殿打马球，狼狈逃到左神策军避难。左神策军兵马使康艺全率兵入宫，把已经攻进清思殿登上御榻而食的张韶等人杀死。但不久之后，竟然又发生了朝臣品官季文德勾结叛贼马文忠多达1400人规模的政变，虽然最后这些人都被处死，但当其时，大唐已由盛世转衰，甚至可以说危如累卵，风雨飘摇。短短81年之后，大唐盛世就走向了覆亡的终局。我虽然对这一段历史并不十分了解，但当布莱克言简意赅地抛出了这些线索时，其后的线索隐隐已经呼之欲出。

“在这寥寥数笔的历史记载背后，还有更多的隐情。那一场宫廷政变的直接后果之一，就是一队人马匆匆离开中土大陆，远赴海外。”

布莱克接下来说出了一句我始料未及的话。

“当我获得了一份从勿里洞海域打捞上来的古卷后，我终于得知了那艘如今被命名为‘黑石’号的阿拉伯商船匆匆离开广州港的缘由和千年以前在海上的遭遇，其实都与和氏璧有关。”

第三十七章
和氏璧

我们所谈论的毕竟是1200年前的事了，即便当时有关于和氏璧下落的文字记录，也不一定真实可靠。在漫长时光和兴衰更迭里，所谓的历史真实应该早就无迹可寻了。我不知道布莱克何以如此确定。

“和氏璧不是早就被秦始皇雕琢成了传国玺吗，如果和氏璧在唐末就沉到了海底，那之后史书上为什么还有记载？”听完布莱克的叙述，我突然察觉到了他的这个说法与史书记载有出入。问出这句话，与其说是在提出质疑，倒不如说是在期待那个或迟或早都将被揭晓的答案。

“和氏璧并不是传国玺。甚至可以说，真正的权力象征不是传国玺，而是和氏璧。”布莱克说出了一句含糊难懂的话。

“你怎么知道？”我的疑虑几乎脱口而出。话说出口，声音却有些干哑。

“我怎么会知道？”布莱克这时竟然罕见地欲言又止，露出了一种哀伤的神色。

我惊讶于他会在我面前流露出某种程度的示弱姿态。此时坐在我眼前的，比起一个权势显赫不择手段的野心家，更接近一个已届晚年的洋人老头。我不知道这是不是他有意为之的一种更为高明的手段，获取我信任的手段。

“关于这一点，今后会有人告诉你的……但现在我只能说，你所能看到的历史只是冰山一角。贯穿这数千年历史的还有一根隐在暗处的线……”

其实这时候无论布莱克说什么，我都会当作是荒诞不经的痴人说梦。

“我们还是说回和氏璧吧。”布莱克点到为止，“接下来你从我口中听到的这个故事，虽然大致上与史书的记载可以相互映照，但在某些地方却存在根本上的差异。唯一的共同点只是……那同样是历史的真相。”

布莱克意味深长的开篇将我带入了一个截然不同的历史叙事中。在随后的时间里，我终于开始对我们费尽千辛万苦、搭上许多人命在寻找的这一块石头有了一个粗略的认知。

这大概是历史上最具传奇色彩的一块石头。

关于和氏璧的故事中，最为人所熟知的一个大概便是“完璧归赵”——说的是战国时期蔺相如不辱使命，护送和氏璧从秦国全身而退返回赵国的典故。但实际上如布莱克所说，对于和氏璧的历史而言，那同样也只是冰山一角。

所谓“璧”，是中国古代祭祀天地四方之神的一种玉石礼器。

在中华文化中自古已有天圆地方之说，所以礼天的玉器也采用了中孔圆璧的规制，而天色苍，礼天之玉也定为了苍色圆璧。《周礼》中便有“以苍璧礼天，以黄琮礼地，以青圭礼东方，以赤璋礼南方，以白琥礼西方，以玄璜礼北方”之说。

和氏璧是一块用于礼天的苍黑色圆形石璧。关于和氏璧的由来，有一种说法也与天有关，那便是陨石。唐后五代十国的乱世之中，道士杜光庭写下了一本叫《录异记》的书，在书中记载了和氏璧的出处由来。

岁星之精，坠于荆山，化而为玉，侧而视之色碧，正而视之色白，卞和得之献楚王，后入赵献秦。始皇一统，琢为受命之玺，李斯小篆其文，历世传之。

大致的意思是说，从岁星（也就是木星）而来的陨石掉落在荆山，那是一块正面看是白色侧面看却是青色的石头。名叫卞和的楚人见到了陨石掉落的情景，入山林搜索之后得到了一块玉璞，将之献给了楚王，玉璞也就得名和氏。

这个说法与世人所熟知的卞和献玉传说稍有些出入。然而《韩非子》中的记载本身就更像是一则寓言，与史实有很大的出入。在楚国的历史上也根本没有楚厉王这个人物。

将近四百年后，楚威王为表彰功臣将和氏璧赐予了攻灭越国有功的令尹昭阳。一次，昭阳与宾客游赤山，在水渊边上设宴，并拿出玉璧供宾客观赏，此时有人突然大声起哄说水里有大鱼，在众人争相走到水边看鱼时盗走了摆在桌上的和氏璧。门客张仪当时被列为嫌疑，遭严刑拷打讯问，张仪却始终没有承认。因此缘故，张仪受辱后离楚入魏，后来纵横六国，在秦国拜相后还曾为此事向楚国展开报复。而和氏璧却不知所踪。

其后传说赵国太监缪贤在集市上曾用五百金购得一块美玉，经鉴定便是多年前失踪的和氏璧。后来赵惠文王将和氏璧据为己有，这才有了“完璧归赵”的故事。

和氏璧再次出现在史书记载中，却是到了另一位纵横家苏秦手上。当时赵国的权贵人物李兑送苏秦明月之珠、和氏之璧、黑貂之裘、黄金百镒，让他西入于秦。只是苏秦带着和氏璧西入于秦之后的故事如何却不得而知了。

故事的分岔点在和氏璧入秦之后。一种说法是和氏璧被秦始皇雕琢成了传国玺。

公元前221年，秦灭六国，秦王嬴政自称为始皇帝，命咸阳玉工王孙寿将和氏之璧精研细磨，雕琢为皇帝御玺。这枚象征权力的御玺方四寸，形同龙凤鸟之状，玺文为丞相李斯篆书“受命于天，既寿永昌”八个字，由执掌权柄者代代相传，因此称为“传国玺”。

传国玺随江山易主，辗转于不同的当权者，凡不下十数次，一如那四海九州的江山。

秦子婴元年（公元前207年）冬天，沛公刘邦进军灞上，子婴跪捧玉玺献于咸阳道左，秦亡。

汉王朝将御玺珍藏于长乐宫，称为“汉传国玺”。西汉末年，皇帝年幼，玉玺由孝元太后王政君掌管，王莽篡汉后逼自己的姑姑汉孝元太后交出玉玺，盛怒中孝元太后将玉玺掷于地上，摔掉一角。王莽得到传国玺后以金补玉，从此留下瑕痕。

东汉末年天下大乱，传国玺从宫廷失踪。后孙坚率军攻入洛阳，兵士见宫中一井在早晨有五彩云气，便禀报孙坚。孙坚使人入井搜寻，得到传国玺后藏于妻吴氏处。袁术拘孙坚妻，夺玺。袁术死后，荆州刺史徐璆携玺至许昌，时曹操挟汉献帝以号令天下。传国玺又归于汉室。

公元220年曹丕篡权，逼献帝禅让，汉亡。曹丕使人在传国玺肩部刻下隶字“大魏受汉传国玺”。在三国两晋南北朝时，由于战乱频仍政局动荡，玉玺也几经转手。割据一方的王朝统治者为表示自己才是天命所归承接正统，纷纷私自刻印玉玺。一时之间所谓的传世之玺真假莫辨。

公元265年司马炎篡权称晋武帝，传国玺归晋。公元311年前赵刘聪虏晋怀帝司马炽，玺归前赵。公元329年，后赵石勒灭前赵得玺，在右侧加刻“天命石氏”。公元350年玉玺再传冉魏，后冉魏乞求东晋军救援，传国玺为晋将领骗走重归司马家。在南朝，传国玺历经了宋、齐、梁、陈的更迭。隋一统中国后传国玺入了隋宫。公元618年三月隋炀帝杨广被杀于扬州江都，隋亡。萧皇后携太子元德带传国玺遁入漠北突厥。

公元630年李靖率军讨伐突厥，同年萧后与皇孙政道返归中原，传国玺归于李唐。然而唐末天下再度大乱。公元907年，朱温废唐哀帝，夺传国玺建后梁。公元923年，李存勖灭后梁建后唐，传国玺也随之到了后唐。史书记载，最后一个曾掌握传国玺的皇帝是五代后唐末帝李从珂。公元936年后晋石敬瑭攻陷洛阳前，李从珂和后妃在宫里自焚，所有御用之物也同时投入火中。从此传国玺神秘失踪，关于它的下落众说纷纭，莫衷一是。

宋朝以后，所谓的传国玉玺时有出现，但大体都是赝品。至清朝初年，清廷皇宫藏品中竟然发现了有三十九方玉玺。

在正史中，司马迁的《史记》却并未提到和氏璧被雕琢为传国玉玺之事，而是记载了另外两件与和氏璧有关的诡异事件。在秦统一天下两年后（公元前219年），始皇帝乘舟行至洞庭湘山时风浪骤起，龙舟将倾。危急时刻秦始皇将玉璧抛入江中以震慑风浪，湖面竟然奇迹般地平静下来。过了八年之后，在华阴平舒道，又有一个神秘人将玉璧奉回给了秦始皇。

"在六朝以后的记载中，大都认为和氏璧被秦始皇制成了传国玉玺，流传了下来。但你只要细看一下，就不难看到这些叙述的矛盾之处。其一，秦始皇所制的传国玉玺是用陕西产的蓝田玉所制，而在湖北荆山所发现的和氏璧，是某种从天而降的陨石。另外的一个矛盾之处，是作为玉璧的和氏璧，应该是一个平面环形，既然是环形就不可能再制成玉玺。"

布莱克补充道。

我大吃一惊："难道说，从秦始皇命令玉工王孙寿雕琢传国玺时开始，真正的和氏璧就被掉包了？"

布莱克点点头："或许更确切的说法，是被藏在历史的暗处。实际上我们要找的，是那块从天而降由卞和所发现的陨石，那才是真正的和氏璧。"

"那跟天宝二年的这艘阿拉伯沉船有什么关系？"我已经站到了这层真相的窗户纸前，却还缺少捅出的一个洞眼。

"也许当你知道王孙寿和张韶、马文忠、季文德之间有什么联系之后，你对这一条历史的暗线所串接起来的一切就更为清晰了。但今天我们的学术讨论先到此为止了，现在轮到你来告诉我和氏璧确切的下落了。"

在这三个月里我的想法多少改变了一些，但也有一些东西是至今为止都改变不了的，打破砂锅问到底大概算是我为数不多的特点之一。即便没有布莱克的威逼利诱，我也会想方设法去破解开这重重疑团。

"布莱克教授，作为对等交换，我也可以告诉你我从父亲的研究笔记里发现了什么。但我想明天你或许应该和我下水一趟，才能更好地理解我所发现的东西。"

第三十八章
再次下潜

第二天入水的队伍规模空前，除了先发四人，还有两组人：大伯—向蛮子，布莱克—燕昆仑。

此外布莱克大概是忌惮留在船上另外两方的势力，还有那个暗中破坏的内鬼，特意留下了伊利斯坐镇，把顾医生换了下水。大伯不放心我的安全，决定一起下水。

“你的刀我给你要回来了。这次开了刃口，万一有情况可以自保。”下水前，老程把那把特意为我打造的“非攻”递给了我，看来昨天他也去找了布莱克。“毕竟保住你性命是前提。”老程望了望布莱克，故意强调。

“多谢。”我替换掉了潜水刀。老程打造的这把匕首要称手一些，虽然兵法讲究所谓“一寸长，一寸强”，但在水下，轻便灵活反而更加重要。

昨天只是初步勘探，今天正式开始水下作业，便用上了“大鲲”号上压舱底的军用潜水装备。

我戴上了带有对讲系统的潜水全面罩，感觉好多了。全面罩不像面镜那样仅仅覆盖眼睛和鼻子，虽然在水底不太容易分辨谁是谁，但却解放了嘴巴，不用一直咬着呼吸器，而且内置了一个水下通信系统，便于水下的交流协作。在大多数的情况下通信系统可以实现跟潜水的队友讲话，能联系潜水船或者周边在相同频段的任何人。对于商业和科研潜水领域而言，需要大量的细节沟通，当然不能只是用手势比画交流。而且呼吸器集成在面镜里也大大降低了意外脱落的风险。此外，可视范围也比面镜更为开阔。下水前伊利斯还仔细检查了每个人的装备，确保再无人能动手脚。

考虑到进入海底洞穴之后的情况，我们还放了“象拔”——一支长长的竖立的橙色浮标。深水底下的电磁波基本无法传播到水面，潜水队员和水面唯一的沟通方式唯有通过象拔浮标来传递。放出象拔浮标后，我们一行人牵着潜水绳，渐渐沉入海底。

“喂，玄羽，测试一下对讲系统。”老程在我前面摆着腿，不时回过头看看我的相对位置。

“好着呢。骨传导技术，还自带降噪功能，能过滤掉海底的声音。”我由衷赞叹鸟枪换炮之后的感觉。

“但这样一来也容易忽视海底的信号，还是要打起十二分精神才行。”若汐也插嘴道。水下对讲系统中不时传来的同伴声音，多少能减弱人在面对深不可测的浩瀚自然时本能的恐惧感。

昨天和布莱克聊过后，夜里我翻来覆去总睡不踏实。虽然不知道父亲当年在那个海底洞穴中发现的到底是什么，但现在是我距离那个谜团最为接近的时刻。

这一次我们顺风顺水地来到了目的地。布莱克虽然年事已高，但在水下却丝毫不逊色于年轻人，甚至轻松把我甩在后头。

“蛮子，你还记得当时里面的结构吗？”大伯透过对讲机问。

“我们当时进去的时候，里面很黑看不清楚。大体上只能看出有一个木塔，底下是一个石头棺材。其他的区域没来得及搜索。”向蛮子这一次游到了最前头，和若汐并驾齐驱带路，“当时打开的入口位置，就在那木塔的顶上。”

“蛮爷，你说的木塔是像浮屠那样的佛塔吗？”我连忙问。

“嗯，看起来像是个佛塔，不过又有许多枝枝杈杈，当时我们的注意力都在那个石头棺材上，就没留神去数是不是七级了。”

“昆仑，你能想起来什么吗？”布莱克的声音传来。

“……什么都想不起来。”燕昆仑声音低沉。

在那天发生事故之后，燕昆仑彻底失去了所有记忆。一年之后，当布莱克在勿里洞岛的矿洞里找到他时，他几乎连说话的能力都丧失了，也根本记不清自己怎么从那个诡异的海底洞穴死里逃生的。而后布莱克动用资源请了几乎全世界最优秀的医生才让他一点点地恢复了从前的记忆。但也只限于事故发生之前，之后发生的事情则是彻底的一片空白。关于水下的记忆，最后定格的一幕是向蛮子独自一人向着洞穴出口游去，并且炸掉入口的情形。

所以那天燕昆仑才会说向蛮子欠他一条命。

“昆仑，老子当年抛下你和陈博士自己跑了，是做得有些不地道。欠你的，这趟一定还清。”向蛮子这次竟然一反常态，丝毫不避讳死这回事，甚至这句话听起来就像是宣布自己下定决心有来无回了一般，透着一股悲壮的意味。燕昆仑听了这句话微微点头，便不再说什么。

这一趟打开了那个入口后搞不好又会遇到那个“鬼魂”，再来个团灭也未可知。想到这一层，呼吸都变得有些沉重了。

很快，我们就到达了沉船区域。

“年轻人，你昨天说你从陈博士的笔记中看出了什么？”布莱克悬停在上空，转过头问我。

我示意大家停一下。

“布莱克，你应该记得父亲在笔记中说的摩羯鱼吧？”我问，“当年，父亲在入口处发现龙首鱼身的摩羯鱼。你觉得是指什么？”

布莱克不愧是一名学者型商人，历史文物的掌故信口说来。

“《洛阳伽蓝记》记载，有如来作摩羯大鱼，从河而出，十二年以肉济人处，起塔为记。”他喃喃自语。

所谓的摩羯鱼来自印度，是鳄鱼形象的变化发展。最早的摩羯鱼造型可以在公元前100年印度山奇大塔的塔门装饰中找到。隋唐至元，中原地区也时有以摩羯鱼为纹饰，其中以唐辽金银器最多。而在藏族绘画一千多年的发展历程中也有不断演变的摩羯鱼形象，后来与汉地的龙融合而成为了“长鼻龙”，安放在寺院金顶的四角。

“你看看这一带水下的地形。”我指着这一片水底区域对布莱克说，很快他就明白我的意思了。

从我们所在的位置看去，底下这一块谷地正好是一个鱼龙形状。看起来就像是鬼斧神工有意为之一样，只不过这条摩羯鱼的规模可比抹香鲸大多了。我之所以发现这点，是那天缺氧的时候，伊利斯拉着我往上浮时我刚好向着海底。

摩羯鱼，塔。似乎有某种关系。

“第二个发现是，如果当时真的是触礁沉船的话那船上的所有东西都会散落在这片海域，为何经过整整一年的反复搜索仍然没有人找到？一种解释是当时这艘逃难的船在这里遇到了阻击或是发生了哗变，而后有人带走了和氏璧。还有另外一种解释，是那块石头存在某些特殊的性质，以至于在水底下没有人能轻易发现。比如说变得完全透明。”这时候，我抛出了一个看似荒诞不经却很合乎逻辑的说法。

“如果真有这样一种透明石头的话，这个解释倒也成立。”老程附和道，“毕竟这是在十几米的海底，能见度有限。不过这样一来，我们现在要从大海里捞一块透明的石头，简直是天方夜谭。”

“但从蛮爷的叙述里，父亲当时是很确定和氏璧在那个海底洞穴里的，为什么一艘沉船上的石头会掉到一个连入口都没有的海底洞穴里，原因何在？我们是否可以假设，那个摩羯鱼形状的海底区域就是‘黑石’号失事的原因？或者说触发沉船这个行为发生的缘由便是这一块名叫和氏璧的天外陨石？先前布莱克也说过，墨矩法规都是来自同一个存在的上古神器。那么我们是否也可以假设，在这海底洞穴中，或许同样存在某种与此有关的联系，携带着和氏璧的人是有意在这里沉船的，为的是进入那个海底洞穴。”

当我说出这个结论，就连布莱克也不得不承认，这是一种讲得通的说法。

“还有那个‘鬼魂’。我们先假定那个‘鬼魂’就藏在那个石棺里，触发了某个机关之后，那个‘鬼魂’才出现在眼前。蛮爷和昆仑大哥当年看到的既然是一个战国‘鬼魂’，是否可以假设，那个‘鬼魂’本来就是与和氏璧有关，或者某种程度上而言是在守卫着和氏璧？”

燕昆仑没有说话，向蛮子却忍不住点头称是。

“无论那是什么，我们打开入口就会知道了。”布莱克示意准备炸药。

这一次下水，装备的武器也有所升级，除了潜水刀和梭镖枪，燕昆仑和布莱克自己还配置了苏联时期研制生产的SPP-1水下手枪。

随后的时间里，除了燕昆仑负责布置炸药外，其他人都退到了安全距离外。在一连串如同蘑菇云般剧烈爆发的气泡和随之而来的水下冲击波袭来之后，水下的沙砾也被激荡起来，水面顿时变得浑浊不清。等到水下的能见度稳定下来后，那个封闭了二十年的海底洞穴，再度被开启了一个小洞。

不知道是不是我的幻觉，还是刚才爆炸所产生的震动余波作用。那漆黑不见底的海底洞穴发出令人惊悚的幽微回声，仿佛死神在底下吟唱着死亡之歌。四周一条鱼也没有，冰凉的海水包裹着徐徐上升的气泡，此时我只觉得那海底洞穴充满着危险的气息。

“走吧。剩余的时间不多了。”布莱克的声音透过对讲机，有些干涩。

向蛮子和燕昆仑没有说话，一前一后相继进入了那个黑暗的洞口。而后老程和若汐也跟了上去，顾医生这时候游到布莱克边上，大概是关切布莱克的身体状况。我迈开双腿，一点点地朝下方挪着。尽管开了照明灯和挂了安全绳，心还是忐忑不安，不知道下面会有什么。

大伯游到了我身边问我：“玄羽，没事吧？”

我虽然有些呼吸急促，但还是不想他太过担心，假装镇定地摆了摆手。海底越来越暗，水压越来越大，气氛越来越恐怖，我心跳越来越快，呼吸越来越急促。穿越那个狭长洞口的时候，我内心最后的那道防线被恐惧征服了，这时我只想尽快逃回到船上去。

第三十九章
海底洞穴

穿越用炸药定点炸开的那个小孔洞之后，一个与沉船区域截然不同的秘境骤然间在我眼前展开。此刻我们置身这个海底洞穴，简直就像是置身于那条巨大无比的“摩羯鱼”体内。

那仿佛是一个冻结在时间中的冷寂世界，或是创世之神遗留下来的最后画卷。

因为没有太多光线进入，洞穴里冷了不少，也没有了色彩斑斓的珊瑚或成群结队的鱼群和水母，甚至连绿色的藻类植物都不多见。目之所及，整个洞穴里似乎没有什么可见的活物，只有灰黑混杂着深蓝的色调肆意涂抹，构筑了一个水下的莽荒世界。

我四顾茫然，回望头顶，那个狭小的洞口投射下的淡淡幽光游移不定，一根飘浮的绳索指示着归路，而那个外部的世界似乎在骤然间便消失不见了。此刻除了头灯照亮的狭小区域外，周遭尽皆是海石柱峥嵘的轮廓，和远处岩壁模糊不清的暗影，可视范围内看不到边际。

黑暗中的影像开始变得狰狞诡异起来，如同一扇通往地狱或某个海底墓穴的大门，也许更确切地说，此刻我们已经置身于那个名为黄泉的国度。我头朝下游去，摆动的双腿却越来越沉重。在水里，我不知道自己是不是直冒冷汗，但我能直观感觉到自己的呼吸粗重异常，氧气消耗量也加快了不少。

顾沐蓝医生这个时候离我不远，她不时看着我，大概已经察觉到我的异样，减缓了速度游到了我身边透过对讲机问我：“你有幽闭恐惧症？”

我只好嗯了一声，勉强承认。

家里出事以后，我就开始出现这个症状。

后来随着年岁渐长，慢慢有所改善，已经很长一段时间都没有发作过，我还以为自己痊愈了。先前在山中溶洞时，一来是顾着逃命，二来也没有这么具体可感的寒冷和黑暗，所以多少还能应付。但此时，侵入身体的寒意和黑暗带来的恐惧，加之昨天在水下刚刚体验呼吸困难的痛苦经历，我的心理承受力几乎到了极限，开始不由自主地浑身发抖，牙关打战，似乎身体都开始不听使唤，我的潜意识在极力抗拒继续往下沉。

“握住我的手。”顾医生靠近我身边，伸出手抓着我，她的双手很暖，隔着冰冷的海水我依然可以感觉到她手上的温度。

“出现反应很正常，人类天生就是惧怕封闭空间的。闭上眼睛，把注意力集中到自己的呼吸上，握紧拳头，然后慢慢放松。”我听从顾医生的指令闭上眼睛，努力平缓内心的紧张焦虑情绪。她始终开着对讲频道，让我听见她的呼吸声，带着我的呼吸节奏渐渐平缓下来。

“你看，这里没有什么能伤害你。没事的，慢慢睁开眼睛，看着我。”等我稍微能自控之后，顾医生用尽量平缓的语调对我说着。我睁开眼，看到了她在我面前，对着我微笑。

“我们马上就可以离开这里了。”尽管隔着面罩，我依然能看到她明亮的眼睛。我点点头，在这样的时刻，我很感激她所给予我的善意。

“你看，这里足足有十个足球场那么大呢。”顾医生似乎不太放心我，一直拉着我的手。我才注意到向蛮子和燕昆仑此时已经打开了携带的水下火把。有了照明，黑暗和寒冷的感觉也变得没那么难以忍受了一些，但一种无形的压抑感依然挥之不去。

等我开始平静下来后，顾医生自然而然地搂住了我，和我一起缓缓下沉。

那种令人窒息的恐惧终于过去。一刹那间我有种想哭的冲动，但我知道，也许所有的善意在这里都是奢侈的，说不定顾医生也像伊利斯一般，不过是因为我还有利用价值才会出手拯救。想到这一层，内心不免黯然。

“没事了，谢谢。”我有些尴尬地挣脱了她的手，拒绝了她继续施予的好意，向着其他人会合的点游去。

在水下火把的照明下，洞穴里呈现出了另外一幅情境。如顾医生所说，这是一个庞大的水下空间，然而却透着一股末日般的荒凉况味。不知是天然形成的柱状节理，还是人工建筑的残垣断壁，大致呈环状分布，黑魆魆一片铺垫在洞穴的底部，簇拥着中央处一座高耸的木塔。

此时我们所在的深度距离底部还有二三十米深。燕昆仑刚才放置的爆破点恰到好处，爆炸的力度刚好足够打开一个缺口，却又不至于引起内部塌方，小范围的爆破也没有动摇到底部的构造，木塔安然无恙。

我抖擞精神，将注意力放到那座木塔之上。

身临其境看到那座木塔时，第一感觉却相当复杂。这座高塔并非是陆地沉降之后的遗迹，而是根本上就建造在那里。若说这座木塔和周围的建筑区域原来是陆地，那我们现在所在的这个南太平洋区域处在海平面以上的时期恐怕得追溯到冈瓦纳古陆，那时候别说文明了，就连人类都还没进化出来。但如果说这座塔是一开始就建筑在水下，那么又是什么人能够在太平洋底将近百米处的环境中施工？造这样一些建筑的目的又是什么？

此刻不止是我，几乎所有人都被眼前的景象所震撼。就连布莱克也瞪大着眼睛，眼神呆滞地望着眼前这处不知从何而来的遗迹，仿佛一个风烛残年的流浪汉。

“What the F……”布莱克下意识地暗骂了一句。

“这……到底是什么……”老程也忍不住喃喃自语。

“不晓得……（这样）号咧场合见得不多，连老子也有些怯火（惧怕）。”向蛮子指了指那座塔。

众人都尽量保持着中性浮力，远离那座影影绰绰的木塔。好在看起来暂时还没有什么异样，先前向蛮子也提到，他们接近木塔甚至采样都没有问题，只是触动了底座的石棺后才出现了异状。

“确认一下洞穴内的环境，然后请求第二梯队下水支援。”布莱克先反应过来，透过对讲机发号施令。

大伯这时候调亮手电筒，扫到木塔周边。先前我们已经都知道了二十年前那支探险队的遭遇，这次不敢造次，就连手电筒的光线也尽量避开那个木塔所在的区域，生怕再次触发什么机关。

“靠近底部的位置似乎有铁索或绳子连接着底下的石座。”若汐的考古和水下的经验比起其他人更丰富一些，此时注意到了木塔的一些细节。

“若汐，能联系到水面吗?”布莱克问，若汐打开对讲机试了试与水面上联系，却只有白噪音。果然进了洞穴后信号就传不上去，现在我们和地面唯一的联络方式，就只有象拔浮标和指示绳索了。

“我下去看看。”燕昆仑率先往下降。

“你何解啰（怎么了）？我还欠着你一条命�（呢）。”向蛮子边说着，边头朝下加速下沉。大伯也端起梭镖枪，默默跟在了后面。

有三个人打头阵，我和老程、若汐也跟了下去。剩下布莱克和顾医生殿后。

不知不觉，我又落在了后面，和布莱克并驾齐驱。

“我说布莱克……你其实可以坐镇指挥的，为什么还要亲自冒险下水，就为了找那块石头？”为了转移内心的紧张，我没话找话地问布莱克。

“年轻人，我在你这个年纪的时候，可是一名探险家。”布莱克自鸣得意地笑了笑。

“一个人只有真正知道了一些东西，才会明白人类有多无知。”接着，他又继续说了一句意味深长的话，“只可惜，现在留给我的时间不多了……”

不知为何我隐隐约约觉得，布莱克的这句话似乎有些弦外之音，但此时也没有继续追问的心思，越靠近那个海底洞穴的底部，我就越觉得不安。我不知道这是因为自己的幽闭恐惧症，还是因为对危险的本能直觉。

这一次下水对所有人而言都是置生死于度外的冒险。即便没有那个诡异木塔和“鬼魂”的威胁，洞潜也是极限运动中的极限。身处封闭而复杂的水下空间，仅能携带有限的空气和有限的照明，随时面临着空气耗尽、失去方向、装备出现问题无法修复等难以想象的挑战。也许从穿越入口的那一刻起，每个人都得做好有去无回的准备。

“你小子回去要好好练练游泳啊。”老程放缓了速度，笑嘻嘻地凑了上来。他总是比我乐观，再难的环境里，他都能没事人一样，永远有明天。我暗笑，大概只有老程是个例外。

接下来的时间里，我们几个一路无话，默默地向着水底游过去。

一行人沉到洞穴底下的时候，发现底下的环境更加复杂诡异。

这里简直就像是一座沉入海底的建筑遗迹，有类似拱门或街道的形状，有类似砖石铺成的梯级，只是不知道是自然的神奇造化，还是某个未知文明的辉煌过往。

这时若汐突然惊呼一声，指着我们头顶。下到水里之后，很少见到若汐出现这样惊慌失措的反应。

我们顺着她的手势，才发现，头顶上的那根安全绳不知道什么时候已经断了，正在缓缓往下掉落。

第四十章
水下木塔

潜入海底洞穴时，若汐在入口处的岩壁上固定了一根引导绳用以指示方向，使用的是一条纤细坚韧的尼龙绳索，即便是岩石磨损或者动物啮咬也不会轻易断裂。然而现在这根“生命线”不知何故却突然就断了。

老程连忙游过去，拿起断裂一端的线头仔细看了看。

“切口平整，是被用利刃切断的。”老程的语气少见地冷峻。只是眼下还不好判断罪魁祸首是隐在暗处的内鬼，还是躲在明处的鬼影。局面愈发变得诡异起来。

“是不是队伍中有人背后放冷枪？”这个时候，大伯也意识到问题严重，问布莱克是怎么回事。

“暂时还不清楚是人是鬼，但如果是人的话，我想他已经暴露了，我们上去之后可以找他谈谈。”布莱克望了老程一眼，胸有成竹地说。

“那样最好。”一时间大伯也不好多说什么，眼下当务之急是下一步怎么办。

“我们剩下的空气还有多少？”布莱克问。众人各自清点了用气情况和存量，结论是，大致来说已经用去总量的三分之一了。好在我们都穿着电热式潜水服和二氧化碳循环水肺，装备保障到位，能让我们在这个海底洞穴里多撑一会。

“我还是建议我们得返回了，继续待下去不安全。”若汐强调，在洞穴潜水时，一定要遵循三分之一原则。所谓的三分之一原则，指的是必须保证在用气总量超过三分之一前返回——三分之一是进洞用的，三分之一是返回用的，还有三分之一则是应急用的。

眼下，我们的确已经陷入紧急情况了。

“我也建议我们应该启动应急预案，判断是否达到终止行动的底线，而不是盲目冒险。”顾医生也建议。

布莱克看了看自己的手表：“在到达极限前，我们还可以在洞穴里待将近20分钟。”

“下来之前我跟伊利斯交代过了，如果到达约定时间还没有见到我们返回，伊利斯会带着人下来。我想在那之前，他得先解决船上的问题。”

大伯不以为然：“我这人做事有三条规矩，一不做任何明知冒险的事情，二不存任何侥幸心理，三不去勉强任何人。上面现在是什么情况并不清楚，只要有个万一，那就是满盘皆输。”

“陈兄这次说得对，依我看，现在我们最好还是先撤回去。不打没有准备的仗。”向蛮子附和道。

“不如这样，我们兵分两路，一队人马继续下潜探索底部环境，一队人马即刻返回寻找到入口，保障安全通道。”我提议。布莱克表示同意。

我本来安排若汐、顾医生和向蛮子、大伯四个人先行返回寻找入口，我、老程、布莱克和燕昆仑则继续下沉探索，但若汐却以自己水下经验比较丰富为由主动要求留下来，让我对这个看似柔弱的女生刮目相看。而顾医生也以医生的身份要求留下，万一出现紧急情况时也派得上用场。而且潜水时本来就是两人一组互为备份，既然若汐留了下来，她自然也得留下。一番讨论后决定，我只好把顾医生、若汐也留下。

事不宜迟，向蛮子和大伯这一组便轻装上阵，快速返回寻找入口。洞穴潜水团队成员之间要有很高的沟通度和警觉性，彼此互为安全备份，这是需要多年合作才能培养出来的默契。而在这点上，大伯和向蛮子这一组有天然的优势，他们俩一起在部队里扛过枪。

剩下六个人检查了手头上的装备情况后，便继续下潜。我们现在最大的问题是装备没有补给，尤其是呼吸器和灯，这也意味着任何一个人的装备出现故障就必须立即终止团队行动，整体原路返回，这样才能最大程度保障每个人的安全。

好在之后我们顺利下潜，踏足了洞穴底部的那片废墟。

燕昆仑和顾医生两人端着水下手枪和梭镖枪负责警戒，其余四个人散开，开始勘查周边的情况。为了避免再意外触发什么机关，我们没有使用水下火把，只剩下微弱的头灯照明。

但我依然被眼前看到的景象所深深震撼。废墟之中，到处是各种不同的石砌建筑、半圆洞穴、保存得相当完整的街道、石柱、石像、灵石、拱门及几何形状的雕像残骸……置身其中时，我仿佛穿越到了一个异世界，影影绰绰的水下环境，恍惚中就像是随时能看见那些不知何年何月的人影，或行走在街道上，或聚集在祭坛边，或围拢在高塔下……

“这分明是一处远在有文字记载的历史之前的文明遗迹……”布莱克喃喃说着。这时候我们甚至都将空气存量的事放在了脑后。如果这处发现公之于世，想必将会彻底刷新人类对自己和对世界的认知……

我们在水下足足行走了有两三公里，才走到海底洞穴的中央位置，那个诡异的水下木塔附近。

“不可思议，这些木头不知道在水里泡了多少年……竟然还没有腐烂。”若汐近前端详着木塔，赞叹道。单是用这么多木头建筑一座水下高塔，就已经是一件很匪夷所思的事情了。

“水本身并不会损害木材。真正让木材腐蚀的是一些真菌。空气中的真菌孢子会在木材上繁殖然后不断地腐蚀木材，这才是引起木材腐烂的真正原因。而真菌孢子恰恰在水中却比较少见。”老程侃侃而谈。作为制刀世家的继承人，这些知识对他来说只是小菜一碟。

“程说得没错，水上之城威尼斯便是一座上面是石头、下面是森林的城市。当时建造的时候，是在水底下的泥土中打下一个个的木桩作为地基，然后铺上木板，再在上面盖房子。如今这座城市已经存在了近1600年，依然不用担心水下的木头烂了。此前有人挖出过马可·波罗的故居，底下的木头硬得像铁一样。”布莱克一边注视着那高耸的木塔，一边补充道。

“看起来，这座水下木塔存在的历史很可能也有上万年了，如果这就是传说中的太平洋古文明的话。”布莱克仰头眺望头顶，深邃幽暗的海洋如同无月无星的宇宙。

实地看到这座木塔，我才觉得向蛮子枝枝杈杈的描述很形象。整座木塔大致上呈八角形，底座用某种玉石砌成，往上则全然是用木料构筑，看起来确实很像一棵树，在大概七层楼高的地方便开始“长”出一些分杈，层层叠叠往上，仿佛支撑着整个洞穴上部的海洋。因为照明不够，所以看不清塔顶上面的状况。

“不过海洋环境是一种复杂的腐蚀环境。海水本身就带有强的腐蚀性，波浪、潮流也会产生应力冲击，加上海洋微生物、附着生物及它们的代谢产物等等，都对腐蚀过程产生直接或间接的加速作用。这个木塔可以保存得如此完好，堪称奇迹。”若汐小心翼翼地用刀刮开了表层的附着物，显露出里面的木材肌理。

“这是柚木！难怪这座塔可以千年不腐。”老程掏出手电筒，照亮若汐刮开的那一小块区域。

“柚木是唯一一种可以在海水浸蚀和阳光暴晒下不会弯曲开裂的珍贵木材，而且原产地就在东南亚各国。”老程的工匠精神一上来，顿时滔滔不绝，“你看这种木头不仅纹路好看，泛着金色光泽，而且还带有一种特别的香味，能抗白蚁和海虫蛀食，而且胶粘、油漆、上蜡的性能也特别好，有‘万木之王’的美誉。”

“我们两个上去看看。”若汐和老程水性比较好，决定调整下浮力上去看看那些枝杈是什么。剩下我和布莱克在底下，小心翼翼观察那些刻在石塔上的蝌蚪文。

突然，对讲机中传来顾医生的一声惨叫。

我转过头，看到顾医生似乎踩到了一块结构不稳的石头陷了下去，一只脚不偏不倚地卡住在了石头中。我连忙游过去，想要帮她把卡住的脚拔出来，但看来她的脚似乎受伤了，一用力就疼得叫唤。我又试着搬开石头，但试了几次之后，石头都纹丝不动。在这个漆黑的环境里，我一时间竟然完全不知道应该怎么面对。这种情况是对一个人心智的极大考验。

布莱克赶了过来，同样也无计可施。我们试着呼叫其他人，可是都联络不上。

在水底下，如果被卡住，几乎就意味着死亡。但死亡来得太突然了。我顿时不知所措。

对讲机的那头，反而是顾医生忍住剧痛，尽量保持克制的声音在安慰着我："听着玄羽，你不要慌张……"

"我们现在唯一能做的，就是尽人事，听天命。"布莱克这时候反而特别镇静，甚至看不出有任何情绪起伏。我知道他是对的，这时候慌乱和急躁都会把生存机会白白丢掉。

但我还是流泪了，以至于面罩内一片模糊。

就在我几乎快要绝望的时候，我突然看到头顶多了几个身影，燕昆仑带着全副武装的第二队人马已经赶到。因为带着推进器下来，又有木塔作为定位点，速度快了不少。

第二队的成员，是伊利斯和卢胡特，铁军和色勒莫。

第四十一章
两难抉择

“让我来。”燕昆仑这时候终于来到了水底，冲着那块石板开了一枪。

方才燕昆仑应该明明早已经看到这边发生的情况，但权衡之后他决定不做无谓的尝试，而是上浮去找支援。这样的事只有冷酷无情的家伙才干得出来，但不得不说，也许在水下需要的正是他的这种冷酷到残忍的绝对理性。

四个援兵助阵，加上还有四部推力达700牛顿的水下推进器，我们终于把那块压着顾医生脚的石板搬开。搬开石板后我才发现，顾医生伤得不轻，刚才到现在脚上的伤口一直在失血。即便是受过专业训练的医生，在极端环境下往往也会陷入“能医不自医”的状况。经过方才这一段时间的折腾，顾医生已经很虚弱，只能勉强保持清醒状态。我看了下她的潜水电脑，空气的消耗量几乎加倍，脚上的伤让她在水下无法放松和控制自己的呼吸，紧张的情绪也让脉搏和呼吸频率都提高了不少。不撤退是不行了。

“她的伤势很重，必须尽快返回水面。”我对布莱克说。但现在，水下的局面变得有些微妙。

这时我才注意到，方才大伯和向蛮子上去寻找援兵，现在却没有见到他们。

难道两边人马擦身而过并未遇见？在能见度很低的海底，这的确是可能的事，更何况我们现在失去了安全绳，即便是水下经验丰富的人也很容易迷失方向。

“伊利斯，大伯和向蛮子呢？我们的安全绳被切断，他们刚才上去找出口了。”我连忙求证，虽然心里已经估计到问题的严重性。

“我们下来时没有遇到任何人。”伊利斯干脆直接地回复我。他们刚才其实是以那座木塔为定位点游过来的。我暗叫不好。

还有老程和若汐方才上浮去塔顶，这么长时间了，难不成也遭遇了意外？

布莱克看了看我，意味深长地说：“现在，我们需要做出取舍了。”

这是性命攸关的抉择。我们必须在最短的时间里部署下一步的行动，并最大程度地确保团队每个人的安全，避免无谓的牺牲。虽然我不知道布莱克这样唯利是图的家伙会如何权衡每个人的存在价值，但这时候其实无论是谁，无论作何决定，都是两难。

“年轻人，你觉得该如何取舍。”布莱克竟然直接把锅甩给了我。

有生以来我第一次意识到，真正能让人喘不过气的压力，是背负他人生死时的责任。

我的这一个选择很可能会直接左右每个人继续活下去的概率，甚至导致某个人的死亡。此时又是在深不可测的海底，每个人的性命其实都如蝼蚁般渺小。这份压力，如千钧压顶。

“布莱克，我和你带着顾医生沿着安全绳往回走吧。我们的空气存量已经不够了。”我看了看气表读数，只剩不到三分之一了。

“我们带一套推进器走。顾医生现在游不动。”布莱克点点头，同意了我的提议。

伊利斯便让那个印尼向导卢胡特带着我们往上走。卢胡特是本地人，水性好，可以补我们这一组老弱病残的短板。

留下的人里，伊利斯独自带着一部推进器和一套备用气瓶往塔顶走，寻找老程和若汐，与他们会合后返回。色勒莫和铁军则开着剩下的两部推进器和一套备用气瓶去寻找大伯和向蛮子。在往上走的过程中，他们也可以一路照应我们这一组。

任务分配妥当，我们重新调整了一下装备，分头开始行动。

“伊利斯，老程和若汐就拜托你了。”我冲伊利斯打了个感谢的手势。伊利斯还是一副波澜不惊的样子，毫不理睬我的心理斗争。

虽然很担心下落不明的两组人，但我也深深知道现在留在水底并没有什么帮助，反而会拖大家后腿。再不走的话，我就只能看着压力表降为零，度过生命中的最后几分钟。

水下是个无情之地。

伊利斯下来的时候带了新的安全绳，现在所有人的生命都得靠这根绳了。我本来想问伊利斯关于内鬼的事，但眼下这个状况没有私下交流的机会。也许那个内鬼说不定就在第二梯队的三个人中，无论如何不能掉以轻心。我现在这样安排，实际上这三个人都会跟着我们一起往上走。如果内鬼趁乱在水下杀向我，我就只能单独作战了。

是福不是祸，是祸躲不过。

我悄悄掏出了老程打造的匕首“非攻”，收在绑带内侧，内心里还是希望这把刀不要派上用场。

下水的时候我们每个人都带了洞穴轮线。我放了一条跳线给底下的人，会合之后他们也可以沿着跳线返回主线，然后游出洞口回到水面。

重新分配后的三队人马朝着不同的方向游开。

顾医生神志还算清醒，我扶着她趴在水下推进器上，其余三个人轮流替换左右，以安全限度下的最快速度，沿着伊利斯带下来的安全绳往回游。

斜着大概再往上游了有20米，我们返回到了刚才绳索断裂的区域，不久之后就发现了大伯他们的跳线系在刚才那根断掉的安全绳上。色勒莫和铁军便开着推进器沿着跳线前进，去寻找大伯和向蛮子。

伊利斯那边情况不明，洞穴里的通信环境很差，不过游开了10米左右便无法启用无线对讲系统了，现在只能相信伊利斯的经验和能力。

为了减少氧气消耗，返程中我们几乎都没有说话。这样沉默的环境里，水下的声音骤然变得很清晰。我听到了某种不可思议的声响，不知道是开始出现缺氧反应的缘故，还是这个神秘的海底洞穴本身就会发出声音。那声音幽微细腻，如同熟睡之时的呼吸，也像是摇篮曲般的哼唱。在水下的这大半个小时里，我们见到的那些匪夷所思的景观，此刻在这声音之中似乎也形成了某种同频的共鸣。

我这时候才发现，耳部的压力在持续地增加。尽管我努力地做耳压平衡动作，然而还是无济于事，耳朵内开始出现剧烈的疼痛。我试遍了所有学到的办法来减轻疼痛：停下来悬浮在水中，做擤鼻动作，左右摆动下巴，把头部从一侧偏向另一侧。这些方法都无济于事。耳部的疼痛感越来越剧烈，让我心烦意乱简直无法冷静下来。内心里仿佛有个声音不断在对我说，回去吧，回去吧，回去吧……

我的摆腿速度不知不觉就加快了不少。水的密度是空气的800倍，在水中穿过时要消耗更多的能量。因此在水下的速度每增加一倍，推动力便需要增加四倍。更糟糕的是，如果提高代谢速度以更快的速度游动时，来自呼吸器的阻力也会增加，而脚蹼划水的效率却会降低。这是一场无望的战斗。实际上，有经验的潜水员会尽量利用海流而不是挣扎着与它搏斗。但我的水下经验实际也只有海叔和老程拉着我高强度特训的三天而已，这些天出海之后在船上的补充练习几乎可以忽略不计。

我意识到自己大概是氧中毒了。到了60米处，氧气实际上对人体是有毒的。氧中毒会引起类似癫痫病一样的反常现象。在深海，如果没有人立即营救，就会失去意识淹死，没有经过特殊训练的深潜是在拿命开玩笑。

潜水电脑的蜂鸣报警器响了起来。不，不对劲，我们现在所使用的压缩空气是适合深层技术潜水的多种混合气体。即便我的技术很生涩，但大体而言没有犯什么错误。即便是在返程时我的空气消耗加大，也不应该这么快。难道是出现了漏气？在水下，随着水深增加的还有水压，原本一些微弱的漏气现象在深水处会变得很严重。检查了一圈，却没有明显的漏气点。

我下意识地去摸压缩空气瓶顶部的阀门，然后便心中一凉。阀门不知道什么时候被关掉了。虽然可以设法再将它打开，但我必须先解开空气瓶才行。对于像我这样的潜水新手来说，这绝对是个高难度的动作。

这时布莱克已经扶着顾医生用推进器走在前面。我在不知不觉间落单了。

我只好解开气瓶的绑带，尝试自己拧开阀门。

突然间，我感觉有人在向我靠近。我想呼救的时候却发现自己已经喘不过气了。那个想杀死我的内鬼此时躲在我身后，我也知道他是谁了。就是不知道会不会知道得太晚了。

我下意识地往边上挪了一个身位，刚刚好避开滑向我的潜水刀。我一发狠，将刚解开的空气瓶甩起来砸了过去。借助水下的浮力，气瓶刚好砸到了卢胡特的手上，他一吃痛，潜水匕首掉了下去。我怕他追过去捡，连忙一蹬腿冲了过去。没想到卢胡特顺手一扯，就缴了我的气瓶。好在现在里面的压缩空气也所剩无几。

我痛苦地想要叫住布莱克。这时，布莱克大概也察觉到异样，稍微停了一下，转过头向我这边游来。

卢胡特刺杀未遂，绕到了我身后，用他粗壮的胳膊勒住了我的脖子。

我用尽全身力气，猛地挥手往后面大概是他面门的地方砸。砸了几下没砸中。

情急之下我弓起身子，整个人往后倒，利用腿部摆动的力量拉着背后的家伙一起旋转。在旋转的同时抓住这一瞬间的空当，单手抽出了收在内侧捆带上的匕首，反手往下扎。

第四十二章

生与死

我下意识的这一扎却歪打正着，刚好迎上卢胡特往下的一拳，虽然没有扎中，却也擦了一下，顿时一股殷红的血流在海水中扩散开来。

卢胡特手臂上一吃痛，顿时发狠，我虽然死死撑着他的手不让他锁死，但毕竟力量悬殊，不到几秒已经力不从心。这期间布莱特开了一枪，没有打中。卢胡特推着我在前面当挡箭牌，布莱特自然也投鼠忌器。即便能够近身，以布莱克现在的状况估计也难以跟保存了足够多体力的卢胡特对抗。

意识已经一片模糊，我茫然无助地划拉着双手，想要挣脱身后这尊水下阎罗，却徒劳无功。

我不明白为什么这个世界上竟然有这么多人想要杀我，先是香港的黑帮杀手，现在又是印尼的潜水向导。惊骇到极致之后，处在濒死边缘的我突然很想笑。我特么招谁惹谁了……

我蹬着双腿，垂死挣扎。几秒钟，漫长如同几个秋。

我以为我就这样死了。

但出乎我意料的是，卡着我脖子的手突然一紧，而后又渐渐松开。

难不成是这家伙良心发现？还是说出现了什么新的变故？

我拼尽全力才挣脱了卢胡特的死亡关节锁。但此刻对我而言，唯一的差别也只是被勒死还是被淹死而已。

这时候我还在水下大概二十几米的地方，空气瓶方才被卢胡特一扯已经掉进了海底。在没有空气补给的情况下，我的生存时间已经开始倒计时读秒。我无力地扒拉了几下，终于摊开双手，感觉头痛欲裂，肺都要炸了。残存的最后一点理性也只是让自己拼命屏住呼吸，遏制住想张开口喝海水的本能反应而已。

迷迷糊糊之中我看到了大伯的身影。

大伯和向蛮子一起游了过来，他扯住了正在我身后往下掉的卢胡特，将他的气瓶解了下来挂到我身上。而卢胡特这时候瞪着眼，张着口，已经僵着身子慢慢地在往下沉。

我惊骇莫名，看到卢胡特背后插着一支梭镖，此时像个风筝般慢慢往下沉去，身影越来越小，而那根红线也慢慢溶入了水中，化于无形。他死了？

对，他死了……

我甚至来不及问他一句为什么要杀死我，就死了。那么说，刚才是大伯救了我？

漫长的几秒之后，我终于缓了过来，不断咳嗽。

电光火石间发生的一切，此时终于在我的脑海中开始回放。我又一次地活了下来。

刚才色勒莫和铁军沿着跳线找到了大伯和向蛮子，在返回到主引导绳的时候，恰好见到了卢胡特行凶的一幕。情急之下，大伯在卢胡特背后放了一枪。

之后的时间里一路无话。

我们顺利地从原路返回，出了海底洞穴后按照潜水规程每隔5米停留3分钟，排出体内的氮气。一直到返回水面的过程中我都沉默不语，水下的这将近一个小时里，有太多震撼我的事情发生。

一来是因为我刚从鬼门关走了一遭正惊魂未定，虽然方才是你死我活的状况，但好歹一条人命在我面前沉入海底，多少还是需要些时间来消化一下；二来则是因为情急之下大伯为了救我不得已背上了一条人命，也让我很是内疚。

除外还有一点，我从来没有见过大伯如此狠戾的一面。

其实无论是当年从军也好，从商也好，大伯过往的人生里定然少不了短兵相接必须杀伐果断的时刻，只是我还未曾经历过而已。这样一想，即便是至今为止我如此平淡无奇的人生，其实背后也正不知有多少人在默默为我遮挡人世间阴暗的一面，争取多一些阳光。

我的多愁善感，不过是自以为是的天真。

不知怎么的，我无端又想起那条海盗船，上面的人此时想必都已经葬身鱼腹了罢……那样需要刀口舔血的时刻，大伯遇到过，向蛮子遇到过，伊利斯和布莱克想必也都曾遇到过。

设身处地地想，若是我处于方才的境地，我是否能够痛下杀手？甚至于就连方才顾医生出事的时候，若是我处于燕昆仑的位置，又是否能做到置队友的性命于不顾，而是去寻找增援？

我不知道……

直到这一刻，我才发现，真正可怕的事情不是遭遇洪水猛兽，甚至也不是濒临死亡，而是有一天，你开始触摸到你习以为常的世界中那道一直存在的透明边界，而对这个世界所有的一切都产生怀疑的时候。

返程过程中，大伯、向蛮子、顾医生和布莱特的空气瓶都先后报警告罄，好在铁军、色勒莫以及我从卢胡特身上夺来的气瓶加起来的备用气量勉强还能应付。

一行人艰难地向着水面跋涉。不久之后，周围深邃的蓝色终于渐渐淡去，天光开始变得清朗，我终于又见到了那个浮动在水中微微摇晃的太阳，白得有些晃眼。那个太阳就悬在那里，似乎触手可及，又似乎遥不可及。

最后的一段距离尤为艰难。当我躺在救生艇里大口喘着气时，我才终于有了一种死里逃生的感觉。

但没高兴多久，我就被一种更为强烈的绝望情绪所支配。

伊利斯、老程和若汐没有在约定的时间内回来。

我不知道水下发生了什么事，甚至不知道他们现在是不是已经凶多吉少。我只知道，这一切都与我有关。

不过是短短的一个小时，整个世界却像是翻天覆地了一般。

遵照潜水规程，两次潜水之间，水面上停留的间隔时间至少需要10分钟以上，建议的水面间隔时间在1小时以上，才能让身体排出更多氮气。水面时间愈久，体内积累的余氮就愈少，下次潜水的滞底时间也就愈久。而当潜水深度为30~45米时，原则上24小时内都不得再次潜水。

但我这时候顾不上许多了，一想到老程他们还陷在水底时，强烈的自责和悔恨如同毒蛇般啮咬着我的五脏六腑。此时在水下濒临死亡的三个人，一个是我托付性命的兄弟，一个是两小无猜的青梅竹马，还有一个则是曾经在水下救过我一命的人。我恨不得马上再扎到水下去。如果他们还活着，我要去救他们。如果他们死了，那我就去陪他们。

在我不顾阻挠绑着空气瓶就要往下冲的时候，大伯狠狠给了我一巴掌。这一巴掌打得我眼冒金星，却把我的倔脾气激发了出来。我知道大伯是为我好，但我已经不是小孩子了。

“你现在下去纯粹就是白白送死！”大伯动气了，喘着气吼道。

脸上火辣辣地疼，但我低着头不吭一声，整理着身上的装备。我的去意已决，甚至可以说，我那时候已经做好了死的准备。

“你小子说不听了是不是，你试试，你今天要是敢再下水我就打断你的腿！”大伯冲我喝道。

“命是我自己的，有本事你就杀了我！”我吼了回去。这时候我已经什么都不在乎了。

大伯被我顶了这一句不经大脑的话后气得说不出话来，指着我的手悬在半空，不住发抖。

“陈兄……答应你的合作条件，我一定会兑现的……”布莱克虚弱地喘着气，但多少还是恢复了他一贯的威严。“但现在我们要做的，是返回到‘大鲲’号上。”

“你们走吧，顾医生的伤势也得尽快处理，我留下。”我扔了个象拔，就打算往外冲，无奈向蛮子这时候死死按住了我，我毕竟气力不足，无法动弹。

“年轻人，听我说……‘大鲲’号上有潜水钟，可以延长在水下的停留和搜救时间……”布莱克说。

先前为了避免触礁，在船长肯特的坚持下，“大鲲”号停在了水深超过25米处较为开阔的水域。虽然离此我们下水的地方不远，但毕竟往返也需要一些时间。

而对于现在还在水下的三个人来说，几乎是分秒必争。

“我已经启动了紧急呼叫程序，‘大鲲’号现在正在赶来，大概10分钟左右就可以到……这个时候你也需要充分休息，让身体排出氮气。”大概是看到我求死的决心开始动摇，布莱克开始对我动之以情，晓之以理。

虽然嘴上不愿承认，但我心里还是知道，布莱克说的是对的。

大伯和向蛮子坐在救生艇的一侧，默默抽着烟。我瘫坐在船上，压抑的情绪堆积在内心里，想哭却哭不出来。我只觉得这世界上的一切都如此面目可憎。

我不知道父亲当年漂泊在这南太平洋的海面上时，是否也曾有过这样的时刻。我只知道，这一刻我只想抽身离开，回到原来的世界里。

但所谓原来的世界又是一个什么世界呢？原来的世界里，难道就没有谎言和暴力了吗？那也不过是我一厢情愿的天真而已。

我觉得冷，一种沁入心脾的寒意让我不由自主地开始磕着牙打冷战。

“把湿透的衣服换掉，在水下保持体温就是保持体力，也可以减少在水下的氧气消耗。”顾医生大概是注意到我在发抖，递了条毛巾给我，柔声对我说。

“还有，谢谢你在水下没有放弃我。”顾医生脸色惨白，但还是勉强给了我一个微笑。

我没有想过，会是一位萍水相逢甚至一度怀有敌意的人在这个时候对我释放善意。

“没什么，救了你的是燕昆仑。”我情绪低落，也实在不敢再相信任何人的善意是否还怀有别的目的。顾医生本来还想说什么，见我这个样子，也只好作罢。

漫长的10分钟终于在煎熬中过去，“大鲲”号鸣着汽笛出现在了视野里。

第四十三章
潜水钟

回到“大鲲”号上，我几乎是一路飞奔，第一时间冲到了潜水减压室。

眼下要救老程他们三个，这已经是最后的希望了。

时间一点一滴地流逝，每一秒都意味着无可挽回的失去。我只恨不能在水上和水下有两个不同的时间。

这一刻，老程他们在水下已经弹尽粮绝，即便能撑到救援赶到的一刻，如何在保障安全的情况下最快速度地返回水面也是问题。

重压之下如何保有理性并做出最优的决策，是摆在我面前的无法承受之重，好在布莱克的提醒终于让我冷静了下来，开始思考各种方案的可行性。

无疑，潜水减压室是现在最优的解决方案。

潜水减压室其实是一种潜水器，早期的设计是一个底部开口的容器，外形与钟相似，所以又被称为“潜水钟”。实际上，现代的潜水钟已经采取了全封闭结构，外形也有很大改变，看起来像是一个圆球或缆车车厢，但仍沿用约定俗成的说法。

现代潜水钟的设计更加优良且复杂，舱内有供气控制台、照明灯、潜水电话和潜水装置，并通过一根带子与水面工作船相连。一般在外表面还设有观察窗，用于潜水钟里的人员对外面正在工作的潜水员进行监护。在深海底的潜水钟就如同宇宙中的空间站一般，可以提供一个较为舒适的工作环境。在潜水钟里，潜水员可以在水下呼吸到新鲜空气。导管从水面接入连通到海底，风箱和鼓风机把空气送入潜水钟内部，还能把废气排出，大大延长了潜水员在水下的逗留时间。因此潜水钟不仅可以用于水下建筑工程和海上钻井平台维修，还可以用来执行援救搜索任务。按照设计，“大鲲”号上的潜水钟可以承受持续一周每天6小时在水面下180米深处的极限条件下的正常运作。

估算了一下现在水下的空气存量，如果伊利斯所带的空气瓶能让三个人勉强撑到潜水钟到达时，就可以把他们接入潜水钟内，这里除了有足够的内部空间可以在空气环境下容纳四个人，还备有一套输送氧氦混合气体的装置维持水下呼吸，一套能在控制站和所有潜水钟内潜水员之间建立双向通信的通信系统，还可以利用“大鲲”号的绞车将潜水钟从水下吊上来，像搭乘电梯一般把所有人运出水面。

大伯虽然在气头上，到底不放心我，本来也想和我一起下去，但被向蛮子劝住了。我和大伯刚吵了一架，两个人现在都臭着脸，在水下当然也不太可能默契配合。

“我去，水下环境你不熟。”燕昆仑这时候开口，不过语气听起来却不是跟我商量。我其实也没有其他选择。大伯和向蛮子刚才返回寻找入口，已经消耗了不少体力。现在体力充足的只有色勒莫和铁军，但这两个人显然都不是信得过的伙伴。而论对这片海域的熟悉程度和水下经验，燕昆仑无疑是最合适的人选。

与监控室确认指令后，燕昆仑便打开潜水钟的圆形拱门。几分钟后我和燕昆仑就已经乘着潜水钟沉到了水下。燕昆仑在“大鲲”号上应该已经待了不少时间，对潜水钟里的设备和仪表设置似乎都很熟练。

潜水钟在慢慢下沉，正被钢缆牵引着缓缓进入深海之中。圆形墙壁内此时只有我和燕昆仑，显得有些空空荡荡。虽然有灯光，但只是维持基本程度的照明，不算宽敞的舱内还是有些幽暗。一种与世隔绝的恐惧再度向我袭来，我知道自己的幽闭恐惧症就快要再次发作了。但这个时候我实在没有余力去恐惧了。老程、若汐和伊利斯生死未卜，对伙伴死亡的恐惧此时占了上风。我握住拳头，闭着眼睛，顺着情绪的潮汐起伏，直到渐渐平复。

“现在要开始增加潜水钟内的压力了。”燕昆仑说完，我顿时感觉开始有些胸闷。

下沉过程中潜水钟大概是遇到了水下的静流，摇晃得越来越厉害。此时我感觉自己就像身处在一只吊篮之中，加上刚刚在水面上休息的时间间隔不够，肚肠中翻江倒海般难受，很艰难才忍住了想呕吐的感觉。

加压是为了减少潜水钟和海底的内外气压差。

在深水区呼吸时，吸进的氮气会融进血液和组织中。回到水面后随着周围的水压降低，氮气会从人体内释放出来。如果这一过程进行太快，就像啤酒瓶盖突然打开冒泡一样，气泡可能会钻进人体血管、心脏、大脑，导致血管阻塞、组织疼痛或造成神经损伤，这种情况被称为“减压病”，当大脑内部的氮气释放严重时甚至会导致死亡。我们现在在潜水钟里保持着与海面一致的气压，骤然进入海底，身体可能会受不了骤然增加的压力。而且如果潜水钟内的气压比海底低太多的话，即便找到老程他们也不能贸然把他们带进来，否则内外气压差会让身体内的血管在瞬间爆掉。

“趁现在换身衣服。”燕昆仑把一套干净的潜水服扔给了我，“你的命很重要，别随便丢了。”

“其他人的命就不重要吗……”我抬起头，愤懑地望着这个冷酷无情的家伙。

“所有人的命都重要。人不仅是为了自己而活着。”燕昆仑专注盯着潜水钟内的二氧化碳浓度、内外深度压力等读数，手上拨弄着操纵面板上的按钮，似乎我问了一个无关痛痒的问题。

“那你呢？你为谁活着？”我没好气地问。

没想到我的话刚一出口，燕昆仑手上的动作却为之一滞。他若有所思地抬起了头，望着观察窗外的漆黑海底，良久才转过来望着我。

“孩子。”一个不大可能会跟眼前这个人产生交集的词。我没想到他这样的人还会有孩子，还是说这只是个泛指的说法。

陷入沉默。

“想明白墨矩是什么了吗？”燕昆仑突然开口，又提起了这个问题。

但眼下水下的三个人生死未卜，我根本没有兴趣讨论这个问题。

大概是见我扭过头去看着窗外沉默不语，燕昆仑竟然一反常态地主动开口。

“记住，墨矩是一把钥匙。”燕昆仑似乎想告诉我什么，却又语焉不详。

不知所云。

此时我心急如焚，而燕昆仑本就是个闷不吭声的人，很快两人之间就无话可说。沉默蔓延，我索性闭上眼利用这一点时间暂时休息下。

时间在一分一秒地走着，约莫20分钟之后，震动终于停了，燕昆仑才开口：“到木塔顶部附近了。现在我要打开底门，我们从潜水钟出去。”

此时潜水钟内的深度表上的读数是69米。从观察窗望出去，可以看到那个水下木塔顶端的暗影。塔顶很尖，看起来像是立着一个什么雕像般。但因为潜水钟内外存在光差，一时间还不清楚那是什么。

开门并非像在海面上那样容易，要用一个液压助推器按操作程序操作，并且关门时一定要保证舱门的密封性。我们穿戴好开放式潜水装具，戴好面罩，背上呼吸器，拖着潜水软管和信号绳，再一次踏入了冰冷的深海之中。

从离开水面到现在，又过去了半个多小时。此时老程、若汐已经在海底待了将近一个半小时，消耗的空气已经超过压缩空气瓶容量的极限。即便水下经验再丰富，也是巧妇难为无米之炊。

我试着打开对讲系统，用约定的频段搜索，并且发出了几次呼叫，都杳无回音。

我们只好先试着靠近塔顶。说不定老程他们是在塔顶上遇到了什么问题无法脱身也未可知。

当我看见那座水下木塔的塔顶时，我大概猜到了老程和若汐之所以迟迟没有返回的缘由。他们两个人一定是无意中看见了那座雕像，才会选择继续冒险上浮，去到塔顶查探。

黑暗中，一只巨大的三足乌张开着双翅，仰望头顶如同苍穹般的浩瀚海洋。

我并不清楚那到底是什么，也许是某种先民崇拜的图腾，也许是某种远古文明的建筑装饰，但此时此刻我没有心思细看，只是一门心思搜索着是否有人影踪迹。

燕昆仑示意我先熄灭水下手电。除了头顶上潜水钟观察窗透出的微光，我们此时置身于纯粹的黑暗之中。

“那里。”片刻之后，燕昆仑指着一个微弱的光点迅速转身游了过去。我紧跟其后，很快就发现那个光点也正在向着我们移动。

不久之后，我便见到了在那个光点之后的身影。

是若汐。

见到我和燕昆仑时，若汐已经脸色煞白，奄奄一息，用尽了所有氧气。我连忙把备用的呼吸器给她戴上。吸了几口氧缓过来之后，若汐依然开不了口，虚弱地指着底下一个地方，她的跳线从那里一直延伸过来，想必那里便是方才他们等候救援的位置。

我心下一沉。

老程和伊利斯两个呢？该不会他们已经……

第四十四章
搜救行动

“分头行动，你把若汐带回潜水钟，我下去。”燕昆仑透过对讲机对我说，语气中没有妥协的余地。

此时若汐的状况已经不容乐观，必须尽快返回潜水钟里。我只好妥协。

“拜托你了。”我忍不住还是对着燕昆仑的背影说了一句。

我以为他会和伊利斯一样对我的多此一举嗤之以鼻，没想到燕昆仑却煞有介事地“嗯”了一声：“我一定会把你朋友带回来。”

这是一句分量很重的承诺。

没等燕昆仑继续下潜，我便搀着若汐向着潜水钟的方向游了回去。

这时若汐已经陷入了昏迷状态。虽然只有一段不长的距离，但带着一个已经昏迷的人在水下游动对我这样的潜水新手而言还是太难了。我费了半天劲才终于游到了潜水钟下，打开底门，开启供气阀，调节压力平衡，返回到潜水钟里。

一番折腾后，我的体力其实也已经严重透支，趴在潜水钟里直喘气，连脱掉潜水衣的劲儿都没有了。

救人要紧，我一边喘气，一边还是挣扎着起身，按照顾医生交代给我的水下紧急救援步骤迅速帮若汐卸除潜水装备和器具。关键是要保持呼吸和体温，我这时顾不得其他，拿个毯子盖着关键部位后就手忙脚乱地帮她脱掉湿漉漉的潜水衣，换上潜水钟里存放的干衣，裹紧电热毯子。然后又找来了潜水钟里的药箱，翻出肾上腺皮质激素及能量合剂，摸索着大概的位置硬着头皮给若汐打了一针。

大概是这一针把若汐扎疼了，她叫唤一声。好在药物起了作用，若汐逐渐恢复了呼吸，虽然微弱，但也渐渐缓了过来。我扶着她在座位上靠着躺好，不久之后，若汐终于醒转过来。我示意她先不要说话，让心跳和呼吸慢慢恢复。

等到若汐的情况稳定之后，从她断断续续的叙述中，我才了解到他们这边发生了什么事情。

在顾医生遭遇意外的时候，老程和若汐当时已经上到了那些枝杈所在的位置。水下通信干扰很严重，他们俩离开不久，就发现和其他人失去了联络。这时老程抬头发现了塔顶的三足乌雕像，他忍不住好奇便决定冒险上浮，虽然若汐持反对意见，认为应该先行返回和我们会合后再去查探，但老程觉得往上走比较节约氧气，还是坚持往上走。既然现在已经掉队，两个人实际上就已经互为潜伴，若汐也只好妥协，还是跟了上去。

到了塔顶两人发现，不知是水流变得浑浊了还是水中的浮游生物增多了，水中的能见度开始变得很差，就像是浓雾笼罩般模糊不清。这时若汐发生了意外，不慎将自己的线轮卡住了，当她试图剪线时又失手掉落了潜水刀。等到脱身后，两人才蓦然发现他们找不到引导绳了。

在极差的能见度下，他们如同没头苍蝇一般在水里找了大半小时，都没有找到那条消失的“生命线”。此时剩下的氧气已经不足以让他们返回塔底了，他们只好摸索着沿着塔身到达塔顶，从塔顶进入到塔里找到个狭小空间造了个气穴，最大限度利用空气中的含氧量等待救援。

这期间，老程和若汐始终没有等到伊利斯的到来。两人随身携带的氧气都已经不够返程了……这样下去，两人只有徒劳地在水底等着空气消耗殆尽，直到窒息，然后死在水底……

在最后的氧气用光前，老程下定了决心牺牲自己，坚持要若汐独自返回：必须得有一个人带上气瓶求救，在洞穴中等待救援的人才有活下去的希望。而若汐是女性，个子小，呼吸时消耗的氧气更少，同样的氧气条件下可以潜得更远。

若汐争不过老程，流着泪带着两人剩下的所有空气上浮，寻找可能的救援。在看到了潜水钟的光之后，若汐打开了身上的两只水下手电，希望这样比较容易被我们发现。也多亏燕昆仑水下经验丰富，我们才没有错过那一点微弱的光。

然而这也就意味着，从若汐离开塔顶之后不久，老程说不定就已经停止了呼吸。

随后的时间里，在漫长得恍如隔世的等待中，最后的希望一点点地化为灰烬，变成了浓厚如同潜水钟外的深海般漆黑的绝望。

这一切早该是预料之中的结果。

在我们从"大鲲"号再度返回到海底的这大半个小时里，等不到救援，就面临着没有空气可供呼吸的情况。如果平均分配空气，很可能两个人都会死在海底，要是有人自愿或被迫做出牺牲让另一个人出去求救，而留下的那个人在深海底没有氧气的情况下最多只能存活几分钟。

人体内不会储存很多氧气，能维持多久取决于个人的代谢速度。在静息状态下的成年人每分钟约消耗五分之一到四分之一升的氧气。如果压力过大或者大量运动的话每分钟会消耗四升的氧气。之后，维持人体运作的生命活动就会停止。为大脑神经元提供能量的电信号也会不断减少，直到完全停止，那便是彻底的死亡。在水下的极限条件下维持生存几小时，无论是若汐还是老程，都不可能做到。

这个残酷的现实一直摆在我面前，只是我一直不愿承认罢了。

在我几乎已经抱着必死的决心换上自己的潜水装备准备孤身一人再度下水时，观察窗外终于出现了一道光亮，燕昆仑搀扶着一个人回来了。是已经昏迷不醒的老程，依然没有看到伊利斯的踪影。

我连忙过去，协助打开密闭舱门，把老程捞出水面。

摘下老程的面罩后，我才发现，在这寒冷的深海底下浸泡了大半天后，此时老程已经脸色铁青，身体冷得像是刚从冰箱里搬出来一样。手指探了一下，已经没有呼吸了。用右手中指和食指从气管正中环状软骨划向近侧颈动脉搏动处，也没有脉搏跳动。我抬头看了看燕昆仑，他轻轻摇了摇头。

我怔怔地看着这个跟我出生入死情如手足的死党，此时一动不动地躺着。

这个打击对我而言太大了，以至于骤然之间我甚至觉得老程是不是故意在耍我。

不，不会的，我绝不接受这样的结果。

我拉着呼吸管让老程吸上纯氧，依样画葫芦给他扎了一针，趴在他胸口仔细地想要找到那一点微弱的心跳，然而并没有。但他的胸口还有温热。我不死心，也绝不会就这样放弃。我费力地把老程湿掉的衣服脱掉，然后按照标准动作开始一下接一下地给他做心肺复苏。

因为卷入了我的事情里，老程已经差点死了一次。在他被色勒莫打得快死的时候，我全然束手无策。但这一次我好歹捡回了条命，现在只要是力所能及的，无论如何我都得做点什么。我不能放弃，哪怕只有那最后一丝希望，我也不能就这么放弃。我不能停下来，停下来的话，老程就死了。

眼泪不争气地早已掉了下来。我一边反复地照节奏按压老程的胸口，一边对着老程狂吼："老程！你给我起来啊！你答应老子的事还没做完啊！"

我趴着听他是否有呼吸音，触摸是否有颈动脉搏动，但没有。

我继续泪流满面地用尽全力给老程做着心肺复苏。若汐蜷缩着倚靠在舱壁，流着泪不忍看始终躺着一动不动的老程，和始终努力着却徒劳无功的我。

这期间，燕昆仑也在一旁默然不语。我不知道他是否已经知悉伊利斯没有和老程他们会合。回到了潜水钟后，燕昆仑没有继续动身去找伊利斯。也许，他是认为伊利斯要么已经在水下遇难，要么已经凭借自己的能力回到了水面，在这茫茫海底继续搜救不再有任何意义。

我不知道自己给老程做了多久的心肺复苏。

"让我来。"在我已经筋疲力竭的时候，燕昆仑拉住了我的手。我一把甩开了他。

这时，我突然见到老程的眼皮动了一下。我不知道是不是出现了幻觉。

我继续按压着老程的胸口，强迫他呼吸。这一次，大概是一直在旁边看着的燕昆仑都觉察到了老程的眼皮又动了一下。我掰开老程的眼皮，瞳孔有对光反射。

“让我来。”他推开了我，继续按压老程胸口。大概是燕昆仑的力气比我大的缘故，没几下我就看到了老程恢复了微弱的主动呼吸。燕昆仑持续地按压，为老程泵入了足够的新鲜空气。

终于，在猛咳了一下之后，老程恢复了呼吸，奇迹般地活了过来。这时若汐已经哭成了泪人，她顾不得抹脸上的眼泪就扑了过来。

“老程，快醒醒！回答我！”我拍着他的脸，一边吼道。这时候我不敢掉以轻心，生命体征的恢复只是第一步，大脑缺氧的情况下很有可能会变成植物人，永远醒不过来。

在我暴风骤雨般拍着老程的脸之后，他终于皱着眉头睁开了眼睛。

“我这是……”醒来后，老程终于开口吐出了一句话。

刚刚经历过大悲大喜，我的情绪已经彻底脱线失控，这时候除了傻笑着让眼泪汪洋恣肆地糊了眼睛之外，什么都说不出来。

第四十五章
死里逃生

老程醒过来后，横亘在我心里的一块大石头总算是落了地。

我差点以为老程就这么葬身海底了。

好在老程这家伙虽然暂时没看出来有什么别的优点，但福大命大这点倒是毋庸置疑。有史以来被困在深海底几十米的洞窟内还能死里逃生的人，估计扳着手指都数得清。

而老程不仅在无氧条件下安然无恙地活了下来，而且脑细胞基本没有受损，除了腿上有几处瘀伤之外基本没有大碍，堪称是一个水下救援的奇迹。

幸运的不止老程一个，还有若汐。

到现在为止，不知所踪的人就只剩下伊利斯了。

再次确认了水下没有伊利斯的痕迹后，燕昆仑跟“大鲲”号上的控制室取得了联系，潜水钟开始了返回水面的过程。

若汐这时候恢复过来，大概是看到身上我给她换的衣服，似乎稍微有些诧异。我不禁回想起方才的一幕，一时间顿时有些尴尬。好在看到她投向我的目光中的感激之情，我多少松了口气。

这期间，老程缓过来之后直嚷嚷着肚子饿了，在冷水里泡太久消耗了不少热量。经他这么一提醒，我才觉得自己也已经精疲力尽。从中午到现在，我们在水下的时间已经过去了大半天，几乎是滴水未进。

潜水钟内此时依然保持着水下的饱和水压。缓下来后，我才意识到从刚才开始就一直有种喝醉酒的感觉。安静下来以后，我仿佛能听到从远方传来的水下音乐，那些旋律悠扬如同塞壬充满蛊惑的吟唱，充满节奏的鼓声此起彼伏，轻松明快，确实让人有些微醺的快感。

我大概知道自己的情况是怎么回事，水下的高压环境下会出现醉氮反应，就是在高压状态下吸入体内的氮气对人产生麻醉的现象，使神经系统出现类似像酒醉的状态。但我这时候已经到了极限，我在迷迷糊糊之中终于合上了眼睛。

睡眠很浅。我似乎见到了什么，又似乎什么都没有出现。梦境如同《盗梦空间》一般，一层叠着一层。我看到了当年父亲在水下的情景，事故发生的那一刻……我又看到了遥远的过去，那片水下的文明遗迹还在鼎盛时期的盛况，车水马龙的道路通向城市中心区域的那座木塔……我甚至还见到了莽荒时期天崩地裂的时刻，火流星在空中解体，坠入太古大陆……

醒来时，潜水钟在吊机的帮助下已经返回到了"大鲲"号上。

之后一周的时间，我们都生活在从潜水钟到加压舱内的全程饱和高压下，研究分析这个从未有过史书记载的文明遗迹，和耸立其中诡异的水下木塔。

为了避免频繁从海底升降对身体的伤害以及减压所需要耗费的时间，我们采取了饱和潜水的方式。这期间"大鲲"号动态停泊锚定那个海底洞穴，放下潜水钟往返于海面与海底进行水下作业。我们的全部生活，就是潜水钟连接加压生活舱的两点一线。

这一周里，水下回来的十个人都只能呆在狭小的加压舱里，吃的东西靠一个和外界相连的小窗口送进来。在接近十四倍大气压的环境里，大部分东西吃起来都味同嚼蜡，苹果香蕉这些水果更是一进来就熟了。

因为气压高，人的声音会变得很细和很奇怪，不仔细听几乎听不到。大部分的时间里我们都只能靠写字板、打手势和看对方口形来交流。

除了伊利斯失踪，卢胡特死亡，顾医生受伤之外，其他的人回到了"大鲲"号上后基本没有太大问题。顾医生腿上的伤虽然比较严重，好在还没有伤到骨头，及时处理之后也没有并发感染的症状，只是需要一些时间恢复。倒是布莱克毕竟年事已高，在水下的这一番折腾之后透支了体力，好几天都无法下水。大伯见到我头尾俱全地回来，并且还救了老程和若汐两个，也就没再说什么。向蛮子还是一如既往地话痨，而且在高压环境下说出话来简直就像个唐老鸭。不过在沉闷的水下环境中倒是很好的调剂。

但有些问题却就此石沉大海，至今仍然没有伊利斯的消息，活不见人，死不见尸。此外，虽然我知道了卢胡特就是那个内鬼，但他受何人指使，目的又是什么，也没有机会再和他当面对质了。当年在水下发生的事情也少了一个求证的途径。燕昆仑在那天之后没再和我主动交流过什么，那天他说的那一句费解的话，我也没琢磨出个所以然。如果说墨矩是一把钥匙，那又是一把打开什么的钥匙？

这期间，我也大致搞明白老程在水下大难不死的原因。

当时老程在塔顶内部的人造气穴中等了一段时间，空气中的二氧化碳已经越来越浓，他身上潜水服的发热垫也出了故障。若汐动身去寻找救援时，老程将身上的手电和气瓶都给了若汐，待在四周一片漆黑的寒冷水下，悲伤情绪开始占据了他的内心。在一片黑暗中，老程决定不再坐以待毙，他憋了最后一口气，摸索着再一次爬到塔顶外部，希望能找到安全绳。那时候他并没有看到潜水钟，但他让自己尽量冷静下来，节省仅剩的一点氧气，然后把自己蜷缩成一团，用条线把自己绑到了三足乌上。

老程这么做是下了必死的决心打算给自己留个全尸了。

等到燕昆仑到达木塔的顶部找到老程的时候，他已经不会动了，生命也在一点点流逝。凭着坚韧的毅力，燕昆仑终于把老程拖回了潜水钟，才有了后话。

醒来后，老程也很困惑在没有氧气的情况下自己是怎么撑那么久的。按照常理来说，人绝不可能失去呼吸之后在深海底待那么长时间。顾医生分析，当时可能是溶解在老程体内的氧气以及深海底的寒冷海水救了老程一命，使得他在长时间没有氧气的状态下活了下来。

在水平面以下100米处，水温低于10摄氏度，因为没有加热，身体和大脑很快就会被冷却下来。温度每降低10摄氏度，新陈代谢的速度就会下降一半到三分之一。当大脑温度降低至30摄氏度时，生存时间会增加10至20分钟。当大脑温度降至20摄氏度时，这个数字就会达到一个小时。而且在海底100米的压力下，多余的氧气会溶解到血液中，给身体提供额外的氧气储备，这也增加了生存的机会。

“我还记得当时吸最后一点氧气。我用了很大劲才把它吸进去，感觉就像是要入睡的前一刻。并不难受，但我只是觉得遗憾，或许会有人为我伤心，其他的倒也无所谓。”从用尽最后一口氧气到返回潜水钟重新恢复意识，这段时间发生了什么老程都不记得了。事后回想起当时那一刻，老程笑嘻嘻地说：“当时只觉得昏昏沉沉的，失去意识前只看到了一个闪烁的光点，怎么醒过来的也记不清了，再次醒来就见到你小子在扇我耳光。”

实际上老程并不是第一个这样活下来的人。顾医生在医学文献中找到了44个案例，都是在水中历经长时间无氧而存活下来的人。其中有4个案例都成功康复了，还有一个两岁半的小女孩在水下至少待了66分钟。儿童和女性的存活概率更大。这是因为他们的体形更小，身体更容易冷却下来。缺氧状态下人的外围视觉开始丧失，最终只能看到一个点。

此外，常年习武训练可能让老程在无意识中对所处的极端环境有更好的适应性，体内的氧气运输速度也比常人要缓慢，因此氧气能用得更久。顾医生告诉我说，这与一种叫哺乳动物潜水反射的本能反应有关。人在屏住呼吸潜入水里时就会经历这种条件反射，让脾脏收缩。当脾脏收缩时，里面储藏的富氧红细胞就会进入血液循环，提供氧气供给，就像是一个人体内调节生态的生物空气瓶一般。自由潜水的原住民即使没有额外的氧气补给，也能很好地适应无氧环境。比如印度尼西亚的巴瑶族人就可以潜入水深70米处，同时屏住呼吸用长矛捕食。在自由潜水时，人类的脾脏发挥了关键的作用。通过遗传进化，巴瑶族人的脾脏要比在陆地生活的邻居撒鲁安人大50%，储藏的富氧血液更多，可以在水下度过更长时间。先前，顾医生还见过一个巴瑶族人能在水下待13分钟不呼吸。

那一天，我们几个人都曾经和死亡擦肩而过，而这一段水下的经历不仅对我原本的想法造成了很大冲击，也在后来影响了许多的人和事。

那天之后，我发现老程偶尔也会一本正经地老成持重起来：“其实死亡也没那么可怕，重要的是死之前得留下点什么。”而后，他又华丽丽地接上了一句，“生死看淡，不服就干。”

至少那天之后，老程和我便成了真正意义上换过命的兄弟，即便没有血缘关系。

第四十六章
扶桑

返回“大鲲”号后，顾医生和若汐在减压舱待了三天才回到海平面气压下的外部环境，在船上的监控室里和弗兰索瓦一起负责调度指挥。其余从水下回来的人都进入了加压生活舱，维持海底的高压环境，继续进行饱和潜水。我没有想到的是，布莱克竟然亲临一线，全程跟着我们一起忍受高压带来的不适，让我对他的认识多少有些改观。

20世纪30年代的一个研究表明，在高压环境下逗留一段时间后，潜水员身体组织内溶解的惰性气体就会达到饱和状态，这样潜水员就可以毫不费力地在加压舱生活区与同强度压力的水域之间穿梭，比较长时间地在水下开展工作，等完成工作后一次性进行排气减压，这便是饱和潜水。而且，饱和潜水也可以节约排氮的时间，不然以我们现在的作业深度，潜水一小时需要花将近5个小时缓慢上升才能避免染上潜水病。

尽管都在同一条船上，处于加压舱内的我们离“大鲲”号上的支持团队和海平面的新鲜空气近在咫尺，但却像是在国际空间站里一样，隔离在一个截然不同的环境里。实际上，一名宇航员从太空回到地球大概需要3.5个小时，而如果要走出这个密封舱至少需要3天时间。

这一周里，每天我在“大鲲”号考古船上长8.4米、宽5.6米的加压生活舱里醒来，起床洗漱后通过小窗口领取早餐，阅读当日的简报，补充水分，然后再穿上内置循环热水系统来防止体温过低的防水式潜水服，进入到这相对来说算浅但是仍然致命的深海。每人每天在海底工作六个小时。大部分时候我们都只是在远离那座塔的外围，采集考古资料，包括绘图、照相、影像等。

生活区的活动空间仅能容纳一张可移动的铝合金桌子和围绕它的六个座位。蓝色垂帘后是睡觉区域，配备了四张并排的双层折叠床。床与床挨着，特别窄。

每天四次的餐饮由船上食堂提供，放置在一次性餐盒里。当然，无论什么食物在这种环境下充其量都只能算是供能燃料，吃东西是为了让自己能够跟上在水里的消耗。食物本身不会受压力影响，但味蕾会麻木。反应最大的是向蛮子，没有辣椒酱简直吃不下饭。不过辣椒酱盖子得保持松开，不然要么是在加压过程中被压缩变形，要么就是在减压的时候炸开一地。此外还要摄入多种维生素，最重要的是摄入维生素D来弥补缺乏日晒的影响。

从生活区进入水下，要先穿过第一道舱门，进入一个像老式的潜水艇那样的紧凑圆形舱体，而后门“咕嘟”一下关上。这个圆形房间被称作“湿锅”，房间天花板上的舱门则通往潜水钟。房间同时也是一个浴室，里面有一个金属水槽，厕所和淋浴头。通过舱体的天花板进入潜水钟后，密封舱和潜水钟分别密封关闭，随后断开连接。潜水钟脱离密封舱后，会被引导到月池，船体上的一个孔上方，在这里利用线缆下放到工作深度。衣服、洗漱用品等日用品和阅读材料、电子产品等可以通过两个气闸舱送进来：一个在生活区只有舱窗大小的气闸舱被叫作医疗气闸舱，另一个气室比较大，布置在湿锅那边，用于传递潜水服等大的东西。书籍、工具以及潜水记录也会规律地送进送出，过程只要一两分钟。

潜水钟里装满了仪表、开关、通信设备和一卷卷被叫作脐带的潜水软胶管，这些软管里搭载了空气、电力、通信线缆、保温热水以及往来于船只和潜水员头盔间的视频反馈线路。八个人分成了两组，每组四个人在水下轮替，一个人留在潜水钟里监视呼吸、热水、通信和电力系统运转情况，另外的三个人则戴上潜水头盔，离开潜水钟，在水底不间断地呆上六个小时。

在水底不用穿脚蹼游水，一般都是穿着橡胶靴，就像宇航员在月球漫步一样得小步跳着移动，浑身使不出劲儿，稍微用过了一点力整个人就会腾地飘了起来。

除了对体能有要求，长时间待在能见度近乎为零的地方需要特别集中注意力。潜水头盔上虽然有头灯，但是因为水中的微粒会散射光线，实际上灯光的效果会让水下的照明情况更糟。水下的人必须持续和水面上的监控室保持联系，由监控室进行调度指挥。

在生活舱里休整了一周之后，我和老程跟随布莱克和燕昆仑才再度搭乘潜水钟来到那座水下木塔附近。拖着长长的脐带出了潜水钟，再次见到那座水下木塔，我还是油然惊叹于这么超自然的存在。这一栋塔形建筑足足有九层，目测高度大概得有30米左右，近处仰望，如东海龙宫里的“定海神针”一般巍峨屹立。

“千寻塔……这竟然是千寻塔……”布莱克喃喃自语。

“你是说中国古代那种高塔？但这里可是东南亚海底啊。”我不解。所谓的千寻塔是高塔的泛指，“寻”是古代的长度计量单位，一寻大概等于1.6米。

“要回答这个问题，或许得先解开这个文明遗迹与中华文明的关系才行。”布莱克难得叹了一口气，看来这个任务之艰巨，甚至超出了他的能力范围。

“即便这座塔真的是所谓的千寻塔，那缔造这个文明的远古人类建造这座塔的目的又是什么呢？”我接着问道。

“可能是出于镇水的目的。”

布莱克简明扼要地说了一个词，见我丈二和尚摸不着头脑，又补充道：“你有没有听说过云南的大理古国，实际上在当时那里是一片水乡泽国。古籍《金石萃编》中有记载：‘世传龙性敬塔而畏鹏，大理旧为龙泽，故为此镇之。’大理古国的人修筑了一个塔来镇水，那个塔如今还保存完好，就是崇圣寺三塔中的千寻塔。”

如果说当时这地方还是海平面以上，那倒不无可能。日益抬升的海平面带来的巨大威胁，造塔镇水也许是远古初民缓解内心焦虑的一种措施。但这种解释多少还是有些勉强，按照布莱克的说法，虽然水患已经开始威胁到生存，但至少还留有造出一座塔的余裕。按照常理推断，这个文明势必会迁徙到更为安全的地方并且存续下来。何以在之后的历史记载中一片空白，仿佛从未存在过?

在古代工艺技术方面老程钻研颇深，此时跟着布莱克的思路，也开始琢磨起这座塔的来头。布莱克一番话说完之后，老程也觉得有些不妥。听完我的疑问后，他也补充了一些不同的看法："这不太对，如果说是千寻塔的话，有些奇怪的点没法解释。"

"第一眼看到这座塔，我就在想，既然塔底是用岩石筑造的，那也就意味着当时的人们已经掌握了这种技艺，并且有充足的材料。那为什么没有整座塔采取石材建造呢?"

从布莱克拧紧的眉头不难看出，老程这个问题算是问到了点子上。

"还有，我和若汐去到上面才发现，上面那些枝杈实际上是用青铜铸造的九个三足乌装饰，塔顶也是青铜铸造的三足乌造像。"

"当时在塔顶看到三足乌造像后，我就有种隐隐约约的感觉，这其实并不是塔，我们都先入为主了。"当老程说出这个结论时，布莱克脸色一变，竟然现出恍然大悟的神色。

"程，你说得对。我的确是先入为主了，竟然没有注意到三足乌崇拜与什么有关。"没想到老程话音刚落，布莱克就爽快地承认了自己思虑的疏漏。

"这个塔……其实是扶桑木。"布莱克推翻了自己的结论，说出了另一个熟悉却又陌生的词。

所谓三足乌，其实并不仅仅是中华文化的符号。实际上，在整个东亚文化圈里三足乌都是一种继承自远古时代的崇拜对象。

根据日本最早的史书《古事记》记载，第一代天皇神武天皇在东征途中迷路，天照大神和高木神曾派遣八咫乌作为向导，指引神武天皇从熊野前往大和，最终建立了如今的大和王权。日本神话中的神鸟八咫乌，亦被认为是太阳的化身，形象同样是有三只脚的乌鸦。

类似的神话传说在高句丽人中也有出现，比如"金乌山传说"和

“延乌郎细乌女传说”。原高句丽地区的长川一号墓中的顶部也绘有三足乌鸦、蟾蜍月兔与北斗七星代表日月星辰。三足乌鸦是太阳的代表，同时也象征着权力与力量。

但从文献来看，关于“乌”的记载最早见于中华文化。

《山海经·大荒东经》记载：“汤谷上有扶木，一日方至，一日方出，皆载于乌。”

《山海经·海外东经》的叙述则更为详细：“汤谷上有扶桑，十日所浴，在黑齿北。居水中，有大木，九日居下枝，一日居上枝。”

那个汤谷上的扶木，便是扶桑。三足乌的神话，其实便是太阳崇拜的一种演绎。

居于水中，有大木。

望着眼前的这个“塔”时，我突然有一种汗毛倒竖的感觉。

第四十七章
上古神树

我完全没有想到，这座沉在海底的“木塔”，竟然是上古时代与太阳崇拜有关的神树“扶桑木”。

所谓神树崇拜其实是上古先民关于天人感应、人神互通神话意识的一种形象化写照。

“其实不止是中华文明，神树崇拜在世界各地的早期文明中都不约而同地出现过。北欧神话里贯穿九界的宇宙树‘尤克特拉希尔’，犹太教神秘哲学中的‘卡巴拉生命树’，甚至于基督教神话中伊甸园里象征人类原罪的智慧树，都是与树有关的信仰载体。”若汐一直透过视频监控系统关注着海底的情况，这时候也参与了我们的讨论。

如此看来，这棵沉在太平洋底的神树很可能与中原大陆最早的文明是同源的，甚至很可能一直到《山海经》撰写的时代这一文明仍未彻底消亡，而是与华夏文明有着一定程度的联系，所以才会在这本书籍中有所记载。

但后来这个文明却凭空消失了，就像从未曾出现在历史上一样。

“玄羽，这棵树你觉不觉得有些面熟？”老程突然问我。

恐怕这世界上再也找不出第二棵这么大规模的人造神树了。但老程这么一问，我突然想到了一个与此有关的点。

“你是说三星堆遗址出土的青铜神树？”

“恭喜你答对了。”

1986年，考古人员在四川省广汉市三星堆遗址意外发掘了两座大型的祭祀坑，从中清理出大量的金、玉和青铜器，以及八棵距今已有三千多年历史的古蜀文明青铜神树。其中的一号树同样也是有九根树枝，每根树枝上面各立有一只神鸟。

由于最上端的部件已经缺失，所以并不知道顶上是否也如眼前的神木这般，有一只展翼的三足乌立于其上。但三星堆的青铜神树与此还是略有差别。其中一点是在树干一侧有一条身体倒垂的龙固定在树干上，不知这是不是文明交流后所产生的图腾融合现象。

这些草蛇灰线的线索堆在脑海里，其中的关联哪怕朦朦胧胧，也有一种呼之欲出的感觉。这时不知是福至心灵还是冥冥之中有个神秘主宰给予启示，我突然就想通了一件事。

勿里洞海域，海底洞穴，扶桑木，青铜神树，三星堆，川西南。

这两个跨越万里的地点，借由一个古老的神话传说和两处文明遗迹，终于联系了起来。

我暗暗心惊，难道说，经过数千年迁徙，这个远古时代的未知古文明竟然从海洋走向了内陆，最终到达了川西平原，并建立了古蜀国？

“布莱克教授，当年那个川西南考古项目出土的《蜀纪》不仅记载了‘秦军入川’及古蜀国灭国事件详情，还记载了古蜀文化的源流和历史变迁对吧？”

“年轻人，你的这个问题，恰好就是令尊当年的研究结论。”布莱克肯定了我的猜测。

虽然想到了这一层，但这个荒腔走板的猜想竟然从布莱克口中得到证实，还是十分震撼内心。不止是我，透过对讲机，老程和若汐同时爆发出了一阵惊呼。

“而且，当时白夜教授还推断出这个未知文明迁徙的时点是在一万两千年前。”布莱克继续说。

按照通常的说法，一万两千年前，中华大地仍然还处于旧石器向新石器过渡时期。

“该不会是……大洪水神话？”这一次，轮到若汐大呼小叫了。

“是的，这个水下遗迹很可能也与当时的大洪水导致的海平面暴涨有关。我们只是还没有找到实质性的考古证据支持而已。”在将近百米深的太平洋底，布莱克这时候终于向我们透露了一些当年的研究成果。

“一万两千年前，发生了一件影响历史进程的重要事件。整个地球的气候从那时候开始也进入了一个相当不稳定的时期。自一万两千年前的上个冰河时代后，‘更新世’结束，‘全新世’的新纪元开启。而后的整个人类文明发展历史，其实都处在一个相对较温暖的气候环境里。”若汐补充。

气候变化的确对文明的兴衰起着关键的作用。罗马势力在西方的衰微出现在西元300年间，正巧是罗马暖气候时期的最后阶段。而欧洲封建势力的式微与疾病暴发、气候变迁同时发生。一系列历史的风暴都有隐藏的线索互相交织。

布莱克意味深长地说：“而且我们已经适应并且依赖于这个环境。”

听布莱克的语气，似乎指的并不是具体的某个历史阶段或某个文明，而是整个人类作为发展整体，在过去一万两千年间其实都只是温室里栽培的花朵。

这个结论实在太惊世骇俗了。

但眼前这个废墟已经是城邦甚至都城一般的规模，分明已经是进入生产力比较发达的农业和手工业发展时期的产物。怎么可能会出现在那个时候？退一万步来讲，当时既然已经出现了如此发达的文明，又为何会在突然之间凭空消失，了无痕迹？

还有一点也让我不解，既然白夜教授、布莱克和父亲他们早已经推断出了这个神秘的上古文明存在，为何至今都选择了隐而不发，所有的研究成果完全不对外公开，甚至其中的不少内容还被列为了绝密档案？

虽然终于找到了这相去万里的两个地点之间潜在的联系，但我总觉得，这里面有某个关键的片段脱落了，以至于一整幅拼图中有一个显而易见的缺陷。

我未及细想，潜水钟就已经到了目的地，伸出三脚支架撑在海底，扬起一片浑浊的沉沙。

我们戴上头盔，打开舱门，从底部钻出。我稍微定了定神，用手电照了照眼前巨大的神树。

“布莱克教授？”若汐透过对讲机，关切地叫了一声。她透过装在头盔上的摄像头大概已经看到了我们已经站在那一棵神木的底座附近。

“那个……小心一点……”

布莱克这时候朗声一笑：“若汐，年轻时候我可是一位探险家。”

不过话音未落，我们就发现，一靠近神木的底部信号干扰就非常严重。此时已经只剩一片白噪音。我们再一次与地面失去了联络。此时我们是通过脐带中的电线与地面通信的，没想到在这里，竟然连有线通信都没办法屏蔽干扰。

布莱克无可奈何地摆摆手，所幸除了通信信号受阻之外其他的供气、供暖功能都还算正常。大概是这里存在某种强大的能量场。

他取出手电筒，稍微旋亮之后照着扶桑神树的底部。

我顿时看见，木结构塔下是用某种巨大的黑色石头砌成的圆形底座，底座由三面弧边三角状镂空虚块面构成，三面间以内掩势的三足相连属，构拟出三山相连的“神山”意象。巨大的神树居于正中，仿佛长在“神山之巅”，卓然挺拔，直接天宇。

细看之下不难发现，黑色的石头表层有一层薄薄的黑色光泽，有很多像是手指按下的手印。这种石头的质地是如此令人印象深刻，以至于我和老程在看到神木的底座时，错愕之中相互对视了一下，我们两个之前都见过这种石头。

这是黑色陨石！

先前我们在勿里洞岛上见到过的那个被当地人奉若神祇的黑色石像，便是同样的陨石。这就可以解释为何一靠近底座就会有干扰了。这种石头可能是某种含有特殊能量的含铁陨石或陨铁。说不定这里的铁陨石与岛上所供奉的黑色石象根本是同一个来源，比如某颗穿越了大气层的小行星。

底座的黑色石头上密密麻麻地刻着为数众多状如蝌蚪的圆点和笔

画，虽然过了这么多年后，泥沙其实已经覆盖了不少地方，但第一眼的观感也不难判断，这些一定是某种文字系统。

蝌蚪文也叫“蝌蚪书”、实际上是书体汉字的一种，因头粗尾细形似蝌蚪而得名。东晋时期曾有人造飞梯用蜡临摹了崖壁上的字体，然而最终无法识其意而作罢。但蝌蚪文这个名称却是汉代以后才出现的，实际的出现时间远不止汉代。但蝌蚪文晦涩难解，不是一般人能掌握的。后世所谓的蝌蚪文其实并不全都是同一个文字系统，而是泛指所有神秘的、有待破解的上古文字或原始符号，比如《仓颉书》《夏禹书》，贵州的“红岩天书”“夜郎天书”，四川出土的“巴蜀符号”，云南发现的“东巴文字”，南岳衡山的《岣嵝碑》文字和浙江仙居的岩壁蝌蚪篆等。我从未承想过，在这海底，竟然发现了最为原始的蝌蚪文，而且竟然是某种一万两千年前就已经存在的上古文字系统。

我们花了整整三小时，才把那些附着其上的泥沙用水压枪清理干净。将所有的文字细节拍下来。只是这些蝌蚪文的印记大小不一，雕刻的深浅也不同，而且很多蝌蚪文经过海底长时间的浸泡腐蚀，不少地方都已经变得模糊不清了。

若是能破解其中所记载的内容，或许便可以对这个未知的上古文明有一个更为直观的认识了，只是这个工程实在太过庞大，只怕皓首穷经都未必能够窥破其中一二。

第四十八章
鬼影

在我们还震惊于玄铁陨石碑刻上的蝌蚪文时，燕昆仑突然低声提醒我们：“小心。”

这时我才注意到，周遭像是在黑暗中又笼罩上了一层浓雾。

不知是刚才我们用高压水枪喷射出水流冲刷掉遗址表面的珊瑚沙所扬起的尘埃，还是潮汐涨落引发的洋流变化导致水中的能见度更差了。此时，周遭的能见度一下子降到了只有50厘米左右，几个人都成了名副其实的“鼠目寸光”。

水一浑，说不定就会有什么大鱼巨兽的出现，我们不由得都打醒十二分精神。

燕昆仑端起了梭镖枪。布莱克也掏出了他的SPP-1水下手枪。我和老程则是握着匕首和潜水刀，虽然对那个超出认知的“鬼影”而言，我们手上的这些玩意儿似乎都派不上什么用场，但好歹是个心理安慰。

四个人站稳脚跟之后背靠背围拢，注意着周围的动向。

“昆仑，你记不记得，当时看到的‘鬼影’是从哪里出现的？”布莱克沉着声问。

燕昆仑摇摇头。我们周围除了海水，就是石头。

“我们还是先找到那个石棺所在的位置再说。”布莱克定了定心神，决定继续探索。

方才我们清理陨石碑刻的时候其实已经沿着底座转了一圈，并没有找到那个二十年前发现的石棺。眼前的状况似乎与向蛮子的叙述有一些出入。

关于那石棺的确切位置，我们下水前已经有讨论过。但时隔二十年，又是在能见度极低的水下环境，就连向蛮子也说不出个所以然来。问燕昆仑也是一问三不知，他似乎一直没有完全恢复当年在水下的详细记忆，只是有个大致的模糊印象。

布莱克想通过监控室与向蛮子取得联系，无奈在能见度变差的同时，通信也受到了强烈干扰。这是一个很奇怪的事情，我们使用的是通过脐带连接到控制室的有线系统，但此时不知为何却全是沙沙的噪声，试了几次都不行，只好作罢。

在水下，四个人切换到了无线通信模式，不经过监控室勉强还能保持通话，但也只能保证1米左右的通信距离。

这也意味着，我们已经与监控室失去了联系。一旦发生任何状况只能自求多福。

沿着神木的底座，靠着头灯的微弱光线，我们继续一点点搜索神树的底座附近，寻找那个石棺的踪迹。没有了若汐在监控室的指挥调度，效率低了很多，还得时时提防在海底走散和发生意外。

“会不会在这二十年里，沉积的珊瑚沙把那个石棺覆盖了？”老程问。

“这倒也不是没有可能，台风、火山爆发或者海底地震之类的自然现象都有可能带来大量的沉积物在此聚集，而海底洞穴内的水流显然比外面还是要小一些，有利于沉沙堆积。”

但能否在二十年内就把整个石棺盖住就不得而知了。那陨石底座看起来相当庞大，埋在沙土中的部分也不知道还有多少。

电磁干扰变得更加厉害。现在连无线通信都失灵了。

只好关掉通信器，恢复用手势交流的方法。好在空气是通过脐带用物理加压的方式输送到头盔的，暂时还不用考虑呼吸问题。

就在这一刹那间，我突然听到了一阵风铃声。

确切地说，是在通信器关掉之后，没有了底噪的干扰，那个细微的风铃声便变得清晰了起来。

但这是百米深的海底，哪里来的风铃?

侧耳仔细聆听，那声音更像是摇铃，就是潜水人员随身携带用于报警的摇铃。但这个海底洞穴除了我们之外再无他人，摇铃的声音又从何而来?

正在我纳闷的时候，我看到老程指手画脚地示意我看神树上面。

我才反应过来，那应该是枝杈上的青铜装饰。先前老程和若汐浮上去调查过，而且拍回来了比较清晰的照片。从照片上看，那是某种类似于叶子形状的装饰物，叶片间坠着某种果实造型的装饰物，没想到那竟然是铃铛。

那声音遥远浑厚，不知从何处来，隐隐竟带有一股悲怆意味，在这沉于海底的上古文明遗迹回荡，如同一曲无言的挽歌。最初缔造这奇迹的人们，或许在当时就早已预知到末日降临一刻，而创作了这无尽的安魂曲……

不知道是眼花看错还是出现了幻觉，我在这时竟然见到燕昆仑在默默流泪。我和他站得很近，头灯的光下，他的脸上浮现出一种哀戚的神色，似乎是无意识地就沉湎在某种情绪里。我察觉到有些不对劲，刚想唤醒他注意时，没想到一波未平一波又起。

在我伸出手的同时，四个人的头灯闪了一下后在同一时间熄灭了。

一刹那间，我们顿时陷入了无边无际的黑暗包围中。几个人都愣住了，甚至没有人打开备用电源。我暗叫不好。这意味着脐带的供电也开始变得不正常了。

适应了黑暗环境后，眼前竟然开始出现了星星点点的幽微荧光。那种淡青色的荧光似曾相识，既像是某种微小的浮游生物，也像是飘浮在宇宙的星尘，在我们眼前构筑出了奇伟瑰丽的奇幻境界。

我不知道其他人这时候在想什么，但在这一刻，我的感觉就像是突然飘浮在了无垠的太空之中。那是已经存在了千百万年的寒冷与黑暗，我凝固于其中，犹如琥珀中的蚊虫。

其实在浩瀚宇宙之中，人类何尝不是一颗渺小的蓝色星球上孤独的蜉蝣。

这时，那种青幽的微光竟然如同深海生物一般，开始一点点地聚集在了一起。

我回过神来，微光在向那棵巨大的扶桑树靠拢。我不知道这是扶桑神木本来就具有的某种吸附作用，还是说此时水下发生了某种变化。

微光汇聚，慢慢勾勒出了那一棵沉睡在海底上万年的扶桑神树雄伟巍峨的轮廓。

居水中，有大木，九日居下枝，一日居上枝。

虽然只是片刻，却像是过了千百万年。

终于有人启用了随身携带的备用照明电源，是老程。但他随即脸色微变，我循着他的视线才发现了问题所在。燕昆仑不见了。

比画了一下手势，都不知道他去哪里了。

剩下我、老程和布莱克三个人面面相觑，这是怎么回事？不过一眨眼的工夫，在这水底下就表演了一个大变活人的戏法？我下意识地抬头，想看看他是否浮了上去，然而目之所及并没有人影。此时能见度极低，能做的其实也有限。

“是否返回潜水钟？”我打手势问布莱克。只要沿着脐带往回走，就能回到潜水钟里。

但奇怪地是，布莱克这时候没有搭理我，而是一脸惊骇地望着前方，背对着那个陨石底座下的地方。方才我们几个被那青色幽光所吸引，都朝向扶桑神树站着。此时不知道那一片漆黑的地方有什么好看，竟然能让布莱克的焦点从神树移开，目不转睛地怔怔凝视着一片漆黑的海底。

虽然明知道不是什么好东西，但我和老程还是不由自主地扭头，跟着布莱克的视线望去。

眼前依然只是一片黑暗。但很快我就明白布莱克恐惧的是什么了。黑暗中，有一个更为浓厚的暗影。这种感觉很是怪异，以至于很难用语言描述得清楚。那种感觉就像是某个人站在身边，虽然无法直接看见，但却能够透过某些细节的异样被感知，比如说光线的折射，凭空出现的声音，或是看不见却摸得着的触感。

黑暗越来越浓厚，那个“鬼影”的轮廓也逐渐变得清晰起来。布莱克神色大骇，端起手中的SPP-1抬手就对着那个“黑影”给了一发。子弹破水而出，激发出一串微小的水泡。

布莱克这把SPP-1水下手枪是冷战时期苏联专为蛙人研发的水下近身作战武器，配有4支枪管，呈正方形排列，每管装有一发箭形子弹，每扣动一次扳机发射一发子弹。但在这百米深的海底，手枪的作用其实也很有限。

子弹在水中的阻力与在空气中飞行所遇到的空气阻力完全不同，作为流体，水的密度是空气的772倍，黏稠度和阻力远高于空气，而且液体几乎无法被压缩。在水下越深，阻力越大，枪支的射程也就越小。SPP-1在水下5米处的射程可达50米，而到了水下40米处的射程则只有5米。在这里，SPP-1的有效射程估计也就在1米左右。

那黑影完全没有受到影响。在漆黑的海底如履平地，向着我们走了过来。

布莱克的那一发子弹竟然完全没有命中。刚才布莱克的准星并没有偏差，事实上那颗子弹更像是穿透了那个黑影的“躯干”，但却没有造成任何影响。如向蛮子所说，那黑影完全就是凭空出现，并且无法触碰捉摸。

布莱克不死心，又连扣了两下扳机，向那渐渐趋近的黑影又连射出两发子弹。依然毫发无伤。

四发弹射击完毕后，就得再装填子弹了。布莱克犹豫了一下，停住了手。

从身形来看，那分明就是一个战国时期的将领。一袭黑色衣衫，身着皮甲，没有戴头盔，手持一把青铜长剑，如同活过来的兵马俑。

现在的局面有点微妙，我们明知道那不过只是个影子，对着一个影子射击本就无济于事。但那个影子的肉身究竟在哪里？却完全不得而知。

第四十九章
树洞

布莱克射出三枪的这当口，“鬼影”已经抬起了青铜长剑，走到我近前。

水下此时的能见度稍有恢复，但也只有大概1米。我看到那“鬼影”在幽暗的海底如履平地，轮廓与真人一般大小，身高比我略高一些，大概有一米八几的样子。

打照面的一刻，毛骨悚然都是轻描淡写的委婉说法。

实际上的情形时，我当时都不知道自己到底有没有吓尿，只记得自己大叫一声几乎完全是靠着恐惧的本能反应在往后退，与此同时不假思索地晃着水下手电照了过去，虽然这看起来很滑稽且不科学。但对于眼前一个这么不科学的“鬼影”来说，也只能抓到什么是什么了。

显然我这个举动纯粹是平时看太多鬼片导致的，实际的使用效果是对其毫发无伤。

手电筒的光束虽然穿过了那个“鬼影”，但却像是照到了墙壁上的影子一般。那影子并不会被光线所干扰，被强光照到的地方充其量只是淡了一些，并未有任何实际性的影响。那“鬼影”不急不缓地向着我们走来，也没有见到有闪躲的动作。

近看之下，我才意识到，其实“鬼影”的说法并不太确切。

通常意义上所谓的影子，是由于物体遮住了光线的传播，不能穿过不透明物体而形成的较暗区域，是一种光学现象。但眼前我所见到的这个人形，与其说是影子，更像是一个“鬼魂”。打个不太恰当的比方，就像是把一个人像调到了半透明状态并加了非常暗的亮度遮罩之后的效果。我不仅能看到他身上的铠甲衣饰，甚至还能看到他的五官轮廓——国字脸，阔额宽腮，高颧骨，下巴浑厚，八字胡。头顶束成发髻状，后脑、两鬓的发辫分于脑后，固定成发髻。神清气朗，英气逼人，眉宇之间不知为何竟然有种似曾相识的感觉。

这时候唯一能做的事，只能是三十六计走为上计。

但实际上是，逃无可逃。

这可是在百米深的海底，我们每个人身上都穿戴着厚重的潜水服和头盔，而且更要命的是，我们赖以为生的空气都必须通过那一条“脐带”供应，一旦被切断，我们就只有死路一条。

老程已经准备拼命了，做了个让我们撤退的手势。潜水钟停的位置离这边有些距离，我们如果能撑到回潜水钟里，或许还有一线生机。

显然，他这是打算先牺牲自己当垫背。

但我这一次再怎么说也不想当拖后腿那个了。我大吼一声，抓着匕首就向着“鬼影”冲了过去。

就在这一瞬间，那个“鬼魂”却收起了剑立住，而后竟然在我面前做了一个单膝下跪的动作，上体笔直挺立，右膝、右足尖及左足抵地。

我瞬间就傻眼了。这是啥情况？这一下子我举着匕首的手是放也不是，不放也不是。

此时的场面诡异中又透着几分无厘头。一个兵马俑打扮的“鬼魂”竟然对我下跪了？

“这‘鬼’是在向你求婚吗？”对讲机里又传来制冷机老程的声音。通信不知不觉间竟然恢复了。

“靠，我也是第一次，没啥经验啊。”我这时居然还有心思和老程开玩笑，也是很神奇了。也许方才那一下子，潜意识里已经觉得眼前这个“鬼魂”没有杀我的意思，只是没想到他居然还会这么正儿八经地下跪，实在是太客气了。

布莱克本来已经向着潜水钟的方向游回去了，又愕然地停下来，不明所以地望着我们。

"他不是向你下跪，而是在向墨矩下跪。"一会之后，声音传了过来。布莱克回过神，提醒我。

原来如此。

布莱克这一说，我才想起来那个玄铁匣我一直带着，放在贴身的潜水袋里。这块破铁竟然还有这样的功效，在这个时候派上了用场。

我不禁又想起了燕昆仑的那个问题。墨矩到底是什么？跟这个上古文明遗迹又有什么联系？

在我掏出了墨矩之后，那个"鬼魂"竟然站了起来，双手交叠作揖，对我行了一个拱手礼。

紧接着，他似乎看了我一眼，便穿过我向着扶桑神树走去，很快就隐没在了神树底下。

这意思……是要我跟上去？我们三个大眼瞪小眼，只好跟着走了过去。

"鬼魂"消失的地方，我发现了一个刚才的疏漏。之前我们光顾着清理陨石碑刻，视线都集中在了黑色的底座上，而全然没有留意到，在石碑之上，巨塔一般的树干中其实暗藏玄机。

如果把神树看作是塔的话，整一棵神树总共可以分为九层。第一层的"塔身"特别高，以上各层高度逐渐缩小，层与层之间有紧密相连的檐状结构装饰。而在第二层以上，其实每一层都有一些不知道是门还是窗的开口。水下能见度低，我们又光顾着在底座上找，反而错过了。

我们三个人平衡了一下浮力，便往着那个黑魆魆的开口游去。这时我发现，开口处赫然有一个人影。

"昆仑大哥？"老程眼尖，试探着叫了一声。当我们游到近处，才发现开口处的人影果然就是燕昆仑。看起来方才他大概是追随着那些光点，竟然先一步找到了这里。

但细看之下似乎有些不对。此刻燕昆仑一动不动，睁着眼呆呆地站在原地望着前方，既没有进去，也没有后退。感觉就像是中邪或者被催眠了一般。难不成刚才的铃声和荧光竟然可以影响人的心智？但我们三个人都没事，为何对燕昆仑却有这么大的作用？

“找到石棺了！”老程视觉比较敏锐，已经发现了底下中央位置有东西。手电筒的灯光扫过，我看到了一个漆黑的长方体，上面同样密布点线，应该就是那个刻有蝌蚪文的石棺了。

我们再度回到了二十年前出事的地点，找到了那个诡异的石棺，名副其实地是鬼使神差。

我不放心燕昆仑，便拉了他一把。不想这一下，燕昆仑却像是失了魂般就往下倒栽。我和老程连忙把他扶住，倚靠在角落。

布莱克已经迫不及待地冲到了石棺边，口里喃喃自语：“和氏璧……”

他从潜水袋里掏出了一个防水纸本子，用手电筒的光照着，似乎在比对着什么。

“你确定和氏璧在这个石棺里？”我问。

布莱克蹲在石棺边忙着比对那些蝌蚪文字，只是嗯了一声没有搭理我。看那些写在防水纸上的文字，应该是父亲或白夜教授的研究成果，我先前却从未看到过，看来布莱克果然对我有所隐瞒，故意留了一手。眼下不是表达不满的时候，我这时候的心思大部分都集中在了眼前的疑问上。如果和氏璧在这石棺中，那这里面埋的是谁？难道是那个战国“鬼魂”的真身？这个奇怪的石棺为什么会出现在这个海底洞穴里？我们一家人的遭遇与此又有什么关系？

布莱克此时已经一副浑然忘我的状态，沉湎在了蝌蚪文字构筑的世界里，不知在校对什么，估计一时半会儿是无法从布莱克这里问出个所以然来了。这时，我发现老程也有些异样。

“这……玉……竟然是玉……”老程也像是走火入魔了一般，神情呆滞地盯着那个石棺，念念有词。

“你小子也中邪了？”我在他眼前晃了晃手。这一下，老程突然就工匠之魂附体，差点就伸手去摸那个石棺。我吓了一跳，连忙拦住他，以免重蹈二十年前的覆辙。

“我说……这可是玉啊……”老程继续念叨。

“行行行，玉在那个石棺里行了吧。”我哭笑不得。没想到老程竟然也这么财迷心窍，一直惦念着和氏璧。

“不是……我是说……这不是石棺，这是玉棺。”老程一着急，说话都不利索了。

“瞎扯，我就没见过这么大块玉还是黑色的。”我不以为然。

“这你就有所不知啦。这种玉叫墨玉。”老程一边说一边用手电照着，仔细察看。但在我看来同样都是漆黑如墨的石头而已，只不过这一个石棺在手电光的照射下似乎光泽通透一些。

“传统意义上的墨玉专指白玉和青玉石墨沁入后形成的玉石。虽然色泽如墨，却有玉石的质地。我的判断基本错不了，如果你不信可以用强光紧贴玉面垂直照进去时试试，在光层与墨质层之间可以看见透明如薄膜塑料的玉质层。”老程一边说着一边就要动手，我连忙又按住他，生怕一会别又照出个什么幺蛾子来。

“这玉棺在中国古代的葬仪中可是十分罕见，至今出土的数目屈指可数，还全都是镶嵌玉片那种。这个玉棺竟然是用一整块玉料开出的，这得什么帝王才能有这个规格的待遇啊……”老程仿佛受了极大的震动，缓了好久才终于说道。

“程，没想到你竟然还有这个眼力，后生可畏。”布莱克有些诧异地抬起头意味深长地看了看老程，半是赞许半是感叹地说道。

“这一次我们的目标只是和氏璧，其他的还是不要知道那么多为好。”布莱克又一副故弄玄虚的样子警告我们，“想办法打开这个玉棺。”

布莱克这个大忽悠跟我签合同的时候说的可是考古啊，怎么这一下来之后就变成倒斗了。

“得，搞半天咱干的还是个盗墓贼的勾当。一会可别忘了在东南角点个蜡烛。”我没好气地说。

第五十章
玉棺

已经走到了这一步，我无论如何想知道这一切背后的因由。

我所追寻的真相，可以说很廉价，也可以说很昂贵。

“布莱克，要我打开玉棺可以，不过你得先告诉我，你凭什么这么肯定和氏璧在这玉棺里面？”我在玉棺前停了下来，抓住机会和布莱克讨价还价，“不然的话，这玉棺你自己开。”

我撂下这句话后，布莱克脸色一沉，但现在是在水下，我已经处于上风。且不说这玉棺之中搞不好还有其他的机关设计，单看现在的力量对比，受布莱克控制的燕昆仑此时已经完全像是呆滞了一般失去战斗力，而我和老程加起来对付一个老头还是绰绰有余的。

布莱克权衡一番利弊之后，倒也爽快地答应了我的要价：“那好。希望你是个守信用的人。”

“二十年前‘黑石’号出水时，那份从勿里洞海域打捞上来的古卷上面写了什么？”我问。

“那份羊皮纸古卷其实是一份特制的防水羊皮纸海图，被我高价买下。当时在船上的一位阿拉伯裔航海士用阿拉伯文字在海图背面偷偷写下了遗言，并将海图封存在了装满白蜡的琉璃瓶中，才得以保存到现在。我费了许多年的时间，提取到了海图上的信息，终于得知‘黑石’号当时是被挟持之后匆匆离开港口的。除了航海士，船上大多数人在出港口后不久就被杀掉了。”布莱克吐露内幕。

“那些挟持了商船的都是什么人？这么做的目的又是什么？”我

接着问。

“我想你已经猜到了这玉棺之中是谁了。剩下的问题只不过是围绕这个问题而延伸出来的细枝末节。”布莱克没有正面回答我。

玉棺之中，自然是最后一个拥有和氏璧之人，才有资格将其作为陪葬之物。但如布莱克先前所说，从秦始皇雕刻传国玺时开始，真正的和氏璧便隐匿于历史之外了……

想到了这一层，答案便已经呼之欲出。

“秦始皇本人？”虽然已经猜到了七七八八，但这个答案实在太过荒谬。毕竟估计除了我们，全天下的人都会觉得秦始皇埋葬在了骊山的始皇陵下。

“按照《史记》的说法，秦始皇是在外出巡游的路上死掉的，当时虽然耗费那么多人力物力修了骊山陵墓，但究竟真身有没有归葬，也不好说。”老程倒是将信将疑。

还能有谁，可以配得上这种规格的玉棺？

我突然意识到了之前的一个思维盲区，我一直想当然地认为和氏璧在“黑石”号上，全然没有想到还有另一种可能性同样成立，“黑石”号在此处沉船是为了寻找和氏璧。

“事实上，这条船当时并不是遭遇风暴触礁，航程的终点其实便是这片海域。海图背后的那段文字中记载：挟持了这艘船的人目的是潜入水下神树，寻找第一位皇帝的玉棺，和陪葬的和氏璧。”布莱克继续吐露他小心保守的秘密。

“不对啊，就算你说的这些言之成理，那当时他们怎么进入海底洞穴？”老程反驳，“即便我们现在有炸药、潜水钟和考古船，进入海底洞穴都是一件九死一生的事，更不要说是1200年前的人们。而且你现在还告诉我说公元前210年就有人能潜到水下100米把秦始皇的遗体给埋在神木底下。”

“你不要忘了，我们现在可是站在一个12000年前的文明遗址上。”布莱克提醒道。

这么说也是。当年秦军入蜀灭掉古蜀国后，说不定便从古蜀国获得了关于这南洋水下的上古隐秘，而秦始皇也正因如此才几次三番地派遣方士出海。

“不过从现在这里的情形判断，当时那些人很可能没有找到这里。”老程说。方才检查过一遍，玉棺完好无损，看来并未被盗掘。看来，最初那位皇帝似乎是在这个上古文明留下的隐秘遗迹保存自己的尸身，企图在遥远的未来重生于世。

“这个千古一帝到死都不相信自己死到临头，还妄想长生不老，千秋万代。”老程盯着眼前的玉棺，语气中油然而生一股厌恶之情。

“对于得到了天下的人来说，长生不老并不是妄想，也不是一种虚幻的泡影，而是实实在在的欲望和诱惑。这个一辈子追求长生的人，又怎么会在临死的时候认命绝望？哪怕只有一线机会，也会不惜代价。”布莱克缓缓说道，语气中不知为何竟然有种忧愤的意味。

但结果我们其实都已知道了，更多的人死在了追寻长生的过程中。

“好了，我所知道的已经如实相告了，现在我们可以打开玉棺了吧。”布莱克催促。

听完布莱克的一番说辞，此时就连我也有些好奇，这玉棺之内究竟还藏了多少秘密。但虽说我答应了布莱克，其实我也不知道该如何打开这个玉棺。

眼下我们最为忌惮的事，是重蹈二十年前的覆辙。当年很可能是无意中触发启动了某个上古文明遗留下来的机关，才导致了那一场变故。在那之后燕昆仑死而复生，而我父亲却下落不明。所有当年事件的真相就这样沉在了太平洋底，成为一个不解之谜。

时隔二十年后，我不知道这一次的遭遇会如何，但至少现在有了一个新增加的变数，那便是我手中的墨矩。

虽然我不知道方才那个战国“鬼魂”为什么要对墨矩下跪，也并不是很有把握墨矩可以破解这个玉棺里暗藏的机关，但从那个战国“鬼魂”出现的一刻开始，我内心里便有一种难以言喻的直觉，这一切其实冥冥之中早已有了谋篇布局，一切都在等着我。这时的心情很难形容。

墨矩是一把钥匙。不知为何，我突然想起燕昆仑说过的这句话。

难不成是打开这个玉棺的钥匙？

转身回望，燕昆仑不知何时已经站了起来。但我看他神色却有些不对。

他取出了那个一直用布包裹着的长条状物体，解开了外面的黑色布条。没想到那里面竟然是一把木剑。燕昆仑带一把木剑到海底干什么？难不成这还是辟邪驱鬼的桃木剑不成？

但我显然又一次猜错了。取出剑后，他竟然对着布莱克冲了过去。我大呼不好。

水下对话通过对讲系统会有一点时延，平时交谈的话适应之后也就习惯了，就像打长途电话那样。但在这千钧一发的时刻，这一点时延却足以致命。布莱克虽然听到我的叫喊，回过头一脸骇然地避其锋芒。但一则水下的阻力大，即便反应过来了身体的动作也未必跟得上；二则布莱克根本没有预计到燕昆仑会对他下杀手，根本躲闪不及。说时迟那时快，一旁的老程抽出潜水刀就迎了过去，勉强挡下了燕昆仑这一剑。

电光火石之间，老程脸色一变，手中的潜水刀已经只剩下半截。

通常情况下，削铁如泥这个词不会用来形容木刀。但当时的情形是，对上燕昆仑那把木刀后，精钢打造的潜水刀竟然完全不够看，一回合就被秒杀。

“这特么是……什么？”老程骂了一句，作为制刀世家的传人，让他始料未及的是竟然会有一把比精钢还硬的木刀，一时之间多少有些慌了手脚，加之在水下，进退都不容易发挥，一时之间手上的动作也为之一缓。

“燕昆仑，你做什么？”布莱克大吼，掏出了水下手枪指着他。

但燕昆仑既不开口，仿佛也没有听见什么，只是咬牙切齿地又挥起了手中的木剑，进一步逼近玉棺，挥剑便斩。老程用剩下的半截残刀，勉强用巧劲卸掉了这一斩。

在水压这么高的海底，哪怕只要划开了潜水服，都是一个死。更何况拖着一条带子左支右绌，实在没有什么躲闪的余地。

布莱克趁机连忙往边上躲闪，一发狠射出了手中的最后一枪。布莱克的枪法算是很准的了，在这水下环境，竟然还能做到弹无虚发。这一弹不偏不倚打到了木剑上，然而也只是在木剑上划了一个白印。

“我想起来了。这……是铁桦木，比钢铁还硬……”老程咬牙道。

燕昆仑这时候竟然一跃而起，利用水下环境的优势，从空中挥刀，划出了一道水锋。

我大惊，这不就是向蛮子所描述的情形？难道说二十年前的真相是所有人都处于幻觉之中，而那个杀死了整个水下队伍的元凶，竟然是走火入魔之后的燕昆仑？

杀了我父亲的人，竟然是燕昆仑？

细看之下，燕昆仑此时的行为却不像是在觉醒状态，倒是很有可能只是被某种未知力量所控制和激发之后的下意识反应。在我愣住的这一刹那，那道水锋擦身而过，划向了玉棺。

老程眼疾手快，脚下一踩也冲向了空中，借势近身抓住了燕昆仑的手，一时间两人相持不下。

老程气力已经算大的了，但在燕昆仑面前都落了下风，渐渐就有些招架不住。

就在这个时候，突然有几束灯光从上面投射下来。

“玄羽，你们没事吧？”是大伯的声音。四个人影出现在了上方的开口，第二队人马已经赶到增援。方才大概是控制台与我们失去联系信号后，若汐便通知了大伯他们。但从刚才到现在我们一直联络不上控制室，大伯他们并不清楚底下发生了什么变故。

第五十一章

缠斗

第一眼看到底下中央位置的玉棺，大伯脸色微变，已经觉察到有些不对。

这个海底洞穴本身就暗藏了玄机，联想到那些神树上挂着的铃铛和青色幽光，倒也不无可能。而且按常理推断，“鬼魂”既然对墨矩下跪，并且将我们引到这里面来，想来应该不是他在作祟。方才我们三个因为水底能见度很低凑在了一起，说不定碰巧都处于墨矩的保护范围之内，而燕昆仑失踪的那一会，也许便是因为拉开了一段距离而受到了影响，又或者是二十年前燕昆仑已经中了这里的机关，回到这个环境后在一些特定的条件下，这种迷幻术被再度激发出来，就像催眠一样。

我也有想过那个“鬼”也许也是幻觉的一部分，但仔细想想却又觉得不太可能，至少我们四个人刚才都目睹了那个“鬼影”的存在。我并不知道如何才能解除这种迷幻作用。至于现在到来的第二队人马有没有谁已经受到了这种迷幻术的影响，就不得而知了。

老程这时候已经喘着粗气，脸色苍白，眼看就要支撑不住了。

燕昆仑挣脱了老程后，又挥剑刺向了布莱克。

“昆仑你搞么子事，这是要在海底革老布的命？”向蛮子还在说风凉话打趣。他大概以为燕昆仑是临时起意，打算干掉布莱克。

布莱克此时脸色已是相当难看，也根本没有心思听向蛮子的俏皮话。躲过一剑后，没防备燕昆仑凌空一脚又至，正中胸口。布莱克顿时摔到了一边，晕了过去，不知是死是活。

目前的情况，对布莱克是最为不利的。真打起来的话，此刻布莱克简直是孤立无援，身边能算是亲信的伊利斯和弗兰索瓦一个在水底下落不明，一个在船上远水救不了近火。而这个队伍中的其他人都很难说会和布莱克站到一边。而且我们在水下逗留了将近四个小时，体力上已经消耗了不少，又跟水面失去了联系。这时候无论是谁想趁机杀掉他，估计布莱克都没有反抗的余地。

虽然嘴上说得热闹，但向蛮子手中可也没闲着，梭镖枪和潜水刀都已经端着，进入警戒状态。这时一旦开打，谁是敌谁是友都不好说。

其实这个队伍本来就是临时拼凑起来的草台班子，几路人马都各怀鬼胎，一旦局势明朗的情况下随时都有哗变的可能。

即便在水下，此时需要提防的也不止布莱克和燕昆仑，大伯对我使了个眼色，存多了一份警惕盯着边上的色勒莫和铁军。而色勒莫和铁军虽然并未插手，显然也已经做好火拼的准备，目露凶光。

大概除了我、老程和大伯是明确在一边的之外，其他人都有可能见风使舵，调转枪头。

玉棺就在眼前，如布莱克所说，那块古往今来的野心家们争夺不已的和氏璧就在这玉棺之中。利益浮出水面，鲨鱼嗅到血腥，一场你死我活的争夺恐怕是在所难免。

但一旦打起来，其实最后还得看谁能回到水面并且控制住整条船，才有活着回到陆地上的可能。稍有不慎擦枪走火，就是万劫不复，葬身海底。

所有人都不敢轻举妄动。

我必须控制住局面才行，这时候的当务之急，是先制服燕昆仑，再搞清楚状况。

“不是，燕昆仑是被操纵的。”我见势不妙，连忙透过对讲系统大喊，“他中了这里的迷幻术！”

我这么说其实也是想喝住其他人，这个地方还存有威胁。玉棺还没打开，是凶是吉也不清楚，不要这么快内耗。

“先制止他！”我一边说一边冲上前去，利用惯性使整个人凌空跃起，双脚踹向燕昆仑。第一下虽然踹中，但燕昆仑退了一步之后回剑便斩，我暗叫不好，已经没有躲闪的余地了。

倒是大伯这时候比较冷静，扯住燕昆仑的脐带管就是用力一拽。这一下虽然没有拽断，好歹也让燕昆仑动作一滞，给我争取到了避开的时间。

老程趁势便攻燕昆仑下盘，想要把他撂倒。

向蛮子大概也看清楚了局面，出手加入到了我们这边。

即便铁军和色勒莫想趁乱发难，要同时干掉我们四个恐怕也没那么容易了。

形势顿时逆转，变成了四打一。

但即便是这样，我们也没占到多少便宜。燕昆仑已经进入了暴走状态，每一招都是直取要害，而且自己也完全像是不要命了一般。反观我们四个人碍于水下环境制约，而且毕竟对阵的是失去神志的队友，所以谁也没有真正下狠手，反倒处于下风。当下之计只能是尽量拖住他，再想办法找空当卸掉他的木剑，把他控制住。

在我们和燕昆仑缠斗不清的时候，色勒莫和铁军竟然完全一副鹬蚌相争渔翁得利的样子，摸到了玉棺前。我惊觉他们两个是想截胡，趁乱打开玉棺，连忙冲过去制止。

比起里面的东西被先拿走，其实我更担心里面会跑出什么幺蛾子。等我赶到已经太晚了。

铁军似乎并不清楚这玉棺的厉害之处，伸手就去摸那玉棺，试图将之打开。

他的手按在玉棺上之后不久，那玉棺便像是突然之间被注入了能量一般散发出一阵青色幽光。然后，铁军竟然就这么一动不动地停住了，像是凝固在了原地一般。那些青色幽光一点点地从玉棺中溢出，附着在铁军身上，瞬间就把他变成了一个爬满了光点的人形。

几个人一看到玉棺发生的变化，都知道大事不好了。

大伯这时候仿佛终于下了决心，趁我们拖住燕昆仑的时候，抽出潜水刀割断了燕昆仑的脐带。脐带一断，潜水服中的备用空气，也就只够三到五分钟。

但与此同时，色勒莫竟然利用这个空当，直接冲过来抓住了我。我显然不够他打，没两下就被缴了械。

“你，拿出墨矩。”色勒莫把刀架到了我脖子上，控制住我之后直接推着我过去，显然他是想拿我做实验。我迫不得已，只好取出墨矩。

铁军这时候突然发出了一声声凄厉的嚎叫。因为挨得近，我发现他似乎正在快速地被那些光点腐蚀。

“打开玉棺！”色勒莫看到铁军异样的情形，没有废话就直接卸掉了我的脐带管，逼我就范。现在，我也只剩三分钟的呼吸了。

大伯一不做二不休，这时候在远端抓着色勒莫的脐带缆透过对讲系统发话：“放了玄羽，不然你也活不成。”

“你尽管试试。看你手快还是我手快。”色勒莫完全不受威胁。

“你杀了他，就没人可以打开玉棺。”大伯冷冷说道，手起刀落，也切掉了色勒莫的脐带管。

与此同时，在另一边，向蛮子使出了自己当年战场上的手段，在老程牵制住燕昆仑、硬接了燕昆仑的一击之后，向蛮子侧身把燕昆仑手中的木剑压住，趁机飞起一脚把木剑踢飞，而后使出来一身混不吝的蛮劲给燕昆仑来了个泰山压顶，强行利用体重的优势压制住燕昆仑，对着他脑袋就是一肘子。燕昆仑方才已经被大伯断掉了空气供应，缺氧的状态下战斗力大不如前，已经有点力不从心，吃了向蛮子一记老拳之后终于不省人事。

所谓福无双至，祸不单行。燕昆仑倒下之后，铁军却站了起来。确切地说，是一个光点组成的人形站了起来。他居然自己扯掉了脐带管，撤掉了防水潜水服，直接暴露在了百米深的水压之中，而后缓缓走了过来。色勒莫此时早有戒备，拉着我往后退。

“快点！”色勒莫手上的刀加了力催促，看来他已经没有多少耐心等我磨蹭了。

我端起了墨矩，将之打开。但不知为何，墨矩却没有像那天晚上一样浮现出三足乌的符号来。看来下一个歇菜的估计就是我了。

浑身裹着光的铁军看了另一边厢躺在地上的燕昆仑一眼，或者至少看起来像是看了他一眼，便向着我走了过来。但他的身体竟然以肉眼可见的方式在飞速熔化，先是皮肤，接着是肌肉，再接着是骨骼，水中升腾起一股细微的气泡。与此同时，那些附着的光点似乎在快速替换着身体中失去的部分逐渐变得暗淡。等铁军走到我面前时，那些光点已经彻底“长”在了铁军身上，变成了他的一部分。或者应该反过来说，这时候的铁军，严格意义上来说已经不再是原来那个人了。

眼前是一个全然陌生的形象。这个人身高将近2米，身材魁梧，胸骨有些突出，看起来已届中年，高鼻长眼带有典型的西北人长相。他的头发和胡子还在快速地长着，似乎是在复原某个形象——那个长眠于玉棺之中的人物。但那些替换了之后新长出来的细胞，不知道为何却泛着一种诡异的淡青色，以至于整个人看起来就像是一个行走的玉人。

那个玉人转过身，玉棺散发出的青色幽光骤然增强，方才在前面引路的那个战国“鬼魂”再度浮现在我眼前，仿佛是从另一个世界穿越而来般，在海底淡青色的幽光中平添几分诡异神色。

此时，玉人张了张口，似乎还想说话，却没有发出声音。

第五十二章

光

那个玉人看了看自己泛着青白色的手后，又抬头仰望周遭漆黑的海底世界，似乎暂时陷入了疑惑之中。但顷刻之间，这种暂时稳定的状态就被突然打破了。

不知道什么时候大伯拿起了燕昆仑的木剑已经绕到了玉人的身后。此时，那一柄木剑已经没入玉人的身体内，贯穿胸口。那个玉人诧异地望了望胸口上突起的刃口，面容扭曲，而后蜷缩着开始痉挛。

趁着这一瞬间的松懈，我用头盔向后猛地撞向色勒莫，带着他浮了起来。水下搏斗最大的问题是没办法像陆地一样站稳脚跟，扎好底盘。浮起来后跟在太空差不多，很难快速摆脱惯性影响。这一下子，我竟然带着他就往玉棺的方向撞了过去。

色勒莫在水中一个翻身，直接拽着我往下摔，拿我垫背。老程见势不好，连忙扑过来想把我拉住。向蛮子也杀了过来，一把潜水刀直取色勒莫胸口。

没想到色勒莫竟然一脚踩在我背上借力，一个鹞子翻身避过了那一刀。老程晚了一步，我以一个十分华丽的倒栽葱姿势，结结实实地撞到了玉棺的顶盖上。这一下子脑袋重重磕到了玉棺上。

幸亏戴着一个金属头盔，才没有大碍。但缺氧加上轻微的脑震荡还是带来了强烈的眩晕感。也不知道面罩摔破了没有，眼前一片模糊。

与此同时，一股强烈的刺痛感如同电流一般瞬间贯穿了我的全身。那种排山倒海的刺痛感骤然袭来，似乎将每一个痛感神经末梢都激活了一般。我张着嘴竟然发不出一点声音，整个人像死了一样躺在玉棺上。

但那种痛楚并未持续多久，便化作了一种温热的触感，就像是整个人泡在了温泉里一样。在这深海里，海水的温度本来很低，突然浸入这种温热之中，顿时有一种倦意袭来。

缓了几秒后，我才回过神来，看清周围。

色勒莫飘浮在了离我不远的地方，胸口钉着一支梭镖。刚才他将我推向玉棺的时候，不知是大伯还是向蛮子看准了时机出手，解决掉了他。

这时，我注意到其他人都用异样的眼神看着我。

“玄羽，你在发光……”老程忍不住说。

我抬起手，此时已经有光点慢慢在手上汇聚。我顿时心中一凉，完蛋，轮到我歇菜了。想起刚才铁军就这么莫名其妙熔化掉了，就不由自主地打冷战。

耳边传来一阵噪声，不知道是通信系统彻底坏了还是我的耳朵彻底坏了。已经听不见其他人在说什么了。

与此同时，铁军化成的那个玉人张着嘴，似乎正在发出无声而又惨烈的哀嚎，而后再度开始熔化。但这一次，似乎熔化得没那么彻底，倒像是某种未知生物在解体。玉人挣扎着再度站了起来，继续往一个方向走着，然而他的皮肤和肌肉在不断地熔化、流淌和滴落，仿佛在水底下燃烧了起来一般，不断冒出气泡和浓烟。

我这时候自顾不暇，没有心思继续关注那个人形到底会烧成什么样。那些诡异的淡青色光点已经覆盖了我的全身，甚至连头发和眼睛上都沾满了淡青色的光。但奇怪的是，我倒是没有感觉到自己在熔化，这种光点覆盖在身上，竟然完全没有疼痛感，甚至还有点舒服。我不知道这是不是人在濒死状态下的一种回光返照，还是说经历了刚才那么强烈的痛感后所有的痛感神经都已经坏死了。

忍不住睁开眼，发现自己依然躺在海底那个玉棺上。想想自己死的时候可以这么从容和无痛，而且还在百米深的海底下自带光环闪闪发亮地死去，似乎倒也还挺不错的，死得还算挺有创意。本来还想说一两句遗言什么的，但通信设备坏了，说不定舌头也开始熔化了，只好作罢。

虽然我这一辈子浑浑噩噩，没什么建树，死得也早了点，但好歹还是遵守了在二十年前和父亲母亲的那个承诺，追寻着父亲当年的脚步来到了这太平洋的深海底。只是没想到自己也要死在这里而已。

稍微扭了扭头，我看到大伯面容哀戚，几次三番想冲过来，都被向蛮子死死按住了。老程倒是垂着手，默默站在我身边流泪。

我勉强坐起身来，不难想象自己现在一定是一副欲哭无泪的表情。

我这是要死了吧？但我不想死啊……

对了，距离那个秘密只有一步之遥了。死之前好歹得做点什么。把那件事情做完吧，既然已经这样了。我扶着玉棺站了起来，试着双手托住玉棺的顶盖使劲推了一推。没推动。

但在玉棺的顶盖上浮现出了一些圆形的光点——四十五个小圆点组成的图案。南九北一，东三西七，东南四，西北六，西南二，东北八，包裹着中央五个点组成的十字。

一看到这些点的排列，我就明白了，这是我从三岁时起就已熟记在心的口诀。我伸出手，默念着口诀，按在那些圆形光点上。

思绪仿佛又回到了二十年前那个盛夏的夜晚。满天繁星下，埋好了时间胶囊之后，父亲和母亲还特意要我背着口诀走一遍。小小的我步伐稚嫩，无论如何数也走不到那个刚填上新土的位置。我一遍遍地走着父母给我用粉笔点好的一步步……

爸，妈，我来陪你们了……

一阵轰隆隆的声响，玉棺内溢出了无数的流光，引起了一阵强烈的冲击波，似乎连海底都在微微震动。

我觉得呼吸很困难，脑袋很昏沉，但除此之外身体并没有灼烧或熔化的感觉。

玉棺上开始出了龟裂，一块一块的玉石在剥离、熔化、分解、掉落，就像刚才的情形，仿佛这个玉棺也有生命一般。

透过那些孔隙，玉棺中的发光体逐渐呈现在了眼前。那便是传说中的和氏璧了吗？一个盘子大小的圆环形黑色石头，包裹在一种状如琥珀或者琉璃的透明物体之中，玉璧上面似乎雕刻着什么图案。

然而玉棺之中除了这块玉璧之外空无一物，并未有传说中那位皇帝的尸体，也没有任何陪葬的物品。也许我们都猜错了，这并非入殓用的棺材，而仅仅是一个用来实现长生的玉茧而已。

而现在这个玉茧也已经开始土崩瓦解，在我面前碎成齑粉。

热浪阵阵袭来，似乎这个环形玉璧正在散发出巨大的能量一般。走近前去愈发感觉到灼热，看来若是徒手去抓的话只怕手也会化掉。

我打开了墨矩，四散溢出的光开始收敛汇聚，围绕着在我周围形成一股光的洪流，注入到墨矩之中。那些古怪的蝌蚪文此时也散发着耀眼的光。一时间，这扶桑神树底座的树洞内流光溢彩，仿佛汇聚了满天星辰。

我不知道这样的时刻持续了多久，也许只有短短几秒，也许足足过了千百万年。而后骤然之间，玉璧暗淡了下去，如同耗尽了所有能量一般缓缓掉落到了海底。我合上墨矩，走过去，俯下身将之捡起，拿在手上的和氏璧此时依然微微发烫，并且有些分量。终于看清楚了玉璧上面的图案纹饰，一面是一只高度抽象的三足乌，连缀着四个圆点；另一面则是呈辐射状排列的蝌蚪文。

这时我才意识到，身上的光点不知什么时候也已经消失无踪了。

老程卸下了色勒莫的脐带管递给了我。我愣愣地接过戴上，呼吸终于恢复顺畅。又逃过了一劫后，竟然有些恍惚。环顾四周，到处都是打斗后留下的痕迹，和那些未曾分解完毕的絮状物，不禁有些反胃。

“走吧。”老程把我拉起来，提醒道。

向蛮子也把铁军的脐带管拆下来给燕昆仑接上，他的呼吸想必已恢复顺畅，只是还未醒转。

布莱克呢？布莱克哪去了？方才打斗之间，布莱克竟然不知不觉就消失无踪了。

“布……莱……克……”我艰难地张了张口，声音虽然有些奇怪，好歹还能说出话来。

这时，在我们头顶上的开口处，出现了一个人影。布莱克的声音随之传来。

“年轻人，把你手中的和氏璧交给我。除非你们几个想留在这底下。”

这个老狐狸又恢复了他奸商的本色，马上就准备过河拆桥了。

“喂老布，你这是下山摘桃子，抢夺革命的胜利果实啊。”向蛮子直嚷嚷。

大伯冷哼了一声，反将一军：“布莱克教授，凭什么？”

大伯的底气来自我们现在的力量对比。布莱克此时即便能说服向蛮子站到他一边，我们也是三比二的优势。相反，如果我们四个联手挟持了布莱克，完全有可能控制住“大鲲”号。既然要抢夺，总得有抢夺的实力和资本，威慑才能起效果。

“伊利斯，是时候和大家打个招呼了。”话音未落，伊利斯提着一个煤气罐一样的东西站到了布莱克身边。伊利斯居然没事人一样出现在了我们面前。这到底是怎么一回事？

第五十三章

天下与长生

当伊利斯出现在我们面前时，大伯和向蛮子首先关注的焦点反而是伊利斯手上的“煤气罐”。

“深水炸弹……”大伯的脸色为之一变。向蛮子则马上就骂骂咧咧地对布莱克竖起了中指。

没想到螳螂捕蝉，黄雀在后，而且布莱克竟然还搞来了军火。

深水炸弹能在水下产生强大的冲击波，通常是用来破坏潜艇的。这么大小的一个“煤气罐”，把我们所有人都送上西天都是小菜一碟。

我这时才终于回过神来。

原来伊利斯根本没有出事，而只不过是在布莱克的授意下玩了一出金蝉脱壳。当时老程和若汐被困在神树顶上，伊利斯不但没有前去救援，反而借机从众人的视线中消失，藏匿了起来。我不知道这是下水前就已安排好的事情，还是说那时在水下布莱克通过加密频道偷偷给伊利斯下达了命令。

此后唯一可能的假设是，伊利斯早就独自返回到了“大鲲”号上，躲在了那间只有布莱克才有进入权限的房间，那显然是一个很好的藏身之所。

难怪布莱克对之后的搜救行动并不是很积极，因为他早就知道伊利斯安然无恙。而无论若汐还是老程，对布莱克的计划而言都只不过是随时可以牺牲掉的棋子。

而这个老谋深算的家伙之所以偷偷压下了伊利斯这一张王牌，为的就是等这一刻。

在我们拿到了和氏璧之后再掌控局面，不愧是布莱克的风格。

但这一刻，我的内心里对这种拿人命当筹码的事却有一种说不出的厌恶滋味。

为什么人与人之间要这样算计，这样尔虞我诈?

“陈连长，你是战场上过来的人，应该知道兵不厌诈这个词。”布莱克的语气中有一种揶揄的意味。

“布莱克，你不去演戏实在太可惜了。奥斯卡应该颁个奖给你。”老程一下子也明白了过来，恼火道，“亏若汐还那么尊敬你……你竟然……”

“如果你接触过上流社会，你就会知道奥斯卡都是小儿科。好演员不一定当得了好总统，但好总统一定是个好演员。”布莱克不以为耻，反以为荣。

“伊利斯，虽然你救过我，但你的临阵脱逃却差点害死了当时困在水下的老程和若汐。”想到这是一出刻意安排的戏，而连人命都成了算计的筹码，我就恨得牙痒痒。

“每个人都得对自己的选择负责。”伊利斯扔了一把水下步枪给布莱克，淡淡说道。

冷酷的理性。

布莱克对我做了个手势，示意我把和氏璧送过去，又扬了扬手中的水下步枪：“挪威一家公司研制的新型水陆两用枪，用的是铜制实心自然超空泡水下子弹。即便在这个深度，有效射程也有10米，足够杀死你们几个了。但我想我已经说得很清楚了，我并不是一个喜欢杀戮的人。”

“我怎么相信你不会在我交出和氏璧后杀了我们几个？”我试图讨价还价。脑子此刻已经恢复清醒，我必须孤注一掷，找到一个保障我们几个人安全的方法。

“你最好相信。”布莱克这次不吃这一套了。一时间，形势再度逆转，现在任人鱼肉的反而是我们。

“我说老布，咱们先放下枪再说嘛。”向蛮子顿时摆出一副和事佬的样子。

“布莱克教授，咱们之间，犯不着走到这一步。先回潜水钟再商量怎么样？”大伯的口气也软和了不少。

现在既然找到了和氏璧，我已经没有什么利用价值了，所以也不再可以威胁到布莱克。

但我必须抓住布莱克的弱点，才能够逼他就范。他的弱点……到底是什么？

这时候我左手拿着和氏璧，右手拿着墨矩，脑海中突然浮现出一个很神奇的想法。

“布莱克，你这么熟悉中国的历史，应该也听说过一个成语叫完璧归赵吧？”在说话吸引他注意力的同时，我的手上做了一个动作。

“还有一个成语叫自相矛盾，你也该听过吧？要不我现在就示范一下？”我将和氏璧横在身前，踩着海底飘浮起来往后退，作势要把墨矩砸到和氏璧上。

“两件上古神物，应该也能砸出点声响吧？”

在说话的当口，我已经漂出了一段距离，就算布莱克枪法再好，也没有十足的把握可以在我砸下手前射中飘浮着的我，一枪把我爆头终止我的行动。

果然这个威胁相当有效，布莱克脸色顿时就变了。

其实我并没有把握这块铁是不是能砸得动那块石头，虽然我不知道这其中的作用机制是什么，但显而易见刚才那些奇怪的光和能量释放都与这两件东西有关。

更为重要的是，只要布莱克有所顾忌，威胁就会有效果。

“先让我们回到潜水钟，我再将和氏璧给到你。而且你必须信守承诺，保证所有人安全返航。”我趁机提条件。

布莱克无奈，只好默许了这个条件。我对老程使了个眼色，老程会意，趁机缴了布莱克的水下步枪。之后大伯、向蛮子、老程三人越过布莱克，往潜水钟的方向游去。现在，只剩下布莱克和我，还有拿着深水炸弹的伊利斯。

那种源自深海的震颤还在继续，一种什么东西正在断裂的喀啦喀啦声由远及近，似乎这海底洞穴随时都会坍塌的样子。此时所有的光都已经消失，洞穴里又恢复了一片死寂黑暗。

站在这无尽黑暗的海底，时间的流逝都变得十分模糊。

“伊利斯，你也回去吧。防止他们断了后路。”沉默了一阵子后，布莱克开口说。

伊利斯没有再说什么，就放下深水炸弹游走了。

现在，只剩下我和布莱克在黑暗中沉默对峙了。我们只能通过头灯微弱的光亮确认彼此的位置。

“布莱克，我想知道，你这样不惜性命地冒险跑到这深海底，为的究竟是什么？”这个横亘在心里很久的问题，我终于问出了口，“在岛上的时候，你说你的目的是墨矩法规背后的秘密，究竟是什么秘密才会让你冒这么大的风险，恐怕不是长生不老吧？像你这样的人，如果是要追求长生不老的话，应该好好在陆地上待着，投资生命科学才是。”

布莱克像是听到一个很好笑的事情一般，忍不住哈哈大笑。

“年轻人，如果你知道这两件东西的来历，刚才恐怕就不会做这么鲁莽的事了。”布莱克指了指上面，示意我跟着他在神树内往上游去，“如果你想知道为什么，就上去看看。”

我将信将疑地游在了布莱克的身后，小心提防着他，不知道他葫芦里卖的是什么药。

神树的内部是一个空筒结构，向上逐层渐次缩小，设有木制楼梯可供攀登，俨然是木塔的构造。不知道在远古时代这一座神秘建筑究竟是被称为塔还是树。

内壁似乎曾有许多的壁画和雕刻，只是万年时光沧海桑田，如今沉于海底，早已被珊瑚沙覆盖侵蚀，只剩些许痕迹残存，无法窥得全貌。饶是如此都不难觉察，当时这个文明曾经取得的辉煌成就和宏伟历史。

神树的第二层，东西侧有假门，南北侧有假窗。

“所谓‘墨矩’和‘法规’也只不过是后来人所赋予的符号而

已。实际上，这两件神物都继承自同一个上古文明。我们在这里看到的，只是那个上古文明的一些片段。”布莱克不时转头看看那些痕迹，却没有放缓速度。他的目的地大概是上面有九个枝杈拱卫的顶端。

“当你开始追寻这两件物品和那个上古文明曾经留下的痕迹，你就会发现，古往今来的历史完全可以有另外一种解读。”

“这两件东西从未出现在历史上。”我反驳。

“你所看到的历史，只是寥寥可数的一点历史事件的记录和物证而已。比起背后的那些惊心动魄的故事，恐怕只是九牛一毛。”

的确如此，不要说历史事件了，就连我自己的家事，我所知道的都十分有限。

“想必你现在应该已经知道，从古到今，这么多人在追逐这两件上古时代流传下来的东西，是有原因的。”

布莱克继续说：“有一种说法是，谁掌握了墨矩，就能掌握天下。而谁得到了法规，就能得到永生。”

这一句话轻描淡写，却如有千钧之力。以布莱克的学识和地位，绝不会失心疯说一些毫无根据的话。他之所以这么说，至少说明他对此已经信之不疑。

神树第三层，四面辟门，却没有窗。

“中国第一个皇帝秦始皇，在2200多年前统一了六国，登基之后就开始为自己建造陵墓，修建长城，对国人实行残酷统治，历时三十多年。这位君临天下的帝王，唯一惧怕的便是天帝的震怒和死亡的到来。为此，他下令修建一座庞大的陵墓，将在地上看过的、用过的，包括山川河流、日月星辰，都搬到了地下，甚至还让8000名真人大小的彩绘陶俑武士守卫。你看，古往今来，无论是秦皇汉武还是唐宗宋祖，任何得到了主宰天下权力的人，都会渴望拥有长生。”

“天下与长生，古往今来，有多少英雄豪杰趋之若骛。”布莱克有感而发。

第五十四章
历史的终结

“天下”和“长生”。

这两个词，的确可以说是几乎所有站到了金字塔尖的人所追求的主题，或者说幻想。

得到天下，权倾一时。得到长生，历经百世。

“即便是凡人，又有哪一个不奢望有朝一日能够权倾天下，长生不老？”布莱克油然喟叹。

“抱歉，我就是一个你口中所说的凡人，但我完全不想跟这两个词扯上关系。如果可以选的话，我甚至根本不想认识你，也根本不想跟这些事情发生任何关系。”我也直抒胸臆。

直到现在，我才知道布莱克问我的那个问题背后的深意。但其实我根本无力也无兴趣去追求什么天下与长生。

“有时候，恐怕这就是所谓的命运。由不得你自己。”布莱克意味深长地回应我。

我已不信什么一切早已注定这样的屁话。若每个人的人生早就是规划好的，那活着的意义何在呢？难道只是为了粉墨登场演一出名为自己的戏？

“我不相信什么命运。我也不觉得英雄和凡人有何不同。无论怎么说，英雄也好，凡人也好，所谓的天下和长生，都只不过是痴人说梦。就连一统六国的秦始皇，不也一样死在了追寻长生的半路上？”我反唇相讥。

“他已经很接近了。”布莱克似有所指。我不禁想起了刚才那个玉人，难道真的是那位两千两百多年前的帝王在这个时代以某种诡异的形式复活了？

第四层，东西辟门，同样没有窗。

“你呢？现在你所追求的是天下，还是长生？”我反问。

“我可不是什么凡夫俗子。”布莱克笑笑。我心中嘀咕，到底还是一个洋人老头，虽然举止打扮已经很中国范儿，却一点也不懂得谦虚的传统美德。

“在这个世界，在这个时代，有一些东西，比起天下和长生更值得追求。”布莱克难得地袒露了心迹。

“那是什么？”我随口一问。

“真理。”布莱克回过头望了我一眼，说出了一个含混不清的词。

从布莱克口中听到“真理”这个词，多少有些怪怪的意味。不择手段追寻的所谓“真理”，又是什么狗屁真理？

“你的真理都是用凡人的鲜血灌溉的吧？”这个学富五车又富可敌国的精英，恐怕不会觉得遥远国度区区几个凡人的性命有多少价值。为了所谓的“真理”，如有需要的话大概半个地球的人都可以献祭出去。

布莱克倒是不以为意，继续说道：“以后你会发现，历史本来就是由少数的精英书写的。”

“历史是由每一个或伟大或卑微的人所共同书写的。”我绝不赞同少数几个人决定大多数人命运的历史。

“在我和你一样年纪的时候，也曾这么天真地认为。”隔着对讲系统，布莱克这话听不出来是讽刺还是感叹。

第五层，东西辟门，南北假窗。

“布莱克，你当时是怎么拿到我父亲的研究笔记的？”我问。

“下水前他留下了研究笔记，放在船舱里。我们在整理遗物时发现的。”

“你解开了笔记里的那个矛盾之处了吗？”布莱克问。

“你是指最后一句话？”

布莱克嗯了一声，张口就背了出来：“1999年9月13日，证明了那个猜想。‘水下的鬼魂’真的存在。看见历史的终结。”

“只是猜到大概。究竟什么是历史的终结，我还没有头绪。”我坦承。

“等到了顶上，你就知道了。”布莱克卖了个关子。

蹊跷的是，这句话是父亲在最后一次下水之前就写好的。而且这句话的措辞其实已经透露了许多信息。先前许多并未深究的矛盾之处，此刻变得更加扑朔迷离。

这句话有一种很违和的感觉，就像是未卜先知的预言，仿佛父亲已经提前一天知道了水下的情形和即将会发生的事情一般。而且这句话中提到的三件事，似乎也有什么内在的联系，只是我还不知道该如何解读。

“证明了那个猜想”或许指的是古蜀国和海底文明遗迹之间的联系。但父亲写下这页笔记的时候根本还没有见到“水下的鬼魂”，他又是从什么途径得知和证实“水下的鬼魂”存在的呢？

尤为费解的是笔记之中的最后一句话：所谓“历史的终结”。

父亲用的是“看见”，也就是说，他是在已经接触到了什么，“看见”了“历史的终结”之后才在笔记上写下这句话的。而当时他们根本还没有接触到和氏璧和那个神秘的玉棺。

父亲所“看见”的到底是什么呢？

既然当年父亲已经知悉了一些什么，为什么还要冒死下到海底？那一场变故，究竟是不是意外？

还有所谓的“历史的终结”，到底是一种隐喻说法，还是描述了某一场惊天动地的灾难？

第六层，四面辟门，没有窗户。

如果“鬼魂”真的存在的话，我倒是很想在这里见到父亲，向他当面求证。

燕昆仑出现之后，我一度也期盼着父亲能和燕昆仑一样死而复生。但既然布莱克耗费了二十年时间都没有找到父亲，这个幻想也就只能是一厢情愿的幻想而已。

“后来有没有找到我父亲的尸体？”我问。

“没有。实际上，那天除了逃出来的向蛮子，和后来在矿洞里找到的燕昆仑之外，水下的所有人都是活不见人，死不见尸。”布莱克继续回忆着当年的情形，“卢胡特当时是在救生艇上，并未下水。那天我并不知道你父亲已经提前破解了这么多的信息，否则我不会让他贸然下水……”

第七层依然是东西辟门，南北设有月窗。

“你耗费这么多年，牺牲这么多人命，所想要追求的所谓真理，到底是什么？”我忍不住问。

“简单点说，就是过去，和未来。”布莱克点到为止，只是给了一个模棱两可的说法。

第八层则有雕花围栏，八面开阔，八个角各立有一根木柱。木柱上雕刻有树叶纹饰。

“为什么这一切会牵涉到共济会和战国时期的墨家？”我打破砂锅问到底。

“这是个很长的故事。”

“如果你感兴趣，就用你自己的目光去历史里找答案吧。秦始皇与墨家的关系，并不仅仅是三次刺杀行动这么简单。”布莱克接着又补充道。

第九层又是全封闭的结构，中间有井式的塔顶，估计原来应该还会有悬挂铜钟之类的设计，只是现在已经遗失不见。在这三层，每层在不同方位有三根“枝杈”伸展，大小不一，枝杈上立有青铜铸造的三足乌，每层三只，共有九只。枝杈似乎采取了某种斗拱连接的方式与树干相连，表面也覆盖有青铜纹饰。

第九层之上有个封闭的顶盖。先前老程和若汐便是从顶上折返到此处造了一个小型气穴，才勉强撑到获救。

“从这里出去，到顶上。”布莱克没等我就自己从第八层翻了出去。我也只好跟上。

树顶上竟然是一个祭坛，正中耸立的立柱代表着扶桑树的树梢，顶上则站着最大的一只青铜铸造的三足乌，三只脚成鼎立之势，双翼舒展，昂首向东。这个青铜雕像，竟然已经在海水里屹立了一万两千年。

“这里，就是历史的终结。”游到了顶上，布莱克有些喘气。

“为什么？”我诧异地问。一时没反应过来。

环顾周遭，除了刻画在立柱上的蝌蚪文之外，再无他物。看起来，这似乎是举行某种祭祀仪式的场所，只不过这个仪式显然只有少数人才有资格站到这神树的顶端。

“让我意外的是，我足足花了将近二十年时间才搞明白陈博士当时所发现的真相。”布莱克脸上浮现出一种罕见的惨笑。

听布莱克的意思，难道说当时父亲就已经从川西南的考古发现中破解了这个上古文明和海底遗迹的存在？从蝌蚪文中看见“历史的终结”？

“我们现在看到的，只是一个上古文明的历史终结时残留的景象而已，事实上，这是地球上出现过的第四个文明。”布莱克意味深长地说。

“太初文明是地球远古时代最早出现的文明，曾经达到过远超于现在的文明发展程度。实际上现在的文明体系属于第五纪文明，在此之前曾经出现过四次文明进化螺旋，都灭绝了。”

我简直无法相信布莱克所说的话，难道说在漫长的过去，还曾经出过其他四个不同于现在的文明体系，又归于尘土？

“实际上，蝌蚪文是一种用于记录重要档案的密码文字，而你父亲在二十年前就完成了破译，从中得知了上古文明存在的真相。”

布莱克说出这个结论时，语气中竟然有几分不甘和遗憾之意，仿佛桂冠旁落。虽然我不知道这其中的艰辛和这项成就的意义，但若不是布莱克这么一说，我根本就没想到在上古时代的人就已经将密码学应用到历史记录上。

“所谓的历史终结，并不是世界末日，而是历史发展到一定程度之后，文明开始陷入停滞和衰退。等到下一个大的气候周期和环境剧烈变化到来时，文明已经衰退到无力对抗自然力量的地步，从而被淘汰。这个文明与气候地质变迁相关性的周期律，便是所谓的天命，或者说文明的演进规律。”

“这么说，二十年前的那个夜晚，父亲跟你讨论的就是这个文明的历史终结？”

“是的，那天我们争吵了很久，关于历史的终结，我们的看法并不一致。陈博士当时不肯告诉我破译密码的方式，只是竭力劝说我不要取出和氏璧。”布莱克伸出手小心揭开立柱上的沉积物，底下也是当时刻写下的蝌蚪文字。如果破译出来，不知是不是又是一段关于这个上古文明的过去历史？

“他害怕那个人类文明的‘起源’，也害怕我们将重蹈覆辙，走向那个‘历史的终结’。”布莱克淡淡地说。

第五十五章
归途

此时，我和布莱克两人站在扶桑神树的顶端。周遭一片苍茫，漆黑如宇宙洪荒。

海面之上，该也已经是夜晚了。

布莱克默默站立了一会，才俯下身在那个“煤气罐”上拨弄一番，红色的荧光开始闪动。

这个疯子！他竟然是想炸掉这个远古文明遗迹！

“这就是你所谓的真理？”我冲上去质问道。意识到他在做什么时，已经错过了阻止他的最佳时机，数字开始跳动。

“局部的真理。”布莱克微笑，没等我近身，就松手把那颗深水炸弹扔向了神树底下。

“你疯了？这可是全人类的遗产！”这时我想和布莱克同归于尽的心都有了。

“不，这是上一纪人类文明的遗产。”布莱克纠正了我的说法。

深水炸弹下沉得很快，这个时候再追下去已经来不及了。

“你为什么要这么做？作为一名考古学者，炸掉遗迹简直是不可饶恕的犯罪。”我义愤填膺。

“在我个人的角度，我当然不会想要去做这种事。但这是我和那些人交易的条件之一——拿到了和氏璧之后炸掉这个地方，他们不希望上古文明的任何痕迹公之于世。”布莱克叹了口气，仿佛这只是一件不得不去做的小事。

“丧心病狂！”我怒不可遏。

“你可以选择相信我，我只是在守卫这一个纪元的人类文明。”布莱克淡淡地说，“虽然我的方法看起来很反直觉，但却符合理性。”

这简直是荒谬绝伦的歪理。

上一个文明纪元在一万两千年前存留海底的遗迹，竟然就这样在利益交换中被炸掉了。

“我们每个人都不是为自己而活着……”布莱克叹了口气，那个闪烁的红点此时已经隐入水下，再也看不见。

“走吧。还有10分钟的时间离开。”布莱克没有理我，自己往潜水钟的方向游了回去。

此刻我内心充满了遗憾和不舍。

这个地方就要被炸掉，所有的秘密也将随之毁于一旦。我像是抓到了一些什么，又好像什么都没有抓住。深深的无力感渗透了我的全副身心，我不发一语地跟在布莱克身后。

不久之后，当我返回到潜水钟里时，一场战斗刚刚结束不久。

伊利斯制服了大伯他们三个，收缴了所有武器。向蛮子和大伯脸上都挂了彩。老程也被饱揍了一顿，咧着嘴一声不吭。

在潜水钟的灯光下，我才看到，和氏璧此时已经变成一块黯淡无光的黑色石头。

“好了，伙计们，合作愉快。”布莱克取出了一个泛着白光的圆柱体形状合金器皿，示意我把和氏璧放入其中。

燕昆仑依然没有醒来。向蛮子这次很够义气地把他带回了潜水钟，也算是还了二十年前欠下的人情债。

我别无选择，这个时候布莱克完全可以把我们四个人扔出去喂鲨鱼，我的确最好还是相信他能让我们平安回到陆地上。

我将和氏璧扔给了布莱克。伊利斯抢先一步接住。这一次并未有什么异样，也没有如在海底那般释放出那种游动的光点，看起来只是一块再普通不过的石头而已。

这样一块石头，恐怕扔在大街上都不会有人去捡。但正是这样一块石头，古往今来却引发了多少尔虞我诈的争斗。

布莱克打开了那个合金圆柱体容器，将之收入其中，小心封存好。

“你赢了，只是别忘了为这块沉在海底的石头，又添了三条人命。”

至于这块从天而降的石头究竟隐藏了什么玄机，我也许不会再有知悉的一天了。

除了和氏璧外，墨矩也被布莱克收走了。自然，这也是交易的一部分。我交出了两件上古文明的遗物，来换取所有人的安全。

在我的强烈要求下，我才得以保留下父亲的研究笔记，和那三张旧照片。

离开海底洞穴的时候，一波强烈的震动突然袭来。在潜水钟里都听到了一声闷响。

这大概是一个文明遗址毁于一旦的最后一曲哀歌。

之后的归途一路无话。

从深海返回到了“大鲲”号后，还需要在减压舱里待上一周。

减压的过程是最难熬的日子，没有工作来打破沉闷单调，也没有在陆地上的舒适感，甚至也没有阳光。在这一个过程中，也会产生关节痛、头痛、呼吸急促等现象，唯一能够缓解这些减压病的早期症状的方法，只能是重新加压再继续减压的过程。

长时间处于这样封闭狭小的环境，对于我这样的幽闭恐惧症患者而言，无疑是难熬的噩梦。这种恐惧也在无形中加重了减压过程的不适感。我感觉自己就像一只被关在金属笼子里的猴子。时间的概念变得十分模糊，一切仿佛都陷入了静止。

这期间，结合这一段时间以来所经历的事情，我大致梳理了整件事情的来龙去脉和前因后果。按着自己的理解脑补出一个大致的轮廓，虽然搞清楚了一些事情，却有更多的疑问悬而未决。

从20世纪90年代的川西南考古项目开始，父亲破译了蝌蚪密码文字，从中了解到这个上古文明的存在，甚至可能还包括其沉入水下而后衰落灭绝的原因。而且综合目前所获得的信息判断，父亲当时所获得的蝌蚪文字资料之中，甚至还提及了“水下的鬼魂”以及所谓“历史的终结”是什么。

为了验证自己的猜想，父亲参与了布莱克主导的勿里洞项目。但在出发之前，出于某些我现在还未清楚的缘由，父亲提前做好了牺牲自己的准备，甚至布下了一个二十年后的局，将孩提时代的我也卷入进来。父亲当时将自己的研究笔记展示给布莱克应该也是有意为之，为的便是引诱布莱克在出事之后继续追寻和氏璧的踪迹，推动整件事情在二十年后继续发展。

但当时父亲告诉布莱克的内容一定对布莱克产生了很大冲击，以至于一直主导着项目走向的布莱克竟然会在那一天一反常态地没有下水，而是把自己关到了房间里，迫不及待地验证从父亲口中得知的信息。与此同时，水下队伍却意外触发了玉棺之中的机关，释放出了和氏璧中的神秘能量，而后几乎全军覆没。沉寂了二十年后，我挖出了墨矩，实际上也就触发了隐于暗处的各派势力再度浮出水面，才有了随后发生的一系列事件。

我早已在懵懵懂懂之中成为了局中人，只是不自知罢了。其实在我身边的人们，无论是母亲、大伯，甚至庚叔和向蛮子，都早已知悉内情，唯独没有人告诉过我什么。

有时候，恐怕这就是所谓的命运。由不得你自己。我又想起了布莱克在水下说的那句话。

大概是为了提防我们再生事端，布莱克和伊利斯单独占用了一个减压舱，剩下我们五个人则被关在了另一个减压舱里。

在我们关在减压舱的一周里，“大鲲”号上也发生了许多事。

燕昆仑在回到“大鲲”号不久之后就醒了过来，只是他又一次地忘掉了在海底下那段时间里发生的事情。最后残留的记忆印象只是在扶桑树下听到了忽远忽近的铜铃声，此后的一切都是一片空白。

这期间布莱克大概已经跟各方势力谈妥了价码，并且达成了某种力量平衡和妥协。

这期间有一艘潜艇在“大鲲”号附近的海域浮出了水面，看来漂荡在海上的这段时间里，“大鲲”号一直都处于某股势力的监控之下。

这一周里，我从头到尾翻来覆去地看了许多遍父亲的那本黑皮封面的研究笔记，而后终于意识到我竟然还是漏掉了其中最为重要的信息。

研究笔记的最后，那密密麻麻写满了不成文的单词或汉字看起来如同胡言乱语的一页。

在好几天时间，我反复试过了许多种破解方式，都无济于事，徒劳无功。这一页纸上彼此没有关联的汉字，就像是毫无意义的梦呓。但我知道，父亲并没有发疯，他煞费苦心地筹划了这一切，一定有他的用意。虽然用意不明，但至少可以肯定的是，父亲不会无缘无故地在这个本子上练字。我始终觉得，这些散落的文字或许是某种密码，一种连布莱克都无法破解的密码。为的是传递一个不能让布莱克或者任何人得知的关键信息。这种隐隐约约的直觉，在日复一日的挫败之中渐渐成为了一种执念。

我抱着最后一丝希望，再一次尝试按着儿时记下的口诀在纸张上移动，寄望于奇迹的再一次地出现。然而这一次没能依样画葫芦，凑出来的依然只是没有意义的话语。

到第六天的时候，依然没有任何突破，我始终解不开父亲留下的最后那段遗言。我沮丧不已，心情也坏到了极点，终于将那本研究笔记扔到了一边。

也许，所谓的密码，根本只是我不切实际的妄想。

七天后，我离开了密封减压室。

此时，无论心理上还是生理上，我都已经到达了极限。我面色苍白，生物钟紊乱，分不清方向，不由自主地发怒，就像刚从监狱里放出来的囚犯。我感到孤独，疲惫，只想要好好睡一觉，却反复失眠。而那些充斥我内心的未解之谜和无休无止的疑问，还在反复折磨着我，让我濒临崩溃。

第五十六章

各奔东西

当我走出减压舱的时候，我们实际上已经回到了三沙市的某个岛礁附近。

不久之后，“大鲲”号在永兴岛靠岸。大伯、向蛮子、老程和我四个人在永兴岛下了船。离开“大鲲”号时，我向布莱克要回了自己的随身物品和背包，还有那把“非攻”匕首，连同父亲的研究笔记和三张旧照片。

“谢谢几位，合作愉快。”布莱克面带微笑，伸出手来，这时候又恢复了一副无良商人的嘴脸。

我这时候身心俱疲，没有和他握手，只想快点离开。

“这次项目的酬劳已经根据协议打入了你们的账户里。”大背头弗兰索瓦强调。

我充耳不闻，继续走自己的路。

“年轻人，虽然我也很不喜欢这个世界，但这个世界就是这样。”临走时，布莱克不无遗憾地说。

我依然没有回头，也没有回应他的话。已经够了，现在，这些都和我没关系了。

这个世界就是这样。真相也好，真理也罢，都与我无关了。

我们上了一架停在港口等待的黑色直升机离开。一个多小时后就已经到达了三亚凤凰国际机场。此时正值三亚的旅游旺季，机场里熙熙攘攘都是候机的旅客。

直升机稳稳当当地停在了机场的一个角落，之后是乘坐摆渡车返回到了候机大厅外。

海上漂了将近三个月后，我们几个都是一副胡子拉碴、头发油腻，皮肤黝黑粗糙的模样，回到陆地才终于知道什么是脚踏实地的滋味。

就连头顶的阳光都格外灿烂。在水下所能接触到的光也只有头上的探照灯照在浑浊的水体里反射出的一片昏黄。而且在海上时，每个人的作息不是根据日出日落，而是根据潮水涨退来调整的。有时是在大中午，有时是凌晨两三点，因为在涨潮和落潮间的短暂平潮期水下的水流才最为平缓，适合水下作业。

不过是三个月的时间，对我而言却恍如隔世。

“大伯……对不起，给您惹麻烦了。”我终于低下声向大伯道歉。既为自己差点连累大伯陪我葬身海底，也为在海底的时候为了救老程和若汐而对大伯发飙的事。

大伯只是面带苦涩地点点头，也没有再说什么。

这一次对大伯来说，恐怕也是人生中少有的挫败，我们几乎是被布莱克牵着走，完全没有反击的余地。就连父亲二十年前费尽苦心留给我的墨矩也落入了布莱克之手。

“老陈，你现在什么打算？”向蛮子闷声抽完一根烟，把烟屁股按到垃圾桶里，才开口问。

“这事就到此为止了，布莱克那个人还是说话算话的，剩下的事情暂时不会牵涉到我们。至于其他人，也只能走一步算一步了……”大伯把还剩大半截的烟掐灭。

“老布这一回搞得成搞不成，我心里硬是冇得一点底岸咧（没有一点把握）……你知道那些人……”向蛮子瞄了我们一眼，意识到自己说多了，便掐掉了话头。

“你呢？回长沙？”大伯又问。

“我想去趟香港，会一会那个人。”向蛮子简明扼要地交代了下一步的计划，没有明说。

“也好。”大伯点点头。

“你们两个，我先送你们回去。”大伯转过身对我和老程说，没等我们俩同意就给我们编排好了行程。

“玄羽，去印尼前我已经跟学校打了招呼，不过这个学期你好歹还是得回去报到一下，不然毕不了业。还有你伯母这边虽然我没说，但离开这么久，也得回去报个平安。”

“还有你小程，不要忘记你答应的事，回去跟家里人解释清楚，以后不许再这么胡闹了。”

我们两个本来心情就已经很差了，这时又被训得灰头土脸，完全不想搭话。虽然我理解大伯的一片苦心，但我大学都快毕业了，总不愿被当成个小学生一样管着。

“行了行了，我心里有数。”我敷衍过去。被大伯这么一说，我反而不怎么想回去了。

向蛮子先飞了深圳，大伯本来押着我们俩一起先返回广州，结果航班晚点，在机场等了大半天。这期间老程打了电话回家报平安，他倒是四两拨千斤就糊弄了过去，就说是跟朋友跑三亚玩潜水去了，其间还认识了个加拿大籍的华裔女孩子，跟一个功夫高手切磋了一下木剑。

我也才想起来，翻出自己已经关机了三个月的手机，在机场找了个地方充电。

不久之后，手机的屏幕上开始出现一个充电标志。

就在我以为故事到此就告一段落的时候，一条突如其来的短信，却引着我走上了另一条路。

实际上，这一条短信来自一个陌生电话号码，发送时间是将近三个月前。

“嗨，我是你的小姐姐唐娅啊，过分啊！电话一直打不通，留言都不回复，只好给你发短信啦。是这样，我回来后和奶奶说了玉佩的事，没想到我奶奶很认真地一再说要见你，她说有些话要当面对你说。你知道我一向听奶奶的话，所以才破例邀请你来成都，你千万别误会啊。”

我一愣，那还是在我被抓到那个小岛上时的事了。这才回想起来，我在小镇街头邂逅的那个戴着三足乌玉佩的成都女孩。

大概是手机一直处于关机状态信息有时延的缘故，叮叮咚咚又蹦出来好多条短信。

原来在我失踪的这三个月里，唐娅找了我好几次。

“喂，你太过分啦，本姑娘难得这么低声下气求人诶。真的是我奶奶想见你啊。她老人家三天前住院了，你快点来啊。

“到底发生什么事了？陈玄羽你该不会人间蒸发了吧？干吗一直电话不通消息也不回？

“你还好吗？该不会出什么事了吧？我这边……奶奶病得很严重，我很担心她……

“你可以不用来了，三天前，奶奶去世了……”

最近的一条短信，也已经是两个月以前了。

我按出那个陌生号码，却迟迟没有拨通绿色的通话按钮。

这会不会又是一个精心设计的骗局？这个世界上，还有谁是不怀任何目的与我接触的？

潜意识里，那个内心深处的我在抗拒继续卷入这些谜团之中。

大概是看我的动作太别扭了，老程瞄了我几眼之后，忍不住凑了过来。

“女朋友？”

“不是，就是上次在街上碰巧认识的女孩子……”我有气无力地说。

老程倒是没说什么，大概他现在情绪也相当低落，若是往常早就煞有介事地寻我开心了。

“喂，既然想打就打回去呗，一个电话又不会怎么样。”老程怂恿我。

见我没反应，老程抢过我电话就直接按了拨通键，而后等嘟一声接通后塞回到我手里。

电话的另一端接通之后就一直沉默着。

我只好嗫嚅着先开口：“喂，我是玄羽。这三个月发生了许多事情，一直没接到电话，抱歉……”

电话那头还是沉默着，但听得出来有人在电话旁，我甚至还可以听到她的呼吸。

片刻之后，对方竟然“哇”的一声哭了出来。而后是铺天盖地伤心欲绝的哭声。

我顿时傻眼，这是怎么回事？

这一顿哭简直就像一场夏日午后的雷阵雨般铺天盖地席卷而来。但有意思的是我竟然耐着性子听着偶然邂逅的那个女生在电话那头掏心掏肺地哭，不知不觉间，竟然好像连同淤积在我心头的那些不快情绪都被她哭了出来一般。

令我有些惊讶的是，她的哭声竟然这么治愈，或者应该说，这个时候哪怕是分享别人的伤心，也都会让我的内心好受一些吧。虽然不知道她干吗突然哭得那么伤心，我又怎么招惹了她，但至少这种久违的单纯和天真恰是现在的我最需要的感受。

“好啦，哭完可以告诉我发生什么事了吗？”等哭声渐歇的时候，我柔声哄道。

“还没哭够呢……”唐娅哽噎着开口说了一句话，之后又接着稀里哗啦地哭了一通。

然后才一边抽泣一边告诉我，她只是在奶奶去世之后一直很想哭，刚好我这个时候给她打了电话，给了她一个释放情绪的出口。

“喂，过来成都陪我两天吧。这次是我叫你来的。”唐娅命令式地邀请。

“我们才见过一面啊……”我继续傻眼。

“那又怎么样。我又不会吃了你。”

“可是我已经旷课三个月了，得回学校一趟才行……”我支支吾吾，不知道该怎么回绝她才不会被咬到。

老程大概也被我的囧样逗乐了，在边上起哄说我们现在改签机票就去。

“什么？你们在三亚？去三亚旅游吗？”这一下子就勾起了唐娅没完没了的好奇心。我暗叫不好。

“要不你们等我，我马上买机票过来。你们两个大男生在一起有什么好玩的。”唐娅继续得寸进尺。问题是现在我和老程都没有心情陪她玩，也一点不想在三亚待着。

这时我才注意到，大伯神情复杂地盯着我看。“你……女朋友？”

“不是……”

“哪里人？”

“成都。”

“哦，不错。多久了？”

他有些不太自然地问起，往常他绝少干涉我的私事，其实也不太习惯和我谈论这些话题，一时间气氛竟然有些尴尬。我本来想矢口否认的，但这时候反正是越描越黑，索性由它去。

“你该去成都就去吧，大伯我不干涉你……”大伯突然有些吞吞吐吐地说。他大概误会是因为我人间蒸发三个月让人家女孩子隔着电话哭死，而后才骤然意识到我已经是老大不小了，不该擅作主张替我安排。

老程轻轻推了我一下，我也只好假装去找女朋友，改签了去成都的飞机。没想到竟然是唐娅替我解围，我哭笑不得。而后老程就顺理成章地跟着我一起走路上好有个照应。既然刚才他已经跟家里人通了电话，这次又只是去找人，大伯也就不好再说什么。

就这样，我和老程两人在打给唐娅的一通电话之后，踏上了前往成都的航班。

第五十七章
密码文字

凌晨两点，飞机在成都双流机场降落。

我和老程出了飞机才意识到一个严肃的现实。此时已经将近十二月，而我们刚刚离开热带，身上都是短衣短裤，一下飞机，成都扑面而来的寒冷空气就让我们俩打了个激灵，筛糠一般开始哆嗦。但此时三更半夜的哪里有地方买衣服去。

这时，我们看到一个熟悉的身影拎着行李箱神色落寞地走在了前面。

白若汐。

见到是我们两个，若汐凄然一笑。

归根到底，我们三个都不过是被利用的小年轻而已。

这三个月里，在若汐的帮助下，布莱克已把所有的蝌蚪文密码破译出来。但令若汐觉得很受伤的是，自己一直尊敬的老师竟然会为了利益和阴谋而置自己学生的生命于不顾。

现在布莱克已经得到和氏璧和墨矩，我们也都没有什么利用价值了。

见到伊利斯突然出现之后，若汐很快也猜到了这其中的缘由。在我们回到“大鲲”号的第二天，若汐就向布莱克提出了辞职。

这几天里，看得出来她的心情也一直很差。

“嘿，我已经提前结束了在矽统公司的工作。本来想趁着签证还没到期去川西南那边走走。没想到在这里撞到你们了……”若汐勉强笑笑。大概是怕我们误会，若汐主动解释。我大概也能猜到，若汐必定是想去走一趟当年爷爷主持的川西南考古项目。

若汐大概是被我们打冷战的囧样逗笑了，拉开箱子翻出了自己的围巾和毛衣，给我们先凑合着披上。虽然不太好意思，但好汉不吃眼前亏，两个大男人一番推让之后也只好勉为其难地从了。老程围着若汐的大花围巾，而我则披着若汐的针织外套，在路人的侧目下钻进了出租车直奔酒店。

我们订了一家在宽窄巷子附近的酒店，路上还在网上下单买了御寒的衣物。到了酒店洗漱一番之后躺在床上时，才终于有种缓过来的感觉。

“诶，玄羽。”躺在各自的床上，老程突然问，“你觉得若汐怎么样？”

“哈？”我没反应过来。

“我觉得她挺有意思的。我想追一追她试试。”老程半是认真半开玩笑地说。

“哦，好啊，兄弟我支持你。”听到老程这么说，我当然也当即表明立场。所谓说曹操，曹操到。话音未落，就听到了敲门声。

老程跑去开门。门外，若汐吐着舌头，有些不好意思地说：“在机场喝太多咖啡了，睡不着……”

反正我们俩现在也没什么睡意，就放若汐进来，从小冰箱里取出一瓶酒分着喝。

若汐一脸懵懂地问：“你们刚才在聊说要支持什么？”

老程大窘，连忙转移话题：“没……没什么，对了你接下来有什么打算？回加拿大吗？”

“看情况再说吧。无论有没有矽统公司的赞助，我都会继续做我的古文字研究项目。”若汐说。像她这么单纯的女生，本来就不应该被卷入这些乌七八糟的事情里，安安心心做学问才好。

“对了，你们来成都做什么？”若汐有些好奇地打量着我们。

“某人去见女朋友。”老程笑嘻嘻地出卖队友。

“原来是这样。”若汐有些意外地哦了一声，语气不知为何听起来有些愕然。

“……还以为你们可以陪我去川西南踩点呢。”沉默片刻之后，若汐嘟着嘴说。

“我陪你去。”老程笑嘻嘻地当即拍板决定甩掉我。

“诶，我可没想着来成都的啊，再说若汐也没跟我们说要来成都是不是？”我抗议。

“我也是临时决定的。”若汐委屈巴巴地说。

“喂，玄羽，见完你女朋友，咱们一起去怎么样，就当是自助游嘛。”老程拉我下水。

“你们去就好，我是没啥兴趣了。”我婉拒了老程的邀约。从海底回来后，我已经不想再掺和到任何与此有关的事情里头了。

闲聊了几句后，老程突然想起，便随手把我们在那个地下溶洞中拍到的岩壁蝌蚪文发给了若汐。“这些是之前我们在岭南一个溶洞里见到的，你或许会有用。”

“谢谢，谢谢你们两个还这么信任我，当我是朋友……”若汐有些愕然，隔了一会才开口说。

“我们一直都是朋友。”我承认。虽然名义上来说若汐曾经是布莱克的研究助理，但她始终是白夜老先生的孙女，也曾经是我儿时的玩伴。

经过这段时间的接触，我们俩都觉得她是个挺单纯的女孩子。

岩壁上的这部分内容，布莱克先前并没有给到若汐。所以一收到图片后，若汐便饶有兴致地翻着，一边念念有词，似乎是在心算转译其中的内容，一边取出酒店的便笺，在上面记下一些文字。

“好厉害的样子，话说你是怎么破译出那些蝌蚪文的密码系统的？”老程没话找话。

“其实也是从爷爷那里学的。爷爷当年发现了蝌蚪文有点类似于共济会密码，大概是一种和共济会密码有种共同起源的密码系统。我只不过是在他的研究基础上确认了一些编码规则。”若汐谦虚地说，“而且真要完整翻译的话还是要查资料才行的啦。”

我大学学的专业与信息管理相关，所以对于密码学还是多少了解一些的。所谓共济会密码，又被称为共济会暗号、猪圈密码或围栏密码，这是一种以格子为基础的简单替代式密码。即使用符号来替代也不会影响密码分析。

早在18世纪，共济会便常常使用这种密码来保护一些私密记录或用来通信。

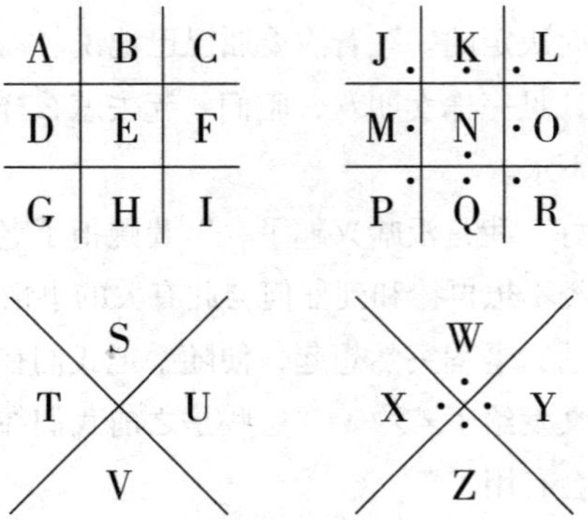

共济会密码编码表

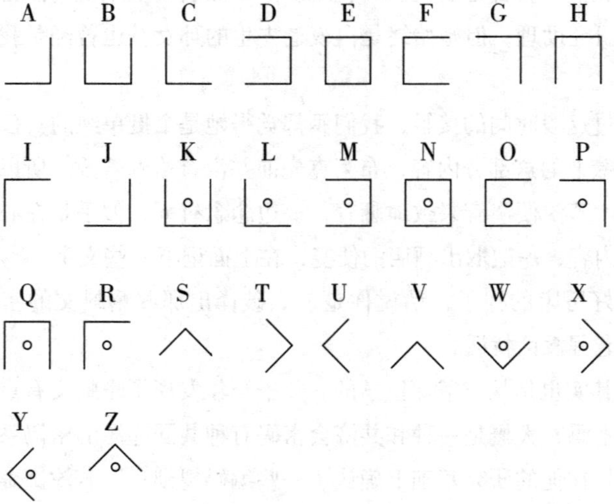

共济会密码对译表

“难不成……蝌蚪文也是一种图形密码文字？”先前布莱克并没有跟我透露他是如何破解蝌蚪文之中的奥秘的，刚好现在可以跟若汐请教一下，我便问。

“嗯，没错。简单点说，蝌蚪文其实就是一种经过图形编码加密的汉字。”

一提起她深感兴趣的话题，若汐便打开了话匣子，心情也好了许多。

“汉字成千上万，但都是由横、竖、撇、捺、点、提等二十八种笔形组成的，如同英文是由二十六个字母组成的一样。把汉字的二十八种笔形使用二十八个点线组合的方式来对应，就可以按照笔画顺序把任意的汉字转变为蝌蚪文字。而只要掌握了转译的规则以后，任意的蝌蚪文字也可以变为汉字。”若汐接着解释。

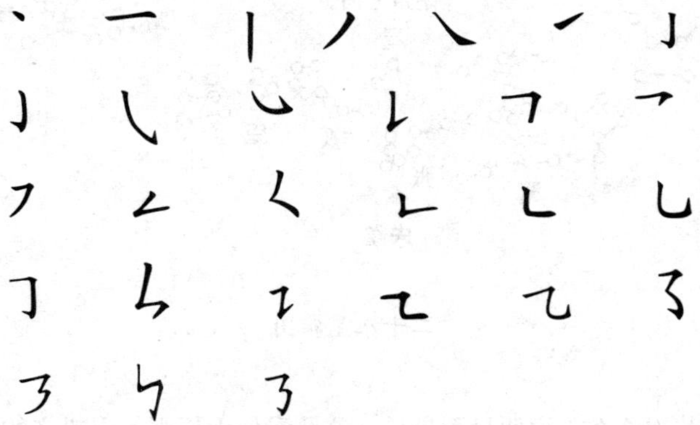

二十八个汉字笔画

“类似于共济会密码的编码方式。”听了我和若汐的解释，老程恍然大悟。

若汐便随手拿了几页空白的酒店便笺，在上面画出了一些形如蝌蚪的点线组合。

“你看，这些形状像什么？”若汐故意卖个关子考我们。

“二十八星宿！”老程惊呼。还是他对这些传统文化里的符号图案比较熟悉一些。

我这时也倒吸了一口冷气。原来那些歪歪扭扭的蝌蚪，竟然组合成了二十八宿的形状，而更让人震惊的是，其中暗藏的竟然是一套对照二十八宿进行编码的加密文字！

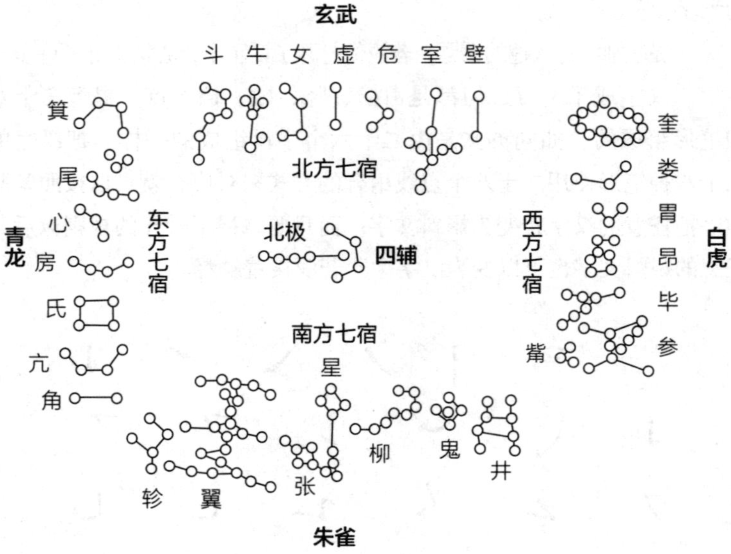

二十八星宿图

经若汐这么一说便显而易见，这些看似无规则的蝌蚪文的确很像是共济会密码的编码方式。方才她在酒店便笺上画出的便是蝌蚪文的二十八个笔形。

我恍然大悟。难怪连布莱克都要花去这么多年的时间来破译。

因为汉字的特殊性，传统的密码破译方法的三大要素：使用频率特征，连接特征，重复特征破译法对汉字的加密破解根本无能为力。

英文中一串转码只代表一个字母，字母之间的顺序是线性的，通过分析使用频率的多少就可以找到突破口，比如说出现频率最多的是“E”，最少的是“Z”等。但这种利用频率特征的分析法对于汉字加密的破解却毫无用处。虽然汉字的笔画也有频率特征，但它们之间的频率相差不大，而且汉字还有空间结构以及左右上下内外之分。而且，连接特征和重复特征等在汉字加密编码中也基本没有。几千个汉字的可能组合方式比起二十六个英文字母的可能组合方式要大上亿万倍。打个比方，如果英文密码的数量级是恒星级，汉字密码的数量级就是星云级。

如果不是能联想到二十八宿的形状，再通过大量的测试比对，断然无法轻易破解其中的编码规则。当年白夜教授和我父亲想必是绞尽脑汁才终于找到了打开门锁的钥匙，而若汐一定也是在前人的基础上付出了艰苦卓绝的努力，才能最终推门而入，登堂入室。

惊叹于若汐的冰雪聪明时，我们也由衷赞叹古人的才智不凡。

聊了一会，不知不觉已经是凌晨三点半，若汐终于有些困意，便道了晚安，先回房间睡了。

我和老程又闲扯了一会后，才各自躺下睡去。

那天的下半夜。

闭着眼睛半睡半醒间，我模模糊糊中仿佛置身于一个黑暗空间，如同置身于空无的宇宙。而后便看到了一些游动的青色幽光，在我面前慢慢聚合，形成了蝌蚪文一般的点和线。

那些点和线以我的存在为轴心缓缓旋转，逐渐加速。越来越快旋转着的光点开始不断收敛，包裹在我身上。光点汇成的旋转洪流之中，我如同河底的鹅卵石被磨蚀，渐渐归于虚无。

第五十八章
线索

在那浩瀚的光之洪流中，我看见陨星坠落，牺牲祭祀，洪水滔天，城防厮杀。过去将来，一切的一切，扑面而来，应接不暇……

纯粹的光明，如纯粹的黑暗一般可怕……

这之中也有我自己，我从一个超越时间的角度，看着过去未来的自己。

我置身于二十年前的祖屋祠堂前，我置身于二十年后的海底洞穴，我置身于成都酒店的床上……甚至置身于不知何年何月的以后。彼时山崩地裂，红色巨星在天际膨胀，海洋干涸成岩浆奔涌的荒原……

我不是看见，因为眼睛甚至我的整个身躯都在光的洪流中化为乌有。

但我却能看到。

我沉浸在信息的洪流中，如同拥有全视之眼……

我惊骇不已，骤然意识到自己为何会置身于这冷寂的宇宙，这究竟是什么时候？是所谓的很久很久以后？但我为什么会在这里？

心念一动，意识顿时飞速下坠。从无尽的光明，坠入无尽的黑暗。

睁开眼，我一身冷汗，依旧躺在酒店的床上。

另一张床上，老程鼾声正响。

我不知道这个奇怪的梦是长时间待在水下的后遗症，还是说自己在潜意识里还在反复琢磨着那些不解之谜。

醒来后再也睡不着了。我爬起来喝了点水，头还是疼得厉害。

密码文字。共济会密码。蝌蚪文。

所谓的灵光一现，指的或许便是现在这样的时刻。黑暗中似乎有一道光线，在电光火石间便连接起了两个世界。

我突然想到一种可能性，手微微发抖地翻开了那本黑色的研究笔记。

最后一页。

那些密密麻麻的汉字再一次出现在我眼前。随后的时间里，我像走火入魔一般在酒店的便笺上涂涂写写。

那一页写满汉字的纸总共写有64个汉字，字与字的间隔有长有短，可以看作是1位空格，但每隔几个汉字之后，就会有一个较长的3位空格。然而3位空格的出现却似乎没有什么规律。

我对照着若汐之前在纸上涂画出的28个笔画对应的形状，试着将这个16字汉字方阵按照笔画拆解开，转译成蝌蚪文。知道蝌蚪文的编码规则之后，这并不是很难的事。只要预先编好顺序，写下编号代码就行。比如点是1，横是2，……以此类推。

很快我就发现了隐含其中的规律了。每个字的笔画在16左右，有长有短。但根据3位空格出现的地方断开换行，这64个汉字可以化为128×128的代码矩阵。

我默念着记下的口诀，把整张纸想象成祖屋祠堂前的空地，手指在这代码矩阵上游走，将那些散落成点的偏旁部首按照口诀的顺序串珠成行连接起来。而后，再对照着28个笔画猜测是什么字。这其中自然有些模棱两可或似是而非的地方，但一旦加入人的主观判断，很多困难就迎刃而解了。程序只能机械翻译和精确匹配，但人脑却能做到根据上下文语境和模糊匹配调整内容。

翻出最初的两个字，我就知道我猜对了。最初的两个字，是我的名字。

若汐无意间的一句话竟然点醒了我，让我终于得以破解父亲留下的最后一段信息。

这一个密码系统可谓煞费苦心，而且使用了双重加密的保险机制。

即便布莱克翻出了这个蝌蚪文矩阵，如果不知道那段顺序口诀，也看不出个所以然来。而我要是没有得到若汐的帮助搞清楚蝌蚪文的编译规则，同样也解不开这最后的一段信息。

破晓之时，我放下笔，望着最终写在纸上只有十六个字的那句话，却怅然不已。

“玄羽，别放弃，时间晶体在墨阵中，拜托了。”

没有想到父亲还给我留下了这么一个线索。

虽然不知道“时间晶体”和“墨阵”又是什么，也不知道父亲到底将什么托付了给我，但这一刹那，我仿佛又回到了二十年前的那个夜晚。

父亲俯下身对我说：“玄羽，拜托了。”

似乎隔着二十年就猜到了眼下我的处境，还煞费苦心地鼓励我别放弃。

一念及此，眼前顿时蒸腾起一片雾气。只是经历过海底的这些日子以后，我心里其实也很清楚，多愁善感无济于事。

天色已经发白。我终于觉得筋疲力尽，将草稿纸撕碎扔进垃圾桶后爬上床，昏昏沉沉中很快进入了梦乡……

醒来时已经是午后。

老程留了话说和若汐买东西去了。我打开手机，又是一串未接来电，唐娅打来的。

“喂，你上飞机了没？”唐娅隔着电话问。

昨天晚上到达的时候已经很晚就没告诉她，结果唐娅一听说我已经在成都，哼了一声后立马就要奔过来，十五分钟后已经站在了酒店大堂。

虽然只是第二次见面，唐娅不知何故对我却是一见如故式地“自来熟”。冲过来拍了下愣愣站着的我。隔着一段时间没见，她的头发长了，扎成蓬松蜷曲的一束，看起来活泼了一些。那块玉佩依然戴着，收在了毛衣里。

“真听话。”唐娅有些许得意地盯着我微笑。本着越抹越黑的原则，我也只好不解释，讪讪笑了笑。而后我就被抓着到了宽窄巷子。这里既有清末民初的古街道和老建筑以及早期的西式洋楼，也是典型的民俗成都缩影，汇聚了成都特色小吃、民俗玩意儿等。唐娅的定制首饰店在这个街区，进店之后才知道她所言不虚。看起来是一家相当高级的独立文创品牌，设计有格调，标价也不菲。

“这是我最喜欢的一套作品。”唐娅得意地摆弄着一套结合了蜀锦元素的项链戴上身展示给我看，“好看吗？”

我连忙点头。确实好看。就算在美女如云的成都，唐娅都算是长得很出众，何况加上秀美的首饰衣妆。然而我心头迷雾萦绕，此时也只能是雾里看花般注视着眼前同样像谜一样的女子。

打了电话给老程，他们俩已经买完了东西，正准备回酒店找我。

初次见面，老程贱兮兮地捅了我一把，一副揶揄我的样子。若汐和唐娅也互相好奇地打量了一下对方。说起来，原本没有交集的四个人就这样不远万里凑到了一块，还真是机缘巧合。互相认识之后，四个人倒是很快熟落起来，像同游的驴友般迅速开启了成都一日游模式。

成都的自然条件可谓得天独厚，两山夹一平原，既有中国东部常见的青翠大山，又可仰望终年积雪的西部雪峰，近处龙泉山万木并立、郁郁葱葱，远处7000米级的贡嘎山、6000米级的幺妹山，以及横断山脉的一众山峰都清晰可见。在远近两列山脉之间是四川盆地内最好的区域，风景优美、水系发达、土地肥沃、动植物丰富却又极少地震灾害，在数千年的时光里，孕育了这一座拥有1600万常住人口的超级都市。

这大概是这三个月来我过得最轻松自在的一天。所谓“少不入川，老不出蜀”，这天府之国实乃温柔乡，好吃好喝好山好水。我们暂时放下各自的心事，从春熙路逛到了锦里，从武侯祠逛到了杜甫草堂，品盖碗茶，吃川菜，体验了一把老成都的风土人情，在这座以休闲舒适闻名的城市玩了个痛快。

直到我们找了个茶馆坐下，才开始聊起各自的事情。虽然说来有些话长，但听说我们之前三个月经历的事情，唐娅都惊呆了。不过一知道若汐和老程接下来要去川西南，她又立刻满眼冒泡地要求带上她，并郑重其事地声明她有许多徒步和野外生存的经验，绝不会给组织添麻烦，可怜巴巴的样子仿佛不带她去反倒成了一件“罪大恶极”的事情。我本来还没下定决心去，但经不起唐娅的一番软磨硬泡加威逼利诱，只好勉强先答应下来。

其实我也知道，若想要重启调查的话川西南那个古村落是最好的起点。一来我刚从父亲的研究笔记发现了新的线索，而当年父亲正是从川西南那个神秘的古村落开始卷入到整件事情里的，去走一趟或许会有新的发现；二来眼下各方势力的焦点都转移到了布莱克身上，想必正忙着争夺那两件上古神器，暂时放松了对我的盯梢，正好趁机搞清楚整件事情的来龙去脉和幕后隐藏的各派势力。而我在机缘巧合之下，此时恰好已经置身于成都。

“对了，你奶奶怎么会想要找我？”我突然想起这件蹊跷的事，便问道。

“说起来倒还真是一件奇怪的事，起初我还以为奶奶是好奇我找的男朋友……”唐娅说到一半突然意识到这话说出来似乎有些奇怪，噎了一下，连忙跳过往下说，“不过后来我看她很认真地问了好几次才觉得她似乎是有别的理由，但又不肯对我明说。”

“不过奶奶进了ICU之后状态就很差，昏迷了大半个月一直没醒过来，而且如今再也没有机会再问她了……”唐娅说到伤心处，顿时黯然落泪。看起来她跟奶奶的感情一定很好。即便老人家已经走了有些日子，提起奶奶的事时她依然还是很难过。

“对了，奶奶还清醒的时候，要我给你带几句话，嗯……其实就是李白的一首诗《蜀道难》中的几句。”唐娅接着便随口背出了这几句诗。

“蜀道之难，难于上青天！蚕丛及鱼凫，开国何茫然！尔来四万八千岁，不与秦塞通人烟。西当太白有鸟道，可以横绝峨眉巅。地崩山摧壮士死，然后天梯石栈相钩连。”

第五十九章
蜀道难

当唐娅在古色古香的茶馆中念出这首一千两百多年以前写下的诗篇时，一刹那间我仿佛穿梭于时间长河之中，又回到了诗人途经此地仰天长啸的那一时刻。只是虽然诗中所用典故传说和试图叙写的情景多少可以感知一二，但我对于唐老太太为何寄语此诗于我，却是全无头绪。

“唐娅，虽然有些冒昧，但可以说说你奶奶的事情么？我想多少了解一下老太太的生平，或许可以找到一些交集，搞明白她给我留下这几句诗的用意。”

唐娅点了点头，便说起了唐家老太太的故事。

唐老太太闺名唤作李映卿，出生在川中一个书香门第，是家中最小的女儿。到了她父亲这一辈虽然已经家道中落，但在小城中仍算得上是大户人家。传统读书人信奉的是“不为良相，便为良医”，当时李映卿的父亲便是西学东渐之时小城里最早出洋留学归来的医生。得西学东渐之风开起的私人诊所门庭若市，不久便又积累了殷实家产。民国年间，当时的李家住在阔绰气派的深宅大院，几十口人的大家庭，吃饭的时候围成几张八仙桌，好不热闹繁盛。

“奶奶嫁给我爷爷，算是下嫁。爷爷家在小城外的村庄，虽说也是耕读世家，却并无功名，田产也只有几分薄田，但我爷爷通晓天文地理、历史文学，为人也忠厚明理，在乡里颇有些威望。而且那时候时局风起云涌，我爷爷是胸怀家国追求进步的有志青年，奶奶也是上过学堂有自己想法的新式女子。所以大家闺秀嫁给一个穷小子倒也不算奇怪，甚至还有几分浪漫。”唐娅沉浸在缅怀亲人的情绪和对过往的想象中，灯光下忽闪的双眸简直惹人怜惜。

“后来抗日和内战期间，我爷爷被国民党军队抓了壮丁，离家一去就是七八年，音信全无。据他回来后讲，当时自己在部队上担任文书，才得以保全性命回来。1949年国民党军队败退台湾的时候，爷爷瞅准机会从军中逃回来，爷爷奶奶才终于得以团聚。”

在那之后几十年的风云巨变中，一家人自然随着潮汐起起落落，此是后话。听起来唐老太太也好，唐老爷子也好，都未与我家有过任何交集。但那个神秘的祖传三足乌玉佩，分明在暗示着我某些隐在背后草蛇灰线的联系。

“会不会是当年你父亲在川西南考古的时候认识了唐老太太？”老程提出一种假设。

“这倒是有可能。但那时候我还没出生，后来也没听奶奶讲过。”唐娅一筹莫展。

一时间也没有什么头绪，我们四个人的讨论便又回到了这首诗上。

“西当太白有鸟道”指的是关中一带的最高峰，秦都咸阳西南的太白峰。自古以来秦、蜀之间被高山峻岭阻挡，由秦入蜀道路崎岖艰险。这首长诗大概正是诗人李白在旅途中行经此地时用汪洋恣肆的文字写下的感怀。

“古蜀道历史悠久，至今已有三千多年历史，比古罗马大道的历史还悠久呢。”唐娅介绍。

“从时间上看，古蜀道修建的时点正好是岷江上游的古蜀人顺江而下，翻越重重山岭进入成都平原的时候。那大约在夏商时期，蜀人部落从今天的茂县一带迁徙至成都平原，建立了古蜀国。而后，一座规模庞大的都城出现在了成都平原的西北部，古蜀王坐镇其中、统辖四方。”若汐补充。

“而古蜀文明显然与那个海底的上古文明存在某种传承关系。金沙遗址出土的太阳神鸟金箔上，四只展翅飞翔的神鸟被刻画在一片仅有两毫米厚的金箔上围绕着旋转的太阳飞翔，太阳向四周喷射出十二道光芒，象征着循环往复生生不息，这其实也可以看作是三足乌崇拜在大洪水之后的演变。”老程顿时想到。我们在海底看到的神树和三足乌都与古蜀国有文化上的传承和联系，这么一想，或许当时那个上古文明在大洪水之后并未消亡，而是迁移到了川西南？

“这个金牛道的由来我有听说过，其实李白的这首诗里也提到了。‘地崩山摧壮士死，然后天梯石栈相钩连’，说的就是古蜀国‘五丁开山’的传说。”老程插话道。

古蜀文明定都后，逐渐建立了与中原文化之间的联系。而彼时往返于长安与成都之间，需要跨越两座大山——秦岭和大巴山。要越过秦岭抵达汉中，需要走故道、褒斜道、傥骆道、子午道四条山间小道之一。但抵达汉中后，翻过大巴山直达成都的道路却只有一条路，那便是金牛道，可见其在古代的战略意义。

金牛道南起成都，北止广元，因“石牛粪金、五丁开道”的故事而得名。故事说的是秦惠文王时命人刻五头石牛，把金子放在其尾巴下面。蜀王贪慕石牛能够产出金子，于是派遣数千名兵卒，让五位壮士拖着石牛开辟道路把石牛搬回了成都。不想秦军却跟在后面，趁机灭掉了古蜀国。

“东方版的木马屠城记。”听老程说完“五丁开道”与金牛道的传说后，若汐概括说。的确有很相似的地方。

“其实传说也是历史的曲折表达。《华阳国志》记载，公元前316年秦惠王在位时，秦国派张仪和司马错灭掉了蜀国，蜀地从此成为秦国的粮仓，为秦统一六国奠定了基础。当时入蜀的秦军走的便是这条金牛道。”唐娅对这一段历史看来也有所了解。

实际上，《蜀王本纪》中其实还记载了另一个不同版本的故事。在这个版本中开路的缘由不是为了石牛，而是为了美色。说的是秦惠王时蜀王部下有五个大力士，称为“五丁力士”。他们力大无穷。于是秦惠王送给蜀王五个美女，蜀王就命五丁力士移山开路，迎娶美女。在回行路上，一条大蛇窜入山洞，五丁力士上前拉住蛇尾用力往外拖，忽然地动山摇，山岭崩塌，压死了五丁力士。而秦国的五个美女都奔上山去，化为了石人。

这两个故事中都涉及了古蜀国和秦国，只是隔着时间长河而且经过文学改造，已经很难分辨出当时的历史真实情形究竟如何。但在听故事的过程中，我心里其实一直都在琢磨着父亲留给我的那句话。所谓的时间晶体、墨阵与当时秦军入蜀又有何联系？这些写在诗中的神话故事，是否也隐含着与此有关的线索？唐老太太要唐娅转述这首诗的用意是否也是如此呢？

若汐接着话题往下说："除了神话传说，这首诗里的典故也涉及了古蜀国的历史，还包括了上古的帝王蚕丛和鱼凫。"

古蜀国的第一位王蚕丛，又称蚕丛氏，善于养蚕，传说中蚕丛穿着左边斜分叉的衣服，眼睛像螃蟹眼睛一样向前突起，头发在脑后梳成"椎髻"。蚕丛原先居住岷山石室中，后来率领部族从岷山迁徙到了成都。西周时期，蚕丛的继任者柏灌率领族人逃到了姚和嶲。而鱼凫是古蜀国第三个统治世系，并重新统一了古蜀国。而后蜀人再次东迁，从茂汶盆地东南而下经过成都平原北端进入广汉平原。

三代蜀王之后，有文献记载的上古帝王还有望帝杜宇、丛帝鳖灵。大约相当于西周初期时，古蜀国杜宇王朝建立，定都于鱼凫，后迁至郫邑。据说杜宇是"从天而降"的，而他的妻子则是从井中出来的。杜宇王朝采用君主世袭制，其势力基本覆盖了整个四川盆地。公元前1057年，鱼凫王杜宇参加了武王伐纣的战争，并称帝于蜀，号为望帝。春秋早期，杜宇氏禅位于蜀相鳖灵，鳖灵建立了开明王朝，定都于广都。帝生卢保，亦号开明。公元前367年，开明九世杜尚执政时迁都至成都。

这些古蜀国的统治者名号怪异，记载他们活动的史料也十分稀少，因此诗人才会喟叹"开国何茫然"。而从现有的资料来看，诗中所言从蚕丛到开明王朝累计"四万八千岁"，恐怕未必是夸张的修饰手法。

只是所有的文明都有衰退没落的一天。中原华夏文明发展到秦国统一天下时，古蜀文明却走到了末日。2300多年前的战国时期，秦国兼并蜀国、巴国，于川西设立蜀郡、川东设立巴郡。

而后，新上任的蜀郡太守李冰启动了一个史无前例的超级工程。都江堰的成功建设大大促进了农业的发展，成都平原从此沃野千里、不知饥馑。在随后长达30年的秦统一战争中，来自成都的粮草、兵器被源源不断地送往前线，支援秦王的统一大业。此后，与项羽争夺天下的汉王刘邦同样将成都视作大后方之一，安排萧何“收巴蜀租，给军粮食”。而萧何也因“收租”得力被刘邦定为汉朝开国第一功臣。

联想到布莱克当时在川西南所发现的记录古蜀国被灭国史实的《蜀纪》和《矩子遗书》，在当年秦军入蜀的这一军事行动中墨家曾经发挥了重要作用，只是未被载入史册。而如果那个先秦时期的墨家组织与上古文明之间有着更深层联系的话……

第六十章
墨家学派

那是一个影响力曾与儒家分庭抗礼的学派。

那是一个曾经显赫却又突然消失的组织。

我漫无目的地在网络上搜索关于墨子和墨家组织的资料，试图找到与这一切事件有关的蛛丝马迹。但看的资料越多，我就越是迷惑。就像是有只看不见的手刻意抹去了痕迹一般，存留下来的资料东鳞西爪，面目模糊。

两千五百多年前，一位没落贵族后裔穿着草鞋步行天下，以一个伟大理想感召了一群人，这其中有知识精英，有技术工匠，也有平民百姓……

即便在现在看来，当时墨家所取得的成就在世界范围内也是空前的。作为先秦最具社会实践精神的学派，墨家曾经和儒家并称为“世之显学”，当时有“不入于儒，即入于墨”之说。就连儒家代表孟子也承认：“天下之言，不归杨则归墨。”

遗憾的是，在诸侯兼并列强征伐的战国时代，比起了解虚无缥缈的哲学思想和高深莫测的科学知识，国君们显然对墨家的组织力量和军事素养更有兴趣。而墨家子弟深谙守城战术，是当时唯一能亲身投入战场作战的组织团体，既有前沿的技术知识和战斗能力，又有严密的组织结构和管理纪律。不同于儒家需要仰赖贵族的开明才得以践行政治主张，墨家实际上依托于普通的民众和工匠自成体系，已经形成了一股独立的政治力量。

所谓“墨子之门多勇士”，墨家的成员自称“墨者”。墨者们吃苦耐劳、严于律己，把维护公理与道义看作是义不容辞的责任，“兴天下之利，除天下之害”。按墨家的规定，被派往各国做官的墨者必须推行墨家的政治主张，行不通时宁可辞职。担任官职的墨者还要向组织团体捐献俸禄。

墨门领袖被称为“矩子”，由全体成员推举产生，在团体中享有至高无上的权威，并且以身作则，率先垂范。墨者以矩子为圣人，皆愿为之赴汤蹈火，牺牲性命也在所不惜，追随着矩子的人至死也不会调转脚步后退……

战国末年，墨家分裂为秦墨、楚墨、齐墨三个流派，影响力依然还在儒家之上。但秦始皇统一六国后墨家却在骤然之间陷入衰落。其后汉武帝“罢黜百家，独尊儒术”，加之墨家思想的政治特质，墨者自此销声匿迹，青史之中只剩下若干行走江湖的侠客神秘的身影……

就连墨家的典籍著述也湮没在历史长河之中。魏晋南北朝时期，中原大地再度陷入割据战乱，生灵涂炭，曾经的文明也随之而倒退，十六卷七十一篇的《墨子》经典在魏晋之后消失无踪。直到盛唐，唐太宗李世民发起大规模的文献整理，《墨子》才又通过民间献书重见天日。只是此时仅剩下六十一篇，相比西汉的原典散佚了十篇。而且贞观年间的古文整理运动只不过是让墨子的学说浮光掠影一般地存世百余年，在唐朝由盛转衰后便再度湮没在历史长河中。

这一次的断裂时间之久长达千年。一直到明成祖永乐四年（1406年），道教第四十三代天师张宇初及其弟张宇清奉诏主持编修《道藏》，才将《墨子》残篇重新辑录保存了下来。清代编《四库全书》时，仅残存五十三篇，有八篇已经只剩下篇目而没有了原文。

然而从这些保存下来的残篇之中，依然还得以管窥当时的墨者们怀有何种思想和信仰：

他们认为人刚出生时就像无色的丝线，善恶等性格都是在后天的环境中染上的。

他们认为人性是趋利避害的，又主张“义”与“利”是相通的，从人的本性出发强调利他、利己。

他们主张“兼相爱，交相利”，人们不分贵贱都要互爱互利，这样社会上就不会出现以强凌弱、以贵欺贱、以智诈愚的现象。

他们认为做官的不能永远都是高贵的，老百姓也不会永远都是下贱的。

他们反对统治者发动的侵略战争，声援被侵略的国家，并为此而奔走呼号主持正义。

他们对统治阶层骄奢淫逸的糜烂生活极为反感，主张节俭，反对铺张浪费。

他们主张任人唯贤，各级官吏都要选择天下的贤人来充当，甚至就连皇帝也是如此。

他们认为人处在贫困的时候不要怨恨，处在富有的时候要讲究仁义。对活着的人要仁爱，对死去的人要哀痛，这样社会就会走向大同。

他们批评儒家的礼乐和天命观念，认为天命论只不过是由暴君杜撰虚构、又由平民百姓演绎出来的概念，并不是仁人志士探索研究的结果。

千年以后，清末民初时期的风雨飘摇之中，墨子的理想和学说一度又再被从故纸堆中翻出。彼时列强侵凌，文明衰微。穿梭于茶馆酒肆、勾栏瓦舍的仁人志士是墨门“匡世救人”理念的历史回响，墨门对德先生和赛先生的尊崇也重回了学者的视野之内。

看资料看得眼睛疼，刚想关掉电脑休息下时，一则新闻吸引了我的注意。

“太平洋海域发生激烈冲突，多国军舰正前往该区域执行维和行动……”看到这个新闻时，我顿时心下一沉，有种不祥的预感，连忙打开网页详情看个究竟。

新闻报道语焉不详地将冲突的缘由归结于周边国家因为渔船在争议海域作业而发生冲突，并未提及考古船的事情。但从公布出来的情况来看，绝非是普通的打击非法捕鱼活动这么简单。

冲突的区域果然是在“大鲲”号的返航路径上。在过去的这三天里，某国海军的巡逻舰击沉了51艘外国船只，涉及东南亚多个国家和地区。船只上普遍携带有炸药甚至鱼雷等军火。冲突期间多人死亡，另外有多人被军方扣留，关押在纳土纳岛上的海军基地。

看来在我们离开“大鲲”号之后，围绕着和氏璧和墨矩的归属，各方势力已经开始大打出手。只是不知道现在的局势如何，布莱克是否能够全身而退也不得而知。

从当时的情况看，这些人似乎都掌握了相当的政治和经济力量。一旦箭在弦上擦枪走火，想必会如同多米诺骨牌般引发一连串的事件。果然如大伯所言，墨矩一旦现身于世，必然又要掀起一场腥风血雨。

我心情沉重地看完了这条新闻后，本想关掉网页，却又发现“相关新闻”的推荐栏几乎都是局势恶化箭在弦上的坏消息。

“黑海海域发生军事冲突……”

“霍尔木兹海峡航母与军舰对峙……”

“英吉利海峡诺曼底海域爆发冲突……”

在这短短三天时间里，世界就像突然走到了战争边缘一般。

“这是怎么回事？”老程凑过来问。

“看起来……一个全球化的战国时代要来了。”我不寒而栗。

电话声响起，是大伯打来的。我跟大伯报了平安，也跟他简单聊了几句太平洋上的事情。大伯早已知悉，大概只是不想我再继续牵扯其中，所以没有细说便敷衍过去。回来之后，大伯这边除了公司出了点麻烦需要处理之外，暂时还算风平浪静，多少让我稍为宽心了一点。

此外，庚叔也已经转危为安，不过目前还需住院观察治疗一段时间，也算是一个坏消息中的好消息。犹豫了一下，我还是没有告诉大伯我即将出发去川西南的事情。

打完电话，老程也已经看完了那则新闻。

“看来我们还算是逃过了一劫。”老程嘿嘿一笑。这也算是革命乐观主义精神了。

“老程，你觉得墨门现在还存在吗，跟这一系列的事件到底有没有关系？”我问。

“我说玄羽，你这家伙最大的毛病就是想太多。”老程的回答干脆了当，“墨门在不在都好，跟这件事有没有关系也罢，你得问问自己，你最终想得到的是什么。”

“真相。”这两个字几乎脱口而出。骤然之间我便又想起了布莱克在水下所说的那番话。

真相，真理，我所追求的，是和布莱克殊途同归的东西吗？还是说，我已经开始走火入魔？

我不知道。唯一能确定的只是，我已经置身此山中，并且还将继续走下去，直到云深不知处。

夜已深沉，我站起身，走到了酒店房间的落地窗边，窗外漆黑的夜空无月无星，如同亘古以前。

2400多年前，沐雨栉风的墨子奔走在列国之间试图匡时救世，结束一个战乱的时代。彼时在他停下脚步驻足仰望头顶的浩瀚宇宙时，可承想到过2400多年后的今天，这个世界会变成什么样……

时间长河奔流不息，星移斗转朝代更迭，乱世盛世循环交替，王侯将相如走马灯换了不知多少，平民百姓更是如野草枯荣。人类文明依旧存续，科技文明仍继续在往前发展，只是那个“兼爱、非攻”的理想，那个属于全人类的大同社会，却至今仍未实现……

第六十一章

成都载天

我们在成都休整了将近一周。这期间，四个人几乎逛遍了成都周边与古蜀文化有关的博物馆和考古遗迹。若汐还找了关系以考古工作者的身份进入到挖掘区实地探查一番，倒是也收集了不少相关的文献资料和考古数据。

成都有文字可考的建城历史最早可追溯到战国晚期张仪筑成都城，“周回十二里，高七丈”。但实际上，距今25000年前四川盆地就已经开始出现人类文明的痕迹了。在新石器时代晚期，以宝墩文化、三星堆遗址、金沙遗址与战国船棺墓葬为代表的古蜀文明便已成熟。

这些古蜀文明的遗迹中，都留下了丰富的线索。

三星堆遗址不仅出土了大量的玉器，还出土了数量众多的青铜面具。这些青铜面具的脸形与现代当地人大相径庭，跟复活节岛上的摩艾石像倒是有几分相似，几乎全是粗眉毛、大眼睛、高鼻梁、阔扁嘴，没有下颏，表情似笑非笑，似怒非怒。此外还有金杖和青铜神树，以及代表太阳崇拜的“青铜太阳轮”，太阳轮的光辉不是简单等分成双数，而是分成了并不容易均分的单数五。在5000年前把一个圆平均分成五等份并不是一件容易的事情，体现出了成熟的数学思维。这些文物表明，古蜀文化与著名的玛雅文化、古埃及文化的发展水平已经非常接近。

金沙遗址所出土的文物在风格上与三星堆存在着较为密切的渊

源关系，然而玉琮的发现证明，那时长江下游的良渚文化已经开始对古蜀文化产生了影响，但太阳和三足乌崇拜还是一以贯之地保存了下来。此外，金沙遗址的祭祀建筑不是顶部平整无建筑物的木构祭台，而是有类似亭子顶部建筑的“社”，神圣威严的“古蜀大社”也是日本神社的祖型，也许与日本的上古文明之间也存在着某种联系。只是到了金沙时期，古蜀文明已经进一步衰微，出土的青铜器都是以小型器物为主，就连三星堆水平的大型青铜面具、神树等都已经无法重现，遑论海底那高耸天际如同巨塔的规模建筑了。

我们还去了地处宜宾的石柱地遗址，那是古蜀人南迁之后的一处重要据点。据史料记载，秦灭蜀之后曾有一支战败的蜀人从成都平原出发，南迁至云南和越南北部。在越南北部，考古学家曾经发现过和三星堆一样的牙璋。而巴蜀与滇缅族群也长期存在着经济和文化互动。但那里已经没有任何蝌蚪文字，也没有发现可与金沙时期等量齐观的青铜器。

这些天来，我和若汐、老程越来越觉得，那天布莱克在海底并非信口开河。所谓上古文明的存在和消亡实实在在地发生过。除了古蜀文明之外，也并不难找到世界上其他的古文明与那个消失在海底的上古文明间千丝万缕的联系。

而且，布莱克的说法或许是对的。

所谓的历史终结并不是世界末日，而是历史发展到一定程度之后，文明开始陷入停滞和衰退。等到下一个大的气候周期和环境剧烈变化到来时，文明已经衰退到无力对抗的地步，从而被淘汰。这很可能也是如今存在的第五纪文明，也就是我们所处的这个文明最终的宿命。

在逛博物馆和考古遗址的同时，我们也采买了进山所需的物料装备。除了帐篷、背囊、绳索、登山鞋、荧光棒、饮用水和干粮等户外用品以及考古锤、手铲、铁锹、手套等工具，在若汐的建议下，还花血本买了金属探测仪和光泵磁力仪。布莱克如约给我们三人分别打了一笔为数不小的钱作为参与勿里洞考古项目的劳务报酬，正好用于此行的开销支出。

一周后的清早，我们开着一辆租来的日产奇骏从成都出发，经西昌前往荒无人烟的凉山地区。

照片上的地址从位置上看大致位于大凉山之中的某个古村落，但那毕竟已经是将近30年前的事情了，不只没有精准的地理坐标定位，事实上就连村子还在不在都成疑问。但眼下我们也无计可施，只好先去到之后再做打算。

从成都到西昌自驾车的路程有400多公里，要开6个小时左右的车。唐娅自告奋勇地开车，老程坐副驾，两人轮流开一段。我不会开车，便和若汐坐到了后排。

不久之后，我们便上了“云端上的高速公路”雅西高速。这时我们才对李白诗中所言的情景有了一番切身的体会。蜀道不仅难行，还到处都是落石。稍有不慎就会发生事故。好在唐娅车技娴熟，开得十分稳当，让我们几个都刮目相看。

险峻的高山上云雾缭绕，我们翻过无数高山，穿过无数隧道，路过波澜壮阔的大渡河，向着大凉山的方向进发。一路上四个人天南海北有一搭没一搭地聊着，话题自然而然地又绕回到古蜀国和成都。

“你知道吗，《山海经》中就有提到成都哦，说是在大荒当中，有一座山名叫成都载天，而且那座山还和夸父有关，夸父就死在了那里。”唐娅手把着方向盘，一边不时看看路况一边说着，她对于古代的神神怪怪可是极有研究的兴趣。

“追日的夸父？”我好奇地问。唐娅嗯了一声。

“其实夸父很可能不是一个人，而是一个部落氏族。”若汐说出自己的见解。

“而且实际上按《山海经》里的说法，夸父追的是太阳的影子。”老程接着说。

一座名为成都载天的高山，一个崇拜太阳的古文明部落。如果这是某一段与上古文明有关的历史，那这个神话隐喻或许便会有另外一番解释。

“那座名为成都载天的山在哪里呢？与成都又有什么联系？”唐娅问。

“这就不清楚了。成都是一个盆地里的城市，并没有什么可以称得上载天的山啊。”老程也不知其所以然。

“《山海经》毕竟是先秦时期的典籍了，沧海桑田的，许多地名现在都很难对得上。”

“我觉得还是回到最原始的概念上来才对。比如说‘成都’这两个字。”若汐想了想说，“古蜀国的开明王朝曾经在成都建国定都，开明氏就是庸成氏，而‘成’字的含义，是‘来自高原的人’。而‘成都’二字的含义，实际上就是‘成族人’聚居之地，换言之也就是蜀人的地方。”

这段时间相处下来，我发现若汐熟了之后还挺能聊的。

“等等，你说‘来自高原的人’？成都不是盆地吗？”老程很敏锐地捕捉到了一个关键点。

我骤然反应过来。这是一个矛盾之处，如果说古蜀人来自高原，难道说《山海经》里那个“成都载天”竟然便是古蜀人入川之前所生活的高原不成?

而四川盆地周边可以“载天”的高原……

“青藏高原……”我们不约而同地说出了这个名字。

那个消失的文明，为何会出现在青藏高原?

“这段时间我查了很多资料，12000年前，也就是那个上古文明消失的时期，很可能经历了一次海平面的急速上涨。”若汐说道，“而且，很多古文明都有关于洪水的神话，描述的时点大致上说也是这段时期。”

“难怪他们往山上跑，洪水来了当然是爬上世界屋脊最安全。”老程继续发挥他的制冷机特长。

“是啊，这是个有趣的假设，就是不知道实际的情形是怎么样的。”我接着说。

“这就是考古学家派上用场的时候啦。其实啊，考古是一个推理的过程，跟破案一个道理，只不过考古是用物来推出一个故事，这个过程我很喜欢。”若汐微笑着说。阳光下她的笑容纯澈，正如她对考古的热爱。

“是啊，我可是很佩服你一个文艺范女生竟然跑去学考古，不是在荒山野岭暴晒，就是在暗无天日的海底摸鱼。”唐娅这话虽是赞扬，听起来味道却有些不太对。

若汐倒是不以为意，笑着继续说：“考古这个领域尤其是做野外工作的，一年里得有三分之二的时间都是在田间野地里跑，从工作量上来说的确是更适合男生。不过我喜欢野外考古是因为可以不停地发现新东西，不像其他行业日复一日做的都是同样的事。所以哪怕辛苦一点，却很自在，也很开心。”

“还有就是希望不要有人再对考古工作产生误解，以为考古就是寻宝或者盗墓。其实研究历史的最终目的，是希望能对人类历史发展和社会演变过程和方向能有一些思考。哪怕一个简单的石器，一处不起眼的遗址，都可能是改变人类对自身社会演变认识的重要证据，都值得考古学家重视。”若汐有些感慨。我先前从未想过若汐也有这么善感的一面。当时我们穿行在幽暗的隧道里，不时划过的灯光照亮若汐的脸庞，如秋水般的双眸中认真坚定的神情颇为迷人。

穿过长达10公里的泥巴山隧道，周遭天气顿时截然不同。方才还是阳光普照，此时却陷入了雾雨迷蒙之中。加上盘山公路已经在地势很高的山岭，我们仿佛置身于人间仙境，或者另一个世界。

这时，不知是幻觉还是心理作用，骤然之间，我仿佛看到了在那浓厚的云雾之中浮现出了一只有如鲲鹏般巨大的三足乌，盘踞在群山之巅……

六十二章

神鸟传说

透过车窗，一大群白色的候鸟扑棱着翅膀掠过山林，铺天盖地迎面袭来。看到这骤然冲出来的鸟群，几个人都捏了一把冷汗。一时间灰蒙蒙一片的雨雾之中，似乎到处都是乱飞的鸥鸟。

“小心鸟！”唐娅突然惊呼。

砰的一声，一只看起来像是海鸥的白色鸟儿撞到了一侧车门上。接着又是砰的一声，另外一只撞到了车窗前的挡风玻璃上。老程惊魂未定，连忙轻踩刹车，放缓车速。好在此时高速路上车并不多，并未酿成大祸。不知是不是因为雨雾的缘故，这些过路的候鸟似乎根本没有看到汽车一般冲上了高速公路。而且奇怪的是，这些鸟竟然完全没有吸取教训的意思，源源不断地冲了过来。

“靠，老子有生以来还是头一遭被鸟袭击……”老程连按喇叭驱赶，但不断聚拢过来的鸟似乎源源不绝，情急之下老程一咬牙又踩了油门，汽车在一阵油门轰鸣声和喇叭声中落荒而逃。好在鸟的速度到底没有汽车快，不久之后就已经被我们甩在了后面。

开出了好长一段路之后，我们才总算长吁了一口气，老程捏着方向盘绷紧的姿势也终于松懈了下来。我心里纳闷，那一瞬间见到的究竟是幻觉还是现实。如果说是现实，为何会有巨大如山的三足怪鸟？如果说是幻想，那些挡在我们面前的鸟儿又是什么？

“你没事吧？”见我脸色有些苍白，若汐关切问道。

我摇摇头：“没什么，就是刚才似乎是见到了一只巨大的怪鸟，大概是幻觉……然后就见到这么多的鸟扑了过来……”

“你刚才看到的……幻觉，是三足乌吗？”若汐问。

“嗯。黑色的大鸟。”我仔细回想了一下，一时间忘了看看是不是三只脚了。

“现在正是候鸟飞来越冬的时节，这都是些不懂交通规矩乱过马路的鸟，别想太多了……”唐娅安慰我，只是看起来她自己刚才也吓得不轻。

“玄羽，从海底洞穴回来之后，你就一直有点不对劲儿。”老程透过倒后镜望了望我，也有些担忧我的状况。

“不知道呢，可能是躺在那个玉棺上被……‘电’到之后的后遗症吧。”老实说，我也不知道自己是怎么回事。

“话说回来，古蜀国是唯一崇拜神鸟的古文明吗？”我不愿大家太过关注我的异常，连忙岔开话题。

“其实不是的，神鸟崇拜在许多古文明中都存在过。比如不死鸟菲尼克斯。”若汐说。

“昨晚我还在查这方面的资料。实际上神鸟崇拜在不同的文明之间也有传承关系。最早详细描述不死鸟的人是希腊历史学家希罗多德，他说：‘我并没有亲眼见过它，只是在绘画中见过，它的羽毛一部分是金黄色的，一部分是鲜红色的，外形像一只巨鹰，而且还拥有美丽的歌喉。’明代的时候，意大利传教士艾儒略所写的《职方外纪》中也提到了一种名为‘弗尼思’的不死鸟。”

若汐翻开笔记本电脑，念了一些她这几天整理的资料给我们听。

“实际上，不死鸟的记载应该是源自亚述人，不过在世界各地都有类似的神话，希腊的菲尼克斯、俄罗斯的火鸟、埃及的太阳鸟贝努、印加的雷鸟叶尔和阿拉伯的安卡等，甚至印度的迦楼罗，日本的八咫乌，中国的三足乌以及玄鸟、凤凰都有着某种联系。所有这些鸟虽然寿命长短不一，但都有死而复生的特点，而且同太阳有着密切的关系。”

“没错，据说世界上从开天辟地以来只有唯一的一只不死鸟。很可能这只是同一只鸟在不同文明中的不同名字。”唐娅也点头称是。

“据说每隔四五百年，不死鸟会在将要死的时候采集各种有香味的树枝或草叶堆成一堆，然后站到上面，等到天很热时就摇动尾巴引火自焚，而后在骨肉烧掉留下的灰烬中变为一只虫子，虫子又会长成新的不死鸟。”

“而埃及的贝努神话里还有一点不同，新生的不死鸟会将烧出的骨灰装进药蛋中，在蛋上涂上防腐的香料油，带着它飞到太阳神那里，由太阳神将它放在太阳庙的神坛上。”若汐继续补充说。

“这听起来有点像是把法老们的尸体做成木乃伊。不死鸟木乃伊。”老程也缓过神来，开起了鸟的玩笑。

死而复生。长生。同太阳有着密切关系。越来越多的联系，指向了那个消失的上古文明。

在海底，布莱克告诉我，和氏璧是源自上古文明的神器，能让人死而复生，实现长生。

这样看来，那个上古文明的崇拜图腾符号三足乌不仅象征太阳，也代表着“死而复生”，或者说永生不死。

在我面前，有两条线索：一条是上古文明、长生不死、三足乌；另一条则是墨家、秦始皇、古蜀国和墨矩。而这两条线索的交汇点，便在川西南的那个古村落。

当时，父亲他们一定是在那里发现了什么。

从父亲给我留下的提示来看，所谓的“时间晶体”和“墨阵”或许就在那里。

不久之后，我们下了高速，抵达西南边陲的重镇西昌。

西昌古称邛都，位于川西高原的安宁河平原腹地，这里四季如春，自秦汉以来一直是川滇边界的政治、经济、文化及交通中心。公元前111年汉武帝遣司马相如为使在此建邛都，此后历代政权都曾在此建立过郡、州、司府，委派过官吏。

这里也是凉山彝族自治州的州府所在地，到处都是彝汉双语的招牌。除了汉族和彝族之外，还有回、藏等二十多个民族在此聚居。我们在路边的餐馆胡乱吃点东西后，便在西昌找了宾馆住下，打算第二天才进山。

若汐对邛都古城遗迹慕名已久，一进西昌便迫不及待地提议前去看看。到了西昌后天气再度恢复晴朗，我们三个便也跟着她直奔距离邛海5公里之外的一块荒地，不过却只看到一面破败不堪的土墙，如假包换的残垣断壁。

“大家可别小瞧眼前的这道土墙，这个西昌古城的遗迹修建时间可是在汉代呢。”若汐转过身来，见我们几个看不出个所以然来，都有些兴趣缺缺，忍不住强调。

这时，有位衣着打扮看起来像是彝族的中年汉子正好路过，听我们几个七嘴八舌地聊着，还以为我们是来游玩的游客，便询问我们要不要乘船游玩邛海。

“你们要是坐我的游船，我给你们讲一讲邛海里的古城，可比这面土墙厉害得多哩。”

彝族中年汉子神秘兮兮地说。

一来暂时无事可做，二来也对他口中所说的水下古城颇感兴趣，跟他讲好价钱后，便由着那中年汉子把我们带到了泊在不远处的一条小游船上。

路上和中年汉子攀谈起来，才知道他的确是彝族人，但也有汉姓，姓花，我们便叫他花大叔。

邛海所在的这个地方是一个叫安宁河谷的平原，位于青藏高原东北和横断山脉南部的交界地带，在一片寒冷的高原之中却有着四季如春的气候，吸引了来自世界各地的候鸟。不过我们刚刚遭遇过候鸟袭击，此时都有些后怕，对禽鸟完全是敬而远之。不过奇怪的是，到了这里之后，却没有再出现被候鸟群起而攻之的情形。

泛舟邛海，花大叔摇起橹后便充当起了导游，滔滔不绝地跟我们讲了那个传说。

听花大叔讲，这个地方流传着一个民间传说，在遥远的古代邛海附近，生活着一个名为“邛族”的部落。邛族人擅长捕猎和农耕，曾经极为强盛。然而后来不知道究竟是什么原因，整个邛族突然之间就消亡了。与此同时，在他们居住的地方却冒出来一个硕大的湖泊……

听起来很像我们在海底洞穴遇到的情形。

“听老人家说，在这邛海水下，还保存着当年邛族人构建的邛都古城。人死了之后，魂魄就会去到那里……”花大叔说得玄之又玄。

“花大叔，你这不是糊弄我们的吧？要真有古代遗迹的话这个地方早就进不来啦。不然还不得被人挖个精光啊。”唐娅不以为然。

“骗你干吗？”花大叔顿时恼了，“话说70年代的时候，上面就曾经派人来调查过，那时候不少人在离岸几十米的水下都看到过有房子的石基条石哩。”

“后来，90年代初还搞过一次考古发掘，那次倒是来了一大堆北京的专家，还有洋人呢，不过折腾了一阵子也没搞出啥子来。后来也不知道发生了什么事，一夜之间整个调查队就撤走了，这事也就没有了下文。”

花大叔口中的“北京专家”和“洋人”，难不成是指白夜教授和布莱克他们？见花大叔说得这么有板有眼，我们几个难免将信将疑，便让花大叔划着小船带我们去那个水下遗迹的所在地看看。

船在碧波荡漾的湖面缓缓划过，不一会就到了湖心。这时，花大叔将船停了下来，对我们说：“那个东西就是了。”

我俯身朝水中望去，隐约中可以看见水下有一些长条形的黑影。

“今天不巧，要不然赶上天气好海水清澈的时候，正午还可以看到水底下的房顶呢。”花大叔说得神乎其神，也不知是真是假。见我们对这个水下遗迹很感兴趣，花大叔便建议：“这里深得很，要想看水底，你得潜水下去看。不过你们没得潜水衣，这样子下去水性再好也没得用。”

“哦，对了，你们要是对这事感兴趣的话，我带你们去找个人。当年考古队来的时候，地方上接待的人便是他。”花大叔一拍脑袋，给我们推荐了一个当地文化馆的退休老干部孙云亭。

半个小时之后，我们在西昌城的一家茶馆里找到了孙老爷子，听他在满腹狐疑中提起了当年的事情经过。

第六十三章

1990年的调查

起初我们一问起“邛海古城”的事，孙老爷子就连连摆手，表示不说也罢。唐娅这时拿出川妹子的干练行事风格，态度坚决地做起了孙老爷子的思想工作。经不起唐娅的一番软磨硬泡，孙老爷子犹豫了片刻，终于肯开口说起来当年那件让他抱憾终身的事情。

1990年，孙云亭还是当地文化馆负责文物保护工作的一名专职干部。那时候文物保护是个无人问津的冷门行当，但孙云亭却对其乐此不疲，甚至可以说是甘之如饴。每日里孙云亭背着铁铲、铁镐和画图、照相工具，骑着破旧的自行车奔波在田野山岭“摸家底”，走家串巷搞田野调查和口述史整理，不知不觉间一干就是七八年。

有一天孙云亭坐船过邛海时，无意中听到了撑船的彝族老汉说起自己年轻时曾经潜下过邛海，发现过海里有古建筑。孙云亭顿时觉得是个情况，此后有段时间便天天守在邛海边，终于等到一个天气晴好、海水清澈的时机，孙云亭让彝族老汉带着他到邛海中间去看。这一看不得了，回来之后孙云亭连忙打报告向上面汇报，请求对邛海水下作进一步探测。

“我生长在邛海边，打小就听过邛海古城的传说。1990年上面派人下来的时候，我还很是激动了一阵子，以为传说中的古邛族文化遗址终于可以重见天日了，谁知道……”

老人抿了一口盖碗茶，思绪沉浸在了那个年代。那一次的调查规格之高甚为罕见，甚至连北京和国外的专家都来了。若不是作为发现人，孙云亭恐怕得不到那一次进入项目组工作的机会。

请求很快得到了许可，但大概是怕泄露风声引起不必要的关注，整个考古行动在保密状态进行，对外只宣称是在对邛海进行测绘和生态保护调查，行事相当低调。除了考古团队，整个地方上包括领导在内只有四个人知晓这次考古行动的真实目的。

大概是十来天以后，一支先遣调查队来到了邛海边。

“当时，专家们来了之后安排对邛海水底进行初步考察，我们把声呐放在船上，一整排的船按每隔20米的距离平行排开在邛海上航行，把整个邛海从南到北梳了一遍。反馈回来的数据呈现出了规律性的异常。我们怕中间有差错，又测了好几遍，结果还是一样……”

数据框定的图案出炉之后，孙云亭被眼前规整的图案惊呆了，这表明邛海海底有建筑群……而且出现声呐数据规律性异常分布的区域，面积竟然达到6平方公里。如果是建筑群，那得是多么大的一座城！孙云亭激动不已，这个规模仅仅比如今的西昌城小一点儿，绝对是一个重大考古发现。

又过了三天，更高级别的专家和潜水员带着仪器分批到达，准备下水探测。这次的所有人员都是直接从北京派来，可见有关部门十分重视。

探测选在夜间进行。不久之后，下水的潜水员反馈回来说在水下见到的不是呈方形的房屋、墙垣，而是许许多多圆形和长圆形的淤泥堆，高度达二三米甚至四五米不等，声呐找得到，潜水员却始终摸不着。潜水员伸手去摸，甚至连手臂和头都陷进了淤泥之中，都无法接触到被淤泥覆盖住的东西。

北京专家便吩咐孙云亭找来取样钢管，让潜水员下潜扦插，取得了淤泥的条状分层土样。之后专家们连夜召开了闭门会议，具体讨论内容并不清楚。但守在邛海边的孙云亭只是见到潜水员下水出水，却没有见他们带出任何东西。因为涉密的缘故，他也不便打听具体的情况。

经过七天七夜的梳理之后，仍然一无所获。到了第七天，专家团队宣布没有发现水下建筑群，并且连夜撤走。当时孙云亭被当成了

"谎报军情"的笑料，甚至还被领导训了一顿。这事后来也就不了了之。

"但您还是相信邛海古城的存在，对吗？"听完孙老爷子的叙述，若汐敏感地意识到老人似乎欲言又止，显然还有隐情。若汐这一句话说出口，老人像是受了很大触动，端着茶杯的手微微有些颤抖。他舔了舔嘴唇，才点了点头。

"……我后来自己下过水……"孙老爷子嗫嚅着，似乎在权衡当不当说。

"老爷子您放心，我们又不是专家学者，就是对这个事情感兴趣的几个小年轻，您尽管放心说好了。您要是怕张扬，我们也不会往外传。"老程连忙鼓励道。

老人家这是一朝被蛇咬十年怕井绳，老程这一番思想工作做得是恰到好处。

"我后来不甘心，自己下去看过一次……然后，我发现……水下的情况完全不一样了，原先接近水面的部分全都不见了，甚至有些地方还填上了淤泥……我起了疑心暗中打听，才知道这事有蹊跷，当晚考古队撤走的时候应该是带走了一些东西……"孙老爷子愤愤不平地说道。

当时孙云亭毕竟是公职人员，贸然把这件事张扬出去，恐怕会惹出祸事来。但这一番折腾不仅竹篮打水一场空，还蒙受了不白之冤，难怪孙老爷子满腹怨愤又不愿声张。

"既然你们问起，我也就随便说说。年纪一大难免胡说八道，具体的事情我就不清楚了。"孙老爷子下了逐客令，我们也只好作罢。

我趁机又拿出了那张写有地址的老照片递到孙老爷子手里，向他打听当年那个村落具体的位置。孙老爷子戴上老花眼镜端详了半天，挠挠头表示他也没听说过。不过从大致的方位上来看，应该是彝人聚居的村落，只是印象中并未听说过这个村子。先前我通过网络和图书馆已经查了许多遍，都没有找到这个名为"河洛"的村子。老人问我打听这个地址做什么，我推说是来找人，他便好心地建议我去当地的档案馆看看，说不定地方志里可以查到些线索。

临走孙老爷子又提了一句："对了，今天带你们过来的船夫他爹老花，就是当年那个撑船的彝族老汉，你们有兴趣的话可以去找他打听打听，就是不知道老花如今年纪大了还在不在……"

时候也已经不早，我们道了谢之后便返回了宾馆。老程打了船夫花大叔的电话说明情况，得知花老汉依然健在，只是住在一个离城里有四个多小时车程的村落里。花大叔第二天还有客人要带抽不开身，便给了我们一个地址和联系方式让我们自己找上门。

第二天一早，我们便动身出发。这一趟走的是国道县道，不久之后便到了彝族聚居区。一路上我们也遇到了很多原生态的古村落，大多环境恶劣，人烟稀少，仿佛一下子又回到了20世纪90年代。放眼望去都是破败的房屋，很少有钢筋混凝土结构的楼房。路上时常看见负着重物走山路的小孩。彝族村寨的贫穷与西昌城市的繁荣形成了强烈的反差。就连老程都不由感叹，大量历史悠久的古村落就这样消失在了城市化的过程中，不独这里如此。单从2000年到2010年这十年间，中国的自然村便减少了90多万个。

我们从平坦的水泥路开进了高海拔原始森林，一路上走的都是黄土加石子儿的山间小路，十分颠簸摇晃。若汐大概是从海上归来之后一直没缓过来，这一下子不知是高原反应还是晕车，脸色煞白直想吐，吃了晕车药之后才勉强睡着。车行山上，摇摇晃晃之间，若汐倚靠在我肩膀上，有股女生淡淡的馨香。我不由得又想起水下一幕，顿时脸红心慌。只是一看到坐在前面开车的老程，难免又心下忐忑。一路上反倒如坐针毡，坐立不安。

目的地是一个彝族古村，不过进村的道路却相当难走，既需要技术，又需要勇气。蹚过一条河之后还要在倾斜的山坡和陡峭的弯道上与岩石和泥浆缠斗一番。到达后发现，村庄的背后是一片留存下来的原始森林。

我们在村口停了车，我也终于吁了一口气。此地风景秀丽，空气清新，恍若避世的世外桃源。下车后若汐精神好了一些，我们几个人便徒步进村，沿途打听花老汉的住处。

这里至今还保留着彝族传统村落的建筑模式和生活方式，留有不少颇有历史感的彝族传统夯土瓦板房，从山脚到山头，层层叠叠。这是一种外表十分简朴的房屋。墙用土夯成，房顶上是一块块长条木板，用石块压住横条加以固定。只有屋檐下直角交叉并配有雕刻花纹的穿枋，凸显出浓浓的民族风味。村民们住的房子周围就是属于自己家的农田，说是农田，其实很贫瘠，产量也非常有限。主要农作物是马铃薯，收成后的马铃薯只如兵乓球般大小。

不久之后我们便从一个彝族小女孩的口中打听到了确切的地址，走到了坡上在一座土坯房子门前见到了花老汉。说明来意后，花老汉便热情地邀我们进屋。

进入房间内部却别有洞天。房屋的四周都由满是雕刻花纹的木板隔成一个一个小间，小间之上还有第二层。房屋顶上是一层层穿枋形成的独特结构，整个架构通过木材镶嵌固定，没用一颗钉子。主屋的一头是一个由三块锅庄石围成的火塘，锅庄石上有精细的花纹。唐娅告诉我们，锅庄是传统彝族家庭活动的中心和各种家庭聚会的场所，这是彝族文化的重要标志。

花老汉烧了水，和我们东一搭西一搭地聊了起来。

第六十四章

梓潼

在邛海一带，一直流传着“城陷邛海”的传说。

相传古时有个梓潼县城，突然有一天地底沦陷，整城被涌出的大水所淹……这个传说在民间广为流传，西昌的老百姓大多确信有此事，并且认为那座消失的古城就在靠近青龙寺附近的邛海水下。那里的水最为幽深，散发着某种不可捉摸的神秘气息……

有人说青龙寺下两棵黄葛树的位置即为古时的梓潼寺；有人还说每年的农历六月初六如果运气好的话在那里可以看见龙影；甚至还有一种说法认为邛海与地底暗河相通，有好事者还在一只鸭子的羽毛上做了记号，从螺髻山的暗河放入却在邛海那里找到鸭子……

70年代，花老汉年轻的时候在邛海里撑船，对这个传说自然耳熟能详。有一次，他和人打赌邛海底下有没有那个传说中的古城，两人争执不下，便约了个天气晴好、海水清澈的日子下海“扎猛子”，探看究竟。

邛海的平均水深只有14米，最深的地方也才50米左右。那时花老汉还是邛海边上数一数二的潜水好手，水性极佳。他憋着一口气，徒手入水下潜了十来米。当时正好是大中午，阳光直射水中，能见度很高。

游到青龙寺附近，花老汉果然看到水下有很多奇形怪状的石头，十几个挂着淤泥的石碑大致排成一个环形，矗立在邛海里。石碑外围则井然有序地分布着一些看起来像是石脚、院墙的长条石头，有些条石长度足有百来米。石头堆一直向着青龙寺方向延伸，水深的地方甚至还能看到有屋顶和形状奇异的怪石……

出水之后，花老汉连忙招呼那个和他打赌的渔民，两人再次下水，又往下深潜了好几米。仔细查看一番后，花老汉发现这些石梗子形状边缘整齐，有些甚至还有人工敲凿过的痕迹。根据这些石头的排列位置来看分明是一间屋舍，甚至还能看出房屋的框架结构和筒形瓦顶来。

花老汉不敢怠慢，当晚便将这件事汇报了上去。不过在那个年代，真正懂行的专家都被打倒了，当时的语境下这件事也没有引起太多重视，上面只是派个调查组过来看了看，不久之后就回去了，花老汉也就把这事放在了脑后。

直到90年代初，花老汉跟当时的文化馆干部孙云亭闲聊，无意中提起了那个水下建筑遗迹，这才有了孙老爷子对我们讲的故事。

从孙云亭和花老汉的叙述来看，这邛海底下确实曾经有过古建筑遗迹。但当时那支考古队却有意隐瞒甚至破坏了那个水下遗迹，整个做法与布莱克如出一辙。

当时我的父亲陈致远和若汐的爷爷白夜教授都在队伍之中，他们到底是出于什么理由才要这么做？听到这里，这个萦绕心头的疑问始终挥之不去。我觉察到若汐也是皱着眉头，想必她也是满腹疑团。

“老人家，您能不能再带我们去看看当年您发现遗址的地方？”听完花老汉的叙述之后，若汐请求说。

“看不到啦。”花老汉摇摇头，不无遗憾地说道，“考古队走了之后不久，那个地方不知为啥就被淤泥填满了，现在已经变成了陆地，那些石梗子也都被埋在了地底下。”

我本来还想着下水看看，听了花老汉的话也只好作罢。

如果当时调查队意图明确地想要破坏或隐瞒这个遗迹的话，时隔三十年之后，除非掘地三尺挖开淤泥，或用专业的水下考古设备在这蹲个三年五载仔细发掘，否则多半是不会找到什么有用的线索了。

“后来我也和人聊过这事，听说那些北京来的专家根本就不承认这邛海底下有什么古城，还说这里历史上从来没有过梓潼县这么个地方。”花老汉也很纳闷，这眼见的东西怎么还会有假。而且看来孙云亭也没对他提起过考古队连夜撤走的事。

“其实啊，这梓潼县还是有的，不过是在绵阳市东北方，而且从先秦时到现在已经有2300多年的历史呢。古代流传下来的传说，很可能经过了移花接木的加工后才演变成今天的样子，其中包含的历史未必就是假的。”若汐婉言安慰，花老汉也觉得言之有理。

“对了，老人家，您知道河洛古村吗？”我再一次拿出那张照片，试着碰碰运气。花老汉却也爱莫能助，并未能提供什么有用的线索。

聊了半天，不知不觉就已是黄昏。我们本想着连夜赶路回西昌，花老汉却执意要请我们吃晚饭。彝族人向来好客，又正好赶上大小凉山各片区在轮流过年的时候。我们盛情难却，只好从了。彝族年有意思的地方是各地过年的时间不一样。什么时候过年要请毕摩（宗教祭司）算日子来确定。所以从十一月中旬至十二月份，整整一个月凉山的人们都沉浸在探亲访友的欢乐中。隔壁邻居听到动静也早早过来围观，我们在这彝家古村里竟然受到了贵宾般的优待。

花老汉张罗了不少彝家土菜。烤土豆是真的好吃，还有坨坨肉，以及一种彝族的饼。我们还喝上了用当地黑山羊做的羊肉汤，加上新鲜薄荷叶，风味颇为独特。还有火塘里烧出来的彝族腊肠，特别美味。几个人大快朵颐，好吃好喝了一番，还被塞了一大堆腊肉到车上。

我寻思这一餐对村子里的人来说一定是一笔不小的额外负担，吃过饭，几个人都把身上带的现金拿了出来硬塞给花老汉，他却执意不收，我们不得已只好偷偷压在碗下作为回礼。

酒足饭饱后天色已经完全黑了，我们便也只好在村寨里住下。入夜后山上寒冷许多，四个人围在篝火旁取暖，又继续聊起了白天的话题。

“诶，若汐，你刚才说，真实的历史经过移花接木变成了传说，那‘城陷邛海’的故事为什么偏偏要扯一个千里之外的地方呢？”老程一边往篝火里添点木头，一边问。

“我刚才一直也在想这个问题呢。”若汐莞尔一笑，没有急着回答这个问题，而是想了一会才有些犹豫地说出了自己的想法。

“我想，大概是因为……梓潼是古蜀国走向灭亡的转折点。”

当若汐说出这个假设时，我不由得也暗暗赞叹若汐过人的洞察力。

若汐下意识地抿了抿嘴唇：“那个五丁开山的传说与梓潼也有关。依我的猜测，五丁其实是当时古蜀国的大将，而不是什么五兄弟。而且，他战死的地方就在梓潼的七曲山。”

只要考虑到这一层，梓潼这个名字出现在千里之外的邛海就说得通了。

“在秦军入关以前，梓潼一直是古蜀国的领地。公元前316年秋天，秦惠文王趁着古蜀国内乱的时候，派遣张仪和司马错率军伐蜀。蜀王开明十二世杜芦亲自率蜀军抗击秦军。不过当时蜀王的弟弟、苴国侯叛蜀投靠秦国。蜀军战败退至梓潼，大将五丁也战死在梓潼。在那之后，蜀王率败军退至武阳被秦军杀害，古蜀国就此灭亡，梓潼也并入了秦国的版图……传说里，一夜之间繁华的城市被淹没，其实就是隐喻了被屠城灭亡的悲惨遭遇……”

跳跃的篝火前，若汐用她柔弱的声音，徐徐讲述着那一，2300多年前的残酷历史。

“这期间发生了什么事并没有历史记载，但同一时期在中原发生的屠城和坑杀俘虏等情况，很可能也在梓潼上演过……”老程也面色凝重地把这个话题继续说下去。一时间，大家都陷入了沉默。

“那……这么说来，沉在水底的那个古城，大概只能是传说中的古邛人国都了吧？”唐娅一边拨弄着火塘，抬起头问若汐。火光下她忽闪的双眼绝对配得上明眸善睐这个词。

“我觉得……可能也不太对。”若汐缓缓摇了摇头，不无遗憾地说。

“虽然邛海是因‘邛都夷’在沿岸繁衍生息而得名的，不过形成时间却对不上号。从地质学上来说，邛海属于更新世早期断层陷落形成的湖，形成时间大概是180万年前。”

“说不定180万年前就有上古文明存在哦。”老程半是玩笑半是认真地说。

我们都想到了太平洋底的那个遗迹。从海底洞穴遗迹的规模和建筑水平来看，那个文明的技术水平大致上已经相当于唐宋时期的发展水平了。至于缔造那两件上古神器的文明，已经远远超越人类现有的科学技术阶段。我至今都不知该对此作何解释。无论是史前文明还是外星人，都太过骇人。

“按照现有的科学理论体系，人类文明出现的最早时间也只是在200多万年前。1959年考古学家们在奥杜威峡谷发现了‘东非人’化石，也就是最早的‘能人’，但他们一直要到大约13万年前才真正走出非洲，扩散到亚洲、欧洲等地，取代当地的其他智人分支。”

“但要说这一个文明在180万年以前就已经发展到如此成熟的阶段，唯一的解释只能是，先于或与现代智人同期的其他人类分支文明因为种种原因被意外阻断了演进之路而后灭绝，这才轮到了现在的人类登场。”若汐琢磨了一番之后才开口说出这个假设。

“多地起源假说。”我立马想到。

虽然非洲起源说目前占主导地位，但其实一直以来无论是在学术界还是在公众中一直都有争议。与“非洲起源说”相对的“多文明起源假说”则认为，在150万年前人类的祖先离开非洲后，便开始在世界各地独自演化，包括尼安德塔人、北京人和爪哇人等，并适应当地的环境。世界各地的人类同时平行演化成今天的现代人。

不同地区的人类由于地理隔绝因此往不同的方向演化，但另一方面，选择、突变等其他复杂的因素使现代人往大致相同的方向演化。最终使得今日的现代人虽保有一些地方特征，但共有更多的相似处。

从花大叔和孙老爷子的描述来看，这个沉在邛海水下的古城发展阶段也只是处于比较早期的阶段。但如果真的是把时间推到180万年以前的话，那也就是说，当现代人的祖先还没离开东非大草原的时候，就已经有一个文明建造了城市，而后因为大灾变而突然灭绝……

如果这一切是真的，那个文明真的可以被称为“人类”文明吗……

第六十五章
冷雨夜

半夜，淅淅沥沥，突然下起雨来。

我在雨声中醒来，感到一阵寒意。

裹紧睡袋，听着冷雨落在这高山上的彝族古村落，有种苍凉寂静之感。

火堆没有再添新柴，只剩下一点暗红的余烬。

停电了，不知是不是因为下雨的缘故。

这时，我突然发现，唐娅的睡袋空着，人却不见了。门关着，屋外依然下着雨。

我愕然起身，才发现唐娅不知何故呆呆地站立在门口。

“唐娅，你怎么了？”我轻声问。

唐娅回过头，茫然地望着我不说话。没有灯光，只能看到她大致的身影轮廓，脸上的表情也完全模糊不清。我只好爬出睡袋，走到她跟前。

看起来唐娅似乎是在梦游的样子，我在她面前晃了晃手，她也毫无反应。我才意识到她可能是在梦游。

梦游症其实是一种睡眠障碍，处于梦游状态的人会与周围环境失去联系，仿佛生活在了一个自我的世界里一般。大多数梦游症患者只是在居所内走动，有的会在睡眠中突然爬起来活动然后又睡下，似乎在从事一项很有意义的活动，有的情绪会很激动，甚至说一大堆胡话，但也有人会离开居所或做出一些危险的举动。只是在醒过来之后梦游患者通常对睡眠期间的行为却一无所知，没有留下任何记忆。

我不知道唐娅这个时候是不是想着开门出去。通常梦游的人醒来后在心理和行为上都不会有什么实质性的损伤。但梦游的时候如果不注意的话倒是很容易让身体受伤。我试着唤醒她，却毫无反应。但这样由她去也不是办法。我提高音量呼唤唐娅的名字，一边轻轻摇晃她的肩膀，依然没有效果。此时也顾不上吵醒其他人了，我摸出手机，打算调个闹钟叫醒她。这个方法比摇晃叫醒梦游者好，不容易使梦游者误以为被攻击，从而引起不自主的暴力性反抗或感到恐慌。

但就在我解锁手机屏幕的时候，我听到了一阵窸窸窣窣的声音。因为是夹杂在雨声中，所以听得不甚分明。借着手机屏幕的微弱灯光，我很快就发现在我脚边似乎有什么东西。我俯下身去想捡起来看看是什么东西。但手指尖似乎碰到了一些异样的东西，冰凉黏腻的触感顿时让我下意识地往回一缩。

身体一僵，本能的直觉让我抓过手机一照，定睛细看之下顿时吓得头皮发麻。

我的心一下子提到了嗓子眼，张着口却发不出啊的一声。出于本能，我几乎是连滚带爬往回退了好几步，才大声惊呼："蛇！有蛇！"

老程和若汐都被我这一声惊叫吵醒了。老程拉开了睡袋起身，揉了揉眼睛嘟哝着："干吗呢？"

这时我发现，一条长约三尺的小蛇已经爬到了我的睡袋上。角落的暗影里、土墙上、木板屋顶上、泥地里，都有细小的蛇影在蠕动。屋子里爬满了足足有上百条大小不一的蛇。

"屋子里有蛇！"我喊道。这时候老程终于反应过来了，大叫一声跳开，没想到浓眉大眼的老程居然也被这些爬虫吓得不轻。

若汐的睡袋外面已经有几条小蛇爬了上去。我连忙抄起拨火棍冲过去到若汐身边，挑开那几条小蛇。若汐终于注意到那些正在往我们这边爬行的曲线，这下子彻底醒转过来，一时间忘了自己还裹着睡袋，尖叫着慌乱起身，差点扑倒。我来不及解释，拦腰抱起若汐就往门口冲。

四面八方都有黑色的蛇向我们游来，灯光暗弱，根本看不清这些蛇是黑是白，是真是幻。

此时老程终于冷静了下来，恢复战斗状态，捡起我扔掉的那根拨火棍冲到我身边负责殿后。他一边驱赶蛇群一边冲到了篝火边，大概是想重新燃起篝火驱蛇，但这时候篝火已经暗弱得只剩余烬。这种环境下再生一次火的时间都够蛇把我们咬个七八十遍了。

几乎不用开口我们就达成了一致意见，三十六计走为上计。先逃出去这间屋子再说。

没冲出两步我就发现这样根本跑不出去，那些蛇不知是从哪里涌出来的，门口也趴了一条个头很大的家伙，盘成个蛇饼。唐娅此时茫然无神地站在门口，但奇怪的是竟没有蛇靠近她身边，而是在离她大概1米的距离之外就绕开，仿佛唐娅身上有一个保护罩般。

这时我回过神来也开始察觉到了蹊跷。花老汉哪里去了？

花老汉睡在里间，此时不知道里间是不是也进了蛇。我终于摸索到身上的手电筒，连忙打开。赫然发现，面前是一条1米左右的红色长蛇，头部有黑色斑纹。花老汉正哆嗦着蜷缩成一团在床上念念有词，也不知是不是极度惊骇之后的下意识反应。

“老人家，快帮我们赶走这些蛇啊！”我连忙恳求道。花老汉常年生活在这里，说不定懂得有用的驱蛇之术。但花老汉这时候闭着眼战战兢兢地在祷告着什么，根本没有理会我们的意思。

“没用的，彝人不杀蛇。”老程边说边帮若汐把睡袋解开。若汐已经吓得花容失色，腿都软了。

一片绿色的叶子掉在了若汐的头发上。

“那不是树叶！”老程拿着拨火棍当刀使，把那条竹叶青小蛇挑开，掉到了地上。

若汐吓得大呼小叫，把手边能抓到的东西都扔过去。

我和老程两个人把若汐围在中间，周遭群蛇环伺。而与此同时，唐娅还是宛若梦游般静静地站立在门口，那些蛇似乎是有所顾忌一般在她身边围成一个环形，既没有攻击她，也没有离开。

这时也许是不满那些小蛇收效甚微，盘踞在门口的大家伙昂头立了起来，向着我们这边游来。

我跟老程大眼瞪小眼，有种死到临头的感觉。

那是一条3米多长的大蛇，此时这蛇抬起身体的前三分之一，颈部两侧膨胀，发出“呼呼”的声音。

“这是‘过山峰’，毒性极强的眼镜王蛇……”老程欲哭无泪地说。

过山峰是一种专门吃同类的毒蛇，它们外形虽然长得像眼镜蛇，但还是有区别的——它们可比眼镜蛇凶猛多了，智商很高，也非常灵活，是极其危险的一种蛇类。

如果遇到过山峰，后果相当严重。一旦被攻击，以人类的肉身，武艺再高强也比不上过山峰的速度。像其他眼镜蛇一样，过山峰在受到危险时会抬起身体，一旦认为自己处境危险就会毫不犹豫地发动攻击。蛇头立起来后，死亡就是读秒了。

唐娅还站在门口，距离那条大蛇只有咫尺。我必须救她。

眼看那大蛇就要扑过来，我大吼一声给自己壮胆，猫下身抓起边上的睡袋扔向了那条过山峰，同一时间往前冲。那条过山峰扑了上来，第一击直奔睡袋而去。这个当口老程扬手飞出拨火棍，这一下不偏不倚正好打到那条过山峰的七寸。电光火石间，老程捡起了地上的砍柴刀，一个箭步冲到大蛇跟前。老程没有给那条蛇反击的余地，手起刀落，两截断蛇顿时掉落到地上，还在扭曲蠕动。

与此同时，我抱住唐娅撞到了门板上，往屋外摔了出去。我护着唐娅，所以结结实实当了一回肉垫，顿时全身像散架了一般。老程在我撞开门后，拉着若汐也跟了出来。那些小蛇不离不弃地跟在身后，我挣扎着爬了起来，唐娅仍然神情呆滞，也不知有没摔坏。我只好一咬牙就势把唐娅抱了起来，乌漆墨黑中只管踩着泥水往前跑。

“快上车！”老程大声吼。但很快我们就发现一个悲剧的问题，车钥匙落在了屋子里。

这个时候我才知道什么叫慌不择路。我们在漆黑雨夜沿着泥泞的山路夺命狂奔，背后是密密麻麻数不胜数的大小蛇虫。黑漆漆的冷雨夜里，眼前只有手电筒那一束微弱的光亮。这些蛇不知道从哪里钻出来的，也不知道因为什么缘故对我们穷追不舍。

我的英雄气概没坚持多久就不够用了。唐娅虽然是个女生，但怎么说也重达两袋大米，何况此时又是在海拔将近4000米的高山上，没跑几步我就开始喘气了。

另一边老程的情况也好不到哪里去。幸亏我们几个刚才都是裹着冲锋衣睡觉，不然衣衫单薄地在这将近零摄氏度的气温里淋着雨不被蛇咬死也会被冻死。只是若汐比较惨一点，大概是出于女孩子的洁癖心理，若汐在睡觉的时候脱掉了登山靴，此时脚上虽然还穿着袜子，但泡在冰冷的雨水中踩着泥泞山石路的滋味可想而知。没跑多远，若汐就梨花带雨眼泪汪汪地喘着气说："我脚下发软，跑不动了……"

"快上来！"老程低下身，一把抓住若汐的手臂，把她背起。

我刚想换个姿势，树林中赫然蹿出一条足足长有10米的大家伙，脑袋有车轮那么大。手电筒的灯光扫过，竟然是一条紫红色的巨蟒，在雨雾迷蒙中两个眼睛像灯笼般闪着幽光。

我的心脏剧烈跳动，几乎就要突破胸腔蹦出来的样子。本能的恐惧感支配了全身，我已经顾不上快要断掉的双手，只知道用尽全身仅剩的气力向前奔跑，顾不得丛林里的枝杈划破脸颊。

现在只能是尽量往开阔处跑，找一个可以藏身防御的地方。但那条红色巨蟒根本不给我机会，张开大口直奔我而来。

第六十六章
大泽之鬼

在那红色巨蟒向我扑来时，我手里还抱着一个人，根本没有还手之力。就算拖着唐娅一起跑，被追上咬死或绞死也只是时间问题。就在我以为自己死定了的时候，那条大蛇冲到我跟前却犹豫了一下，昂起头瞪着我不动了，不知是不是因为我抱着唐娅的缘故。

我刚想松口气，却发现自己高兴得太早了。墨菲定律还有一个延伸法则，通常当你觉得事情已经很糟糕的时候，总会有更糟糕的事情发生。

比出现一条红色巨蟒更糟糕的情形，是出现两条红色巨蟒。

在我和那条红色巨蟒对峙的当口，雨雾丛林中骤然传来一声动物的惨叫。与此同时又有一条红色巨蟒从林中的雾气里爬了出来，直冲老程而去。没等我回过神，那条正和我对峙的大蛇就调转方向，不知是不是想先合伙围攻老程。这些大蛇竟然像成精了一样，还会分工合作？

仔细一看我才发现，这竟然是一条双头蛇！两个蛇头连在同一个身子上，一只不知是麝鹿还是野猪之类的动物已经被吞入腹中，鼓鼓囊囊地隆起还在挣扎的一大团。在双头蛇吞咽下那只垂死挣扎的动物这一点时间里，老程趁机将若汐放下，让她快往山下跑，自己则横握匕首在胸前，等待出手的时机。这双头蛇体形巨大，速度肯定就没有过山峰那么快了，但力量和毒性可想而知都比过山峰强太多。

这时候我感觉怀里嘤咛一声，唐娅在这个时候终于醒转过来。

“发生什么事了？”唐娅一脸茫然地望着我，对方才发生的事情全然没有头绪。她还在恍惚中，奇怪我干吗抱着她站在外面淋雨。随后才顺着我的目光看到那条有两个大头的怪蛇，啊的一声大叫起来。

靠近老程的那个蛇头此时往前一扑展开了攻击，直奔老程而去。老程踩着山石虚晃一招，侧身勉强避过，同时轻舒猿臂，手中的匕首刮过蛇鳞，竟然只像是划在铠甲上一般，那大蛇皮糙肉厚，看起来安然无恙。这一下攻击所起到的作用只是让它加强警惕。它吐着信子昂起了头，雨水滴落到地上。

“我这是……在做梦吗？”唐娅也被眼前的情形吓唬住了。

“我也想……这……究竟是什么东西？”我问。雨雾迷离中，我也说不清楚我们此时究竟是置身现实，还是深陷幻境。

“这是委蛇，传说中的大泽之鬼，但怎么会出现在这里……”唐娅惊呼。

方才我还以为这是某种幻觉，或是类似于海底世界的战国“鬼魂”那样子的存在。亲眼见到双头蛇吞下那只动物还有扑向老程的那一个蛇头咬断一棵树之后，我才打消了这个念头。

如果是幻境中存在的动物，无论如何不可能作用于现实中存在的动植物。但这是什么怪物啊，现实世界里哪里可能存在这么巨大的双头蛇。

我随手捡起一根放羊的木棍，老程这时候也拎了一把砍柴用的刀，都是聊胜于无的武器。好在这大蛇两个头看起来都有自主行动的意识，无奈身躯却只有一个，所以多少有些不协调的地方，在这丛林中移动的速度反倒不见得快。

冷雨已经打湿了全身，加上面对这只怪物时的本能恐惧，我的手在微微颤抖。

“唐娅，你冲回屋子里去拿车钥匙！”我盯着那条蛇，头也不回地对唐娅喊话，“别怕，那些蛇好像靠近不了你。”

耳后传来一阵踩着泥水的脚步声，唐娅虽然不明就里，还是折返到花老汉的屋子里去。这时若汐不知道怎么样了，但我们现在自顾不暇，根本抽不开身去找她。

蛇头一偏，老程的砍柴刀劈在了蛇身子上，这一刀多少有点效果，那蛇身上划开了一道口子，红色的血慢慢渗了出来。只是这砍柴刀本来就钝，砍完这一刀后竟然还崩口了。那大蛇张开口便咬过来，老程不敢硬碰，翻身滚过避开了那一口毒牙。

但这怪蛇根本不给老程喘息的余地，智商只怕还在过山峰之上。它见用牙咬占不到便宜，就将尾巴蜷起扫了过来。老程顾着躲开毒牙，没提防被那蛇尾拦腰一卷，顿时下盘不稳，离地而起。饶是老程这样气力大，被那怪蛇缠绕两圈之后，都挣脱不开。

我这边就不用多说了，拿着赶羊用的木棍，根本不够看的。那个巨大的蛇头向我扑来时，我只能拿棍子给它挠痒痒，简直是欲哭无泪。此时唯一能做的也只有左右躲闪落荒而逃，在老程和那怪蛇对峙的时候分散一下另一个蛇头的注意力，不让它形成夹攻之势。

横竖都是个死，我连忙拧开手电筒轮流照射那大蛇其中一个蛇头的眼睛，绕着树迂回跑动，将它的注意力吸引过来。那条大蛇果然很听话，一被强光照到就吐着信子朝我扑了过来。

“快……帮我……”老程已经被勒得快喘不过气了。我一咬牙冲过去，抓过老程掉在地上的那把匕首，狠狠扎了一下那蛇身。“藏锋”老字号的锻造出品果然不同凡响，这一下结结实实地扎进了蛇身。那大蛇吃痛，反而勒得更紧了。与此同时，另一个蛇头迂回到我后面扑来，我已经退无可退，躲无可躲。只有再次一使劲把刀抽了出来，蛇血顿时溅了我一身。

在这极短的时间里，老程终于找到发力点，猛地用脚一踹脱离开了大蛇的束缚，飞扑过来刚好抱住那个正张口咬向我的蛇头，利用全身的重量拉住它的七寸之处用力一拽。蛇牙稍稍偏离了位置，从我一侧擦过。

但躲得过初一躲不过十五，那蛇头扑了个空后再度弹射回来，巨大的力气将我撞得凌空飞起，老程也被另一个蛇头扫了一下，趔趄着后退。

关键时刻，雨幕之中，出现了一个黑影，向着大蛇疾驰而来。趋近之后才看到他手里提着三尺长剑。这人如同一匹野狼冲向了怪蛇，一跃而起踩着树木的枝杈腾挪，手中的长剑在半空中变砍为刺，直取大蛇的双眼。

怪蛇顾着和我们俩厮打，没提防有人偷袭，虽然反应极其敏锐，蛇头避过了突刺，却也无法全身而退。那人看起来武艺高强，长剑似乎也十分锋利，竟然顺着蛇颈划拉下来一道长长的伤口。

“小心身后！”老程从地上爬起来，大喊一声。那人反应异常敏捷，竟然连转身都没有就凌空翻身避开，而后抽剑直取两个蛇头的连接处，举剑便砍。这一下动作十分迅速，两个蛇头竟然都没有反应过来，便已见到身子裂开一个大口。大蛇剧烈扭动着一些血淋淋的块状物顿时从那个大口漏出，不知是那怪蛇的内脏还是吃进去的动物。

手电筒的光柱扫过，那人的身影似曾相识。身材魁梧，长发扎成一束。

老程这时也捡起那把崩了口的砍柴刀，依样画葫芦地对着另一个蛇头的眼睛砍。那大蛇肚子被剖开后战斗力顿时弱了许多。没两下就被老程的砍柴刀劈中蛇颈。

与此同时，一阵油门的轰鸣声传来，刺眼的光线照向那条负伤的大蛇。在我们和大蛇殊死搏斗的时候，唐娅已经成功拿到钥匙并且把车开来。只是山路崎岖，车进不了丛林。我们被那大蛇缠住，一时也脱不开身。

远光灯的照射下，我们才终于看清那究竟是个什么怪物。那大蛇的身子在灯光的照射下红得发紫，两个头同样像眼镜蛇一般立了起来。

而且，灯光也照亮了那个救了我和老程一命的人，那个长发剑客正是燕昆仑。

时机稍纵即逝，燕昆仑大喝一声举剑跃起，居高临下地砍向蛇头。那把木剑竟然如砍瓜切菜一般砍中其中一侧，那个脑袋一歪便耷拉了下去。形势顿时逆转，现在变成是我们人多势众地围着一条奄奄一息还在负隅顽抗的蛇了。

但在我们稍微松懈的片刻间，另一侧的蛇头竟然伏地之后弹射而起，斜着张开口咬向燕昆仑的大腿。燕昆仑没有给那条蛇反击的机会，举起长剑干脆利落地砍下了一个蛇头。在另一个蛇头扑过来时，老程飞起猛踹一脚将那蛇头踢到在地，又被燕昆仑如法炮制。

这一次，那条大蛇终于死透不再动弹，腥臭的蛇血留了一地。我们终于可以喘一口气。

我们几个全身湿透站在接近零摄氏度的冷雨中，这时开始感觉到刺骨的寒冷，浑身打着冷战。

“上车再说吧。”燕昆仑看了我一眼，转身走向了停在路边的车辆。

“等一下，若汐哪去了？”老程停下脚步，面色凝重地问。

我暗叫不好。方才我们只顾跟眼前的大蛇搏斗，剩下若汐落单一个人，不知道那蛇群是不是追上了她。此时看到车灯，她都没有回来和我们会合，想必是凶多吉少，要么是被蛇群追上咬伤昏了过去，要么就是慌不择路摔到山崖下……

第六十七章
山路

夜色漆黑如墨，我在一片迷蒙雨雾中惊慌失措地寻找着若汐的下落。

折返到屋里，那些爬满房间的蛇不知何时已经消失得无影无踪，只剩下断成两截的过山峰躺在地上，分明提醒着我这一切并不是我臆想出来的幻觉。

花老汉虽然没有被蛇咬到，但显然对我们这些招惹来群蛇乱舞的不速之客已经心存忌惮，噤若寒蝉。我心里惦记着若汐的安危，本也不想继续逗留，便向花老汉道了声歉，收拾好东西离开。

在丛林里找了将近20分钟左右，才见到老程终于抱着一个湿漉漉的人儿走来。

“找到若汐了……”老程的担忧之情溢于言表。

方才若汐情急之下往山下跑，不知是被蛇咬到还是脚下一滑摔倒，沿着山坡就滚了下去。等到老程在斜坡下找到泡在泥水中的若汐时，她已经昏迷过去。老程抬起若汐的手腕看了看，顿时眉头一皱，若汐手臂上有两个触目惊心的细小圆孔，应该是被某种毒蛇咬了无疑，只是不知道是什么类型的毒蛇。情况比我们所预计的还要糟糕：“她中了蛇毒……此外也不知道摔下去的时候有没磕到……”

“得赶紧下山治疗。”老程二话不说就抱着若汐向停在路边的车跑去。

到了车里，唐娅给若汐仔细检查和处理了手臂上的伤口：“暂时还没有生命危险，不过要尽快赶到医院注射蛇毒血清。”

“蛇毒主要分为两种，一种是神经毒素，另一种是血循环毒素。从目前若汐的状况来看，若汐多半是中了某种神经毒素蛇毒。”唐娅解释。

老程想帮若汐把毒血吸出来，被唐娅阻止了。

“被咬伤后，毒液会迅速扩散到全身，像小说里那样用嘴吸根本来不及清除体内毒液。”唐娅解释。看起来，唐娅对蛇类和中毒处理很有经验。幸亏有她在，否则我和老程只能是病急乱投医，搞不好还会起反效果。

老程抱着若汐靠在自己的肩膀，若汐的唇色都已经变得苍白，蛇咬的那两个细小孔洞周围已经开始出现瘀血。唐娅则拿出干毛巾，帮若汐擦了擦湿漉漉的头发，抹掉脸上的水珠。

此时燕昆仑也从树林中归来。见到燕昆仑，唐娅似乎有些不自在，但还是吞吞吐吐地和燕昆仑打了声招呼：“昆仑大哥……”

我很是纳闷两人为何会认识，但此时救人要紧，一时间也顾不上其他，决定还是先上车再说。

“我来开车。”燕昆仑主动坐到了驾驶位。此时老程和唐娅在后排照顾昏迷中的若汐，我便坐到了副驾位。

雨刮不时抹去车窗前的雨水，车辆在蜿蜒的山路盘旋下行，去往最近的医院。雨天路滑，能见度极低，也很容易遇上山土滑坡或路面断裂，稍有不慎一车人就将全部葬身于此。虽然在这样的雨夜几乎没有进山的车，但燕昆仑依然全神贯注闷头开车，打起十二分精神盯着路面情况。

我现在满脑子一团糨糊，心里面也乱成一团麻。太多的事情需要一个解释，但到底谁能给我一个解释，而且就算搞清楚这一切，又能够如何呢……

同伴受伤并且危在旦夕，我和老程都很自责。燕昆仑这个人平时本来就沉默寡言，此时更是默默开着车，一时间车内的气氛变得很是沉默。

大概是见我们两个闷闷不乐，唐娅主动开口宽慰我们：“其实啊，被毒蛇咬伤也并不意味着一定会中毒的，有时毒蛇咬伤人的时候没有来得及释放毒液，大概有四分之一的机会都只不过是‘干咬’而已。若汐妹妹吉人自有天相，一定会没事的。而且刚才已经打了电话跟医院沟通，确认那里有抗蛇毒血清，别太担心若汐妹妹了哈。”

目前来看若汐的情况还算稳定，万幸没有出现急性呼吸衰竭的现象。

“话说……刚才那个怪蛇……为什么传说中的委蛇会突然出现在这里呢？”唐娅问。

“还有之前进山路上袭击我们的鸟。这到底是怎么回事？”

“那是‘鬼’。”燕昆仑不假思索便回答道。

“所谓的‘鬼’并没有固定的实体啊……”我不解。我们在海底看到的那个‘鬼’只是影子而已。

“这是‘鬼’实体化之后的存在。”燕昆仑握着方向盘，边开车边说。

“就像我们在海底见到的那个战国将军？”我继续问。

“嗯，‘鬼’的实体化必须借助媒介。”燕昆仑继续说。

也许，从海底归来之后我就成了那个媒介。

“所以，这一切……都是因为我而起对吗……”千言万语，憋到最后说出口的，只是这么言不及义的一句话。

“对，现在后悔还来得及。”燕昆仑看都没看我，若无其事地说。

若汐再度生命垂危，我的倔强自负在这一刻似乎也失去了底气。我不知道下一步该怎么走。

现在后悔还来得及。

如果我在这条路上继续走下去，是不是在我身边的我所在乎的人都会一个接一个地陷入险境，甚至死亡？是不是我终将会后悔莫及？

但我究竟为什么要这样走下去呢……

我究竟在坚持什么，就连我自己也说不清楚……

“对了，你们……认识？”良久，我才想到提起这茬。

燕昆仑点了点头没说话，倒是唐娅吐了吐舌头：“认识……昆仑大哥是我的……师父。”

“师父？”我一时间没反应过来。

“我小时候跟昆仑大哥学过一阵子的武术……”唐娅有些不好意思地说。

“那昆仑大哥，你又是怎么知道我们在这里的，并且还料事如神知道我们会遇到麻烦？”

我这时候有种被玩弄于股掌的感觉，不知不觉中语气便有些重。

现在仔细想来，方才我们和那条怪蛇搏斗的时候，村里的人竟然悄无声息完全没有人出来。即便是在下雨的三更半夜，也未免有些太过反常。而无论是燕昆仑还是花老汉，似乎对将要发生的事情早有预见，却对我守口如瓶，不肯透露任何蛛丝马迹。

我受够了这样充满算计的世界。花大叔带我们游邛海是算计，孙云亭花老汉的故事是算计，也许就连唐娅和我在小镇的偶遇都是算计……

显然，太多的蹊跷和巧合凑在一起，就是欲盖弥彰。如果这一切都是巧合的话，那我的运气简直好到可以中一百次彩票了。似乎有人一直在阻止我接近和了解真相，故意混淆视听，或是真假参半地误导我。也许我早该接受，唐娅也只不过是这环环相扣之中的一枚棋子。这让我心里异常难受。

“之后我会找个时间和你解释。”燕昆仑干脆利落地拒绝了我的质疑。

也罢，本来就不应该指望有谁能不掺假地告诉我什么。我不知道自己为什么会突然之间有一股无名的怒火不知该向何处发泄，刚想发作，却听到若汐在轻声低语，仔细听才知道是昏迷之中的呓语：“妈妈……”

“妈妈……不要打我……妈妈……我再也不敢了……”若汐的眉心紧皱，表情看起来很是痛苦。在中毒昏迷的时候，若汐似乎又回到了某个童年记忆之中的场景中，或者深陷在某个不堪回首的噩梦里。淅淅沥沥的雨声中，若汐的语气隐隐竟然有种低声哀求的意味，听来让人心酸。

这与若汐一向以来给我的感觉反差实在太大了。我一直以为若汐是那种“别人家的孩子”，不承想优秀如她，竟然也会有如此悲伤不堪的童年记忆。

“若汐，醒醒，没事了……”老程摸着若汐的额头，低声说。

若汐呼吸有些粗重，却没有醒转的意思。

这时，突然有一部大货车出现在了我们后面，逼近上来。燕昆仑不动声色地踩了油门加速。

我和老程都意识到，我们被人盯上了。

那部大货车在一个转弯位猛地加速撞了过来，看起来对方的目的不是逼停我们，而是干掉我们。燕昆仑猛地一踩油门，加速之中猛踩急刹车，车子在一阵刺耳的刹车声中顿时做了一个甩尾漂移。雨天湿滑的路面让我们划了一个大圈的弧线，差点就从这狭窄的山路上滚进一侧的悬崖下。

那辆大货车就没有这么幸运了，在我们的车贴着路沿往前疾驰时，那辆大货车一个侧翻打横倒地，摇摇晃晃地还往前滑行了一会才掉下山崖。

在这肾上腺素急剧飙升的几秒钟里，还没来得及喘一口气，迎面就冲上来好几辆摩托车，强烈的车头灯直射而来，很是晃眼。

雨雾之中看得不甚分明，但那些人毫无疑问杀气腾腾，而且这些人看起来都不像是泛泛之辈，有着明确的组织纪律和团队协作素养。

燕昆仑猛踩刹车同时快速打着方向盘，我只感觉到安全带猛地一扯，而后便是天旋地转……

第六十八章
燕昆仑

车在盘山公路上几乎倾覆，借着惯性打转了好几圈之后以一个十分刁钻的角度从路边擦了过去，勉强在悬崖边停了下来。我们在车里被甩得七荤八素，若不是绑着安全带的话估计早就飞出去了。方才一侧贴上来的一辆摩托车，被挤了一下后已经掉下悬崖……

唐娅吓得尖叫一声，双手捂着耳朵躲在前排座椅背后。老程此时也抱着若汐趴在座位上。

“没事吧？”我大声叫道。

“没事。”老程护着若汐，唐娅也没有什么大碍。车再次轰鸣一声，起步上路，燕昆仑不敢分心，一边小心前方随时可能出现的状况，不时还要盯着后面穷追不舍的其余几辆摩托车。几个人命悬一线，此刻唯一能倚靠的只是燕昆仑的高超本领和冷静判断了。

燕昆仑一边把握方向盘左右奔突，一边摇下车窗，从随身的袋子里掏出一个烟雾弹，按了一下之后便扔出去。

倒后镜里，那个烟雾弹掉落到对方车底，而后迸发出一阵强烈火光，那辆黑色轿车一个急刹车，打滑了几圈之后便停下在原地，冒着浓烟无法动弹。

虽然解决掉一辆车，但此时仍有四辆摩托车穷追不舍，前方也不知道是否还有埋伏。摩托车的机动性能比大货车好太多，瞬间工夫就追了上来。我们现在简直成了群狼环伺的羊，等待着被撕成碎片的一刻。

燕昆仑猛打方向盘还是没能控制住方向，虽然避过了和那辆吉普车硬碰硬，但还是车头一歪，车身摇摇晃晃地往路边的围栏撞去。嘭的一声，巨大的惯性和冲击力伴随着金属刮擦撕裂和玻璃破碎的声音。我根本来不及反应，后脑勺就重重磕到了座位上。眼前一片模糊，强烈的耳鸣和眩晕感在瞬间将意识冲刷成一片空白……

前面还拦着一辆没有开车灯的吉普车。看样子这一关是过不去了。

数秒钟后回过神来，才发现弹出的安全气囊冒着烟。一辆贴着我这一侧的摩托车此时已经近在咫尺，那人戴着安全头盔面目不清，这么近距离被袭击必死无疑。我完全没有还手甚至躲避的余地，但就在瞳孔收缩的一刹那，我却看到摩托车上那个人突然身形一歪，栽了下去。

下一秒钟，事情向着我们意想不到的方向逆转。那一辆吉普车上下来的这个家伙戴着头盔和墨镜，身着户外迷彩服。在我们停下车的这点时间里已经打晕贴着我们身后的那三辆摩托车上的人。

来人是敌是友？这是狗咬狗还是黑吃黑？此刻我完全搞不清楚状况。就连燕昆仑也愣了一下，似乎这个人的出现根本在他意料之外。

墨镜男打晕了三个人后，竟然若无其事地重新上了车。引擎一阵轰鸣，吉普车扬长而去。燕昆仑观察了片刻之后，再度启动车辆，小心翼翼地跟了上去。

前面那车始终没有放冷枪，也没有限制我们行动的意思，只是不紧不慢地走在前面，看起来倒像是在给我们开路。那辆动机不明的吉普车一直到加油站附近，才打起双闪，进了加油站。

此时若汐还昏迷不醒，我们急着去医院，燕昆仑犹豫了一下，没有减缓速度，开着那辆已经伤痕累累的车擦身而过，继续在雨中赶路。

在天亮以前我们终于赶到了最近的一家医院，老程抱着若汐冲进了急诊。所幸一路上唐娅处理得当，及时打了抗蛇毒血清之后若汐基本上已经转危为安。只是刚才摔下山的时候大概有点轻微脑震荡，暂时还昏迷不醒。

燕昆仑把我们在医院附近放下之后就把车开走，说是去处理一下这辆车，现在这种状况开着一辆伤痕累累的车招摇过市显然不是明智的做法，也只好由着他去。一想到这辆车还是租来的所以还要赔一大笔钱，我就郁闷不已，真是无妄之灾。

虽然急于知道那些追我们的人究竟是什么来头，但看来燕昆仑一时半会也不会回来。此时老程和唐娅在病房里守着若汐，只有我独自一个坐在医院的走廊，心中烦闷不已。

现在后悔还来得及。车上，燕昆仑这么说。

所谓的"来得及"，是趁我所在乎的人还没出意外之前吗……

深深的倦怠和无力感彻底击溃了我。仿佛又回到了多年前那个燃烧的夜晚……

我从小就不喜欢医院，尤其是住院病房。此时已经是黎明时分，医院里的人并不多，但经过这一夜惊魂，我早已经成了惊弓之鸟，生怕再出什么状况，心存警惕地盯着周遭的每一个人，一只手还暗暗伸进背包里一直抓着那把匕首。

"玄羽……你……还好吧……"唐娅不知什么时候已经站在了我身边。

我摇摇头，不想说话。

此刻我很敏感，很介意一再被欺骗……我不知道现在该如何面对唐娅，还能不能把她当作是自己可以信赖的朋友……如果那一次偶遇只是精心设计，如果唐娅对这一切早已知情……

唐娅没有再说话，默默在我身边坐下。她似乎想解释什么，却欲言又止，只化作一声叹息。

"对不起……"良久，唐娅还是开口，并且说出了最没有意义的三个字。

"哦。"我不知道该如何回应。也实在没有心情强颜欢笑或是假装若无其事。

又是漫长的沉默。

"玄羽，刚才……是怎么回事……"唐娅闷坐了一会之后，开始没话找话。

"你知道的应该比我多吧。"我没有回头看她，只是茫然地望着虚空之中的某一个并不存在的东西说道。我知道自己其实只是在发泄郁积在内心无处释放的情绪。

“我也不知道是怎么回事……”唐娅委屈地低下了头。透过发梢，我看到她忽闪的眼睛里忍着的泪水开始盈眶。

“我认识昆仑大哥，是因为我奶奶是昆仑大哥的救命恩人……”终于，唐娅吞吞吐吐地开口说。

“哦。”那又如何，和我没关系。

“昆仑大哥……是当年燕家的幸存者。”唐娅的这句话让我很是震惊。草蛇灰线的线索再度勾连了起来。随后的时间里，唐娅断断续续地讲了一些关于燕昆仑的事情。

燕家从前也曾是书香门第，好几代人读过书考取过功名。燕昆仑的祖父人称“燕师爷”，民国年间曾经在当地的某个军阀手下当过参谋。燕师爷从小饱读了不少书，因为川中连年军阀混战才被迫到成都讨生活，而后在那里遇到了赏识他的军阀，从此追随其后。

日本侵华时期，蜀中子弟出川抗日奔赴前线，燕师爷也随着那位军阀以身殉国。燕师爷身后留下三个儿子。长子在随后的内战中阵亡，次子也死于瘟疫。两人虽已婚配，却都未有子嗣，只剩下燕昆仑的父亲这一脉香火。

不料到了九十年代初，燕家这一脉香火却发生了一件蹊跷的事，七口人惨遭横祸。那时候唐老太太在县城当医生，机缘巧合之下救活了一息尚存的燕昆仑。此后燕昆仑便与唐家常有来往，保持着联系。

二十年前，燕昆仑参与了那次勿里洞海域考古。但失踪五年之后，燕昆仑又悄然回到了川中拜会唐老太太，此后燕昆仑便在唐家住下，在成都待了一段时间。

那时候唐娅还是个十来岁的小姑娘，正在活泼好动的年纪。有一次见到燕昆仑在练武，便缠着要他教。燕昆仑大概也是觉得唐老太太的救命之恩无以为报，便充当了唐娅的武术教练，教了她一段时间扎马步和梅花桩之类的基本功。

此后，燕昆仑常年在外，隔个三年五载才会回一趟成都，但每次来必定会前往拜会唐老太太，因此缘故与唐娅倒也并不算生分。半年以前，燕昆仑再一次回到成都小住了一段时间。这期间唐娅好奇偷听到他和唐老太太道别前的谈话，才知道燕昆仑打算前往的地方就是我的老家。燕昆仑走后，唐娅找了个借口偷溜出来，追随着燕昆仑的脚步去到了那个南方的海边小镇，然后才有了和我相遇的一幕。

听唐娅说完这些来龙去脉，我其实已经选择了相信她。只是所谓的真相呈现在眼前时，我依然还是无所适从，不知道这些话里面又有多少分为真，多少分为假。

第六十九章
獬豸

二十年前那一次海底事故后，燕昆仑死里逃生，时隔三年后才被布莱克在勿里洞岛的矿洞里找到。在那之后燕昆仑回到四川，并在成都唐老太太家里住了一段时间。但他却始终未曾和向蛮子等人有过接触，想必是刻意隐藏了自己的行踪，甚至就连那些幕后的权势人物都始料未及，所以当我们在岛上赴布莱克的鸿门宴时，怪里怪气的汉服老头孔维钧和颐指气使的老江湖袁牧野才会大吃一惊。从当时的情形看，就连大伯和向蛮子也并未预想到燕昆仑还活着。但在消失的期间，燕昆仑似乎一直在做一件什么事情，而且唐老太太看来是知情人之一。

方才听完唐娅的叙述，一个我早就应该想到的疑点再度浮现心头。

首先，在二十年前大伯与整件事情有何关联，他为何会认识燕昆仑？按理说如果只是泛泛之交，隔了二十年未见，多半很难立马认出一个人来。但大伯在那天见面时却不假思索地便叫出了他的名字，可见两人一定有过比较深的交集。

其次，既然大伯并不知道燕昆仑还活着，几个月以前燕昆仑前去我老家那个小镇又是去见谁，或者有什么缘由？唐老太太临终前让唐娅带给我的这半首《蜀道难》，会不会又是某种暗藏乾坤的密码信息？

而与布莱克达成交易炸掉海底遗迹的那个躲在暗处的势力，他们这么做的目的又是什么？

花老汉口中所谓的邛海古城是故布疑云，还是真实存在？

先前我只把焦点放在二十年前那一支科考队，现在看来，似乎从川西南到勿里洞的考古行动只是一根在明处的线索，而在这背后其实还牵涉到隐藏于暗处的许多的人和事。不搞清楚那些暗处的线索，始终还是雾里看花隔了一层。

但我还能相信谁呢……身边的人除了老程之外，大伯也好，唐娅也好，若汐也好，甚至就连我的父亲母亲，都有对我隐瞒的事情。如果我执意想要找出这一切事情的真相，我应该选择相信谁呢……

“喂，玄羽，有什么事情说出来吧，不要闷在心里。你的气色看起来很差。”见我一个人愣愣地枯坐着，既不说话也不发怒，唐娅拉了拉我的衣衫婉言相劝，大概是担心我太钻牛角尖把自己逼疯。

“我觉得，你这个人就是太多愁善感了……”唐娅若有所思，低声说着。

“唐娅……我可以相信你吗？”我叹了一口气，试着解释，“经历过这么多事情，我现在真的分不清哪些是真话，哪些是谎言了……”

“我没有骗你……”唐娅抬起头，呆呆地看着我，眼中打转的泪水终于止不住掉了下来：“骗你是小狗！”

“对不起……”内心的情绪宣泄完出来，就只剩下一个软弱无力的躯壳。

这一次轮到我说出这没有用的三个字了。

“陈玄羽你个大笨蛋，你听清楚了，我那天在街上撞到你真是倒了大霉啦。如果我费这么多心思设这么个局……我干吗不找个帅一点的！”唐娅气呼呼地说，一点也看不出来年纪比我大的样子。

我愣了一下，被唐娅这么一说，似乎方才堵在心头的块垒多少松动了一些。

唐娅气呼呼地不再开口说话，大概是被我的话伤得深了，倔强着不让眼泪掉下来。

我转过身，帮她拭掉打着转的眼泪。唐娅轻轻地将头靠到了我肩膀上。我这时候才发现，她这一夜都在为若汐的安危担忧，头发都还是湿的，也没顾上擦干。

我这时才想起昨夜里小屋中的一幕。

“对了，昨晚上我醒来的时候看到你好像是在梦游，站在门口一动不动。不过不知道为什么，那些蛇却似乎不敢靠近你，在你身边围了个圈。”我简明扼要地叙述道。

“是吗……原来昨晚上又发作了呢。其实我从小开始就会……”唐娅有些不好意思地说。

“但在成年之后我已经很长时间没有出现这种情形了，怕吓到你们就没说……你不会怪我吧……”唐娅被我方才的话刺伤后，多少心存芥蒂。

我连忙摇头：“每个人都有自己的隐私，不是什么事情都需要说出来的。”

唐娅这才破涕为笑，算是原谅了我刚才的猜忌怀疑。

凌晨时分，我和唐娅并排坐在医院病房外的座椅上。经历过与世隔绝的几个月，和一系列不可思议的事件之后，此时我才终于有了一种放下心里的执念回到人世间的感觉。

“对了，那些蛇之所以会怕我……大概是因为奶奶给我的这块玉佩吧。”唐娅掏出那块三足乌玉佩在手上摩挲着，而后解下来递到我手中。玉佩带着唐娅的体温，和一种不可思议的润泽感。

“这是家传的古玉。我从小就特别怕蛇啊蜘蛛啊什么的，奶奶给了我这块玉后，就再也没被蛇虫咬过啦。”

“你这话说的……好像是戴了一块蚊香啊……”我故意逗趣她。

“你才整天戴着一块蚊香呢！”唐娅顿时怒了，一记粉拳袭来。我终于切身体会到，她说自己小时候练过武术所言非虚。

这时病房里传出动静，我和唐娅连忙进去。若汐已经醒转过来，虽然看起来仍然气色虚弱，但神志已经恢复清醒，打完抗蛇毒血清后也没有出现过敏反应。

见到若汐没事，我们几个都很开心，一颗悬着的心也终于可以落地。

不久，走廊传来一阵脚步声，燕昆仑进来后看了一眼若汐，转过身对我说：“搞定了，暂时不会再有事。”

“刚才那些……是什么人？”老程问。

“他们属于一个叫‘獬豸’的组织。”燕昆仑没头没脑地说出一个拗口的词。

“你是说……那个神话传说中的神兽？”我们几个愣了半天，老程才反应过来问道。

獬豸是中国古代传说中的神兽，体形类似麒麟，全身长着浓密黝黑的毛，双目明亮有神，额上通常长有一角，又被称为独角兽或神羊。传说獬豸懂人言知人性，拥有很高的智慧，能辨是非曲直，识善恶忠奸，发现奸邪的人就用角触倒吃下肚子，因此也常常被当作是司法公正、“光明天下”的象征。

不知道这个以“獬豸”为名的组织又是什么来头。

“那些追杀你的人被称为‘执法’，在其背后还有‘裁决’，以及‘三法司’。”燕昆仑似乎对那个叫“獬豸”的组织十分熟悉。

“那刚才路上救了我们的那辆吉普车又是什么人？”我继续追问。

“袁牧野的人。”燕昆仑一副茶壶里煮饺子的样子。

“那个鼻孔朝天的老头？他为什么要救我们？”老程抢先一步问出了我也在疑惑的事。

难不成又是某种交易？

“因为如果你现在死了，他的计划一样会落空。”燕昆仑没说是什么计划，也没说那个所谓的什么劳什子计划为什么又跟我有关。

刚想继续细问，燕昆仑又使出了杀手锏：“之后我会找个时间和你解释。”

抱怨的话还没说出口，燕昆仑就接着甩过来一句话，转身往门口走：“时间紧迫，我们必须尽快回去。”

“回哪里去？”我一愣。这家伙居然也会用回去这个说法。

“河洛古村。”燕昆仑没有回头。但这个词的分量可想而知。此时我终于可以确认一点，燕昆仑既然知道河洛古村的事，想必与90年代的川西南考古项目很有关系。看来他现在终于下定决心带我前往，对我透露一些其中的内情了。

我本来想着让老程留下陪若汐，我带着唐娅跟着燕昆仑前往那个河洛古村，等若汐可以出院后我们再在西昌会合，但若汐一直念着想要去白教授当年工作的地方看看，执意一起走。我们拗不过她，只好带上她一同前往。

在医院胡乱吃了点早餐，出到医院门口，见到原先那辆伤痕累累的车焕然一新地出现在我面前时，我们几个都惊讶得合不拢嘴。燕昆仑不知道使用了什么法术，竟然在这片刻的工夫之间就让这辆租来的车完好如初，甚至连车牌号码都没有换。我本来还以为他所谓的“处理”是找一处悬崖或大河把车开下去，没想到他居然还有“快修”的门路。

“上车，路上说。”燕昆仑一以贯之地只会使用祈使句。

不久以后，我们就又回到了蜿蜒的盘山公路之上。此时雨已经停了，清晨路面上的车辆也多了起来，但果然如燕昆仑所说，一路上再未有人紧追不舍。昨晚上发生的一切恍如在梦中一般。

折腾出这么大动静，没理由一夜之间就销声匿迹吧。打开汽车广播，调了好几个当地的短波频道，却都没有任何新闻。

在我放弃徒劳无功的尝试刚想关掉汽车广播时，一则国际新闻却吸引了我们的注意。

“美国的‘艾森豪威尔’号、‘罗纳德·里根’号和‘杰拉德·福特’号三个航母战斗群已经在太平洋海域集结完毕，在此前的12小时，冲绳美军基地遭受突然袭击……”

第七十章

河洛古村

燕昆仑默默开着车，听到这则新闻竟然也眉头一皱。

这则新闻之后还有几条国际和国内的新闻，不知是不是我开始变得有些杯弓蛇影的缘故，听起来似乎都像是那两件上古神器出现之后引发的涟漪效应。

“布莱克那边现在是什么情况……”我问。

“在你们上岸后不久，我就离开‘大鲲’号了。”燕昆仑看来也不知道现在布莱克是死是活。

“你刚才说的那个叫‘獬豸’的组织，布莱克是他们的成员吗？”老程试图确认。

“不是，布莱克属于一个你们应该听过的组织，‘石匠工会’。”燕昆仑说。

“昆仑大哥，你所说的石匠工会，也就是共济会对吧？”唐娅脱口而出。

“嗯，在华人社会，共济会也被称为‘美生会’……”燕昆仑补充说。

当这个猜想从燕昆仑口中得到证实时，我依然还是有些惊讶。没想到我竟然也会以这样的方式和那个传说之中主宰了世界的共济会发生交集。但这也就说得通为什么布莱克会不惜代价花二十年时间寻找那两件具有强大力量的上古文明遗物了。

“我突然想到一件事，共济会的代表性徽章，中间也是方矩和圆规组成的象征。”唐娅一语中的，提醒了我一个之前忽略的关键之处。

方矩和圆规都是石工测绘使用的工具，在共济会思想中它们代表着会员完善自身所使用的道具。这是从石匠工会时代流传下来的标志。但在岛上的时候，那个金发年轻人海因里希说过，和氏璧也被称为“法规”，也就是说，墨矩和法规同样也是另一种形式的方矩和圆规。这绝非是偶然巧合。我张大了口。难道说，那个传说中起源于古巴比伦的神秘组织，竟然也与这两件上古神器有关？

“不会吧……难不成共济会在几千年前就已经接触到了上古文明……”老程也想到了这一点。

“这两个符号除了象征层面的意义之外，还有实际的指代作用。方矩是会所导师的徽章，象征一种让不同的元素统合有序的工具，而圆规则象征创造这个世界的工匠和他规划世界的蓝图……”唐娅补充解释道，她对各种各样的纹饰和标志的象征意义颇有兴趣。

唐娅虽然没有亲自下海看到那个遗迹的情况，但这些天从我们的描述中她已经有个大概的认知，甚至还画了一张扶桑神树的草图，说是要把这些元素运用到新的设计作品里。

没想到正所谓当局者迷旁观者清，唐娅天马行空的猜想反而拨开了重重云雾，直捣问题的关键点，一切顿时豁然开朗。

当唐娅说出这一番话时，我顿时有种毛骨悚然的感觉。这种战栗并非来自对未知的恐惧，而是在面对无法言喻的巨大事物或足以颠覆所有认知的真相时，一种无法自已的本能反应。

“石匠工会存在于这个世界上的历史，已经超越6000年了。”燕昆仑没有正面回答，但却像是默认了我的猜测。6000年时间，几乎是大半个人类文明的发展史了。

“还有一点，最初缔造石匠工会的那帮人自称是远古奥秘的守护者，通晓天文地理及宇宙的奥秘。如果联系到海底下的古文明遗迹，这个说法就不难理解了。说不定石匠工会就是最初发现上古神器的那帮人发起成立的。”老程神色凝重，差点忍不住爆粗口。

如果共济会的创始人便是最初接触到上古文明的一帮人……

真的如老程猜测的那样，最初的人类精英发现了上古文明遗留下来的隐秘力量之后，一定会想方设法加以研究和破解，与此同时也会怀着强烈的危机感，猜测上古文明灭亡的根源是什么……这些行为，都很容易让人将其和各种花样的阴谋论联系起来。

布莱克提起过所谓“历史的终结”，或许便是共济会所发现的上古文明灭绝真相。

但那个公元前4000年的石匠工会，与墨矩法规又有何联系？难不成石匠工会在那时候就已经进入到华夏文明的体系之中？至少退一步说与数千年前的中华文明已经建立了某种联系？这又是一个骇人的真相。

我将我的猜测和盘托出，大家都连连点头称是。但这到底还是我一厢情愿的猜想，还未从燕昆仑这里得到印证。

“你们想到的，已经八九不离十了。”燕昆仑听完各人的说法后，淡淡说道。

我这时候也顾不上面子了，低声下气恳求燕昆仑跟我多透露一些事情，以免那个挥之不去的疑问始终百爪挠心。

“先去到河洛古村再说。”燕昆仑惜字如金，绝不肯透露多半句。

我们的车在盘山公路上走到了一个分岔路，燕昆仑没有犹豫就开进了一条荒草丛生的道路。

前行不久，就看到一排铁马拦着，上面还挂了一个“禁止车辆通行”，绑在铁马上的铁丝已经锈迹斑斑。燕昆仑先是下了车默默移开铁马，把车开过后又再度下车把铁马移回去。

果然这条路挂着禁止车辆通行不是没有道理的，路面极其泥泞崎岖，乱石丛生。我们在车里颠簸了大半个小时差点要吐了的时候，燕昆仑才停下车，前面已经无路可走了。

“下车吧。”燕昆仑这次下车后从后备箱取了工具，装在背囊里。

“带上东西，要走一段山路，前面是无人区。”燕昆仑简单交代了几句。我们从成都出发的时候已经购置好了野外徒步的物品，此时便各自收拾齐整，拎了自己的包裹跟上在前面开路的燕昆仑。

若汐始终还是刚从鬼门关走了一遭，体力始终还是有点跟不上，不久之后就气喘吁吁面色苍白地落在后面。老程抓住机会主动上前，红着脸提议让他背着若汐走。若汐此时不想拖大家后腿，只好勉为其难地同意了。

好在中间稍微休息了一下，又吃了点干粮和营养液补充体力之后，若汐多少恢复了一些，下来自己走了一段并无大碍，便和老程跟了上来。

徒步穿越无人区，意味着要面临高寒缺氧、失温迷路、暴风大雪、没有信号和补给等风险，虽然之前在水下泡了那么长时间令我的极限生存能力大有提高，但往上翻越落差将近有1000米的陡峭山崖，翻山越岭走在崎岖曲折的羊肠小道上依然是一种巨大的挑战，稍有不慎就会摔成肉饼。

燕昆仑看来颇为熟悉走这种山路，大气不喘地走在前面开路，唐娅也还能勉强跟上，而后是老程和若汐。若汐原本就有丰富的野外生存经验，虽然元气还没恢复，但跟我这个菜鸟比还是绰绰有余，没多久我就被大部队甩到了后头。

除了心理上的恐惧始终挥之不去，体力也渐渐不支，没多久肌肉就已经开始不由自主地颤抖。我咬紧牙关尽量不去想底下的万丈深渊，努力跟上不掉队。道路狭窄，甚至连换身的位子都没有。唐娅见我掉队，便也慢下来到后头陪着我一起走。

“喂，玄羽，以前哦，有一次我徒步进山，傍晚的时候在山脚下的村子里歇息，那时候刚开始做晚饭，忽然间房子外面传来‘咚’的一声响，村里的小姑娘就高兴得不得了。原来啊是一头牛从山顶上摔下来了，当时摔得那叫一个四分五裂，牛的主人说是不要了，大家就去捡回来，炖了好大一锅呢。”唐娅嬉笑着对我讲起她的经历，也不知道是不是故意吓唬我。

“得，你可别再说了，我摔下去估计也没啥可以吃的……”我哆哆嗦嗦地龟速挪动，经过一段隘口，好不容易才止住腿软爬上了一个斜坡。唐娅笑嘻嘻地伸出手拉住我，我们两个贴着斜坡半躺着稍微歇息了一下，便继续赶路。

接下来连着是好几段十几米到几十米落差的滑坡地段。燕昆仑提醒说，这一段路容易发生山体滑坡塌方，需要快速通过，还要避免遭遇滚石。昨晚刚下过雨，山上的土块泡过水之后十分松软，稍有不慎就会被埋到泥石流里。我们不敢怠慢，提心吊胆、连滚带爬地走了一段之后，已经是大汗淋漓、气喘吁吁。

这之后就走到了一个悬崖峭壁，一路几乎在30度以上的坡度道路上前进，路面只有细碎的石头和草根，间或有一些高低不平的大石块。雨天过后石块上很是光滑，稍有不慎就会滑倒。所幸一路上还算走运，有惊无险。

而后还要沿着陡峭的藤梯向上攀爬……在我几乎就快要喘不过气的时候，才终于到达了悬崖顶上。平缓的崖顶上只有一座用石头垒砌而成的“房子”，但看来十分简陋原始，几乎不能称之为建筑。

这就是我们的目的地吗？那个大山之中的河洛古村？

第七十一章

河图

“到了。”

燕昆仑指了指眼前，崖顶上可以看到有几间破败的茅草屋在荒原上错落摆列，但显而易见这里已经成了一个被废弃的无人村落。

那几间茅草屋后，有一棵看起来颇有些年岁的大树，此时也只剩下枯枝，不知道是否还活着。

“三十年前，这里曾经被叫作‘河洛古村’。”燕昆仑站在山头，思绪似乎飘回到过去的回忆中。

“您是从这个村子里出来的对吧。”我问。

燕昆仑点了点头。

但他方才强调说是三十年前，难不成在那之后这村就突然消失了？

“三十年以前，这里发生过一次事故，因为是在夜里，整村只有几户人侥幸活了下来……”

他默默地说出了一句惊心动魄的话。难怪我们之前费尽周折都没能找到有用的线索，原来这个地方在三十年前就已经从地图上被抹去，彻底消失了。

“现在只剩一个了……”

燕昆仑提到的这个答案让我始料未及。但看起来他似乎也不太想继续这个话题。

“下去看看。”燕昆仑说完，便从土坡上走下去。

唐娅边走边问我：“你是怎么知道这个地方的？”

我便将事情的前因后果原原本本地讲了一遍。之前我还没有和唐娅细说那张照片上的细节。

“玄羽，你不觉得在这悬崖峭壁之上建一个村子很是奇怪吗？”老程环顾四周，皆是乱石险峰，附近甚至也没有其他的村落。

经他这么一说，似乎也的确是这样。又是一处故意选在人烟罕至之地的建筑，一如之前我们遇到的那个美生会建在山中的别墅。这样古怪的设计，背后的意图又是什么？

还有，父亲和白老先生当年在这里到底发现了什么？

燕昆仑在那几间茅草房前停下，不难看出这一片废墟曾经的样子。只是经过了三十年，早已荒芜如同末世之后。

“你知不知道这里为什么叫‘河洛古村’？”燕昆仑突然问。

“是指……河图洛书？”若汐想了想说，“1973年马王堆出土的《帛书周易》中有这样一句话：‘河出图，洛出书，圣人则之’。传世文献则时常将河图洛书相提并论，或是合二为一，说成是‘河洛出图书’。”

燕昆仑点点头。唐娅便接着若汐的话头讲起了河图洛书的传说。

相传伏羲氏时期，黄河里浮出一匹龙马，它身上的旋毛变成“一六居下，二七居上，三八居左，四九居右，五十居中”的图形，这就是“河图”，伏羲氏依着“河图”的形状画出了“伏羲八卦”。到了大禹治水的时候，洛河里又浮出一只神龟，神龟的背上长有奇怪的纹、圈、点，排列成组，这便是“洛书”的最早由来，之后还演化出了“洪范九畴”。

谈话间，我们已经走到了土坡底下的开阔处，那里有一块巨大的石头。

我本来还以为在那块巨石上会有铭刻的文字，或是蝌蚪文等暗藏的玄机。但这一次走近细看之后，却不由得大失所望。那的的确确只是一块再寻常不过的石头，也不知道燕昆仑费了这么大周折带我们来这里是何缘故。

燕昆仑走到石头前停下，转过头看了看我，又看了看老程他们几个。

“挖开这里。”燕昆仑的表情看起来不像是在开玩笑。而后他便自己取出了工兵铲，开始埋头挖了起来。我便也只好放下背囊取出工具，跟着他一铲接一铲地把那块大石头底下的沙土和碎石挖掉。老程扶着若汐在一块石头上坐下休息后，也拿出工具过来帮忙。

唐娅面色疑惑地问：“这底下究竟埋了什么？”她蹲在一旁，拿个小铲子帮忙把碎石撬开。

几个人就这样闷声挖土。

我难免又想起几个月以前，我和老程在老家祠堂前挖出时间胶囊的情形。又是一个被掩埋的秘密将要被发掘出来。只是这一次心情却有些复杂，潜意识里甚至有些抗拒去想，这底下掩埋的究竟是什么秘密。

“我说……昆仑大哥，咱们挖这个坑到底是要干吗？”我的郁闷之情无以复加，折腾了大半天只是莫名其妙地刨了个大坑，还不知道是为啥。我浑身是土，灰头土脸在坑里喘气的样子就像是个搬砖民工。

“你就别卖关子啦，这底下究竟有什么先说一下嘛。”唐娅也央求说。老程这时候也下到了坑里，头发上也沾染了不少沙土。

燕昆仑大概是见我们两个都一副灰心丧气的样子实在是不想再挖了，才勉强停下了手中的动作。

“大老远跑到这里来挖坑，总得先说明一下情况吧。”我没好气地抱怨。

“说明什么？”燕昆仑望着我。

“至少总可以先告诉我这个已经消失的村子与河图洛书有什么关系，和我们又有什么关系吧？”我不依不饶地逼问道。

“那是曾经保存在这村子里的一样东西。”隔了一会，燕昆仑才开口说。

在已经成为了一片废墟的河洛古村，燕昆仑告诉我“河图洛书”并非传说，而是真实存在的某件物品。我内心的震撼可想而知。

“河图和洛书不是两样东西么？”老程也听出来燕昆仑的话中暗

藏玄机。

“昆仑大哥没说错，所谓的河图洛书其实是同一样东西。这个说法乍一听虽然与神话传说大相径庭，但事实上由早期的史料可以明确知道，‘洛书’其实是由‘丹书’讹传而来的，甚至于在早期的典籍中根本没有提到洛书，只是提到了河图。”若汐解释。

“而且最早出现河图这一说法的是《尚书》，里面提到，河图实际上是指一种宝物。周康王即位之后，从周成王那里继承了八件国宝，赤刀、大训、弘璧、琬琰在西序，大玉、夷玉、天球、河图在东序。”若汐接着说道。

“您刚才说，这里曾经是保存河图洛书的地方，那我们现在要挖的是河图吗？”老程边费力地凿开碎石，边问道。

“不是，河图早就下落不明了。”燕昆仑否定了他的猜测。

“那我们现在要挖的是什么？”若汐问。

“挖开这里再说。”燕昆仑也不知道是故意卖关子还是习惯性不解释，只顾埋头干活。

从燕昆仑方才的口气听来，河图似乎是一件具有实体的“东西”，否则又谈何保存呢？

“难道说……上古文明遗留下来的神器并不止墨矩法规？所谓的河图其实也是……”若汐最先反应过来，连忙说出自己的猜想向燕昆仑求证。

“嗯。”燕昆仑肯定了若汐的猜想。

“那孙云亭和花老汉所说的那个邛海古城是否也是真实存在过，还是他们杜撰出来骗我的鬼话？”我继续问。

“邛海古城的确存在过，但现在已经找不到任何证据了。”燕昆仑的说法与花老汉并无二致，看来90年代初那支神秘的考古队撤走的同时，也将邛海古城存在过的证据一并抹掉了。

我又想起了那个刻意要抹去一切上古文明遗存的神秘势力。

如此看来，河洛古村的一夜消失会不会也与他们有联系？这个假设让我毛骨悚然。

“刚才有听唐娅提起过您和唐老太太的渊源……”我主动提起

话茬。

“很多年前的事了……”在这个话题上，燕昆仑似乎也不愿多说。

“昆仑大哥，那……您是在这里出生的吗？”唐娅柔声问。

“记不清了。”燕昆仑的话语中听不出有什么情绪，仿佛只是在尽量客观地叙述一件别人的事情。我不禁也默然。这种一夜之间失去一切的感受，我也深有体会。

而且不知为何，我隐约有种感觉，我与他两人的遭遇似乎也有着某种未知的因果联系。

看来直到挖出个所以然来之前，燕昆仑是不会多透露半句了。虽然不知道燕昆仑的用意何在，但这一阵子相处下来，我多少也知道他这个人做什么事情一定有自己的道理，只是他不想说的话问也是白问，急也急不来。

我们足足花了一个小时的工夫，才在那块大石头的两侧各挖了一个深可及腰的坑。而后燕昆仑跳进坑里，向着大石头的底下继续挖。我也只好有样学样，在另一个坑里往外铲土。

单调乏味的挖掘作业持续了大半天时间，我们才挖通了一条勉强可容人进去石头底下的通道。当通道打通之后，我已经累得精疲力尽，瘫倒在坑里。唐娅递了水给我，咕咚两下就喝完了。

但是在挖到了岩石底下之后，我依然没有找到什么有价值的线索。那块巨石埋在泥土底下的部分除了比较潮湿之外没有什么值得称道的异常之处，从那块石头的质地来看也只是一块再普通不过的岩石。

第七十二章
旅行者金唱片

来到河洛古村遗迹之前，我内心里其实隐隐有一丝期待燕昆仑能告诉我当年川西南考古行动某些不为人知的内情，甚至能发现与父亲的遗言中所提到的“墨阵”有关的线索。然而在挖了大半天的坑之后，我的期望算是彻底落空了。

在那块巨石底下挖出一条通道之后，燕昆仑却丝毫没有停下来的意思，而是拿着他那把木剑在巨石底下仔细比画丈量了一番，在隧道中定出一个位置，抡起铲子继续接着往下挖。

“这底下究竟有什么……”唐娅问。

“墓地。”燕昆仑终于开口告诉我们到底挖的是什么。

“这里埋的是谁？”我随口问了一句。

“先人。”燕昆仑淡淡说道。

虽然没有明说，但显而易见这里作为墓葬地的话实在太过简陋，说不定就是地震时遇难的村人集体的乱葬岗……

“咱们这……不会是要盗墓吧？”唐娅神色忧虑，吞吞吐吐地说。

燕昆仑抬起头，瞪了一下唐娅，勉强说了一句：“不是盗墓。”

也是，这个乱葬岗里应该也不会有什么宝物才是。

看来燕昆仑是准备一门心思挖穿地球了。我和老程无奈，只好接着埋头干活。好在挖开表层后底下并没有多少坚硬的大石块，等到太阳行将落山的时候，我们已经往下挖了有六七米深。这时铲子终于碰到了一个青灰色的坚硬石板。刨开石板上的土可以看到这个石板相当巨大，一时间无计可施。我便沿着挖洞时放下的绳索爬上了地面。

“接下来怎么弄开这个石板，要用炸药吗？”老程问。

“不用。”燕昆仑似乎对这底下的情形了如指掌，想必是有开启墓穴的方法。

“现在打开？”我接着问。

“不行，得等到明天日出后。”燕昆仑把铲子插在一边，便坐到一旁的大石头上闷声喝水。

“许多的事情我已经记不清了。但我还记得，那件东西十分重要，就在这底下……”

燕昆仑缓缓说着。我们便也默然。在水下时的情景历历在目，想必许多的事燕昆仑的确也是爱莫能助，并非有意隐瞒什么。他的记忆究竟恢复了多少也未可知。

既然今晚要在这悬崖顶上过夜，随后的时间里，我们便开始搭帐篷。

在寒冷冬夜露宿山顶的古村落废墟，而且还是在一个无名墓地上安营扎寨，实在谈不上是件多么美好的事。唯一值得庆幸的是天公作美，没有再把我们几个浇成落汤鸡。

但山上入夜之后格外寒冷，我和老程本来想生火，却被燕昆仑制止了。虽然有些纳闷，但我们还是听从了燕昆仑的建议。想来燕昆仑大概是觉得这毕竟是偷偷摸摸挖坟的事情，又是与自己有莫大关系的村落，因此还是低调点好。

不能生火做饭，我们只好草草吃点携带出来的干粮。好在之前老程竟然买到了部队用的单兵自热食品。加水发热之后就可以吃，不仅方便，而且好歹也算是有点热食下肚，多少抚慰了一天劳作之后在寒风刺骨的山顶过夜的郁闷心情。

山里夜幕降临的时间总是要早些，快到八点的时候已是满天繁星。燕昆仑吃过东西就爬到石头顶上盘腿而坐，也不知道在发什么呆。长夜漫漫，我们几个在底下无事可做，又还没有睡意，便望着满天星斗海阔天空地聊了起来。

“那里，北边那七颗连成一个勺子形状的星星，那就是北斗七星了，西方叫大熊星座。古人就是通过北斗星的位置来区分一年四季，定位和确定其他星座的位置。”老程四仰八叉地躺着，望着天空说。

“说起来，已经好久没有这样在夜里看星星了。”唐娅裹着保暖的毯子，饶有兴致地和老程玩起了童年时的数星星游戏，“那儿，北斗星斗口两颗星星直线延长出去，对着的那颗最亮的星星就是北极星，也就是小熊星座的位置……”

仰望苍穹，在这亘古不变的满天繁星下，人世间的喜怒哀乐悲欢离合，都不过是无足轻重的小尘埃。

自然而然地，我们的话题又回到了“河图”这件事上来。

若汐说，1987年安徽曾经发现一处新石器时代遗址，其中一个玉龟夹着玉板上的图案震惊学界。而该玉板上的图案，就是八卦图的异形。在陕西仰韶文化遗址出土的距今6000年左右的陶器上，已经有用锥刺成55个小圆点组成的三角图案，与后来的河图极为相似。

其后不同历史时期和地域都曾出现过河图的影迹。安徽阜阳汉墓出土的“太乙九宫占盘”也有用河图表达的宇宙模型，类似的文物在甘肃、山西、朝鲜均有发现。河图上的图案甚至也影响到了四川彝族的服饰造型，他们的民族服饰上经常会出现早期的河图图案。

但无论是出土文献也好，传世典籍也好，甚至神话传说也好，都佐证了一点：所谓“河图”并非圣人所创作，而是有其最初的原始出处。后来的圣人们——伏羲、大禹、周文王姬昌等人所做的，只不过是“则之”而已，也就是说只做了一些编辑规范的工作。

“其实这几天我特意去翻了《墨子》，里头也有提到河图……”老程想了想说，“那段话的意思是说，周文王受命于天，灭掉了殷商建立的周朝，泰山一带都来归附，河中献出绿图，地上产出乘黄。”

“绿图？难道所谓的河图是绿色的？”我不解。

若汐却噗嗤一笑，被我的问题逗乐了：“所谓‘绿图’才不是绿色的图，‘绿’与‘箓’是通假字。绿图就是箓图的意思。”

“乘黄也不是乘着黄色，而是一种好马，地上产出乘黄那样的马，于是武王创立了盖世奇功。”老程附和道。

“墨子认为周文王、周武王灭殷兴周是天命所归，所以才有河出图、地出乘黄的瑞兆，这和《论语》当中孔夫子所谓‘凤鸟不至，河不出图’的意思是一样的。墨子在世的时间晚于孔子，他一定也是听到了不少关于河图的传说，并且对于河图的真相有所了解，才会这么讲。”若汐接着话头，继续推测说。

“先秦时期，最初的‘河图’是某一种玉石类的宝物，也是上古的智慧书，但却不是我们现在所看到那种图形数字排列。”我也说出自己的想法。

河图在《尚书》《论语》《墨子》中都出现过。孔子、墨子都如此关注和重视河图，但关于河图的重要性体现在何处，其中记录的信息是什么，却未有记载和解释。

而且，最初的河图究竟从何而来？

“那按照传说的说法，该不会是从水里漂过来的吧？”唐娅继续异想天开。

“是从水里，但不是水面。”若汐已经猜到了答案。我顿时就联想到海底洞穴和邛海古城。

那一个消失的上古文明既然曾经被大洪水所覆盖，当时的遗存应该会有不少保留在水下，因为某些机缘巧合而被重新发现，便是顺理成章的事了。所谓河图，其实也是上古神器的一种。之后发现河图的那段历史被后人加以附会神化，便逐渐演变成了“龙马”和“神龟”献宝这样一个荒诞不经、难以稽考的神话。

“你们说……那个上古文明的人为什么要制造和氏璧、墨矩、河图这样的东西呢？”我问。

“不难想象，每个时代的文明都会有书写记录自己所取得成就的冲动。”若汐说。

“如果上古时代存在过的智慧文明想要通过某些媒介保存下一些记录，证明本文明曾经达到的高度，类似于河图这样‘数形合一’的设计无疑是一个优先的选择。”唐娅说。

“我突然想到了一件事情。”若汐轻声说，“旅行者金唱片。”

“旅行者金唱片？这是什么？”我好奇问道。

在若汐的介绍下，我才知道，原来人类曾经向太空发射过一张特殊的唱片。

1977年，美国发射的“旅行者1号”和“旅行者2号”太空探测器，就曾带着刻有人类文明成果的唱片飞向了外太空。当时的那张唱片由镀金的铜板所制，收录了来自不同文化的歌曲音乐，包括滑浪、风、雷、鸟鸣、鲸鱼歌声、其他动物叫声等多种大自然的声音，并挑选地球人使用的55种语言或方言的问候语录音，此外还刻录了100多张照片以及其他专门设计的数据，用以向有可能遇到的外星人告知人类的存在。因此也被称为“旅行者金唱片”。

某种程度上，这也可以被看作是当代人类文明的“河图”。

反过来说，所谓的“河图”，是否也曾经是某个昔日的文明在繁荣时期留下的绝唱?

“河图”既是一件具体的东西，也是这件东西上所承载的信息。

更进一步想，所谓上古神器或许很可能同样只是带有某种信息传递功能的纪念物而已，由某个曾经的文明在灭亡以前有意创造出来，在时间长河的大浪淘沙后长久地保留了下来。

“不过……既然那个上古文明曾经造出了那么多具有强大力量的神器，为什么竟然也会在骤然间就灭绝了呢？”老程无意中问出了一个“天问”。

“这个疑问，数千年来曾经有许多人前赴后继、耗费毕生精力去探索求解。”一直在旁默默听着我们说话的燕昆仑，此刻终于开口。

好不容易逮到燕昆仑肯开口的机会，当然要多套他一些话出来。没想到燕昆仑在接下来所说的这一番话，终于让我多少可以窥见那个隐秘的组织数千年来的冰山一角。

第七十三章
自来石

我从未想到，这夜在凉山深处峭壁之上的河洛古村废墟，透过燕昆仑的只言片语，老程、若汐、唐娅和我竟然在无意之中拼凑出了“河图”的本来面貌。

“昆仑大哥，您所说的那些人，指的是共济会吗？或者应该叫‘石匠工会’？”我问。

“石匠工会只是其中一个。”燕昆仑的这句话让在场的几个人都暗暗心惊。

“这么说还有其他存在了数千年的秘密组织？”唐娅快人快语，抢先问道。

“嗯。”燕昆仑点头称是。

这也从侧面印证了一点，先前汇聚在勿里洞岛上那些看似毫无交集的人，背后应该都有各自所代表的组织势力。历史竟然也如同月球一般，永远只能看到被光照到的一面……

“那……墨门也是？”老程追问道，“从先秦至今，墨家组织一直存在？”

“曾经是。”燕昆仑修正了老程的说法，“但现在没有墨门了。”

从海底回来之后，我们三个其实已经讨论过一番这个问题，也认为实际上墨家在秦始皇一统天下后并未消亡。至少直到“黑石”号沉船事件发生的宝历年间还有一个隐于暗处的组织存在。但出乎我意料的是，在漫长的历史长河中，墨家的存续和影响远比我所想象的要长得多。

“最后一任矩子死在了抗日战争中。从那时起，墨门就土崩瓦解了……”

燕昆仑的这句话信息量有点大。如果燕昆仑的说法当真，墨门竟然历经数千年一直存续到了现代，实在是太过颠覆三观，刷新认知。

“等一下，既然墨门已经消亡，您为什么还会知道这些事情？”老程继续刨根问底。

“都是过去的事了，不提也罢。”燕昆仑话里有话，却又不肯明说。

“其实我从小就对墨家很感兴趣。”老程浮想联翩说道，“刺客游侠，舍生取义，死不旋踵……”

“当你成为墨者后就不会这么想了。”燕昆仑语气低沉，像是有感而发。

“诶，昆仑大哥，那你到底是不是墨门子弟嘛……”唐娅爬上巨石，凑到燕昆仑跟前套近乎。

“是也好，不是也罢，都过去了……”燕昆仑的语气中，有种看破世事的黯然。其中内情恐怕又是一桩不堪重提的旧事。

“早点休息吧。”燕昆仑说完这句话后便不愿多说，自己在巨石下找了个平坦一些的地方铺上防潮垫，抱着他的木剑盘腿打坐闭目养神，我们也只好由他去。

几个人又聊了一会后，我终于开始犯困。若汐毕竟也是大病初愈，大家便作鸟兽散，收拾好东西各自睡下。在这连手机信号都没有的深山里，几个人反倒拾回了早睡早起的好习惯。我关好拉链防止蚊虫或爬行动物爬进帐篷，又把“非攻”和手电筒随身放自己手边，以备万一。

在野外露营经验丰富的若汐带领下，我们出发前在成都找了市面上能找到的最大帐篷，此刻终于派上了用场。大本营的称呼名副其实，不仅运用了最佳的抗风防水技术，而且内部空间超大，双隔间设计，最多容得下六人共眠，搭起来后甚至还可以在帐篷内站立行走。若汐和唐娅睡一边，我和老程睡另一边，也不觉拥挤。

虽然我算是睡得浅并且认床的人，但这夜或许是白天体力透支的缘故，躺下后没多久，我就昏睡过去。一夜无梦无话。

第二天早晨，我是在老程的大呼小叫中醒来的。

昨晚老程贪方便把登山靴脱了放在外面，结果今天一早发现靴子里面爬进了许多“千足虫”，这种虫子体长只有几厘米，爬行速度却很快，加上通体黑褐色，背上还有黄色条纹，又有一股很难闻的臭味，实在是让人喜欢不来的角色。只是没想到浓眉大眼的老程竟然也会怕这种人畜无害的虫子，实在是好笑。此时反而是若汐过来“美人救英雄”，把躲进靴子里的虫子都倒了干净，老程才稍微镇定了一些。

若汐笑嘻嘻地抓过根树枝把老程脚上一条惊慌失措的虫子拨开，那千足虫立即卷成一圈不动，稍后才赶紧翻身爬走。唐娅也在一边打趣说：“看来啊，以后在户外都得穿着鞋睡才行，一脱鞋准没好事。”

起来之后，我才发现燕昆仑一早就不见踪影，不知道干吗去了。也不知道他是不是下半夜发现了什么情况。我们洗漱吃饭后一直等到日上三竿，才见到远远有个人影从废墟中走来。燕昆仑手中多了一根形状怪异的棍子，那棍子看起来有点像是一个青铜打造的“丁”字，一端有长柄，而另一端为半圈形的金属器物，看起来就像是一根大号的魔杖。

“这是所谓的拐钉对吧，燕大哥。”老程饶有兴致地打量着燕昆仑手中的青铜棍子。

“嗯，下去吧。”燕昆仑简单甩下了一句话，就翻身进了我们昨天挖出来的洞里。

我不明就里，连忙问老程什么是拐钉，老程一边比画着一边讲解，给我补了“盗墓贼”的一课。

“这个俗称拐钉的特殊物件，与钥匙的功能差不多，是用来从外头退出自来石，打开墓穴的。”

“自来石又是什么？”我一头雾水。

“程哥所说的自来石，是古时修筑陵墓时设置在石门后面的一根长方形石柱，起到抵门棍的作用。”若汐一边收拾工具，一边简单解释了几句。

休息了一整夜后，若汐的气色好了很多，主动请缨说要下到洞里去看看。我本来想着留唐娅在地面看着，但唐娅不情愿自己一个人在地面上干等，死乞白赖地要跟着我们下去“探险”。这方圆百里也没个人影，留她一个人在地面说不定更不安全。我们商量了一番，也只好同意。唐娅一阵欢呼雀跃，连声说回去请所有人吃一顿火锅以作报答。

绑好安全绳后，我们几个便跟着燕昆仑下到了地洞里。

燕昆仑在那块青石板上摸索了一阵，找到了一个凹槽，仔细清理掉了凹槽中的泥土，而后探手进去不知道扳动了什么机括，那青石板

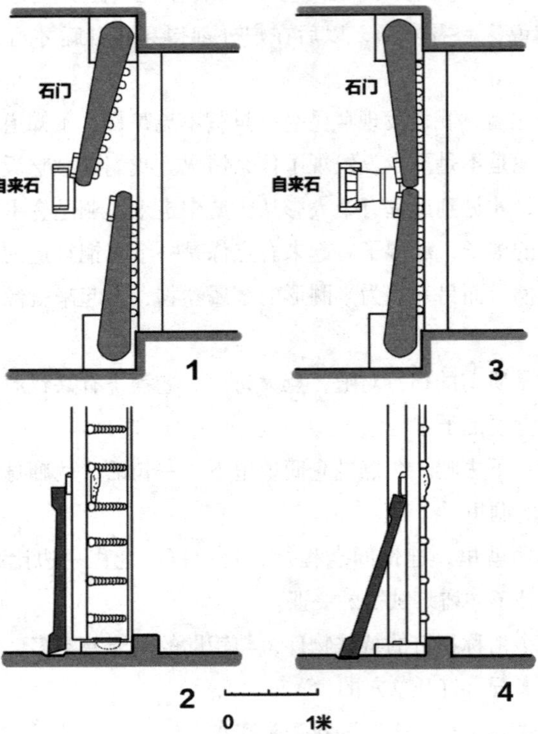

自来石原理图

便从中裂开一道细缝。紧接着，燕昆仑先将拐钉从细缝中伸入缓缓转动，等到那半圈形的部分正好卡在石板内部一条长石的某些关节上面发出咔的一声，再握住拐钉的柄部。

此时只见燕昆仑大喝一声，手上青筋虬起，拐钉缓缓旋转，墓室里发出咔哒咔哒的声音，那青石板做成的墓门应声而动，似乎是在什么力量的作用下缓缓往两边开启。这时我才发现，这石板竟然是有两层，正在往边上收，也不知是应用了什么机械原理。

片刻之后，青石板墓门就完全打开了。

打开石板门之后，并未闻到什么难闻的气味。除了略微有些湿气，看起来就像是个普普通通的石室。只是贸然冲进一个封闭多时的墓穴可不是个好主意。燕昆仑也建议说我们先等一下，让底下的空气流通之后再下去。

等待的时间里，老程闲得无聊，便比画着又跟我讲解了自来石的设计原理。

“其实自来石的机关是这样的。首先要将墓门门轴上下端做成一个球形，然后再在两扇墓门中间对接缝的部位分别凿出一个凸起。”

通常的自来石机关都是应用于竖起的墓室石门。工匠在两门的对接边缘扣槽，门轴上下端打磨成球状，又在两扇石门中间齐门缝的相同部位留出一个凸起的槽口。关闭石门前工匠会将自来石放在地面的石质凹槽内，通过一把特殊设计的拐钉来套住自来石。

等到人员从地宫中全部撤出后，工匠便会拉动拐钉让其慢慢前倾，使之与石门上预留槽口对接。石条倾斜后借助巨大的重量压迫有门轴的石门转动，这时候工匠迅速拿开拐钉，石门便自动关闭，两端插在石槽内的自来石便将石门死死顶住。由于石柱和墓门之间的角度稳定，所以不知此中窍门的人根本无法打开。

“虽然我知道这个机关的原理，但像这种形式的自来石的设计我还是头一次见。从顶部打开，就不是直接利用重力了，而是直接像一根立柱一样顶住石门，不过要配合上这个拐钉的机括，估计背后还有更为精巧的设计。”看到燕昆仑举重若轻地打开了沉重的石墓门，老程也不由得啧啧称奇。

一个简单得不能再简单的部件，却凝聚着古时工匠令人惊叹的聪明才智。

“现在可以了，进去吧。”等了将近一个小时之后，燕昆仑拿着白蜡烛试了试里面的空气之后说。

我打开照明用的荧光棒，影影绰绰中可以看到，从石板门下来之后是一条通往墓室内方向的甬道，长度约有10米，宽度可容三人并排通过。甬道上铺着碎石，似乎嵌有一些形状奇特的图案，除此之外再无一物。燕昆仑在前面带路，我们四个鱼贯而入。

“怎么这个墓穴里面……好像什么都没有？”走了一段路之后，老程纳罕道。

“你以为这是盗墓小说啊，哪里有那么多埋在地下的金银财宝。”嘴上这么说，但我心里多少也有些纳闷。难不成燕昆仑这一族都是平民？但要真是这样，修这么大的墓穴又是为哪般？

穿过神道后便是一个祭坛，祭坛的平面形状大致呈长方形，有一个人工砌起的高台，高台四周由不规整的巨大石块砌成。

越往里面走，若汐就越是露出一副疑惑不解的神色，走着走着就落在了后头。

“怎么了？你没啥事吧？”老程关心道。

若汐摇了摇头，却忍不住停下了脚步。

第七十四章

邛人石墓

“难道说……燕大哥你该不会是……邛人？”在祭坛，若汐开口问道。

燕昆仑转过身来看了若汐一眼。

“我说若汐，咱们现在毕竟是在昆仑大哥祖先的地方，就算没什么金银财宝，这样当面说人家也太失礼了……”老程连忙捂住若汐的口，低声对若汐说道。

若汐又好气又好笑地掰开老程的手，解释说，“你想到哪里去了。我说的是古邛人，也就是《史记》中所说的邛都夷。”

发现自己一下子没反应过来摆了乌龙，老程尴尬地哈哈一笑。

“从前邛族的后裔，如今只剩下我一个了。”燕昆仑点点头，对若汐说。

“难怪……”若汐恍然大悟地说，“我早该想到了，这个墓葬的形式是邛人的大石墓……顶上那块大石头，其实是墓顶石！”

若汐其实在昨天看到那块大石头时就隐隐有些疑惑。那块巨大的岩石是玄武纪时期的花岗岩，这种岩石十分坚硬，不易风化，但重量却不轻。而附近的地质构造并不具备形成巨大花岗岩的条件。虽然心下疑惑，但若汐一来并不熟悉此地的风土民俗，二来被毒蛇咬伤加上车马劳顿，脑袋始终昏昏沉沉，便也没有多想。直到今天下到墓道里，她才意识到这种墓室的设计迥异于华夏文化，并非汉族的葬仪。然后才想起来爷爷白夜教授在20世纪70年代在凉山一带进行过的一项考古调查。

1974年春，白夜教授到安宁河流域一处新石器时代遗址进行发掘工作，登上一个村子边的土山上。当时白夜教授看到漫山遍野的巨大石块时便觉得极不寻常。在白夜教授的坚持下，几个胆大的村民帮忙把其中一块巨石翻了过来。巨石底下果然发现了不少遗骨和大量的土陶罐。村民们继续翻开第二块巨石，这一次当巨石被翻开时，白夜教授和村民们都被眼前的一幕惊呆了，没想到在巨石下面还藏着无数的遗骨，以及大量的玉石、青铜器等物品。

原来这些被村民们当成小山包的大石头，竟然是一座座的古墓。大石头在上面作为掩盖，下面则是用石头砌成的墓室，石头周围盖上泥土，看上去就像一座小山。当时在对墓室的清理中，白夜教授发现，大石墓的分布区域和它所反映出来的文化面貌基本上与古文献所记载的邛人相吻合，便将这种墓葬定名为“邛人石墓”。这种邛人石墓的特点是用石砌成墓室，顶部再以大石覆盖，墓室结构成狭长方形，墓底用碎石板镶嵌，墓门则用碎石封闭。

然而当时由于历史原因，加上条件限制，这一考古发现上报之后却被隐藏了下来，此后“邛人石墓”的发掘和研究也几乎陷入停顿。一直到90年代初那一次川西南考古行动，才重新启动了对“邛人石墓”的调查。

一座传奇的千年古墓，一个消失的神秘部族。

“河洛古村是最后一批邛人后裔的祖地。”燕昆仑淡淡说道。

“我说昆仑大哥，你就不能一次过把话说个清清楚楚明明白白吗。”唐娅忍不住嘟哝，她终于也像我一样恨不得撬开燕昆仑的嘴巴把话都倒出来了。

《史记·西南夷列传》记载：“自滇以北，君长以十数，邛都最大，此皆椎髻，耕田有邑聚。”

古邛人曾经是生活在安宁河流域的一个强大民族，他们骁勇异常，往往都是举族参战，以血缘、亲族关系结成军队，在战场上所向披靡。西昌古称“邛都”，其实是指古邛人在安宁河谷一带所建立的统治政权。而且邛海的名称也保留至今，都说明了椎髻盘发的邛人曾是这一地区的统治者。

“作为一个连年征战的战斗民族，邛人会把死去的族人二次敛葬，统一收埋在大石墓之中，用巨型石头盖住墓顶，让亲人的遗骸得以保存。我说得对吧？”若汐看了看燕昆仑说，他点了点头表示肯定。所以这顶上才会有一块直径达十来米，重量达十数吨的玄武纪花岗岩作为墓顶石。即使使用现代的起重运输工具，要修筑这样一座大石墓也不是一件简单的事。

“从两千年前开始，所有死去的邛人，都会回到这里归葬。”燕昆仑终于主动透露了一点我们所不知道的事情。

所以用青石板制成的墓门才会有开关的设计，既可以让族人在有需要的时候开启进入，也可以防止外族和盗墓贼擅自闯入。而且从墓穴里的情况来看，似乎也充分考虑了归葬祭祀的需求，墓穴里并不觉得气闷，而且因为是收拾骨骼二次入殓，所以也并没有什么腐臭的味道。

“燕大哥，邛人不是早已经消失在了历史中吗……”若汐追问。

“秦人入蜀后，最后一支邛人部落逃到此地，从此隐姓埋名，不为外人所知。”燕昆仑解释。

此时站在祭坛上，我才注意到墓室里侧还有一道墓门，门下有三级高约20厘米的台阶。墓门外两侧竖有两列大石拱卫，长达10米。

燕昆仑如法炮制，打开机括，将拐钉伸入门缝中退出自来石，而后才推开石门，进入内室。

内室应该是真正意义上的安葬之处了，但我们没有看见石棺，只有条石铺顶，墓室四角立着四根石柱，拱卫着中间一个巨大的长方形大坑。这个大坑看起来挖得并不深，而且奇怪的是，坑里现在竟然空无一物，只有底部铺着的石板泛着一层灰白色的光泽，似乎是一块光滑平整的汉白玉石。这非同寻常的巨大汉白玉石可谓前所未见。即便是现代工艺做出的人造石，都达不到如此巨大壮观的规模。

我还在纳闷怎么没有见到骸骨时，燕昆仑低声说了句：“到了。”

在那个大坑的中间有一道石桥，连接到另一侧的内壁。燕昆仑进到内室之后，便将手放置到胸前，做了一个特殊的手势，那似乎是属于邛人部族的某种古老仪轨。完成这个仪式后，燕昆仑起身走过那座石桥，去到石室的另一侧，站在内壁跟前。

正当我留心观察四壁，试图寻找看看有无墓葬壁画或是文字雕刻的时候，唐娅突然碰了碰我的胳膊，结结巴巴地说："这底下的玉石壁似乎有点古怪……"

我拧开手电筒的强光照过去，底下似乎影影绰绰真的是有一些东西……

"不对，这底下的东西是……虫蜡！"老程反应过来后，不由低声惊呼。

"虫蜡？什么是虫蜡？"我从未听过这个说法。

"你有没有留意到，汉字里的'蜡'字是虫字边的，这是因为早期的蜡烛是用虫蜡做成的。"若汐不愧是专业考古人员，此时完全没有恐惧，反而是饶有趣味地蹲下端详起那块"汉白玉石板"来。

所谓的虫蜡又被叫作"川蜡"，主要产于四川地区，是寄生在女贞或白蜡树上的雄性白蜡幼虫所分泌的一种动物蜡质，是天然蜡中最白的一种，附在树干上看起来就像是积雪一样。将这种分泌物从树上刮下来后用热水熔化，撇出蜡，再熔化并过滤后进行精制，制造而成的蜡烛没有异味，还可防潮防锈。

但为什么要在这墓室里弄一块这么大的虫蜡"地板"呢？

若汐取出防爆手电筒贴着那面虫蜡石壁照下去，顿时发现了其中的玄机。这个巨坑远比我们想象的要深。

包裹在那虫蜡之中的，是密密麻麻、杂乱无章、不计其数的骨骼遗骸，似乎男女老少都有，并无一具完整，犹如一个大型的乱葬岗。只不过这些遗骸都被凝固在了虫蜡之中，看起来就像是一块地板而已。我们顿时不由暗暗庆幸，幸亏刚才没有造次踩上去。

掺杂在遗骸之间倒是有不少玉器、金器、玛瑙珠等饰物，和铜箭镞、铜剑、铁刀、环首刀等武器。有些看起来已经锈迹斑斑破烂不堪，有些则还光亮如新，似乎还可以继续使用。

华夏文明自古便以虫蜡闻名于世。只是没想到，在数千年前古代邛人竟然就已经想到了用虫蜡来进行尸骨防腐。

在我们正惊叹于这奇异的墓葬习俗时，燕昆仑已经将那支拐钉插入到内室墙壁中的一个孔洞之中，而后缓慢旋转。此时的情形就像是用一把巨大的钥匙在转动一个古老的石锁一般。

“这是……怎么回事？”若汐张大着口，被眼前的景象彻底震撼住了。

墓室内侧，那面看起来坚硬无比的墙壁竟然开始“融化”了，附着其上的碎石片渐渐剥落，露出背后的纹理质地。说话间，墙壁上出现了一幅“画”，一幅绘制在石壁上的画作。

此时，场景、人物渐渐浮现在剥落了覆盖物之后的石壁上，每一层壁画的中间有一道分隔的标志，我数了一下，总共有五幅画，从三级台阶以上的地面开始绘制，覆盖了整面内壁，高度大概有3米，宽度约有9米。看起来如同五道按时间顺序排列的历史纵轴。

“你们要找的答案就在这里……”燕昆仑向着那面墙壁站立着，默然说道。

第七十五章
壁画

这是一幅以白灰面为底，以铁红、铁黄、炭黑以及绿土四种颜色绘出图案的壁画，从颜料层遗留的痕迹来看，当时创作绘制这些图案的工具可能也是毛笔一类的软刷。虽然隔了漫长的时光，颜色变得暗淡了不少，但依旧保持完整，保存着绘制时的样貌。

若汐怔怔地站在壁画前，被这恢宏的历史遗物彻底震撼到了。她跪在地上，小心翼翼地用随身携带的毛刷刷掉些许沾在壁画底部的粉末，眼眸中有一种近乎虔诚的崇敬神情。

“中国迄今为止所发现的最古老建筑壁画，是秦都三号宫殿遗址壁画，这批壁画无论在制作工艺还是绘制技法上与秦宫遗址壁画都很像，但无论是年代还是保存程度，秦宫遗址壁画都无法与这里的壁画相媲美……”

虽然没有工具可以精确测量出这些壁画的年代，但其中渗透的厚重历史感不言而喻。此刻，站在存世近两千年依然保存完好的壁画前，在场的人不由都肃然起敬。

在若汐沉迷于壁画的美感和文物价值时，我却被壁画上描绘的内容所深深震撼。

通常意义上，墓室壁画的内容大多都是反映死者生前的活动情况，以及神灵百物、神话传说、历史故事、日月星辰以及图案装饰等，绘画的目的要么是表达一种崇奉的价值观，要么则是表达对亡者的纪念，或是希望亡者的灵魂能早登极乐。但眼前的壁画却并非某个具体人物或事件，五幅壁画从上到下，各表达了一个主题，合起来甚至可以看作是宏大时空中一个民族的历史叙事。

顶部的第一幅画，描述的是一个战争的场面。

战争的一方是汉人打扮，另一方则是头插发笄、发钗，手戴铜镯的邛人。发钗有Y形、长方形、椭圆形、马鞍形等不同样式，他们都将头发挽成椎形的发髻，也就是所谓的椎髻或椎结。画面上描绘的是邛王被杀的一幕，在他的身旁有七个重点描绘的人物，大概便是七支部落的首领，或已就义，或正杀敌，形态不一。

“邛人举族皆兵，一旦外敌入侵，七个部落就是七支部队，这种靠亲情、血缘维系的军队组织在战场上战斗力相当强。从人数推算，七个部落几乎是当时的精锐了，想必那一定是极其惨烈的一战……”老程感叹。

“在那之后，邛人作为一个民族就突然从历史中消失了……”唐娅看了看站在壁画前若有所思的燕昆仑，缓缓说着。

“是啊，当时邛人所在的凉山地区自然条件非常适宜人类居住，安宁河谷以北有古蜀，南有滇国，照理说应该已经达到相当高的文化水平才对。然而此后关于邛人的记载却寥寥可数……”若汐也赞同说。

公元24年，邛人长贵曾率部落族人反抗王莽的统治，杀越嶲太守枚根自立为“邛穀王”，领太守事，公元39年长贵获朝廷授予越嶲太守印绶。公元43年，即东汉光武帝建武十九年，武威将军刘尚率兵攻打益州。长贵生怕刘尚打下南方后威胁到自己的统治，于是便备下毒酒劳军，企图趁机除掉刘尚。但刘尚早已经做了两手准备，派出一支奇兵直捣黄龙，绕道袭击邛都。长贵措手不及，被刘尚抓住斩首在阵前，长贵的家属被迫迁往成都。

长贵死后，虽然邛人国都被破，邛人势力瓦解，但那时邛人依然没有灭亡。到了三国时期，蜀汉还有一支隶属于孟获的邛人部队，名为“七部营军”，人数多达数万，就驻扎在安宁河谷。但从那以后关于邛人的记录却突然从史书中消失了。邛人及其后裔也不知下落。

近两千年过去后，古邛人最后的结局依然是个谜，数万人之众的邛人部族为何离奇失踪，他们最后去了哪里，如今只剩燕昆仑一人，和这石墓之中的五幅壁画，依稀保存着这近两千年来隐没在历史之后的族群隐秘。

第二幅画描绘的是邛人搬运巨石建造陵墓的情形。

画面上，石墓的建造者们正在用巨石给石墓盖顶，墓冢平面呈“蝌蚪”形，前高后低，前宽后窄，巨大的椭圆形墓丘封土堆后形成了一个陡坡，陡坡后面拖着一条长长的“尾巴”，石墓的建造者们正在利用这条“尾巴”将一块巨石搬运上墓顶。

“这种修筑陵墓的方式，与南美洲的印加人很像呢。”若汐突然发现。

古代搬运重物多采用下垫圆木进行滚动减少摩擦，但南美的古印加人在搬运用来修筑城墙的巨石时却采用了另一种方法，他们先修筑一条运输道路，然后在路面上铺满一层圆形的小卵石，卵石尖的一面向着路面，再用绳索捆紧巨石在上面拖行。由于实际上接触巨石的只是若干个点，减少了摩擦力，就能比较省力地搬动巨石了。令人意想不到的是，印加人使用的办法，居然也与远在半个地球之外的古邛人所采用的方法如出一辙。

“嗯，是啊，这跟古埃及人修建金字塔也有相似之处。而且和古埃及人一样，他们也把当时建造的情形都画进了壁画里。”唐娅也说道。

在一座金字塔内部的壁画中，就曾发现描绘有修筑金字塔时的情景。为了搬动重达10吨的巨石，古埃及人专门修筑了一条长长的斜坡道路，用降低运输路线坡度的方法来减轻石头的重力，金字塔越往高处修，斜坡道路的长度也越长，始终保持道路的坡度不变。眼前的这幅壁画，的确也让我们对邛人修建石墓时所耗费的人力和时间有了一个更加直观的认识。

“邛人实行的是‘二次葬’，人死之后并不是一次性安葬，而是在死后若干年才收集骸骨，集中安葬。不难推断，当时每个部落都有自己建造的族群陵墓。对于那些上万人的部落，陵墓的规模也相当可观。”若汐分析说。

只是从石墓中也不难看出，石墓与金字塔之类的帝王陵寝还是有本质的不同。邛人的首领并未像蜀、滇的王者甚至古埃及、印加的统治者一般建造自己高级的墓葬，而是选择了与自己的同胞长眠在一地，合葬的族人之间似乎并无高低贵贱之分。

前两幅画的内容和想表达的意图都不难理解，但从第三幅画开始，我们几个都看不出个所以然，不知道当时作画的人想要表达的意图究竟是什么。

在中间位置的第三幅画上，一个看似是首领的人物，站在天空中的星图下，手中拿着一个带有支架的圆形装置。那圆形装置底部发射的一束光穿过一个布满复杂符号的环形图案，投射到描绘着复杂纹路的岩石上。在画面的中央，看起来像是发着光的柱状体，周围描绘着一圈圈的某种符号纵横交错的复杂纹路，光柱的中心区域飘浮着一个发出淡淡微光的立方体。

“这幅画里的符号很奇怪呢……”唐娅喃喃自语。

“看起来，这幅画描绘的似乎是某种祭祀的仪式，但那个圆形光柱和立方体又是什么呢？”若汐此时也不由得眉头紧锁。

“昆仑大哥，你就直接告诉我们吧，别让我们在这瞎猜了。”老程叫唤了一句。

燕昆仑却面带苦涩地摇了摇头，开口说：“我不知道……二十年前出事后，醒过来时，我连自己是谁，叫什么都不记得了。”

“这些年来，布莱克找了全世界最好的医生给我治疗，也只是恢复到现在的样子。也许这些壁画中的秘密，当年我的父母和族人都没能来得及告诉我……”燕昆仑继续说。

“但你还记得如今进入石墓，和打开壁画的方法，也就说明，当年有人带您进来过。所以很可能在您小的时候曾经看过这些画，或许还听到过关于这些画的解释。您不如……再想想。”唐娅尝试着看看能否帮燕昆仑再唤起一些过去的记忆。

燕昆仑摇了摇头：“从刚才进来之后到现在，我就一直在试，什么都想不起来。”

但站在这幅画前，我的内心里却涌出一股异样的情绪。这画中的内容一定和我有关，我的潜意识里一定也找到了这幅画和某些我所关切的事物之间隐不可见的联系，只是一时之间却是急切不得。

我试着闭上眼睛。黑暗中，那幅画上所描绘的情景历历在目。我似乎回到了那个古老的时空中，漆黑如墨的夜里，天空有满天繁星。悬崖上，那位邛族人的首领此时正转动着手中的那个怪异的圆球，圆球中的光束涌出，在那光束的作用下，那个悬崖上刻画的符号竟然也在发光……那个立方体在光柱中旋转，似乎被某种不知名的力量所激发。那首领目光如炬，他站在光之立方前，似乎看到了一些什么……

睁开眼，我终于知道了那个神秘的发光立方体是什么。

当时，父亲透过研究笔记留给我的那最后一页密码文字，翻译出来之后的那句话中所描述的事物，那个奇怪的词语。

时间晶体。

第七十六章

时间晶体

“我想……我知道这是什么……”我把父亲留给我的那一页密码文字的事和盘托出之后，就连一向波澜不惊的燕昆仑都露出了一丝惊讶的神色。

如果第三幅壁画中那个光立方就是“时间晶体”的话，从其中表达的意思来看，古邛人的首领曾经掌握了某一种上古文明遗物，而这种器物的作用则是与发现或操纵时间晶体有关。

“河图！”老程和若汐不约而同地想到了这一点。如果这个猜测成立的话，那河图的实体便是画中人手中的那个圆球。

这幅壁画所记载的历史，大概便是古邛人的首领开启河图时的情景。

我不由得浮想联翩，父亲的遗言中说时间晶体在墨阵中，难道说河图就是所谓的“墨阵”不成？

“昆仑大哥，你还记得河图现在在哪里吗？”我连忙问。

“河图在三十年前失踪了，至今下落不明。”燕昆仑不无遗憾地说。

“会不会是已经落入布莱克或者那个叫‘貘豸’的组织手里？”老程猜测。

“据我所知，河图并没有在布莱克手中。”燕昆仑说。他之前有相当长一段时间和布莱克有过深入接触，想来应该已经暗中调查过。

所谓上古神器都有一些惊世骇俗的力量。虽然从这幅画上看不出来时间晶体的作用，但从古邛人的重视程度来看，一定非同小可。

然而河图丢失至今，竟然还没有引起世界大乱，也是一件蹊跷的稀罕事。

“剩下的两幅壁画说不定能提供一些线索。我们先看完再说。”若汐催促道。我和老程便将手电筒的光汇聚到第四幅壁画上。

这一幅壁画上表现的元素并不多，相反却有点类似于写意水墨山水的表现手法，用大量的留白来构造空间感。虽然画面中的元素不多，但带给我们的震撼甚至有过之而无不及。

一片白茫茫的大洪水中，一个尚未被淹没的孤岛。一位古邛人打扮的幸存者跪在孤岛上，一只三足乌从天而降，来到那人的面前。三足乌的三只脚抓着一个球形物体，发出淡淡的光芒。

“又是一个大洪水神话的例子。”若汐下意识地抿了抿嘴唇。

“而且也出现了三足乌。线索再一次串起来了。”自从听说了那个与三足乌有关的上古文明之后，唐娅一直叫嚷着要亲眼看看那些古文明遗迹，此时终于如愿。

关于这一幅壁画想表达的意思，几个人讨论了一番后也只是有一个大致的猜测。看起来，画面中想传递的信息是，大洪水后，一个以三足乌形象为象征的“神”降临，将河图赐予了邛人的祖先。

“这样说来，画中这个人物不就是传说中的伏羲嘛……”老程满是疑惑。

“是很相似。其实不同地域文化的神话传说都有着相似的叙事结构，很可能这两个神话有共同的源头出处，不过在汉族人的表述里，是伏羲从龙马那里获得了河图，而在邛族人的表述里就成了某个我们还不知道名字的人物从三足乌那里获得了河图。”唐娅继续分析。

“但现在我们知道了三足乌其实是上古文明的象征。”沿着唐娅的思路，我继续推测说，“很可能隐喻的历史是上古文明的幸存者向邛族人的祖先传授了河图，或许还有某些技术知识。因此邛族人在获得了文明启蒙后开始摆脱蒙昧状态。”

“伏羲传说里其实也有这一层意思。伏羲创造文字结束了‘结绳记事’的历史，他教会人们结绳网用来捕鸟和打猎，并教会了人们驯养野兽的方法，他还发明了陶埙、琴瑟等乐器并创作曲子，任命官员进行社会管理，这些都可以看作是短期内的文明飞跃。”唐娅提醒说。

“不仅如此，《长沙楚帛书》里甚至记载伏羲是最早诞生的创世神，在开天辟地之后的一片荒芜中娶妻生子，命名万物。”若汐也补充道。

这样看来，所谓的“河图”，并不仅仅只是一个玄之又玄的数形，而且还是远超出当时人认知范畴的科技和知识。这倒的确是一种说得通的解释。

最底下的第五幅壁画，也是最为费解的一个场景。

整幅壁画同样是用写意的手法，大量留白，只在一侧仔细描绘了一座延绵的雪山。雪山之巅有一棵神树，树顶上停着一只三足乌，发出如同日轮的光芒。整幅壁画上竟然没有出现任何人的形象。看起来更像是运用某种象征手法的作品。三足乌屹立于空无一人的雪山之巅，仿佛遗世而独立，注视着末日之后的冷寂世界……

“这是不是可以理解为……某种末日寓言……”唐娅说道。

我灵光一现，突然意识到一个问题：“会不会是我们把顺序看反了？从事件发生的时间顺序上看，这会不会是第一幅画？”

这样的话，叙述的内容就变成了在末日劫后余生的三足乌文明找到了尚处于蒙昧野蛮状态的邛人祖先，传授给他们上古神器和技术知识，而后邛人部落利用时间晶体的力量开始飞速发展，建立起辉煌强大的国都，而后才是建造石墓和卷入战争……这似乎才是一种说得通的解释。

“但其实反过来也可以成为另一种解读。”唐娅想了想说。

“那似乎解读为，一旦开启河图，那个三足乌象征的超文明就将给人类带来灭世灾难，在洪水之后占领这个世界……”

“你看一开始的战争和建筑场面都没有使用到超文明带来的力量，而是处于很原始的状态。在战败之后，邛人修筑了陵墓埋葬掉死亡的族人，而剩下的幸存者使用了河图，开启时间晶体的能量，之后末日来临，大洪水中三足乌降临并取走了河图。末日之后，所有的人类文明都走向了灭绝，只剩下三足乌站在雪山顶上俯瞰这个荒凉的世界……”

唐娅提出了另一种截然不同的假设，却同样可以说得通。

如果按我的说法，这五幅壁画记录的是邛人的起源神话和历史。

而如果按唐娅的说法，这五幅壁画就成了一个警告后人的末世预言。

从文明的发展程度来看，那个太平洋底的文明虽然在一万两千年前已经发展到了相当高的水平后才突然陷入消亡，但显而易见的一点是，当时应该还没有发展到能够制造出河图和墨矩、法规等远超人类科技水平的神器这种程度。

或许在那之前，还有某一个缔造了各种上古神器的超级文明曾经存在过。但那个神秘的超级文明从哪里来，又是因为什么而灭绝的？古往今来，恐怕所有接触过上古神器，知道那个超级文明存在的人，都会情不自禁地发出这个疑问。

一时之间，几个人对着这幅画都陷入了沉默。

“其实那个超级文明既然厉害到这种程度，也不一定就会灭绝了，说不定……到现在还继续存在着。”良久，老程才开口。说出这句话的时候老程犹豫了一下，显然，他也不愿意自己所说的这种情况成为现实。

“天呐……”唐娅忍不住捂住嘴。如果这是如此，对人类而言，他们就是“神”了。所谓的“神”没有创造人类，但却赋予了人类以智慧，塑造了人类。我也不由得打了个寒战。这种深入骨髓的恐惧感，大概是人类面对无尽未知时一种自然而然的本能反应。

“如果能知道河图和时间晶体的作用，说不定就能知道哪一种猜测是对的了。”若汐想了想说。

“而且也就能知道邛人突然消失的真正原因了。”唐娅也对燕昆仑说。燕昆仑缓缓点了点头。

“等一下，还有一点！你们觉不觉得这座雪山很熟悉？”唐娅突然大呼小叫。

我们几个都愣住了。要说雪山的话，对我而言看起来都差不多，不过大概唐娅本身就是四川人，而且作为一名设计师对形状的敏感程度也异于常人的缘故，她却看出了其中隐藏的信息。

“你们记不记得，咱们之前聊天的时候说过，《山海经》里那座名为‘成都载天’的高山？四川盆地周边可以‘载天’的地方？”唐娅问。

“你是说青藏高原？”我立马想起来。难道说，古蜀人和古邛人的历史源头竟然在青藏高原交汇，而且有一个共同的起源——那个消失的文明？

唐娅蹲下身，端着手电筒端详那座雪山的样子，说道：“我想我现在大概能猜到，这幅壁画中的山是指哪一座了……”

“雪山的形状不是都差不多嘛，换个角度看起来就像是另一座山了，再说这又不是照片，说不定当初的画师只是用写意手法随便画了一座山，并没有具体特指哪里。”老程半信半疑地说。

“不是的，这座雪山对于生活在这个地方的人来说是十分熟悉而且有特殊含义的，就像是日本人看见富士山一样……”唐娅坚持说。

“我从小在成都长大，这个轮廓我实在是太熟悉了。画中的角度，恰恰就是在这座山的东侧所能看到的样子。”

随后，唐娅说出了一个让我们都倒吸了一口凉气的名称——蜀山之王。

第七十七章

若木

唐娅口中所说的“蜀山之王”，指的是四川最高的山峰——贡嘎山，也被称为“木雅贡嘎”。这个名字来自于生活在此地的木雅藏族，“贡”和“嘎”分别是“冰雪”和“白色”的意思，贡嘎山就是“白色的冰峰”。

对其他地方的人而言，贡嘎山或许并不是一个熟悉的存在，甚至许多人可能都没有听说过这个名字。但如果对地理略有一些了解便不难发现，地球上所有海拔超过7000米的高山，除了天山的主峰托木尔峰以外，都分布在了青藏高原。四川西侧的大雪山也是其中一部分，高大的山脉由北而南一字排开，有如一组巨大的“屏风”。45座海拔6000米以上的山峰错落分布，而大雪山的主峰贡嘎山则是其中最为靠东的一座，耸立于群峰之巅，海拔高达7556米，高出其东侧大渡河将近6000米。

贡嘎山拥有四条大型冰川，分别位于东、北、西北、西南四个方向。在冰川侵蚀下呈现为一个四棱锥体，包括四个壁面、四条山脊，不同的壁面和山脊风景各异，殊为不同。体量巨大的冰川沿着4500多米落差奔涌而下，形成一道道连接天地的冰雪天梯。

“成都市区距离贡嘎山虽然有200多公里，但中间却没有高山阻挡。天气特别好的时候，透过城市里的高楼大厦，就能看到高挂在远处天边的贡嘎雪山。那种雄伟壮丽的感觉，看过一次一辈子都忘不了。”唐娅解释说。

“经你这么一说还真是。如果古蜀人要把一座山命名为‘成都载天’的话，那一定非贡嘎山莫属。”老程也深以为是。

“而且你看这里，画中这棵神树并不是扎根在雪山顶上，而是生长在一个峡谷里。即便在全世界范围内，雪山峡谷里还能生长树木的地方也屈指可数，而贡嘎山恰好有两条姐妹峡谷——燕子沟和海螺沟。从这幅画所描绘的位置角度上看，应该是在贡嘎山东坡，刚好是海螺沟的位置，那里垂直落差非常大，在山顶还是冰川，到峡谷底下就成了森林，与图画中所描述的情况也相符。”若汐补充说。

老程也分析道：“这五幅壁画既然是放入部族墓地保存的重要信息，一定有其考量，而且五幅壁画应该是一个整体，既然前四幅壁画有具体指代的含义，这一幅画中的雪山应该也不会例外。”

“而且，如果我没猜错的话，画中的这棵神树与海底洞穴那棵扶桑神树应该是有对应关系的。你看，一株是象征着东极的扶桑，另一株则应该是象征着西极的若木。”唐娅对古蜀神话十分熟悉，方才听若汐提到树木，顿时便想到了这一层。

“还有一点，是连接天地的作用。”若汐补充说，“东极的扶桑深入海底，象征着大地。而西极的若木则高耸山顶，象征着天空。可能古邛人认为大雪山已经是世界尽头了，太阳西下时憩息在这里。所以才在这里设置了若木神树加以崇拜。”

“嗯嗯，若汐说得对。古埃及也有关于天树的神话，传说诸神就栖息在树枝上，星辰则是树上的果实。亚述人的圣树和苏美尔人的生命之树一样，顶上的有翼日盘也是鸟与太阳结合的典型形象。这类神话最主要的共同特征都是世界中心和连通诸界。”在若汐一语道破神树的象征作用后，唐娅更加肯定了自己的猜想。

“人类的文化和意识形态基本结构是不分民族不分国界的。”若汐说。

“也许只是因为至今为止所有的文化都有一个共同的源头，就像所有的智人都可以追溯到同一位走出非洲的祖先一样……”我隐隐觉得我们似乎在无意中窥见了某些不为人知的隐秘。

那个远古时代的三足乌文明，成为了一道投射在人类文明上空的阴影。

“你说会不会是通过这幅壁画，告诉后人那个神秘的三足乌文明所在地的具体方位？”老程问。

“也有一种可能，这说不定这是古邛人留给后人与上古文明取得联络的一个方式。”我猜测。

“我们在这瞎猜也没用，既然有这么一条线索，接下来我们跑一趟亲自去看看，玄羽你说怎么样？”老程问我。

我本来也正盘算着自己去走一趟，此时听老程提起，自然是求之不得。

父亲所托付给我的那件事，还一直搁在我心里。不知为何，那一句话似乎隐约流露出些许凝重然而迫切的意味。也许他或多或少已经预见到了接下来的局面将会一发而不可收拾了吧。

而我在此时依然不得其门而入，所有的一切虽然已经有了大致的轮廓，却还是隔着一层窗户纸，朦朦胧胧并不真切。

“对了，这些壁画里还有一条被忽略的线索。”若汐的话打断了我的思绪。

“还有什么线索？”老程疑惑道。

“那些绿色的颜料。”若汐提醒说。

随后若汐解释说，如果这些壁画的创作年代是秦汉时期的话，那时的颜料通常都提取自矿物或动植物。铁红和铁黄提取自铁矿石，碳黑是焚烧松树枝和动植物油脂时所收集火烟凝成的黑灰，而绿土则来自绿磷石和海绿石。海绿石是在水深100~300米的浅海环境中缓慢沉积而形成的，此地远离海洋，壁画上绿色颜料又是从何而来？

“虽然具体的内情还不清楚，但我们不妨大胆假设，当时古邛人要么曾经跟一个从海洋而来的文明有交往，要么很可能就是从海洋而来。”

从目前的线索来看，一种可能的解释是，那个海底文明在灭绝前似乎迁移到了青藏高原，在大洪水过后依然幸存，只是却发生了文化倒退，重新回到了刀耕火种的蒙昧时代。此外也不排除还有另外一种可能——海底文明的幸存者与高山地区的蛮族野人接触后向他们传播了文明的火种，但他们自己却因为某些未知原因还是走向了灭绝。

“而且从这些壁画的笔触上看，所用的工具也很有意思，应该是毛笔。”若汐不愧是专业人士，一下子又注意到好多我们没有察觉出来的门道。

虽然考古出土的毛笔实物时代较晚，但毛笔的出现时代其实可以追溯到商周时期。现有的考古发现，比如郑州小双桥商代遗址出土陶缸的朱书文字、殷墟出土甲骨片上的墨书文字、洛阳北窑西周墓出土的铜簋等器物上的墨书等，均被认为是用毛笔书写而成。

“华夏文明是不同地域文化互相交流融合的产物，各地文化并没有一个统一的起源。这石墓中的壁画用毛笔绘制，也说明邛人当时已经是华夏文化圈的一分子，或至少与占据主导地位的文化系统之间曾经有过深入交流。”若汐一旦沉迷于自己的学术世界就浑然忘我，也不管我们听得懂听不懂。

不过大致的意思我还是听明白了。古邛人在发展早期曾经与海底文明的幸存者以及三足乌文明有过接触。而后在石墓建造的时代，还和当时已经比较强大的汉文化有过深入交流。

从石墓中的记载来看，邛族很可能是古蜀文化中的核心族群。从金沙遗址和三星堆遗址等出土的文物来看，鸟是古蜀国的重要图腾。而邛族的图腾却是象征着太阳与上古文明的三足乌，似乎是古蜀文化中占据核心地位的族群，甚至不排除可能是古蜀国的王族或大巫的后裔。

这在一定程度上也解释了邛族灭亡的原因。古往今来兴衰更替，贵族阶层都首当其冲。

燕昆仑取出那个青铜“拐钉”后，壁画顶上的机关即刻被触发，一根同样材质的青铜细杆坠着两层看起来应该是某种蚕丝编织而成的极薄丝绸自上而下隔空蒙在壁画之上，而后便有泥浆徐徐从中渗入。我才恍然大悟一开始剥落的碎片，大概便是用丝绸粘上灰尘泥土所做出的伪装。

“我算是见到了变脸的祖师爷了……”老程惊叹不已。

“可惜不能把这个发现公之于世……”唐娅的话语中满是遗憾。

墓室内始终没有多少空气流通，我们不敢久留，将五幅壁画都仔细拍了照片后，便依依不舍地离开了洞穴，返回到地面那块巨石下。燕昆仑殿后，再次拧上机括，锁紧墓门，我们又仔细将岩石底下的坑道用挖出来的土方回填如故，除了多一些新土的痕迹之外，几乎不会有引人注意之处。

干完这些活，已经是天色将晚。

“昆仑大哥，谢谢你带我来这里。”我由衷地感谢道。

“我只是信守承诺，履行一个约定而已。”燕昆仑淡淡说道。

“是……什么样的约定？”我忍不住还是问道。

“你父亲曾经拜托我，如果他回不来的话，希望我可以在二十年后带你来这里。”

“这么说，我父亲也曾经站在这里，看着那些墙上的壁画吗……”

燕昆仑点了点头。

“90年代初，你父亲、白夜教授和布莱克曾经进入过石墓……”

第七十八章
陈年旧事

夕阳最后的余晖中，燕昆仑棱角分明的面容浮现出一种哀戚的神色。此刻，他显然沉浸在了不堪回首的陈年旧事之中。直到此时，在燕昆仑时断时续的讲述之中，我才总算理出一条大致的脉络，和这两次考古行动之间的前因后果。未承想在那背后的故事却是如此触目惊心。

20世纪90年代初那次川西南考古行动的缘起，是1990年孙云亭递交上去的一份汇报材料。

当时在机缘巧合之下，孙云亭从花老汉口中得知了邛海古城的存在，连忙向上级汇报。这本来是很不起眼的一件事，但不知为何却引起了某个人物的重视，并且找到了白夜教授，启动了针对古邛族文化的系统调查研究。我父亲陈致远当时正跟着白教授做研究，布莱克则是以来华交流的访问学者身份参与到了那次行动中。

等他们到达西昌，却发现有一支神秘的队伍已经先他们一步偷梁换柱截了胡，潜入邛海水下将遗址里一部分有研究价值的文物打包取走，并且将无法带走的水下古城悉数破坏。本来邛海古城的秘密将就此石沉大海，没想到人世间事往往是山穷水复疑无路，柳暗花明又一村。

当时，白教授一行人特意在安宁河谷一带多停留了一段时间，继续调查研究70年代时的发现，无意中发现了悬崖之上的河洛古村。在村里一口废弃的古井中，竟找到了数千枚秦代简牍。简牍上的内容是记载了“秦军入川”及古蜀国灭国事件详情的《蜀纪》，与《史记》等历史文献既有互相印证之处，却又有一些详情补充，是极其珍贵的史料。

这一发现引起了三人的重视。随后的调研中，白教授发现了河洛古村尚有一处规模巨大、保存完好并且依然还在使用的大石墓。出于学术研究的兴趣，白教授、我父亲和布莱克向当时的守墓人提出请求，希望能下到墓穴里看看，了解他们独特的石葬文化。这一下去，果然又有重大发现。当他们进入到石墓里之后，三人惊讶地发现了封存在虫蜡之中的一份当时与蜀王一同抗秦的墨门矩子所留下的帛书。

从这两份出土的历史文献中得以确认，河洛古村的村民竟然是古邛人的后裔。只是历经近两千年的历史变迁之后，曾经盛极一时的邛族已经衰微到行将凋敝的程度，剩下的人口只有三十几户人家。除了代代相传的守墓人还接续着邛族的历史文化之外，绝大部分邛人后裔已经被彻底地同化，甚至一直被当成了是彝族的其中一支。

在当时，河洛古村的守墓人已经无法释读那些如同天书一般的古文字，但进入墓室的机关依然传承了下来。我父亲在进入墓室后发现了壁画中隐藏的第二道机关，当墓室内壁的机关被再度开启，那五幅壁画展示在眼前时，在场的所有人都被眼前这些图画中所透露出的信息彻底震惊了。这石墓之中隐藏的秘密远不止惊世骇俗所能形容。

“但谁都没想到，那一次的发现，正是一场灾难的导火索……”

燕昆仑接下来所说的事，对我所带来的震撼，实在难以用笔墨形容。

不久之后，另一支神秘的队伍来到了这处与世无争的村落，他们的目的是消除所有上古文明曾经存在过的痕迹。那一夜凌晨，村里发生了一场大火，数人在这场火灾中丧生。那个夜晚之后，村里幸存的人都开始纷纷搬离河洛古村，只因为大家都害怕那个可怕的诅咒，尽管那只是一个被编造出来的谎言。外界在那之后所能获知的唯一信息只是一则简单的新闻消息：一村庄凌晨发生大火，数人不幸丧生……而后关于河洛古村的一切便被彻底地抹去。当时獬豸组织安插到考古队里的内鬼并不清楚邛人石墓之中的发现，守墓人也至死没有泄露出石墓的隐秘，才让这个安葬之地得以保存下来。

“当时燕家也是因为历史原因离开了河洛古村才在那一次灾难中幸免于难吧？”我艰难开口。

唐娅此时走到燕昆仑身边，轻声说道：“但那之后不久，竟然……”

燕昆仑叹了一口气。

虽然我心里其实已经猜到了答案，但我实在无法想象，竟然还会有这样的暴行存在。

“为什么要犯下这样的罪行呢……”我艰难地开口问道。

“獬豸……就像对我一家赶尽杀绝一样，为了保守所谓的真相，他们选择了制造可怕的灾难逼走村里的人……”

燕昆仑缓缓点了点头。

“那些想杀你的人，是一些高高在上的家伙，他们害怕真相，害怕某些不应该公之于众的事情被揭露出来。”我此时想起了布莱克所说过的这句话，才真正明白其中的含义。

那次考古行动因为屠村事件被迫中断后，布莱克趁机从石墓中取走《矩子遗书》和《蜀纪》简牍。然后才有了后续的研究，并引发了1999年那次勿里洞海域联合考古行动。一块又一块的拼图在我面前，终于拼成了一个可以看出大致轮廓的形状。

但那个时候，父亲应该已经和布莱克彻底决裂。

那场灾难发生后，父亲和白夜教授面对那个极端组织所犯下的暴行想必一定充满了内疚和负罪感。正因为如此，在那之后父亲才会不惜牺牲自己的性命，也要阻止和氏璧重现于世。

为了不让这种暴行继续下去，父亲选择了一条不归路……

“走吧。”燕昆仑回望了一眼，三十年后，曾经炊烟袅袅的村落只剩一片荒芜，废墟里杂草丛生，此时皆已枯黄，更添萧瑟之感。

墨矩是一把钥匙。我突然想起了燕昆仑在海底时所说的那句话。某种程度上，那把钥匙锁打开的，或许是一个潘多拉盒子。

“昆仑大哥，在水下的时候，您问过我知不知道墨矩是什么……到现在为止，我依然还是不知道怎么回答这个问题。而且搞到现在就连父亲费尽苦心给我留下的墨矩也落入了布莱克之手……但我想，现在我终于明白了一点，当年父亲把这把钥匙留给我的用意何在了……”

这些话在心里酝酿许久，不吐不快。

人总是贪生怕死的，这是一种与生俱来的本能。大多数时候，在日常的生活中考虑的也是如何保全自己的生命，享受多一份生命的愉悦。但总有那么一些时候，是需要有人站出来的，甚至为了保全更多人的生命而不惜牺牲自己……

“如果说墨门还存在的话，我父亲大概也会成为一名墨者吧……”

在踏上冒险旅途之后，其实在很长一段时间里，父亲为何宁可忍心抛弃母亲和我不惜跑去死在太平洋底，成为了我心中一个无法解开的郁结。但在这一刻，我想我终于能够理解和明白这份苦心。设身处地换位思考，我并不敢肯定自己是否有同样的勇气，做出同样的选择。

燕昆仑听我说完这一番话，默默点了点头。

到这一刻为止，综合已经了解到的信息，在我们面前其实有三条线索。

第一条线索是一个隐藏在历史幕后的强大组织墨门，在当时掌握了超乎时代的科技，并且怀有强烈的使命，试图结束那个混乱的战国时代，但却在历史的路口突然走向了分崩离析。此后，秦王灭掉古蜀、统一六国，墨门也在那之后由盛转衰。

第二条线索是一个突然消亡的民族，古蜀人似乎与沉入海底世界的那个文明曾有很深的渊源，或者可能就是那个文明的后裔，在大洪水之后从大雪山上下来，逐渐繁衍成了古蜀文化的不同分支。其中古邛人当时很可能是古蜀国占据统治地位的王族或神巫，他们的后裔在秦汉时期被屠杀殆尽，幸存者逃亡到了这悬崖顶上，建立了最后一个邛人部落，虽然延续繁衍，但文化却渐渐消亡，终于变成了河洛古村，直至消亡。

第三条线索则是一个从太古时代流传至今的神话。传说中那个制造了上古神器却消失了的三足乌文明，在大洪水时代结束后，将超级文明的遗产传授给了处于蛮荒之中的不同人类部落。而那些最先与其接触的人，在随后的历史中逐渐形成了不同的组织。

然而当年整件事情的始末，以及其中一些被刻意隐瞒起来的内情，至今仍是疑团重重。

其一，我所获得的那三张旧照片到底是哪里拍摄的？又是谁拍摄的？这三张旧照片中又隐藏了什么玄机？

其二，布莱克所代表的石匠工会或者说共济会介入这一系列事件的目的是什么？在其中又发挥了什么作用？从当时在地下溶洞出口的那栋民国年间的别墅所了解到的情况来看，至少共济会在很早之前就已经在华夏地区暗中活动了。而那些隐藏在墙壁中的档案资料似乎也说明了秘密的调查仍在继续，一直到我们走出那个秘密通道之前不久才因为某些突如其来的变故而中断。

其三，墨门真的如燕昆仑所说的已经不复存在了吗？现在看来燕昆仑、唐老太太都与这个神秘的组织渊源颇深，甚至就连我父亲和他年轻时代的好友齐庚生隐约中也与墨门有所联系。只是这些线索都太过草蛇灰线，一时间难以看清背后的全貌。

一路上，这些问题在我脑海中翻来覆去，始终没有一个头绪。但我的直觉告诉我，这些问题的答案就隐藏在了壁画上那片白茫茫的大雪山之中。

父亲对我说是那句话，再一次回响在了我的内心中。

而此刻，我所能竭尽全力去做的，也只有“不放弃”这三个字而已。

第七十九章

世界末日

下了悬崖之后，天已经黑了，一行人默默地摸索着，往山下停车的地方走去。

所谓上山容易下山难，下坡的路一点没有比上坡路好走多少，不仅容易滑倒甚至失足坠崖，还要提防荒山野岭随时可能出没的野兽蛇虫。等到返回平地，除了燕昆仑外大家都累得人仰马翻，我更是精疲力尽，手脚都在微微颤抖。好在这次福大命大，总算没有效法唐娅口中所说的那头牛，从悬崖峭壁上掉下去，摔个大卸八块。

正想松一口气时，燕昆仑看到我们先前停在山下的越野车，却突然眉头一皱，挥手示意我们停下脚步。原先那辆车的边上多了一个黑魆魆的影子，黑暗中虽然看得不甚明白，但看起来像是一个人在抽烟。烟头的火光闪了一下，随即暗下去。

山下有人在守株待兔，却不知道是何方神圣。转念一想，我们从山上下来，对方一定早就盯着我们了。如果有意埋伏的话，根本不会这样大张旗鼓。

老程倒是直截了当，先来了个打草惊蛇，隔着一段距离拧亮手电筒便照过去。

那个人冲我们挥了挥手，竟然是先前开吉普车的墨镜男。

“这人是何方神圣？”老程低声问。燕昆仑轻轻摇摇头，面露疑惑之色。

看起来，墨镜男对我们似乎并没有起杀意，否则之前也不会替我们解围。但他这么做的意图到底是什么就不得而知了。唯一可以确认的一点是，这个人出手狠辣，背景也绝不简单。

“等你们好久了。冷风吹得手都僵了。”那人向我们走了过来，风衣里袋鼓鼓囊囊的，想必带着家伙。

墨镜男这次没有戴墨镜和头盔，手电筒衍射的光影下看起来大概是三十来岁的模样，相貌俊朗，肤色黝黑，高鼻梁，深眼窝，五官深邃立体，不太像是汉族人。

“事情紧急，本来想进山找你们，但这荒山野岭也不好找，想来还是在这里守株待兔效率高一点。”墨镜男一副自来熟的样子。

他在我面前站定，伸手到风衣里袋，老程下意识地准备出手，不料那人竟然掏出一张名片递到我手里。

“不好意思，公务在身，片一下。”来人笑嘻嘻地做了一个很商务范的动作，我差点以为他是一位尽职的保险经纪。在这荒山野里的夜里，这样的场景实在很是违和。

我只好不尴不尬地接过他递来的名片。

这人的名字倒是相当文艺，同样姓花，唤作“花满庭”，底下是一行彝文，特意用小字标注出了中文音译“吉克·阿木·布吉”。名片的背面则连一个符号标志都没有，朱红色底色上只有“404研究所”几个白色汉字。

看到这个出现在眼前的数字我不由得暗暗心惊。

我第一时间想到的是布莱克提到的那次绝密级别的“404行动”。布莱克曾经说过，那些想杀我的人都与那次代号为“404”的行动有关，除此之外向蛮子当时应该也是知情人之一。

和氏璧重现于世后，隐藏在幕后的势力也一个接一个地浮出了水面。眼前这位叫作花满庭的彝族男子似乎是代表404研究所和我摊牌来了。但我再看了一眼他的职位，竟然却是“研究员”。

对方看起来对我了如指掌，也根本没有打算掩饰这一点，这让我感到有些不爽。

叫花满庭的彝族男子打量了一下燕昆仑，微微露出一丝诧异神色，而后又扫了一下老程他们三个，才开口道：“你好，陈玄羽同学，幸会幸会。”

“请问这么晚找我有何贵干？”我实在搞不清这个古怪的人葫芦里卖的什么药。

“这两天几位在山里，想必应该没有留意到外面的新闻吧？”花满庭没有回答我的话，反倒是抛了个悬念给我。我顿时想起来进山时车上广播里听到的新闻。难道说，在这短短的两天里太平洋上已经打起来了？想到这一点，难免心里一沉。

“是说太平洋上的事？现在什么情况？”我干脆直接问他，急于知道现在的局势进展如何。

“24小时以前，一艘核动力潜艇在太平洋海域失踪了。这也是我会出现在你面前的原因。”

“这些和我有什么关系？”我反诘道。

“当然有关系，甚至可以说这是你一手造成的局面。”花满庭微微一笑。

“开什么国际玩笑，国家之间打来打去关我屁事。我就一普通百姓，难不成还让我跑去联合国演讲斡旋不成？”我没好气地抢白道，这简直是寻我开心来了。

“进入海底洞穴前，你或许是一个普通百姓，但从海底回来以后就不再是了。”花满庭意味深长地看了我一眼。

我心下一惊。他竟然这么快就知道了海底洞穴的事情，这个神秘组织果然非同小可。但我平生最讨厌的事情就是被人牵着鼻子走。刚想发作的时候，倒是老程按住了我，对着花满庭说道：“既然您加班加点在这儿候着我们，想必现在局面已经到不可收拾的地步了对吧？贵单位神通广大都没搞定的事，就我们这几个人难不成就能搞定？”老程单刀直入，问到了点上。

“现在的局面的确有点微妙。”花满庭摸了摸鼻子，故意表现出一副很为难的样子，缓了一下才说，“但从我们掌握的情报来说，还不是毫无回转的余地。”

而后，他意味深长地扫视了一下我们几个。

的确，按现在的战争烈度，一旦开战，三天时间足以让整片国土都变成水深火热的末日景象，即便躲在西南腹地的大凉山，也绝对不会像现在这样风平浪静。

一切还没有到无法挽回的余地。但这个代表那股幕后势力的人骤然出现在我面前，也说明局势已经到了极度不容乐观的地步。此时此刻，如果这几个拥有核武器的国家全面开打的话，那就是二战结束以来最大规模的地区冲突，甚至有可能演变成全球性的第三次世界大战，甚至是人类历史上最可怕的一场灾难……

“鉴于现在的情况，我就长话短说了。‘404项目’的事情你应该略有耳闻吧？我这一次的任务就是重启‘404行动’。”

“你凭什么认为我会受你摆布？”我其实还真就是从布莱克和向蛮子的对话中“略有耳闻”而已。但这个时候也只有硬着头皮虚张声势。

实践证明，这样装大尾巴狼的做法收效甚微。

花满庭笑了笑，面容中有种苦涩的神色，若无其事地说道：“我当然可以对你威逼利诱，甚至动用暴力威胁。”

的确如此。

“即便你威胁我也没用，在我背后的是一个强大的组织，如有必要可以有无数的人和方法让你合作。当然，从我的角度这是最不理想的结果。至少这会让上面觉得我工作能力不突出。”

我并没有选择的余地，或许从一开始就没有。

“你凭什么认定，这些国家一定会因为这两件史前文明留下的东西而打起来？”

我心中同时涌动着愤怒和恐惧两种交织的情绪，这让我极力想要否认眼前的局面与我不久之前所做的这一系列事情有关。

“因为一个女人的美貌都可以引发一场屠城之战，何况是能主宰世界的力量。战争需要的不是理由，而是借口。”花满庭呼出一口烟，把烟头扔在地上用脚踩灭，而后才继续说下去。

“上古文明是另一种意义上的核武器，谁继承了这份遗产，谁就主宰了历史。显而易见一旦有人掌握了远超当今水平的科技会意味着什么。”

"直接的后果之一，就是造出远比核弹更为可怕的武器……"老程的神情变得异常严峻。

"在此以前的千百年来，曾经权倾一时和称霸一方的统治者们为争夺这份遗产而不惜一切代价，但在世界范围内，隐藏在幕后的各种势力大体而言都还处于势力均等的状态，你有没有想过为什么？"

"你是说，掌握上古神器的组织势力，形成核威慑一样的消极平衡？"若汐迅速抓到了关键点。

"的确如此，而且是跨越数百年甚至数千年的平衡。"

花满庭稍微停顿了一下，才继续说道："但现在，平衡已经被打破了。你可以想象一下，假如一夜之间所有超级大国的核弹头按钮都掌握在了某一个人手里，会出现什么结果。"

"如果真是这样的话，那个人……就将成为统一地球的始皇帝……"老程开口，神色严肃。

如此看来，所谓的世界末日恐怕也不是那么遥远的事，无数人的人生也将因这部巨大机器的启动运转而被碾碎……

"但我赌十块钱，你是个有圣母情结的人。即便没有暴力威胁，你也不愿意眼睁睁地看着这个世界生灵涂炭，数亿人死于核战吧？这就是你会跟我走的原因。"花满庭微微一笑，只是这话听起来完全像是嘲笑。

"你……我要怎么做……"沉默片刻之后，我终于还是开了口。

但对我而言，所谓的救世情结也好，英雄气概也好，圣母也好，说到底都是一个意思，只是各自的价值观不同而已。有人奉为圭臬，就有人嗤之以鼻。正如墨子的理想，在现在这个时代恐怕也会被嘲笑吧。

"帮助我们找到上古文明留下的遗物中最有分量的部分，实现'核威慑'的战略再平衡。"花满庭说道。

"那是什么？"我问。

"时间晶体。"花满庭的口中说出这个词时，我几乎无法掩饰自己内心的震惊。

"但留给我们的时间已经不多了。"若汐喃喃自语。

第八十章
前往海螺沟

半个小时后，我们已经在一架趁着夜幕飞往大雪山的Z-11直升机上。

阴云此刻正笼罩在太平洋上空，一场战争正在暗中酝酿。随着均势被打破，各种力量也在暗处重新集结，蓄势待发。箭在弦上，刀已出鞘，一旦局面失控，就不是军事冲突这么简单了。

毫无疑问，花满庭以及那个神秘的404研究所绝不值得信任。但在战争一触即发这一点上花满庭并没有说假话。此外，一整支荷枪实弹全副武装的队伍此时正围拢在周围，若是选择不合作，我们恐怕也会被当场打成蜂窝，在这一点上花满庭同样也没有说假话。

唯一能算得上积极一面的消息只是，我可以借助404研究所的背景和力量让整个调查的进度极大加速。

“知道为什么这事情落到你头上吗?”花满庭饶有兴致地发问。见我沉默不语，便自问自答。

“因为你是至今为止唯一一个启动过两件上古神器之后还活着的人。”

花满庭透露的信息，让我一时之间不知道该说什么话好。

得，敢情我的天赋异禀就是生命力如小强，被上古文明的遗物强力辐射了两次都没死。

“既然你们的目标是我，把其他人放了。”我要求。

“你觉得，他们跟着你一起去安全，还是被隔离控制安全？”花满庭反问我。

所谓的隔离控制，在岛上的时候我已经深有体会。这个花满庭看来跟布莱克是一丘之貉，都是为达目的可以不择手段甚至牺牲他人性命的狠角色。

“你可别这么看我，我这种小人物只是奉命行事而已，这可都是单位领导的意思。”花满庭打了个哈哈。

“你们单位领导是谁？”老程问。

“这个你恐怕还是不要知道为好。”花满庭口风很密，不肯透露半点与任务无关的信息。

“那404研究所究竟是个什么来头总可以告诉我吧？”我旁敲侧击。

“公开可以查到的信息，404研究所是直属于国家安全部的派出机构，负责高级别战略防御计划的研究与执行。”

“那个所谓的‘高级别战略防御计划’，与上古文明有关？”

“可以这么说。不过我个人倒是不怎么喜欢这个挂羊头卖狗肉的拗口说法，私底下我们通常把自己单位叫作‘不存在人类研究所’。”花满庭莞尔一笑。

“还有，过去7000年的历史中，不同地区的人类精英组织其实一直在暗中研究那个创造了上古神器的超级文明，我们把它叫作‘太初’。”

“这么说，404研究所也是其中的一个？”我问。

“獬豸也是？墨门和石匠工会也是？”老程是个急性子，已经忍不住连珠炮一般接着问道。

花满庭点了点头，却无意向我们透露更多信息：“我觉得，比起过去的事情，你们还是多关心一下接下来会发生的事情比较好。”

“即便我们愿意合作，你让我们现在满世界去找那个时间晶体，也根本没有可行性。”我有意隐瞒我们在石墓中得出的结论。

“这点你不用担心，我们的人已经得到线索了。”花满庭胸有成竹的样子，让我不禁怀疑布莱克是不是已经落到了他们手中。

上了直升机之后，花满庭才透过头罩里的对讲机说，我们的目的地是海螺沟。

我和老程对视了一下，这个目标，与我们的推测相一致。这说明404研究所的确已经掌握了这方面的情报，甚至有可能比我们更进一步，想来应该是遇到了某些无法突破的阻力，迫不得已之下才来找我们。无论如何，到了之后一切便见分晓。

“既然我可以借助你们的力量来调查上古神器的下落。我需要拿到目前为止与时间晶体有关的所有资料，从70年代白教授发现邛人石墓以及90年代两次考古行动尽可能翔实的所有原始资料。”飞行途中，我提出要求。

这一次我至少不再是一个人孤身作战。而且这几个月来的经历给我的经验教训是，越是这样被动的局面，就越得积极尝试，反客为主，尽可能掌握局面。

“还有，给我们准备进海螺沟所需要的装备，除了登山绳、岩石钉、冰锥、冰镐、冰爪、雪杖、高山眼镜、防寒帽等常规工具，考虑到现在的情况，还需要给每个人配置卫星电话和可以防身的武器。”

对于我的前两个要求，花满庭没有什么异议，立刻照办了。

“此外，我需要再召集两个人。”我想了想说。

“向蛮子向东，和我大伯陈明志。”

我之所以想把向蛮子叫进队伍，一来是我需要一个知悉当年“404行动”内情的人在身边，二来则是我得尽可能地壮大自己的队伍，需要多一些可能站在我这边的人。

虽然内心里很不情愿再把大伯和向蛮子拉下水，但我此刻别无选择，只能这么做了。

“这个事情……我需要授权。”花满庭略一沉吟，才答道。

他随即关掉了通信线路，片刻之后信号重新接通，花满庭回复我说，上头已经同意了我的请求。

夜半时分，直升机降落在一处藏在群山之中的小型机场。

直升机降落时，底下已经有一辆越野车在机场等我们。站在车前的，是一个身材高挑，扎马尾戴眼镜却不苟言笑的女人。

“我搭档毛幂。”花满庭郑重其事地介绍道。

“喂，猫咪。接下来就交给你了。”猫咪看来是这个女人的绰号。

“你再叫一次试试。”女人虽然面无表情，隔着镜片却能感觉到目露凶光。

花满庭哈哈大笑，似乎心情不错，转身又上了直升机驾驶位：“我去接两个人，稍后联络。”

话音刚落，舱门已经关上，直升机再次升空，消失在暗夜天际。

“陈玄羽，你要的资料。”那个女研究员毛幂将一个厚实的文件盒递了过来。

接过手中时感觉颇有些分量。在我们飞行期间这么短的时间内，所有资料的搜索整理工作就已经完成了，404研究所想必一直以来都掌握着这方面的情报，甚至不排除这几次考古行动中都有他们的眼线。

“上车。”我们像被押解的囚犯一般上了车后，毛幂负责开车。她全程几乎不开口说话，活脱脱一个女版燕昆仑。我虽然有许多疑问，但这车里毕竟不是说话的地方，一路上也只好默不作声。车开得极快，甚至我怀疑她是否一路超速，但还算稳当。

不久之后，我们就到达了磨西镇。“磨西”为古羌语，意为“宝地”。此地虽是一个偏僻小镇，却是去海螺沟的必经之地。

毛幂把车停在了一处看起来像是招待所的宾馆前，而后便简单交代了几句。我们当晚在这里住下，第二天一早和他们的人会合后再开拔进山。几个人住的房间都由毛幂分配好了，老程和燕昆仑住一间，若汐和唐娅住一间。而我显然是重点“照顾”的对象，被安排到了楼上单独一层的一个单间。

“我想花满庭应该已经提醒过你们，现在你们正处于严密的监视之中，最好不要有任何试探的想法。事关国家安全，我们已经事先得到授权，如有必要可以格杀勿论。”毛幂撂下句狠话之后，就扬长而去。

人为刀俎我为鱼肉，我们现在也只有言听计从的份。

进到房间里后我犹豫了一下，还是连夜给大伯打了电话。

电话接通后，我本来有许多话想说，却都哽在了喉咙。沉默了半天，只说出了“对不起”三个字。大伯倒是没有多说什么，只是让我先好好休息，保存体力。再说我此时的一举一动显然都在监控之中，多说反而无益。挂断电话，我本来还想着跟向蛮子也打个电话道个歉，结果却一直是忙音，只好作罢。

毛幂拿来的文件盒里，一共是三份档案。大概是被拣选过，我总觉得这里面的官样文章比实际内容要多，看起来特别吃力。翻了一会之后，并无什么明显的收获。加之这几天透支的体力还没补偿回来，腰酸腿疼，头脑也浑浑噩噩，实在坚持不住了。

我看着镜子里的自己，在这短短的几个月后，已经变得有些陌生。那个胡子拉碴、灰头土脸，而且红着眼睛盯着我的家伙，就是自己现在的模样吗……

破天荒打算听大伯的话，好好休息，保存体力。

然而很快我就发现，就连这点念想也是徒劳。

此地已经是雪山脚下，气温低了不少，大概只有零下5摄氏度左右。老式宾馆的外墙保暖性能比较差，虽说是有暖气，房间还是像一个冰窟。压了两床被子后依然冷成狗，我无奈只好起床穿上保暖服，再裹进睡袋里。窗外的猴子一直在叫嚣，我在迷迷糊糊之中睡得很浅，直到天亮前才勉强睡着。

第八十一章 冰川森林

天色刚微亮，毛幂就过来敲门。

“我们必须尽快过去。”她推了推眼镜说。

我强打精神起来下楼，才发现宾馆里的气氛有些诡异，一副如临大敌的样子。

除了院子门口有荷枪实弹的哨兵站岗外，正整装待发的还有足足六个人。虽然没有穿着军装，却显然有一种特种兵的气质。除了毛幂之外，还有另外一个女的，名叫陆离，身份据说是404研究所的助理研究员，比起不苟言笑的毛幂要随和得多。

之前要求花满庭置办的东西已经全部准备就绪，甚至连对讲机、GPS、地图、炊具、急救箱等也一应俱全。

若汐和唐娅看起来也是没休息好的样子，燕昆仑则一如既往抱着他那把木剑坐在角落闭目养神，只有老程继续发扬他在什么环境下都能睡着的优点，此时已经精神奕奕地在摆弄分给我们的匕首和手枪。

我打量了一下404研究所的人身上的装备，他们还是保持着对我们的火力优势和人数优势。

“现在我们去哪儿？”我瞄了一眼毛幂手中拿着的平板电脑，上面是一张不知道是哪里的地形图。

“到了就知道了。”毛幂面无表情地回答我，语气中也听不出什么情绪，让我简直怀疑她是不是一个机器人。

在雨雾迷蒙中，四辆车排成一队出发，浩浩荡荡开进了海螺沟口。

海螺沟位于“蜀山之王”贡嘎山东侧，距成都319公里，是一条面积达220平方公里的冰融河谷。贡嘎雪峰脊线以东皆是陡峻的高山峡谷，地势起伏明显，崖陡壁立，大渡河咆哮奔流，谷窄水深。在不足30公里的水平距离，高度落差却达6500余米。

海螺沟冰川又称“一号冰川”，全长14.7公里，是贡嘎山71条冰川中最长的一条，面积覆盖16平方公里，沿纵向分成三级台阶：第一级是粒雪盆，也是冰川的孕育地；第二级是大冰瀑布，高达1000多米，是中国迄今为止最高大、最壮观的冰川瀑布；第三级则是冰川舌，冰川的末端伸入原始森林中延绵6公里。这是一片由峨眉冷杉组成的亚高山针叶林带，冰川与森林共存，形成了少有的冰川森林，就连海拔4000多米处两岸也被植被占据。

独特的地理条件使沟内高差达6000米左右，形成了明显的多层次的气候、植被和土壤带，将2500多种从亚热带至寒带的野生植物集中在一个地方，沿山路可以清楚地感受到植被的变换。

“哟呵，我这还是头一次享受到景区包场的VIP待遇啊。”

进到了海螺沟之后，老程一路都在观察车队的走向和路面上的情况。经他这一提醒，我才发现从刚才进入海螺沟开始，我们就没有遇到任何进去景区的游客，甚至也没有进沟的穿梭巴士。现在我们成了在路上行驶的唯一一群人。

“三天前开始已经采取了交通管制，并且封闭了景区。”毛幂解释说。

天空中不时还有直升机盘旋而过，让人有种山雨欲来之感。

“老程，你说山上到底发生了什么事，搞得这么劳师动众？”车内太安静，我便开始没话找话。

“看这架势，估计是搞出了个大动静。我说，研究员同志，你们这么紧张，是因为獬豸呢，还是因为石匠工会呢？”老程透过后视镜看了一眼正在开车的毛幂，笑嘻嘻地问道。

“是因为时间晶体。”没想到毛幂居然破天荒地回答了老程的问题。

只是她若无其事地说出口的这一句话，却让我们俩同时倒吸了一口凉气：“时间晶体的能量态极不稳定，稍有不慎的话就会爆炸。”

“我突然想起来……敢情昨天你那个同事所说的‘核威慑’不是打比方啊，这时间晶体居然还是个上古时代的炸弹？”老程一副心有余悸的样子嘟哝道。

虽说不知道毛幂所说的是真是假，但至今为止所接触到的上古神器似乎确实带有某种不太稳定的能量场，真炸起来估计破坏力一定很惊人。布莱克一定也是知道这一点，所以在水下的时候我那个拙劣的“自相矛盾”之计才能威胁到他。现在想来，如果那会儿真把两件上古神器碰炸了，搞不好还真是能把太平洋给翻过来……

老程神色复杂地看了看我，他大概也是想到一块儿了，一副你小子还真是人狠话不多的无奈表情。

此时还下着小雨，大雾也未曾散去，行进在这崇山峻岭间宛若登临仙境。一时无话，我便漫无目的地看着窗外渐次变换的风景。沿途满山皆是多彩的红叶，煞是美丽。

“你看，那里，当地人叫作红石滩。”唐娅戳了戳我，指给我看。

“那些石头怎么是红色的？”我问。沿途不时可以看到有红色的石滩。冰川河岸上的每一块石头都披上了一件美丽的红色外衣，在河流两旁堆积。车行山中，成群的红石便成了一种流动的红，顺着山谷延绵不绝。

“那是因为河滩里的石头生长了一层红色的地衣。”若汐解释说。

那个助理研究员陆离便也主动搭话解释说，海螺沟潮湿滋润的气候以及丰富的矿物质，给一种极稀有的藻类和真菌共生的复合体提供了生存环境，使得它能在岩石表面自然地生长出一种呈铁锈红的物质。不同的季节和天气，呈现的色泽深浅也不同。这种地衣四五年后就会死亡，然后再生。

唐娅也告诉了我们一些当地的传说。据说红石的生长也有一些奇怪的特点，阳光照射不到的地方没有，远离主河道的林地里没有，海拔2100米以下的地方也没有，而且从海螺沟带出去的红石都会死掉变黑。

她毕竟是家境优越的女孩子，大概人生头一遭遇到被挟持禁锢的情况。在我们几个人之中，唐娅本来应该是离危险最远的人，却因为我的缘故被牵涉了进来，这让我心里头十分过意不去。好在她倒似乎不以为意，此时反而心情不错地给我们一行人当起了临时导游。

车队沿山谷蜿蜒上行。山路崎岖，公路顺着山势大角度来回折返，全是呈S形弯来绕去，海拔高度不断上升。从二营地到三营地，已覆盖了较厚的冰雪，弯急坡多。此时车没走到一半，我就出现了高原反应，脸色煞白，嘴唇发紫，而且晕车晕得厉害，实在感觉难受，就抓着个塑料袋把早饭全吐了，抱着氧气瓶缓了好久。

一直到干河坝才终于可以停车下来休息走动。此时满山雾气缭绕，黑松林银装素裹，到处是茫茫的一片。白雪尽染的原始森林成了一片雪松的海洋，冰雪勾勒出了更为层次分明的轮廓，宛如置身一个神话传说之中的世界。

密密麻麻的高山栎林挂满了松萝。松萝是一种附生在一些大的乔木之上的菌物，被称为“树挂”，山里的人们又称其为“山挂面”。倒挂在树干树枝上的细细长长的松萝此时凝结着霜雪，山风吹过像晶莹剔透的水晶。

“从这里走黑松林到冰川，大概需要3个小时。”毛幂看了看腕表说，之后便要求全体下车，各自领了配重，继续徒步往前走，穿越黑松林。

我们得沿着黑松林穿越1.7公里的原始森林走到海螺沟冰川脚下，然后再下到冰川谷地，才能到达一号冰川上面。

进入到了黑松林之后不久，我们就离开了向游客开放的徒步道，向着更为原始的森林深处走去。这期间几乎没有道路可走，只能用艰难跋涉来形容。在雨水和雾气中翻山越岭，对正处于高原反应之中的我无疑是个巨大的挑战。

好在冬天雪地里活跃的野兽并不多，除了偶尔有松鼠或猴子之类的小动物发出一些声响，暂时还未见到有熊瞎子之类的大家伙。

大概是见我走得太辛苦，若汐和老程放缓了脚步，不时和我聊几句分散注意力。那个叫陆离的女生跟着我们，一路上便也跟我们攀谈了起来。经她自己介绍，我才知道她的研究方向是冰川地理和生物。

“海螺沟冰川形成于1600年前，地质学上称其为现代冰川。而且最近消融速度加快，现在的冰川和我小时候的比至少已经后退了5到6公里了。”陆离说。

“这样看来，在那个上古文明还未灭绝的时代这里还没有被冰雪覆盖，那么当时上古文明建造的遗迹很可能会是在冰川底下。”

“你说的没错，而且我们已经找到了。”陆离有些兴奋地说。

“你是说，若木神树遗迹？”若汐迫不及待地问。她一直引以为憾的事情是在海底时没能阻止布莱克炸掉扶桑神树遗迹。如今有机会再见到若木神树，自然喜出望外。

“是的，但是神树基本上已经被破坏成碎片了，而且只剩下了少量残骸。”陆离的一句话，顿时又浇熄了若汐心中燃起的一点微茫希望。

穿过已是银装素裹的原始森林，我们终于站在了气势磅礴的冰瀑前面，不由自主地为大自然的神奇造化而心神涤荡。冰川终年不化，表面已被尘土和沙石所覆盖，与河床已融为一体，形成了形态各异的冰塔林，走到近处才能看清真面目。冰川下面覆盖着纵横交错的暗河，踩上去很滑，得小心翼翼才能保持平衡不滑倒。

不久之后，我们来到了冰川深处的一块明显是近期才清理出来的空地中间，有一个矩形深坑，挖开的泥雪堆在一旁，从中不难看出一些锈迹斑斑的青铜碎片，从形制上看与海底所见的那一棵巨大的青铜神树很类似，大概当时也曾经是一座高耸入云的建筑，但在雪山顶上长年累月的环境变迁中已经土崩瓦解。

第八十二章
倒生树

“贵单位找我们来，不会是让我们来拼好这棵青铜神树的吧？”老程看了看毛幂。

“当然不是，事实上，这只是神树的一小部分。是冰瀑布形成前流水从山顶上带下来的残片。”陆离倒是很爽快地知无不言。

底部那些残存下来的石块和木片残骸堆下，有一部分折断的青铜枝杈倒插在土里，看起来就像是钻探到地心的一个孔洞，或是一个捕捉野兽的陷阱。原来陆离所谓“神树的一部分”是这个意思。

燕昆仑跳进了深坑看了看，却皱着眉头，显出一副困惑的神情。我看到这段青铜树枝时，也觉得怪怪的，从规模来看，这根树枝即便是在末梢，比起在海底见到的那棵扶桑神树来说也实在是小巫见大巫。从残存的遗迹来看，这棵神树即便复原，规模也比我们在海底所看到的那棵足足有十层楼高的扶桑神树小了不止一星半点。

而且从这些青铜残片的形制来看，也与扶桑神树迥异。按常理来说这两处建筑既然是同一个上古文明所为，在文化上又有关联意义，很可能是建造于同一个历史时期，想来应该不至于厚此薄彼才是。

“不对，这不是树枝，而是树根，若木大概应该是一棵倒生树的形态……”

看到这些残片后，若汐就想到了会不会有另外一种可能性：或许这棵树在设计建造的时候就把重心放在了地下的部分。

“什么倒生树？我还是头一次听说树可以倒着生的。”老程好奇地凑过来看。

“卡巴拉生命树。”唐娅立刻就明白若汐所说的意思，对我和老程解释说，“卡巴拉生命之树又被称为‘倒生树’，是神创造宇宙的蓝图，也被用来描述通往神的路径。”

“卡巴拉”是基督教产生以前在犹太教内部发展起来的一整套神秘主义学说。在希伯来文中，“卡巴拉”的本义是“接受到的”或“传统的”，原指《旧约》中的两个组成部分“先知书”和“圣录”。

“如果青藏高原就是最初的伊甸园的话，这里出现一棵倒生树就不奇怪了……”老程提出了一个很有意思的设想。

亲眼看到一个起源于古巴比伦神话的象征建筑出现在大雪山下，我还是觉得十分不可思议。

“说起来，巴比伦的创世神话与创世纪有很多相似之处。最古老的生命树图形也来自古巴比伦。在那些神话中卡巴拉生命树不只是一个存在于纸上的图样，也是一个真正存在的宇宙。《旧约全书·创世纪》中也记载说生命之树位于伊甸园中央。”若汐补充说。

“其实若木在神话传说中是太阳下潜地底所经过的神树。太阳由若木下潜入地下，又由另一株神树扶桑升上天空。所以若木神树的真正意义应该是体现在地下的部分。”唐娅也想到了一个若木神话中的对应之处。

“而且从规模来看，这样的地下‘树根’应该不止一根，如果没猜错的话，很有可能是十根。”若汐说出了自己的结论，“十个入口，对应上古十日。”

“难怪刚才看到的时候就觉得比起扶桑，若木这棵树实在太小了。原来如此……”我也恍然大悟。没想到我们所看到的竟然只是若木一根树根的残片……

“不愧是布莱克教授的高材生，这么快就看出来了。”陆离赞许道。

方才陆离提到布莱克的时候，若汐的眼神黯淡了一下，想来她对自己的老师还是很有感情的，而且此时布莱克也正生死未卜，善良如若汐一定也在暗暗担心他的安危。

“既然找到了树根，想必你们应该已经在上游找到了若木的遗迹了吧？”我问。

“我们的确已经发现了入口，并且派人进入了地下的洞穴里，但之后却出现了一些问题。”

“发生了什么事？”

“不知道。”毛幂摇了摇头，而后轻描淡写地说了一句，“十天前，我们派下去的六人小队全部失去联系。”

几个人面面相觑，看来我们这是当炮灰来了。相较之下，404研究所的第二队人马倒是一副淡定自若的样子，看来他们在出发前已经被告知了相关的情况。

“下去的人在失踪之前有没有反馈回什么信息？”老程问。

毛幂继续摇头，想了想又说了一句：“他们最后从内部炸毁了入口。”

陆离还补充了一个让我们更加心中忐忑的消息——进入到洞中有强烈的磁场干扰，与外部的通信全部中断。不过我们之前在海底已经有过类似的经历，内部应该还是能维持一定距离的无线通信，只是一旦出现问题就得自求多福了，根本不能指望外部救援。

“我们现在离入口还有多远？”我问。

“再往前走一段路，绕过前面那个悬崖，入口在冰壁上。”毛幂像挤牙膏一样，不到不得已绝不多透露任何信息的做法，实在让我欲哭无泪。

“我们现在继续走吗？”我问。

“稍等一下。你要找的人应该马上就到了。”毛幂简单说道，从昨晚我提出要求开始到现在不过是短短七八个小时的时间，大伯和向蛮子两个还在天南海北的人此刻就已经出现在了这大雪山脚下，404研究所这台庞大的机器效率简直高到可怕。

几个人就地休息了一会，若汐恋恋不舍地扎在坑里，还忍不住去筛那些挖出来的雪泥，试图找出一点上古文明的蛛丝马迹。燕昆仑一有空就闭目养神，不知道在发什么呆。唐娅则拿了张纸在写写画画，试图绘制出这棵若木神树藏在底下的部分。

这期间，我闲下来胡思乱想，还想到了另一件事情。

如果布莱克在90年代初已经在邛人石墓的壁画上发现了时间晶体的隐秘，按说在那个时候他绝不会将发现时间晶体的机会拱手让人才是。而且从海底回来后，布莱克至今都未再和我联络过，似乎对404研究所这边的行动一无所知。但我总觉得这只老奸巨猾的狐狸应该早已设下了个局，现在只是躲在暗中窥伺而已，想到这一层让我有种浑身不自在的感觉。

而且从刚才毛幂所透露的信息来看，十天前他们就已经开始行动，那刚好是我们从勿里洞海域返航靠岸的时候。许多环环相扣的事情，已经像多米诺骨牌一般，开始引发后续的连锁反应。

不久之后，向蛮子爽朗的叫骂声就从黑松林那头传来。

“你们两个伢子带老子的笼子（诓骗老子）吧？”骂归骂，向蛮子却是面带微笑，实在看不出来他有在愤怒的意思。

“莫一副咯下死皮喇相啰。有么子搞不像的啰，发点狠噻，是只高客子，咯就拱得只洞出来（不要绝望，天无绝人之路）。”向蛮子用长沙话安慰我。

但再次把他拉下水深陷险境的确理亏在我，我低声连赔了几个不是。向蛮子见状，反而咧嘴哈哈大笑，表示他对我没意见，只是在抱怨这阴魂不散的404研究所跟个狗皮膏药一样甩也甩不掉，丝毫不管那些还在“狗皮膏药”上班的人有什么感受。

我接触过的长沙人，都有一股霸道和蛮横的气质藏在骨子里，但向蛮子是其中尤为特别的一个，也许是因为人到中年的缘故，他身上有一股子土匪般的恶气和草根市井气。听他说话似乎就能想象到他喝着啤酒打着赤膊坐在湘江边舞动双臂喷着唾沫星子的情形，一副动不动就“你要哦该咯（你想要怎么办？）”准备和人上头上脸的样子。

但一起相处的日子里，我和向蛮子倒是挺合得来，而且也聊了不少他自己的私事。从部队转业后这么些年向蛮子都是孤家寡人一个，也没想着像大伯一般打拼出一番事业，一直保持着一副得过且过的样子。但他骨子里始终有股劲没有泄掉，似乎他一直在等着的，就是这么一个被召唤重上战场救天下于水火的契机。

跟在向蛮子身后缓缓走来的是大伯。这一次见到大伯的时候，我心里百感交集。

出事以后我一直寄居在大伯家，这些年没少给他惹麻烦。一直以来，我都把这当成了一件理所当然的事，直到这几个月接二连三地经历过一些事情之后，我才明白这种“理所当然”的难能可贵，尤其是这样以身犯险的时候。

一夜奔波，大伯的头发有些凌乱，神色显然憔悴了不少。这些年来，我甚至没有留意到大伯的头发已经花白，不再是昔日里那个雷厉风行、杀伐果断的“陈连长”了。

“大伯，我……对不起。”我艰难地鼓起勇气，说出了这句话。

“一家人说这些干吗。”大伯摆摆手，这一次没有责备我，反而让我更觉得难受。

“玄羽啊，既然选了走这条路，就好好走下去。记住，你的命运始终掌握在你自己手中。”大伯若有所指地对我说道。

我嗯了一声，这句话多少让我振作了一些。

“走吧，留给我们的时间不多了。”花满庭跟在身后，神色看起来却很悠闲，一点也没有焦急的意思。

队伍继续开拔，目的地是一侧留有冰川擦痕的冰壁上的一处裂隙中的若木神树入口。

第八十三章

无名汉阙

我们在云雾中穿越了黑松林。巨大的冰瀑布凝固在眼前，如同时间静止了一般。

沿冰川上行3公里，巨大的冰川漂砾、冰川弧拱和极其宽阔的U形冰川峡谷横陈眼前，两侧留有冰川擦痕的绝壁陡立万仞。巨大的冰川从高峻的峡谷中铺泻而下，如同一条浩浩荡荡的银色长龙。这一处冰瀑布的宽度和落差都逾千米，是黄果树瀑布的15倍。巨大的冰瀑布由无数极其巨大的冰块组成，仿佛从蓝天直泻而下的一道银河，气势甚是宏伟壮观。

但在冰川上行走前进实在太难了，处处都要小心，稍不注意就得摔个四仰八叉。我这种平衡感差的简直就是连滚带爬，冰爪都丢了一只，好在没有磕到头破血流。全部人员此时都戴上了太阳镜，防止出现雪盲症。不过我还是被直射的太阳晒到不行，简直睁不开眼。

好在咬着牙坚持走下来之后全身开始发热，加上周围空气通透，阳光充足，高原反应带来的眩晕感消退了不少，感觉上也没那么冷了。

正午时分，当我们终于到达目的地时，一直在我们面前的一号冰川粒雪盆也从云雾中露出真容。粒雪盆是冰川的摇篮。在雪线以上的区域，从天空降落的雪和从山坡上滑下的雪很容易在地形低洼的盆地聚集起来，所以被叫作“粒雪盆”。大冰瀑布正是一号冰川从粒雪盆溢出后沿盆前缘的冰床陡坡形成的。陆离告诉我说，如果说粒雪盆是天然大冰库，大冰瀑布就是频繁发生冰崩与雪崩的冰川粉碎机，而冰瀑坡脚则是新冰川的铸造场。

入口在一号冰川冰舌中段一侧的石英片岩谷壁上。两侧的冰川磨光面青翠如玉，高数十米，布满不同倾角组合的刻痕、括痕和刻槽，有的刻槽甚至深达数米。

“那里，我的同事先前已经找到另一处入口。”毛幂指着那些磨光面上方冰瀑布中开凿出的一个冰窟窿说。我抬头望去，半空中已经有人从顶上垂了两条登山绳下来。

“我们……该不会要爬上去吧？”我手心已经开始冒汗。毛幂不客气地点了点头，皮笑肉不笑地看着我。

随后的一段时间里简直是噩梦一般的极限挑战。我挂在半空中，费力地蹬着双脚，努力尝试去踢冰，双手配合用冰镐打点。手上用劲一步步向上攀爬，同时还要努力地找寻适当的落脚点。几十米的落差爬得我全身发抖，几乎虚脱。

最难克服的是自己的心理障碍，我先前从没接触过攀岩，更不要说攀冰了。此时真的难以置信，单凭冰爪的爪尖踩进冰里，冰镐挂在冰上的一个小孔里，竟然就可以将全部的重心压在扎进冰里的那三个爪尖上靠着脚掌悬空站起来。但此时我所能依赖的也只有一根绳子、一副冰镐和一双冰爪。除了要坚持相信自己，最好也要相信冰镐可以挂住，以及努力的人运气不会太差的人生信条。

因为体力太差，我在半空中休息了好几次，一开始说了好多的“不行，我上不去了”，“手臂没力要掉下来了”，但随着攀爬的线路越来越高，后面就算攀不动我也不喊了，因为已经听不见底下在说什么了。

贴着冰壁挂在半空中上不去下不来的时候，我差点就㞞了。抬头向上看，竟然还有那么长的距离，然而不小心向下瞄了一眼，也不敢相信自己是怎么攀上来的。所以当我终于咬着牙爬到那个冰壁上的洞口时，那种战胜自己的感受实在十分美妙。

但还没高兴多久，我就被眼前出现的巨大石碑给镇住了。

404研究所的先遣队已经预先在冰壁之中开出了一个可容人通行

的孔洞，就像是在冰瀑布底下凭空吹出了个气泡一般。围绕着石壁我弓着身子爬进去之后，才发现里面别有洞天，就像是一个冰瀑布下被冻住的水帘洞。底下还有一条人工开凿的山路，连接着边上一截腐朽不堪几乎已经辨认不出的栈道。一块贴着峭壁耸立的石碑冻在了“水帘洞”里侧的冰壁中。

这个巨大的石碑为何会出现在峭壁上呢？

我正纳闷，若汐他们几个也已经上来了。端详了一会，若汐就激动地对我说：“这不是石碑，这是石阙！而且竟然是保存完好的汉阙！”

随后在若汐的解释之下，我才知道她在激动什么。

阙这种建筑形制在中国已有两千多年的历史，是中国古代建筑体系中极为重要的一种建筑形象。“阙”与“缺”相通，即建在宫门或陵墓等建筑群前的建筑物，左右分列，中间形成缺口，两阙间空缺的地段为通向阙后建筑物的道路，所谓“阙然为道”，这也是其名称的由来。现存汉阙都是用块石雕琢砌成，被称为“中国最古老的地表建筑”。

而且阙属于“宫门”的形制，它的雏形是古代墙门豁口两侧的岗楼，在人们能够建造大型门屋后便演变成门外侧的威仪性建筑，防御功能逐渐减弱。汉代是一个稳定、富庶的时代，也是一个大兴土木的时代，修建于汉高祖时的未央宫有东阙、北阙，汉武帝时的建章宫有凤阙、圆阙，都是历史上著名的大阙。传说凤阙高二十余丈。只可惜这些史书记载的巨阙除凤阙尚有夯土残址外都已堙灭在了时间长河之中。所以当2000多年前的汉代建筑骤然出现在眼前时，难怪若汐会大为惊叹。

等人到齐后，我们花了不少时间小心消除掉石阙周围的冰块，才终于将石阙从冰块中分离出来。几个人围着这块汉阙转了一圈，便发现了其中的一些玄机。

这块无名汉阙高度大概有6米，宽度也有1米多，正对着前方开阔的海螺沟。此时阳光洒落在阙身，散发出金色的光芒，阙身石花斑斑，残破的顶盖如同年久失修的屋檐，高挺的阙身上，底座皆刻有神树纹饰，顶盖上有一只翩翩起舞的三足乌，右侧则是一条张牙舞爪的青龙，口衔一个圆球直冲云霄。石阙正面却没有刻任何文字，简直就像是一块无字天书。

老程站在石阙下抬头仰望，发现顶盖下有一圈形似如意的构造。

“汉阙又可分为仿木构型和土石型两种。土石型通常无阙楼，是一种实心的不能登上的纯威仪性建筑。而仿木构型阙则有台基、阙身、阙楼、屋顶四部分，这种阙虽是用石头建造，却可以看作是大型木构阙的模型，而且可以登上阙楼防守。这块汉阙就是这种类型，你看顶上还有斗拱。”

所谓的斗拱通常位于大型建筑物的柱与梁之间，“斗”是斗形的木垫块，“拱”是弓形的短木，拱架在斗上向外挑出，拱端之上再安斗，形成上大下小的托架，环环相扣。无论从艺术或技术的角度来看，斗拱都是中国古典建筑的象征。

“中国木构建筑的历史颇为悠久，殷墟妇好墓出土的铜偶方彝上就已能看到斗拱的雏形了。”若汐感叹道。

“这里该不会也是谁的陵墓吧？”唐娅好奇地端详着上面的图案，“这石雕的技艺非凡，堪称是大师之作，如果是陵墓的话，葬在这里的人一定不简单。”

“有阙的地方不一定有陵墓。阙的应用范围很广。实际上汉代时在都城、宫殿、陵墓、祠庙、衙署、府邸以及有一定地位的官民墓地都可以按照一定的等级建阙。”若汐解释说。

“石阙原本应该是有一对的，可惜现在只剩下左阙了。”老程看了看说。

“你怎么知道是左边那块的？”向蛮子好奇地过来问。

这会我琢磨了半天上面的图案，也有点开了窍，就对向蛮子讲起了中国古代的方位表述。

在古代，通常是以“上—朱雀—南、下—玄武—北、左—青龙—东，右—白虎—西”来标示方位，所以在古代“江东”也称为“江左”，这与近现代地图以上北下南左西右东的方位标示法差了180度。要想搞清楚阙的方位和左右，得看每座阙内侧神道方向的雕刻。

如果是对阙的话，通常站在阙后建筑的视角，左边刻青龙的是东阙，右边刻白虎的是西阙。

如此看来，这个汉阙应该是后期修建的某个带有祭祀功能的建筑。从汉阙的位置也可以大致推断出乎若木神树的入口位置。

听完这一番话，向蛮子啧啧称奇：“你们文化人就是有讲究。”

“毕竟这几千年文化的香火没断过，讲究的东西可多了。”老程洋洋得意地说。

不过404研究所的人倒是一副见怪不怪的样子，冷静地在做着记录，反倒显得我们几个像没见过世面似的。

这时，站在洞口花满庭就盯着远处低声说了一句：“有情况。”

他皱了皱眉头拿出望远镜看了看，想了想又把望远镜递给了我。我用望远镜一看，冰川下的另一侧，有几个人影正贴着冰壁向着我们这边移动。调大倍数细看之下，有一个高鼻深目的外国人，在朝着我们望着。

第八十四章
冰雪崩

来人之中有一个满头白发的老头。即便戴着太阳镜也不难认出那就是布莱克本人。

既然布莱克出现在了这里，也就意味着这应该是共济会的人马。我扫了一下布莱克的队伍，伊利斯和弗兰索瓦都在其中，此外还有顾沐蓝医生和另外四个魁梧的壮汉。

他们带的东西不少，还有一个拉杆箱大小用防水布包着的装置，不知道是什么。

没想到他们动作竟然也如此神速，这么短时间就已经尾随而至。

此时我们这一队居高临下占据了地形优势，布莱克他们若想要强攻上来并非易事。而且置身于这巨大的冰瀑布下，料想他们也会投鼠忌器，不敢轻易开枪。冰瀑布本身就处于极不稳定的状态，上部的冰川有许多裂隙，下部也有许多悬挂的冰棱，倘若稍有不慎引发冰雪崩的话，估计在这里的所有人都会被埋葬在底下。

我推了推若汐，把望远镜递给她。见到布莱克安然无恙，若汐脸上浮现出一丝欣喜的神色，但很快就变成了困惑。

“玄羽……布莱克教授他们在干吗？”

我拿回望远镜一看。布莱克此时正蹲在冰川上，比画着似乎在测量什么。队伍中两个人在冰上打点钻孔，从那个“拉杆箱”里取出了一些块状物放进打出来的孔洞里。显然布莱克已经发现了冰壁上404研究所凿出的洞口。此时他正对着我们，微笑着冲我们这边挥了挥手。

“那是CL-20炸药，这帮疯子，竟然……想炸掉冰川……”花满庭铁青着脸说。

花满庭这一提醒，我才反应过来布莱克竟然完全不按常理出牌，竟然以退为进，把炸冰川作为威慑手段。

在这个脆弱的冰瀑布下，只要稍微用一点炸药引爆就会激发连锁反应。何况这么多炸药，足够把整个冰川都炸下来了。

现在只要布莱克一声令下，我们就只有被困在冰下，或者和他们同归于尽两条路，攻守之势顿时逆转。

花满庭显然也意识到了这点，在我们说话的当口已经带着404队伍的三个人拉着绳索速降了下去。这家伙身手不凡，完全像是特种兵一样，比起伊利斯也毫不逊色。

“入口在哪里？”这时，燕昆仑问。

“石阙一侧，通道尽头的峭壁上。动作快点。”毛幂脸色一变，催促道。

不知因为什么缘故，原先挖出的通道接近峭壁那一段出现了塌方，堆积的冰块完全堵住了通路。隔了几天，此时冰雪已经重新把入口冻得严严实实，只看到一个影影绰绰的轮廓。要打开入口，得先弄开这些冰块，急切不得。在毛幂的命令下，我们几个人用上无烟炉加喷除冰剂，但进展仍然十分缓慢。

“哟呵，这都打起来了啊。”老程回头看了一眼底下，一副看热闹不嫌事情大的样子。

隔着距离听不到布莱克他们和花满庭在谈什么，但显然是属于话不投机的那种，很快花满庭就已经和弗兰索瓦拳脚相向，在冰上打了起来。

这一次弗兰索瓦没有穿西装，而是换了一身迷彩服，但依然梳着他标志性的大背头，戴着黑框茶色眼镜，手上也一如既往戴着一副白色手套。没想到一副律师模样的弗兰索瓦竟然十分能打，对着花满庭毫不逊色。两个人见招拆招，僵持不下。两边的其他人虽然都子弹上膛互相对峙，但这时候谁也不敢轻举妄动，毕竟在冰瀑布下开枪无异于自杀。枪械派不上用场，近身肉搏反倒成了一较高下的手段。

短短几分钟两个人都已经挂了彩。弗兰索瓦被花满庭一个过肩摔砸到了冰上，滑出一段距离。他一手撑地在冰川上站起，用手套擦了擦嘴角的血迹，啐了一口后脱下了那副白手套，手上裸露出来的皮肤一片通红布满疙瘩，看起来就像是被放到火中烧过一样触目惊心。不知道是不是心理作用，弗兰索瓦此时简直就像是打了鸡血一般，原本两人势均力敌的局面不久之后便被打破，花满庭反而渐渐处于下风。

与此同时伊利斯在和布莱克交头接耳了几句后，竟然向着这边急速奔跑而来，只见他手中一扬射出一条极细的绳索扎到了冰壁顶之上，便踩着冰壁一跃而起，以惊人的速度向着洞穴这边袭来。

两边火拼的话，我们的立场就比较微妙了。无论是布莱克还是花满庭都是杀人不眨眼的主，无论谁赢了我们都是被控制利用的对象，所以最好的选择自然是站在一边作壁上观，说不定还能鹬蚌相争渔翁得利趁机逃脱。

此时冰洞里的人员对比是我们六个对404研究所的五个人。虽然看起来他们都是经过专门训练的家伙，但拼一把的话未必没有机会。

没想到毛幂警觉性很强，马上就判断出了我们要哗变的意图，迅速掏出一把军刀架到了我脖子上。

唐娅和若汐同时一阵惊呼。老程、向蛮子、大伯刚才都被支使去融冰，一下子远水救不了近火。看来从刚才毛幂就已经在小心提防着我们。

得，果然木桶的装水量取决于最短的那块木板。我这块短板一下子就拖了所有人的后腿。

伊利斯一眨眼工夫已经出现在了我们眼前。

“伊利斯，这是什么风把你吹来了？”老程嘿嘿一笑，问道。

伊利斯并不搭话，扫了一眼周围环境后，把目标对准了毛幂，抬起手指着她缓缓走了过来。我才发现他手上戴着一副袖箭。

“我靠，这么老古董的暗器，亏你想得出来。”老程啧啧称奇，一副忍不住要去拆下来研究的样子。

袖箭的确是一种古老的兵器，早在元朝时期就有袖箭的记录。明代万历年间刘綎出使朝鲜时也给朝鲜国王展示过明军的袖箭。袖箭的长度较短，箭镞较重，便于装在袖中，扳动机关后袖箭即弹出，可以射三十步远，是一种近身作战时用的暗器。伊利斯用的这种是改造过的梅针箭镞，装在发射筒里，一筒五支，射出一支后旋转箭筒即可射出下一支。

“箭头上面有蓝色箭毒蛙的毒液，要不要试试看。”伊利斯微微一笑。

“不想他喉咙被割开的话，退回到洞口。”毛幂威胁道。我一下子有点受宠若惊，没想到自己现在竟然奇货可居，成了人人重点照顾的保护对象。

“你可以试试看是你的刀快还是我的毒箭快。”伊利斯脚步并未放缓，似乎吃定毛幂不会动手割我的喉咙。与此同时，404研究所的三个壮汉和助理研究员陆离此时也都退守到了毛幂身边。局面一时间僵持不下。

就在这心惊肉跳的时刻，毛幂的对讲机突然响了起来，是花满庭的声音。“猫咪，暂且休战。我们现在上来。”

而后是布莱克的声音：“现在可以好好说话了。”

看起来底下应该已经分出胜负了。花满庭应该算是他们这一个小队的指挥官，毛幂愣了一下，还是服从命令，保持了克制。

不久之后几个人都沿着登山绳爬了上来。顾沐蓝医生打头阵，接着是布莱克和三个壮汉，然后才是弗兰索瓦和花满庭。

“又见面了，年轻人。”布莱克冲我微微一笑。

“猫咪，敌众我寡，先发个求救，保命要紧。”花满庭冲毛幂使了个眼色。他的嘴角流着血，眼睛也肿了，刚才一定被揍得不轻。不过弗兰索瓦看起来也没好多少，手臂上划了一道颇深的口子，还在淌血。

此时底下还有六个人——三个壮汉加三个404研究所的特派员。

一阵异样的声响突然传来。这一下所有人的脸色此时都不好看了。

“快往里走！”大伯这时候提醒说。

一时间也顾不上敌我立场了，这一场冰雪崩面前，所有人都是蝼蚁。

大伯和向蛮子这时配合默契，用脚猛踹开那堵在通道口的坚冰。众人连忙跑进冰洞。我刚刚来得及跑进通道，巨大的冰块就裹在雪潮中山崩地裂一般砸了下来，隆隆响声震彻峡谷。顷刻之间数十万立方的冰雪从雪盆里奔涌而下。冰体间剧烈的撞击与摩擦产生了剧烈的放电现象，一时间蓝光闪烁，大地震颤，山谷轰鸣。数以千万计的冰块飞溅滑落，扬起漫天雪雾。

饶是躲在冰洞里，也感受到了一股巨大的冲击力。没跑两三步我就摔倒了，像是有人在身后推了我一把，我顺势跪倒在冰上，感觉像是台风天里下冰雹般噼噼啪啪不断有东西砸到后背上，我弓着身体双手护住头颈，把脖子和头紧紧卷向腹部，双臂用力支撑起自己，想着如果被雪埋住要尽量给自己留出呼吸的空间。雪雾夹杂着冰碴涌进了冰洞之中，风夹杂着雪呼啸而过，拍在身上和脸上如同针刺。我张开嘴快速短促地呼吸，因为大口呼吸会吸进去许多雪粒，感觉几乎就要窒息。

就在我几乎就要绝望时，所有的一切轰鸣声响戛然而止，周遭陷入了死一般的静寂。我尽量不去想任何事情，让自己放松，把心思集中到呼吸节奏上。

第八十五章
青铜门

没过多久，我挣扎着爬起来，虽然头上在流血，但是没感觉到疼，思维也很清晰，应该只是皮外伤。试着动了一下腿脚，虽然疼，也没有骨折。后背也很疼，但还在可以忍受的范围，应该也没有伤到骨头和内脏。

周围变得漆黑一片，刚才的冰雪崩将冰洞彻底封死了。片刻震耳欲聋的喧嚣过后，骤然之间一片死寂，这时耳朵才开始听到冰洞内的动静声响。

“玄羽，你没事吧？”大伯的声音。

“老布，你这个王炸够狠的啊。”向蛮子轻声嘟哝。

我小心翼翼地摸索着找到放在一侧兜里的手电筒打开，轻声回了一句：“我没事，大家都没事吧？”

众人纷纷拧亮手电筒，在冰上衍射出的光柱交错，视力才终于恢复。

环顾四周，看到老程、若汐和唐娅都好好地坐在冰上，燕昆仑还有大伯和向蛮子也都站起来了，心里悬着的一块石头才算是落了地。他们几个方才躲到了石阙背后，除了一些磕磕碰碰，基本没有大碍。花满庭这边，陆离和其他三个特派员都没什么大碍，不过毛幂就惨了一些，大概是被气浪推倒时不知道撞到哪里伤了肋骨，捂着胸口表情痛苦地闷哼了一声。布莱克、伊利斯、顾医生、弗兰索瓦也都没事，不过我扫了一遍却只看到两个壮汉，和地上一个模糊的身影。

布莱克这边比较靠近冰洞口，方才负责站在洞口盯梢的那个壮汉躲闪不及，被飞速滚下来的冰块砸中，此时身形扭曲地趴在已经被冰块堵死的洞口，底下一摊殷红，已经不再动弹。

大家都被眼前突如其来的一幕惊呆了。

幸亏这个冰洞打得够深，而且还算坚固，没有在冰雪崩的冲击下裂开，加之巨大的石阙挡在前面，无形中也形成了一面护盾，我们才侥幸逃过一劫，幸免于难。

只是并不是所有人都能安然无恙。还有底下没来得及爬上来的六个人……此时的惨状，实在让人不忍去想。

想到布莱克刚才在底下的举动，我就气不打一处来，大骂道："布莱克，你要背上多少条人命才肯罢休？"

但布莱克此时也是心有余悸，喃喃说了一句："这是一场意外……我根本没有引爆炸药……"

这时陆离也解释说："大冰瀑布常年活动不息，由于冰体的融冻作用会不断产生冰崩。冰川活动剧烈的春夏季，一天甚至可以达上千次，多的时候一次崩塌量可达数百万立方米。"

一场冰雪崩就夺去了七条人命。此情此景，物伤其类，众人尽皆默然。

"花先生，我们的合作依然有效。而且现在外面已经被冰雪封住了，这时候的对立没有意义，必须合作才能活着走出去。"布莱克故伎重施，开始游说花满庭。

花满庭稍微考虑了一下后点了点头，他自然也知道，此时的局面对他们而言也不容乐观。我们和布莱克之前在海底起码有过合作，虽然不太愉快，但要是出于现实考量选择和布莱克联手，在这洞穴里404的人便寡不敌众了。何况此时被困冰中，多一个敌人自然不如多一个朋友。

缓过来之后我才觉得身上很冷，刚才席卷而来的冰雪深入到了冲锋衣里，连里面的抓绒衫都湿了，其他人此时想必也都好不到哪里去。

顾沐蓝医生挨个给大家检查伤势并做了简单处理，一边说："找干衣服换上，不能失温。”

大家开始在冰洞里找能保暖的东西。刚才这一下，原先带上来的装备和包裹都被冲得七零八落，丢了不少。而布莱克团队的辎重都在下面，此时只好依赖于404团队剩下的物资了。

我想把湿衣服脱下来，可脱到肩膀那里左手的手臂却无论如何抬不起来了，看来刚才那一下可能伤到左手了。顾医生过来帮我按了几下说，骨头没有问题，我这才稍微安心了一些。但眼下这只手是用不上力了。

这时地面再次传来震动和冰崩的声音，所有人几乎都是在第一时间原地卧倒。我的心骤然跳到了嗓子眼儿，屏住呼吸尽力分辨这一次冰崩的规模和方向。死亡的恐惧再一次逼近……

还好只是“余震”，不久之后，冰洞之内再度归于宁静。

“现在怎么办？”老程问。

“先试试看能不能把洞口打通，这里面的食物和氧气都有限，搞不好就困死在这里了。”向蛮子提议道。

但在接下来的时间里，我们的挖掘工作却完全徒劳无功。

清理掉洞口附近的冰碴雪碎后，不久我们便发现，一块巨大的冰壁正好压在了洞口处，连条缝隙都没有。按照陆离的测算，厚度大概得有几十米，我们能用的工具十分有限，除冰剂全都没有了，无烟炉也只剩下一个，还得考虑到保暖的需要。冰镐敲在那块千年寒冰上只留下一道印记，连着砸了许多下，也只砸出一个浅浅的缺口，小刀锯大树，等挖出通道来估计我们都得饿死在这里了。

更要命的是，若是稍有差池，还有可能引发这个冰洞的塌方，在外层冰雪覆盖的强大压力下，这个冰洞很可能维持不了多久。

我们被困在冰下了。

当花满庭把十天前404研究所的先遣队进入若木神树的入口后下落不明的情况告诉布莱克时，布莱克也脸色一变。

进退维谷，但最终我们还是决定不在这里坐以待毙。无计可施的情况之下，继续往里走挖开通往峭壁的通道，说不定还有一线生机。

将原先塌方堵住的那段通道打通后，一个冰川城门洞出现在了眼前。

这是一个由厚厚的坚冰垒筑而成通体透明的空间，高约有五米，宽有十五六米。洞壁晶莹剔透，绿似琉璃，碧如蓝天。洞顶上还挂着许许多多晶莹透亮的圆锥形“冰钟乳”，底下有一段不长的通道，尽处则是冻在冰中的悬崖峭壁。

峭壁中央是一扇青铜打造的大门，门扉紧闭，门套同样有神树和三足乌纹饰。

“这看起来就像是在山上开了一扇门的样子。”老程抬头望了望眼前的这扇高有两米，宽也有大概一米八的大门，喃喃自语。

这扇门仿佛是人间与天国的界线。两千多年前人们心中所想象的天国，生与死，现实与神话，此时就在眼前。

走近之后才看到，两边门扇分成了六格，布满精美雕刻。从画面来看，似乎记载了一些历史。

中间左侧一幅是“荆轲刺秦”。画面十分逼真，樊于期的头颅、荆轲、秦王、秦舞阳都刻画得栩栩如生。荆轲投掷的匕首钉在中柱上，秦王被扯掉的衣袖在空中飘飞，殿前的武士拦腰抱住荆轲……仿佛这一瞬间的历史，都凝固在了雕刻之中。

右侧的另一幅似乎描述的是“徐福东渡”。秦始皇晚年派遣徐福带童男童女坐楼船去“三神山”，寻求长生不老药，而徐福一去不返的这一事件。只是把这两个事件摆在一起，却有种违和感。

左上角的一幅，主题应该是“焚书坑儒”。而右上角的一幅画则有些费解，似乎是“墨者入蜀”。最底下的两幅画已经被冰雪磨蚀，只剩下模糊的轮廓，叙述的应该也是战国及秦汉时期与墨门有关的一些重要历史事迹。

“这里会不会是哪位墨家矩子的墓葬？”唐娅问。

“不太可能，墨者很反感儒家对厚葬的讲究，认为这种做法不仅耗费了大量资材，而且守孝三年等礼制使得很多人荒废了农工生产和国家政务，身体也搞坏了。墨家讲究节葬，对死者的哀悼应发自内心而不是流于繁复的形式。他们主张效法古代帝王尧帝、舜帝和大禹，死后都是薄葬，坟墓的上边还可以放牧牛羊，根本不可能修建这么大型的陵墓。”我想了想说。

“那这里到底是做什么用途的？”老程也好奇道。

“这个……我也不太清楚，我们还是先进去看看再说吧。”我只好说。

随后我们费了不少力气，匕首和无烟炉并用，才把挂在门上的冰雪清理干净。燕昆仑和向蛮子两人使劲一推，青铜门发出一声闷响，终于开启。

门后是一道青砖修筑的隧道，依然保存完好，看起来就像是钻探到雪山里的孔洞，或是某种捕捉巨兽的陷阱。

我们尽量避免发出声响，但在这静谧的世界，一根针落地的声音都所得分明。没有人说话，但脚步声和呼吸声还是充斥着耳际。不知道是不是心理作用，进入通道后，我总觉得时间过得特别缓慢。此时我们正走在一条通往异世界的通道之中，而那条通道却似乎漫无止境……

隧道尽头，有什么东西挡住了去路。前面开路的大伯和伊利斯拧亮了手电筒，当光照到眼前的物体上时，我第一眼便认出了这个似曾相识的地方。

此时出现在我眼前的，正是那张老照片中的旧式建筑照壁。

第八十六章
洞中石室

青石砖上刻着一只展翅的三足乌，三足乌雕刻的下方，是一块刻了好几行蝌蚪文的方形石碑。

“玄羽，那两张照片在哪儿？拿出来看看。”老程提醒说。我连忙取出夹在黑皮笔记里的照片，两相比较之下终于可以确定，照片中的地方就是这里。直到这时候我才终于知道，那张照片为什么看起来像是在暗夜里拍的了，这竟然是在完全没有光线的一个冰川内的山洞中。

从拍照的角度甚至不难判断出，第一张照片的拍摄位置是站在隧道尽头，大概是第一眼看到这面照壁时便下意识端起相机所拍下的。而第二张则是出隧道后往右侧走了几步。一卷胶卷通常有24张或36张，按当时的情形应该不止拍了照壁的这两张，而是对这整个建筑物做了详细的记录。

我顾不上细看石碑上的蝌蚪文，连忙绕过照壁，想看看这个神秘的建筑物到底是个什么样子。

照壁背后是一处天然形成的岩洞，底部空间足有一个足球场那么大，高八九米，四壁已被逾千年历史的寒冰彻底冻住，仿佛时间也被凝固在了其中一般。放眼四顾，岩洞中只有一座青灰色的石室，此外别无他物。燕昆仑和大伯、向蛮子这时已经走到了跟前，点亮了一支荧光棒细细查看这间石室。

这是一座仿木结构的砖石建筑，但在形制上却完全不同于海底所见到的那种风格，而是地道的中式传统建筑样式，造型古拙粗犷、结构简单大气。石室格局方正，筑有高台底座，设阶基以承阶面；屋顶是一种叫“九脊”的样式，屋脊平直而短，飞檐斗拱。据说这是一种较为少见的屋顶式样，在屋脊四周再绕多一层腰檐，两层屋檐间呈阶梯形态，也就是所谓的重檐之制。四壁则全用青石砖堆砌而成。

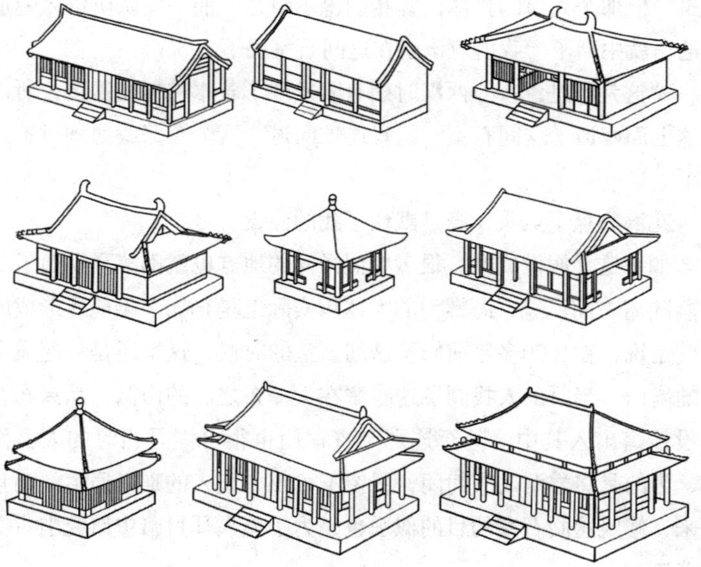

古建筑屋顶式样

“从造型和工艺特点看，应该也是汉代的。”老程跟我解释了一大通传统建筑工艺和形制特点后得出结论。若汐在一旁默默听着，也投来赞许的目光，点头称是。

从石阙、青铜门到眼前的风格来看，粗略判断这一处建筑修筑于汉代基本上是没问题了，但要具体断代，还需要更为专业的技术手段进行分析检验才行。

“听老程刚才这么说，这完全就是一座汉代建筑嘛，搞不好还是一座汉代古墓呢。但我们不是要找若木神树的入口吗？这到底是怎么一回事啊？”唐娅也露出了疑惑的神色，问了一个我也想不明白的问题。

“我说，你们单位之前都已经调查过了吧，这时候就不要藏着掖着了，有什么情况都拿出来和我们说说。”向蛮子瞥了花满庭一眼，嚷嚷道。

花满庭略一沉吟，才开口说：“这的确是一座修建于西汉时期的建筑。但那个入口的具体位置我们也不清楚，前一支队伍进入隧道之后通信就中断了。我猜应该就在这间石室底下。”

“这是不是说……西汉时期有人发现了若木神树的遗迹，所以才在这上面修造了这间石室？”我连忙问道。这个套路我遇到过不止一次了。

花满庭点了点头，算是默认了我的假设。

如果这个假设成立，很多看似怪异的地方也就都解释得通了。

陆离之前说过，海螺沟的大冰川实际上是1600多年前才形成的。也就是说，在1600多年前修筑这间石室的时候，这里还是一座飞瀑凌空的高山。当时的人找到了这隐藏在大瀑布之后的山洞，从瀑布背后架设栈道出入其中。甚至连那个青铜门也很可能是当时的人所修筑的，为的是将岩洞彻底封闭，只留下可供人出入的唯一通道。而且看起来，修筑这间石室的目的似乎也是为了掩人耳目暗中研究上古文明的遗迹。

布莱克看了一番照壁上的文字，习惯性地转过头问若汐：“这上面写了什么？”

这一次若汐却只是默默地起身，说了一句：“教授，我已经不再是您的学生了……”

若汐默默地走开时，布莱克的神色竟然有些怅然。

“布莱克，这里是什么地方，有没其他出口？”我问。

“很遗憾，当年我并没有来过这里……”布莱克摇了摇头，“陈博士和白教授对于这间石室的位置一直守口如瓶……”

也不知道他说的有几分是真话，又有几分是假话。

我本来还指望布莱克多少了解一些当年的内情，但看起来希望是落空了。

“修筑这个的是什么人？”唐娅问。

“当时的墨者。”燕昆仑说道。

“老陈，有情况。”这时，向蛮子低声招呼了大伯过去。

隧道口不远处，散落着一些冰爪、冰镐、登山鞋、安全帽、帐篷、羽绒服之类的装备，看起来似乎是上一支到达这里的队伍抛弃的物资，但上面却有已经凝固的暗红色血迹。

毛幂不发一语，翻检了一下地上的东西，找到一个贴在衣服上的玩意儿，端详了一番后揣进衣兜。花满庭神情严肃地捡起一件已经撕烂破碎的抓绒服，上面也染了一大摊殷红。当时进到这个岩洞之后，已经出现人员受伤的情况。但看起来他们在这里应该还没有遭遇到什么大麻烦，否则我们看到的就不是杂物，而是尸体了。

“上一支队伍难道也遇上了冰雪崩？”顾医生也眉头微皱，露出疑惑的神色。

“不清楚，上一支队伍进入这里之后就与外界断绝了联络，里面的情况我们完全没有掌握。”花满庭坦言。

“我们进去看看再说。”大伯观察了一下周围的地形之后便起身朝着石室走去。

踏上台阶之后我才发现，这间石室似乎并不纯粹只是为了掩人耳目。从其雕梁画栋的精细程度和特意选用坚固的石材来看，应该是想长久地保留下这座建筑，而且当时可能还有类似于祭祀之类的特定功能用途。

石室两侧设有镂空窗户，门框同样用青铜打造，铜框门扉呈开启状态，想必是之前那支先遣队所为。但此时为止还没有遇到任何一个人的踪影。

走进石室一看我却不禁愕然。里面竟然空无一物，也没有看到有任何暗道入口。但一整支队伍总不可能都人间蒸发了，屋子里一定设有暗道机关才是。

石室不大，我们人多势众，便分头仔细找起了入口。

然而找了一圈却没有发现任何可能的入口，简直是咄咄怪事。所有的地砖都严丝合缝，在低温冰冻的作用下甚至撬都撬不动。

唐娅趴在并冰冷的地砖上敲了敲，呵了一口气搓了搓手说：“这是空心砖。”

向蛮子这时候蛮劲发作，抡起冰镐就要去砸，我连忙按住了他。上一支队伍到底遭遇了什么目前还不清楚，而且唐娅刚才也说了，这地砖都是空心的，万一里面要装点水银火药什么的也不好说。情况未明，最好不要贸然行事。

这时候，作为一名从小考试考到大的学生，我几乎是出于本能地就换位思考，猜测起了“命题人”的出题思路。当时的墨者既然在山中岩洞建了这么一座建筑，并且暗中进入底下研究若木神树的遗迹，那这个机关的设计一定是为了最大可能地排除突然来袭的外人，让他们找不到。机关的精巧有时候不一定在于门锁的复杂程度，而很可能是在于找到门锁的难度。既然上一支队伍已经找到了门路进去，并且没有破坏任何地砖，很有可能机关并不在这里的地砖上。

我想了一想，便拉着老程、若汐和唐娅又出了石室，回到那块照壁前。

实际上我并无多少把握，只是抱着不妨一试的态度，想再看看那面照壁是不是有些什么古怪。而且从庚叔那里得到的照片背面，还有一句引用自《墨子》的话也让我多少有些在意：“天下之百姓皆上同于天子，而不上同于天，则灾犹未去也。”

这句话绝对有暗藏的玄机。之前我先入为主地以为这句话是照壁上那些蝌蚪文的注释，但现在看来，当年写下这些字的人一定是煞费苦心地留了一些线索在这张照片上。

按常理推断，如果重点是那间石室，为何不直接寄一张石屋的照片，而要用这么迂回曲折的方式？但如果结合当时的情况，这张照片是90年代初从美国寄到父亲当年工作的研究所里的，很可能采用了隐晦手法来传递某些只有事先约定好的双方才看得懂的信息。

而今想来，照片背面的第二行字写的地址是河洛古村而并非照片的拍摄地点，恐怕也是有意为之。而这句话写在前面，说明这句话跟这个照壁的关系更为密切。

实践证明，长期题海战术训练所培养出来的猜出题人思路能力，还真有派上用场的时候。刚才我们进来的时候没怎么留意到照壁的背面，此时带着“问题意识”，顷刻间就发现这个照壁绝不简单。

照壁背面，看似是一个熟悉无比的太极八卦图，但走近仔细一看，我就发现，有八卦浮雕的八块青砖是可以松动的，机关在这里。

“嘿，你小子有进步啊。”老程嘿嘿一笑，拍了拍我肩膀。

第八十七章 机关

找到机关石之后，接下来就是破解的问题了。

若汐看了看照壁，转过头用眼神询问了我："密码呢？"

我只好摇摇头，我也不知道啊，不过我一直有种模模糊糊的想法，密码或许就在照片背后的这句话里。

"天下之百姓皆上同于天子，而不上同于天，则灾犹未去也。"

但这句摘自《墨子》的话跟八卦有什么关系？

"这句话表达的会不会是'失意'的意思，那就是地火明夷卦，对应的就是'坤'位和'离'位？"若汐提出了一种设想，试了下却不对。几个人冥思苦想了半天，也没想到这句话暗示了什么卦辞。

"八卦其实也是一种图形化的数字，会不会这句话里隐藏了什么数字？"唐娅灵机一动。

我立刻想到了最直观的一点，字数。

按照断句，这句话的字数应该是11，6，6。但这第一个数字一下子就让我傻眼了。所谓九宫八卦，11这个数字可超纲了啊。

"会不会是两个1？"老程的猜测也有一定道理。

"那密码就是1，1，6，6，天一生水，地六成之，按照河图与八卦的对应关系就是'乾'位和'坎'位。"若汐立即换算出了结果。

我用力按压了"乾"位的青砖，青砖果然伴随着一阵隆隆声响凹了下去，没有复位，难道这个密码没有重复数字？我又压了"坎"位的青砖凹下去，却没有见到任何暗道开启。

密码不对。

胡乱试了几个数字组合，也都不对。

“两千年前的机关，密码想必应该不会太复杂吧，而且应该也不会有输错三次就被锁定的反人性设计才对。”老程摸了摸下巴，吐槽说，“话说回来，古人设的密码是多少位的？”

有时候，老程这种单刀直入的直肠子思路还真是能抓住重点。

我之前光顾着琢磨“密码是多少”，压根没想到在那之前应该优先考虑的问题是“密码是多少位”才对。如果从八卦的应用来看，最直观能想到的就是两个卦象组合所形成的六十四卦，汉代谶纬之学发达，机关的设计者很有可能也会受当时的风潮影响。

“把照片给我看看，你是不是把问题想得太复杂了？”老程接过了照片仔细看了看，不久就发现了一处蹊跷的地方，“这上面没断句啊。”

一言惊醒梦中人。

先秦时期的典籍通常是没有标点符号的，要根据上下文的语境断句。我先入为主地断了句，也没往一整句话有多少字这一点上想。也许，这句话的内容并不重要，合成一句话的字数才重要？

如果这句话跟密码有关，这才是最容易直观联想到的点。

我数了一下这句话的字数，共有二十三个字，又试着按河图数字找到对应的八卦方位。按照“二”和“三”，用力把“兑”位和“离”位两块青砖推了进去。

这次，青砖凹进去之后，出现了一阵持续的闷响。然后，一条暗道终于出现在了石室的一侧底座。终于猜中了。

“答对了！”唐娅高兴得像是中了彩票。

我正暗自得意的时候，若汐略一沉吟，问了一个让我顿时冷静下来的问题。

“对了，404研究所先前那支队伍又是怎么破解这个机关的呢？他们应该没有看到这张照片才对。”

我一时也想不到他们是怎么做到的，虽然这个机关看起来不太会有惩罚机制，但按照八卦的排列组合，最多可能得试上六十四次，这

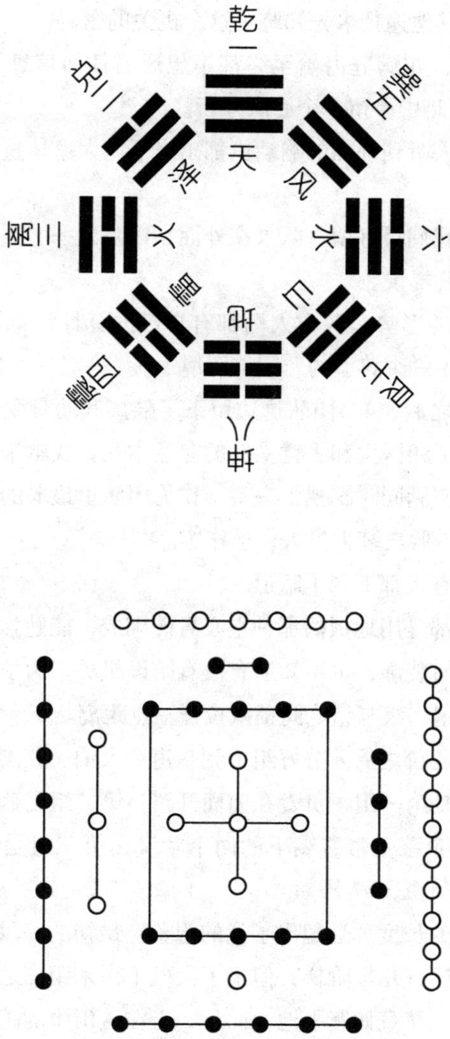

八卦图与河图的对应关系

还得是在预先知道密码只有两位的情况下。但眼前密道的入口和照壁上的机关都没有被破坏过的痕迹，看起来那支队伍目的很明确，甚至可能已经通过其他途径事先知晓了这个机关的密码。

这样看来，花满庭由始至终都不想透露任何信息给我们，对于404研究所也得暗中多留一个心眼才行。

这时其他人听到外面的响动也都出来了。大家休整了片刻之后就准备下暗道。

“这一次我们最好留一队人在外面，以防万一。”考虑到上一支队伍的情况，我提议。

然而此时的形势是各方人马都有自己的算计，谁都不肯轻易退让，反而构成了一个典型的“囚徒困境”。

权衡利弊之后，404团队这边留下了陆离和肋骨受伤的毛幂，布莱克这边留下了顾医生和手臂受伤的弗兰索瓦。我本来想劝若汐和唐娅留下，被她们俩同时鄙视了一番，作为团队里最弱的短板，我的确也不好意思厚着脸皮装大男人，遂作罢。

剩下的所有人都下到了暗道。

暗道四壁都是用地板的那种空心青砖砌成，能勉强让两个人并排通过，没有任何装饰，也不知道有没有暗设机关。为了以防万一，我们还是分了三组，组与组之间稍微拉开一点距离。

一番讨价还价之后才分好组下到暗道。大伯、花满庭、伊利斯、向蛮子四个人是第一组，负责在前面开路；第二组是燕昆仑加上唐娅和若汐，以及布莱克带着剩下的两个壮汉；第三组是我、老程加上404研究所剩下的三个人殿后。

这条暗道的长度远远超出了我的想象。最初的一段路似乎是斜着往下走，不时还有几步阶梯，但走了大概十来米距离之后，坡度开始变得十分平缓，简直如履平地。而且，走在这山中的暗道中，大概是地热集聚并且挡住了寒风的缘故，反而没有在冰窟的时候那么冷了。

我们小心翼翼地往前挪动了大概有100米的距离，没有发现任何异常情况。越是没有异常情况，就越是让人心里发毛，仿佛高悬在空中的那只靴子还未落下一般。

接下来我们以正常的步速又往前走了大概有500米，依然没有看到尽头。甚至也没有看到上一支队伍留下的痕迹，这是一件十分诡异的事情。

起初我还以为那个洞中石室就修在了若木神树入口附近，结果竟然完全不按常理出牌，挖出一条这么长的暗道。我自然便想到了岭南那栋山间别墅底下的暗道，手法很相似，但这么做的缘由是什么呢？

三组人的距离渐渐拉开了，我在殿后的位置。为了留心周围响动，避免触发机关，除了呼吸和脚步声外，这一路几乎都没有人说话。不知道什么时候开始，先头部队的响动突然消失了。第二组人此时也只看见落在后面的唐娅和若汐，两人的身影渐渐变得模糊，隐入了黑暗之中。

在这种狭窄、冰冷的暗道之中走着走着，我的神志开始有些恍惚，心理承受力也接近极限。

“靠，有些邪门啊。”老程这时忍不住说道，语气中透着紧张。

我的神经本来已经绷得很紧，这时候更是紧张到了极点。不知道是不是心理作用，停下来之后，似乎可以闻到空气中有一股淡淡的尸臭味。

“若汐、唐娅，你们先停一下。”老程停住脚步，警觉道：“前面可能有机关。”

“怎么了？什么机关？”若汐问。我和404所的三个人也跟了上来。

“最有可能的情况便是翻板之类。”老程叫停了她们俩后，小心翼翼地贴在地上伸手摸了一下地砖上的细沙，想了想说，“可能还有流沙陷阱……”

老程示意我们往回退，而后他像只壁虎般尽量缩紧身子贴着一侧墙壁，让404研究所的人解下一个安全头盔扔了过去。头盔落地时，中间部分的地面骤然旋转，果然是一块翻板。在这一眨眼工夫，可以看到底下是一个流沙池，两侧还有源源不断的细沙在往下渗漏。

不知道前面两队人马有没有踩着翻板触发机关。但我们刚才并没有听到任何声响，此时底下也没有呼救的声音。以前面两组人马的身手，总不可能会这么轻易就掉入陷阱，甚至没来得及发出一声警报。

老程听了一会，才趴在地上手脚并用向前爬行，小心经过那块翻板，确认安全之后向我打了个手势。我们几个人都依样画葫芦，学着老程的样子匍匐在地爬了过去。

爬过翻板之后，已是一身冷汗，正想松一口气时，突然传来机械运转的闷响。刚刚松弛下来的神经再度绷紧，紧接着我便觉察到脚底下突然一动。我暗叫不好，但这时候发出警报已经为时已晚，在我前方的唐娅惊呼一声之后便掉入到倾覆的翻板底下。我飞扑过去，也只来得及在翻板复位之前抓住她的手，跟着她一起掉到了下面的流沙池里。

没想到这竟然是个连环翻板的陷阱。

唐娅拼命蹬腿，却也还是被流沙迅速裹住。陷空的流沙产生了一股强烈的拉力，拽着唐娅直往下沉。越是挣扎，就陷得越快。

此时翻板已经合上，我的眼前一片漆黑，我一边大声叫喊老程过来救命，一边尽量让整个人摊开，趴在流沙池的表面死死抓住唐娅的手腕。流沙很快也漫到了我的身上，我像一只沙漏之中的蚂蚁，渐渐觉得力不从心。

第八十八章
墨守之地

短短十几秒钟，感觉却像是有一个世纪那么长。

翻板再次响动，光线透了进来。老程终于打开了翻板。

“坚持住！”老程踩着一边墙壁，拉着一根绳子下来，其他人则勉力撑着翻板，拉住绳子，留出逃生通道。

我俯下身去，够住唐娅的另一只手，使劲儿想要把她拉出来，却完全没有作用，流沙很快就漫到大腿。此时我们距离顶上的翻板足有四五米，就算老程拉着绳子下来也无济于事，一来绳子的承受力有限，二来勉强用力的话也会拉伤困在沙中的唐娅。试了几次，都没能阻止唐娅继续陷入流沙里。

情急之中，还是若汐想到了脱身的办法：“你们两个先别拽，唐娅你趴着不要动！趴到沙子上，尽可能分散重力！”

唐娅照着若汐的话深呼吸一口气后，尽量让自己的身体舒展开，趴在沙子上。流沙陷到腰部的时候，下沉的趋势开始减缓，终于维持住了一个脆弱的平衡点。

“现在你先试着慢慢挪动左脚，尽可能慢，把左脚抽出来。”若汐紧张地发号施令。我屏息凝视地看着唐娅花了不少时间，才把左脚抽出来，跪到了流沙之上。而后唐娅继续如法炮制，小心翼翼地把右边的脚也抽了出来，整个人趴在了流沙上。

我们两个的手一直紧紧握着，我能感觉到她紧张得微微发抖。做完这一切之后，唐娅已经是一副泪眼婆娑的样子，就快要哭出来了。

但这时她的另一只手偏偏摸到了一个什么东西，反应过来后神色一变，接着便啊的一声缩了回来。老程的手电筒扫到之后，才发现此时在沙子里还有一张完全陌生的面孔陷在了流沙里。看样子应该是上一批失去联络的人中的一个，已经死了好几天，只是这里比较寒冷，加之被沙子所淹埋，才没有彻底腐烂膨胀。

不知道这个人是窒息而死，还是被埋在沙里饥渴而死，想到后一种死法实在是不寒而栗。此时我们两个趴在不断往下渗漏的流沙上，身边不远处就是一具尸体，强烈的恐惧感让唐娅终于情绪崩溃，哇的一下哭出了声。

我这时候能做的也只有柔声安慰她，紧握住她的手鼓励她坚持下去。

“若汐，你取出背包里的另一条登山绳，绕过翻板的转轴后抛下来给我！”

真到了生死关头我反倒冷静了下来。这是与死神斗智斗勇的时候，必须冷静。

登山绳足够长，若汐取出绳子后按我说的弄了一个临时轮组，抛给了我。我把一头绑到了唐娅的腰上，另一头绑到自己腰上，然后仰面躺着在流沙上，一点点拉紧绳子把唐娅吊了上去。老程从旁辅助，大家七手八脚终于把唐娅救了上去。

这时老程也已经回到暗道，招呼了一声之后就开始拽着绳子往上提，利用这个空当，我用手电筒扫了下暗道底下这个流沙池的情况，果然前面还有几块连环翻板，至于流沙底下掩盖了多少枯骨就不得而知了。

重新回到暗道后我才长吁了一口气。想到刚才底下的死尸，几个人都不禁骇然，一阵后怕。

“这里的机关该不会是随机触发的吧？”若汐有些担心地问道。

“应该不会，这个通道必须留出活路才有可能让人进出，一定不是随机触发的。”老程想了想之后解释说。翻板并不是活动的，而是有一个固定的机关。刚才他费了些工夫才搞明白，这个机关的激发与踩踏的顺序有关。

“看来先前那一队人马从这里开始就遇到了麻烦，而且前面的机关肯定不止一处。”老程面色凝重地看了看依然深不见底的暗道。404研究所那三人都是二十出头的精壮小伙，此时也不由得面面相觑，虽然之前已经对情况的惨烈程度有心理准备，但身临其境看到同事遇难惨死的下场，仍然不免心惊胆战。简单聊了几句，我才知道了他们几个的名字绰号，络腮胡子的是大刘，戴了串佛珠的是刚子，肤色黝黑的是藏族人丹增。

接下来我们又花了双倍的时间，几乎是贴着地面爬行，才终于通过了连环翻板阵。

不久之后，就是上坡的阶梯，我们走到了一个拐角处。血腥味就越来越浓，我们几个的情绪也越来越不安。我们放缓了步伐走着，老程在前方领路。

显然在我们陷入流沙阵的时候，前方两组人马也遭遇了一些麻烦。

过了拐角就看到一大摊血迹，正在阶梯边缘往下渗，看起来这里的机关刚被激发过。阶梯上方，布莱克团队的一个人身上被弩箭射穿了好几处，致命的一箭洞穿了眉心，此时睁着空洞的眼神，望着来路和我们。

我们连忙跑到近前，才发现燕昆仑和布莱克倚靠着墙壁。布莱克的眼镜都碎了，满脸是血。燕昆仑虽然没有大碍，但右手胳膊上也有一个贯穿的箭伤，他自己撕开保暖内衣的衣袖包扎了一下，上面渗出的血迹仍然触目惊心。

前方不远处有一辆凸起的铁制战车，样子看起来有点像导弹车，只不过那些“导弹”乃是尖锐的铁质箭头。

“这看起来像是连弩车啊……”老程喃喃说道。连弩车本是一种置于城墙上的大型机械装置，可同时放出铁制大弩箭六十支，小弩箭无数，最为巧妙的是长为十尺的弩箭的箭尾用绳子系住，射出后辘轳迅速旋转，卷着绳索收回铁制弩箭。

另一个壮汉也是猝不及防，惨被弩箭贯穿，倒在了连弩车下，此时已经不再动弹。

“我们与第一组的人分散了，所以就在这里等你们。”布莱克见到我们来，勉强笑了笑。

我才发现他不只是头上受了伤，大腿上也被弩箭射到，一支箭还插在肉里。要继续走，就必须先处理掉那支箭。布莱克咬了咬牙，惨叫一声拔了出来。若汐心有不忍，连忙过来帮他简单包扎了一下。

刚才这里的一幕想必极为惨烈，两死两伤的代价，才破坏掉这个机关。

燕昆仑见到我们，没有说什么，收拾了一下，便默默起身走在了前头。

“你没事吧昆仑大哥……”唐娅关切问道。看得出来，他身上一定也伤得不轻。

燕昆仑闷声不语，只是缓缓说了一句：“跟上我。”

狭巷短兵相接，没有任何躲避退让的余地。

老程此时也神色一凛，迈步跟了上去。

现在的局面变成了我们两组并作一组，燕昆仑和老程在前面开路，若汐和唐娅搀扶着腿上有伤的布莱克居中，剩下我和404三人小队殿后。

越往前走，血腥味夹杂着尸臭味也越来越重，这一段暗道横七竖八地躺了四五具尸体，皆是被乱箭射死，应该都是那支失踪队伍中的人。这种箭似是专为此处机关所设计，箭杆很短，箭头三棱。燕昆仑看了看尸体的状况，示意我们不要轻举妄动，小心身后，便抽出木剑在手贴着墙壁侧身往前，领着我们小心翼翼地通过尸体所在的那段暗道。

刚以为脱离了陷阱，却突然听到了“嗒”的一声。燕昆仑反应极快，飞身滚了过去，大喊“卧倒”。在我们就地卧倒的一刹那，一簇乱箭从背后飞来。箭雨交织，血肉横飞，登时射倒了404团队殿后的两个人，大刘和刚子。

前方暗处，一座铁制的机械塔沿着滑轨移动过来，一边移动一边旋转，射出那种尸体上发现的短箭。燕昆仑此时已经近到跟前，将手中的木剑插入了机械塔的一处薄弱处，破坏了其中的机簧。

“玄羽，你觉不觉得，这些机关似乎都在哪里见过？”老程问。我一下子也没想起来。

“你看，先是连弩车，这是改造后的转射机……”老程指了指眼前的机械塔。

“从刚才我就在想，看到这个就更确定了，这些都是《墨子》里面提到的机关。”老程胸有成竹地说道。

转射机也是一种置于城墙上的大型发射机，机长六尺。与连弩车不同的是，转射机更为灵活，能够在射箭的同时旋转机座，简直就是冷兵器时代的机关炮。

经老程这一提我才注意到这一点，细看之下好像还真是如此。看来这里果然是墨者的秘密基地，连守城的军事器械都用上了。但“墨守之地”是不是就是父亲所提到的“墨阵”呢？

再往前走，竟然听到暗道中隆隆作响，接着便骇然发现一部包裹着铁衣的藉车燃烧着冲了过来，在我们眼前喷射而出一条条火舌。这一次老程冲在了燕昆仑前面，用剩下的最后一瓶水淋湿外套裹住双手，挡在藉车前拼命将其刹住，给燕昆仑争取到了砍断藉车的时间，但老程也付出了惨重代价，双手粘了藉车上燃烧的石脂严重烫伤。

暗道中的通风不畅，我们冒着滚滚浓烟和熊熊烈火快速向前奔跑，被呛得眼泪直流，不断咳嗽。布莱克腿上有伤，行走缓慢。我不忍他葬身在这儿，不由分说把他背上。通过藉车火阵后，后面还有若干个陷阱，所有人都已经伤痕累累，筋疲力尽，而这漫长的暗道竟然还没有走到头。若不是前面有人开路，我恐怕已经死了好几回了。但此时我的意志也已经到了极限，眼前的影像开始变得重影模糊，不知道是高原反应还是体力透支所致。我心下暗叫不好，若是前面还有机关的话，估计就撑不住了。

第八十九章
衔尾蛇

我们又往前走了一段很长的路，依然没有走到尽头。

下到暗道里之后，一路上伤亡惨重不断减员，此时只剩下我、老程、若汐、唐娅、燕昆仑、布莱克和404研究所的丹增，却连若木神树的影子都没有找到。

另外一件我很在意的事情是，第一组人究竟去了哪里？

从刚才到现在我们都没有看到分岔路。若是大伯他们遭遇了机关陷阱，必定会留下警告才是。这样在没有任何冲突的情况下悄无声息地消失，实在匪夷所思。

再深一步想，之前的那支队伍会不会也是遇到了同样的情况？难不成这才是404研究所找上我们的真正原因？

“停一下玄羽，我觉得不太对劲。”唐娅放缓了脚步，停了下来。

“从刚才到现在我们起码走了一个小时，就算保守估计也有将近3公里的路了。我们一定是遇上了什么事……”唐娅忧心忡忡地说，“这会不会就是俗称的‘鬼打墙’？”

自从经历了海底的事情之后，对我而言鬼神之说似乎也不是那么难以接受了。

不过所谓的“鬼打墙”是在原地转圈，但我们却没有再遇到“连弩车”、“转射机”或是“藉车”这样的机关和死在暗道里的人，也没有碰到沿途所做的标记。虽然这暗道里的确很容易分不清东西南北，但在一条狭窄的空间里沿着一个方向走，不太可能会失去方向。

“会不会是这个暗道本身就做了手脚？”布莱克想了想之后说，持续的失血让他的语气虚弱了很多。这是一种相对比较容易接受的思路。暗道中能见度很差，的确是有可能利用人的视觉误差设计一条环形道路，看起来是在笔直往前走，但却一点点发生偏移，而且中间我们还拐了几个弯，搞不好只是在石室底下跑了一个圈又折返回到原地。

“说不定‘鬼打墙’只是障眼法，刚才经过的机关阵才是出口。”老程这时候也有些焦躁。这自然也不失为一种可能，只是想到要回到那个尸体横陈血肉模糊的地方我就打心眼儿里抗拒。再说那些致命的机关也让我心存顾虑，不知道还会不会被再次启动。

但在继续下一步的行动之前，我必须先搞清楚一件事情。

“布莱克，昆仑大哥，你们刚才是怎么和大伯他们走散的？”第一组人的失踪，或许是一个突破点。

布莱克简单说了个大概。三组人马拉开距离之后，大伯他们因为要探路便走得快一些。在走到那处机关阵的时候，第一组人过去时并未触发机关，但随后不久燕昆仑和布莱克却发现前方的光亮突然之间消失了。等到燕昆仑追上去已经不见了四个人的踪影，似乎他们骤然之间就从眼前凭空消失了一般。与此同时，暗道里的机关则被发动，瞬间箭矢如雨，那两个美国大兵所站的位置比较靠近骤然出现的连弩车，登时被弩箭射中身亡。

“你是说，他们突然消失了？”

燕昆仑点了点头。我在想，会不会是大伯他们无意中进入到了那个真正的出口之后，相应的机关随之启动，而我们剩下还未进入的人则被视为敌人关在了这个暗道里，反而越走越远。

但潜意识里我总觉得事情没有那么简单。

“再往前走一段看看吧，现在折返的话一样还是要再走一个小时回去，而且还得再次经过机关阵……”我想了想，说服大家继续往前走。

这个时候也只能再咬咬牙一条路走到黑了。

在我就要崩溃的时候，前方终于有一些微弱的光亮透了下来，隐隐约约似乎还能听到声响。

路的尽头同样是一道阶梯。似乎还有说话的声音传来，不知道是不是大伯他们已经先一步找到了出口。众人顿时精神一振，三步并作两步走了过去。

但走上阶梯后，我顿时愣住了。毛幂和顾沐蓝医生她们四个人，正在外面大眼瞪小眼地看着我们。我们又回到了那间山中石室。

“怎么可能……”老程也对眼前的诡异景象惊骇不已。

唐娅下意识地捂住自己的嘴，差点没叫出声来。就连一向冷静自若的若汐都显出恐慌的神色。

入口变成了出口。我们像莫比乌斯环上的蚂蚁，走了一大圈之后才发现又回到了原地。

“搞了半天，竟然白跑了一圈……”我叹了一口气。一时间，众人都沉默不语。

“会不会是有什么偷梁换柱的机关？”若汐问。

“但刚才下了阶梯后我们一直往一个方向走，如果只是绕了个圈，怎么可能会从同一个楼梯上来？”老程立刻想到了一个疑点。

“只要机关足够巧妙，是可以做到神不知鬼不觉变换楼梯方向的，或者在我们下了斜坡之后那段才有暗门控制切换路线。”我提出了一种设想，反驳说。

要验证这一点，就必须再下去暗道走一趟。

然而现在唯一能做的只有在石室原地休整，补充食物和水分，并且希望大伯他们发现异常之后会返回寻找我们。

方才一直在走动，加之神经高度紧张，所以并不觉得冷。此时缓了下来后寒意终于袭来，手脚冷得像冰棍儿一样。为了避免冻僵，我只好不停地用手搓腿搓脚。分配到的一份干粮和水也根本带不来多少热量。

足足等了将近有一个小时也没有等到人。看来，大伯他们也遇到了麻烦。

虽然心里一百个不愿意，我还是勉强自己起身，决心再一次走下暗道。

我本来想着把布莱克留在石室，由顾医生负责照顾他。但布莱克执意再下去，顾医生也拗不过他，给他打了强心针和止痛针，又重新包扎了腿上的伤口。404团队伤亡惨重，毛幂这时无论如何也要同往。这时候我才发现，我根本没有能调动两方人员的说服力，只有顾医生和陆离留了下来。没想到这却是一个在之后让我后悔不已的决定。

不久以后我们再次回到了启动机关的那段暗道。这一次为了求证是否在出入口存在转换机关，我们再次分成了三组，留了一组人在出入口附近原地等候，剩下的人分两组，其中一组走到机关阵后中途折返，另外一组则直走到底。我抽签抽到了直走到底组。

依然运转良好的连环翻板和流沙阵，被破坏的机关阵，开始腐臭的尸体，尚有余温的尸体，一切都保持着原状。方才我们只顾着逃命，此时返回后，那个404研究所的藏族小伙子丹增忍不住站在了同事的尸体旁念念有词，不知道是不是在超度亡灵。

艰难跋涉一个小时之后，我们在强烈的惊骇中遇到了原地等候组和中途折返组，没有任何机关被触发，阶梯也一直维持原状。难不成是我们在暗道里的时候，里面的空间发生了转移？

先前在海底洞穴的时候所经历的事情虽然匪夷所思，毕竟没有直接作用于自己的身上，但这一次却是真正意义上身临其境被困在了一个荒谬的超自然现象中，这种感觉实在难以言喻。

“入口即出口。就像一条衔尾蛇。”布莱克发出了一声苦笑。

“等一下，教授，您刚刚说了什么？”若汐突然一怔，像是想到了什么，连忙问道。

布莱克顿时显出恍然大悟的神色，似乎已经明白若汐的意思。

关于衔尾蛇最早的描述来自图坦卡蒙法老墓穴中的《冥界书》，距今约有3500年。两条衔尾蛇围绕着一位高级神祇的上半身，图形整体被认为代表是时间的开始和终止。在一些更早的叙述中，衔尾蛇被认为代表着“日轮”的运行。

令人惊奇的是，从古埃及至腓尼基，从古希腊哲学到北欧神话，甚至印度传说、阿兹特克文化、华夏文明都出现过这个表示无限循环的形象，一条自啮其身的蛇或者龙。在古埃及，衔尾蛇代表的是太阳圆盘，以及太阳东升西落的循环旅程，意义为“再生”及“永恒”。柏拉图也曾将其称为一头处于自我吞食状态的宇宙始祖生物，它是不死之身，并拥有完美的生物结构。虽然柏拉图提到的宇宙圆球概念只是形容一种星体的最外层气圈结构，而非蛇形的传说生物。在华夏文明的红山文化遗址中也曾发现一具尸体胸前挂着一个“蜷曲的龙”形状的玉器。

某些场合中，衔尾蛇还会被描绘成一半光一半暗，象征所有事物的两极观念，这两股对立的力量，虽然两不相容，但并非处于对抗的立场，就像阴阳太极鱼一样。

“更为有意思的一点是，衔尾蛇代表了‘自我参照’和‘无限循环’。”若汐继续说，意有所指。

“这就与三足乌对应上了，不死鸟传说中自焚和重生的过程，正是无限循环概念的一种表现。”唐娅兴奋地说道。

“我想我大概明白是怎么一回事了。如果这个地方是那个上古文明的遗迹，那衔尾蛇和若木神树也是有对应关系的，这条暗道其实就是若木在底下的树根，只是被巧妙地隐藏在了青砖之中。”若汐说出这个结论后，布莱克也缓缓点头赞许。

空间的切换，构成了一个时间循环的隐喻。我突然想到，这会不会与我们要寻找的时间晶体有关？真正的墨阵会不会就是这条循环往复的通道？

第九十章
圜丘

再一次回到了机关阵附近。

老程带着丹增，从背囊里取出工具后乒乒乓乓地开始砸掉墙上的青砖。青砖都是中空的，并不难砸碎，不久之后，我们就发现了掩埋在青砖背后的巨大青铜铸件——若木神树的树根。

“世界上到目前为止所发现的最大青铜器‘后母戊方鼎’也才一米多高，没想到这里居然有这么庞大的青铜铸件。”若汐感叹道。这个世界上的未知之事，实在太多。

“建造这棵若木神树的人，与建造太平洋海底那棵扶桑神树的人是同一个文明吗？”唐娅好奇问道。

“我想应该是的。很可能是大洪水之后，他们往高山上迁移了。”若汐回答说。

“但这个文明与那个制造了上古神器的太初文明又是什么关系呢？”唐娅继续追问。这段日子里跟着我们邂逅这么多稀奇古怪的事后，唐娅也陷入了对上古文明的追问中不可自拔。

“目前还不清楚，不过现在看来，那个在12000年前被大洪水毁灭的文明好像也发现了‘太初’文明的遗物，或许还曾加以研究，所以才会把时间晶体放到了若木神树之中。”

“然后一直到了汉代，隐入历史深处的墨者们发现了被掩埋在山中的若木神树遗迹，为了掩人耳目，便在当时还未被冻住的大瀑布里修筑了石室和暗道，暗中对保存在若木神树里的时间晶体进行研究。”布莱克接着补充说。

这就能解释得通为何会有这样的嵌套结构存在了。

虽然我们找到了若木神树的根，却依然不得其门而入。如果说若木神树就是父亲所说的“墨阵”，那么时间晶体应该就是藏在若木神树的核心区域。若木神树是与扶桑神树相应而生的，如果我没猜错的话，倒生在地下的树根也应该是十根，而树根汇聚的躯干，就是时间晶体所在的核心区域。

而且大伯他们既然没有原路返回，说明他们应该已经进入到了若木神树的躯干内部，此时应该是被困在里面出不来了，必须抓紧时间才行。

再次回到第一组人消失的那一段暗道，我仔仔细细地检查了一番后，终于发现蹊跷之处。这一处的天花板上是有纹饰的，虽然只是一些浅淡的刻痕，不仔细看的话便看不出来，但那些纹饰看起来就像是八卦的阴阳卦象。

“这个是……河图？”老程端详了一番那些圈点之后问。

“……不太像，你看，中间的一格是空的。”唐娅指出了一个疑点，“而且，九宫的排列也是乱的。”

“看起来，这应该是一个纵横图。”若汐看了看那些线条的分布排列之后说。

纵横图又被叫作“幻方”，是将从一开始的若干个自然数排成正方形，使同一行、同一列和同一对角线上的几个数加起来都相等的一种数字矩阵。古人认为，这种数字矩阵蕴藏着无穷奥秘。

“年轻人，这时候要靠你的帮助了。”布莱克强打精神，咳嗽了一阵之后才说。

“我？需要怎么做？”我问。

“伸手按到那些有符号的青砖上。”布莱克吩咐。

暗道的高度只有两米，伸手就能够到，我试了一下却似乎并未有什么效果。

“现在，所有人把手电筒关掉。”布莱克继续发号施令。

一道幽幽的青光顿时出现在了眼前。每一块青砖上都浮现出了一个泛着幽光的卦象。

“果然……这是一个古老的游戏。现在只要按照九宫图数字复位就行了。”黑暗中，布莱克说。

若汐简单解释了一下九宫和八卦的数字排列法有什么不同。从数学的角度来看，洛书其实就是最为基础的三阶幻方，又被称为九宫图，正好对应着从1到9的9个数字，并且无论是纵向、横向、斜向，3个数字相加都等于15。眼前出现的卦象矩阵就像是一个3×3的方格盘，上面是1~8八个数字，剩下中间的一格留空。空格周围的数字可以被移动到空格上。我就像是在操作一个虚拟真实的设备一般，将那些格子里的数字放到与九宫图对应的位置：二、四为肩，六、八为足，左三右七，戴九履一，五居中央。

这时我才真正理解了当年父母亲教给我背下的口诀，其实就是这个九宫图复位的次序。

当我操作完毕之后，那些青色幽光闪了一下之后便骤然消失了。

我在纯粹的黑暗中睁大眼睛等了一会，也没有任何动静。

拧了拧手电筒，没有亮，我连忙叫唤其他人，大家也都发现手电筒似乎一下子都坏了。若汐还剩几根荧光棒，拧亮了一根之后我才发现，我们已经不在那个暗道里。

此时所有人正置身于一个奇怪的建筑物上。这是一个石砌的圆环形建筑，看起来像是一个祭坛。祭坛有两层围墙，靠内侧的第一层围墙为方形，靠外侧的第二层围墙为圆形，大概是象征着天圆地方的意思。我抬头看了下头顶，竟然是厚重的冰壁，此时我们就像是被冻在了一个巨大的半球之中一样。

“这该不会是……圜丘吧？”老程难以置信地看着眼前的这个无论如何不会出现在这里的建筑说道。

“看起来的确像是祭天的圜丘台……”若汐也点点头，深以为然。

“但圜丘不是应该在北京么，而且那也是直到明代才修建的啊，这里的圜丘该不会是山寨的吧？”老程纳闷道。

若汐被老程这个说法逗笑了：“其实谁山寨谁还真不好说呢。其实圜丘本来就是古人祭祀天地的祭坛。后汉时期在洛阳城南就建有圜丘台，分上下两层，上层为天地之位，下层分设五帝之位，坛外还设有天圆地方的双重围墙。从这里的设计样式来看，很有可能和那间石室是同一时期的汉代建筑。”

圜丘台的中心同样有一块圆环形的青玉石璧，璧上雕刻有一条巨大的衔尾蛇，围拢着中心的一块黑色石头，看起来就像是一个超大号的和氏璧一般，黑色石头上的纹饰是展翅的三足乌。

“终于找到了，这块天心石难道就是……”布莱克两眼放光地趴在圜丘台的中心，盯着中心的那块被他称为“天心石”的黑色圆形石板，神情激动。

位于圜丘中心的一块圆形石板称为天心石，站在圜丘坛的中心叫一声，你会听到从地层深处传来的明亮而深沉的回响，这声音仿佛来自地心，又似乎来自天空，所以人们为它取了“天心石”这么一个充满神秘色彩的名字。

“而且这块黑色的石头，显然也是一种陨石，你觉不觉得跟咱们在勿里洞岛上看到的那块石头很像？”老程说。古代人见陨石从天而降，便称呼为天石。这块陨石经过了加工雕刻，被用在了圜丘上作为建筑材料，不知道有何用意。

“原来，这才是真正的天心石……”唐娅感叹道。

难道这就是传说之中的“时间晶体”了吗？关于时间晶体的奥秘我的所知依然甚为有限。

时间晶体在墨阵之中，父亲留给我的密码文字中这么说。但所谓的时间晶体到底是什么，墨阵又是什么，却需要我自己去搞懂。

无论是404研究所也好，布莱克也好，对那个上古文明都讳莫如深，有意隐瞒了许多信息。

花满庭说过，时间晶体是那个创造了上古神器、被称为“太初”的超级文明所留下的遗物中最有分量的部分，甚至能够实现“核威慑”的战略再平衡，却没有告诉我这件上古遗物有什么作用，何以拥有如此强大的力量。

直到我亲身经历了空间循环这回事之后，我才开始意识到，“时间晶体”这个说法是不是意味着这件上古遗物的作用与时间有关？甚至有可能，这个神秘的空间是否也是时间晶体所造成的某种空间折叠现象，就像方才那条周而复始的暗道一样？

而毛幂透露过，时间晶体的能量态极不稳定，稍有不慎的话就会爆炸。

我心中开始有了一个模模糊糊的概念，如果我的猜想没错，谁要是真的掌握了一件能左右时间和空间的“武器”，那的确是会对这个世界的秩序平衡造成巨大影响。

但我应该如何去求证这一个猜想呢？

没等我转过头开口，我就骤然意识到，眼前有更为迫在眉睫的威胁。

布莱克也好，404研究所也好，此时已经开始摩拳擦掌，剑拔弩张，背后的这一支队伍很快就将分崩离析，一场恶战看来已经在所难免。

目前我这边有老程、若汐、唐娅，轻伤在身的燕昆仑，404研究所则只剩下肋骨受伤的毛幂以及丹增两个，布莱克团队此时则剩下大腿受伤的布莱克和手臂受伤的弗兰索瓦。虽然我们在人数和人员状态上占优，但真打起来，我们却很可能会陷入被两边夹攻的境地。

但局势的发展，根本来不及让我从长计议。

第九十一章
太初

就在局面即将失控的时候，突然有一阵细微的响动在这静谧的空间中传来。

我这时才意识到，方才我们只顾观察圜丘台，没留意到围墙背后的暗处。

“谁在那里?”老程大声问。没有回应。

老程持刀在手，翻身越过围墙，随即一怔，而后举起手向我们示意。围墙根下有两个模模糊糊的人影，此时举着枪，用枪托打了老程一下，押着他走了过来。我一下子反应过来，那两个人想来应该是十天前进入到这里的上一批404研究所的人员。此时两个人都已经是形容枯槁，眼神呆滞，不知该说这时候出现在我们面前的是人还是鬼。

局势瞬间出现了转变，404研究所的两个人乘机先发制人，对我发动了突然袭击。

我奋起还击，结结实实揍了丹增一拳，不想却被反手一个十字锁卡住咽喉，拿我当人质。另一边，毛幂也已经拔枪正对着布莱克。

“时间晶体在哪里？”丹增的手枪也顶着我的脑袋。

“杀了我你自己找啊！”我窝了一肚子火正无处发泄，自然不打算就这么缴械投降。

“你犯了个愚蠢的错误。”布莱克对毛幂冷笑道，“你错过了和我合作的机会。”

毛幂刚想扣动扳机，冷不防就被弗兰索瓦飞踢一脚正中伤口，惨叫一声仆倒在地，手枪顿时飞了出去。燕昆仑也已经飞身一脚踹倒丹增，将他控制住，缴了械。与此同时，老程暴起还击，扯过那两把步枪，和唐娅打了个配合，各自撂倒了一个已经是强弩之末的404研究所人员。

接下来轮到布莱克捡起了毛幂掉在地上的手枪对准了我。

就在这千钧一发之际，在我侧后方突然传来了大伯的声音："住手！"

第一组失踪的四个人，此时终于出现在了我们面前。

"你们在搞么子咯？（你们在干什么？）"向蛮子脸上依然挂着微笑，手已经按到了腰上。

而花满庭此时也停下了脚步。

每个人都在迅速判断着这复杂的局面里，天平下一步将会倒向哪一边。骤然之间，沉默充斥周遭，静谧如同时间凝滞。

我知道这一刻，脆弱的平衡一旦被打破，势必将性命相拼，诸多死伤。在这大雪山里牺牲掉的生命已经不少，这是我必须站出来的时刻，无论是否有足够的勇气和实力，这都是我必须站出来的时刻。

"停一下！"我大声吼道。在这圜丘台上回音交叠，如有神助，让我平添了一股气势。众人一时之间都愣了一下，看向了我。

"听我说，我们都出不去了，先别急着火并。"我的机会不多，必须抓住能说服所有人的一点——大家共同的利益，才是合作的前提。

"玄羽说得对，我们在这已经转了差不多一天了，没有任何方式出去。"大伯站在了我身后，有一丝苦涩的神色。

四个人都训练有素、经验丰富，连他们都找不到出路，可见这个地方已不可以用常理解释。大概跟我们进来时一样，必须经由某些特殊的力量才能逃出生天。

"这不是你死我活的时候，除非找到出去的方法，否则所有的人都会死在这里。"我继续说。

"我想我的同事们已经示范了我们接下来会变成的样子。"花满庭叹了口气，决定摊牌，指了指我们的身后。

“这里没有食物和水。”伊利斯补充说。

“边界之外是什么？”布莱克问。

“……没有边界。走出去，就会走回来。”大伯摇摇头，叹了口气说。

一下子大家都不明白这个古怪的说法是什么意思。

向蛮子拿他的手电筒做了示范，像扔手榴弹一般，猛地朝最近的一处围墙扔了过去。手电筒打着转翻过围墙，隐入了空无，而后竟然从对角线方向的空无中穿了出来。

果然我猜得没错。这里和那条暗道是一样的，都是被扭曲的空间。

我叹了一口气：“眼下，至少活下去比其他事情都重要对吧，集合我们现有的情报，搞清楚这个地方和时间晶体到底是怎么回事，或许还有机会活着出去。”

说完这一番话，众人都沉默不语，算是认可了我的说法。

看来我猜对了，这一次即便是布莱克，也没有把握能逃脱这个地方。

“布莱克，所谓的时间晶体到底是什么？”我乘机追问。

“关于时间晶体，我的认识也极为有限。”布莱克苦笑着叹了口气，缓缓说道，“我倒是很希望能告诉你，时间晶体到底是什么……”

“你知道的肯定比我多。”我微微一笑，“但现在如果我没猜错的话，你还得依靠我把这块石头取出来对吧，所以……既然我们还是合作关系，我们来做个情报交换吧。老实说，我已经破解了父亲笔记里留下的最后一页密码文字，那句话……告诉了我时间晶体在哪里。”

这是我铤而走险的一招，我必须从布莱克和花满庭这边得到足够的信息。而相应地，我也必须提供一些对他们有吸引力的诱饵。布莱克在刹那间流露出了一丝犹豫，这就够了。

“这样吧，我、布莱克、花满庭三个人作为代表，每个人都必须说出一些其他两人确认过不知道的情报作为交换，而我的情报就是父亲的那句话，会留在最后说。不知两位意下如何？”我抛出了一个解决方案。

“反正你们也不会有什么损失，而且能同时获得其他两个途径的情报。”老程也明白了我的意图，游说道。

“我没意见，我是和平主义者，能不打尽量不打。”布莱克微微一笑，点了点头。

“我领导没来，那我也就没必要请示汇报了。既然是非常情况，就先这么定吧。”花满庭也表示同意。

布莱克看了看花满庭，就抛出了一个足够震撼到我的情报。

从布莱克口中，我才知道，在海底见到的扶桑神树遗迹，属于已经灭绝的第四纪文明，这个文明在繁荣期包括了环太平洋、环地中海以及亚特兰蒂斯三大文明圈。但在大约13000年前，一颗从火星而来的小行星撞击了南极大陆，引发的连锁效应引起了气候和地理环境剧变，导致在当时已经发展到封建水平的第四纪文明被大洪水所毁灭。12000年前，第四纪文明残存的后裔在人口暴减、文明倒退的同时不断向内陆山脉地区迁徙。7000年前，大洪水退去之后，幸存者开启新的文明纪元，重走文明螺旋。第四纪文明的一个残存分支从喜马拉雅山下来，在长江流域上游建立了古蜀文明。与此同时，古巴比伦、古埃及等环地中海文明幸存者也先后发展起来，形成了现在的第五纪人类文明。

“你说的这些我们都知道，不作数。”花满庭保持着他标志性的微笑，有意挑刺。布莱克此时倒是忍住了怒气没有发作，想了一想，又补充了一点共济会的起源内幕。

第五纪文明开始萌发后，少数知道其他上古文明的存在、掌握人类历史真相的精英形成了一个保存上古历史、文化和科技，担负领导人类未来走向的组织。公元前4000年，最初接触到太初文明的一部分人怀着对人类文明终极命运的深深忧虑，把关于时间晶体的奥秘刻在了两根石柱之上，其中一根被称为“亚伯”，另一根称为“拉特拉斯”。

在那之后，一个名为赫尔墨斯的人发现了其中一根石柱，并将其中的一小部分知识保留了下来。洪水消退之后，人类并没有忘记对神之领域的探索，但大多数人类仍旧十分愚昧，只有少数人根据这些知识知晓了人只不过是神的“不完善的复制品”，他们聚在一起，形成了自由石匠工会，也就是共济会的前身。

布莱克成为了美国共济会的总导师之后终于得到了研究那根石柱的机会，而后才领悟到了时间晶体的真正可怕之处——实际上，时间晶体可以看作是太初文明的一种高维度信息存储装置。在时间晶体之中储存了古往今来人类的一切历史。共济会所谓的“全视之眼”，指的就是时间晶体。

“现在到你了。但愿你所说的足够有趣。”布莱克意味深长地看着花满庭。

花满庭想了想，随后说出了一句话。

“多年以前，404研究所的一位研究员在对河图的研究中发现了时间晶体的存在，并暗中加以研究。而后他破解了某种触发机制，可以实现人类与时间晶体的频率同步。”

“慢着……这么说，你们已经得到了一块时间晶体？”布莱克一脸骇然地问道。

第九十二章
全视之眼

“我只能说……某种程度上来说，你可以这么认为。”花满庭故意卖个关子，没有把话说死。

而后，花满庭继续说下去。

当时的研究成果发现，人类与时间晶体的频率同步情况必须达到一个量级才可以解读储存于晶体中的信息。而如果同步失控，就会导致时间晶体在三维世界坍缩，引发大爆炸。

从花满庭和布莱克两个人所透露出来的情报之中，我终于得以管窥时间晶体的本来面目。

随后，我把父亲留下的那句话说了出来。在布莱克的追问下，我一并解释清楚了如何破解蝌蚪文字，如何在二十年前埋下了时间胶囊，并且在父母要求下背诵那段暗藏密码的口诀。

父亲这么煞费苦心地隐藏这个信息，想必一定是极为重要。只是此刻我迫于无奈，也只好以秘密换秘密。虽然心中愧疚，但在那样的情形之下我其实没有太多选择的余地。

“如果你刚才所说的话是真的，那么这里很可能就是陈博士当年找到时间晶体的地方，那说明当年他一定找到了出去的方法。”布莱克对花满庭说。

“而且还可以证明一点，当年陈博士没有带走时间晶体。否则我们现在就是白来一趟了。”花满庭也点头称是。

天心石、三足乌、墨阵、墨矩是一把钥匙。

“昆仑大哥，你曾经对我说过，墨矩是一把钥匙，对吧？”我向燕昆仑说，他的眼眸之中闪过了一丝怅然，默默点了点头。

“我想，我大概知道墨矩打开的是什么了……”我犹豫了一下，还是说出了这两个字，“墨阵。只可惜，墨矩已经不在我手里，所以我们现在被困在这里了。”

这时候，我终于想明白了一点：我们现在所在的这个封闭空间，就是父亲所说的“墨阵”。找到了时间晶体，或许也就找到了出去的方法。

脑海中飞速掠过的种种线索，此时汇聚在了一处，答案呼之欲出。但其实我也只是内心中有一种隐隐约约的直觉，打开墨阵的关键应该就是天心石。

布莱克和花满庭的表情都有了一些细微的变化。我决心再赌一次命。

“而且如花满庭所说，我是至今为止唯一一个接触过两件上古神器却还活着的人。我想，大概我也是最有可能与时间晶体实现频率同步的人。既然时间晶体的一个属性是可以切换时空，现在赌一把试试和时间晶体实现同步，或许还有机会从这里出去。”

幸与不幸，这都是我的宿命。这个时候，我其实也别无选择。

“玄羽……”这时候，大伯走了过来握了握拳头，还是无力地松开，习惯性地扶着我的肩膀，却不知道说什么好。

“没事大伯，这事既然只有我能做，就我来吧。”大伯嗯了一声，手伸进了袋子找烟，却没找着，他的烟早在外面掉了。

“伢子，别勉强，你的命在你自己手里……”向蛮子这时候也拍了拍我肩膀，低头默然。

“知道了，蛮爷。放心，我命大。”真正死到临头的时候，我发现我反而很淡定，不知道该说自己求生欲太弱，还是该说自己真的看透了生死。

燕昆仑没有说什么，站定之后只是看着我，右手抱拳，左手伸掌，合拢在胸前行了一个“揖礼”。我一愣，这是要切磋武功的意思吗？

“这是一种起源于两千多年以前的古老仪轨。”唐娅说，这表示武者止戈的意思。

唐娅扑到了我怀里，柔声说了一句：“你小子一定要挺住，姐姐我很喜欢你啊……”

当着这么多人面，我一时不知该如何是好。

“玄羽哥……”若汐难过地低着头，眼泪已经在眼眶中打转，“一直没机会叫你一声，小时候的事，我还记得……”

“老程是我哥们，我要有个万一，他就是你哥了……”我说这句话的时候，莫名有种悲壮感。

“好啦，大家也别搞得像给你开追悼会一样啊。毕竟你要是爆炸了，大家不也都一起陪葬了嘛，哈哈……”老程勉强说了一个冷笑话，他自己都不笑。

我们两个习惯性地击拳，千言万语，此时也是无声胜有声。

身边有这么多关心我的人，就算只是活了二十三年，也值了。这时候我唯一的念头，是我要救大家，带着所有人出去。如果实在做不到，对我而言也不过是提早一些去和父母相见而已。

我硬着头皮，将两只手伸到了那块刻着三足乌的天心石上。

但我根本没有想到，这一次当我按到那块天心石时，出现的情况却与海底时完全不同。

我莫名其妙地看着自己的手乃至全身渐渐变得透明，直至消失。

在“我”整个人消失的同时，我“看到”了历史。

信息的洪流汹涌而来，那些飘浮的微小光点在空中飞舞，如同满天的萤火虫。

每一个光点，都记录了某一个时空中所发生的事情，那并不是简单的文字或图像记录，而就是历史本身。那也不只是那些历史舞台上的大人物，而是每一个场景下的一草一木，一兵一卒都纤毫毕现。

甚至很难形容这一切是否真的呈现在了眼前。因为所有的事件都骤然呈现在了我的意识之中。而且每一个细微的光点都可以链接到更多的光点，所有的历史彼此勾连，如同一张多维的网络，我置身其中，仿佛也化身为其中微茫的一点。

所有的光点围绕那个虚空的黑洞旋转，渐渐汇聚收敛。那是星云，那是银河，那是宇宙之中无穷无尽的奥秘，那就是时间和空间本身。

这就是时间晶体真正的奥秘吗？

时间在我面前不再是连续和流动的河流，而是被分割成了无数并不连续的光点，每一个光点实际上都是一个极短的时间切片。自由游走其中，每个切片在静止的“时间零”之中展开，分割出了更多的维度，过去与未来的纵轴分蘖出了许多的可能性路径，如同一棵渐渐成长的光之树。而此时的我进入到了那光之洪流中间的黑洞。心念一动，顿时化身为一只黑暗的鸟，追溯着那棵贯穿时空的巨大光树，寻觅栖息的枝头。

一切的一切，历历在目。

我再度回到了二十年前，祖屋祠堂前的那个夜晚。我看到了父亲、母亲，和三岁时的我。记忆在此重叠。我看到了自己，我也透过那时候的自己看到过去的一切。

但这一次却并非如梦境般模糊，而是真正意义上的身临其境，我如同一个穿越了时空的游魂，看着眼前的一切。

父亲蹲下来，抱着三岁的我。

“玄羽啊，答应爸爸，爸爸不在的时候，你要好好照顾妈妈，可以吗？”父亲流着泪说。

“嗯，拉钩。”三岁的我伸出了小手。

“拉钩，这是男子汉之间的约定。”父亲握住了我的手，拉钩。我甚至能感受到他手心的温度，和力量。

“玄羽啊，现在我要对你说的这些话，你可能不会记得住。但是……将来，或许在将来的某一天，你会有机会，透过时间晶体的力量……重新回到此时此地。那应该已经是二十年后了，也可能是更长时间以后，我不知道那个时候你会变成什么样子，反正我儿子肯定应该是个帅小伙了吧……希望那个时候，你能真正明白和理解，我不能陪伴在你身边的苦衷……还有接下来的这些话，我想要告诉你的，是关于时间晶体所包含的真正奥秘。”

我没有想到，父亲竟然会以这样的方式，跨越时空和现在的我对话。

“关于时间晶体的奥秘，至今为止我也不知道该如何和你形容那究竟是什么。简单点来说，那是一种在遥远的过去一个被我们称之为‘太初’的文明所创造出来的神秘物质。你也可以把时间晶体视为一种生命，或者是一种与我们的形态完全不同的生命物质。当人类与时间晶体的频率达到同步时，就能读懂时间晶体，反过来，时间晶体也可以读懂人类，这就像是……某种形式的交流。

“或者，你也可以把时间晶体视为一种信息存储的介质，在那里面，保存了从远古时代至今的诸多历史的信息，就像是一份庞大的历史档案。但有所不同的是，人类至今仍然依赖于文字和数字影像来记录历史，能够存留下来的信息量极为有限。而保存在时间晶体之中的却是全息的历史，是有限时空中的所有一切。那些被保存下来的历史无法被改变，但却可以被完整记录，甚至不需要人眼的观察。我不知道那个太初文明是如何做到这一切的，但我的确透过时间晶体看到了过去真实发生的某些历史片段。

“对太初文明的研究从很久以前就开始了。人类文明诞生至今，不同的时代都有一群富有远见的人为了解开这个终极谜题而前赴后继，甚至不惜牺牲生命。这个诞生在远古时代的文明曾经无比强大，强大到能够发明我们所无法理解的机器，能够创造我们所无法复制的物质，但之后不知因为什么缘故，这个文明却突然之间就从地球上消失了。除了少数历经时间侵蚀之后仍然保存完好的遗物之外，再没有任何记载。甚至就连在时间晶体之中，我也看不到相关的历史，关于太初文明消失的原因似乎是被刻意抹去了。这一个终极谜题，成为了古往今来所有仰望星空的人所忧虑的事情，因为发生在他们身上的事情，很可能也会发生在我们这些人类身上，即便那是在久远的以后。”

第九十三章

过去与真相

“在这片土地上，同样在有史以来便有少数知道上古文明存在真相的人走到了一起，暗中研究那些遗物，从中学习上古文明的科学和技术，理解他们的思想和文化，也尝试着去探索那个事关文明宿命的终极谜题。而后他们发现，这其中最为重要的存在，便是时间晶体。

“时间晶体几乎可以说是所有文明的记忆，不同的只是人类的记忆十分有限，而时间晶体几乎可以说是一份全息的记忆。甚至很有可能，在时间晶体之中也记录了每一次文明从产生到灭绝的所有过程。就像是……历史。当然，真正的历史无法被改写，而只能被阅读。

“从伏羲发现河图开始，我们的祖先便开始了对时间晶体的研究。河图的作用是实现与时间晶体的同步。但与时间晶体同步是一个极其危险的尝试，真正能完成同步的人，古往今来都屈指可数。通常的情况下，尝试同步的人会在失败的瞬间死亡并灰飞烟灭，少数的情况则是引发了时间晶体的能量释放，造成了骇人听闻毁灭一切的大爆炸。

“直到两千多年前，才有一群人找到了一个解决办法。他们发现了某种铁质陨石可以在上古神器的催化作用下稳定住时间晶体的能量场，并将时间晶体存储在了其中，这便是墨阵的由来。

“随后，他们从时间晶体之中读到了历史，担忧这一纪刚刚萌生不久的文明在并不算遥远的未来将要遭遇的命运。在当时的战国乱世，他们怀着对人类的大爱而形成了一个组织，被称为墨者。他们希望缔造普遍而持续的和平，让文明得以繁衍生息，避免走向那一条毁灭的道路。但后来的历史发展却全然出乎他们的意料，此后，他们选择了隐在历史的暗处……尽管现实一次次地挫败甚至毁灭了这群理想主义者，但直到今天，依然还有人愿意追随这个理想，不惜牺牲自己，继续开拓着这条光荣而艰难的道路……

“而现在，爸爸也要成为这样的人，在这样一条道路上再往前走出一小步了……”父亲双手扶着三岁时的我。

“记住，玄羽，你的命运始终掌握在你自己手中……”

说完这一句话之后，父亲就被催促的敲门声带走。站在父亲身后的母亲，当时的面容是那么悲伤。

心念一动。还有那一件从小到大我都想要搞清楚的事情……

我终于可以透过时间晶体知道真相。

眼前的光点飞舞，如同被打散开又重新拼凑起来的拼图，快速切换到了另一个场景。

我再一次地站在了十六岁那年的火海。

那一天我不知为何睡得特别沉。但半夜时我还是在浓烟中醒了过来，我从自己的房间推门出去走到客厅，光着脚，脚板踩到了一摊温热的液体，那是血……母亲躺在沙发上，已经晕了过去……

我努力控制着自己的意识，去看着脚下的地板。一个陌生的男人倒在地砖上，他的血已经流了一地，我踩到的，是他的血。

透过时间晶体的力量，我瞬间便知道了那个人是獬豸派出的杀手，甚至可以说对他的一生了如指掌。他相信正义需要用法律来裁决，而他愿意成为那把裁决的利刃……

我满心恐惧地站在客厅，看着熊熊烈火包围了整个房间。起火点不是在厨房，而是母亲的房间。火已经蔓延到了天花板和门框，我出不去。

“玄羽……快走……”在我的呼喊下，母亲微微睁开了眼睛，口唇翕动。

“去光明照相馆，那里有一个人在等着你，江近山叔叔……今后他会照顾你……快去啊……玄羽，快去啊……”

我奋力拉住母亲的手，想要把她背起来，却根本使不上力气。脑袋里昏昏沉沉的，大概是吸入了太多有毒的空气。没走两步，我就带着母亲摔倒在地上。我想到了求救，得找人来救母亲。踉跄着摔倒，继续往外爬。大门是开着的，那个进到屋里想要杀死母亲的男人开了门……

在搏斗之中，那个男人反而被母亲刺中了胸口，仆倒在地……

我从未想到过，母亲竟然如此身手不凡。她当年真的只是一名学者而已吗？

透过洞开的门口，我看到有人踩着楼梯往上走，他戴着防毒面具，这一次不知为何却看不清他是谁。他走进了正在熊熊燃烧的屋子，低下头似乎看了看我。犹豫了一下之后，他没有救我，而是绕了过去，搀扶起已经不省人事的母亲后把她抱起，转身走出了大门。那时候的我已经吸入了太多有毒气体，四肢乏力，只能看着他的背影消失在门口，而后便晕了过去。

刚才的一幕实在太奇怪了，我的意识没有跟着十六岁的自己移动，而是停留在了原地灼热的空气中。这时我看到了大伯冲进了火海，他在浓烟中剧烈咳嗽，还是勉力把我带出了火海。

但现在我并非是在自己的记忆深处，而是在历史之中。

我想再一次回到那个着火的时点，我想要看清当时在我的意识和记忆之外究竟发生了什么。

时间再一次回溯到了半夜，起火之前的那一刻。那夜，母亲没有睡。

手机的屏幕亮起，一个陌生号码发来的一条短信：“准备好了，走吧。”

而后母亲起身，轻轻推开了我房间的门，站到了我的床边。她在看着我，她在流泪，却没有哭出声，只是让泪水无声滑落。

站了有一会之后，她转身回到了自己的房间，打开抽屉，从抽屉的暗格中取出了一本黑皮笔记本。

难道是父亲的另一本研究笔记？

不，不是，虽然款式是一样，但细节上有许多的不同。我看清楚上面写的内容，却完全不能理解，上面密密麻麻写满了各种公式和计算，似乎还不止数学和物理学，甚至还有化学公式和计算机代码。少量的文字中出现了“时间晶体”和“墨矩”这两个词。

笔记本的扉页上有署名。那个人叫江近山。他是谁?

但我从未从父母口中听说过这个名字。不，甚至可以说，从小到大在我身边的人都从未提起过这个人。

母亲翻开那本笔记后，把黑皮笔记本一页页撕开来，用打火机点了火。她是在烧掉那本黑皮笔记。没想到，接下来我看到竟然是如此骇人的一幕，母亲自己用点燃的笔记本引燃了窗帘和书桌上的纸张……

那一场夺去了我的家庭，改变我人生的大火……

紧接着，母亲打了一个电话，没等接通就挂断。她没有再进我的房间，而是准备自己离开……

她难道是想烧死我吗……

就在这个时候，獬豸的杀手破门而入……

激烈的打斗后，母亲干掉了那个男人，但她自己也差点被掐死。

频率同步开始变得不稳定，也许是因为我检索的信息已经超出了身体所能负荷的极限。

这就是真相吗……

这就是当时真实发生过的历史吗……

强烈的悲伤情绪击穿了我。

我再度隐入了黑暗之中。

不知过了多久，眼前才又浮现出一个微茫的光点，而后是两个、四个、八个……光点在快速生长，并逐渐汇聚……我再度见到了那棵巨大的光树，站在光树的枝杈上。

光树的顶端，出现了一只三足乌，正扑棱着翅膀，在看着我。

“是的，你看到的，是真实的历史。”那只鸟没有开口，却突然对我说话。或者说，它只是经由某种特殊的方式与我的意识在直接交流。

“但如何去解读和解释历史，取决于你自己。”三足乌说。

是吗……

“虽然我不知道你是谁，但你既然出现在我面前和我说话，想必你也可以理解我来到这里的意图，让其他人离开那个空间，可以吗？”我请求说。

“嗯。当然可以，但只是还活着的人。”这是已经有人死了的意思吗？

“拜托你了。”希望我所在乎的人们都好好活着。

“那你呢？”

“我不知道……”

我不知道我还要不要继续追问下去。每一次当我试图去解开一个谜题，结果便是获得了一个狰狞的真相。这样的追问，我已经无力再继续下去了，我不想再背负着这么多的沉重担子活着。

“你感到困惑，不知道何去何从。但你的人生还在继续，你的世界还在等着你。”三足乌说。

“我什么时候需要一只鸟来教训我了……”我没好气地说。

“这只是一个便于和你沟通的形象。也可以是一棵树，或是任何形态。”感觉不到这只鸟有任何情绪。

“你是谁？”我终于问出口。我开始变成了人的形态，我自己。但我依然飘浮在无尽的黑暗中。

“在过去的历史中，我有许多的名字。你可以把我理解为‘神’，或者上天的一部分。”三足乌从顶端的枝头飞了下来，停在了“我”的身旁。

“接下来，我会根据某一份托付，展示给你看一些更早之前的历史片段。”三足乌说。

我再度在黑暗中分解成了无数的光点附着在了光树之上，在光的洪流之中，被带到了更为遥远的地方……

第九十四章
长路

公元前403年，周威烈王二十三年。

夜色阑珊，一群身穿麻布衣衫的人，正披星戴月、风尘仆仆地跋涉在荒郊野岭。

队伍的首领，是一位年逾古稀、须发花白的老人。

如今出一趟远门对他来说已不是那么容易，虽然身子还算硬朗，但他深感气力却大不如前了。

这些年来，他行走的足迹几乎遍布中原大地。东到齐国，西到郑国、卫国，南到楚国、越国。每走一趟，都能救回不少人命。这份强烈的责任感驱策着他，至今依然奔走于列国之间。

但世道从不曾太平。

如今铁器的广泛使用，新型生产方式的普及，的确带来了生产力的巨大释放，到处都是拔地而起的城市。但在繁华热闹的背后，却是饥者不得食，寒者不得衣，劳者不得息。饥寒交迫，疲惫丧命都是平头百姓时刻要面临的可怕威胁，何况三百年来，大大小小的国家之间战争从来未曾彻底停过。天子的统治分崩离析，诸侯割据一方相互征伐，战火所及之处生灵涂炭……一切似乎还会继续下去……

老人至今仍然无悔于自己的信仰和坚持，但那个理想中的世界却与现实越来越远。他知道，已经越来越没有人听从他的政治理念和主张了。

他在混乱的国家里同他们讨论尚贤和尚同，在贫穷的国家里同他们讨论节用和节藏，在穷兵黩武的国家里同他们讨论兼爱和非攻，在淫乱无礼的国家同他们讨论尊天、事鬼，在沉湎于音乐和酒的国家里同他们讨论非乐、非命的道理。场合不同，谈论的话题也不同，对利与害的分析也根据场合的不同而分别阐明。但遗憾的是，王公贵族们需要的只是机关守御之术和军事组织人才，而对他兜售的思想却敬而远之。简直是舍本逐末……

目的地是齐国都城临淄。

此行亲自前往齐国的目的，是劝止项子牛讨伐鲁国。鲁国是姬姓宗邦，诸侯望国，周礼的保存者和实施者。齐国也是股肱之臣的封国。此时天子的威权已如风中残烛，若是此两国再起刀兵，势必再遭削弱，将天下推向更为混乱的境地……

从年轻的时候开始，他便怀着一腔理想热血，为了一个更好的世界做过许多的事情。

他说服了鲁阳文君停止攻打郑国，他南游出使卫国向国君宣讲蓄士以备守御的理念。他去得最多的是楚国，甚至在制止楚国攻打宋国之后依然得到楚惠王的赏识，然而他既没有接受楚王赐给他的封地，也拒绝了让他留下出仕的请求。在那之后，越王赏赐的爵禄和五百里封地他也不为所动。

他付出大半生精力孜孜以求的，不过是希望自己的理念能被采纳，主张能被实行，封地与爵禄从来不在考虑范围之内，甚至就连生死有时也可以置之度外。只是如今，他却越来越不知道，这个世界的出路在哪里，未来在哪里……

这些年来唯一让他感到聊以自慰的是，追随着他的足迹，墨门子弟开始成为这乱世之中一支独立于国家之外、止战维和的军事和政治力量。就连楚国这样一个国力强盛的大国也对墨家学派的力量有所忌惮。但一群人的作为毕竟有限，他不是没有想过去影响列国的政治，甚至也派出弟子去辅佐列国的君主，但实际的收效甚微。甚至因此变节失志的墨者都不在少数……

此时不知为何，他竟然想起了多年以前从一位儒生那里所学到的这句话："知其不可而为之。"虽然政见立场不同，但到了这个年纪，他也终于理解了那一位夫子说出这句话时的无奈苦楚，和心有不甘。

夜色中，一只乌鸦展翅在空中盘旋，啊啊地叫着。队首一名身材魁梧的大汉便打了个呼哨，抬起手臂让乌鸦落到自己手上。这是一种特别豢养的信鸟，用于趁着夜色传递情报。这种鸟不仅夜视甚好，而且聪明异常，懂得如何绕开守备，还能识别传讯人，只有确认安全才会下来交接情报。正是这些豢养的乌鸦构筑了列国墨者之间的情报传递网络。

大汉喂了乌鸦一些吃食，从它的脚筒中取出一张帛书。而后一扬手，乌鸦振翅而起，重新隐没到黑暗之中。

“夫子，刚刚得到的消息，晋国的韩、赵、魏三家要求天子册封为诸侯之事，天子已经正式颁诏册封了……”那大汉乃是墨门大弟子禽滑釐。他递上帛书，向老人低声说道。

老人接过帛书，有些愕然，良久才缓缓叹了一口气：“哦，是吗……”

又多了三个兵戎相加的诸侯国……

昔年被称为中原霸主的晋国，如今也衰微到了这种地步。赵襄子、魏桓子、韩康子三家打败了当时势力最大的智伯瑶，接着把晋国也瓜分了。只是没想到，如今这种叛乱行为竟然还得到了天子册封。

老人关心的并不是王公贵族们的权力斗争，他喟叹的只是又有许多人头要落地了而已。

长期的争霸战争，许多小国逐渐被大国所并吞。但与此同时，也有些原本强大的诸侯国发生了内乱分裂，大权旁落到那些原本就是王室贵族的大夫手里。为了扩大势力，贵族们积极对外扩张，战火连年不熄。既然卿大夫可以做诸侯，那么诸侯也可以称王，甚至跃跃欲试想要效法汤武鼎革天下。而他们实现野心的唯一途径，无非是毫无正义可言的战争。

百姓的穷困窘迫，源头在于肉食者们。如果可以从上到下，从三公到诸侯国的正长一律都以选当任的话，甚至连天子都在天下的贤人中选立，或许就可以结束现在的乱世了吧……

听到这个消息，老人觉得自己的努力似乎已经再没有什么意义了。三家分晋得到周天子的许可，意味着周王室的道统和礼制已经崩了，接下来的局面势必是更为频仍的战乱攻伐。

老人觉得累了，让弟子们就地安营扎寨，待天明再继续赶路。

消息还是在队伍中引起了不小的震动，不少弟子都在窃窃私语，虽然当着夫子的面不敢造次，但老人知道，人心已经浮动，怕是收不回来了。

此时他已经名满天下，慕名而来追随他的人越来越多，他们自称为墨者，但在这些学徒中，难免有良莠不齐、见异思迁之人……

为术而来者众，为道而来者几稀。也许，已经到了不得不清理门户的时候了。

帐中，老人席地而坐只觉得心烦意乱。突然听到帐外一阵喧哗。掀帐进来的，是他甚为熟悉和赞许的弟子高石子。因为卫君无道，他辞掉卫国的高官厚禄回到了夫子身边。在高石子的身后，是另一位他曾经寄予厚望的弟子，如今正在齐国出仕的胜绰。

高石子向老人行过抱拳之礼，才开口说："以前先生讲过，天下无道，仁义之士不该处在厚禄之位，卫君无道，我不愿在那里贪图俸禄和爵位才回到了夫子身边。所以现在……我押着胜绰兄弟回来了，向夫子请罪……"

齐国的项子牛几次三番想要侵略鲁国，老人要求胜绰制止这场不义之战。不承想胜绰受了高官厚禄就违背了墨者非攻的信条，主动参与到侵略战争中。老人便派了高石子前往，请项子牛将胜绰辞退。

"第三次了……项子牛侵鲁虽不是你的主意，但你不仅没有劝阻，反而参与其中……"老人正因十分器重这位弟子，此时才会爱之深、责之切。

眼前，那个跪在地上的年轻人倔强地低着头沉默不语。

"你……不服气是吗……"老人气得微微发抖，无奈说道。

"弟子只是觉得遗憾。"胜绰终于开口。

"遗憾什么？"老人忍不住问。

"夫子一生行义，但又有哪里真正施行了夫子的大义呢？"胜绰抬起头，眼神中有一种悲怆决绝的神色。

“大义不行，就没有大义了吗？”老人反问。

“弟子不知，弟子只知道，大义之行，天下为公，需要的是重铸九鼎，一统天下。”胜绰振振有词。这弟子究竟不是贪慕荣华富贵，这让老人心上稍有宽慰。但那比贪慕虚荣更危险的念头，却不可不察。

“行大义，就可以杀无辜吗？”一旁的弟子高石子忍不住站出来反驳。

“你错了。杀一人而利天下，便当为之。少数人的牺牲总好过无止境的乱世和数代人的牺牲。”胜绰反唇相讥。

“你……”老人被这一激，想说的话如鲠在喉，却是哑口无言。

“昔年汤武革命，顺应天志，但他们就不杀人了？商汤伐夏桀，武王伐商纣，最终取得战争速胜，结束乱世换来天下大治。而夫子一味非攻，以战为不义，却不知以战止战，实属不得已而为之。”胜绰鼓起勇气，站在了昔年的恩师面前反驳道。

“唉，胜绰……为师难道错了吗……”

“夫子之恩，胜绰记在心中，但如夫子所言，当今天下纷乱，正是我等建功立业之时。天下之大，哪里无我等用武之地？孰对孰错，就让弟子以行动证明吧。”

胜绰甩下这句话，已经是反出师门。他拱手行过抱拳之礼，便转过身拂袖而去。高石子见覆水难收，难免轻叹了一口气。

老人想起了多年以前的一幕，彼时他还是个二十出头的毛躁小伙，拜在一位史官门下研习周礼时的情形，那时自己也算是反出了师门……

夫子之道不一定就代表了真理。已至暮年，他甚至希望学生能胜过自己，走出一条未曾走过的路。

老人走出帐外，看了看围在外面的众弟子们。

“你们之中……谁如果认为胜绰说得对，就跟他走吧……”老人转过身，一时默然。

陆陆续续，有不少弟子立于身后，对老人行过抱拳之礼后转身而去……

第九十五章
矩子

这夜，老人睡不着。夜里睡不着的时候，他便会起来观星。从少年时，他便养成了这一习惯。仰望浩瀚苍穹，让他深感人的卑微和伟大。

早在许多年以前，他便已知道，那些星辰的运行之中蕴含着无法窥测的奥秘和力量。彼时在昆仑墟中，他曾管窥过许多不足为外人道的天机……

“夫子，您不再歇息一下？”说话的是他的大弟子禽滑釐。

“不了……”老人摇了摇头。

这位人生轨迹和自己十分相似的弟子，早年师从孔子的弟子子夏学儒，感到困惑失望之后才来跟着自己学墨。这些年来，他已经能将夫子的学说理念精髓融会贯通，也能在艰难困苦的磨炼中砥砺自己的品性人格。可以托付给他的，不单是率领墨者守城的重任，和这一群追随着老人的墨者。如今，也到了可以将人类的未来和命运托付给他的时候了……

“夫子，你千万保重身体。今日之事，您也别太介怀。舍利逐义的人本就寥寥可数，此时也不过是去芜存菁，淘汰掉意志不坚定的人，淬炼吾辈的心志。”

禽滑釐跟随着夫子这么多年，自然知道，夫子如此重情义的人，今日亲见墨门弟子走掉大半，自然心伤。墨者讲求大爱，并没有儒家尊师的诸多规矩，但他既受夫子的人格和智慧感召而来，自然将夫子视为尊长，这么些年来，夫子对自己的知遇教诲之恩，禽滑釐铭刻于心。虽然他也知道这是墨门的劫数和考验，却不忍夫子独力承受这千钧重担。

“胜绰所说的，也有他的道理……”老人犹豫了一下，终于还是艰难开口。

“夫子……”禽滑釐便也默然，“若真能如此造出一个天下太平，只怕也是易碎的空中楼阁吧……”

老人缓缓点了点头。这位追随自己时间最长的弟子，此时也是头发花白了。

“禽滑釐啊，你随我来。”老人说道，便起身，向着山顶走去。此时尚未破晓，山路崎岖，禽滑釐搀扶着老人，小心翼翼地爬到了山巅，周遭静寂如亘古。

“夫子，您是想看日出？”禽滑釐问。

“禽滑釐啊，有件东西，我想交给你。”老人在山顶站定之后，从怀中取出了一个玄铁打造的匣子。匣子六面皆有蝌蚪纹饰，顶盖有个机括可以打开，内部则无任何装饰。

“夫子……这是……”禽滑釐在老人的示意下，打开了玄铁匣，青色的幽光幻化出一只三足乌。

“这是矩……”老人缓缓说道。

所谓“矩”难道不是指木工用的曲尺吗？一直一横构成直角的一种工具。禽滑釐诧异老人何以会提起这个。

“此物乃是天地之矩……”

那是在多年以前，老人还是少年时，曾与公输般一同拜在那位隐姓埋名自称是偃师的人门下。偃师尝言自己早年曾任周天子之司空一职，及至暮年则远离乱世隐居深山，潜心于各种器械技艺和自然奥秘之研究。彼时两个少年人在偃师指导下技艺日益精进，渐渐学有所成。而后有一天，偃师将一个玄铁匣授予了他，并让他从中窥见了天机……

这夜随后的时间里，老人将少年时从偃师处所学所知的一切奥秘，悉数传授给了禽滑釐……

不久之后，前往齐国的劝说行动宣告失败。

那夜过后，老人便萌生了退隐之意，将墨门的大小事务一概交予禽滑釐打理，并授予他墨门首领之职。老人设立了“矩子”之名号——矩子之意，乃是天地规则的代言人。老人也开始将墨门弟子按照自己的设想构建成一个积极入世的政治组织。下代矩子由上代矩子选拔贤者担任，代代相传。墨门子弟必须听命于矩子，为实施墨家主张舍身行义。被派往各国出仕的墨者必须推行墨家的政治主张，要向团体捐献俸禄，做到有财相分。矩子须以身作则，行超越国籍的“墨者之法”……既然大义不行，这乱世中没有理想国，那就让墨门弟子创造一个出来，结束这数百年的自相残杀。

“如今，公尚过在越国，耕柱子在楚国，管黔敖在卫国，县子硕和高何在齐国，诸君须本着墨者兼爱之大义，彼此协力，造出个和平的契机来。墨门子弟者，能谈辩的去谈辩，能说书的去说书，能从事的去从事，大义自有可成之时……”

不久之后，在禽滑釐接过了墨门的重担后，老人启程前往那传说中的昆仑墟，从此不知所踪。禽滑釐及诸多墨门弟子都欲跟随老人而去，但老人却执意独自前往。

老人走了之后，墨门经历一段时间的动荡。有一些人走，有一些人来。

在那些艰难的日子里，禽滑釐恪守着夫子的教导，他开始带领墨者以墨门矩子的身份周游列国，继续推行夫子非攻兼爱的理想。但与此同时，那夜老人展示给他看的种种天机，却在他的心头种下了一个种子……

二十二年以后，公元前381年。

楚国阳城，墨门矩子孟胜站在城头，遥望天际的烟尘滚滚。

是时，楚王重用吴起，在楚国推行法家制度，受到了楚人的普遍不满和反抗。楚国较多保存了血缘宗族传统，最是不能忍受法家的严酷制度。楚悼王驾崩，阳城君等反抗法家政治的贵族参与攻杀吴起，箭矢误中王尸，获罪出逃。按楚国法律，伤害王之尸体属于重罪，应当株连三族。于是继位的楚王下诏收阳城君封国，此时已经兵临城下。

前往都城郢都之前，墨家矩子孟胜受阳城君所托，率墨门精锐一百八十三人守护其领地。阳城君把璜玉城符分成两半，一半自己携带，一半留给了矩子孟胜，以示共同进退之意。然而此时，阳城君却独自出逃，留下一座孤城，和一众墨家弟子。

墨门因反对严刑酷法而与阳城君联手，但从一开始，阳城君就只不过是利用了墨者言出必行这一点，将墨门当成了一股可以便捷利用的军事力量，甚至刺杀吴起之事，亦是由墨者策动。

眼下，楚王之师已兵临城下。但墨门既已允诺守城，楚王无阳城君之玉符便不得进城，否则便是背信弃义。若是王师强行攻城，仅凭这一百八十三名墨家弟子，是绝对守不住的。

年轻的墨家矩子为自己的轻信付出了代价。

“矩子，事已至此，阳城君出逃，我等死守此城也于事无补。”墨者徐弱劝他。

“你说的没错，但话虽如此，墨门却不能不守信。眼下也只有守城战死这一条路了，若非如此，将来又有谁人愿意相信墨者，这会对墨门的名誉造成极大的损失……死只不过是行墨者之义，继续墨门之事业而已。”

孟胜知道，此时木已成舟，没有挽回的余地了。

徐弱急了，一时也顾不上规矩，指着城头一袭黑衣的众墨者，哽噎着质问说：“坚持守城结果必定是这城里的墨门弟子全军覆没，墨者就义事小，墨门若就此而绝迹，却是事大……”

孟胜叹了口气，这是最为煎熬内心的一件事。但他已经没有时间从容应对了，此时他也已经做好了就义的准备：“不必担心，我已将矩子之位传给在宋国的田襄子。有田襄子这样贤能的人带领墨门，何患世间再无墨者。”

听了矩子的这一番话，徐弱知道再怎么劝阻也无济于事了。他明白矩子的苦衷，也能理解和感受到这一份舍生取义的决心。

此时，徐弱再也说不出什么话来，流着泪肃立，向矩子和守城的诸墨者执抱拳之礼。

“夫子，就像您已经说的，就让我先死一步，在前面为大家开路吧……”

“徐弱啊，在此之前，还有一事托付，请将墨矩交给田襄子……拜托了……”孟胜双手捧着一个玄铁匣，将之交到了徐弱手中。

落日时分，三骑快马离开了阳城，望北而去……

此时，楚国大军开始攻城。墨门矩子孟胜带着城中所余一百八十名墨者，看着如潮水般涌来的楚军搭起了攻城的云梯和投石机朝城墙袭来，纷纷拔出长剑，架上连弩车，转射机……

残阳一片血红，恰如此时。

“天下无人，子墨子之言犹在！”其时，墨者之声势可吞山河。众人在血与火的狂热中站在城头，慷慨赴死……

不久之后。徐弱带着另外两名墨门弟子到达宋国，将事情原委一五一十告知了田襄子。田襄子与孟胜年龄相若，此时深受震撼，流着泪接过了徐弱递过来的墨矩。

还没等他回过神，三名墨者顾不得歇息，便又要返回阳城，追随孟胜一起赴死。田襄子心有不忍，以新任矩子的身份要求他们留下来，不要再去做无谓的牺牲。

但徐弱却只是惨然一笑，夫子守信守义，弟子自然不能苟且偷生。

他带着另外的两名墨者执意离开，只留下一个决绝的背影。对他们来说，这并非是无谓的牺牲。而是为了那个心中的大义，那个理想之中的乐土世界……

第九十六章

墨分为三

阳城那一场与法家势力的战斗，以彻底的悲剧告终。

墨门面临了创立以来的最大灾难和危机。

众多的牺牲虽然积蓄了强大的精神感召力，却也让墨门后学从此走上了一条更为激进的道路。痛定思痛，他们已经不满足于周旋在列国的王公贵族间成为政治斗争的牺牲品。但伴随着矩子的陨落，围绕着墨门的未来以及如何救世的主张，墨者之间开始出现了深刻的意见分歧，甚至到了势同水火的地步。墨门第一次分裂为三个不同的派系。三派各自为政，推选自己的领袖，称大宗师，却不再有人能成为统合墨门的矩子。

公元前386年，时人誉为“海王之国”的齐国。

大夫田和放逐齐康公于临海的海岛上，田和取代姜姓吕氏自立为国君，仍沿用齐国名号，史称“田齐”。此后不久，周安王正式册命田和为齐侯，自此田氏在形式上取得了统治的合法地位。

此后在齐国，以相夫子为首的齐地墨者，形成了一个以学者辩论游说为主的门派，他们认为一切战争皆为不义，反对使用任何形式的暴力，甚至包括起义，而是主张用和平的方式去实现墨家的兼爱思想。齐地墨者周游于列国王侯公卿之间，积极干预庙堂政治，希望能用柔和的方式去获得和平。同时，在海洋文化和商业极其发达的齐地，齐地墨者也积极参与到了经济活动和商业实践中，践行“兼相爱，交相利”的墨者信条。

而在远离中土的寂静西方，那片本来就蔑视周礼的蛮夷之地上，另一股狂热的力量正在潜滋暗长。

公元前380年，秦国。

墨门一百八十三壮士阳城殉义次年，秦献公五年。

其时，秦国百废待举，政治凋敝。十六岁少年嬴连刚刚蒙受莫大的国耻与国难——秦国国防上最险要的地区竟变成魏国的西河郡。此后，他流亡几近三十年，目睹了魏国变法的成就，这对他精神上的启发和刺激自不待言。继位之后，他深知要抵御外侮，莫先于巩固城防。要巩固城防，莫先于征募守御之人。而阳城殉义之事，让这弱国之君看到了一线希望之光。

与此同时，墨者开始发现，“上同而不下比”的信条和规矩无一不与秦国图强的愿望与步骤同轨合拍。相里勤率领的墨者们对中原乱世已经心灰意冷，宁愿背井离乡从商於深入秦地。而由于此前饱受多年流亡生涯的苦痛和被墨者集体殉义的道德感召，秦献公嬴连也对入秦的墨者寄予了厚望和充分的信任，以至于墨者几乎成了塑造秦军的全能干部和严格纪律的执行者。

在文化迥异、民风淳朴的秦人身上，墨者们似乎也看到了一种希望，和创造理想社会的一种可能。既然墨门已经建立了一整套“矩子”领导下的严密组织，那就按照墨者的信条，去打碎水深火热的黑暗，建造出一个理想新世界吧！

于是，帮助这个积贫积弱的国家再度变得强大，完成一统天下的历史使命，终结这数百年的乱世，成为了秦地墨者毕生为之奋斗的伟大理想。

公元前362年，年仅二十一岁的秦孝公继位。次年颁布了“求贤令”，招纳有才能的人为秦国的改革献计献策，商鞅等法家人物离开中原，投奔秦国。墨门与法家的理念实践，在秦地交汇在了一起。

两年后，秦孝公任命商鞅在秦国国内颁布《垦草令》，作为全面变法的序幕。主要内容有：刺激农业生产，抑制商业发展，重塑社会价值观，提高农业的社会认知度，削弱贵族、官吏的特权，让国内贵族加入到农业生产中，实行统一的税租制度以及其他措施。

在残酷镇压了国内的反对者后，秦国开始走上了富国强兵的道路，变成一部强大的耕战机器。

公元前337年，秦惠文王继承了秦孝公的君位。

此时经过了二十年的变法，秦国已经崛起，但生活在这个国家里的百姓却不能自由迁徙、读书求学，或从事商业活动。他们唯一能做的，便是努力为政府耕田，或是在战争中砍下敌军血淋淋的脑袋，来换取军功，获得奖赏。

商鞅制定的秦律之中规定，秦国的士兵只要斩获敌人一个首级，就可以获得爵位一级、田宅一处和仆人数个。斩杀的首级越多，获得的爵位就越高。在这样的利益驱使下，秦国的士兵像疯狗一样互相争夺敌人的脑袋，甚至会为一个敌人的首级在战场上蓄意谋杀战友。攻打邢丘的战斗中，士兵甲斩首了敌人一个首级，士兵乙企图杀死士兵甲，据首级为己有，却被第三个士兵发现，图谋不轨的士兵乙当场被捉拿归案，并被进行了审判。

虽然秦墨试图将墨门组织内部实行的原则扩展到整个社会，但这部耕战机器既然已经开动，便会自行其是地开始加速运转，并不以人的主观意志为转移。终于，这部耕战机器开始意识到了墨门的信条和组织规则对其造成的潜在威胁。在跨过某一个历史时点之后，墨门开始陷入了被绞杀的境地。

当其时，墨门矩子腹䵍的儿子杀了人。这个消息震惊了秦国朝堂，也震惊了墨门和矩子腹䵍本人。朝堂上，秦惠王与腹䵍之间，有一番意味深长的对话。

秦惠王冷然道："夫子年事已高，也没有别的儿子，寡人已经命令官吏不杀他了。夫子在这件事情上……要听寡人的。"

此时，秦王开始忌惮墨家严密的内部组织纪律和矩子在墨门的巨大权威。不难听出这句话的弦外之音，看似是外示恩恤，实则是内逞君威。

此时的秦国已经不是昔年积贫积弱的边缘小国，而早已是有实力问鼎中原的强大霸主。这个庞大的机器内，不允许存在一个思想和行为上的异端组织。秦王想知道，墨门这个已经日益壮大的组织体系能否为己所用，还是会养虎为患，变成这架耕战机器的敌人。

他需要的，是确立自己超然于法度规则之外的绝对权威。

蒙国君开恩免罪，儿子有幸不死，做父亲的岂不是应该感恩戴德？

然而腹䵍却并不领情。

绵长的沉默之后，腹䵍终于艰难开口，回答说："墨者之法有规定，杀人的人要处死，伤害人的人要受刑。这是为了禁绝杀人伤人。而禁绝杀人伤人，是为了天下的大义。君王虽然为这件事对我加以照顾，让官吏不杀他，我却不能只顾私情，而不管我儿子杀人的事，不能不去践行墨者之法。所以……我请大王还是依照法律，把我的儿子处死吧……"

秦王没有再说什么，但此后，墨者开始被秦王有意冷落雪藏。

当其时，中原的士人开始将注意力转移到遥远的西方那个已经强大到无法忽视的国度。大批满怀理想热情的墨者也源源不断从东方赶来。但秦王采取了一概避而不见的态度。

墨者田鸠在秦国逗留了三年都没能见上秦王一面。试图维护墨门组织的墨者也渐渐被筛选清除，只剩下少数长于实践，注重科技研究和军事技术的墨者留了下来得到重用。然而墨者可以个人身份担任官职成为家臣，矩子却不能再在秦地实行"墨者之法"，维持墨门的独立运作。仕秦的墨者不再是一个游走于列国，游离于王权统治之外的独立组织，而是被彻底打散，按照每个人各自的技能专长分配到了秦国官僚机构中的不同部门，被耕战机器汲取利用，成为其中的零部件。

一个个的墨者被这架机器吞噬，融为一体，其地位和功用越来越边缘化，根本无法抗拒个体消融于统一集权的洪流，自始至终不能也不容逃脱。一个更为强大的组织机器无情地碾碎了墨门原有的组织体系，以及构建这一组织体系的价值观。

秦制的建立，某种程度上的确是实现了墨家尚同的理想，可是支撑起这个制度背后的"兼爱、非攻"的政治伦理观念却被弃如敝屣。血缘宗法组织被拆散，每个人被编伍制度和严刑酷法束缚在土地上，如果只是偷了不到价值一钱的桑叶就要被强制劳役一个月。而在思想行为上则处于连坐制度的严格控制。邻里之间互相告密，仇恨和恐惧蔓延。此时秦国的统治者已经不屑一顾墨子尚同的伦理标准。墨者的信条再一次被统治者无情嘲弄和唾弃。

公元前316年，张仪与司马错率秦军入川，灭蜀、巴、苴三国，巴蜀之地尽归秦所有。有了这个“天下粮仓”，就有了源源不断的钱粮和兵源，为之后吞并六国奠定了坚实的物质基础。

秦军入川之时，墨门矩子祁射子入蜀，与邛人一同抗秦，浴血肉搏，奋力战死。就义之前，留下一份帛书交与邛人世代相传。墨矩匿于蜀中，不知下落。

公元前299年，楚国。

秦昭襄王约楚怀王在武关会面。楚怀王不听大臣劝告执意前往，被秦国扣留。其时，秦国相邦张仪欺骗楚怀王，以楚国断绝齐国之交换取秦国割让六百里商於之地，怀王中计，但与齐国断交后却只得了六里地。怀王恼羞成怒，发兵攻打秦国，被魏章大破于丹阳，召集全国的部队发动进攻又再惨败于蓝田，秦国攻占了楚国八座城池。

秦昭襄王逼迫他割地保命，被楚怀王严词拒绝。之后，楚人立太子为王，是为楚顷襄王。怀王被囚期间，楚地墨者曾暗中潜入秦都咸阳，试图营救楚怀王，未遂。三年后，楚怀王忧郁成疾，命丧咸阳。秦国把遗体送还楚国之时，楚人皆悲愤不已。

墨者邓陵子成为楚地墨者的首领，此派墨者反对各国权贵们为了维护自己的统治利益而发动的互相攻伐，和对别国土地的侵略战争，认为这些战争不利于百姓。但他们并未放弃以暴易暴和以战止战，而是以墨者信条为尺度，执剑行义，反抗强暴。当秦国强大到开始侵吞六国之后，楚墨开始游走于庙堂与江湖之间，成为了抗秦的一支重要力量。

第九十七章
始皇帝

公元前221年，秦王嬴政一统天下，建成一个高度中央集权的庞大帝国。此后，这架耕战机器以不断加快的速度碾压九州，铲除异端。墨门三派各自为战，齐墨一派远遁海外，暗中以墨者的信条构建一个兼爱非攻的理想国度；秦墨一派或仕秦为始皇帝所用投入到军事科技的研发，或隐居山野潜心自然科学的研究；而楚墨一派对秦国暴政的反抗从未停止过，逐渐成为了刺秦游侠的大本营。

与此同时，机器的主宰者却开始不满足于此岸的一切，而将目光投向了彼岸。始皇帝统一六国后，在十二年间五次巡游天下，祭祀祖先，封禅告天，刻石记功，并展开了规模浩大的修墓工程与寻访神人、追求长生的行动。

公元前220年，墨者王孙寿盗取和氏璧事发被捕，处刑前供出上古神器之秘。

公元前219年，秦始皇二十八年。统一天下两年后，秦始皇第一次东巡来到渤海之滨，从齐墨大宗师徐福口中得知海中有蓬莱、方丈、瀛洲三座神山。秦始皇允许徐福挑选数千名童男童女出海寻找居于神山的上古遗民，耗费巨大。齐地墨者以寻仙访药为名暗中筹措资源，等待时机远遁海外，建立一个墨者之国。

此后路过彭城时，始皇帝曾让上千人潜入泗水中寻找传说之中的上古神器九鼎，没有找到。路过洞庭时，始皇帝在湖上遭遇风暴，将随身携带的和氏璧沉入水中才幸免于难。

公元前218年，秦始皇二十九年。

始皇帝第三次巡游，出函谷，过洛阳，经过阳武县博浪沙。30公斤的大铁锤呼啸着从高处坠落，把居中的一辆豪华马车砸了个稀巴烂。遗憾的是，被力士击毙的却是副车中的替身。秦始皇幸免于难，下令在全国大肆搜捕凶手，十天一无所获，只好不了了之。

公元前217年，秦始皇三十年。

一位自称宛渠之民的老者乘坐形状像海螺、名为“沦波舟”的潜水船从海底而来，谒见始皇帝。老者透露自己的名字为“羡门高誓”，从老者口中，始皇帝得知海外之南有上古先民祖地，愈发沉迷于长生不死之术。

同年，始皇帝从秦地墨者口中得知，四十年前秦墨大宗师李冰入蜀时已寻得墨矩，并将其从蜀地带回。始皇帝从墨矩中窥见天机，惊叹不已。

公元前216年，秦始皇三十一年。

始皇帝在夜里微服出行咸阳，在兰池遇上暗杀的刺客，几乎不能脱身。随从四武士杀死了刺客，并在关中大肆搜查了二十天，一无所获。

公元前215年，秦始皇三十二年。

始皇帝派遣秦地墨者卢敖出海，寻找那位名为羡门高誓的老者，又派遣韩终、侯公、石生寻求上古遗民的踪迹。卢敖从海上归来，带回上古神器河图，并转述从河图中所得到的预言：“灭秦者，胡也。”始皇帝认为对秦国构成最大威胁的是北方胡人，下令大将蒙恬带领三十万大军北击匈奴，修筑长城。

公元前214年，秦始皇三十三年。

西方天空出现了火流星。

公元前213年，秦始皇三十四年。

秦始皇采纳李斯的建议，下令焚烧《秦纪》以外的列国史记，勒令私藏诸子典籍者限期交出烧毁；有敢妄加议论的处死，以古非今的灭族；禁止私学，想学法令的人要以官吏为师。

公元前212年，秦始皇三十五年。

始皇帝在渭水南岸的上林苑中兴建朝宫。首先建造的是前殿阿房宫，空中架设的道路从阿房宫渡过渭水与咸阳相连接，以此象征天下阁道越过天河直至营室，并仿照天图在关中建造宫殿300座，在关外建造宫殿400多座。阿房宫周围架起阁道，从殿下直达南方蜀地的大雪山，并打算在大雪山的山顶上修建石阙和圜丘。为此征召了70多万人服徭役。

同年，始皇帝在东海上竖立石碑，作为秦国的东门。

秦地墨者卢敖、侯生出逃。秦始皇知道后大怒，下令搜查审讯，抓获460人并全部活埋。

公元前211年，秦始皇三十六年。

火星侵入心宿，这种天象象征着天子失位，或死亡。

同年有颗陨星坠落在东郡，东郡是祭祀军神蚩尤的地方，传说蚩尤和黄帝在这里交战，被黄帝打败。有楚地墨者在陨石上刻“始皇帝死而地分”。始皇帝听说时震惊不已，派御史挨家查问排查刻字之人，无人认罪，于是把陨石旁的所有人家全部处死，陨石也被立即焚毁。

秋天，使者从关东走夜路经过华阴平舒道，有人手持玉璧拦住使者说：“替我送给滈池君。”趁机说道，“今年祖龙死。”使者问他缘由，那人忽然就不见了，只留下了玉璧。使者捧回玉璧向始皇帝陈述所遇之事，始皇帝沉默了好一会，才说：“山里鬼怪本来只不过可以预知一年的事而已。”察看那块玉璧，竟然是二十八年出外巡视渡江时沉入水中的和氏璧。

公元前210年，秦始皇三十五年。

始皇帝在南海郡的番禺修建了大型的造船工场。造船工场中有长条木材制作的滑道，每两根一组，南北向并列三组，在滑道的上面垂直立着一排短木，在滑道的下面铺有枕木，像船坞一样在建造过程中支撑船只，船建好后则顺着滑道移动入海。始皇帝下令，暗中建造一艘60吨重的航海用平底船，10个月后，大船建成下水。

同年，始皇帝决定第五次外出巡游，沿海边北上到达琅琊。

齐地墨者大宗师徐福等人欺骗始皇帝说：“已经找到了蓬莱，然而苦于大鱼袭击不能到达，希望派一些擅长射箭的人同去，大鱼出现时可以用连弩射死它。”

始皇帝恰好梦见与像人一样形状的海神交战，便询问占梦的博士。博士说：“海中的神人是看不到的，大鱼和蛟龙只不过是神人存在的表现。现在陛下祷告和祭祀周到而又恭谨，却出现了这个凶恶的海神，应当把它铲除，才能见到友好的神人。”

于是始皇帝破天荒允许徐福等人携带重型武器出海，而始皇帝自己则打算使用连弩等待大鱼出现时射死它。从琅琊往北到达荣成山，一路都没有见到大鱼。到了之罘后才终于射死了一条大鱼，而后沿海边继续西行。徐福等人再度率众出海，前往传说中远在海外的“平原广泽”，从此不知所踪，再未返回中原大陆。

此后不久，在返程途中，始皇帝蹊跷暴毙而死。

始皇帝到达平原津时便生了病，但他厌恶说“死”之事，群臣中也没有人敢议论，但谁都知道，始皇帝已经病入膏肓，命不久矣。及至病重，始皇帝才终于承认自己时日无多的现实，并立下遗嘱传位给了带在身边的小儿子胡亥。遗嘱写完后盖上御印封好，存放在中东府令赵高兼掌印玺事务的办公处。

而后，始皇帝召集了丞相李斯、赵高和五六个曾受宠幸的宦官吩咐口谕，自己将搭乘仙舟出海，前往海外以南的上古遗民祖地，羽化登仙。

七月丙寅日，始皇帝在沙丘平台驾崩。遵照始皇帝遗命，丞相李斯和宦官赵高拆开那封遗嘱，奉公子胡亥为太子。丞相李斯认为皇帝在外地逝世，恐怕诸公子和各地反秦势力乘机制造变故，秘不发丧。

为掩人耳目，始皇帝的替身被杀死装入棺材，并利用既密闭又能通风的辒凉车掩饰。过去受始皇帝宠幸的宦官做陪乘，每走到适当的地方，就献上饭食，百官像平常一样向皇上奏事。宦官就在辒凉车中降诏批签。与此同时，大将蒙毅的一队人马带着一口玉棺在番禺登上一艘大船，驶向海外。

李斯和赵高伪造了一封诏书给公子扶苏、蒙恬，列举他们的罪状，赐命他们自杀。此后为了掩饰尸臭，又下令让随从官员往车里装一石有腥臭气的腌鱼。一路行进从直道回到咸阳后，才正式发布了治丧公告。

胡亥继承皇帝之位，是为秦二世。

九月，“始皇帝”被安葬入了郦山陵墓。三十五年前始皇帝刚即位时就开始在这里开山凿洞，把隧洞一直挖到见水的地方，用铜水封锢，然后才把棺柩安放在里面。修筑的骊山陵墓庞大无比，仿制的宫殿、百宫和各种珍奇宝物都徙置其中。水银造出了千川百溪和江河湖海，机械互相灌注流通，墓中各种天象齐备，地上景象万千。人鱼脂肪制作的蜡烛万世长明，工匠制造的机关弩箭可以自动射向接近墓室的目标。秦墨一派有不少墨者参与了这项规模浩大的工程，并殉葬其中。

此后，秦二世又下令没有子女的后宫妃嫔全部给先帝殉葬，人数不计其数。在规模空前隆重的下葬丧礼完毕后先是封闭了墓道的中间一道门，而后又把墓地最外面的一道门放下来，将制造陵墓中机关的工匠们全部封闭在了两道门之间，无人幸免。

第九十八章
生与死

……

意识从年代久远以前的历史中渐渐抽离。我再次回到光树下，飘浮在黑暗之中。

“我是谁……我在哪里……”涌现在心头的疑问，显出了清晰的轮廓。我的意识在缓慢地将自己的记忆一点点拼凑起来，汇聚成一粒光的微尘。

“你是陈玄羽。陈致远与衷灵之子。”黑暗之中，有个意识在和我对话，“你现在正在墨阵之中。”

“墨阵……墨阵是什么？”我问。

“墨阵是一个构造出来的虚拟宇宙。”那个意识回答我。

“宇宙？”我不解。我的意识开始幻化出了自己的形状。我站在了光树下，一个虚拟的黑暗地面上。

“四方上下谓之宇，古往今来谓之宙。所谓宇宙，是时间和空间的复合结构。”

“你说的我不太懂……”

“没关系。你只需要知道现在的你在这个时空里并不是以四维宇宙的粒子形态存在。在这里，你既是粒子，也是波动。”

虽然我对量子物理学所知有限，但好歹还是在中学物理课上听说过“波粒二象性”的，这个现象不是只在微观尺度才会出现吗？我疑惑不解。

“每个粒子都存在量子态。实际上宏观尺度的物体也是由有限的粒子构成的。之所以无法呈现出波粒二象性，只不过是因为每个粒子的量子态无法完全同步，所以粒子的量子效应之间互相抵消掉了而已。而时间晶体在墨阵中被激发后，可以实现你身体里所有粒子的量子态同步。”

“你所说的时间晶体究竟在哪里？”意识中浮现出一句话，时间晶体在墨阵中……

“是这棵光树吗？”我问。

“这只是一个幻象，光树可以是历史，可以是记忆，也可以是文明本身。”那个意识继续说。

“时间晶体就在你眼前，只是在四维的宇宙中无法被看见。”

“那……时间晶体到底是什么？”我无法理解看不见的东西是什么。

“时间晶体是太初文明的造物。用现阶段你可以理解的话语来说，你可以把它当作是某种存储信息的载体，或者是某个高维度的时空在四维宇宙的投射影像。”

那个意识终于向我透露时间晶体的奥秘。

“当你与时间晶体的频率同步达到一定程度，就会在时空尺度产生宏观量子效应，让构成你的一切粒子同时存在于两个时间点，比如过去和现在。”

“然后我就能回到历史中……”我终于明白所谓的同步是怎么一回事。

“那墨矩呢？墨矩和墨阵之间有什么联系？”我急于知道，当年留在时间胶囊中的这个玄铁匣究竟意味着什么。

“墨矩是在这个四维宇宙创造、开启和封闭墨阵的钥匙。”那个意识透露。

“在与时间晶体实现频率同步之后，构成人的所有粒子也可以波动的形式储存在墨阵中。”

原来如此……也就是说，我所看见的那个“鬼魂”，实际上只是保存在墨阵之中的一串波动而已……

如此看来，在海底的扶桑神树，或许也是一个墨阵……

我一点点地回想起来先前发生的一切，意识开始把这段时间以来七零八落的记忆片段拼凑在了一起。或者更确切地说，我的意识是在把我之所以成为我这个人的一切拼凑在了一起……

意识终于回到了大雪山里……

“我现在还在雪山里吗……”我问。

“你现在的确是还在大雪山，实际上，这里是埋在冰雪之下的一颗陨石内部。”

眼前出现了一幅天崩地裂、令人震撼的景象。

我再度置身于历史，更为久远的远古时代，一颗巨大的火流星伴随着翻滚的浓烟和长时间的隆隆轰鸣声划破天空，在云层极速滑落。夜空亮如白昼，还能清楚看到远处的雪山。火球光芒耀眼，周围有一圈淡青色的光环，后面拖着不长的尾焰，在一阵震耳欲聋的爆炸声中撞上了高大的山脉……这一次惊心动魄的撞击形成了将近百米高的蘑菇云状烟尘。强烈的冲击力直接撕裂开了一座正在生长的山脉，造成了一个巨大的陨击坑，树木也在瞬间被点燃烧毁。奇怪的是，这一颗陨石在如此强烈的撞击之后竟然没有裂成碎片或是在高温中熔化，而是嵌入到了山体之中……

时间在飞速流逝。

陨石很快被山体的生长和风沙作用淹埋，但那一次陨石撞击带来了局部气候的巨大变化，陨石坑化作巨大的山谷，裂隙形成了奔涌的河流和大瀑布，草木葱茏，动物繁衍……

人类的足迹开始涉足此地，一个又一个宏伟的工程拔地而起，辉煌一时，化为废墟，归于尘土……而后是又一次的冰川期到来，昔日的森林在抬升过程中变成了草甸、高原，又化为巨大的冰盖和冰川瀑布……

时间如同白驹过隙，周遭的一切再度隐入黑暗。

“时间晶体的激发需要一定的能量。在时间晶体再次休眠以前，你还有一段历史可以读取，但记录这一段历史的人需要你输入一串特定的数字才能读取同步。”

眼前浮现出一些光的线和点，构成了河图的形态。

曾经有人进到过这个地方，并且还留了一串数字密码，而且这个人看起来似乎还不是我父亲或母亲，不然他们大可以直接告诉我密码。但这个人是谁呢？我认识吗？

我想起了在荒岛上不知谁递给我的那张泛黄的纸条。截取自斐波那契数列的那串数字出现在我眼前，总有其原因。

我试着在河图上输入写在那张纸条上的数字："34，55，89，144。"

河图闪了一下之后便消失了。

我回到了1999年，一处海边的悬崖上。一名男子打开了河图，发现了时间晶体，将之纳入了河图中，但那男子却被貙豸组织的人射中，坠下悬崖……

那个人我虽然素未谋面，但透过时间晶体不难知道，他是江近山。

遗憾的是，在失去同步以前，我只是模模糊糊地读到了某些零碎的片段。我只知道这个名为江近山的人和我的父亲陈致远、母亲衷灵早在学生时代就已经认识了……

"你是谁……"我还有最后一个问题想问。

"我既不是任何人，也可以是任何人。"那个意识回复说。

在我眼前，渐渐浮现了一个让我感到分外亲切的身影。

我的父亲陈致远，依然是二十年前的样子。

"爸……"我下意识地叫出口。虽然我知道，眼前只是一个虚幻的影像。

"玄羽，终于再见面了……"眼前的音容笑貌，分明就是我父亲年轻时候的样子。

"您现在……还活着吗……"我犹豫着，还是问出口。

"我不知道，现在的我依然保有自己的意识，但你知道，我的身体已经在海底化为灰烬了。我也不知道自己现在算不算还活着……"父亲年轻俊朗的面容浮现出一丝苦涩。

我的眼泪忍不住就下来了。

“但在某种意义上来说，我其实也并没有死……”父亲大概不想我太难过，告诉我说，“在接触到封存在海底的和氏璧时，我没能完成彻底同步，所以在那一瞬间，我的身体被分解成为了能量，保存在了墨阵之中。所以，现在的我，是以波动的形态存在这里……”

父亲犹豫了一下，才艰难开口说道。

“我也不知道，现在这个样子的我还是不是我，是某种形式的虚拟形象，或者只是一段算法，我不知道自己还是不是过去存在过的陈致远这个人，还能不能算得上是你的爸爸……”

“你无论变成什么样子，都是我爸……”我泪流满面。

“玄羽……谢谢你……”父亲勉强笑笑。

“老实说，我真的有些意外，没想到还能见到二十三岁的你，果然是个帅小伙子了……”

父亲抬起了手，旋即意识到了什么，犹豫着悬在了半空中，又缓缓地放下。

“你倒还是老样子……”我故作轻松地说。

“你一定恨我把你卷入到这一切事情里吧……”父亲露出哀戚的神色，“若是可以选择，我宁愿你平平凡凡，不要有那么多的烦恼和想法，甚至不要有那么强的求知欲和责任感……”

“没办法，现在已经回不去了。”我也勉强自己笑了一笑，“但我从没怪过您……”

“好了，玄羽……虽然还有很多话想和你说，但这个地方的稳定状态并不能维持多久，你还是快点回去吧……回到属于你的世界中去……”

父亲向我挥了挥手，告别之后，便转过身走了。

他缓缓离去的背影，依稀还是记忆之中我三岁那年的样子。

是的，我必须离开这里。我的伙伴还在等着我。

我大概已经知道了应该如何才能离开这里。如果说若木神树是入口，那么出口就应该是在……扶桑神树。

若木神树与扶桑神树，实际上是墨阵投射到这个世界的一条时空隧道，只是这个隧道并不稳定，只能在时间晶体被激发后维持很短时间，不久就会坍缩消失。

留给我的时间不多了。我必须把所有的人都带出这个卷曲的封闭空间……

我必须回到现实的世界里。

第九十九章
结束与开始

意识再度回到圜丘台上。

在我变得透明消失的一刻，唐娅眼眶中的眼泪还未掉落，若汐和老程都神色哀戚站在我身后。不远处，大伯扭过头去，习惯性地去摸身上的烟……一切凝固在了一瞬。

我在这里，又不在这里。

过去数千年的漫长时间，只不过是此刻一瞬。

天心石泛出淡青色的微光，光线切割出了一个光域。乍看起来，在那光域里并无任何异状，如同空无一物，光线既未发生反射或者折射，也未出现弯曲或者衍射。不久之后，微光便消失无踪。但在那光域之中，却出现了一个隔空飘浮着发出淡淡微光的立方体。

那便是时间晶体在这个时空可以被看见的形态。

下一秒，事态的发展远远超乎我的想象。

时间晶体的出现打破了三方之间的脆弱平衡，内讧迅速展开。

布莱克暴起一击，利刃骤然间刺穿了没来得及开口的毛幂，飞溅而出的鲜血落到了一旁惊骇不已的若汐身上。在与布莱克对视了一眼之后，燕昆仑的木剑也架到了大伯的脖子上。

“燕昆仑，你这是怎么回事？”大伯厉声质问。

燕昆仑流露出痛苦的神色，但转瞬即逝，化成了一种绝望的灰色。

“没什么，一切都该在这里结束了……”

另一边，伊利斯和弗兰索瓦反应极快，杀向404仅剩的有生力量：花满庭和丹增。

伊利斯扬手射出的毒箭迅速就干掉了丹增，而弗兰索瓦虽然手上有伤，但和伊利斯加起来两个人打花满庭一个，还是占了上风。

剩下那两个本就已经绷得很紧的先遣队成员，此时已经完全乱了方寸，下意识地举枪就射。

情急之下，向蛮子和老程只好同时扑了过去，向蛮子一个泰山压顶把其中一名队员撂倒，老程也飞起一脚踹向了另一名队员，将他手中的枪踢掉。

但出乎意料的事情还是发生了。

“蛮爷……”老程讶异地看着向蛮子的腹部开始渗出血迹。这个卷曲封闭的空间里，所有射出去的子弹都会穿透回来。电光火石之间，向蛮子躲开了迎面而来的子弹，没想到绕到身后的流弹却从另一侧穿透出来，击中了腹部……

“把河图交出来，还是说要先杀了你们再仔细搜？”布莱克对花满庭说。显然，他已经料准了此前下落不明的河图被404研究所掌控，而且此时花满庭必定将之带在身上。

“试试看。”花满庭咬牙道，“我身上有炸药，足够炸死在这里的所有人。”

“那我只能选择和死人合作了。”布莱克咄咄逼人。

花满庭虽然武艺高强，但此时双拳难敌四手。伊利斯和弗兰索瓦两人合力，很快就制服了花满庭。为了防止花满庭要阴招，伊利斯还不客气地卸掉了花满庭的武器，将他的双手反剪到身后用束缚带绑住，然后从他随身的背囊中搜出了一个投影仪般大小有如古董的圆形金属装置，传说之中的上古神器河图。

“陈连长，我们还是合作关系，接下来再一起找路出去。”布莱克说。

“希望你这次说话算话。”大伯此时权衡利弊，也只好隐忍不发。

在布莱克示意下，燕昆仑打开了河图，准备将时间晶体收入河图之中。

就在这时，啪的一声，若汐给了布莱克一记响亮的耳光。

“不论什么时候，学者手中都不应该沾染上鲜血。布莱克，成为你的学生，是我的耻辱……”

老程这时也急了，生怕若汐惹怒了布莱克之后会被他杀掉。

布莱克眉头一皱，没有说什么，抬手一挥。

我迫切想要回到这个世界之中，决不能让布莱克再得到时间晶体，而且我也很担心若汐的安危，我得救她……

天心石再度散发出了淡青色幽光。

在我回到圜丘台再次站到天心石上的同一时刻，连通两棵神树之间的时空通道也被打开了。

这一条上古时代构筑的时空通道此时连接起了太平洋海底和大雪山深处，如同一个巨大的抽水泵将太平洋海底的水瞬间灌注进这个卷曲的微小宇宙之中。

巨大的水压下，我只来得及喊出一声“跟着潮水……”，从通道涌入的海水就将所有人冲得七零八落。很快，这个微小空间就被海水填满。

与此同时在时空通道另一端，若木神树的入口也被打开，巨大的浪潮裹挟着圜丘台上的所有人，经过暗道的入口冲进了石室，又把石室里的一切冲向青铜大门，涌出到冰川大瀑布上……

时空通道维持的时间很短，不久之后，墨阵就完全关闭了。

否则的话若是把太平洋的水持续抽到雪山顶上，估计可以在这里造出一个内海来。

我被强大的水压冲得晕头转向，几乎窒息，好在此前在太平洋底泡了大半个月，此时倒也没觉得有多恐惧。

水势减弱之后，我竭力避免碰撞受伤，听天由命顺着水流往外走，终于在冰水中和大伯、老程、若汐和唐娅会合，而后全身湿透哆哆嗦嗦地出到了冰川大瀑布外。这时我才发现，先前毛幂发出的警报起了作用，404研究所调遣的人马已经里三层外三层把我们围得水泄不通。

我们被带到海螺沟口附近一处研究基地之中，关了大半个月之后才获释放。因为之前选择了和404研究所合作，并且找回了时间晶体，我们几个人才得以全身而退，幸免于难。

从此后的情形判断，404研究所应该是已经找到了河图并取得了时间晶体。我知道时间晶体有休眠间隔的设定，短时间内他们应该也无法重新启动时间晶体，搞出什么幺蛾子来。

时空通道关闭以后，我便再也没有见到布莱克，也没有听到他的任何消息，不知道他是没来得及在时空通道关闭前逃出来被封锁在了墨阵中，还是说被汹涌的海水冲出来后葬身在了大雪山。同样下落不明的还有伊利斯、弗兰索瓦、燕昆仑。

我一度很介怀燕昆仑为何会甘心受制于布莱克。直到大伯告诉我，1999年参与勿里洞考古项目失踪以前，燕昆仑曾经在印尼的一个海岛上收留了许多幸免于难的华裔孤儿。这些年来，大量的资助资金都是从共济会的影子银行账号拨出的。或许，这些孤儿便是布莱克牵制他的软肋。我终于知道先前他消失的时候去做什么，还有先前他在海底时所说的“孩子”是什么意思。也许，他大概也是想学徐福，建一个海外的理想乐土吧。大伯没有说起他和燕昆仑的渊源，我便也就没有再问。

在我认识的人之中，燕昆仑是最符合我对于墨者想象的一个人。但正是他说过，墨门已经不复存在了。没有了墨门的墨者，也不知还算不算得上是墨者。

至于404研究所的人，被隔离关押期间，我只见过花满庭一次，看起来并无大碍。其他人的情况就不清楚了。

这一场事故唯一的积极后果，是这个横跨太平洋和大雪山的时空通道造成的“虹吸”现象顿时震慑住了太平洋上摩拳擦掌的舰队，甚至世界各国。在太初文明曾经掌控的时空转换技术面前，现有的军事力量都变成了原始人的弓箭匕首。不久之后，紧张的局势终于再度缓解。世界暂时又迎来了一个风平浪静的局面。花满庭所谓的“均势威慑”战略凑效了。

重获自由离开海螺沟的时候，只剩下我、老程、唐娅、若汐和大伯几个。

老程继续回到故乡那个小镇，打理“藏锋宝刀”的生意。只是经历过这些出生入死的日子后，他对待在小镇的日子已经兴味索然。不久后的一天，他在电话里神神秘秘告诉我打算出一趟远门，但却不肯透露要干吗去。

唐娅此后倒是和我一直保持着联系，燕昆仑失踪后，她难过了很长时间。回到成都的家里后，据唐娅说她倒是发现了不少唐老太太和家族里的秘密。见我听得兴味索然，她也就没有再继续提起这个话题。而且，我也不知道那天她对我说的话是不是某种形式的表白，只是这段时间我的情绪一直甚为低落，所以我们也只是维持着一种不温不火的暧昧关系。

若汐既没有回加拿大和美国，也没有继续在国内的旅行，也许她和我一样都感到累了。她留下了一个联系方式，就跑到了一个估计是人烟荒芜完全没有通信信号的地方。在那之后，我也没有再主动联络过她。

大伯回来之后抽出时间动身去了一趟长沙，我也跟着一起去了。

我完全无法想象，向蛮子这个整天乐呵呵的胖大叔其实过得并不快乐。也许对他而言，他的一切早已在当年战死沙场，如今也只不过是求仁得仁而已。想到这一点，却并未让我得到多少安慰。

还有顾医生和陆离两人一直杳无音讯，或许已经被埋在了大雪山底下，从此长眠于斯。每念及此，我就后悔不已。因为我的一念把她们两个留在了死地，这些人命债其实都应该由我来背负才是。

我依然有许多疑问始终萦绕心头，那个神秘的上古文明曾经在遥远的过去取得过那么多辉煌的成就，为何却还是走到了灭亡的境地，但我却再没有继续探求下去的心思了。在墨阵之中透过时间晶体所看到的真相，已经足够狰狞。

也许，所谓的幼稚和成熟之间的分野只是一念之间。一年以前，当有一扇开启真相的大门出现在我面前时，我会不由分说地推开它。但一年之后的现在，我却终于学会了犹豫一下，甚至试着转身离开。也许人生很多时候，懂得转身后退的人会过得比较幸福，也比较快乐。

那一天我透过时间晶体看到的一切，我只对老程他们说起了战国时期的那一段历史，而关于我自己的人生记忆我并没有向任何人提起，包括大伯在内。

我的过去，在那一天终于成为了过去。剩下的人生里，我应该放下已经结束的一切，开始属于我自己的人生。

真相此刻只埋在了我的内心里，也许早晚有一天，会腐烂在我的内心里，而后被彻底遗忘。

第一百章
沉舟卷尾声

天阴如墨，时间是上午九点钟，我逆着人潮漫无目的地游走在不久之后就将告别的大学校园里。南国的春寒料峭，并未冰冻住林荫路上的阳光，和校园里那些青春洋溢的笑容。

望着行色匆匆擦肩而过的人潮之中一张又一张既陌生又熟悉的青涩面容，百般滋味萦绕心头。从长沙回来后，我才终于重新振作起来。

虽然我决心放下过去，但我并未放弃自己的人生。与此相反，我开始意识到，我今后的人生还将会与更多的人有关。

无论如何，生活还在继续。

于是在大学四年级下半年，开学后我又回到了大学校园，和我曾经熟悉的一切里。

只是我知道，对我而言那个单纯美好的世界却已经再也回不去了。甚至我不知道是否应该说，从前我所习以为然的那样一个世界就从不曾存在过。

世界从来都是复杂的，也许一直要到时间尽头，一切都化为灰烬之后，世界才会变得简单。只是那样一个简单的世界，同样也是死气沉沉的。

这纷繁复杂的一切，才构成了这个世界的跌宕起伏和丰富多彩。

但哪怕经历过这一切之后，我依然愿意鼓起勇气，去寻找那些纷繁复杂背后依然单纯美好的事物。

不远处迎面而来的那个行色匆匆的男生一个趔趄，手中的书不小心掉到了地上，狼狈的样子显然是因为打游戏打到太晚起不来，或是旷课被点了名正在急忙赶去教室的途中。我和他对视一眼，看见他眼中的懵懂、慵懒和无忧无虑。半年前的我大概也是如此。我不知道，如今自己的眼眸中到底添了多少世故沧桑。或许在周遭的人看来，此时的我也只不过是恰如其分地表现出了一个大四毕业生应有的丧样。

我叫陈玄羽，二十三岁，若不是那一个或宿命或偶然的开始，半年后我将从这所学校的计算机系毕业，并且勉强找到一份工作，如无意外成为一个码农或者就此失业。但谁又知道，此时此刻对我而言，这样平淡无奇的人生甚至让我有些羡慕。

人们所说的知足常乐，大概可以理解为无知的快乐。人生识字忧患始，大概知道得越多人就会变得越悲观忧郁，哪里有可能常乐。一旦洞悉人世甚至古往今来的隐秘，那些沉重的忧虑便难以磨灭，唯有终其一生殚精竭虑，郁郁寡欢，如此而已。

只是安乐也好，忧患也好，太阳底下其实并无新事。古往今来所有的人，无论贵贱，都不过是一瞬蜉蝣。

这世界亘古以来的终极秘密，和主宰人世间的无上权柄，是时空。

我在无意中掀开了时空的一角，窥见了这个世界背后的真相。只是当我终于知道了那些隐藏在陈年往事背后的真相时，坦白说，我并未有任何充实感，而是觉得更加空虚。

回到学校以后我全然没有心思上课或是找工作，甚至也没有准备自己的毕业设计。大多数时间里我把自己关在了图书馆看书，或者是在宿舍和自习室里查资料。

这期间我也有了一些自己的发现。

第一件事情，我发现墨阵其实是爱因斯坦所假设的“超圆体”。

超圆体假说认为宇宙是一个有限的无边界空间，在这个模型里空间并不是平坦的，而是在更高的维度上弯曲闭合，就像是个升维之后的莫比乌斯环。当我们在宇宙中从任意一点出发向任意方向走直线，将会从更高的空间维度绕回到出发点。这个情况很像当初人们以为地球是平的，但是从地面任意一点出发走直线都将回到原点一样。我们通常意义上认为的“直线”，在三维空间同样可以绕上一圈又回到原点。

而且，这一理论还有一个推论，时间作为一个维度，同样有可能形成闭环。比方说从某个时间点出发后一直走下去，在高维空间里转了一圈后，时间也会跟着发生循环。也就是说，理论上存在完成时间旅行，回到过去的可能。

但以我有限的数学和物理学知识，我所能涉猎的程度也就仅限于此，再深奥一些的理论就完全是无法理解了。

第二件事情，在我翻阅了许多的历史资料后，我赫然发现残留在人类历史中的上古神器或许还有更多，而古往今来不择手段的野心家更是不知有多少。

事实上，分布在全球存活至今的各个文化或多或少都曾经得到过某些上古文明留下来的遗产。而对上古文明遗产的暗中角逐造成的一个结果，则是分布在全球的政治力量之间形成了均势和微妙的平衡。漫长的历史之中，那些隐藏在历史背后的力量，不仅有斗争，也有合作。

如果我没猜错的话，当年那封从美国寄来的信，署名字母F.M就是“自由石匠工会”的缩写，由此看来，当年的两个项目，背后或许可能是当时的某个组织与共济会之间的一次合作。只是我不知道父亲当年是曾以某种形式参与过那一次“404行动”，还是说因为某些机缘巧合接触过其他知道太初文明真相的人或组织。

也许燕昆仑其实并未说实话，那个绵延近两千五百年的神秘组织，至今依然存在……

此外，我也怀着敬意和好奇，开始系统地去了解墨子本人和墨家学说。

墨家学派是先秦诸子百家甚至可以说整个中国古代历史中最为重视科学和工程技术的一群人，既有非攻兼爱的道义纲领和责任担当，也有机械设计和科学研究的系统思考。宗门之下，都是大智大勇的墨者。在战国乱世中，墨门子弟曾经是济弱抗暴、不计得失、不畏艰险的一帮理想主义者，他们怀着对人类文明的大爱，试图用一种科技理性的方式去寻找出一条和平、自由的发展道路，只是后来的历史却让人扼腕叹息。

墨者协助秦国一统山河，却被时代的洪流裹挟，化为泡沫。

在漫漫历史长河中，真相被刻意埋藏，篡改，庙堂权谋成了时间这个舞台之上的主旋律，而那些真正推动文明发展的芸芸众生却默默无闻隐入了时间长河的深处。世人只能从经史子集的缝隙中猜测，甚至没能说出他们留下的名号，和那些如同暗夜辰星般划过历史长河的一个又一个惊心动魄的故事……

只是那一句近两千五百年前的呐喊，在漫长的历史中，至今仍有回声。

“天下之人兼相爱。”

也许，每个人或多或少都曾经想象过，有朝一日自己能成为某个大人物——改变世界，匡扶正义，消除贫困和不公，又或者权倾朝野富可敌国，流芳百世名垂千古……

但也许更多的时候，凡人如我，只是曾经有那么一刻想要改变自己。

不再沉溺于无所事事，不再感到无力彷徨，不再随波逐流，直到连自己都不相信自己曾经许下的诺言……

半年以前，我其实根本不承想过这个世界与我会有什么联系。世界对我而言不过是一个抽象的存在。但在挖出那个时间胶囊之后的经历，摧枯拉朽般将我过往费心建筑的一切都夷为了平地。在那之后我站在这片废墟之上，如同置身荒野一般，才真正看见了世界的本来面目。

但与此同时，也许所谓的成熟，其实也就是眼睁睁地看着过去习以为常的世界不断崩坏，却无能为力的过程。

起初我竭尽全力想要阻止某些事情的发生，或是挽留住一些什么，在经历过这么多事情之后我才明白，我其实根本无力改变什么，我只是个凡人，但事实上所有青史留名的人物，其实也只不过是机缘巧合之下被推到了历史前台的凡人。

一切灾难和幸福的起源，都在于人自己。

在漫长的历史中，人类有多可爱，就有多可憎。

只有少数人在洞悉历史真相之后，仍然选择义无反顾，仍然选择相信人，仍然选择相信善，这或许，便是所谓的大爱。

就为了这一简单的原则，多少人前仆后继，牺牲自己，让人类文明的火种得以延续。

人类文明的进步，靠的是一个个被不断嘲讽的卑微梦想，而不是愤世嫉俗或同流合污的犬儒。改变历史进程的无名之辈，时常就此隐没在历史长河中。人们有时恐惧地称之为疯子，有时轻蔑地讽之为傻子，有时又怒不可遏地斥其为骗子，但历史通常就是由这样一些人改变的。

而此刻，我也成为了其中的一个。

即便我深深知道，我改变不了任何事情，但我还是愿意去想象一个虚无缥缈的理想世界，依然愿意去相信人的智慧和善念，并且坚信总有一天，这样的世界终将变成真实的存在。

一切皆已开始，一切仍未结束。

（《近墨者》第一卷完）

后记

写一本书最好的时间是十年前，其次是现在。

10年以前，“墨者”故事最初的构想和框架设定便已浮现在我脑海。

这个想象的世界里，有《盗墓笔记》的悬疑解谜和终极追问，有《秦时明月》的先秦背景和历史想象，有《刺客信条》的神秘组织和上古文明……这是一个穿梭于古代与现代，融合东方和西方，连接现实及幻想的宏大故事。故事的主线，是一个延绵千年的墨者组织，开篇则是两个年轻人挖出一个时间胶囊的场景……

然而，彼时的我迎来工作后的第一个瓶颈期，日复一日庸庸碌碌于职场，自怨自艾，却始终未能鼓起勇气踏出迈向未知的第一步，也始终没有下定决心把这个幻想故事形诸笔端。工作之余写了几章草稿以后，深感左支右绌、力不从心，只好灰心丧气地打了退堂鼓。

那个只写了个开头的故事，便这样被束之高阁，放到了遗忘的角落。

但我知道，从那个时候起，幻想中的“墨者世界”便已经被创造了出来。虽然只有东鳞西爪和只言片语，但其中的人物和故事自此以后便一直在浮想联翩的时刻存在着，并随着我的年岁日增、阅历渐长而渐渐变得真实可感。

一晃眼，就过去了10年的时光。

十年之间，世事几多变幻。

从中文系毕业后的15年职业生涯，我混过机关，待过外企，打过工也创过业，却始终没有找到一个能让自己安身立命的所在，反倒是如同歧路亡羊，渐行渐远，终于走到了那荆棘丛生之地。年华徒然流逝，我也终于从文艺青年变成了文艺大叔。

起起落落的人生低潮期中，我又听到了来自心中那个世界的声音。

15年来，唯一持之以恒的事情，是写点什么，特别是写小说。

因此，在人到中年的一地鸡毛中，在和太太的一次深夜长谈后，我终于直面自己的长处和短板，走出自我否定和对不确定未来的恐惧。于是我辞掉了工作，回到自己的初心，将精力全部投入到写作这件事上来，把时间用在自己真正在乎的人事物上。

在上有老下有小的中年时分，一个文艺大叔顶着烈日，解开衬衫领带，脱掉皮鞋，在灼热的沙滩上开始撒丫子狂奔。

10年以后重新开始，虽然依然是新手上路般生涩，但这一次起码不再那么迫切想要表达或证明一些什么。我只是怀着某种程度的愧疚和遗憾，想要重新振作，投入到一个在这个年纪或许已经不太合时宜的梦想之中而已。

就像《篮球飞人》里重新回到了篮球场的三井寿，就像《浪客行》里站到桥上决心不再说谎的本位田又八。

试着将这个故事缘起的几章修改了一遍，放到豆瓣阅读上，继续把这个未完成的故事讲下去。

在10年的沉淀和全身心投入后，我有了更多的余地去琢磨修改，开始履行一名小说作者的职责，梳理故事框架，定下整个故事的世界观设定，以及总体的写作计划。

起初理所当然地无人问津。

为了不再动摇，我在朋友圈给自己立了个旗帜，今年之内要写出一本30万字的小说。如果《墨者》第一本写，100章，一章3000字的话，就够30万字的小目标了。公之于众后，直接的回响，是密密麻麻的点赞，和一种油然而生萦绕心头的兴奋感。

“剩下的就自己看着办吧。”我对自己微微一笑。

为了解决码字拖延症和截稿焦虑症，我甚至还在同时开了3个连载，权当磨炼笔头的日常练习。在稳定更新之后，让我意外的是，这3个连载中竟然有两部都通过了编辑审核，和豆瓣签约。

一个月后，有一天我发现阅读数突然多了起来，才发现《墨者》这本小说开始获得了编辑的关注，上了豆瓣的主页精选“签约新作”推荐。对我而言，这是一个小小的鼓舞。

写出了10万字后，笔头虽然还是生涩，却有种长跑时突破了极点的感觉。我终于放松下来，不再紧张焦虑，把注意力集中在自己的步伐和节奏上，代入到每一个笔下的人物，理解他们的行为动机，揣摩他们的所想所感，并且乐在其中。

随后又过了一个月。

名不见经传的作者某一和他的墨者故事终于迎来了一个高光时刻，被推荐到了豆瓣阅读主页的“重磅推荐”位。这个作品终于有机会走到前台，和更多的人见面，阅读数也终于突破了一万。虽然比起畅销作品而言其实微不足道，但对我来说，却如同在比赛中出手，终于投入了一个正中篮筐的三分球。

此时的心情当然忐忑，在保障更新的前提下，我花了好几天时间把之前的情节错漏仔细又改了一遍，调整了时间轴，列表格统计了大大小小的各种坑，甚至还建了微信读者群，每日里让大家给我催更，提意见。

我当然希望能够得到更多认可，但比起10年前，如今的我所沉淀下来的，不止是人生的阅历和感悟，或砥砺磨炼出来的文笔，更重要的，是一种沉下来的从容心态。只要全情投入，对得起自己，就算无人关注、注定失败也无所谓。

归根到底，写作是为了悦己，为了在这形如蜉蝣的短暂一世多少留下一点什么。那些潜藏在心里的故事通过我来到了这个世界上，或许会遇见其他人，或许不会。但那又有什么关系呢？

对我而言，一部小说作品，恰如一个孕育而生的婴儿。把这个婴儿带到世上的喜悦，已经是最好的回报。

我推掉了所有工作和应酬，每天辗转于不同的茶店咖啡馆，茶餐厅大排档甚至街头巷尾，带着电脑码字，在默默无闻中继续一点点地琢磨着笔下的幻想世界。在没有任何存稿和章节大纲的情况下，每天查资料，写和改3000字，让情节和人物自然生长，不断完善构想之中的这个墨者故事。

与此同时，我也踏出了一小步，有生以来第一次投稿，参加了中国科普科幻协会主办的“2019科普科幻青年之星计划”创作大赛。

这期间最大的感受是，做自己真正热爱的事情是不需要坚持的。当你睁开眼醒来时，就会有一种迫不及待的雀跃感在推动着你去付出，去沉入。而且写作是一场自己的马拉松，终点就在那里等着你。每一天的码字更像是一种修行锻炼，自然而然循序渐进之后，渐渐便会有一种克服掉苦痛之后的愉悦感。

不知不觉之中，这部小说竟然就登上了豆瓣阅读幻想频道的长篇连载榜首，并且在保持更新的期间没掉下来过，而后又长期挂在了幻想频道的“重磅推荐”。从2014年开始在豆瓣写文以来，这是最受青睐的一次，同一天里竟然在“重磅推荐”“最热小说”“签约新作”和精选“长篇连载榜”、幻想“长篇连载榜”都有了露出机会。

我如愿以偿地朝着自己的预期前行，保持着从前的热情和冲劲，也开始有意识地把过往职业经历沉淀下来的历练融入到作品的运营之中。幸运的是这期间我得到了许多的帮助，也收获许多的善意和鼓励。

又一个月之后，这部小说登上了豆瓣阅读幻想频道的题图推荐位，阅读数也破了2万。

写到20万字的时候，我终于感觉到了书中的人物不再是单薄的纸片人，而是有着自己的人生和命运，一个从十年前开始建构的“墨者宇宙”，终于崭露头角，在文字的世界中浮现出了一个大致的轮廓。

这期间当然也有反复的时候，焦虑消沉如影随形，也有憋了一整天16个小时才写出3000字的时候，甚至码字如抽丝完全不想动的时候。但就像跑马拉松，只要不放弃比赛，哪怕停下来又何妨，我的对手只有我自己而已。

除了呼吸之外，每天的点滴进步也都是确定的。我重拾了10年前未完成的故事，慢慢地朝着一个目标加速冲刺。4个月后终于写完了这将近32万字的第一本时，其实很平静，而且有一种豁然开朗的释然。这本小说虽然很遗憾错过了豆瓣阅读的征文大赛，但在和自己的比赛中，我赢了自己。与此同时，我所参加的征文比赛，也拿了个二等奖。

15年之后，我终于能以作者的身份，带着一部全力投入的作品和大家致意。新手上路，请多指教。

然后，我想和大家聊一下《近墨者：沉舟卷》这本小说和墨者故事接下来的计划。

起初这本小说的名字保留了10年前定下的名字《墨者：谜海沉舟卷》，写完之后根据编辑和读者群讨论的意见改为了更有辨识度的《近墨者：沉舟卷》。这是一个以上古文明和墨者组织为纬线、现代世界考古冒险为经线的架空历史幻想系列小说，计划用3本书100万字的篇幅构建起一个完整的“墨者宇宙”。目前第一本《近墨者：沉舟卷》已经写完并且在走纸质书出版的流程，第二本《近墨者2：孤帆卷》已经进入筹备阶段，不日将继续在豆瓣阅读和大家见面，敬请期待。

在第二部《近墨者2：孤帆卷》的故事里，铺陈的故事线会继续推进，在从大漠到草原的横轴、从先秦到宋末的纵轴所构建起的时空中徐徐展开。经历过秦末浩劫的墨门如何劫后重生，隐在暗处的貘豸组织到底从何而来，石匠工会和墨者又有何渊源，以及404研究所的历史和上一代人的恩怨，甚至上古文明的消亡之谜等都会在第二部中有所解答，陈玄羽和程北川、白若汐、唐娅的四人组也会迎来各自的成长历练。愿你能和我一同沉入到这个幻想世界里。

最后，在这本书循例该有的致谢环节里，我要感谢我的太太对我一如既往的支持，感谢所有人在我深陷漫长的人生低谷时所给予我的帮助、支持和鼓励。感谢豆瓣责编阿符和出版负责人邹老师的中肯意见和耐心沟通，感谢出版社刘社、张总的赏识肯定，感谢冯同学和伍总的穿针引线促成了纸质书的出版，感谢插画师棍记和编辑吴娟的帮忙。更要感谢的是每一位读者，在写作的过程中随时的互动交流，让我的每一步走得更为踏实坚定，也让这部小说的质感更为丰满厚重。

还有一句话想要在文末和大家共勉。

茨威格在《人类群星闪耀时》一书中写道：“一个人生命中最大的幸运，莫过于在他的人生中途，即在他年富力强的时候，发现了自己的使命。”所以，如果你的心中也曾经有过一个世界的话，请不要放弃，因为那个世界依然在暗处默默生长，等待着与你、与这个现实的世界产生联结的那一天。

某一

2019年12月于南海

强不执弱

富不侮贫

众不劫寡

诈不欺愚

贵不敖贱

天下之人皆相爱

凡天下祸篡怨恨

可使毋起者

是以仁者誉之